DE ORCHIDEEËNTUIN

Ook verschenen van Lucinda Riley bij Xander Uitgevers

De zeven zussen (2017)

De zeven zussen – Storm (2018)

De zeven zussen – Schaduw (2018)

De zeven zussen – Parel (2018)

De zeven zussen – Maan (2019)

De lavendeltuin (2018)

Het meisje op de rots (2018)

De nachtroos (2018)

LUCINDA RILEY

De orchideeëntuin

XANDER

Uitgegeven door Xander Uitgevers BV
Hamerstraat 3, 1021 JT Amsterdam

www.xanderuitgevers.nl

Oorspronkelijke titel: *Hothouse Flower*
Eerder verschenen als: *Terug naar Wharton Park*
Oorspronkelijke uitgever: Penguin Books Ltd, Londen
Vertaling: Ans van der Graaff
Zetwerk: Michiel Niesen, ZetProducties
Omslagontwerp: zero-media.net, Munich
Omslagbeeld: Plainpicture; Laif
Auteursfoto: Lana Pinho

Eerste druk 2019
Dertiende druk 2021

ISBN 978 94 0161 094 0 | NUR 302

SIAM, VELE MANEN GELEDEN...

Ze zeggen in Siam dat als een man verliefd wordt op een vrouw – hevig, hartstochtelijk, onomkeerbaar verliefd – hij tot alles in staat zal zijn om haar te behouden, haar te behagen en te zorgen dat ze hem meer waardeert dan alle andere mannen.

En ooit was er een prins van Siam, die verliefd werd op een vrouw van zeldzame schoonheid. Hij maakte haar het hof en won haar liefde, maar toch voelde de prins zich een paar dagen voor hun bruiloft – een festijn waarbij de hele natie zou feestvieren, dansen en zich verheugen – niet op zijn gemak.

Hij wist dat hij haar zijn liefde moest bewijzen door een daad die getuigde van zo veel heldenmoed en kracht dat die haar voor altijd aan hem zou binden.

Hij moest iets vinden wat net zo zeldzaam en mooi was als zij.

Na veel nadenken riep hij zijn drie meest getrouwe bedienden bij zich en vertelde hun wat ze moesten doen.

'Ik heb horen vertellen over de zwarte orchidee die in ons koninkrijk groeit, hoog in de bergen van het noorden. Ik wil dat jullie die voor mij zoeken en naar mijn paleis brengen, zodat ik deze bloem op onze trouwdag aan mijn prinses kan geven. Degene van jullie die me de orchidee als eerste brengt, zal ik belonen met het soort schat dat hem rijk zal maken. De twee die falen, zullen mijn huwelijk niet meer meemaken.'

De harten van de drie mannen waren van afgrijzen vervuld toen ze een buiging maakten voor hun prins, want ze wisten dat ze de dood in de ogen keken. De zwarte orchidee was een mythische bloem. Net als de met juwelen bezette gouden draken die de voorsteven van de koninklijke boten sierden die hun prins naar de tempel zouden brengen waar hij zijn huwelijksgelofte zou uitspreken tegenover zijn nieuwe prinses, hoorde ze thuis in legendes.

Die avond gingen alle drie de mannen naar huis om afscheid te nemen van hun gezin. Een van hen – in de armen van zijn huilende vrouw gelegen – was echter slimmer dan de andere twee en verlangde er nog minder naar te sterven dan zij.

Tegen de ochtend had hij een plan uitgebroed. Hij vertrok naar de drijvende markt, waar specerijen, zijde… en bloemen te koop werden aangeboden.

Daar kocht hij met wat muntgeld een prachtige orchidee met donker magenta en roze bloemblaadjes. Daarna liep hij met zijn plant langs de smalle *klongs*, de kanalen van Bangkok, tot hij de schrijver vond, die tussen zijn schriftrollen in de donkere, vochtige werkkamer achter in zijn winkel zat.

De schrijver had ooit in het paleis gewerkt en daar kende de bediende hem van, maar zijn werk was onwaardig bevonden vanwege de onvolkomenheden in zijn schrift.

'*Sawadee krup*, schrijver.' De bediende zette de orchidee op de schrijftafel. 'Ik heb een opdracht voor u en als u me helpt, kan ik u rijkdom aanbieden waar u alleen maar van kunt dromen.'

De schrijver, die sinds zijn dagen in het paleis slechts met moeite wist rond te komen, keek de bediende belangstellend aan. 'Hoe dan wel?'

De bediende wees naar de bloem. 'Ik wil dat u uw vaardigheden met inkt gebruikt om de bloemblaadjes van deze orchidee zwart te kleuren.'

De schrijver keek fronsend naar de bediende en bestudeerde toen de plant. 'Ja, het is mogelijk, maar als er nieuwe bloemen komen, zullen die niet zwart zijn en zult u ontdekt worden.'

'Als er nieuwe bloemen aan komen, zijn u en ik al kilometers ver weg en leiden we een leven als de prins die ik dien,' antwoordde de bediende.

De schrijver knikte langzaam terwijl hij erover nadacht. 'Kom bij het vallen van de avond terug en u hebt uw zwarte orchidee.'

De bediende ging terug naar huis, zei tegen zijn vrouw dat ze hun schamele bezittingen moest inpakken, beloofde haar dat ze alles zou kunnen kopen wat haar hart begeerde en dat hij ver weg een prachtig paleis voor haar zou bouwen.

Die avond ging hij terug naar de winkel van de schrijver en hij hapte verrukt naar adem toen hij de zwarte orchidee op diens schrijftafel zag staan.

Hij bestudeerde de bloemblaadjes en zag dat de schrijver uitstekend werk had geleverd.

'Het is droog,' merkte de schrijver op, 'en de inkt zal niet afgeven op onderzoekende vingers. Ik heb het uitgetest. Probeert u het maar.'

De bediende deed dat en zag dat er geen inkt aan zijn vingers kwam.

'Ik kan alleen niet zeggen hoelang het zal houden. Vocht uit de plant zelf zal de inkt doen verbleken. En natuurlijk mag ze nooit aan regen worden blootgesteld.'

'Deze is goed genoeg,' zei de bediende met een knikje, en hij pakte de plant op. 'Ik ga naar het paleis. Kom om middernacht naar de rivier, dan ontvangt u uw deel.'

Op de avond van het huwelijk van de prins met de prinses en nadat hij die vreugdevolle dag had gedeeld met zijn koninkrijk stapte hij zijn privévertrekken binnen.

De prinses stond buiten op het terras en keek neer op de rivier de Chao Phraya, die nog steeds werd verlicht door de weerspiegelingen van het vuurwerk dat werd afgestoken om haar vereniging met de prins te vieren. Hij ging naast haar staan.

'Mijn enige liefde, ik heb iets voor je, iets wat jouw uniciteit en volmaaktheid symboliseert.'

Hij gaf haar de zwarte orchidee in een massief gouden pot die was bezet met juwelen.

De prinses keek naar de nachtzwarte blaadjes van de bloem, die gebukt leken te gaan onder het gewicht van de kleur van haar soort. Ze zag er vermoeid, verzwakt en onheilspellend uit in haar onnatuurlijk donkere kleurnuance.

De prinses wist echter wat ze vast had... wat het betekende en wat hij voor haar had gedaan.

'Mijn prins, ze is prachtig! Waar hebt u deze gevonden?' vroeg ze.

'Ik heb het hele koninkrijk afgezocht. Ik weet zeker dat er zo geen tweede is, net zoals er niemand is als jij.' Hij keek haar aan, met alle liefde die hij voor haar voelde in zijn ogen.

Ze zag de liefde en streelde zacht zijn gezicht, hoopte dat hij wist dat zij zijn liefde beantwoordde en dat altijd zou blijven doen.

'Dank u, de bloem is heel erg mooi.'

Hij nam haar hand bij zijn wang vandaan en kuste haar vingers, overweldigd door het verlangen haar volledig te bezitten. Dit was zijn huwelijksnacht en hij had lang gewacht. Hij nam de orchidee van haar over, zette die op het terras, nam haar in zijn armen en kuste haar.

'Ga mee naar binnen, mijn prinses,' mompelde hij in haar oor.

Ze liet de zwarte orchidee op het terras staan en volgde hem de slaapkamer in.

Net voor het ochtendgloren stond de prinses op uit hun bed en liep naar buiten om de eerste ochtend van hun nieuwe leven samen te begroeten. Aan de ondiepe plassen zag ze dat het die nacht had geregend. De nieuwe dag kwam tot leven, al ging de zon nog deels schuil achter de bomen aan de andere kant van de rivier.

Op het terras stond een roze met magentakleurige orchidee in dezelfde gouden pot die haar prins haar had geschonken.

Glimlachend raakte ze de blaadjes aan, gereinigd en weer gezond door de regen, en zo veel mooier dan dezelfde zwarte orchidee die hij haar de avond tevoren had gegeven. Het plasje water eromheen was vaag grijs verkleurd.

Toen begreep ze het en ze pakte de bloem, snoof de heerlijke geur op en overdacht wat ze moest doen: was het beter de waarheid te vertellen en hem pijn te doen, of te liegen om hem te beschermen?

Een paar minuten later liep ze terug de slaapkamer in en kroop ze weer in de armen van haar prins.

'Mijn prins,' zei ze zacht toen hij wakker werd, 'mijn zwarte orchidee is vannacht gestolen.'

Hij ging meteen geschokt rechtop zitten, klaar om de paleiswachters te roepen. Ze kalmeerde hem met een glimlach.

'Nee, mijn liefste, ik geloof dat hij ons slechts voor één nacht gegeven was, de nacht dat wij een werden, onze liefde tot bloei kwam en ook wij onderdeel werden van de natuur. We mogen niet aannemen dat zoiets magisch alleen ons zou kunnen toebehoren… en bovendien zou de orchidee verwelken en afsterven… en dat had ik niet kunnen verdragen.' Ze pakte zijn hand en kuste die. 'Laten we geloof hechten aan haar macht in de wetenschap dat haar schoonheid ons heeft gezegend tijdens de eerste nacht van ons leven samen.'

De prins dacht een poosje na. En omdat hij met heel zijn hart van haar hield en hij zo blij was dat ze nu helemaal de zijne was, riep de prins zijn wachters niet.

En terwijl hij ouder werd en hun vereniging vruchtbaar was en werd gezegend met een kind dat die nacht was verwekt, en daarna nog vele meer, geloofde hij de rest van zijn leven dat de mystieke zwarte orchidee hen had gezegend met haar magie, maar hen niet had toebehoord.

De ochtend na het huwelijk van de prins en de prinses zat een arme visser aan de oever van de Chao Phraya, een paar honderd meter stroomafwaarts van het koninklijk paleis. Zijn lijn was de afgelopen twee uur leeg gebleven. Hij vroeg zich af of het vuurwerk van de vorige avond de vissen naar de bodem van de rivier had verdreven. Hij zou niets hebben om te verkopen en zijn grote gezin zou honger lijden.

Toen de zon tot boven de bomen aan de andere kant van de rivier klom en haar gezegende licht op het water liet schijnen, zag hij iets glinsteren tussen het groene wier dat langs de oever groeide. Hij liet zijn hengel vallen en waadde het water in om het te pakken. Hij greep het snel beet en droeg het met wier bedekte voorwerp naar de kant.

En hij was verbijsterd over wat hij zag toen hij het wier had verwijderd.

De pot was van massief goud en bezet met diamanten, smaragden en robijnen.

Hij vergat zijn vishengel, stopte de pot in zijn mand en vertrok naar de juwelenmarkt in de stad, in het vreugdevolle besef dat zijn gezin nooit meer honger zou lijden.

WINTER

1

NORFOLK, ENGELAND

Ik heb elke nacht dezelfde droom. Het is alsof mijn leven de lucht in is gegooid en alle stukken omlaagvallen... maar dan achterstevoren en binnenstebuiten. Alle delen van mijn leven, maar in de verkeerde volgorde, een fragmentarisch beeld.

Men zegt dat dromen belangrijk zijn en dat ze je iets vertellen, iets wat je voor jezelf verborgen houdt.

Ik hou niets voor mezelf verborgen; kon ik dat maar.

Ik wil slapen om te vergeten. Om rust te vinden, want ik word de hele dag geplaagd door herinneringen.

Ik ben niet gek. Hoewel ik de laatste tijd veel nadenk over wat waanzin eigenlijk is. Vele miljoenen menselijke wezens, allemaal individuen, met hun eigen DNA*-profiel, hun eigen unieke gedachten – hun persoonlijke perceptie van de wereld gezien vanuit hun eigen hoofd. En elke visie is anders.*

Ik ben tot de conclusie gekomen dat vlees en botten, de fysieke massa waarmee we geboren zijn, het enige is wat wij mensen echt kunnen delen. Er is me bijvoorbeeld telkens en telkens weer verteld dat iedereen anders op verdriet reageert en dat geen enkele reactie verkeerd is. Sommige mensen huilen maanden, jaren zelfs. Ze gaan in het zwart gekleed en rouwen. Anderen lijken onaangetast door hun verlies. Ze begraven het. Ze gaan op dezelfde voet door als voorheen. Alsof hun niets is overkomen.

Ik weet niet zeker hoe ik heb gereageerd. Ik heb geen maanden gehuild. Ik heb zelfs bijna helemaal niet gehuild.

Maar ik ben het ook niet vergeten. Ik zal het nooit vergeten.

Ik hoor iemand beneden. Ik moet opstaan en doen alsof ik klaar ben om de dag onder ogen te zien.

Alicia Howard parkeerde haar Land Rover naast de stoep. Ze schakelde de motor uit en liep de lage heuvel naar het huisje op. Ze wist dat de voordeur nooit op slot was, dus deed ze hem open en stapte naar binnen.

Alicia bleef even in de nog donkere woonkamer staan bibberen. Ze liep naar het raam en trok de gordijnen open. Ze schudde de kussens van de bank op, pakte drie lege koffiekopjes en nam ze mee naar de keuken.

Ze liep naar de koelkast en trok hem open. In de deur stond een eenzame halflege fles melk. Op de roosters een pak yoghurt dat over de datum was, wat boter en een oude tomaat. Ze sloot de koelkast en inspecteerde de broodtrommel. Zoals ze had verwacht was die leeg. Alicia ging aan tafel zitten en slaakte een zucht. Ze dacht aan haar eigen warme, welvoorziene keuken, de troostrijke geur van het avondeten dat op het Aga-fornuis stond, het geluid van haar spelende kinderen en hun hoge, schelle gelach... het hart van haar huis en haar leven.

Het contrast met dit troosteloze kleine vertrek trof haar diep. Het was een toepasselijke metafoor voor het huidige bestaan van haar jongere zus; Julia's leven én haar hart lagen aan flarden.

Het geluid van voetstappen op de krakende houten trap vertelde Alicia dat ze in aantocht was. Ze keek naar haar zus toen die in de deuropening verscheen en als altijd werd ze getroffen door haar schoonheid; terwijl zijzelf blond en licht van huid was, was Julia donker en exotisch. Haar weelderige bos kastanjebruine haren omlijstte haar fijne gezichtje en het gewicht dat ze onlangs had verloren deed haar heldere, amandelvormige amberkleurige ogen en hoge jukbeenderen alleen maar nog beter uitkomen.

Julia was voor het januariweer ongepast gekleed in een van de weinige outfits die ze momenteel bezat: een rode kaftantop, vrolijk geborduurd met gekleurd zijdegaren, en een wijde, zwarte katoenen broek die haar dunne benen verhulde. Alicia zag het kippenvel al op Julia's blote armen. Ze stond op en trok haar zwijgzame zus in een liefdevolle omhelzing.

'Lieverd,' zei ze, 'je ziet er steenkoud uit. Zou je niet wat warmere kleren gaan kopen, of wil je dat ik je een paar van mijn truien breng?'

'Ik voel me best,' antwoordde Julia, en ze schudde zich uit haar zusters omhelzing. 'Koffie?'

'Er is niet veel melk. Ik heb net in je koelkast gekeken.'

'Dat geeft niets, ik drink hem wel zwart.' Julia liep naar het aanrecht, vulde de waterkoker en zette die aan.

'Hoe gaat het nou met je?' vroeg Alicia.

'Prima,' antwoordde Julia, en ze pakte twee koffiemokken van de plank.

Alicia trok een grimas. 'Prima' was Julia's standaardantwoord. Ze gebruikte het om diepgaande vragen uit de weg te gaan.

'Heb je nog iemand gezien deze week?'

'Nee, niet echt,' zei Julia.

'Lieverd, weet je zeker dat je niet weer een poosje bij ons wilt komen logeren? Ik vind het vreselijk dat je hier helemaal in je eentje zit.'

'Bedankt voor het aanbod, maar zoals ik zei gaat het prima met me,' antwoordde Julia afstandelijk.

Alicia slaakte een gefrustreerde zucht. 'Julia, je ziet er niet prima uit. Je bent nog meer afgevallen. Eet je eigenlijk wel?'

'Natuurlijk. Wil je nou koffie of niet?'

'Nee, dank je.'

'Prima!' Julia zette de melkfles terug in de koelkast. Toen ze zich omdraaide blonk er woede in haar amberkleurige ogen.

'Luister, ik weet dat je dit alleen maar doet omdat je om me geeft. Maar heus, Alicia, ik ben niet een van je kinderen en ik heb geen babysit nodig. Ik ben graag alleen.'

'Hoe dan ook,' zei Alicia op opgewekte toon, trachtend haar toenemende ongeduld de kop in te drukken, 'ik zou mijn jas maar gaan pakken als ik jou was, want ik neem je mee.'

'Ik heb al plannen voor vandaag,' antwoordde Julia.

'Dan zeg je die maar af. Ik heb je hulp nodig.'

'Waarom?'

'Omdat pap volgende week jarig is – voor het geval je dat vergeten was – en ik een verjaardagscadeau voor hem wil kopen.'

'En heb je daar mijn hulp bij nodig, Alicia?'

'Hij wordt vijfenzestig; het is de dag dat hij met pensioen gaat.'

'Dat weet ik. Hij is ook mijn vader.'

Alicia deed haar best kalm te blijven. 'Er is om twaalf uur een inboedelveiling op Wharton Park. Ik dacht dat we er misschien heen konden gaan om te kijken of we iets voor pap kunnen vinden.' Ze zag interesse opflikkeren in Julia's ogen.

'Wordt Wharton Park verkocht?'

'Ja, wist je dat niet?'

Julia's schouders zakten omlaag. 'Nee, dat wist ik niet. Waarom?'

'Het gebruikelijke verhaal, vermoed ik: successierechten. Ik heb gehoord dat de huidige eigenaar het verkoopt aan een of andere stadskerel met meer geld dan verstand. Een gewoon hedendaags gezin kan zich een dergelijk landgoed niet veroorloven. En de laatste Lord Wharton heeft het vreselijk laten vervallen. Het zou kennelijk een fortuin kosten om het weer op te knappen.'

'Wat triest,' mompelde Julia.

'Ik weet het,' stemde Alicia met haar in, blij te zien dat Julia het zich in elk geval aantrok. 'Het was een belangrijk onderdeel van onze jeugd, vooral voor jou. Daarom vond ik dat we maar eens moesten kijken of we er een leuk aandenken voor pap konden vinden. Het zal waarschijnlijk allemaal troep zijn, en de goede spullen zullen wel naar Sotheby's gaan, maar je weet het nooit.'

Tot haar verbazing knikte Julia zonder dat ze haar nog verder moest overhalen. 'Oké, ik ga mijn jas pakken.'

Vijf minuten later manoeuvreerde Alicia de auto door de smalle hoofdstraat van het mooie kustplaatsje Blakeney. Ze sloeg links af voor de vijftien minuten durende rit naar Wharton Park.

'Wharton Park...' mompelde Julia zacht.

De bezoekjes aan grootvader Bill in zijn kas vormden haar levendigste jeugdherinneringen: de overweldigende geur van de exotische bloemen die hij kweekte, en zijn geduld terwijl hij haar vertelde tot welk geslacht ze behoorden en waar ze oorspronkelijk vandaan kwamen. Zijn eigen vader en zijn vaders vader voor hem hadden als tuinman voor de familie Crawford gewerkt, die eigenaar waren van Wharton Park, een uitgestrekt landgoed met ruim vierhonderd hectare vruchtbare landbouwgrond.

Haar grootouders woonden destijds in een aangenaam huisje in een gezellige, bedrijvige hoek van het landgoed, omringd door de vele andere personeelsleden die het land en het huis onderhielden en de familie Crawford zelf bedienden. Jasmine, de moeder van Julia en Alice, was in dat huisje geboren en opgegroeid.

Elsie, haar grootmoeder, was precies zoals een grootmoeder hoorde te zijn, zij het een tikje excentriek. Haar armen waren altijd uitnodigend gespreid en er stond altijd iets lekkers voor het avondeten op het grote fornuis.

Steeds als Julia terugdacht aan de tijd die ze op Wharton Park had doorgebracht, herinnerde ze zich de blauwe hemel en de weelderige kleuren van de bloemen die onder de zomerzon stonden te bloeien. En ooit was Wharton Park beroemd geweest om zijn collectie orchideeën. Het was een vreemd idee dat de kleine, tere bloemen die oorspronkelijk uit een tropisch klimaat stamden het toch zo goed deden op het koele noordelijk halfrond, in het vlakke land van Norfolk.

Als kind verheugde Julia zich het hele jaar op haar zomerse bezoeken aan Wharton Park. De rust en warmte van de kassen – knus in een hoekje van de moestuin, beschut tegen de gemene wind die 's winters van over de Noordzee kwam waaien – bleef het hele jaar in haar herinnering. Dat, en de vanzelfsprekende huiselijkheid bij haar grootouders, had het voor haar tot een vredige plek gemaakt. Op Wharton Park bleef alles gelijk. Niet klokken en tijdschema's hadden het er voor het zeggen; de natuur zelf bepaalde het ritme.

Ze herinnerde zich nog steeds haar grootvaders oude bakelieten radio in een hoek van de kas, waaruit van de vroege ochtend tot de avondschemering klassieke muziek had geklonken.

'Bloemen houden van muziek,' zei grootvader Bill terwijl hij zijn dierbare planten verzorgde. Julia keek naar hem vanaf een kruk in de hoek bij de radio, en luisterde naar de muziek. Ze leerde pianospelen en bleek een natuurtalent te zijn. Er stond een oude piano in de kleine woonkamer van het huisje. Vaak vroegen ze haar na het avondeten iets te spelen. Haar grootouders keken vol waardering en ontzag toe terwijl Julia's jonge vingers over de toetsen vlogen.

'Je gave is een godsgeschenk, Julia,' had grootvader Bill op een avond gezegd, met tranen in zijn ogen toen hij naar haar glimlachte. 'Verspil die niet, alsjeblieft?'

De dag dat ze elf werd, had ze van grootvader Bill haar eigen orchidee gekregen.

'Deze is speciaal voor jou, Julia. Ze heet *Aerides odoratum*, wat "Kinderen van de lucht" betekent.'

Julia bestudeerde de tere ivoorkleurige en roze blaadjes van de bloem in haar pot. Ze voelden fluweelzacht aan.

'Waar komt deze vandaan, grootvader Bill?' had ze gevraagd.

'Uit de Oriënt, uit de oerwouden van Chiang Mai in Noord-Thailand.'

'O, wat voor muziek denkt u dat deze mooi vindt?'

'Ze lijkt erg op Mozart gesteld te zijn,' zei haar grootvader grinnikend. 'En als ze er wat verwelkt uitziet, kun je misschien Chopin proberen!'

Julia had zowel haar orchidee als haar talent voor de piano gekoesterd. In de salon van haar tochtige victoriaanse ouderlijk huis aan de rand van Norwich had ze voor de bloem gespeeld en die had telkens weer voor haar gebloeid.

En ze had van de exotische plaats gedroomd waar haar orchidee vandaan kwam. Ze was dan niet langer in de salon van een huis in de buitenwijk, maar in de uitgestrekte oerwouden van het Verre Oosten... het geluid van gekko's en vogels, de bedwelmende geuren van de orchideeën die overal op de bomen en in het kreupelhout eronder groeiden.

Ze wist dat ze er op een dag zelf heen zou gaan. Maar voorlopig kleurden haar grootvaders enthousiaste beschrijvingen van verre landen haar verbeeldingskracht en haar spel.

Toen ze veertien was, overleed grootvader Bill. Julia herinnerde zich het gevoel van verlies nog levendig. Hij en de kassen waren de enige zekerheid geweest in haar jonge en toch al moeilijke leven. Hij was een wijze, zachtmoedige autoriteit met een luisterend oor, en misschien meer een vader voor haar dan haar eigen vader was geweest. Op haar achttiende won ze een beurs voor het Royal College of Music in Londen. Grootmoeder Elsie was bij haar zus in Southwold gaan wonen en Julia was nooit meer teruggegaan naar Wharton Park.

En nu was ze eenendertig en keerde ze erheen terug. Terwijl Alicia over haar vier kinderen zat te babbelen, ervoer Julia opnieuw het verwachtingsvolle gevoel dat ze vroeger altijd had gehad wanneer ze deze weg achter in de auto van haar ouders aflegde; ze tuurde uit het raam en wachtte tot ze het poortwachtershuisje, dat de toegang tot Wharton Park markeerde, zag verschijnen als ze bij de vertrouwde bocht in de weg kwamen.

'Daar is de afslag!' zei Julia toen Alicia er bijna voorbijreed.

'Gos, ja, je hebt gelijk. Ik ben hier al zo lang niet meer geweest dat ik het vergeten was.'

Alicia keek even naar haar zus toen ze de oprijlaan op reden. Ze zag een flikkering van verwachting in Julia's ogen.

'Jij vond het hier altijd fantastisch, hè?' zei ze zacht.

'Ja, jij niet?'

'Eerlijk gezegd verveelde ik me altijd als we hier logeerden. Ik kon niet wachten tot we terug naar de stad gingen en ik mijn vriendinnen weer kon zien.'

'Je was altijd al meer een stadsmeisje,' merkte Julia op.

'Ja, en moet je me nu zien: vierendertig jaar, een boerderij in een of ander godvergeten gat, een huis vol kinderen, drie katten, twee honden en een Aga-fornuis. Wat is er van het uitgaansleven geworden?' zei Alicia met een ironische glimlach.

'Je werd verliefd en stichtte een gezin.'

'En jij kwam in het uitgaansleven terecht,' voegde Alicia er zonder enige wrok aan toe.

'Ja, ooit...' Julia's stem stierf weg. 'Daar is het huis. Het ziet er nog precies hetzelfde uit.'

Alicia keek naar het gebouw voor hen. 'Eerlijk gezegd vind ik het er zelfs beter uitzien. Ik was vast vergeten hoe mooi het is.'

'Ik ben het nooit vergeten,' mompelde Julia.

Ze volgden de rij auto's die langzaam over de oprijlaan vorderden, allebei in gedachten verzonken. Wharton Park was in klassieke georgiaanse stijl gebouwd voor de neef van de eerste minister-president van Groot-Brittannië, al overleed die al voor het huis klaar was. Het huis was bijna helemaal opgetrokken uit zandsteen en de kleur was in de loop van zijn driehonderdjarig bestaan vervaagd tot zachtgeel.

De zeven gevelelementen en de dubbele trap die voor de benedenverdieping omhoogleidde naar de bel-etage met een verhoogd terras dat uitkeek over het park aan de achterzijde, gaven het gebouw een zekere Franse luister. Met op elke hoek een toren met koepeldak, een door vier reusachtige Ionische zuilen ondersteunde zuilengang en een afbrokkelend standbeeld van Britannia, die elegant op het hoogste punt zat, had het een majestueuze, zij het ietwat excentrieke uitstraling.

Wharton Park was niet groot genoeg om als landhuis te worden betiteld. Het had ook niet de volmaakte architectuur om het te complimenteren, omdat latere generaties Crawfords enkele vreemde uitbreidingen hadden gerealiseerd, die de puurheid van het gebouw hadden aangetast. Om diezelfde reden had het echter ook niet de grimmige uitstraling van veel andere grote huizen uit die periode.

'Hier gingen we altijd linksaf,' zei Julia, die zich het pad langs de vijver herinnerde dat ze altijd nam om bij het huisje van haar grootouders aan de rand van het landgoed te komen.

'Zullen we na de veiling even bij hun huisje gaan kijken?' vroeg Alicia.

Julia haalde haar schouders op. 'We zien nog wel, oké?'

Mannen in gele jassen dirigeerden de auto's naar de parkeerplaatsen.

'We zijn kennelijk niet de enigen die erover gehoord hebben,' merkte Alicia op terwijl ze de auto op de haar aangewezen plaats parkeerde. Ze wendde zich tot haar zus en legde haar hand op Julia's knie. 'Klaar om te gaan?' vroeg ze.

Het duizelde Julia door de vele herinneringen die op haar af kwamen. Zelfs de geuren waren haar vertrouwd toen ze uit de auto stapte en naar het huis liep: pas gemaaid nat gras en een vage zweem van een geur waarvan ze nu wist dat het de jasmijn in de borders langs het gazon was. Langzaam volgden ze de menigte de trap op en door de hoofdingang het huis binnen.

2

Ik ben weer elf. Ik sta in een enorme ruimte waarvan ik weet dat het een vestibule is, maar die in mijn ogen wel een kathedraal lijkt. Het plafond is hoog boven me en als ik ernaar kijk, zie ik dat het beschilderd is met wolken en mollige engeltjes zonder kleren aan. Dat fascineert me en ik tuur er zo gespannen naar dat ik niet in de gaten heb dat er op de trap iemand naar me staat te kijken.

'Kan ik je helpen, jongedame?'

Ik schrik zo dat ik bijna de kostbare pot die ik vastheb laat vallen, terwijl die de reden is dat ik hier ben. Mijn grootvader heeft me gestuurd om hem aan Lady Crawford te geven. Ik ben niet blij, want ik ben bang van haar. De keren dat ik haar vanuit de verte heb gezien, zag ze er oud, mager en boos uit. Maar grootvader Bill stond erop.

'Ze is heel verdrietig, Julia. De orchidee zal haar misschien opvrolijken. Ga nou maar gauw, brave meid.'

De persoon op de trap is beslist niet Lady Crawford. Het is een jongen, misschien vier of vijf jaar ouder dan ik, met een dikke bos kastanjebruine krullen die naar mijn idee veel te lang zijn voor een jongen. Hij is erg lang, maar akelig mager; zijn armen lijken wel staken die uit zijn opgerolde mouwen steken.

'Ja, ik zoek Lady Crawford. Ik kom haar deze brengen uit de kassen,' weet ik te stamelen.

Hij slentert verder de trap af en komt met uitgestrekte handen voor me staan.

'Ik zal hem wel aan haar geven, als je wilt.'

'Mijn grootvader zei dat ik hem zelf aan haar moest geven,' antwoord ik nerveus.

'Jammer genoeg ligt ze nu te rusten. Het gaat niet zo goed met haar, weet je.'

'Dat wist ik niet,' antwoord ik. Ik wil vragen wie hij is, maar durf het niet. Hij kan vast mijn gedachten lezen, want hij zegt: 'Lady Crawford is

familie van me, dus ik denk dat je me wel kunt vertrouwen, denk je ook niet?'

'Ja, hier.' Ik geef hem de orchidee, heimelijk opgelucht dat ik die niet zelf hoef af te leveren. 'Wil je Lady Crawford vertellen dat mijn grootvader zegt dat dit een nieuwe...' – ik worstel om me het woord te herinneren – 'hybride is, die nog maar net bloeit?'

'Ja, dat zal ik doen.'

Ik blijf staan, niet goed wetend wat ik nu moet doen. Hij blijft ook staan.

Uiteindelijk zegt hij: 'Hoe heet je eigenlijk?'

'Julia Forrester. Ik ben de kleindochter van meneer Stafford.'

Hij trekt een wenkbrauw op. 'Maar natuurlijk. Nou, ik ben Christopher Crawford. Kit voor mijn vrienden.'

Hij steekt de hand uit waarmee hij niet de plant vasthoudt en ik pak hem beet.

'Leuk je te ontmoeten, Julia. Ik heb gehoord dat je goed piano kunt spelen.'

Ik bloos. 'Ik vind van niet,' zeg ik.

'Doe maar niet zo bescheiden,' berispt hij me. 'Ik heb kokkie en je grootmoeder er vanmorgen over horen praten. Kom mee.'

Hij houdt nog steeds mijn hand vast en trekt me plotseling met zich mee door de hal en door een reeks kamers vol met het soort formele meubels die het huis de uitstraling van een levensgroot poppenhuis geven. Ik vraag me onwillekeurig af waar ze 's avonds gaan zitten om televisie te kijken. Eindelijk gaan we een kamer binnen die in goudkleurig licht baadt, dat door de drie ramen valt die van de vloer tot het plafond reiken en die uitkijken op het terras dat toegang geeft tot de tuin. Er staan grote sofa's rondom een reusachtige marmeren open haard en in de verste hoek voor een van de ramen staat een vleugelpiano. Kit Crawford leidt me erheen, trekt het krukje naar achteren en duwt mij erop neer.

'Vooruit dan. Laat eens wat horen.'

Hij trekt de klep omhoog en een regen aan stofdeeltjes dwarrelt op, glinsterend in het licht van de middagzon.

'Weet je... weet je zeker dat het mag?' vraag ik.

'Tante Crawford slaapt aan de andere kant van het huis. Er is weinig kans dat ze het zal horen. Toe nou!' Hij kijkt me verwachtingsvol aan.

Aarzelend leg ik mijn handen op de toetsen. Ik heb nog nooit zulke toetsen aangeraakt. Ik weet het op dat moment niet, maar ze zijn afgewerkt met het fijnste ivoor en ik speel op een honderdvijftig jaar oude Bechstein-vleugel. Ik sla een toets heel licht aan en toch resoneert de echo van het geluid door de snaren, waardoor het wordt versterkt.

Hij staat met zijn armen over elkaar te wachten en ik realiseer me dat ik geen keus heb. Ik begin Clair de Lune te spelen, een stuk dat ik nog maar pas heb geleerd. Het is momenteel mijn favoriete stuk en ik heb het uren geoefend. Terwijl de noten onder mijn vingers tevoorschijn komen vergeet ik Kit. Ik word meegevoerd door de prachtige klanken die dit fantastische instrument produceert. Ik ga zoals altijd ergens anders heen, naar een plek ver weg van hier. De zon schijnt op mijn vingers en verwarmt mijn gezicht. Ik speel misschien wel beter dan ik ooit heb gedaan en ik ben verrast als mijn vingers de laatste toets raken en het stuk ten einde is.

Ik hoor applaus ergens op de achtergrond en roep mezelf terug naar de enorme kamer en naar Kit, die met een blik vol ontzag naar me staat te kijken.

'Wow!' zegt hij. 'Dat was briljant!'

'Dank je.'

'Je bent nog zo jong. Je vingers zijn zo klein; hoe kunnen ze zo snel over de toetsen vliegen?'

'Ik weet het niet, dat... gebeurt gewoon.'

'Wist je dat de man van tante Crawford, Harry, Lord Crawford, kennelijk een talentvol pianist was?'

'O nee, ik... dat wist ik niet.'

'Nou, dat was hij dus wel. Dit was zijn piano. Hij stierf toen ik nog een baby was, dus ik heb hem nooit horen spelen. Kun je nog iets anders spelen?'

Deze keer kijkt hij oprecht enthousiast.

'Ik... ik geloof echt dat ik moet gaan.'

'Nog eentje, alsjeblieft?'

'Goed dan,' zeg ik.

En ik begin 'Rapsodie op een thema van Paganini' te spelen. Opnieuw ga ik helemaal op in de muziek en ik ben halverwege wanneer ik plotseling een stem hoor roepen.

'Stop! Hou daar onmiddellijk mee op!'

Ik doe wat me gezegd wordt en kijk naar de deuropening van de salon.

Daar staat een lange, magere, grijze vrouw met een woedende blik in haar ogen. Mijn hart begint heel snel te kloppen.

Kit loopt naar haar toe. 'Sorry, tante Crawford, ik had Julia gevraagd iets te spelen. U sliep, dus ik kon u niet om toestemming vragen. Hebben we u wakker gemaakt?'

Een paar kille ogen kijken hem aan. 'Nee. Je hebt me niet wakker gemaakt. Maar, Kit, daar gaat het helemaal niet om. Je weet toch wel dat ik het verboden heb dat er iemand op die vleugel speelt?'

'Het spijt me heel erg, tante Crawford. Daar had ik geen erg in. Maar Julia speelt fantastisch. Ze is pas elf, maar ze speelt nu al als een concertpianiste.'

'Genoeg!' bijt zijn tante hem toe.

Kit buigt zijn hoofd en beduidt me hem te volgen.

'Nogmaals, sorry,' zegt hij terwijl ik achter hem aan de kamer uit glip.

Als ik langs Lady Crawford loop, houdt ze me staande. 'Ben jij Staffords kleindochter?' vraagt ze, en haar kille, blauwe ogen kijken me doordringend aan.

'Ja, Lady Crawford.'

Ik zie haar blik heel even iets milder worden en het lijkt bijna alsof ze zal gaan huilen. Ze knikt en lijkt slechts met moeite iets te kunnen zeggen. 'Ik… het speet me te horen dat je moeder is gestorven.'

Kit voelt de spanning aan en onderbreekt die. 'Julia kwam een orchidee voor u brengen. Het is een nieuwe uit de kassen van haar grootvader, nietwaar, Julia?' moedigt hij me aan.

'Ja,' zeg ik, en ik doe mijn best niet te gaan huilen. 'Ik hoop dat u haar mooi vindt.'

Ze knikt. 'Vast wel. Zeg tegen je grootvader dat ik dank je wel heb gezegd.'

Alicia stond geduldig in de rij voor een veilingcatalogus.

'Ben je als kind ooit in dit huis geweest?' vroeg ze.

'Ja,' antwoordde Julia, 'één keer.'

Alicia wees naar het plafond. 'Nogal ordinair, die engeltjes, vind je niet?'

'Ik vond ze altijd wel mooi,' antwoordde Julia.

'Een raar oud huis is het,' vervolgde Alicia, die de haar toegestoken catalogus aanpakte en de menigte door de vestibule en een gang naar een grote kamer met eikenhouten lambrisering volgde waar alle te verkopen voorwerpen uitgestald stonden. Ze gaf Julia de catalogus. 'Triest dat het wordt verkocht, eigenlijk. Het is meer dan driehonderd jaar de zetel van de familie Crawford geweest,' mijmerde ze. 'Het eind van een tijdperk en zo. Zullen we even rondlopen?' Alicia pakte Julia bij de elleboog en voerde haar mee naar een elegante maar gebarsten Griekse kruik – die naar het mos aan de binnenkant te oordelen als plantenbak voor zomerbloemen was gebruikt. 'Wat vind je van deze voor papa?'

Julia haalde haar schouders op. 'Misschien. De keus is aan jou.'

Alicia merkte Julia's afnemende interesse en haar eigen irritatie op en zei: 'Nou, waarom lopen we niet apart, zodat we sneller alles kunnen bekijken? Begin jij aan deze kant, dan begin ik daar en dan zien we elkaar over tien minuten bij de deur.'

Julia knikte en keek toe terwijl Alicia naar de andere kant van de kamer liep. Ze was de laatste tijd geen grote menigtes gewend en voelde zich onaangenaam claustrofobisch. Ze liep naar het minder drukke gedeelte van de kamer. In een hoek stond een schraagtafel, waar een vrouw achter stond. Julia liep erheen omdat ze nergens anders heen kon.

'Deze spullen zitten niet in de veiling,' zei de vrouw. 'Het zijn eigenlijk maar wat prulletjes. U kunt ze nu kopen, ze zijn afzonderlijk geprijsd.'

Julia pakte een exemplaar van *The Children's Own Wonder Book* met ezelsoren op. Ze sloeg het open en zag dat het van 1926 dateerde.

'Voor Hugo, van grootmoeder, veel liefs.'

Er was ook een exemplaar uit 1932 van *Wilfred's Annual* en een van *Marigold Garden* van Kate Greenaway.

De boeken hadden iets ontroerends; meer dan tachtig jaar hadden Crawford-kinderen de verhalen erin gelezen terwijl ze opgroeiden in de kinderkamer ergens hierboven. Julia besloot ze voor zichzelf te kopen, om ze te bewaren voor de verdwenen kinderen van Wharton Park.

Links van de tafel stond een oude kartonnen doos vol prenten. Julia bladerde ze lusteloos door. De meeste waren litho's, getekend met pen en inkt, afbeeldingen van de grote brand in Londen, oude schepen en lelijke huizen. Daartussen zat een versleten bruine envelop. Ze haalde hem uit de doos.

In de envelop zaten aquarellen, elk van een andere soort orchidee.

Er zaten bruine vlekken op het crèmekleurige papier waarop ze geschilderd waren en ze schatte dat de schilderingen eerder het werk waren van een enthousiaste amateur dan van een professional. Niettemin zouden ze er in een lijstje aan de muur wellicht heel bijzonder uitzien, dacht ze. Bij elk stond de Latijnse naam van de orchidee onder de stengel geschreven.

'Wat kosten deze?' vroeg ze aan de vrouw.

De vrouw nam de envelop van haar over. 'Ik weet het niet. Er staat geen prijs op.'

'Als ik u er dan eens twintig pond voor gaf, vijf pond per stuk?' opperde Julia.

De vrouw keek naar de wat slordige schilderingen en haalde haar schouders op. 'Tien pond voor het hele stel lijkt me wel voldoende, denkt u ook niet?'

'Dank u.' Julia haalde het geld uit haar portemonnee, betaalde en liep toen de kamer door om zich bij Alicia te voegen, die al op haar stond te wachten.

Alicia's blik viel direct op de envelop en de boeken onder Julia's arm.

'Heb je iets gevonden?' vroeg ze.

'Ja, inderdaad.'

'Mag ik eens kijken?'

'Ik laat ze je wel zien als we thuis zijn.'

'Oké,' gaf Alicia toe. 'Ik ga op de kruik bieden die we gezien hebben. Het is nummer 6, dus hopelijk hoeven we niet te lang te blijven. De veiling kan elk moment beginnen.'

Julia knikte. 'Ik ga intussen een stukje wandelen. Ik heb behoefte aan frisse lucht.'

'Prima.' Alicia zocht in haar handtas naar haar sleutels en gaf die aan Julia. 'Voor het geval het hier langer duurt. En anders zie ik je over een half uur bij de voordeur. Misschien moet je me wel helpen mijn trofee de trap af te dragen.

'Dank je.' Julia nam de sleutels aan. 'Tot straks.'

Ze liep de kamer uit, de gang door en de vestibule in, die nu verlaten was. Ze bleef even naar de engeltjes op het plafond staan kijken en zocht toen de deur die naar de salon leidde waar de vleugel stond waarop ze ooit had gespeeld. De deur aan de andere kant van de vestibule stond open.

In een opwelling liep ze erheen. Ze aarzelde een paar seconden en stapte toen de deur door. De grote kamer baadde in schemerig januarilicht. De ongebruikte meubels waren nog precies zoals ze zich die herinnerde. Ze liep nog een aantal kamers door tot ze bij de deur van de salon kwam.

Vandaag scheen er geen zonlicht door de hoge ramen en het was bitterkoud in de kamer. Ze liep langs de haard en de sofa's, waar een onaangename geur van schimmel uit opsteeg, en naar de vleugel.

Pas toen merkte ze de lange gestalte op, die met zijn rug naar haar toe door het raam achter de piano naar buiten stond te kijken. Hij ging half schuil achter het damasten gordijn – waarvan de stof nu zo teer was dat die deed denken aan ingewanden die je door papierdunne huid heen zag.

Ze verstarde op haar plaats en besefte onmiddellijk dat ze hem herkende. Hij verroerde zich niet en stond stil als een standbeeld. Hij had haar niet gehoord.

Julia begreep dat ze een moment van persoonlijke overpeinzing verstoorde, draaide zich om en probeerde de kamer net zo stilletjes te verlaten als ze hem was binnengekomen.

Ze had net de deur bereikt toen ze hem hoorde zeggen:

'Kan ik u helpen?'

Ze draaide zich weer om. 'Het spijt me, ik hoor hier niet te zijn.'

'Nee, dat klopt.' Hij keek haar aan en trok toen zijn wenkbrauwen in een frons naar elkaar toe. 'Ken ik u niet?'

Ze stonden een goede tien meter uit elkaar, maar Julia herinnerde zich het dikke kastanjebruine krulhaar, het slanke lijf – dat iets voller en nog minstens dertig centimeter langer was geworden sinds ze hem de laatste keer had gezien – en de scheve mond.

'Ja, ik... dat wil zeggen, we hebben elkaar jaren geleden ontmoet,' hakkelde Julia. 'Neem me niet kwalijk. Ik ga wel weg.'

'Nee, maar.' Zijn gezicht ontspande in een glimlach van herkenning. 'Het is de kleine Julia, de kleindochter van de tuinman, nu een wereldberoemd concertpianiste. Ik heb gelijk, nietwaar?'

'Ja, ik ben Julia,' zei ze knikkend, 'al ben ik niet zo zeker van de term "wereldberoemd"...'

Kit trok zijn wenkbrauwen op. 'Niet zo bescheiden, Julia. Ik heb een paar van je cd's. Je bent echt beroemd! Een echte celebrity! Wat doe je hier in hemelsnaam? Je brengt vast een groot deel van je leven in vijfsterrenhotelsuites over de hele wereld door.'

Julia besefte dat hij het niet had gehoord.

'Ik ben... bij mijn vader op bezoek,' loog Julia.

'Nou, we voelen ons vereerd.' Kit veinsde een halve buiging. 'Jij bent mijn aanspraak op beroemdheid. Ik vertel iedereen dat ik de eerste ben die je Clair de Lune heeft horen spelen. Wel toepasselijk dat we elkaar weer ontmoeten in deze kamer, nu het huis op het punt staat verkocht te worden.'

'Ja, het spijt me dat te horen,' antwoordde ze stijfjes.

'Dat hoeft niet. Het is gewoon het beste. Tante Crawford heeft het helemaal te gronde laten gaan toen ze hier nog woonde, en mijn vader had het geld en de belangstelling niet om er iets aan te doen. Eerlijk gezegd mag ik blij zijn dat ik iemand heb gevonden die het van me wil overnemen. Het zal een fortuin kosten om het te restaureren.'

'Dus Wharton Park Estate is van jou?' vroeg ze.

'Ja, als straf voor mijn zonden, vrees ik. Nu tante Crawford is gestorven, en onlangs ook mijn vader, ben ik de volgende. Het probleem is dat ik niets anders heb geërfd dan een lading schulden en een massa problemen. Maar goed,' zei hij met een schouderophalen, 'sorry dat ik zo negatief klink.'

'Je zult het ergens toch wel jammer vinden?'

Ze stonden nog steeds tien meter uit elkaar. Kit stak zijn handen in zijn broekzakken en liep naar haar toe. 'Eerlijk gezegd op het persoonlijke vlak niet, nee. Ik kwam hier als kind alleen in de vakantie, dus ik heb er geen sterke emotionele band mee. En de grote meneer uithangen is niet echt mijn stijl. Maar het feit dat ik degene was die de beslissing moest nemen om driehonderd jaar familiegeschiedenis te verkopen, heeft me wel een paar slapeloze nachten bezorgd, dat geef ik toe. Maar wat voor keus heb ik? Het landgoed zit diep in de schulden en ik moet het verkopen om de crediteuren te betalen.'

'Verkoop je het helemaal?' vroeg ze.

Kit haalde een hand door zijn weerbarstige krullen en zuchtte. 'Ik ben erin geslaagd de binnenplaats bij de stallen, waar een deel van de arbeiders vroeger woonde, en een schamele paar hectares grond buiten de verkoop te houden. Er loopt een eigen pad naar de weg dat ik kan opknappen, zodat ik de hoofdingang niet hoef te gebruiken. Mijn nieuwe thuis is een wat armoedig huisje zonder centrale verwarming en met een vochtprobleem,' zei hij glimlachend. 'Maar het is beter dan niets en ik ben het aan het renoveren. Ik denk dat het wel oké zal zijn wanneer ik ermee klaar ben.'

'Mijn grootouders woonden daar en mijn moeder is er geboren,' zei Julia. 'Ik heb de huisjes aan de binnenplaats nooit als armoedig gezien en het vochtprobleem heb ik niet opgemerkt, maar ik neem aan dat je wel gelijk hebt.'

'Natuurlijk!' Kit werd rood. 'Jezus, dat klonk vreselijk arrogant. Het spijt me dat ik er zo neerbuigend over deed. De reden dat ik ervoor heb gevochten om de binnenplaats te behouden is feitelijk dat ik het een heel mooi plekje vind. Echt waar,' zei hij met nadruk, 'ik kijk ernaar uit er te gaan wonen. En als ik de rest van de stallen en de huisjes heb weten te renoveren, hoop ik dat ik ze kan verhuren om wat inkomen te genereren.'

'Heb je nergens anders een huis?'

'Net als jij ben ik lang in het buitenland geweest. Ik ben er op de een of andere manier nooit echt aan toegekomen een huis te zoeken...' Kits stem stierf weg en hij wendde zijn blik af om naar buiten te kijken. 'En ik heb niet bepaald goede herinneringen aan deze plek. Ik heb hier in mijn jeugd een aantal ellendige zomers doorgemaakt.'

'Ik vond het altijd heerlijk op Wharton Park.'

'Nou ja, het is een mooi oud huis, en de ligging is magnifiek,' gaf Kit met enige reserve toe.

Julia bestudeerde hem. Hij was erg bruin, maar zag er afgetobd en uitgeput uit. Omdat ze niets anders wist te zeggen antwoordde ze: 'Nou, ik hoop dat je gelukkig wordt in je nieuwe woning. Ik kan maar beter gaan.'

'En ik vermoed dat ik achter in de veilingruimte moet gaan rondhangen.'

Ze liepen naast elkaar door de verduisterde kamers naar de vestibule.

'En,' vroeg Kit op kameraadschappelijke toon, 'waar woon jij tegenwoordig? Een gigantisch penthouse met uitzicht op Central Park, vermoed ik.'

'Nee, hoor. Ik zit momenteel in Blakeney, in een klein, vochtig huisje dat ik jaren geleden heb gekocht, toen iedereen zei dat ik wat geld in onroerend goed moest steken. Ik heb het de afgelopen acht jaar aan vakantiegangers verhuurd.'

'Je hebt toch vast nog wel ergens anders een thuis?' Kit fronste. 'Beroemdheden verschijnen niet in de glossy magazines in vochtige huisjes in noordelijk Norfolk.'

'Ik doe niet aan "glossy magazines", hoor,' zei Julia op verdedigende toon, 'en het is... een lang verhaal,' voegde ze eraan toe, zich realiserend dat ze de grote vestibule naderden. Ze had nog een dringende vraag te stellen. 'Staan de kassen er nog?'

'Dat weet ik niet,' zei Kit schokschouderend. 'Eerlijk gezegd ben ik nog niet in de moestuin geweest. Er was elders nogal veel te doen.'

Toen ze de vestibule binnenstapten, zag Julia haar zus al bij de deur staan met haar kruik. Ze zag er ongeduldig uit.

'Daar ben je, Kit!' Een lange vrouw met kastanjebruin haar en dezelfde donkerbruine ogen als hij sprak hen aan. 'Waar zat je? De veilingmeester wil dringend met je praten over een vaas. Hij denkt dat het misschien een Ming of zoiets dergelijks is en hij vindt dat je hem uit de verkoop moet halen en door Sotheby's moet laten taxeren.'

Julia zag een spoor van ergernis op Kits gezicht verschijnen. 'Julia, mag ik je voorstellen aan Bella Harper, mijn zus.'

Bella bekeek Julia zonder veel belangstelling van top tot teen. 'Hoi,' zei ze afwezig terwijl ze haar arm door die van Kit stak. 'Je moet echt nu meteen met de veilingmeester praten,' zei ze vastberaden en ze trok hem mee weg.

Hij keek achterom en schonk Julia een vluchtige glimlach. 'Leuk je weer te zien,' riep hij, en toen was hij verdwenen.

Julia liep ook de vestibule door, naar Alicia, die de verdwijnende gestaltes nastaarde.

'Waar ken je haar van?' vroeg Alicia nieuwsgierig.

'Wie?' vroeg Julia terwijl ze de andere kant van de kruik vastpakte en ze hem de trap af en naar de auto droegen.

'De afgrijselijke Bella Harper natuurlijk. Ik zag je net met haar praten.'

'Die ken ik niet. Ik ken alleen haar broer, Kit.'

Ze waren bij de auto aangekomen en Alicia opende de achterklep om de kruik erin te zetten. 'Bedoel je Lord Christopher Wharton, de erfgenaam van dit alles?'

'Ja, ik neem aan dat hij dat nu is,' zei Julia, 'maar ik heb hem jaren geleden in dit huis ontmoet en toevallig kwam ik hem nu weer tegen.'

'Ik snap jou niet, Julia; daar heb je nooit wat van gezegd toen we klein waren,' zei Alicia fronsend terwijl ze een oude regenjas om de kruik wikkelde en die tegen de zijkant van de kofferbak schoof. 'Laten we hopen dat we dit ding heel thuis krijgen,' zei ze, en ze duwde de achterklep dicht. Ze stapten allebei in en Alicia startte de motor.

'Heb je zin om even iets te drinken en een sandwich te nemen in de pub?' vroeg Alicia. 'Dan kun je me precies vertellen hoe je de knappe Lord Kit hebt leren kennen. Hopelijk is hij sympathieker dan zijn zus. Ik heb haar een paar keer gezien bij etentjes en ze behandelt me alsof ik nog steeds de kleindochter van de tuinman ben. Godzijdank erft het naaste mannelijke familielid de titel. Als Bella een man was geweest, was ze niet te stoppen!'

'Nee… volgens mij is Kit helemaal niet zoals zij,' zei Julia zacht. Ze wendde zich naar haar zus. 'Bedankt voor het aanbod, maar als je het niet erg vindt, ga ik nu liever naar huis.'

Alicia zag de vermoeidheid in de ogen van haar zus. 'Oké,' antwoordde ze, 'maar we gaan op de terugweg wel bij de winkel langs zodat ik wat voorraden voor je kan kopen.'

Julia stemde toe, te moe om haar tegen te spreken.

Alicia stond erop dat Julia op de bank bleef zitten terwijl zij de kachel aanmaakte en het eten opborg dat ze bij de plaatselijke Spar had gekocht. Voor één keer vond Julia het niet erg om bemoederd te worden. Het uitje – haar eerste in weken – had haar uitgeput. En het bezoek aan Wharton Park en de ontmoeting met Kit waren verwarrend geweest.

Alicia kwam de keuken uit met een dienblad dat ze voor Julia neerzette. 'Ik heb soep voor je gemaakt. Eet hem alsjeblieft op.' Ze pakte de bruine envelop die Julia op de salontafel had gelegd. 'Mag ik?' vroeg ze.

'Natuurlijk.'

Alicia haalde de aquarellen uit de envelop, legde ze op de tafel en bestudeerde ze. 'Ze zijn prachtig,' zei ze, 'en het volmaakte cadeau voor papa. Laat je ze inlijsten?'

'Als dat voor die tijd nog lukt.'

'Je komt zondag toch wel naar ons toe voor zijn verjaardagslunch, hè?' vroeg Alicia.

Julia knikte aarzelend en pakte haar soeplepel op.

'Lieverd, ik weet dat het moeilijk zal zijn, dat grote familiebijeenkomsten je op het moment niet zo trekken, maar ik weet ook dat iedereen zich erop verheugt je te zien. En pap zou het vreselijk vinden als je niet kwam.'

'Ik kom wel. Natuurlijk kom ik.'

'Mooi.' Alicia keek op haar horloge. 'Ik denk dat ik maar beter kan gaan, terug naar het gekkenhuis.' Ze rolde met haar ogen, liep naar Julia toe en gaf een kneepje in haar schouder. 'Kan ik verder nog iets voor je doen?'

'Nee, dank je.'

'Oké.' Alicia plantte een kus op Julia's hoofd. 'En luister, laat alsjeblieft af en toe wat van je horen en denk erom dat je je mobieltje aan laat staan. Ik maak me zorgen om je.'

'Ik heb hier bijna geen bereik,' zei Julia, 'maar ik zal het doen.' Ze keek Alicia na, die naar de deur liep. 'En bedankt. Bedankt dat je me hebt meegenomen naar Wharton Park.'

'Het was me een genoegen, echt. Je hoeft maar te bellen en ik ben er. Hou je taai, Julia.' De deur viel achter Alicia dicht.

Julia voelde zich slaperig en lusteloos. Ze liet de halflege kom soep op de tafel staan, liep vermoeid de trap op en ging met haar handen in haar schoot op haar bed zitten.

Ik wil niet beter worden. Ik wil lijden zoals zij hebben geleden. Waar ze ook zijn, ze zijn in elk geval samen, en ik ben hier alleen. Ik wil weten waarom ik niet samen met hen ben weggenomen, want nu ben ik hier noch daar. Ik kan niet leven en ik kan niet sterven. Iedereen wil dat ik voor het leven kies, maar als ik dat doe, moet ik hen loslaten. En dat kan ik niet. Nog niet…

3

De volgende zondag om twee minuten voor een dirigeerde Alicia haar gezin de woonkamer binnen.

'Lissy, neem wat wijn, lieverd.' Haar man Max duwde haar een glas in de hand en kuste haar op haar wang.

'Rose, leg nu onmiddellijk die iPod weg!' beet Alicia haar dertienjarige dochter toe, die met een nors gezicht op de bank hing. 'En proberen jullie je alsjeblieft allemaal te gedragen.' Alicia ging op de haardrand zitten en nam een flinke slok wijn.

Kate, haar knappe blonde dochtertje van acht, kwam naast haar zitten. 'Mammie, vind je mijn kleren mooi?' vroeg ze.

Alicia keek voor het eerst goed naar het samenraapsel van een felroze topje, een gele rok met stippen en een turquoise maillot. Kate zag er vreselijk uit, maar het was te laat. Ze zag haar vaders auto de oprit op komen rijden.

'Opa is er,' riep James, haar zesjarige, opgetogen.

'Laten we hem gaan halen,' schreeuwde Fred van vier, en hij holde naar de voordeur.

Alicia keek toe toen de andere kinderen hem volgden, en glimlachte van plezier om hun opgetogenheid. De kinderen openden de voordeur, liepen naar buiten en gingen om de auto heen staan.

Een paar tellen later werd George Forrester door zijn kleinkinderen de woonkamer binnen getrokken. Met vijfenzestig was hij nog steeds een knappe man – slank en met een kop vol haar dat nog maar net grijs werd aan de slapen. Hij had een air van gezag en zelfvertrouwen, opgedaan door jarenlang spreken voor gezelschappen.

George was een befaamd botanist – professor in de botanica aan de Universiteit van East Anglia – en hield vaak lezingen bij de Royal Horticultural Society en in Kew. Wanneer hij zijn kennis niet deelde, trok hij naar verre streken over de hele wereld om naar nieuwe plantensoorten te zoeken. En hij gaf volmondig toe dat hij zich dan het gelukkigst voelde.

George had altijd tegen zijn dochters gezegd dat hij de kassen van Wharton Park binnen was gestapt in de verwachting dat hij overdonderd zou worden door de beroemde collectie orchideeën die er groeiden, maar dat hij in plaats daarvan onmiddellijk verliefd was geworden op de jonge schoonheid die ook in de kas was – zijn toekomstige echtgenote en moeder van zijn twee dochters. Ze waren binnen een paar maanden getrouwd.

George liep naar Alicia toe. 'Hallo, lieverd, je ziet er even mooi uit als altijd. Hoe gaat het met je?'

'Goed, dank je. Gefeliciteerd met je verjaardag, pap,' zei ze terwijl hij haar omhelsde. 'Wil je wat drinken? We hebben champagne in de koelkast.'

'Waarom niet?' Er verschenen rimpeltjes bij zijn ogen toen hij glimlachte. 'Bizar eigenlijk, om het feit te vieren dat ik weer een stap dichter bij het graf ben.'

'O, pap!' beschimpte Alicia hem. 'Doe niet zo raar. Al mijn vriendinnen zijn nog steeds verliefd op je.'

'Nou, het is altijd leuk voor een man om dat te weten, maar het verandert niets aan de feiten. Vanaf vandaag,' zei hij, zich naar zijn kleinkinderen omdraaiend, 'is jullie grootvader gepensioneerd.'

'Wat is gepensioneerd?' vroeg Fred.

James, twee jaar ouder en wijzer, porde zijn kleine broertje tussen de ribben. 'Dat is als je oud bent, sufferd.'

'Ik ga de champagne halen,' zei Max met een knipoog naar Alicia.

'Nou.' George ging tegenover zijn dochter zitten en strekte zijn lange benen voor zich uit. 'Hoe is het hier?'

'Hectisch, zoals gewoonlijk,' zei Alicia met een zucht. 'En hoe is het met jou?'

'Hetzelfde,' antwoordde George. 'In feite ben ik behoorlijk opgetogen. Ik ben vorige week gebeld door een Amerikaanse collega die aan Yale doceert. Hij is van plan in mei voor research naar de Galapagos Eilanden te gaan en hij wil dat ik meega. Ik ben daar nog nooit geweest en heb er altijd al heen gewild – Darwins *Het ontstaan van soorten* en zo. Bedenk wel dat ik ruim drie maanden weg zal zijn, omdat me gevraagd is meteen een aantal lezingen te geven terwijl ik in de vs ben.'

'Geen plannen om het rustiger aan te doen, dus, nu je gepensioneerd bent?' Alicia glimlachte.

Fred hinkelde naar George toe. 'We hebben een heel leuk cadeau voor je gekocht, opa. Het is een...'

'Hou je mond, Fred. Dat is een verrassing,' zei Rose – de neerbuigende tiener – vanaf de bank.

Max kwam weer binnen met de ontkurkte champagnefles en schonk drie glazen in.

'Nou, proost, allemaal.' George bracht het glas champagne naar zijn mond. 'Op de volgende vijfenzestig.' Hij nam een slokje en vroeg toen: 'Komt Julia ook?'

'Ja, ze zei van wel. Ze is waarschijnlijk gewoon wat laat.'

'Hoe is het met haar?' vroeg hij.

'Niet goed.' Alicia schudde haar hoofd. 'Ik heb haar vorig weekend meegenomen naar Wharton Park, waar ik je verjaardagscadeau heb gekocht. Er was een inboedelveiling. Ze leek... nou, misschien een klein beetje beter, maar dat zegt niet veel.'

'Het is vreselijk,' zei George zuchtend. 'Ik voel me zo... hulpeloos.'

'Wij allemaal, papa,' zei Alicia vertwijfeld.

'Eerst het verlies van haar moeder toen ze elf was, en nu...' George haalde hulpeloos zijn schouders op. 'Het lijkt zo oneerlijk.'

'Het is afschuwelijk,' antwoordde ze, 'en je weet gewoon niet wat je moet zeggen of doen. Julia nam mams dood destijds heel zwaar op, zoals je weet, pap. Het is alsof ze de drie mensen op aarde heeft verloren die het meest voor haar betekenden.'

'Heeft ze er iets van gezegd of ze naar Zuid-Frankrijk teruggaat?' vroeg George. 'Ik zou gedacht hebben dat ze in haar eigen huis beter af was dan de hele dag alleen in dat deprimerende kleine huisje.'

'Nee. Misschien kan ze de herinneringen daar niet aan. Ik weet dat ik het moeilijk zou vinden als dit huis plotseling...' Alicia beet op haar lip, 'leeg was.'

'Opa? Heb jij een vriendin?' Kate maakte de stemming luchtiger met haar vraag en kroop op zijn knie.

'Nee, lieverd,' zei George zacht grinnikend, 'ik heb altijd alleen maar oog gehad voor je oma.'

'Ik kan wel je vriendin zijn als je dat wilt,' bood Kate grootmoedig aan. 'Je bent vast eenzaam, zo helemaal alleen in dat grote huis in Norwich.'

Alicia kromp ineen. Kate had de nimmer aflatende gewoonte alles te zeggen wat anderen alleen maar dachten.

'Ik ben niet eenzaam, lieverd.' George woelde vol genegenheid door haar haren. 'Ik heb Seed, mijn hondje, en al mijn planten om me gezelschap te houden.' Hij omhelsde haar stevig. 'Maar ik beloof je, als ik ooit een vriendin nodig heb, dan bel ik jou.'

Alicia zag Julia's auto langzaam de oprit op komen rijden.

'Ze is er, papa. Ik ga haar alvast begroeten, kijken hoe het met haar is.'

'Prima, lieverd,' zei George, die Alicia's bezorgdheid aanvoelde.

Alicia liep naar de voordeur en deed die open. Terwijl ze wachtte tot Julia uit de auto zou stappen, dacht ze erover na dat George, ook al was het meer dan twintig jaar geleden dat hun moeder was gestorven, nooit, zoals de meeste mannen deden, een vervangster voor haar moeder had gezocht. Alicia herinnerde zich de gretig kijkende gescheiden vrouwen die om haar jonge en aantrekkelijke vader heen hingen, maar hij had nooit zelfs maar enige belangstelling of behoefte getoond.

Nu ze terugdacht was er misschien toch af en toe wel een vrouw geweest, maar dat was dan puur op het fysieke vlak. Ze betwijfelde of hij zelfs maar de moeite had genomen op emotioneel niveau te kijken, omdat hij geloofde en accepteerde dat er geen vervanging mogelijk was voor zijn zielsverwant, partner in het leven en in de plantkunde, haar moeder Jasmine.

Misschien had zijn passie hem geholpen het gat te vullen.

Maar zou dat voor Julia dan ook niet moeten gelden?

Julia stapte uit de auto in een vest dat haar diverse maten te groot was en liep over het pad naar haar toe.

'Dag, lieverd. Papa is er al.'

'Ik weet het. Sorry dat ik zo laat ben. Ik was de tijd vergeten,' antwoordde ze op defensieve toon.

'Maakt niet uit, kom binnen.' Alicia wees naar het rechthoekige cadeau onder Julia's rechterarm. 'Je hebt de prenten dus nog kunnen laten inlijsten?'

'Ja.'

'Julia!' Max kwam naar haar toe zodra ze de kamer binnen kwam. 'Heerlijk om je te zien,' zei hij glimlachend terwijl hij zijn armen om de akelig magere schouders van zijn schoonzus sloeg. 'Zal ik dat van je overnemen?' bood hij aan.

‘Ja, dank je.’

‘Hallo, pap. Gefeliciteerd met je verjaardag.’ Ze bukte zich om hem te kussen.

‘Lieverd. Wat fijn dat je bent gekomen.’ George pakte Julia’s hand en gaf er een kneepje in.

‘Juist, zullen we nu iedereen er is de cadeautjes maar uitpakken?’ stelde Alicia voor.

‘Mag ik ze voor opa uitpakken?’ klonk een stem vanonder de salontafel.

‘Ik denk dat opa dat zelf wel kan,’ vermaande Max zijn jongste zoon terwijl hij de kruik oppakte en aan George gaf. ‘Dit is van alle Howards. Lijkt mij een reusachtige bierkroes,’ zei hij grinnikend en wijzend naar de grote bult van de handgreep aan de zijkant van de kruik.

George begon het inpakpapier te verwijderen, daarbij geholpen door een paar kleine handen die op haast magische wijze onder de salontafel uit waren gekomen.

‘Het is een heel grote pot, opa,’ verkondigde Fred toen de kruik werd onthuld. ‘Vind je hem mooi?’

George glimlachte. ‘Hij is prachtig. Dank je, Alicia, en jullie ook, kinderen.’ Hij keek naar zijn dochter op. ‘Zei je dat je hem op Wharton Park had gehaald?’

‘Ja.’ Ze keek Julia aan. ‘Geef je pap nu jouw cadeau?’

‘Natuurlijk.’ Julia wees naar het pakje op de salontafel. ‘Waarom maak je het niet open?’

Julia keek ondanks zichzelf verwachtingsvol toe toen haar vader het papier verwijderde. De lijstenmakers waar ze de schilderijtjes heen had gebracht hadden uitstekend werk verricht en ze in een lichtbruin passe-partout gezet met een eenvoudige zwarte houten lijst erom.

‘Nee, maar...’ George’ stem stierf weg terwijl hij ze stuk voor stuk bekeek. Ten slotte vroeg hij: ‘Komen deze ook van Wharton Park?’

‘Ja.’

Hij bleef stilletjes zitten en leek zich ergens over te verbazen. De hele familie keek naar hem. Uiteindelijk verbrak Alicia het stilzwijgen. ‘Vind je ze niet mooi?’

George keek omhoog naar Julia, niet naar Alicia. ‘Julia, ik... vind ze fantastisch, want zie je...’ hij glimlachte en wreef heimelijk een traan uit zijn oog. ‘Ik weet zeker dat ze door je moeder zijn geschilderd.’

Tijdens het gesprek aan de lunchtafel vlogen de ideeën over hoe Jasmines aquarellen op de inboedelveiling van Wharton Park terecht hadden kunnen komen over en weer. 'Weet je absoluut zeker dat het mama's werk is?' vroeg Alicia.

'Lieverd,' zei George terwijl hij zich tegoed deed aan de volmaakte rosbief die Alicia had gebraden, 'ik ben er vast van overtuigd. De eerste keer dat ik je moeder zag, zat ze in een hoek van je grootvaders kas met haar schetsboek en haar doosje waterverf. En wanneer we later tijdens onze reizen een interessante soort vonden, maakte ik aantekeningen en schilderde zij de bloemen. Ik zou haar stijl overal herkennen. Als ik thuis ben zal ik ze nog eens bestuderen en vergelijken met enkele van haar andere schilderijen. Maar, Julia,' zei hij terwijl hij zijn dochter over de tafel heen een warme glimlach schonk, 'je had me echt niets beters kunnen geven.'

Na de koffie in de zitkamer stond Julia op.

'Ik ga ervandoor, pap.'

George keek op. 'Nu al?'

Julia knikte. 'Ja.'

George pakte haar hand vast. 'Kom eens bij me langs, wil je? Ik zou het heerlijk vinden je te zien en eens met je te praten.'

'Oké,' zei Julia, maar ze wisten allebei dat ze het niet zou doen.

'Heel erg bedankt voor de schilderijen, lieverd. Ze betekenen echt heel veel voor me,' voegde hij eraan toe.

'Daar moeten we het toeval dan maar voor bedanken, want ik had echt geen idee,' zei Julia. 'Dag, kinderen, tot gauw.' Ze zwaaide.

'Dag, tante Julia,' zeiden ze in koor.

Alicia pakte haar hand vast, net toen ze de deur uit liep. 'Volgende week koffie?' vroeg ze.

'Ik bel je wel. En bedankt voor de lunch.' Julia kuste haar zus op de wang. 'Dag.'

Alicia deed de deur achter haar zus dicht en zuchtte. Twee armen sloten zich van achteren om haar middel en hielden haar stevig vast.

'Ik weet het, Lissy. Ze is er nog steeds slecht aan toe,' zei Max met een zucht.

'Ja, inderdaad.' Alicia was het met hem eens. 'Maar ze maakt het er niet beter op door hele dagen in dat ellendige huisje te blijven zitten. Het is al meer dan zeven maanden geleden.'

'Tja, je kunt haar niet dwingen,' zei Max, en hij zuchtte. 'Ze heeft vandaag in elk geval een paar woorden gesproken. Maar goed, opa blijft nog voor de thee en ik heb de leiding over de afwas. Ga jij maar lekker zitten, schat, en praat wat met je vader.'

Alicia ging in de woonkamer zitten en keek tevreden toe terwijl haar vader samen met haar twee zoons zat te puzzelen. Rose had zich teruggetrokken in haar slaapkamer en ze hoorde dat Kate Max hielp in de keuken. Alicia staarde in het vuur en dacht aan de nieuw ontdekte orchideeënschilderijtjes en aan Julia.

Toen haar moeder op vreselijk jonge leeftijd was gestorven aan eierstokkanker had Alicia – die de oudste van de twee was en zelfs op haar veertiende al heel zorgzaam – haar best gedaan een 'moeder' voor haar jongere zusje te zijn. George was vaak weg om lezingen te geven of specimens te verzamelen. Het scheen Alicia toe dat hij zo weinig mogelijk tijd thuis doorbracht. Ze begreep dat het haar vaders manier was om met de dood van zijn vrouw om te gaan en ze beklaagde zich nooit over zijn afwezigheid.

Julia had zich na de dood van Jasmine in zichzelf teruggetrokken. Alicia had de pijn van het verlies van haar gezicht kunnen aflezen. Maar hoe ze ook probeerde haar te helpen en te steunen, Julia leek vanaf het begin een weerzin te hebben tegen Alicia's goedbedoelde beschermingsdrang. En tijdens haar moeilijke tienerjaren had ze Alicia nooit iets willen vertellen over school, vriendinnen of vriendjes. Ze had een muur om haar persoonlijke gedachten opgetrokken en al haar vrije tijd besteed aan het perfectioneren van haar pianospel.

Alicia was 'het stel tanden', zoals ze de piano in de studeerkamer noemde, zelfs gaan zien als een rivaal als het ging om Julia's genegenheid. En haar besef van verantwoordelijkheid om voor Julia te zorgen – dat was de laatste vraag die haar moeder haar had gesteld – telde zwaarder dan haar eigen verlangens en behoeftes. Toen ze achttien was had Alicia psychologie kunnen gaan studeren aan de Universiteit van Durham, maar Julia zat nog op school. Ze was dus in plaats daarvan in Norwich gaan studeren en vervolgens had ze Max ontmoet in het jaar dat Julia was toegelaten aan het Royal College of Music en naar Londen was verhuisd.

Door haar onnatuurlijke, vaak eenzame jeugd droomde Alicia van een echtgenoot, een groot gezin en een comfortabel huis voor hen allemaal. Anders dan haar zus, die haar vaders zwerflust deelde, hunkerde Alicia naar geborgenheid en liefde. Max deed haar een aanzoek en binnen zes maanden waren ze getrouwd. Binnen een jaar was ze zwanger van Rose en sindsdien had ze zich erop geconcentreerd haar kinderen alles te geven wat ze zelf tijdens haar jonge jaren had gemist.

Als haar horizon zich door haar verleden had versmald, accepteerde Alicia dat. Wat ze moeilijker kon accepteren was de voortdurende antipathie van haar jongere zus. Toen Julia's carrière een vlucht nam en ze een beroemdheid werd in de wereld van de klassieke muziek, hoorde Alicia zelden iets van haar. Zeven maanden geleden had Julia haar weer nodig gehad en had Alicia meteen klaargestaan om haar mee terug te nemen naar Norfolk en te proberen haar te troosten. Toch voelde ze nog steeds dezelfde afstand en onderstroom van spanning tussen hen.

Net als twintig jaar geleden wist Alicia simpelweg niet hoe ze tot haar zus moest doordringen.

'Mama, ik ben feeëncakejes aan het bakken voor bij de thee. Waar is het blad waar ik ze op moet doen?'

Alicia keek op en zag Kate bij de deur van de kamer staan. Ze schudde zichzelf wakker uit haar gedachten en stond op.

'Ik kom eraan, lieverd, ik kom eraan.'

4

Toen Julia de volgende morgen wakker werd, bleef ze liggen wachten op de duistere gedachten die haar zoals altijd zouden bestormen – het gevoel van hopeloosheid dat onverhoeds de eerste paar positieve seconden tenietdeed waarin ze nog te slaperig was om het zich te herinneren.

Ze kwamen niet.

En dus besloot ze op te staan in plaats van zich om te draaien en haar handen tegen haar oren te drukken in een vruchteloze poging de gedachten uit te bannen.

Ze liep naar het slaapkamerraam en trok de gordijnen open.

Het eenvoudige huisje – met twee kamers boven en twee beneden – was bij vakantiegangers vooral populair geweest vanwege het prachtige uitzicht. Het stond boven op een met gras begroeide heuvel, een paar seconden lopen van Blakeney High Street, en bood het gemak van het dorp nabij en toch de rust en de openheid van zijn hoge ligging.

Vandaag vielen de heldere stralen van de januarizon op de met rijp bedekte heuvel. Beneden lag de haven van Blakeney, en daar voorbij de zee. Ze maakte de haak van het kleine raam los, zwaaide het wijd open en ademde diep in. Vandaag, dacht Julia, zou ze zelfs kunnen geloven dat de lente misschien terug zou komen.

Ze begon plotseling te rillen in haar dunne T-shirt, deed het raam dicht, trok haar vest aan en ging naar beneden om thee te zetten.

Tegen lunchtijd was Julia zich ervan bewust dat er iets was veranderd. Hoe ze het ook probeerde, ze kon zich niet herinneren wat ze de afgelopen maanden hier in het huisje dagelijks had gedaan. De tijd sleepte zich voort; ze voelde zich rusteloos en ze verveelde zich zelfs. In haar gedachten zocht ze vergeefs het pad terug naar de vertroostende gevoelloosheid, maar het weigerde onwrikbaar haar daar te brengen.

Door een gevoel van claustrofobie realiseerde Julia zich dat ze naar buiten, uit het huis, moest gaan. Ze trok een jas en laarzen aan, deed een das om, opende de voordeur en liep over het gras omlaag, naar de zee.

De haven was verlaten. De kleine boten, die veilig aan land waren gebracht voor de winter, klonken ook rusteloos; hun tuigage rinkelde, als om hun eigenaren aan hun waarde te herinneren. Julia liet de haven achter zich en liep verder over de lange landtong, aan het eind waarvan zeehonden zich koesterden op het zand, tot groot genoegen van de toeristen die boottochtjes maakten om ze te kunnen zien.

De koude wind beet in haar gezicht en ze trok de kraag van haar jas hoger op om zich ertegen te beschermen. Ze liep door en ze genoot ervan dat ze volstrekt alleen was met het water aan weerszijden van de smaller wordende landtong, alsof ze bij de wereld vandaan liep.

Ze bleef staan, draaide een kwartslag en liep toen aan een kant van de landtong omlaag naar het klotsende water vlak voor haar voeten. Het was hier diep, diep en koud genoeg om in te verdrinken, vooral met het sterk afnemende tij dat haar snel van de kust weg zou voeren. Ze keek naar weerskanten om zich ervan te overtuigen dat ze echt alleen was.

Als ze zich nu in het water liet vallen was er niemand die haar kon tegenhouden…

…en zou de pijn voorbij zijn.

In het ergste geval zou ze voor altijd inslapen. In het beste geval zou ze hen weerzien.

Julia stak aarzelend een voet over de rand van het land heen.

Ze zou het nu kunnen doen…

Nu…

Wat hield haar tegen?

Ze keek omlaag naar het grauwe water, spoorde zichzelf aan de sprong naar de vergetelheid te nemen, maar…

Ze kon het niet.

Ze keek hopeloos omhoog naar de waterige bleke zon, gooide toen haar hoofd in de nek en slaakte een langgerekte kreet.

'W-a-a-r-o-m!!??'

Ze liet zich op haar knieën vallen in de smeltende rijp. Ze huilde en sloeg met haar vuisten op de grond van woede en verdriet.

'Waarom zij!? Waarom zij!?' herhaalde ze telkens weer, tot ze door uitputting moest stoppen en alleen nog maar kon snikken. Ze lag daar met uitgestrekte armen en benen, haar tranen vermengden zich met het

vocht op het gras en ze huilde met de volle kracht van de zeven maanden waarin ze helemaal niet had gehuild.

Uiteindelijk raakte ze door haar tranen heen en lag ze stil, zwijgend en leeg op de grond. Na een poosje richtte ze zich op, ging als in gebed op haar knieën zitten en sprak ze tot hen.

'Ik moet… léven! Ik moet, op de een of andere manier… leven zonder jullie,' jammerde ze. Ze spreidde haar armen, handpalmen naar boven. 'Help me, help me alsjeblieft, help me…' Ze liet zich weer voorover zakken, en legde haar hoofd in haar handen op haar knieën.

Het enige wat Julia hoorde was het ritmisch klotsen van het water om haar heen. Ze concentreerde zich daarop en merkte dat het haar kalmeerde. Ze voelde de zwakke warmte van de zon op haar rug en ze werd overspoeld door een plotseling en onverwacht gevoel van vrede.

Ze had geen idee hoelang het duurde voor ze opstond. Nat van de ontdooide dauw op het gras, trillend op haar benen en met door de kou verdoofde handen strompelde ze over de landtong terug naar huis.

Ze kwam bevend van uitputting door de lange wandeling en de emoties bij het huisje aan. Ze duwde net de klink omlaag om de voordeur te openen toen ze iemand haar naam hoorde roepen.

'Julia!'

Ze keek de heuvel af en zag Kit Crawford over het smalle pad vanaf High Street naar haar toe komen lopen.

'Hallo daar,' zei hij toen hij haar bereikte. 'Ik kwam je opzoeken, maar je was er niet, dus ik heb een briefje in de bus gedaan.'

'O,' zei ze. Ze voelde zich gedesoriënteerd en nauwelijks in staat met een levende te praten.

Kit keek haar aan. 'Je bent doorweekt. Wat heb je in vredesnaam gedaan?' Hij keek vragend omhoog. 'Het heeft toch niet geregend, of wel?'

'Nee.' Julia duwde de voordeur open en trapte op het dichtgevouwen velletje papier dat Kit door haar brievenbus had geduwd. Ze bukte om het op te rapen.

'Ik heb mijn mobiele nummer achtergelaten.' Hij wees naar het briefje. 'Maar nu ik je toch tref kunnen we misschien even praten?'

Julia wist dat ze niet erg enthousiast keek en ze begon te klappertanden. 'Ik geloof dat ik nu meteen een heet bad nodig heb,' zei ze in de hoop dat het genoeg was om hem te laten vertrekken.

Kit liet zich echter niet afwimpelen en volgde haar naar binnen. 'Die waardevolle vingers van je zijn helemaal blauw. We kunnen niet toestaan dat Engelands bekendste jonge concertpianiste last krijgt van bevriezingsverschijnselen, wel?' Hij deed de deur achter hen dicht en rilde toen onwillekeurig. 'Hemeltje, het is hierbinnen ook ijskoud. Luister eens, waarom ga jij niet naar boven om een warm bad te nemen terwijl ik de haard aanmaak en koffiezet?'

Julia draaide zich om en keek hem aan. 'Het kan wel even duren. Ik heb echt een lang bad nodig.'

'Ik heb geen haast,' antwoordde Kit gemoedelijk. 'Ga nou maar.'

Julia lag in bad, nam de tijd om zowel haar voeten als haar gedachten te laten ontdooien en verbaasde zich over de timing van Kits bezoek. Ze was het niet gewend dat bezoekers onaangekondigd bij haar langskwamen en ze wist niet of ze het wel prettig vond.

En toch... toen ze in haar eentje daar buiten was, had ze geweten dat ze niet kon blijven waar ze al die tijd was geweest, dat ze moest doen wat iedereen zei dat ze moest doen, en proberen door te gaan.

Ze had voor de dood kunnen kiezen.

Ze had ervoor gekozen te léven.

Ze trok haar jeans en haar oude wollen vest aan en ging naar beneden. Kit zat op de bank met een pakketje op zijn knie. Het vuur brandde volop, op een manier die zij nooit voor elkaar kon krijgen.

'Hoe heb je me gevonden?' vroeg ze Kit terwijl ze bij het vuur ging staan.

'Mijn zus Bella natuurlijk,' legde Kit uit. 'Ze kent iedereen. Of misschien moet ik zeggen dat ze ervoor zorgt dat ze iedereen kent en als dat niet zo is, kent ze wel weer iemand die het weet. In dit geval was dat je zus Alicia. Ik heb geprobeerd te bellen, maar je mobieltje lijkt voortdurend uit te staan.'

Julia dacht schuldbewust aan de zeventien berichtjes die ze de laatste keer dat ze haar telefoon had aangezet niet had beluisterd. 'Ik heb hier heel weinig bereik.'

'Geen probleem. Ten eerste wil ik me verontschuldigen voor laatst.'

'Waarom?'

Kit tuurde naar zijn handen. 'Ik wist niet wat je was overkomen. Zoals ik zei, ben ik jaren in het buitenland geweest. Ik ben pas een paar maanden geleden teruggekomen naar Engeland.'

'Wie heeft het je verteld?'

'Bella natuurlijk. Het heeft hier kennelijk in alle kranten gestaan, dus daar had ze haar informatie vandaan. Ik ben ervan overtuigd dat het merendeel niet klopt, zoals gewoonlijk.'

'Ik... weet het niet,' zei Julia met een zucht. 'Zoals je je vast wel kunt voorstellen, heb ik ze niet gelezen.'

'Nee, natuurlijk niet.' Kit voelde zich duidelijk niet op zijn gemak. 'Ik vind het heel erg, Julia. Het moet vreselijk voor je zijn geweest... vreselijk voor je zijn.'

'Ja.' Voor hun beider bestwil veranderde Julia van onderwerp. 'Waarom kwam je me nou opzoeken?'

Kits gezicht fleurde op. 'Ik heb iets gevonden waar jij en je familie vast wel belangstelling voor hebben.'

'Echt waar?'

'Ja. Herinner je je dat ik zei dat ik de huisjes aan de binnenplaats aan het renoveren was?'

Julia knikte.

'Nou, mijn nieuwe huis blijkt inderdaad het oude huisje van je grootouders te zijn. Toen de loodgieters de vloerplanken eruit haalden vonden ze dit.' Kit wees naar het pakketje op zijn knie.

'Wat is het?'

Julia keek toe terwijl Kit voorzichtig het papier verwijderde en er een klein, in leer gebonden boekje tevoorschijn kwam. Hij zwaaide ermee. 'Het is een dagboek dat in 1941 begint. Ik heb het snel doorgebladerd en het gaat over een leven als krijgsgevangene in de Changi-gevangenis.'

Julia fronste. 'Dat is toch in Singapore?'

'Ja,' antwoordde Kit. 'Veel Britse soldaten die destijds in Malakka vochten, kwamen daar voor een poosje terecht als gast van de jappen. Weet je of je grootvader krijgsgevangene is geweest?'

'Grootvader Bill praatte veel over "de Oost", maar vooral over de prachtige bloemen die er groeiden,' zei Julia glimlachend. 'Hij had het nooit over de Changi-gevangenis.'

'Ik neem aan dat hij daar met een jong kind ook niet over zou praten, maar gezien wat je me hebt verteld lijkt het me beslist mogelijk dat dit dagboek van hem is,' zei Kit. 'En ik kan me zelfs niet voorstellen dat het van iemand anders kan zijn, aangezien je grootvader zijn hele leven in dat huisje heeft gewoond.'

'Mag ik?' Julia stak haar hand uit en Kit gaf haar het dagboek. Ze opende het op de eerste pagina en zag dat het leer het dunne papier had beschermd en dat het geschrevene nog heel goed leesbaar was. Het was bovendien in een mooi, elegant handschrift en met zwarte inkt geschreven.

'Herken je dat als het handschrift van je grootvader?' vroeg Kit.

'Om eerlijk te zijn kan ik me niet herinneren ooit iets te hebben gezien dat hij had geschreven. Mijn moeder schreef zijn aantekeningen over de verschillende soorten orchideeën in de kassen altijd op,' zei Julia. 'Misschien zou mijn vader zijn handschrift kennen. Of mijn grootmoeder natuurlijk, die in de tachtig is, maar kennelijk nog steeds kwiek en gezond. De vraag is,' mijmerde Julia, 'als het inderdaad van hem is, waarom heeft hij het dan in hemelsnaam verstopt?'

'Te oordelen naar wat ik over de ervaringen van krijgsgevangenen in handen van de Japanners heb gelezen, hebben ze het behoorlijk zwaar gehad. Misschien heeft je grootvader het verstopt omdat hij je grootmoeder niet van streek wilde maken. Zou ik het een poosje mogen lenen wanneer je familie het gelezen heeft? Een verslag uit de eerste hand van een stukje geschiedenis is altijd fascinerend.'

'Ja, ik neem aan van wel,' zei Julia, die zich schuldig voelde omdat ze zo weinig over grootvader Bills verleden wist.

Kit stond op. 'En... ik wilde je een gunst vragen.' Hij liep naar de ondiepe boekenplank naast de open haard en pakte er een boek af. 'Ik geloof dat dit van mij is.'

Hij hield *The Children's Own Wonder Book* in zijn hand, dat Julia op Wharton Park voor een pond had gekocht.

'Dat kan nauwelijks van jou zijn! Het dateert uit 1926.'

'Ja, verbazingwekkend wat ze tegenwoordig met plastische chirurgie kunnen doen.' Kit grinnikte. 'Maar serieus, dat boek is van mijn grootvader. Zou je het willen ruilen voor het dagboek?'

'Natuurlijk.'

'Dank je. Luister eens, Julia.' Kit leek plotseling verlegen. 'Ik verga van de honger en ik vroeg me af of we misschien even konden...' Hij werd onderbroken door zijn mobieltje. 'Neem me niet kwalijk, ik moet dit even aannemen.' Hij bracht de telefoon naar zijn oor. 'Hallo? Hoi, Annie...' Hij luisterde en schudde toen zijn hoofd. 'Ik versta je niet, het bereik is hier vreselijk slecht. Wat? Het haalt niets uit, ik versta je niet. Ik vertrek nu en zie je daar. Dank je, tot straks.'

'Sorry, Julia, ik moet weg.' Kit stond op en liep naar de deur, maar draaide zich toen naar haar om. 'Laat me weten hoe het met het dagboek gaat, wil je?'

'Natuurlijk doe ik dat, en bedankt, Kit, dat je de tijd hebt genomen om het me te brengen.'

'Graag gedaan. Ik ben overigens naar de kassen gaan kijken; ze staan er nog, al mag God weten in wat voor staat ze verkeren, te oordelen naar de puinhoop in de moestuin. Kom maar gauw een keer kijken, voordat de nieuwe eigenaar zijn intrek neemt. Tot ziens, Julia.' Hij schonk haar een vermoeide glimlach en trok de deur dicht.

5

Laat die middag was Julia op een zeer ongebruikelijke plek te vinden; de supermarkt in het nabije plaatsje Holt. Nadat Kit was vertrokken, had ze doelloos door haar huisje gedrenteld, geprobeerd wat te rusten en vervolgens besloten dat ze honger had. En ze had niet zomaar een beetje trek; ze had voor het eerst in weken razende honger. In de auto op de parkeerplaats at ze een pak sandwiches, twee worstjes en een reep chocola. Ze veronderstelde dat haar eetlust was opgewekt door de frisse lucht en de lange wandeling van die ochtend. Voorheen had ze altijd een gezonde eetlust gehad; een snelle verbranding en een druk werkschema hadden veel brandstof geëist. Ze had altijd alles kunnen eten zonder maar een ons aan te komen. Ze had geen weegschaal, maar de manier waarop haar spijkerbroek om haar heupen hing vertelde haar dat ze nog heel wat meer pakjes sandwiches zou moeten eten om weer aan te komen wat ze was afgevallen.

Ze gooide de wikkel van de sandwich op de passagiersstoel en vertrok naar huis. Bij de kruising aan de rand van Holt hield ze echter in. Nu ze zich niet leek te kunnen herinneren wat ze er de afgelopen maanden had gedaan, had ze weinig zin om terug te keren naar het donkere, vochtige huisje. In plaats daarvan sloeg ze dus links af en reed ze naar de gezellige boerderij van Alicia.

'Julia, wat een leuke verrassing!' Alicia's gezicht klaarde op toen Julia door de keukendeur naar binnen kwam. 'Kijk eens wie hier is, kinderen… tante Julia!'

'Ik dacht, ik ga… even langs.' Julia voelde zich plotseling ongemakkelijk.

Alicia stond bij het fornuis eten in kommen te scheppen voor de kinderen, die aan de keukentafel zaten te kibbelen.

'En daar ben ik heel blij om. Wil je ook wat? Het is bonenstoofschotel.' Alicia stak haar vinger in een van de kommen en proefde. 'Het smaakt beter dan het klinkt.'

'Nee, dank je. Ik heb net gegeten.'

Alicia trok een wenkbrauw op terwijl ze de kommen op tafel zette. 'Echt waar?'

'Ja!' Julia onderdrukte het vertrouwde gevoel van ergernis. 'Ik heb echt net gegeten, maar ik wil wel graag een kop thee.'

'Zet maar vast water op, ik lust ook wel een kop.' Alicia ging naast een klagende Fred zitten en begon hem te voeren.

'Mama, bonen zijn jakkie!'

'Fred, hoe sneller je eet, hoe eerder ze op zijn.' Alicia liet hem met rust en kwam naast Julia aan het fornuis staan. 'Je hebt wat meer kleur op je wangen. Je ziet er vandaag beter uit dan in tijden.'

'Dank je.' Julia schonk geconcentreerd het kokende water in de theepot en voelde Alicia's blik op zich gericht. 'Ik heb vanmorgen een lange wandeling gemaakt en dat heeft me goed gedaan,' gaf ze toe.

'Daar ziet het wel naar uit. James! Hou op je bonen naar Fred te gooien. Ik zorg dat je ze stuk voor stuk terugkrijgt en opeet.'

Julia gaf Alicia haar kop thee. 'En... ik heb vandaag bezoek gehad.'

'O, je bedoelt Kit Crawford?'

'Ja.'

'Ik wilde je nog vertellen dat Bella Harper me had gebeld voor je nummer. Ze kletste zelfs een hele poos.' Alicia liep naar de tafel om de kommen op te ruimen en gaf de kinderen ieder een bakje yoghurt. 'Ik neem aan dat ze precies heeft uitgevogeld wie je bent. Ik ben kennelijk in haar achting gestegen omdat ik een beroemde zus heb.' Alicia trok haar wenkbrauwen op. 'Maar goed, genoeg over dat rare mens. Wat wilde Kit?'

'Hij had iets gevonden in het oude huisje van Bill en Elsie dat hij me wilde geven.' Julia nipte van haar thee.

'Echt waar? Wat?'

'Een dagboek dat vermoedelijk door grootvader Bill is geschreven. Het is een verslag over zijn leven als krijgsgevangene in de Changi-gevangenis in Singapore. Ik vertel je er meer over als ik het heb gelezen.'

'Wat fascinerend,' zei Alicia. 'Hoe oud was grootvader Bill toen hij het schreef?'

'Nou, dat was in 1941, dus hij moet begin twintig zijn geweest. Wist jij dat hij daar gevangen had gezeten?' vroeg Julia.

Alicia schudde haar hoofd. 'Nee, maar dat wil niet zeggen dat het niet zo was. Degene aan wie je dat zou moeten vragen is grootmoeder Elsie. Zij zal het wel weten.'

'Heb je haar de laatste tijd nog gezien?'

Alicia keek schuldbewust. 'Nee. Ik lijk nooit de tijd te kunnen vinden om haar op te zoeken, met de kinderen... Ik had meer moeite moeten doen.'

'Woont ze nog steeds in Southwold?' vroeg Julia.

'Haar zus is ongeveer een jaar geleden gestorven, dus nu woont ze daar alleen. Weet je nog dat ze altijd per se onze haren wilde doen? Opgestoken, los, vlechten, een staart, krullen...' Alicia giechelde. 'En die vreemde verzameling pruiken die ze in de achterkamer van het huisje bewaarde. Ze was uren bezig ze op te steken en zo, als een kind dat met poppen speelt. Ze had graag kapster willen worden, nietwaar?'

'Ja, en ze vond mijn haar vreselijk, omdat het te zwaar was om te krullen, ook al deed ze er 's nachts wat zij "vodden" noemde in.' Julia glimlachte bij de gedachte. 'Ik ga wel naar haar toe. Dat wilde ik toch al eens doen.'

Alicia liep naar het dressoir en trok een van de laden open. Ze haalde er een adresboekje uit en bladerde het door. 'Ik heb hier Elsies telefoonnummer en adres. Je moet echt naar haar toe gaan, Julia,' drong ze aan. 'Met jou in Frankrijk en mij tot mijn nek toe in de kinderen zijn we niet bepaald modelkleindochters geweest, hè?'

'Nee, dat is waar,' stemde Julia met haar in. 'En als ik bij haar ben, zal ik beslissen of ik haar het dagboek geef of niet. Zoals Kit zei, heeft grootvader Bill het misschien verstopt omdat wat erin stond te pijnlijk was.'

'Daar zit wat in.' Alicia liep naar de tafel om die af te ruimen. 'Gaan jullie je handen en gezicht wassen. Daarna kunnen jullie een half uur tv-kijken voor Rose thuiskomt en het tijd is om in bad te gaan. Vooruit, wegwezen, jullie.'

Dat hoefde ze geen twee keer te zeggen. Ze holden de keuken uit en Julia hielp Alicia de vaatwasser in te laden.

'Dus Kit en jij hebben lekker gekletst?'

'Ja, ik heb *The Children's Own Wonder Book* met hem geruild tegen het dagboek.' Julia glimlachte. 'Hij is jaren in het buitenland geweest. Hij wist niets van... wat me is overkomen. Tot zijn zus het hem vertelde.'

'Misschien is dat maar goed,' zei Alicia. 'Hij is erg... aantrekkelijk. Vind je niet?'

'Dat vind ik niet, nee. Hoe dan ook, ik moet weg.'

Alicia zag aan Julia's plotseling veranderde gezichtsuitdrukking dat ze te ver was gegaan en foeterde zichzelf in stilte uit. 'Wacht, dan schrijf ik Elsies telefoonnummer even voor je op.' Ze krabbelde het op een velletje papier. 'Hier,' zei ze, en ze gaf het aan Julia. 'Laat je me weten hoe het gaat?'

'Ja. Bedankt voor de thee.' Julia liep al naar de deur. 'Tot ziens.'

Julia stapte in de auto, trok het portier veel harder dicht dan nodig en reed toen met een behoorlijke snelheid naar huis.

Ze knarsetandde van frustratie om haar zusters onfeilbare vermogen haar van streek te maken. Ze begreep dat Alicia alleen maar probeerde te helpen en voor haar te zorgen, zoals toen ze jonger waren. Julia voelde zich door haar beschermingsdrang echter alleen maar klein en gekleineerd.

Alicia was heel capabel en was dat altijd al geweest, een 'succes in het leven', zoals hun vader altijd had gezegd. Ze kon eindeloos veel hooi op haar vork nemen en het nog allemaal klaarspelen ook. En dat alles met haar karakteristieke kalmte en zonder dat er zelfs maar een haar op haar glanzende blonde hoofd in de war raakte.

Julia was opgegroeid in haar schaduw en ze had al moeite genoeg gehad om zichzélf te organiseren. Ze was een eenling geweest, had zich niets aangetrokken van haar uiterlijk en had door de ontelbare uren die ze aan de piano had doorgebracht maar ternauwernood haar schoolexamens gehaald. Ze had altijd geweten dat ze zich nooit met Alicia's perfectie zou kunnen meten. Daarbij had Alicia altijd een veel hechtere band met hun vader gehad, terwijl Julia verknocht was aan hun moeder. Iedereen had altijd opgemerkt dat Julia en haar moeder zo op elkaar leken – niet alleen lichamelijk, maar ook in hun 'andere-wereldsheid' en artistieke aard.

Haar kindertijd was geëindigd op de dag dat haar moeder stierf.

Thuis porde Julia het vuur flink op en probeerde ze het – nog steeds van slag – tot zijn eerdere glorie te brengen. Het probleem was dat Alicia oprecht zorgzaam was – Julia mocht feitelijk geen kritiek op haar hebben. Daardoor voelde ze zich nog onbeholpener en schuldiger. Ze wist hoe hard Alicia haar best had gedaan in haar moeders voetstappen te treden toen ze jong was, en hoe moeilijk zij het zichzelf daarmee had gemaakt.

Niemand kon echter de plaats van haar moeder innemen… nooit. En ze had alleen maar gewild dat Alicia zou ophouden het te proberen, dat ze zou begrijpen dat Julia een zus nodig had met wie ze haar verdriet kon delen, geen 'stand-in' die – hoe goedbedoeld dan ook – nooit de moeder zou kunnen vervangen die ze had verloren.

En nu had het noodlot haar in een positie gemanoeuvreerd waarin ze opnieuw Alicia's hulp nodig had. Zoals te verwachten viel, had Alicia meteen voor haar klaargestaan, zonder Julia erop aan te spreken dat ze nauwelijks nog contact had gezocht sinds ze op haar achttiende het nest had verlaten en vervolgens naar Frankrijk was verhuisd.

Maar nu ze hier terug was, leek de geschiedenis zich te herhalen, dacht Julia. Haar leven dat aan flarden lag, afgezet tegen Alicia's volmaakte leven, en daarbij nog haar zusters verstikkende behoefte haar te beschermen. En – nog veel irritanter – Alicia sprak vaak de gedachten uit die Julia voor zichzelf verborgen hield.

Ze ging met het dagboek in haar handen op de bank zitten, vastbesloten zich ergens anders op te richten. Ze opende het op de eerste bladzijde, maar kon zich niet op de woorden concentreren en bleef in plaats daarvan in het vuur zitten staren.

Hij is erg aantrekkelijk, vind je niet…?

Julia zuchtte. Alicia's opmerking en haar eigen overdreven reactie daarop dwongen haar na te denken over het waarom.

Ja… ze had die ochtend op de landtong aanvaard dat ze verder moest, dat ze feitelijk geen keus had. Maar zelfs het idee dat dit op een gegeven moment bijna zeker een nieuwe man met zich mee zou brengen, was een stap te ver. In de halfverlichte wereld waarin ze de afgelopen maanden had geleefd was geen plaats geweest voor gedachten aan de toekomst. Hoe kon dat ook, als de toekomst haar ontnomen was?

Julia stond op en liep de keuken in. Ze trok de koelkast open, die nu gevuld was met allerlei levensmiddelen, en haalde er een kant-en-klare pastamaaltijd uit. Ze vroeg zich boosaardig af of ze er een foto van moest maken voor Alicia, zodat die zou ophouden met zeuren.

Toen ze met haar avondeten de kamer in liep, erkende ze de oorzaak van haar boosheid jegens haar zus. Ze voelde zich schuldig. Schuldig omdat ze ongewild van Kits gezelschap had genoten toen hij hier was. En ja, ze vond hem inderdaad een aantrekkelijke man.

Na het eten pakte Julia het dagboek weer op, maar ze voelde zich te verward om eraan te beginnen. Het was een lange en emotionele dag geweest. Ze liep de trap op en kroop in bed, en voor het eerst sinds haar wereld zeven maanden geleden was ingestort, sliep Julia zonder nachtmerries.De volgende morgen was ze om acht uur beneden. Een kop thee, deze keer met melk, en een kom muesli sterkten haar in het voornemen haar leven weer op te pakken. Ze haalde haar mobiele telefoon uit de la, zette hem aan en ging naar boven, naar de badkamer, de enige plek in huis waar ze goed bereik had.

Ze had nu negentien voicemailberichten, sommige zelfs van twee maanden geleden. De recentste berichten waren van Alicia, haar vader, Kit en veel berichten van haar impresario Olav.

Haar huishoudster in Frankrijk had ook gebeld en gevraagd of ze meteen terug wilde bellen. Er was een probleem met het huis, maar Agnes sprak zo snel Frans, dat Julia er geen wijs uit kon worden wat dat probleem precies was. Ze ging op de rand van het bad zitten en maakte een lijstje van de andere bellers. Haar hand bibberde van angst omdat ze met mensen uit haar verleden zou moeten praten.

Vandaag zou ze beginnen met haar huishoudster en haar impresario. De rest kon allemaal wachten.

Ze ging terug naar beneden, liet zich op de bank vallen en deed haar ogen dicht om zich het met wijnranken overgroeide terras van haar prachtige huis hoog op de heuvel in het oude dorp Ramatuelle voor de geest te halen, met ver daar beneden het diepblauwe water van de Middellandse Zee.

Ze zuchtte en wist dat ze de herinneringen die ze al die tijd zo vastberaden had vermeden niet langer kon negeren als ze haar leven weer wilde oppakken. En bovendien moest ze zich de dierbare momenten maar eens gaan herinneren en ze koesteren in plaats van zich ertegen te verzetten…

De zon is aan zijn afdaling begonnen terwijl ik ernaar kijk; zijn prachtige roodgouden kleuren maken dat het blauwe water eronder in brand lijkt te staan. De klanken van Rachmaninovs Piano Concerto Nr. 3 drijven over het terras naar me toe en bereiken een hoogtepunt terwijl de zon gracieus in de zee zakt.

Dit is mijn favoriete moment van de dag hier, wanneer de natuur zelf stil lijkt te staan om toe te kijken als de Koning van de Dag, de kracht waarop ze vertrouwt om te kunnen groeien en bloeien, gaat slapen.

We kunnen hier veel minder vaak samen zijn dan ik zou willen, daarom is dit moment des te waardevoller. De zon is nu onder, dus ik kan mijn ogen dichtdoen en naar Xaviers spel luisteren. Ik heb dit concerto al wel honderd keer gespeeld en sta versteld van de subtiele verschillen, de fijne nuances die zijn vertolking anders maakt dan de mijne. De zijne is krachtiger, mannelijker, wat natuurlijk ook zo hoort.

Ik ben vrij, heb tot halverwege volgende week geen afspraken, maar Xavier moet morgen naar Parijs voor een concert, dit is dus onze laatste avond samen. Ik weet dat hij als hij klaar is met spelen naar buiten zal komen met een glas rosé uit de plaatselijke cave. *Dan gaan we hier op het terras over van alles en nog wat zitten praten en genieten we van de rust van onze zeldzame eenzaamheid.*

Het middelpunt van ons leven, de energie die ons aan elkaar bindt, ligt binnen. Toen ik onze zoon Gabriel in bad had gedaan en hem te slapen had gelegd, knielde ik naast zijn bedje neer en keek ik toe terwijl de spanning uit zijn gezicht wegvloeide toen hij in slaap viel.

'Bonne nuit, mon petit ange,' *fluisterde ik, waarna ik op mijn tenen de kamer uit liep en zachtjes de deur achter me dichtdeed.*

Ik ben blij dat ik hier nog een week met hem kan blijven. Sommige moeders hebben het genoegen hun kinderen vierentwintig uur per dag te kunnen zien, getuige te zijn van elke glimlach en elke nieuwe vaardigheid die ze op de weg naar volwassenheid leren. Ik benijd hen daarom, want ik heb die luxe niet.

Terwijl ik naar de donkerder wordende hemel kijk, denk ik na over de vraag die ik mezelf al stel sinds de dag dat hij werd geboren; ik vraag me af of ik mijn carrière had moeten opschorten. Ik krijg echter niet de kans die gedachte te laten rijpen, want Xavier is er met het beloofde glas rosé en een schaaltje verse olijven.

'Bravo,' zeg ik als hij me op mijn kruin kust en ik mijn hand omhoog breng om zijn wang te strelen.

'Merci, ma petite,' *antwoordt hij.*

We spreken Frans met elkaar, omdat zijn slechte Engelse werkwoorden nog beroerder zijn dan mijn afschuwelijke Franse accent.

Bovendien is het de taal van de liefde.

Hij gaat in de stoel naast me zitten en zwaait zijn lange benen op de tafel. Zijn haar staat zoals altijd als hij geoefend heeft, recht overeind, waardoor hij iets van een reusachtige peuter heeft. Ik steek mijn hand uit en strijk zijn haren glad. Hij pakt mijn hand vast en drukt er een kus op.

'Het is jammer dat ik morgen weg moet. Misschien kunnen we volgend jaar de hele zomer vrij nemen zodat we samen hier kunnen zijn.'

'Dat zou ik heel fijn vinden,' antwoord ik en ik kijk vanuit mijn ooghoek toe terwijl de maan zich onthult, de plaats van de zon inneemt en de Koningin van de Nacht wordt.

Xaviers toch al lichte huid wordt nog bleker in het maanlicht. Ik kan wel naar hem blijven kijken. Hij is zo bijzonder. Als ik met mijn donkere huid en donkere ogen een wezen van de dag – van de zon – ben, dan behoort hij toe aan de nacht – aan de maan.

Zijn spectaculaire gelaatstrekken en haviksneus, geërfd van zijn Russische moeder, zouden nooit als klassiek knap omschreven kunnen worden. Zijn neus is bijvoorbeeld te lang, zijn ijsblauwe ogen staan te dicht bij elkaar. Zijn voorhoofd is hoog en gegroefd, zijn dikke zwarte haar heeft de textuur van stro. Zijn lippen zijn het enige volmaakte aan zijn gezicht, meisjesachtig vol, als roze kussentjes, die opengaan als hij glimlacht en dan een reeks grote, sterke witte tanden laten zien.

Zijn lijf is buiten proporties: benen zo lang dat ze als stelten zouden kunnen dienen onder een kort bovenlijf, waardoor het lijkt of zijn lange armen en elegante, talentvolle vingers aan het verkeerde lichaam zijn gezet. Hij torent boven me uit, ruim een kop groter dan ik. Hij heeft geen gram vet aan zijn lijf en ik weet zeker dat dit de rest van zijn leven zo zal blijven. De nerveuze energie die hem zelfs geen rust gunt als hij in zijn slaap naast me ligt te woelen, te draaien, en te schudden en zelfs hardop tegen een ingebeelde vijand roept, zal elk beetje vet verteren dat de middelbare leeftijd wellicht met zich mee zal brengen.

En ik hou van elke millimeter van hem, lichaam en ziel, sinds de dag dat ik hem Schuberts Piano Sonata in Bes-majeur heb horen spelen tijdens de Tsjaikovski-pianocompetitie in Leningrad.

Ik won.

Hij werd tweede.

Ik kijk naar zijn dierbare gezicht, zo vertrouwd en niettemin nog steeds fascinerend, omdat er nog zo veel aan te ontdekken valt. Ik ben veel min-

der complex dan hij. Ik kan heel briljant pianospelen, zegt men. Gewoon omdat ik het kan. Ook kan ik het podium af lopen en meteen weer een normaal mens zijn. Xavier echter draagt zijn muziek altijd met zich mee, hij is er altijd mee bezig hoe hij het volgende stuk kan perfectioneren.

Ik geloof oprecht dat als ze alle piano's van de wereld in brand zouden steken, hij zich boven op het vuur zou storten.

We hebben samen gelachen om het feit dat ik degene ben die beroemd is geworden, en niet hij. Maar we weten allebei dat ik er veel beter uitzie in een jurk dan hij, dat ik fotogenieker speel… Ik ben een 'meisje' en daarom verkoop ik beter.

Ik weet echter dat hij het genie is, dat hij de Etudes van Chopin kan pakken en er een vleugje magie, een sprankel aan kan toevoegen die ze helemaal de zijne maken. Ik weet ook dat de wereld dat op een dag zal erkennen. En dan zal ik met plezier de tweede plaats innemen.

Ik weet zeker dat mijn spel dankzij hem beter is geworden.

En ik aanbid hem.

Hij is mijn piano. Hij is mijn vreugdevuur. En als hij er niet meer zou zijn, zou ik me gewillig boven op dat vuur storten.

6

Julia merkte dat haar gezicht nat was van de tranen. Ze wist dat er nog vele zouden volgen wanneer ze zichzelf bleef dwingen de herinneringen toe te laten.

'Xavier.' Ze sprak zijn naam voor het eerst hardop uit. 'Xavier, Xavier…' Ze herhaalde het woord telkens weer, wetend dat als ze haar huishoudster en impresario sprak, die het woord ook zouden gebruiken, en ze wilde zeker weten dat ze haar emoties kon beheersen als dat gebeurde.

Ze ging naar boven, nam een douche en kleedde zich aan, ging toen weer op de rand van het bad zitten en vermande zich om de nummers in te toetsen waarmee ze haar leven weer zou oppakken.

Agnes, haar huishoudster, nam haar mobiel niet op en Julia was blij met het uitstel van executie. Ze sprak een bericht in en vroeg Agnes haar terug te bellen.

Vervolgens haar impresario Olav. Ze controleerde de tijd op haar mobiel – het was half elf. Olav kon overal zijn; hij had kantoren in New York, Londen en Parijs. Terwijl ze zijn nummer intoetste, hoopte ze dat ze ook de voicemail zou krijgen, maar het kwam zelden voor dat hij niet opnam als zij belde, zelfs al was het voor hem midden in de nacht.

De telefoon ging over en ze wachtte met ingehouden adem. Hij nam na drie keer op.

'Julia, schat! Wat geweldig om van je te horen. Eindelijk,' voegde hij er wat vinnig aan toe.

'Waar zit je?' vroeg ze.

'In New York,' antwoordde hij. 'Een cliënt van me speelde vanavond met het New York Symphony Orchestra in Carnegie Hall. Jezus, wat ongeïnspireerd. Maar goed, schat, laten we het over jou hebben. Ik heb hier wel honderd onbeantwoorde e-mails op mijn bureau; verzoeken om je aanwezigheid uit de gebruikelijke hoeken in Milaan, Parijs, Londen *et al.* Ik heb ze gezegd dat je een sabbatical houdt, maar, Julia, schat, ze zullen het niet blijven vragen.'

'Ik weet het, Olav,' antwoordde ze verontschuldigend.

'Die kerels werken anderhalf tot twee jaar vooruit. Als we niet snel een boeking accepteren kan het wel eens drie jaar duren voor je weer op het podium zit. Enig idee wanneer je zover bent dat je "ja" kunt zeggen?'

Hoewel Julia blij was dat Olav het niet over de medelevende boeg had gegooid, maar meteen over zijn grote liefde – zaken – was begonnen, had ze toch geen idee hoe ze moest reageren.

'Nee. Eerlijk gezegd heb ik daar nog niet echt over nagedacht.'

'Heb je daar e-mail, schat? Dan kan ik de verzoeken aan je doorsturen, kun jij ze bekijken en beoordelen of er iets bij zit dat je aanspreekt.'

'Nee, dat heb ik niet. Mijn laptop staat nog in mijn huis in Frankrijk.'

Het bleef even stil. 'Zit je nog in Norfolk?' vroeg hij.

'Ja.'

'Nou, schat, dan heb ik een beter idee. Ik ben volgende week in Londen. We kunnen bij Claridges afspreken voor de lunch, dan geef ik je de map zelf.'

Julia hoorde dat er aan de andere kant van de lijn bladzijden werden omgeslagen. Uiteindelijk vroeg hij: 'Komt donderdag je uit? Dan kan ik je ook de stapel cheques overhandigen die hier de afgelopen zeven maanden zijn binnengekomen. Zoals ik heb ingesproken is het een aanzienlijk bedrag. Ik heb ze niet zoals gewoonlijk aan je overgemaakt, omdat ik niet wist wat je met jullie oude gezamenlijke rekening van plan was.'

'Nee.' Julia slikte. 'Donderdag is prima.'

'Geweldig! Het zal fijn zijn je weer te zien, schat. Nou, aangezien het hier half vijf in de ochtend is en ik morgen naar Tokio vlieg, kan ik maar beter nog wat slapen. Tot dan, schat. Ik kan nauwelijks wachten.'

Hij verbrak de verbinding.

Julia zuchtte van opluchting omdat het eerste contact was gelegd. Ze wist dat ze de afspraak altijd nog kon afzeggen, maar haar pas ontloken en nog kwetsbare flintertje optimisme had haar niet toegestaan hem meteen botweg af te wijzen. Bovendien moest ze praktisch zijn. Ze leefde nu van het geld dat op haar Engelse rekening stond, van de huurinkomsten van haar huisje die ze daar de afgelopen acht jaar op had gestort. De laatste keer dat ze had gekeken, meer dan een maand geleden, stond er nog maar een paar honderd pond op. Ze had het niet kunnen opbrengen de bank in Frankrijk te bellen waar Xavier en zij een rekening hadden gehad en waar het merendeel van haar inkomsten op werd gestort. Ze zou formulieren moeten invullen om de rekening alleen op haar naam te zetten. En tot dusver had ze nog niet kunnen accepteren dat Xavier er niet meer was.

Ze wist dat ze terug moest naar Frankrijk om orde op zaken te stellen, maar een telefoontje was nog heel wat anders dan een fysieke confrontatie met de feiten.

Omdat ze niet wilde dat de vorderingen die ze die ochtend had geboekt door die gedachten werden overschaduwd – ze zou het stap voor stap doen – besloot Julia te gaan wandelen. Ze trok net haar jas aan toen er op de deur werd geklopt.

'Hallo, lieverd, ik ben het, je vader,' klonk een stem door het hout heen.

Verrast deed Julia open.

'Sorry als ik je overval,' zei George terwijl hij naar binnen stapte. 'Alicia zei dat je meestal hier was. Ik kan een andere keer terugkomen als het nu niet uitkomt.'

Julia bedacht hoezeer haar vader uit de toon viel in de kleine kamer; als Gulliver in het land van de Lilliputters. 'Nee, het is prima,' zei ze, en ze trok haar jas uit terwijl hij ging zitten. 'Wil je koffie?'

'Nee, dank je, ik heb net op. Ik ben naar de moerassen van Salthouse geweest om een stekje te nemen van een bijzondere plant die een van mijn onderzoeksstudenten daar heeft gevonden. Dus ik bedacht dat ik op de terugweg wel even bij je langs kon gaan.' George keek haar aan. 'Ik zal niet vragen hoe het met je gaat, want ik weet uit ervaring hoe irritant dat is. Maar ik wil wel zeggen dat ik vind dat je er beter uitziet dan ik je in lange tijd heb meegemaakt. Niet meer zo afgetobd. Alicia zegt steeds dat ze bang is dat je niet eet. Eet je wel?'

Julia grinnikte. 'Pap, je mag mijn koelkast controleren als je wilt. Ik ben gisteren nog boodschappen wezen doen.'

'Uitstekend. Weet je, ik... ik begrijp het echt. Ik heb het zelf meegemaakt, al hoefde ik in elk geval niet ook nog eens de pijn te ervaren van het verlies van een van mijn kinderen. En Gabriel was zo'n schatje. Het moet ondraaglijk voor je zijn, lieverd.'

'Dat was het inderdaad, ja.' Julia's stem stokte in haar keel.

'Het enige wat ik kan zeggen zonder bevoogdend te klinken is dat het echt beter wordt, maar dat het tijd kost – niet om "eroverheen te komen", want dat gebeurt natuurlijk nooit, maar om je...' George zocht naar het juiste woord, 'eraan aan te passen.'

Julia keek hem zwijgend aan. Ze wist dat hij nog meer te zeggen had.

'En op een gegeven moment heb je het ergste achter de rug,' vervolgde hij, 'als je op een ochtend wakker wordt en het duister niet meer zo duister is als het was, als je begrijpt wat ik bedoel.'

'Ja,' zei Julia. 'Ik geloof dat er... zoiets is gebeurd, gisteren en vandaag... of in elk geval vanochtend...' Ze spande zich in om onder woorden te brengen wat ze voelde. 'Je hebt gelijk. Het "duister" is niet meer zo duister als eerst.'

Ze bleven een poosje zwijgend en in wederzijds begrip zitten. Ten slotte zei Julia: 'Kwam je eigenlijk voor iets bijzonders?'

'Ja, eigenlijk wel,' antwoordde George. 'Wat zeg je ervan als we even uit dit godverlaten huisje weggaan en naar de White Horse wandelen voor een glas wijn en een moot verse vis?'

Julia onderdrukte haar impuls tot een negatieve reactie. 'Dat lijkt me een goed idee, pap.'

Tien minuten later zaten ze aan een gezellig tafeltje bij het vuur. George bestelde twee borden vis met frietjes en bracht zelf de glazen wijn mee van de bar.

'Geweldige pub is dit,' merkte hij op, 'echt een stamkroeg, vooral in de winter, als het niet vol zit met toeristen.' Hij stak in een impuls zijn hand over de tafel heen en gaf een kneepje in haar arm. 'Julia, ik ben heel trots op je. Ik weet dat je het zult redden. Ga zo door, lieverd. Besef dat je goede en slechte dagen zult hebben, maar ga gewoon door.'

'Ik zal het proberen, pap, echt waar,' antwoordde ze met een brok in haar keel.

'Maar goed.' George schraapte zijn keel. 'Waar ik met je over wilde praten waren de orchideeënschilderijtjes die je me hebt gegeven. Ik heb ze vergeleken met een stel van je moeders aquarellen en er is volstrekt geen twijfel dat ze door haar zijn gemaakt. Waarschijnlijk toen ze een stuk jonger was.'

'Ik ben heel blij dat ik ze heb gevonden, pap,' zei Julia. 'Het was kennelijk zo voorbestemd.'

'Ja, maar er is nog iets interessants aan die schilderijtjes, of althans een ervan.' George nam een slok wijn. 'Ik weet dat je moeder als kind uren met je grootvader in de kassen zat, net als jij later. Om de tijd te verdrijven ging ze de bloemen zitten schilderen. Nu heb ik drie van de orchideeën geïdentificeerd. Die worden in Engeland gecultiveerd en zouden door je grootvader kunnen zijn gekweekt; alle drie zijn ze van het geslacht *Cattleya*. William Cattley, een man die je de "vader" van de Britse orchideeën zou kunnen noemen, was de eerste tuinbouwer die er begin negentiende eeuw in slaagde epifytische orchideeën te kweken. De meeste orchideeën die we hier zien stammen daarvan af. Maar de vierde orchidee die je moeder heeft geschilderd, dat is een heel ander verhaal.'

'Is dat zo?' vroeg Julia toen hun lunch werd gebracht.

'Ja. Als haar schilderwerk accuraat is – en nadat ik vijftien jaar met haar heb samengewerkt moet ik dat wel aannemen – dan is de orchidee een *Dendrobium nigum*!' George sneed door het dikke beslag om de vis op zijn bord heen. 'Dus ofwel heeft je moeder de afbeelding gekopieerd uit een boek, wat natuurlijk een mogelijkheid en het meest voor de hand liggende scenario is... of,' voegde hij er tussen twee happen aan toe, 'de plant stond destijds in haar vaders kas.'

Julia begon ook te eten. 'En als hij in de kas stond...?'

'Nou, laat ik het zo stellen, het laatste exemplaar van de *Dendrobium nigum* dat op een veiling werd verkocht, bracht bijna vijftigduizend pond op. Ze heeft een prachtige bloeiwijze. Er zijn er maar een paar van gevonden in de heuvels van Chiang Mai in Thailand. Het is de beste benadering van een zwarte orchidee, ook al is de kleur in werkelijkheid donker magenta. Botanisten zijn er nooit in geslaagd de plant buiten haar natuurlijke habitat te reproduceren, en dat maakt haar erg waardevol. Het zou me verbazen als deze plant in de jaren vijftig een weg had gevonden naar de kassen van Wharton Park.'

'Liet grootvader Bill mam niet al zijn aantekeningen uittypen en zijn die niet naar jou gegaan toen hij stierf?' vroeg Julia. 'Misschien staat daar iets in?'

'Dat dacht ik ook,' beaamde George. 'Ik ben sinds zondag bijna voortdurend bezig geweest ze door te kijken, maar voor zover ik het kan zien wordt de orchidee niet genoemd.' Hij legde zijn mes en vork naast elkaar op zijn lege bord. 'Je grootvader had meer dan tweehonderd soorten orchideeën in zijn kassen. Ik heb nog niets over deze gevonden, maar ik blijf zoeken.'

'Even een ander onderwerp,' zei Julia, 'heeft Alicia het over het dagboek gehad dat Kit Crawford onder de vloerplanken in hun oude huisje heeft gevonden?'

'Ja, eventjes. Het gaat kennelijk over de krijgsgevangenschap in Changi. Als je me wilt vragen of Bill in de oorlog in de Changi-gevangenis heeft gezeten, moet ik je zeggen dat ik geen idee heb,' zei George. 'De enige persoon die het zou kunnen weten is Elsie, je grootmoeder. Ik heb een kerstkaart van haar gehad en ze is nog behoorlijk kwiek op haar zevenentachtigste. Waarom ga je niet bij haar langs?'

'Dat ga ik ook doen, pap,' zei Julia. 'Alicia heeft me haar nummer gegeven en ik ben van plan haar te bellen.'

'Mooi. Is er verder nog nieuws? Afgezien van de vraag of je echt nog veel langer in dat deprimerende huisje wilt blijven.'

'Ik weet het,' zei Julia. 'Maar eigenlijk realiseer ik me pas sinds een paar dagen echt hoe vreselijk het is.'

'En er is geen plaats voor een piano...' voegde George er zacht aan toe.

'Ik wil geen piano,' zei Julia fel, 'maar als ik er nog een poosje blijf, kan ik Agnes wel vragen wat van mijn spullen uit Frankrijk hierheen te verschepen.'

'Zo mag ik het horen, lieverd. Nou,' zei George, en hij sloeg met zijn hand op de tafel, 'ik moet ervandoor. Ik moet nog een stapel e-mails beantwoorden en voor morgenochtend nog een lezing schrijven.'

Julia wachtte op hem bij de deur van het restaurant terwijl hij betaalde en daarna liepen ze samen terug naar haar huisje.

'Lieverd, dit was een onverwacht genoegen.' George nam Julia in zijn armen en omhelsde haar. 'Hou je taai, en hou alsjeblieft contact.'

'Dat zal ik doen, ik beloof het.'

Haar vader knikte en liep toen naar zijn auto.

7

De volgende morgen belde Julia Elsie. De oude dame vond het heerlijk iets van haar te horen, waardoor Julia zich er nog schuldiger over voelde dat ze niet eerder de moeite had genomen om haar op te zoeken, en ze sprak af dat ze die zaterdag naar Southwold zou rijden voor de thee. Daarna kleedde ze zich aan, trok haar jas aan en ging op weg naar de kassen van Wharton Park, blij dat ze een bestemming had en niet weer een hele dag in de eenzaamheid van het huisje hoefde door te brengen.

Het feit dat ze de stilte thuis zoveel moeilijker te verdragen vond dan voorheen, zag ze als een goed teken. Maar wilde ze niet gek worden door de leegte van haar dagen, dan hield dat ook in dat het tijd was om plannen te maken voor de toekomst.

Ze draaide rechtsaf de ingang naar Wharton Park op en bewonderde de rode beuken die het gras aan weerszijden van de oprijlaan flankeerden. En de oude eik waaronder volgens de legende Anna Boleyn ooit Hendrik VIII had gekust.

Vijfhonderd meter verderop ging ze weer rechtsaf en reed ze over het hobbelige pad dat haar uiteindelijk bij de binnenplaats zou brengen. Daarachter lag de moestuin waarin de kassen stonden. Ze voelde iets van de opwinding en verwachting die ze als kind ook had gevoeld en ze realiseerde zich dat het veel voor haar betekende dat de kassen er nog waren.

Ze parkeerde haar auto op de binnenplaats en stapte uit. Het was fris. Ze herinnerde zich dit als een plek vol activiteit; behalve de gezinnen die rond de binnenplaats woonden had je hier ook de stallen. Er hadden paarden in en uit gelopen, er werden voortdurend balen hooi aangevoerd en vanaf de tractors in de schuren gegooid, waarbij ze soms ternauwernood de kinderen van de arbeiders misten die midden op de binnenplaats aan het voetballen waren.

Het was een wereld in een wereld geweest…

Nu was die stil en verlaten.

Vanaf de auto volgde Julia het overwoekerde pad naar de moestuin.

De blauwe poort was er nog steeds, al was die nu bedekt met klimop. Ze duwde hem met enige moeite open en liep door.

De zorgvuldig gecultiveerde lange rijen wortelen, erwtjes, kool en pastinaak waren verdwenen. Ze waren vervangen door een wirwar van onkruid en brandnetels met hier en daar de trieste aanblik van een doorgeschoten kool. Julia liep naar de kleine boomgaard aan het eind van de moestuin, die de kassen aan het zicht onttrok. De appel-, peren- en pruimenbomen, waarvan sommige al erg oud waren, stonden er nog, hun gekronkelde takken naakt en kaal, de afgewaaide vruchten van de laatste herfst lagen op de grond te vergaan tot compost.

Julia liep tussen de bomen door en zag de daken van de kassen boven de struiken eromheen, die ongehinderd waren doorgegroeid. Ze liep over het nauwelijks nog zichtbare pad naar de eerste deur.

Die was er niet meer. Hij lag als een hoop rottend hout en gebroken glas aan haar voeten. Ze stapte eroverheen en ging de kas in. Die was leeg, afgezien van de oude schraagtafels waarmee de kas destijds vol had gestaan, en de rij ijzeren haken aan de balken boven haar hoofd. De betonnen vloer was met mos bedekt en er groeide onkruid onder en tussen het raamwerk door naar binnen.

Julia liep langzaam tot achter in de kas. En daar, in de hoek waar hij altijd had gestaan, stond de kruk waar ze vroeger altijd op zat. En eronder stond, de metalen onderdelen zwaar geroest, grootvader Bills bakelieten radio.

Ze knielde neer en pakte hem op. Hij was niet meer te repareren, maar ze moest hem toch meenemen. Ze drukte hem als een baby tegen haar borst en draaide aan de knoppen in een vruchteloze poging hem tot leven te wekken…

'Orchideeën zijn dol op muziek, Julia. Misschien vervangt muziek de geluiden van de natuur die ze in het land van hun herkomst hoorden,' zegt grootvader Bill tegen me terwijl hij me laat zien hoe ik de tere bloemblaadjes met een sproeipistool moet bevochtigen. 'En van warmte en water, om de hoge vochtigheidsgraad te imiteren waaraan ze gewend zijn.'

Alle anderen vinden het ondraaglijk benauwd in de kassen, met het zonlicht dat door de ruiten schijnt en dat bij gebrek aan een natuurlijke bries de temperatuur tot ver boven die van een warme Engelse dag doet oplopen.

Ik vind het heerlijk, want ik heb er een hekel aan veel kleren te moeten dragen om warm te blijven. Het voelt aan alsof het mijn natuurlijke omgeving is en grootvader Bill lijkt ook geen last van de warmte te hebben. Bovendien raakt juist door die warmte de lucht vervuld van de heerlijke geuren van de bloemen.

'Dit is een Dendrobium victoria regina, *soms ook wel* Blauwe Dendrobium *genoemd, maar zoals je kunt zien is ze lila,' zegt mijn grootvader grinnikend. 'Een echte blauwe orchidee moet nog worden ontdekt. Deze groeit in de bomen in Zuidoost-Azië. Kun je je dat voorstellen? Hele tuinen in de lucht...'*

En dan krijgt grootvader Bill weer die 'blik', zoals ik het noem, en ook al vraag ik hem vaak om me meer te vertellen, dat doet hij nooit.

'Dendrobia *rusten graag in de winter – ik zie het als een winterslaap – ze hebben dan geen voeding nodig en willen alleen met net voldoende water besproeid worden om niet uit te drogen.'*

'Hoe hebt u precies geleerd wat ze willen, grootvader?' vroeg ik hem een keer. 'Hebt u op de orchideeënschool gezeten?'

Hij schudde zijn hoofd en lachte. 'Nee, Julia. Ik heb veel geleerd van een vriend van me die in de Oost woonde en te midden van orchideeën was opgegroeid. En de rest gewoon door dingen uit te proberen, door goed te kijken hoe ze reageerden op wat ik probeerde. Tegenwoordig weet ik wat ik krijg, want op de verpakking staat wat voor bloem erin zit, maar toen ik nog jong was, kreeg ik kratten vol toegestuurd uit verre landen en wisten we pas wat voor soorten het waren als ze begonnen te bloeien.' Hij zuchtte. 'Het was spannend in die dagen, ook al raakte ik er meer kwijt dan ik kon opkweken.'

Ik weet dat grootvader Bill beroemd is in de orchideeënwereld omdat hij iets weet te kweken wat hybrides worden genoemd. De zijne zijn bijzonder en vaak komen bekende hoveniers naar zijn laatste nieuwe bloemen kijken. Hij is erg bescheiden en praat er niet graag over. Hij zegt dat het zijn taak is bloemen te kweken, niet erover op te scheppen. Grootmoeder Elsie denkt daar anders over – ik hoor haar soms zeggen hoeveel geld Bill Wharton Park heeft opgeleverd, met alle dagjesmensen die naar de kassen komen kijken en de planten aanschaffen die hij te koop aanbiedt, en dat hij er een groter aandeel van zou moeten krijgen.

Ik luister niet als ze dat soort dingen zegt. Ik wil niet dat de vrede in mijn bijzondere toevluchtsoord wordt verstoord. Als ik hier niet ben en me verdrietig voel, ga ik in gedachten terug hierheen en dan vind ik troost.

Julia riep zichzelf terug naar de kille realiteit van wat was geweest en nooit meer zou terugkomen. Ze realiseerde zich dat ze rilde van de kou en hier niet langer wilde blijven. Ze draaide zich om en liep snel de kas uit en door de moestuin naar haar auto. Toen ze instapte, zag ze Kit uit een van de stallen komen. Hij zwaaide en liep naar haar toe.

'Hi, Julia. Je bent zeker naar de trieste overblijfselen van een deel van de voormalige pracht van Wharton Park wezen kijken?' zei hij.

'Niet doen,' zei Julia met een zucht. 'Ik voel me erdoor gedeprimeerd. De kassen zijn volkomen leeg – er is niets meer over.' Ze schudde vertwijfeld haar hoofd. 'Je weet zeker niet waar alle orchideeën gebleven zijn, of wel?'

'Nee, maar ik wou dat ik het wist. Mijn vader is hier veel te lang eigenaar-op-afstand geweest. En tante Crawford leek om de een of andere reden de rillingen te krijgen van de orchideeën. Weet je nog de dag dat je haar de orchidee bracht? Nou, zodra je weg was, gaf ze hem meteen aan mij terug en ze zei dat ik hem weg moest gooien.' Kit trok zijn wenkbrauwen op. 'Vraag me niet waarom. Ik heb geen idee. Het zal je plezier doen te weten dat ik hem in mijn slaapkamer heb gezet en na de vakantie mee naar huis heb genomen. Hij heeft jaren gebloeid.'

'Wat vreemd,' mijmerde Julia, 'en triest.'

'Absoluut,' stemde Kit met haar in. 'En god weet wat er verder nog van het landgoed verdwenen is, samen met al die orchideeën. Hoe eerder ik de hele boel overdraag, hoe beter. Maar goed,' zei Kit opgewekt, 'heb je zin om even mee te lopen naar het oude huisje van je grootouders? Ik ga er nu heen.'

'Waarom niet?' zei Julia. Ze liepen naar het huisje, dat weggestopt lag op zijn eigen stukje grond van een are net achter de binnenplaats. Van binnen de muren hoorde Julia het geluid van hamers en brekende stenen.

'Ik hoop dat je niet vindt dat dit ook verwoest is, maar het was echt niet meer bewoonbaar. En zolang de laatste arbeiders nog bij mij in dienst zijn dacht ik dat ik ze maar het beste iets nuttigs kon laten doen.'

'Wat gebeurt er met hen als de nieuwe eigenaar het overneemt?' vroeg Julia.

'De meesten worden gewoon weer in dienst genomen, en ze zullen vast veel tevredener zijn met een werkgever die aanwezig is dan ze de afgelopen twintig jaar waren. Zullen we naar binnen gaan? Ik waarschuw je, het ziet er heel anders uit.'

Julia verwachtte een donkere, smalle gang en een trap recht voor zich te zien. In plaats daarvan bleek ze in een grote open ruimte te staan.

'Ik ben allergisch voor lage plafonds,' verontschuldigde hij zich, naar zijn lange gestalte wijzend. 'Ik ben immers een meter negentig lang, daarom heb ik ze eruit gehaald.'

De plafonds waren niet het enige dat Kit eruit had gehaald. De hele indeling van het interieur, dat voorheen alle noodzakelijke ruimtes had bevat, zoals de keuken, slaapkamers en badkamer, was verdwenen. Ze keek omhoog naar wat ooit de plafonds van de slaapkamers waren geweest en zag bovenin vier nieuwe dakramen. Het enige wat nog over was van het oude interieur was de grote hoekhaard, waar ze zich als kind bij had gewarmd.

'Het... is zeer zeker... veranderd,' wist ze uit te brengen.

'De bovenverdieping moet er nog in. Ik heb de zolderruimte benut om de plafonds te verhogen, waardoor er beneden meer ruimte ontstaat. En in de oude aanbouw hiernaast komen de keuken en de badkamer. Ik weet dat het radicaal is, maar ik denk dat het me prima zal bevallen als het klaar is.'

'Je hebt het beslist naar het nieuwe millennium getild,' mompelde Julia. 'Het is moeilijk je voor te stellen dat het hetzelfde huisje is.'

Hij keek op haar neer. 'Het doet je veel, is het niet?'

'Natuurlijk niet.'

Maar ze wisten allebei dat dat wel zo was.

'Luister eens, Julia, waarom ga je niet mee naar het grote huis voor een sandwich? Ik heb het gevoel dat ik je dat schuldig ben, nu ik je erfgoed heb ontheiligd.'

'Niet bepaald mijn erfgoed,' zei ze. 'Maar ja, ik...'

'Hallo, schat. Sorry dat ik zo laat ben.'

Er dook een aantrekkelijke vrouw met kastanjebruin haar achter hen op. Ze kuste Kit hartelijk op de wang en glimlachte naar Julia.

'Julia, dit is Annie. Ze heeft me geholpen met het ontwerp van het huisje en ze maakt tekeningen om de rest van de woninkjes aan de binnenplaats tot verhuurbare huizen om te bouwen – terwijl ze wacht tot haar eigen project wordt gerealiseerd.' Kit wees naar Annies gezwollen buik en sloeg een arm om haar schouders. 'Niet lang meer, hè?' zei hij vol genegenheid.

'Nee, nog maar vier weken, godzijdank.' Annies heldere groene ogen twinkelden. Ze had een licht Amerikaans accent. 'Ik zal blij zijn als het eruit is. Heb jij kinderen?' vroeg ze.

Julia's ogen vulden zich onwillekeurig met tranen en ze bleef zwijgend staan. Hoe kon ze antwoord geven op die vraag?

'Julia is een beroemde concertpianiste.' Kit begreep het meteen en schoot haar te hulp. 'We hebben elkaar jaren geleden op Wharton Park ontmoet en ik was een van de eerste mensen voor wie ze ooit heeft gespeeld, nietwaar, Julia?' Zijn ogen stonden vol medeleven.

Het respijt had Julia de kans gegeven zich enigszins te herstellen. Ze slaagde erin te knikken en schraapte haar keel. 'Ja. Ik moet nu gaan. Leuk kennis met je te maken, Annie, en... succes.'

'Insgelijks, Julia.'

'Ja. Tot ziens, Kit. Ik zie je binnenkort wel weer.' Ze draaide zich om en rende bijna naar haar auto voor hij de kans kreeg haar tegen te houden.

8

De volgende dag voorspelden de weerberichten sneeuw. Julia besloot de waarschuwingen te negeren; ze wilde een dag uit het huisje weg. Direct na de lunch vertrok ze naar Southwold en de bungalow van haar grootmoeder.

Ze zette de radio aan om de stilte te doorbreken en herkende onmiddellijk de meeslepende klanken van het middenstuk uit Rachmaninovs Concerto Nr. 2. Julia zette de radio meteen weer uit. Sommige dingen waren, zelfs na haar openbaring van de afgelopen dagen, nog steeds onverdraaglijk. Annies onschuldige vriendelijkheid had haar volkomen verscheurd. Ze had na thuiskomst twee uur lang gehuild. En juist die reactie was de reden dat ze zich zo lang verscholen had; alleen zijn was nog altijd beter dan een wereld onder ogen moeten zien vol beelden, geuren en mensen die – hoe goedbedoeld ook – onvermijdelijk iets zouden zeggen of doen wat haar aan haar tragedie zou herinneren.

Tot dusver had ze geweten dat ze dat niet aankon – dat opmerkingen zoals die van gisteren haar kapot zouden maken. Maar de pijn trotseren was de volgende stap op de weg naar herstel. Haar emoties zouden mettertijd tot bedaren komen en ze zou langzaamaan leren om te gaan met de hoorbare en zichtbare buitenwereld en de herinneringen die deze met zich meebracht. Zoals alles was ook dat een proces. En ze kon niet verwachten dat ze van de ene op de andere dag hersteld zou zijn.

Toen Julia de buitenwijken van Southwold naderde, hield ze zichzelf voor dat alleen al het feit dat ze hier was, bijna honderd kilometer van de veiligheid van haar huisje vandaan, getuigde van de grote verbetering van de afgelopen dagen. En Julia wist dat het bezoek aan haar grootmoeder haar geen pijn zou doen. In plaats daarvan zou ze verder in haar leven worden teruggevoerd, voorbij de afgelopen paar jaar, naar een tijd waaraan ze alleen maar troostrijke herinneringen had. Dat was 'veilig' gebied en ze keek er oprecht naar uit Elsie weer te zien.

Julia raadpleegde de routebeschrijving die ze had neergekrabbeld. Ze volgde die en kwam terecht in een met bomen omzoomde doodlopende straat en vervolgens op de oprit van een onberispelijke bungalow.

Ze pakte haar tas, met daarin het dagboek uit Changi, en liep naar de voordeur om aan te bellen. De bel liet een blikkerig elektronisch deuntje horen en binnen enkele seconden stond haar grootmoeder met gespreide armen aan de deur om haar te verwelkomen.

'Julia!'

Ze werd tegen haar grootmoeders goedgevulde borst aan getrokken, die naar Bluegrass-parfum en talkpoeder rook.

'Laat me eens naar je kijken.' Elsie pakte Julia bij de schouders en deed een stap naar achteren en klapte in haar handen van blijdschap. 'Hemeltje! Je bent een schoonheid geworden,' riep ze uit. 'Je lijkt heel erg op je moeder toen ze zo oud was als jij nu. Kom binnen, lieve schat, kom binnen.'

Julia volgde Elsie naar binnen. De bungalow was klein, maar heel netjes, fris en licht. Elsie ging haar voor naar een kleine zitkamer waar een roze driedelig bankstel dicht rondom een gashaard stond.

'Geef me je jas maar en ga bij het vuur zitten om jezelf te warmen, dan zet ik intussen iets te drinken. Koffie of thee?'

'Een kop thee zou heerlijk zijn, oma,' antwoordde Julia.

'Komt eraan, en ik heb ook wat van de scones gebakken die je altijd zo lekker vond.' Elsie keek haar aan. 'Je ziet eruit alsof je wel wat van oma's kookkunst kunt gebruiken.'

Julia glimlachte. 'U hebt gelijk. Dat is inderdaad zo.'

Elsie liep naar de keuken en zette de waterkoker aan. Julia leunde achterover in haar stoel en gaf zich tevreden over aan de vertrouwde cocon van veiligheid die haar grootmoeder haar altijd had geboden. 'Zo,' zei Elsie toen ze terugkwam met een vol dienblad en dat op de kleine salontafel zette, 'hoe gaat het met mijn beroemde kleindochter?'

'Het gaat wel, oma. En ik vind het echt fijn u weer te zien. Het spijt me dat ik niet eerder ben langsgekomen. Ik heb de laatste tijd veel thuisgezeten.'

'Je hebt veel doorgemaakt, liefje, en ik wist dat je zou komen als je daaraan toe was.' Elsie raakte vol medeleven en begrip haar hand aan. 'Zo, ik doe extra veel suiker in je thee. Je lijkt je grootvader wel toen die terugkwam uit de oorlog; hij was zo mager als een skelet. Kijk eens aan...' Ze gaf Julia een kop thee en begon daarna een aantal scones te besmeren met een dikke laag boter en jam. ‘Het is mijn zelfgemaakte kriekpruimenjam. Weet je nog dat je die zo lekker vond? Ik ben erin geslaagd een kriekpruim op te kweken in het kleine stukje frisse lucht dat ze hier een tuin noemen.’ Elsie wees door het raam naar het kleine gazon. ‘En hij doet het prima, heus waar.’

Julia keek naar Elsies twinkelende ogen. Wat ze zich ook van de veroudering van haar grootmoeder had voorgesteld, daar was niets van te zien. Misschien was bij iemand die in de ogen van jongeren altijd al ‘oud’ was geweest het verouderingsproces minder duidelijk. Julia nam een hapje van de scone en genoot van de vertrouwde smaak.

Elsie keek haar goedkeurend aan. ‘Ik ben het nog niet verleerd, is het wel? Ik wed dat het de beste scones zijn die je ooit hebt gegeten, beter dan al dat chique Franse eten.’

Julia grinnikte. ‘Nee, oma, u bent het nog niet verleerd.’ Ze zag Elsie fronsend naar haar kruin kijken.

‘Ik kan zien dat je niet goed hebt gegeten, jongedame. Je haar heeft al zijn glans verloren.’

Elsie stak haar hand naar Julia uit en pakte een lok van haar haren tussen haar vingers. ‘Kurkdroog. Je hebt een goede knipbeurt en een pot conditioner nodig. En wat fatsoenlijks te eten in je lijf.’ Ze klakte met haar tong. ‘Ik zeg het tegen al mijn dames; wat je in je mond stopt, komt op je hoofd terecht.’

Julia keek Elsie verrast aan. ‘Uw “dames”? Bent u tegenwoordig kapster?’

‘Jazeker,’ bevestigde ze glunderend. ‘Alleen op donderdagochtend in het bejaardentehuis, hoor, en die oudjes hebben niet veel haar meer,’ zei Elsie grinnikend, ‘maar ik vind het heerlijk, echt waar. Ik heb eindelijk de carrière waarvan ik altijd heb gedroomd!’

‘Hebt u al die pruiken nog?’ vroeg Julia.

‘Nee, die heb ik niet meer nodig nu ik echte mensen mag kappen.’ Elsie keek haar aan. ‘Je vond het misschien maar raar zoals ik uren met die pruiken bezig was, maar voor mij was het beter dan niets. Ik heb dat altijd al willen doen,’ zei ze zuchtend, ‘en ik was er goed in ook. Mevrouw liet mij haar haren altijd opsteken, en ik mocht ook die van sommigen van haar gasten doen. Ach ja, wat kan het toch vreemd lopen in het leven, nietwaar?’

'Inderdaad, oma. En maakt u het zelf goed?'

'Zoals je kunt zien,' zei Elsie met een blik op haar aanzienlijke taille, 'geniet ik nog steeds van mijn eigen kookkunst. Het is wel wat lastiger, omdat ik nu alleen nog voor mezelf hoef te koken. Je oudtante is begin vorig jaar gestorven, dus nu loop ik hier in mijn eentje rond.'

'Het speet me dat te horen, oma.' Julia had haar scone op en pakte er nog een van het bord.

'Ze heeft in elk geval niet geleden. Ze ging op een avond naar bed en werd gewoon niet meer wakker. Zo wil ik ook wel gaan als het mijn tijd is.' Elsie praatte zoals veel oude mensen onbezorgd over de dood. 'Omdat ze zelf geen kinderen had, heeft ze mij de bungalow nagelaten. Die moderne gebouwen zijn veel beter dan de donkere, vochtige huisjes waar ik in heb gewoond. Altijd warm, met warm water voor een bad wanneer ik maar wil en een toilet dat elke keer doorspoelt.'

'Het ziet er erg gezellig uit,' zei Julia. 'Bent u niet eenzaam?'

'Lieve hemel, nee! Ik heb het razend druk. Ik heb mijn kapperswerk en er gaat geen dag voorbij zonder dat ik naar een van mijn sociale clubs ga of mijn vriendinnen bezoek. We woonden op Wharton zo geïsoleerd, Julia, met alleen de andere arbeiders van het landgoed om vriendschap mee te sluiten. Hier heb ik een hele stad vol ouderen!'

'Ik ben blij dat u zo gelukkig bent, oma,' zei Julia. 'U mist het leven op Wharton Park kennelijk niet.'

Elsies gezicht versomberde. 'Dat is niet waar, liefje, want ik mis je grootvader verschrikkelijk. Je moet bedenken dat ik op mijn veertiende in het grote huis ben gaan werken; om vijf uur op, om middernacht naar bed als ik geluk had en ze geen etentje gaven of logees hadden. Ik heb meer dan vijftig jaar op die manier gewerkt.' Ze schudde haar hoofd. 'Nee, Julia, ik was blij dat ik met pensioen mocht, heel zeker. Maar genoeg over mij nu je weet dat ik het goed maak en gelukkig ben. Hoe is het met je vader en je zus?'

'Hetzelfde als altijd,' antwoordde Julia. 'Pap werkt nog steeds veel te hard en staat op het punt naar de andere kant van de wereld af te reizen voor een researchproject. Alicia heeft haar grote gezin waar ze het erg druk mee heeft.'

'Dat geloof ik graag. Ze stuurt me af en toe foto's. Ze zegt altijd dat ik eens moet komen logeren, maar ik ben niet graag iemand tot last. Bovendien kan ik niet autorijden en hou ik niet van de trein. Als ze wat meer tijd hebben, kunnen ze mij hier misschien een keer komen opzoeken, zoals jij vandaag.'

'Ik beloof u dat ik zal proberen vanaf nu wat vaker langs te komen. Vooral nu ik weer in Engeland ben,' voegde Julia eraan toe.

'Blijf je dan hier? Voorgoed?'

'Dat weet ik nog niet,' zei Julia, en ze zuchtte. 'Ik moet een paar beslissingen nemen, maar tot dusver was ik daar nog niet aan toe.'

'Natuurlijk niet, liefje.' Elsie keek haar vol sympathie aan. 'Dat geloof ik graag. Maar goed, je zei dat je me iets wilde vragen.'

'Ja,' zei Julia. 'Ik weet niet of u gehoord hebt dat Wharton Park wordt verkocht?'

Elsie bleef onaangedaan. 'Ja, dat heb ik gehoord,' antwoordde ze.

'Kit Crawford, de erfgenaam, houdt de binnenplaats bij de stallen en gaat in jullie oude huisje wonen.'

Elsie gooide haar hoofd in de nek en lachte; een diep, vol geluid dat haar hele lichaam deed schudden. Ten slotte veegde ze haar ogen droog. 'Meneer Kit, of moet ik zeggen Lord Crawford, die in het oude huisje van de tuinman gaat wonen?' Ze schudde haar hoofd. 'O, Julia, je maakt me wel aan het lachen.'

'Het is waar,' zei Julia. 'Hij heeft het landgoed moeten verkopen omdat het grote schulden heeft en er veel geld in gestoken moet worden om het op te knappen. Bovendien was het een schattig huisje,' voegde ze er op defensieve toon aan toe.

'Dat mag wel zo zijn, maar het idee dat ik het nog ga meemaken dat Lord Crawford in ons eenvoudige huis trekt, maakt me vreselijk aan het lachen.' Elsie trok een zakdoek uit haar mouw en snoot haar neus. 'Sorry, liefje,' zei ze, 'ga maar door met je verhaal.'

'Nou, het zit zo; toen de loodgieters nieuwe leidingen gingen leggen, moesten ze de vloerplanken eruit halen.' Julia stak haar hand in haar tas en haalde er het dagboek uit. 'En toen vonden ze dit.'

Elsie keek ernaar en Julia zag meteen dat ze het herkende. 'Het is een dagboek,' merkte ze ten overvloede op.

'Ja,' was het enige wat Elsie wist uit te brengen.

'Het gaat over iemands gevangenschap in de Changi-gevangenis in Singapore tijdens de oorlog.'

'Ik weet waar het over gaat, Julia.' Er verschenen spontaan tranen in Elsies ogen.

'O, oma, het spijt me zo. Ik wilde u niet van streek maken. U hoeft het niet te lezen of zo. Ik wilde alleen dat u zou bevestigen dat het door grootvader Bill geschreven is. Hij is daar geweest, nietwaar? In het Verre Oosten tijdens de oorlog? Ik heb bedacht dat sommige van de dingen die hij vroeger in de kassen tegen me zei, er kennelijk op duidden dat hij daar is geweest. Al heeft hij me nooit verteld waar of wanneer,' voegde ze er gehaast aan toe toen ze Elsie wit zag wegtrekken.

Eindelijk knikte Elsie. 'Ja, hij heeft daar gezeten,' zei ze langzaam.

'In de Changi-gevangenis?'

Elsie knikte.

'Dus het ís zijn dagboek?'

Het bleef even stil voordat Elsie vroeg: 'Julia, heb je het gelezen?'

Ze schudde haar hoofd. 'Nee, ik ben het wel steeds van plan, maar op de een of andere manier...' Ze zuchtte. 'De waarheid is dat ik dacht dat het misschien pijnlijk zou zijn en het klinkt misschien zelfzuchtig, maar ik heb op dit moment genoeg pijn van mezelf te verwerken.'

'Ik begrijp het.' Elsie knikte. Ze hees zich overeind en liep langzaam naar het raam. Buiten bedekten dikke sneeuwvlokken het gras en de rest van het tuintje. Het werd al donker, terwijl het nog maar net vier uur was geweest. Met haar rug naar Julia toe zei ze: 'Het weer wordt snel slechter. Blijf je vannacht hier?'

'Ik...' Julia had er tot dat moment niet over nagedacht of ze zou blijven. Ze keek naar de sneeuw, dacht aan de rit naar huis, haar deprimerende huisje en het duidelijke onbehagen van haar grootmoeder. Ze knikte. 'Ja, dat is goed.'

Elsie draaide zich om. 'Mooi zo. Dan ga ik nu wat klaarmaken voor ons avondeten, Julia. Ik kan het beste nadenken als ik aan het werk ben. En ik moet echt nadenken,' voegde ze er bijna in zichzelf aan toe. 'Waarom kijk jij ondertussen niet een poosje tv?' Ze wees naar de afstandsbediening en liep de kamer uit.

Drie kwartier later, nadat Julia naar een flauwe talentenjacht had gekeken en daar meer van had genoten dan ze meende te moeten doen, kwam Elsie weer met een dienblad de kamer binnen.

'Het is bijna zes uur en ik trakteer mezelf zaterdags altijd op een Noilly Prat.' Ze wees naar haar glas. 'Ik heb nog een fles rode wijn die een vriendin had meegebracht. Ik weet niet of het iets is, maar wil je een glas?'

'Waarom niet,' zei Julia, blij dat Elsie wat meer kleur op haar wangen had.

'De aardappelschotel staat in de oven en de tafel is gedekt voor straks,' zei ze met een knikje, en ze gaf Julia een glas en nam een slok van haar eigen drankje. 'Ik heb ook nagedacht terwijl ik met het eten bezig was en ik voel me nu iets rustiger.'

'Het spijt me, oma, ik wilde u echt niet van streek maken. Ik had me moeten realiseren dat het pijnlijk voor u kon zijn.' Julia nam een slokje wijn. 'Ik denk de laatste tijd te veel aan mezelf en ik moet weer eens rekening gaan houden met de gevoelens van anderen.'

Elsie gaf een klopje op Julia's hand. 'Natuurlijk denk je aan jezelf. Je hebt het zwaar gehad, lieverd, dat is nou eenmaal zo. Je hebt me niet echt van streek gemaakt. Het was alleen een beetje een schok om dat weer te zien, dat is alles.' Ze wees naar het dagboek. 'Ik dacht dat Bill het in het vuur had gegooid. Ik had gezegd dat hij dat moest doen, dat iemand het anders op een dag zou vinden en dat daar niets goeds uit voort zou komen...' Ze tuurde in de verte.

Julia wachtte geduldig tot haar grootmoeder verder zou gaan.

'Welnu...' Elsie herstelde zich. 'Ik neem aan dat je je afvraagt wat er aan de hand is, wat ik denk. De waarheid is, Julia, dat dit dagboek is gevonden en aan jou is gegeven. Ik zou tegen je kunnen liegen en geloof me, daar heb ik aan gedacht, maar ik geloof niet dat het juist is. Niet meer, tenminste.'

'Oma, vertel het me alstublieft. Als het een geheim is, dan weet u dat ik het kan bewaren. Dat deed ik vroeger ook altijd.'

Daar moest Elsie om glimlachen en ze streelde Julia's wang. 'Dat weet ik, lieverd, en ik weet dat je niets zou zeggen. Het probleem is dat het niet zo eenvoudig ligt. Het is een van die geheimen, zie je, een familiegeheim waardoor een hoop mensen van streek zullen raken als het bekend wordt.'

Dat maakte het voor Julia nog boeiender. 'Er is bijna niemand over om van streek te raken,' zei ze. 'Alleen pap, Alicia en ik.'

'Nou,' mijmerde Elsie, 'soms raken die geheimen meer dan één familie, nietwaar. Hoe dan ook,' zei ze, 'ik denk dat ik maar het beste bij het begin kan beginnen en zien waar het toe leidt, vind je niet?'

Julia knikte. 'Oma, doet u maar wat u denkt dat juist is. Ik luister met plezier.'

Elsie knikte. 'Ik waarschuw je dat het me wat tijd kan kosten me alles te herinneren, maar... nou goed, ik neem aan dat het verhaal begint met mij, toen ik in 1939 werd ingewerkt als kamermeisje in het grote huis. O...' Elsie sloeg haar handen in elkaar, 'je zou Wharton Park niet hebben herkend, Julia. Het was zo vol van leven en de drukte van de familie Crawford en hun vrienden. In het jachtseizoen was er bijna elk weekend een feestje. En tijdens één zo'n weekend kwamen er vrienden van hen uit Londen logeren en kreeg ik de taak om voor hun achttienjarige dochter, Olivia Drew-Norris, te zorgen. Ze was mijn eerste "Lady".' Elsies ogen straalden bij de herinnering. 'O, Julia, ik zal tot mijn dood nooit het moment vergeten waarop ik de magnoliaslaapkamer binnen stapte en haar voor het eerst zag...'

9

WHARTON PARK
Januari 1939

Olivia Drew-Norris liep naar het raam van de grote slaapkamer waar ze net naar binnen was geleid en keek naar buiten. Ze slaakte een diepe zucht toen ze het grauwe tafereel zag.

Het leek of iemand, sinds ze twee maanden geleden in Engeland was aangeland, had besloten de heldere, warme kleuren die ze tot dan had gekend weg te vagen en te vervangen door een onscherpere, modderige versie in bruin- en grijstinten. Ze kreeg het koud en voelde zich mentaal uitgeput door het grimmige uitzicht, met de mist die al boven de velden dreef, hoewel het nog maar net drie uur was geweest.

Ze huiverde en liep bij het raam vandaan.

Olivia wist dat haar ouders blij waren terug in Engeland te zijn. Zij konden dit vreselijke, vochtige eiland accepteren omdat de herinnering eraan in hun brein was opgeslagen als 'thuis'. Voor Olivia was dat anders. Ze had sinds haar geboorte nooit eerder een voet buiten India gezet. En nu ze eenmaal hier was, begreep ze niet dat al het gepraat dat ze erover had gehoord – in de Club of tijdens de maaltijden in het huis van haar ouders in Poona – zo doorspekt was geweest van nostalgie. Voor zover zij het kon zien had het helemaal niets aanbevelenswaardigs. Iedereen klaagde over de warmte in India, maar daar hoefden ze 's nachts tenminste geen zes lagen onderkleding aan te trekken om vervolgens nog kou te lijden onder dekens die naar vocht stonken, en te wachten tot de bloedsomloop in hun tenen weer op gang kwam. Al sinds ze van de boot was gestapt was Olivia constant verkouden.

Ze verlangde naar de geuren en geluiden van het land waar ze geboren was... rijpe granaatappels, wierook, de olie die haar *ayah* voor haar lange, zwarte haar had gebruikt; de zoete klanken van zingende huisbedienden, kinderen die lachten in de stoffige straten van de stad, de handelaren op de markt, die luidkeels hun waren aanprezen... dat alles riep een kleurrijk, lawaaierig beeld op dat heel anders was dan dit stille en gure land.

En na alle opwinding van het thuiskomen had Olivia zich in haar hele leven nooit eerder zo ellendig en neerslachtig gevoeld. Het ergste was nog dat ze daar had kunnen blijven toen haar ouders teruggingen naar Engeland. Als ze meer aandacht had besteed aan de avances van de blozende kolonel en zich door hem het hof had laten maken, had ze nu nog in Poona kunnen zijn. Maar hij was vreselijk oud – minstens vijfenveertig – en zij was pas achttien.

Bovendien had ze de verzengend warme nachten, waarin slapen onmogelijk was geweest, doorstaan door Engelse romans te lezen van Jane Austen en de gezusters Brontë. Ze hadden bij haar het geloof aangewakkerd dat ze op een dag de 'ware liefde' zou vinden.

De komende paar maanden werd ze geacht deel te nemen aan het Seizoen, ofwel naar allerlei feestjes te gaan in Londen, waar ze aan geschikte jongemannen zou worden voorgesteld. En onder hen hoopte ze vurig haar eigen meneer Darcy te zullen vinden.

Het was het enige lichtpuntje in een waas van somberheid. En onwaarschijnlijk, bedacht Olivia genadeloos. De jonge Britse mannen die ze tot dusver had ontmoet, schonken haar weinig hoop voor de toekomst. Hun bleke uiterlijk, onvolwassenheid en kennelijke gebrek aan belangstelling voor iets anders dan de fazantenjacht had hen geen van allen erg geliefd gemaakt bij haar. Misschien kwam het doordat ze tot voor kort zo veel tijd had doorgebracht tussen volwassenen en ze maar een van de weinige jongedames en heren binnen hun sociale kringetje in Poona was geweest. Ze was hoofdzakelijk opgegroeid met de vrienden van haar ouders, had met hen deelgenomen aan etentjes en feestjes, met hen paardgereden en getennist. Ook haar opleiding was ongebruikelijk geweest, al zag Olivia dat als iets positiefs. Haar ouders hadden de heer Christian in dienst genomen om haar te onderrichten; hij had in Cambridge gestudeerd, was tijdens de Eerste Wereldoorlog gewond uit dienst ontslagen, en had toen besloten zich in Poona te vestigen. Meneer Christian had een graad in de filosofie behaald aan Trinity College en had zijn kans gegrepen om haar bereidwillige jonge brein te vullen met een schat aan kennis die Olivia in geen enkele van de Engelse kostscholen voor meisjes had kunnen opdoen. Hij had haar ook op bijna professioneel niveau leren schaken én vals spelen bij het bridgen.

De afgelopen weken was Olivia zich echter gaan realiseren dat haar ontwikkeling haar in Engeland van weinig nut zou zijn. Haar garderobe, die in India modern had geleken, was hier hopeloos ouderwets. Ze had erop gestaan dat haar moeders naaister haar zomen ophaalde, zodat ze dichter bij haar knieën vielen dan bij haar enkels, zoals bij alle jongedames die ze onlangs in Londen had gezien. En toen ze met haar moeder bij Derry and Toms was gaan winkelen, had ze stiekem felrode lippenstift gekocht.

Het korter maken van haar rokken en de lippenstift waren niet omdat Olivia nou zo vreselijk ijdel was, maar omdat ze niet nog meer wilde opvallen dan ze al deed.

En nu brachten ze het weekend door in weer een ander ijskoud en vochtig mausoleum van een huis. Papa had kennelijk op school gezeten met Lord Crawford, hun gastheer voor het weekend. Zoals gewoonlijk zou papa zijn dagen doorbrengen met de jacht en zou mama, of mams, zoals ze leerde haar te noemen, in de salon theedrinken en een beleefd gesprek voeren met hun gastvrouw. Olivia zou erbij zitten en zich het vijfde wiel aan de wagen voelen.

Er werd zacht op de deur geklopt.

'Binnen,' zei ze.

Er verscheen een lief, sproetig gezicht met een paar sprankelende bruine ogen erin om de deur. Het meisje droeg ouderwetse kamermeisjeskleding, die haar te groot leek.

'Sorry, mevrouw, ik heet Elsie en ik moet u helpen zolang u hier bent. Kan ik uw koffers voor u uitpakken?'

'Natuurlijk.'

Elsie stapte de drempel over en bleef wat nerveus staan. 'Sorry, mevrouw, maar het is hier een beetje donker. Zal ik het licht aandoen? Ik zie u nauwelijks staan, daarginds.' Ze giechelde verlegen.

'Ja, graag,' antwoordde Olivia.

Het meisje haastte zich naar de lamp naast het bed en deed hem aan. 'Kijk eens aan,' zei ze. 'Dat is beter, vindt u niet?'

'Ja.' Olivia stond op van het bed en draaide zich naar het meisje om. 'Het wordt hier vreselijk vroeg donker.' Ze voelde dat de ogen van het meisje zich in de hare boorden. Uiteindelijk zei ze: 'Is er iets?'

Het kamermeisje schrok op. 'Sorry, mevrouw, ik stond gewoon te denken hoe knap u bent. Ik heb nog nooit zo'n knap meisje gezien. U lijkt wel een van die actrices van de film.'

Olivia was verbijsterd. 'Dank je,' zei ze. 'Het is heel aardig van je om dat te zeggen, maar ik weet zeker dat het niet zo is.'

'Nou, ik vind van wel,' hield Elsie vol. 'En, mevrouw, u moet het me maar vergeven als ik het niet meteen goed doe, want het is voor het eerst dat ik iemands kamermeisje ben, ziet u.' Elsie hees Olivia's koffer op het bed en maakte hem open. 'Als u me nu wilt vertellen wat u vanmiddag voor de thee aan wilt trekken, dan zal ik het klaarleggen. En daarna zal ik uw jurk voor het avondeten mee naar beneden nemen om hem te laten luchten en te persen.' Elsie keek Olivia vragend aan.

Olivia wees naar haar nieuwe roze jurk met de Peter Pan-kraag en de grote witte knopen aan de voorkant. 'Deze voor nu en die van blauw brokaat voor straks.'

'Groot gelijk, mevrouw.' Elsie knikte, vouwde de jurken zorgvuldig uit en legde ze op het bed. 'Ik weet zeker dat dat blauw fantastisch bij uw teint zal passen. Zal ik de rest van uw kleren in de kleerkast hangen?'

'Dat is erg vriendelijk van je, Elsie, dank je.'

Olivia zat slecht op haar gemak op het met stof beklede krukje aan het voeteneind van het bed terwijl Elsie door de kamer stoof. Ze was zich in India nauwelijks bewust geweest van haar personeel en had gewoon hun positie als bedienden geaccepteerd. Maar dit meisje, dat waarschijnlijk ongeveer zo oud was als zij en bovendien Engels, bracht haar van haar stuk.

Haar vader had toen ze in hun oude huis in Surrey terugkeerden behoorlijk geklaagd dat het tegenwoordig zo moeilijk was om personeel te krijgen. Er waren veel minder meisjes die in de huishouding gingen werken, zei hij. Ze gaven de voorkeur aan baantjes als secretaresse op een kantoor of in de nieuwe warenhuizen die overal in het land geopend werden.

'De meisjes van tegenwoordig willen niet meer díénen,' had hij gemopperd.

Olivia had tijdens de bezoeken aan de landgoederen van de vrienden van haar ouders echter opgemerkt dat de vrouwenemancipatie in de grote steden veel verder gevorderd was dan op het platteland.

'Goed, mevrouw, dan ga ik nu snel naar beneden om uw jurk op te persen en dan kom ik na de thee terug om een bad voor u te vullen en het vuur aan te steken. Kan ik verder nog iets voor u doen?'

'Nee, dank je, Elsie,' zei ze glimlachend. 'En noem me alsjeblieft Olivia.'

'Dank u, mevrouw... ik bedoel, juffrouw Olivia,' zei Elsie, en ze haastte zich de kamer uit en deed de deur achter zich dicht.

Die avond voor het eten toonde Elsie zich een prima kapster. 'Mag ik het voor u opsteken, juffrouw?' vroeg ze toen ze Olivia's dikke gouden krullen stond te kammen. 'Ik denk dat het u mooi zal staan, dat het u chic zal maken, zoals Greta Garbo. Ik heb al op mijn zus geoefend, dus ik weet hoe het moet.'

Olivia ging op een krukje voor de spiegel zitten en knikte. 'Goed, Elsie, ik vertrouw je.' Ze kon het immers altijd weer losmaken, dacht ze bij zichzelf.

'Ik ben graag met haren bezig, ik had kapster willen worden, maar de dichtstbijzijnde kapsalon is hier vijfentwintig kilometer vandaan en ik heb geen vervoer. Er gaat maar één autobus per dag en die vertrekt om elf uur bij het poortwachtershuisje. Daar heb ik niets aan, hè?' nam Elsie haar in vertrouwen terwijl haar kundige handen Olivia's haren borstelden, krulden en in een geraffineerd kapsel opstaken.

'Zou je niet overwegen naar de stad te verhuizen?' vroeg Olivia.

Elsie keek haar vol afschuw aan. 'Wat? En mijn ma met al mijn broers en zussen achterlaten? Ze heeft mijn hulp nodig, en het geld dat ik binnenbreng. Kijk eens aan.' Elsie deed een stap achteruit om haar werk te bewonderen. 'Wat vindt u ervan?'

'Dank je, Elsie,' zei Olivia, en ze glimlachte. 'Je hebt het inderdaad heel goed gedaan.'

'U hoeft me niet te bedanken, juffrouw Olivia, ik ben blij dat ik het mocht doen. Zal ik u nu helpen met uw korset?'

'Je bent een schat, Elsie,' zei Olivia verlegen. 'Eerlijk gezegd heb ik geen idee hoe het moet. Ik heb nog nooit van mijn leven een korset gedragen en ik maak er vast een vreselijke knoeiboel van.'

Elsie pakte het korset op en bestudeerde het. 'Dit is zo'n nieuw wespentaillekorset,' zei ze bewonderend. 'Ik heb ze in *Women's Weekly* gezien.

Het geeft je een perfect zandloperfiguur, zeggen ze. Goed, ik denk dat ik weet hoe het moet. We doen het gewoon samen, juffrouw Olivia, maak u geen zorgen,' stelde ze haar gerust.

Toen Olivia het korset aanhad en ze ervan overtuigd was dat er geen olijf meer in kon, laat staan een viergangendiner, liet Elsie de jurk van donkerblauw brokaat over haar hoofd glijden en maakte ze hem aan de achterkant dicht.

Olivia streek de rok glad, die uitwaaierde onder haar ingesnoerde taille, en keek naar haar eigen spiegelbeeld.

Het haar, het korset en de jurk hadden een transformatie teweeggebracht. Er keek niet langer een jong meisje vanuit de spiegel naar haar terug, maar een vrouw.

'O, juffrouw Olivia, wat ziet u er mooi uit. Die kleur past precies bij uw ogen. U zult vanavond heel wat aandacht trekken, dat is zeker. Hopelijk mag u naast de jonge meneer Harry zitten, de zoon van Lord Crawford; alle meisjes zijn verliefd op hem,' bekende Elsie. 'Hij is heel knap.'

'Mijn pech kennende zal dat wel niet. Ik kom vast en zeker naast de oude majoor met de dikke buik te zitten die ik vanmiddag beneden bij de thee heb ontmoet.' Olivia glimlachte en trok haar wenkbrauwen op en de twee meisjes deelden een moment van begrip, over de sociale barrières heen.

'Nou, ik hoop voor u dat dat niet waar is, juffrouw Olivia. Veel plezier.'

Bij de open deur draaide Olivia zich om. 'Dank je, Elsie, je bent heel vriendelijk voor me geweest. Ik vertel je straks hoe het gegaan is.' Ze knipoogde en liep de kamer uit.

Olivia was niet het enige lid van het huishouden dat tegen het diner van die avond opzag. De hooggeboren Harry Crawford had al besloten dat, wanneer hij Wharton Park van zijn vader overnam, er geen jachtfestijnen meer gehouden zouden worden. Dat hele gedoe van het doodmaken van een weerloos levend wezen maakte hem misselijk.

Harry worstelde met zijn manchetknopen – zijn kamerheer was weggeroepen om de oude majoor te helpen met aankleden – en trok voor de spiegel zijn vlinderdasje recht. Hij vroeg zich af hoeveel mensen het gevoel hadden dat ze in het verkeerde leven geboren waren. In het zijne stond plichtsbesef boven alles. En hoewel de vele mensen die hem thuis en bij zijn toekomstige regiment bedienden hem waarschijnlijk benijdden, zou Harry met liefde en plezier met hen ruilen.

Hij wist dat het niemand echt interesseerde hoe hij zich voelde; zijn leven was al helemaal voor hem uitgestippeld voordat hij zelfs maar was verwekt. Hij was gewoon een werktuig van continuïteit en daar viel niets aan te veranderen.

De tweejarige hel op Sandhurst was in elk geval wel voorbij. Hij had twee weken verlof alvorens hij zich bij het vijfde bataljon Royal Norfolks moest melden – zijn vaders oude regiment – voor zijn eerste stationering als officier. Lord Christopher Crawford had de allerhoogste rang bereikt en werkte nu als adviseur voor de regering.

Er waren geruchten over oorlog... Bij de gedachte alleen al brak het koude zweet Harry uit. Chamberlain deed zijn uiterste best en iedereen hoopte op een vreedzame oplossing, maar aangezien zijn vader bekend was met de echte feiten in plaats van het geroddel op straat, wist Harry dat dat onwaarschijnlijk was. Zijn vader had gezegd dat de oorlog binnen een jaar een feit zou zijn en Harry geloofde hem.

Harry was geen lafaard. Hij had geen probleem met het idee zijn leven te geven voor zijn vaderland. Het enthousiasme van zijn mede-officieren, die zich erop verheugden de moffen eens flink op hun donder te geven – een gedachteloos eufemisme voor grootschalige dood en vernietiging – deelde hij echter niet. Hij hield zijn pacifistische opvattingen voor zich... ze vielen niet bepaald goed in de officiersmess. Vaak lag hij 's nachts echter wakker in zijn smalle bed en vroeg zich dan af of hij, als hij een mof aan de andere kant van een geweer zou tegenkomen, wel in staat zou zijn de trekker over te halen om zijn eigen leven te redden.

Hij wist dat er een hoop anderen waren die er net zo over dachten als hij. Het probleem was dat zij geen hoge generaal als vader hadden, of een tweehonderdvijftig jaar lange familiegeschiedenis van heldhaftigheid.

Harry had lang geleden al beseft dat zijn vaders genen kennelijk aan hem voorbij waren gegaan. Hij leek meer op zijn moeder, Adrienne, niet alleen wat persoonlijkheid betrof – zachtmoedig en artistiek – maar ook met zijn gevoeligheid voor plotselinge aanvallen van depressie, waarin de wereld duister werd en hij moeite had de zin van het leven te zien. Zijn moeder noemde die episodes haar *petit mal,* en bleef altijd in bed tot ze voorbij waren. Als officier in het leger had Harry die optie echter niet.

Zijn gebrek aan liefde voor alles wat met het leger te maken had, werd nooit met zijn vader besproken. Hun contact ging niet verder dan een opgewekt 'goedemorgen', of een 'mooie dag vandaag', en zo nu en dan 'vraag Sable even een glas whisky voor me in te schenken, wil je, kerel?'

Zijn vader had evengoed een van de commandanten kunnen zijn met wie hij op Sandhurst te maken had gehad. Zijn moeder wist natuurlijk hoe hij over zijn leven en zijn toekomst dacht, maar hij begreep dat ze niets voor hem kon doen en dus spraken ze er niet over.

Toch was ze erin geslaagd hem één ding te geven dat hem echt soelaas bood en daar was hij haar eeuwig dankbaar voor: toen Harry zes was, had Adrienne tegen de wens van zijn vader een pianoleraar in dienst genomen om hem de beginselen van het instrument te leren. En daar, met zijn vingers op de ivoren toetsen, had Harry een zekere betekenis aan zijn leven weten te geven. Hij was sindsdien een heel goede pianist geworden. Deels omdat hij zich zowel op school als thuis kon terugtrekken in het muziekgebouw respectievelijk de salon om zich bezig en in veiligheid te houden.

Zijn muziekleraar in Eton had zijn talent opgemerkt en geopperd dat hij auditie zou doen aan het Royal College of Music. Zijn vader weigerde echter zijn goedkeuring te geven. De jongen moest naar Sandhurst. Pianospelen was een liefhebberij en geen carrière voor de toekomstige Lord Crawford.

En dat was dat.

Harry was zo veel mogelijk blijven oefenen, hoewel zijn spel op Sandhurst beperkt was tot het vermaken van de officieren in de mess, met moderne stukken van Coward of Cole Porter, en Chopin niet op de agenda stond.

Wanneer hij weer door duisternis werd overvallen, hoopte Harry soms op reïncarnatie in een wereld waar hij zijn talent en zijn passie kon aanwenden. Misschien, verzuchtte hij, zou hij een stap dichter bij zijn doel komen als hij in de ophanden zijnde oorlog om het leven kwam.

10

Toen Olivia de salon betrad ervoer ze het nieuwe en niet onplezierige gevoel dat haar komst goedkeurend werd opgemerkt. Lord Crawford was als eerste bij haar.

'Olivia, nietwaar? Maar, maar, die Indiase zon brengt knoppen werkelijk prachtig tot bloei. Borreltje?' vroeg hij.

'Heel erg bedankt,' antwoordde ze terwijl ze een glas gin van het blad pakte dat de butler haar voorhield.

'Ik ben blij dat jij vanavond aan tafel naast me zit, beste kind,' zei Lord Crawford met een discreet knikje naar de butler. Die reageerde met een al even discreet knikje. Zelfs als Olivia eerder niet naast hem ingedeeld was geweest, dan was ze dat nu wel.

'En, wat vind je van Groot-Brittannië?' vroeg hij.

'Het is opwindend om eindelijk het land te zien waar ik zo veel over heb gehoord,' loog Olivia gladjes.

'Beste kind, het verheugt me zeer dat je de tijd hebt genomen om ons in het afgelegen Norfolk te bezoeken. Je neemt deel aan het Seizoen, begreep ik van je vader?'

'Ja.' Olivia knikte.

'Vreselijk leuk spektakel,' zei Christopher grinnikend. 'Zelden in mijn leven meer plezier gehad. En laat me je nu voorstellen aan mijn vrouw. Ze was vanmiddag onwel, maar lijkt weer te zijn hersteld.' Hij leidde haar naar een slanke, elegante vrouw. 'Adrienne, dit is Olivia Drew-Norris, die vast en zeker veel mannenharten zal gaan breken in Londen, net zoals jij jaren geleden.'

Adrienne, Lady Crawford, draaide zich naar Olivia om. Ze stak haar tere witte hand uit en in een parodie op de mannelijke handdruk raakten hun vingers elkaar aan.

'*Enchantée,*' zei Adrienne, die goedkeurend glimlachte. 'Je bent inderdaad een hartenbreekster.'

'Het is heel aardig van u om dat te zeggen, Lady Crawford.' Olivia kreeg het gevoel dat ze een prijskalf was dat over het showterrein werd rondgeleid om door een jury beoordeeld te worden. Ze hoopte maar dat dit geen voorbode was van het komende Seizoen.

'Noem me alsjeblieft Adrienne. Ik weet zeker dat we goede vriendinnen zullen worden, *n'est-ce pas*?'

Lord Crawford keek liefdevol op zijn vrouw neer. 'Geweldig spektakel, geweldig spektakel. Ik laat Olivia in jouw capabele handen achter, liefste. Misschien kun je haar wat tips geven.' Hij liep weg om nieuwe gasten te verwelkomen.

Olivia gebruikte dat moment om Adriennes eigen schoonheid te bewonderen. Hoewel ze op z'n minst voor in de veertig was, had Adrienne het slanke figuur van een jong meisje. En een prachtig gevormd gezicht met hoge, geprononceerde jukbeenderen onder een vlekkeloze ivoorkleurige huid. Haar zuivere vrouwelijkheid deed Olivia meer aan een tere Indiase Maharani denken dan aan de gemiddelde Engelse aristocrate, die erop gebouwd was weerstand te bieden aan het gure Engelse weer, met brede heupen om het kroost voort te brengen dat ze nodig had om de familielijn in stand te houden.

Adrienne was zo elegant, zo fragiel, dat Olivia meende dat ze beter op haar plaats zou zijn in een salon in Parijs dan in een tochtig Engels landhuis. En haar moeder had haar inderdaad verteld dat Adrienne Frans was. Te oordelen naar de manier waarop ze haar eenvoudige zwarte cocktailjurk droeg, met een enkel snoer roomkleurige parels erbij, beschikte ze over de moeiteloze *chic* van haar vaderland.

'Zo, Olivia, je bent dus terug in dit vreselijke land met zijn smerige weer en gebrek aan zonlicht, *n'est-ce pas*?'

Adrienne stelde het als een voldongen feit en Olivia verbaasde zich over haar openhartigheid. 'Ik heb inderdaad moeite om aan de verandering te wennen,' antwoordde ze zo diplomatiek als ze kon.

Adrienne legde haar kleine hand op de hare. '*Ma chérie,* ik ben ook opgegroeid op een plek vol warmte en licht. Toen ik ons *château* in Zuid-Frankrijk verliet om naar Engeland te komen, dacht ik niet dat ik het kon verdragen. Jij bent hetzelfde. Ik zie in je ogen hoezeer je India mist.'

'Dat klopt,' fluisterde ze.

'Nou, ik kan je alleen maar beloven dat het gemakkelijker zal worden.'

Adrienne haalde elegant haar schouders op. 'En nu moet ik je voorstellen aan mijn zoon Harry. Hij is van jouw leeftijd en hij zal je gezelschap houden terwijl ik de gastvrouw *parfaite* speel. *Pardon, chérie*, ik ga hem zoeken en breng hem dan bij je.'

Toen ze haar gastvrouw de kamer door zag lopen, voelde Olivia zich ontwapend door Adriennes begripvolle constatering. Ze was gewend bij dit soort gelegenheden alleen over koetjes en kalfjes te praten, niet dieper dan de oppervlakte te graven om meer te ontdekken. Elke vorm van persoonlijke gedachten – of erger nog, emoties – werd door de Britse maatschappij met argwaan bekeken. Dat had ze in elk geval wel geleerd van de Club in Poona. Haar gesprek met Adrienne had haar, ook al was het kort geweest, gerustgesteld en ze stond zichzelf een heimelijke glimlach toe.

Harry had van zijn moeder bevel gekregen het jonge 'Indiase' meisje gezelschap te gaan houden. Hij liep plichtsgetrouw naar haar toe. Een paar passen bij haar vandaan zag hij haar lippen vaneen gaan in een glimlach.

Haar koele blonde schoonheid kwam plotseling tot leven, en onder haar roomkleurige huid begon iets te stralen. Harry, die zich gewoonlijk niet zo bewust was van de lichamelijke charmes van vrouwen, besefte dat de meesten van zijn mede-officieren haar een 'prachtexemplaar' zouden noemen.

Hij naderde haar. Ze zag hem en zei: 'Jij moet Harry zijn, door je moeder gestuurd om een beleefd gesprek met me te voeren.' Haar turquoise ogen glommen van pret toen ze dat zei.

'Ja, maar ik verzeker u dat ik het met plezier doe.' Hij keek naar haar lege glas. 'Kan ik nog wat te drinken voor u regelen, juffrouw Drew-Norris?'

'Dat zou geweldig zijn, dank je.'

Harry wenkte de butler en terwijl Olivia haar lege glas op het dienblad zette en een nieuw glas pakte, zei ze: 'Neem me niet kwalijk als ik me vrijpostig gedraag. Dat is niet mijn bedoeling. Ik heb alleen medelijden met je omdat je met allerlei mensen moet praten die je nog nooit hebt gezien.'

Olivia verbaasde zich over haar eigen stoutmoedigheid en legde de schuld bij de nogal sterke gin. Ze keek Harry aan, 'knappe Harry' had Elsie hem genoemd en ze besloot dat Elsie gelijk had. Harry was erin geslaagd de beste lichamelijke kwaliteiten van zijn beide ouders te combineren; hij had de lengte van zijn vader en de fijne botstructuur en prachtige bruine ogen van zijn moeder.

'Ik kan u verzekeren, juffrouw Drew-Norris, dat het geen opgave is met u te komen praten. U bent in elk geval jonger dan zeventig, dat helpt altijd. En om eerlijk te zijn bent u in deze omgeving een knap ongebruikelijke verschijning.'

Olivia lachte toen Harry op haar welbespraaktheid reageerde.

'*Touché,* al zou je in het pak dat je draagt voor je vader kunnen worden aangezien.'

Harry haalde gemoedelijk zijn schouders op. 'Nee maar, juffrouw Drew-Norris, ik geloof dat u de draak met me steekt. Realiseert u zich niet dat ons mooie eiland op de rand van een oorlog staat en dat we allemaal offers moeten brengen? Voor mij betekent dat dat ik mijn vaders oude pak draag, ook al is dat me drie maten te groot.'

Olivia's gezicht betrok. 'Denk je echt dat er oorlog komt?'

'Zonder enige twijfel.' Harry knikte.

'Ik ben het daarmee eens, maar papa weigert het in te zien,' voegde ze eraan toe.

'Ik weet zeker dat hij na een dag schieten met mijn vader waarschijnlijk wel van gedachten zal veranderen.' Harry trok zijn wenkbrauwen op.

'Ik betwijfel ten zeerste of Herr Hitler zich tot bedaren zal laten brengen,' verzuchtte Olivia. 'Hij is erop gebrand de wereld te onderwerpen, en zijn jeugdbeweging lijkt al net zo hartstochtelijk als hijzelf.'

Harry keek haar verbaasd aan. 'Als ik het zeggen mag, juffrouw Drew-Norris, u lijkt uitzonderlijk goed op de hoogte te zijn. Dat is nogal ongebruikelijk voor een jongedame.'

'Vind je het ongepast, vrouwen die over politiek praten?' vroeg ze.

'Helemaal niet. Ik vind het zelfs buitengewoon verfrissend. De meeste meisjes interesseren zich er gewoon niet voor.'

'Nou, ik had het geluk in India te worden onderwezen door een man die vond dat vrouwen evenveel recht hadden op een opleiding als mannen.' Olivia keek hem aan, haar blik plotseling triest. 'Hij bracht de wereld voor me tot leven en maakte me bewust van mijn belang daarin.'

'Jeetje, jammer dat die kerel in Poona zit. Ik wou dat ik in Eton zo geïnspireerd les had gekregen. Ik kon niet wachten tot ik klaar was zodat ik daar weg kon.' Harry stak een sigaret op. 'En ben je van plan verder te studeren?'

Olivia schudde quasizielig haar hoofd. 'Ik kan me niet eens voorstellen wat papa en mama zouden zeggen als ik het voorstelde: "Wat! Een blauwkous in de familie?" Nee, ik zal uitgehuwelijkt worden, vooropgesteld dat iemand me wil hebben, natuurlijk.'

Harry keek haar met oprechte bewondering aan. 'Juffrouw Drew-Norris, ik kan u verzekeren dat dat absoluut geen probleem zal zijn.'

Ze keek naar hem op. 'Ook als het niet is wat ik wil?'

Harry zuchtte en drukte zijn sigaret uit in een asbak. 'Het schijnt mij toe dat de meesten van ons niet krijgen wat we willen. Maar probeer niet te zeer ontmoedigd te raken. Ik geloof dat er veranderingen op til zijn, vooral voor vrouwen. En het vooruitzicht van oorlog heeft wellicht als enige voordeel dat het de status quo nog verder zal veranderen.'

'Daar kan ik alleen maar op hopen,' beaamde Olivia. 'En hoe zit het met jou?' vroeg ze, zich plotseling de gulden regel herinnerend, die ze al heel vroeg had geleerd, dat je nooit het gesprek mocht overheersen, vooral niet bij een heer.

'Ik?' Harry haalde zijn schouders op. 'Ik ben maar een soldaat, momenteel met verlof, maar niet lang meer, vrees ik. We hebben net orders gekregen de aantallen van mijn nieuwe bataljon te verdubbelen en rekruten binnen te halen vanuit de Territorial Army.'

'Ik vind het onbegrijpelijk dat het leven hier door kan gaan alsof alles normaal is.' Olivia gebaarde naar de andere gasten van het feest, die luid lachten om een grap.

'Tja, dat is de Britse levenslust, nietwaar?' merkte Harry op. 'De wereld mag ten onder gaan, maar in huizen zoals dit gaat alles gewoon door. En in zekere zin ben ik God daar dankbaar voor.'

'Dames en heren, het eten is opgediend.'

'Wel, juffrouw Drew-Norris,' zei Harry, 'het was me een genoegen. Pas trouwens op voor hagel in de fazant. Kokkie is niet zo heel secuur wat dat betreft.' Hij knipoogde naar haar. 'Misschien zien we elkaar nog eens voor u weer vertrekt.'

Olivia lachte tijdens het hele diner om de vreselijke grappen van Lord Crawford en gedroeg zich als een jongedame, zoals ze dat had geleerd.

Ze riskeerde zo nu en dan een blik de tafel langs naar Harry en zag dat hij ook zijn plicht deed en de vrouw van de legermajoor vermaakte. Toen de heren zich terugtrokken in de bibliotheek en de dames in de salon voor de koffie, veinsde Olivia vermoeidheid en verontschuldigde ze zich.

Adrienne verscheen naast haar toen ze de trap op liep. '*Ma chérie,* ben je ziek?' vroeg ze bezorgd.

Olivia schudde haar hoofd. 'Nee, ik heb alleen wat hoofdpijn.'

Adrienne pakte haar bij de schouders en glimlachte. 'Het is het koude Engelse weer dat je tropische botten verkilt. Ik zal Elsie vragen je vuur nog eens goed op te stoken en je wat warme chocolademelk te brengen en dan zien we je morgen wel weer. Misschien wil je met me in de tuin gaan wandelen, dan kan ik je iets laten zien wat je misschien aan thuis zal herinneren.'

Olivia knikte; ze waardeerde Adriennes oprechte bezorgdheid. 'Dank je.'

'*Je vous en prie.* Heb je ervan genoten met mijn zoon Harry te praten?' vroeg ze.

'Ja, heel erg, dank je.' Olivia voelde dat haar wangen warm werden en hoopte maar dat Adrienne het niet zou zien.

Adrienne knikte goedkeurend. 'Dat had ik wel verwacht. *Bonne nuit, ma chérie.*'

Olivia liep vermoeid de trap op. Ze had echt hoofdpijn, waarschijnlijk veroorzaakt doordat ze nog geen alcohol gewend was, maar belangrijker was dat ze alleen wilde zijn om terug te denken aan haar gesprek met Harry.

Ze trok extra snel haar nachthemd aan, een kunst die ze had geperfectioneerd sinds ze in het koude Engelse klimaat was gearriveerd. Net toen ze onder de dekens kroop werd er aan de deur geklopt.

'Binnen.'

Elsies opgeruimde gezicht verscheen vanachter de deur. Ze droeg een dienblad met een mok chocolademelk erop. 'Ik ben het maar, juffrouw Olivia.' Ze liep de kamer door en zette het dienblad naast Olivia op het nachtkastje neer. 'Gemaakt volgens mijn moeders speciale recept,' zei ze glimlachend, 'met een scheutje cognac tegen de kou.'

'Dank je, Elsie.' Olivia pakte de warme mok op en hield hem in haar handen terwijl Elsie het vuur oprakelde.

'Hebt u een leuke avond gehad, juffrouw Olivia?'

'O ja, Elsie, dat heb ik zeker.' Ze glimlachte.

Elsie draaide zich om van het vuur en zag de glimlach. Haar ogen twinkelden. 'En hebt u de jonge meneer Harry ontmoet?'

'Ja.'

'En wat vond u van hem?' vroeg ze.

Olivia wist dat een andere gulden regel was dat je niet met de bedienden roddelde, vooral als het niet je eigen bedienden waren, maar de verleiding om over Harry te praten was gewoon te groot.

'Ik vond hem… een heel bijzondere man.'

'En net zo knap als ik zei dat hij was?' vroeg Elsie door.

Toen Olivia geen antwoord gaf, sloeg Elsie haar ogen neer. 'Sorry, juffrouw, ik vergeet mijn plaats. Ik hoor geen persoonlijke vragen te stellen.'

'Elsie, je doet het fantastisch, geloof me,' stelde Olivia haar gerust. 'En na morgen zien we elkaar waarschijnlijk nooit meer terug. En…' ze ademde diep in, 'als je het echt wilt weten, ik vond Harry… een schat!'

Elsie klapte in haar handen. 'O, juffrouw Olivia! Ik wist het wel! Ik wist dat jullie elkaar leuk zouden vinden.'

Olivia nam een slok uit haar mok. 'Elsie, dit is de lekkerste chocolademelk die ik ooit heb geproefd.'

'Dank u, juffrouw,' antwoordde Elsie toen ze naar de deur liep. 'Ik kom morgenvroeg uw gordijnen opendoen. Slaap lekker.'

Toen Elsie de kamer had verlaten, liet Olivia zich in de zachte kussens zakken om van de chocolademelk te genieten. Daarna sloot ze haar ogen en beleefde ze haar gesprek met Harry van begin tot eind opnieuw.

11

De volgende morgen ontbeet Olivia in haar eentje in de eetkamer, omdat de mannen al vroeg op jacht waren gegaan en zowel haar moeder als Adrienne het ontbijt in hun eigen kamer nuttigde. Daarna liep ze bij gebrek aan iets beters de bibliotheek binnen om een boek uit te kiezen. Omdat leesboeken in Poona een kostbaar en zeldzaam bezit waren geweest, was Olivia onder de indruk van de voorraad op de planken die van de vloer tot het plafond reikten.

Ze pakte Virginia Woolfs *Naar de vuurtoren* en nestelde zich in een comfortabele leren stoel bij het vuur om te lezen.

Het geluid van muziek, ergens ver weg, trok haar aandacht. Er speelde iemand piano en toen ze even luisterde, realiseerde Olivia zich dat ze Chopins Grande Polonaise herkende. Ze stond op, liep de bibliotheek uit en liet zich leiden door haar gehoor, dat haar uiteindelijk tot in de deuropening van de salon bracht.

Daar bleef ze met haar ogen dicht staan luisteren naar de prachtige vertolking van een van haar favoriete stukken, waarvan de klanken voortkwamen uit de vleugel aan de andere kant van de kamer. Toen de laatste noten naar haar toe dreven, opende ze haar ogen en keek ze langs een grote Chinese vaas met bloemen die haar zicht op de speler had belemmerd.

Olivia hapte verbijsterd naar adem toen ze Harry zag. Ze voelde zich een indringer toen ze hem met zijn handen in zijn schoot door het raam naar het park zag zitten kijken. Hij slaakte ten slotte een zucht, stond op en zag haar.

'Gossie, juffrouw Drew-Norris! Ik wist niet dat ik publiek had.' Hij liep wat beschaamd naar haar toe, zijn handen in zijn zakken.

'Ik was in de bibliotheek, hoorde de muziek en...' ze haalde haar schouders op, 'ben die gevolgd.'

'Houdt u van klassieke muziek?'

'O, jeetje, ja. Vooral als die op die manier gespeeld wordt. Je bent echt vreselijk goed,' zei Olivia licht blozend. 'Waar heb je het geleerd?'

'Mijn moeder nam een leraar voor me aan toen ik klein was en op school ben ik ermee doorgegaan. Maar... net als de universiteit voor u, mogen de ivoren toetsen geen deel uitmaken van mijn toekomstplannen. Vreselijk jammer,' voegde hij er somber aan toe.

'Nou, dat zou wel zo moeten zijn,' zei Olivia vastberaden. 'Ik ben geen expert, maar je klinkt net zo goed als de opnames waar ik in India naar luisterde.'

'Dat is erg vriendelijk.' Hij draaide zich om, keek even naar buiten en vroeg toen: 'Hebt u zin me te vergezellen op een wandeling? De zon lijkt er vandaag in geslaagd achter de wolken vandaan te komen.'

'Ik geloof dat ik geacht werd met je moeder te gaan wandelen, maar ik heb haar vanochtend nog niet gezien.'

'Nee, en ik betwijfel of u haar voor de middag nog zult zien. Ze ligt bijna zeker in bed met migraine. Daar heeft ze veel last van, vooral wanneer het zo laat is geworden als gisteravond. Wat zou u ervan zeggen als u uw jas ging pakken en we elkaar over vijf minuten op het terras treffen?'

Olivia holde naar boven om de enige jas te halen die ze had meegebracht en die veeleer geschikt was voor de stad dan om op een landgoed rond te banjeren.

Harry stond op haar te wachten; hij rookte een sigaret en leunde over de balustrade die naar de tuinen leidde. Ze ging verlegen naast hem staan. Hij wees naar een van de bomen. 'Ziet u dat daaronder? Dat is waarachtig een teken van leven: sneeuwklokjes.' Toen wees hij naar de trap. 'Zullen we?'

Ze liepen de brede trap af en de tuin in.

'Wat vindt u van ons miniatuur-Versailles?' Harry wees naar de onberispelijke en prachtige geometrisch aangelegde tuin om hen heen. De randen werden omzoomd door perfect in vorm geknipte haagjes en in het midden stond een elegante fontein, met erbovenop een standbeeld van een jongetje. 'Moeder wilde hier iets uit haar Franse vaderland creeren. Ze heeft het fantastisch gedaan. Je zou het in hartje zomer moeten zien als alle bloemen in bloei staan. Dan is het een en al kleur.'

'Dat kan ik me voorstellen,' verzuchtte Olivia toen ze naar de fontein liepen.

'U hebt de bloei van de mimosa maar net gemist,' zei Harry, en hij wees naar de struiken die onder de beschutting van het terras stonden.

'Ze bloeien ergens tussen januari en maart en ruiken echt heerlijk. Onze tuinman betwijfelde of ze het hier zouden doen... het is een plant die de voorkeur geeft aan het gematigde klimaat van het zuiden van Frankrijk, maar moeder heeft gewonnen en de struiken doen het goed.'

'Ze heeft duidelijk groene vingers. En het ontwerp van de tuin is werkelijk volmaakt.' Olivia keek om zich heen om alles in zich op te nemen en volgde Harry toen over een van de vele paden die van de fontein weg liepen.

'Je moeder vertelde me dat ze misschien iets in de tuin had staan dat me aan India zou doen denken,' zei Olivia om een naar haar idee vrij lange stilte te doorbreken.

'O, dan bedoelde ze vast de kassen. Onze tuinman, Jack, die meer gewend was rapen te telen dan exotische bloemen, probeert sinds een paar jaar de bollen en knollen op te kweken die moeder door Kew Gardens krijgt toegestuurd. We kunnen wel even gaan kijken als u wilt.'

'Graag,' antwoordde Olivia gretig.

'Het is wel een eindje wandelen, maar we zullen flink doorlopen. De zon mag dan schijnen, maar het is knap fris. Dus u gaat vanavond weer met uw pa en ma naar huis?' vroeg hij.

'Nee, niet meteen. We gaan eerst naar Londen om het met mijn grootmoeder over het Seizoen te hebben. Ze staat er erg op om erbij betrokken te worden en omdat mama zo lang het land uit is geweest, zal ze me ook veel beter kunnen adviseren over het protocol.'

'Het zal misschien niet zo erg blijken te zijn als u denkt, juffrouw Drew-Norris...'

'Olivia, alsjeblieft,' zei ze.

'Olivia,' corrigeerde Harry zichzelf. 'Ik ben een paar jaar geleden ook naar een aantal van die feestjes geweest en ze kunnen best leuk zijn.'

'Dat hoop ik echt, al kan ik niet zeggen dat ik er erg happig op ben naar Londen te gaan. De sfeer daar is behoorlijk gespannen... iedereen zit te wachten tot er iets vreselijks zal gebeuren.' Ze keek naar hem op voor een reactie en zag dat hij instemmend knikte. 'En je hebt zeker wel over de werkloosheid en de onrust in de straten gelezen?'

'Natuurlijk,' bevestigde Harry. 'We leven in heel verwarrende tijden. Eerlijk gezegd zou ik het een opluchting vinden te weten hoe het ervoor staat.'

'Je weet maar nooit; misschien zal ik er zelfs door aan het Seizoen kunnen ontsnappen,' zei Olivia grinnikend. 'Dat gaat vast niet door als er oorlog woedt, of wel?'

'Afschuwelijk!' zei Harry op gemoedelijke toon, en hij stak nog een sigaret op en bood haar er ook een aan, die ze weigerde. 'Zelfs een oorlog kan daar toch zeker geen einde aan maken!?'

Ze glimlachten allebei. 'Nou, als de oorlog uitbreekt zal ik in elk geval niet hele dagen thee gaan zitten drinken,' antwoordde ze ferm. 'Dan meld ik me ergens voor aan. Ik weet nog niet precies wat, maar mama en papa kunnen me moeilijk tegenhouden als ik wil helpen mijn land te redden, wel dan?'

'Zo mag ik het horen, Olivia! Ga nu hier maar doorheen.' Harry opende de blauw geschilderde houten poort die naar de moestuin leidde. Ze liepen tussen kaarsrechte rijen kool, wortelen, aardappelen en rapen door naar een plantenkas die in een hoek van de tuin in de beschutting van een hoge roodstenen muur stond. Harry opende de deur van de kas en ze stapten naar binnen.

De indringende geur van bloemen in combinatie met de warmte, voerde Olivia onmiddellijk terug naar haar geboorteland. Ze ademde de met herinneringen beladen geur diep in en nam de kleurenpracht voor haar in zich op.

'O, Harry,' zei ze in extase terwijl ze naar de lange rijen planten liep. Ze draaide zich naar hem om. 'Dit is gewoonweg hemels!'

Harry zag tranen in Olivia's ogen verschijnen. Ze boog voorover om een tere gele plant op te pakken en eraan te ruiken. 'Dit is frangipani. Die groeide in Poona buiten mijn slaapkamerraam. Ik ademde elke avond deze geur in.' Ze drukte haar neus weer in de bloemen. 'Ik had geen idee dat je ze hier ook kon kweken.'

Harry was ontroerd door haar emotionele reactie en hij realiseerde zich wat voor schok het voor haar geweest moest zijn om in Engeland terecht te komen nadat ze jaren tussen talloze van dit soort planten in hun eigen habitat had gewoond.

'Nou, dan moet je deze absoluut meenemen, vind je niet, Jack?' Harry wendde zich tot de tuinman van middelbare leeftijd, wiens gezicht verweerd en gerimpeld was door vele jaren buiten werken.

'Maar natuurlijk, meneer Harry,' antwoordde hij glimlachend. 'Ik heb er nog veel meer van die, want het lukt me inmiddels aardig goed met de frangipani. Heerlijk werk,' mompelde hij. 'Loop maar zo veel rond als u wilt, juffrouw. Het is een genoegen om iemand hier binnen te krijgen die er waardering voor heeft.'

Olivia slenterde tussen de rijen planten heen en weer, stak haar neus in de bloemen en streelde de fluweelzachte blaadjes.

'Je hebt fantastisch werk verricht, Jack,' merkte ze op. 'Deze bloemen zijn beslist net zomin op het Engelse klimaat gesteld als ik.'

'Nou, ik kweek ze nu al vijftien jaar en ik ben misschien wel geen gediplomeerd botanist, maar ik weet wat ze fijn vinden en wat niet. En mijn zoon Bill, hier...' zei Jack, naar de lange, knappe jongeman wijzend die verderop in de kas planten water stond te geven, 'heeft er ook echt feeling voor, nietwaar, Bill?'

De jongeman draaide zich om en knikte. 'Ik sta liever hier dan tussen de kool,' zei hij grinnikend. 'Het mooiste is het als we iets nieuws binnenkrijgen en nog geen idee hebben wat eruit zal komen.'

'Hij zal een goeie zijn om het over te nemen, meneer Harry, hij is een natuurtalent,' zei Jack. 'Zolang hij maar niet opgeroepen wordt. Ze zeggen dat er hier ook al rekruten worden geworven bij de Territorial Army. Is dat waar, meneer Harry?' vroeg Jack met een bezorgde blik in zijn ogen.

'Dat zou ik je echt niet kunnen zeggen, Jack,' antwoordde Harry diplomatiek. 'Ik denk dat we allemaal nog in het ongewisse verkeren.'

Jack wendde zich tot Olivia. 'De kas zal bij mij in elk geval veilig zijn als de oorlog inderdaad uitbreekt, juffrouw. De moffen hebben de vorige keer mijn been aan flarden geschoten, dus mij kunnen ze in het leger niet meer gebruiken.'

'Wel, Jack, Bill...' Harry knikte hen beiden toe. 'Jullie doen hier echt geweldig werk. Bravo.'

'Wilt u mevrouw namens mij vragen of ze hierheen komt als ze tijd heeft? Een van de nieuwe planten die ze me heeft gegeven is net in bloei gekomen en dat moet ze echt zien.' Jack tikte tegen zijn pet. 'Een goede dag, meneer Harry, en u ook, juffrouw. Geniet van uw frangipani.'

'Heel erg bedankt, dat zal ik zeker doen,' zei Olivia. 'Het is erg lief van u om me de bloem te geven.'

'Uitstekend,' zei Jack, en Harry leidde haar de kas uit.

‘Wat vreselijk lief van je om me mee hierheen te nemen, Harry,’ zei Olivia enthousiast. ‘Ik voel me veel opgewekter.’

‘Het was me een genoegen, echt waar,’ merkte Harry gemoedelijk op. ‘Het is nogal bijzonder, vind je niet?’

Ze liepen zwijgend door de moestuin en terug naar het huis. Harry stak nog een sigaret op, nam een paar trekjes en drukte hem toen met zijn voet uit. Hij zuchtte. ‘Ik bedacht net, als we inderdaad oorlog krijgen, dan zal dat verdorie ieder gezin op het landgoed treffen. Neem Bill, bijvoorbeeld. Hij maakt de laatste tijd Elsie het hof, een van de kamermeisjes bij ons in huis.’

Olivia knikte. ‘Ik ken Elsie. Ze is een pienter jong ding en aan Bill heeft ze een knappe kerel.’

‘Hij zal niet zo knap meer zijn als zijn gezicht wordt kapotgeschoten door de moffen,’ mompelde Harry toen ze de trap op liepen naar het terras. Hij wendde zich naar Olivia. ‘Sorry dat ik zo negatief ben, maar ik vraag me echt af wat er van het landgoed moet worden als alle jonge arbeiders worden opgeroepen.’

‘Dan zullen de vrouwen het moeten overnemen,’ zei Olivia grinnikend.

Harry glimlachte en maakte een halve buiging voor haar. ‘Nou, we zijn er, Mrs. Pankhurst. Het was me een waar genoegen u door onze nederige tuinen rond te leiden. En nu neem ik aan dat ik maar beter de jagers kan gaan opzoeken voor iemand in de gaten krijgt dat ik er niet ben.’

‘Waarom ben je niet bij het ochtendgloren met de andere mannen meegegaan?’ vroeg ze.

‘Ik zei dat ik iets af te handelen had, maar als ik eerlijk mag zijn zou ik elk excuus aangrijpen. De jacht is niets voor mij.’ Hij stak zijn hand uit. ‘Misschien zie ik je niet meer voor je vertrekt. Hou je haaks, Olivia, en een goede reis terug naar de grote stad. Ik vond het heel leuk je te ontmoeten.’

Ze schudde zijn hand en glimlachte ook. ‘Insgelijks, Harry.’

Harry knikte, stak zijn handen in zijn zakken en liep naar binnen.

12

Olivia's grootmoeder Lady Vare en haar ouders waren overeengekomen dat Olivia voor de duur van het Seizoen in Londen zou gaan wonen. Hun huis in Surrey was niet geschikt om daarvandaan een debutante te introduceren, omdat het te ver van de pracht en praal van de plaats van handeling, Londen, verwijderd was. Dus arriveerde Olivia twee weken nadat ze van Wharton Park was vertrokken met haar koffers in haar grootmoeders huis aan Cheyne Walk.

Het huis stamde uit een ander tijdperk: het stond vol met Victoriaanse meubels en was gestoffeerd met zware brokaten gordijnen en sterk gedessineerd William Morris-behang. Olivia vond het benauwend en was blij dat ze haar eigen kleine suite hoog op de vierde verdieping had, waar het tenminste wat lichter was. 's Morgens deed ze de gordijnen en de ramen open en keek uit over de Theems om althans iets van het gevoel van claustrofobie kwijt te raken.

Het eerste wat moest gebeuren om het proces in gang te zetten dat naar haar introductie als debutante leidde, was dat ze zich liet inschrijven in het register van St.-James' Palace. Meisjes konden alleen aan het Hof geïntroduceerd worden als ze werden gesteund door een dame die zelf ook was geïntroduceerd. Omdat Olivia's moeder ook debutante was geweest, had ze heel goed Olivia kunnen ondersteunen, maar daar wilde Lady Vare niets van weten. Uiteindelijk zwichtte Olivia's moeder voor haar moeders vastberadenheid om het heft in handen te nemen, en trok ze zich terug in haar huis in Surrey en liet de hele organisatie van Olivia's Seizoen aan haar grootmoeder over.

Tussen de eindeloze pasbeurten bij de naaister door werd Olivia grotendeels aan haar lot overgelaten. Wat inhield dat ze veel te veel tijd had om aan Harry Crawford en haar bezoek aan Wharton Park te denken. De twee dagen die ze daar had doorgebracht hadden in haar herinnering bijna iets van een droombeeld gekregen. Ze herbeleefde haar gesprekken met Harry en koesterde het feit dat hij haar op intellectueel gebied als een gelijke had behandeld. Dat vormde een sterk contrast met haar leven in Londen, waar ze het gevoel had niet veel meer dan een pop te zijn die mooi werd aangekleed. Ze wist dat wanneer het Seizoen eenmaal was begonnen, ze een drukke agenda zou hebben met de slopende reeks bals, lunches en etentjes waar ze heen zou moeten en die allemaal tot doel hadden haar te introduceren in de hogere kringen en een geschikte partner voor haar te vinden.

De onrechtvaardigheid van al die overdaad – al het gefeest – tegen een achtergrond van werkloosheid, armoede en onrust, ging niet aan Olivia's aandacht voorbij. Wanneer ze in haar grootmoeders oude Bentley door Londen werd rondgereden, keek Olivia uit de raampjes naar de arme zielen die op straat leefden en hun handen warmden aan armzalige vuurtjes; naar de mannen die langs het parlementsgebouw marcheerden met hun spandoeken waarop ze hulp vroegen aan de regering om hun kinderen eten te kunnen geven omdat die dreigden te verhongeren.

Ze voelde zich geïsoleerd door haar privileges en geen deel van de veranderende tijdgeest; ze zat gevangen in de oude wereld, terwijl ze bij de nieuwe wereld wilde horen. Ze maakte soms een wandeling over de Embankment en gooide dan muntjes omlaag naar de dakloze mannen en vrouwen die onder de bruggen zaten te rillen. Dan schaamde ze zich voor haar warme en comfortabele, dure kleren.

Op een middag, toen ze net naar Lenare was geweest zodat de beroemde fotograaf haar in haar traditionele witte debutantenjurk kon fotograferen, werd er op Olivia's deur geklopt. Het was het dienstmeisje van haar grootmoeder.

'Mevrouw vraagt of u zo vriendelijk wilt zijn beneden in de salon thee met haar te komen drinken.'

Toen Olivia de kamer binnenkwam, zat Lady Vare stijf rechtop in haar leren stoel met hoge rugleuning bij het vuur.

'Ga alsjeblieft zitten, Olivia. Omdat je introductie nadert wil ik het even met je hebben over de mensen die je tijdens het Seizoen kunt ontmoeten. Vroeger hoefde je voor niemand op je hoede te zijn, maar...' zei Lady Vare, en ze trok vol walging haar neus op, 'helaas zijn de normen veranderd en zijn er bepaalde... elementen die geen geschikt gezelschap zijn voor een jongedame zoals jij. De buitenlanders, om te beginnen, maar zij niet alleen. Ik heb onlangs een moeder gesproken wier dochter ook wordt geïntroduceerd en die ontdekt heeft dat er een bepaalde groep is die als "snel" wordt gezien. En, Olivia,' zei ze, en ze stak streng haar vinger op naar haar kleindochter, 'ik wil dat je bij hen uit de buurt blijft.'

'Maar, grootmoeder, waar herken ik hen aan?' vroeg Olivia met grote, onschuldige ogen.

'Ze gebruiken lippenstift en roken sigaretten.'

Olivia moest haar best doen om niet te giechelen. Naar de blik in haar ogen te oordelen had Lady Vare evengoed kunnen zeggen dat de meisjes messen in hun handtasjes hadden zitten.

'Ik zal erop letten, grootmoeder, dat beloof ik, en ik hoop dat u trots op me zult kunnen zijn.'

Lady Vare knikte minzaam. 'Daar ben ik van overtuigd, Olivia. En nu moet je me excuseren, ik heb nog wat zaken af te handelen.'

Toen Olivia die avond naar bed ging, wenste ze dat de komende drie maanden snel voorbij zouden zijn, zodat ze eindelijk weer verder kon met haar leven.

De avond van de introductie verliep vlot en was zelfs veel leuker dan Olivia ooit had kunnen denken. Toen ze over de Mall naar Buckingham Palace werd gereden, stonden er menigten langs de weg en honderden mensen rond de hekken van het paleis. De menigten bliezen haar kussen toe, vroegen de chauffeur de binnenverlichting van de auto aan te doen zodat ze haar jurk konden zien, ze juichten Olivia toe en wensten haar geluk. Het verbaasde haar dat ze haar niet leken te benijden om haar bevoorrechte positie.

Haar eigen auto volgde de lange rij die het binnenplein van Buckingham Palace op reed. Haar grootste zorg, toen ze langs de paleisbedienden met hun gepoederde pruiken de grote trap op liep, was dat haar witte jurk en lange glacéhandschoenen vies zouden worden. Ook al vond ze de introductie een relatief onbelangrijk moment in haar leven, ze kon de vlinders in haar buik maar niet kwijtraken toen ze in de antichambre stond te wachten tot het haar beurt was om aan de koning en koningin te worden voorgesteld.

'Dit is een giller, als je het mij vraagt!' zei een knappe jonge vrouw met zwart haar die achter haar stond. Ze was zo mager als een lat en droeg wat Olivia's grootmoeder ongepaste lippenstift zou noemen. 'Welk nummer heb jij?'

'Ik heb nummer zestien.'

'Dan ben ik na jou. Is dit geen slaapverwekkend gedoe?' zei nummer zeventien lijzig en ze keek er verveeld bij. 'Zo volstrekt passé.'

Olivia wilde met haar instemmen, maar omdat ze binnen twee minuten de troonzaal zou moeten betreden, negeerde ze het meisje en probeerde ze zich te concentreren op wat ze moest doen.

Naderhand was iedereen veel meer ontspannen. Olivia's introductie was vlot verlopen. Ze was niet voor de voeten van de koning en koningin, of op weg naar hen toe, gestruikeld of gevallen. De meisjes babbelden en deden zich tegoed aan een door Lyons verzorgd feestmaal. Ze leken elkaar allemaal te kennen en Olivia bleef aan de kant staan; ze voelde zich slecht op haar gemak en een buitenbeentje.

'Kop op, het is bijna voorbij,' fluisterde iemand naast haar. 'We hebben elkaar eerder ontmoet. Ik ben Venetia Burroughs, en hoe heet jij?'

Het was nummer zeventien. 'Olivia Drew-Norris,' antwoordde ze.

'Gossie, ik snak naar een saffie,' zei Venetia. 'Wanneer denk je dat ze ons laten gaan?' Venetia schudde haar ravenzwarte haar naar achteren, dat niet zoals dat van Olivia en de meeste andere meisjes in een knot was opgestoken.

'Ik heb echt geen idee. Ik zou wel op mijn horloge willen kijken, maar het is zo'n gedoe om die glacéhandschoenen uit te krijgen,' antwoordde Olivia.

Venetia trok haar wenkbrauwen op. 'O, hemeltje, ja.' Ze keek de kamer rond en wees naar de meisjes. 'We zien er allemaal uit als de bruiden van Dracula, vind je niet?'

Olivia giechelde. Ze wist dat Venetia een van de 'snelle' meisjes moest zijn voor wie haar grootmoeder haar had gewaarschuwd, en was geïntrigeerd.

'O, verdorie! Ik pak er gewoon een.' Venetia haalde een sigaret uit haar handtasje en stak hem op. 'Goh, dat is beter,' zei ze, en ze blies de rook demonstratief uit.

Olivia stond nerveus naast haar om zich heen te kijken en merkte dat de hoofden van andere meisjes in hun buurt zich omdraaiden naar de rook.

Venetia haalde theatraal haar schouders op. 'Wat denk je dat ze zullen doen? Me arresteren en in de Tower gooien? De koning rookt zelf als een ketter. Wil je er ook een?' Ze hield Olivia het doosje voor.

'Nee, dank je. Ik niet.'

'Keur je het niet goed of rook je niet? Nou,' zei Venetia lijzig, 'ik heb jou niet tijdens de voorbereidende theekransjes of lunches gezien. Waar kom je vandaan?'

'India,' zei Olivia.

'Echt waar, wat vreselijk... exotisch.' Ze bekeek Olivia van top tot teen. 'Je bent ontzettend knap, weet je dat? Je zult dit Seizoen vast een goede vis aan de haak slaan als je dat wilt. Ik zou zeggen dat je tot de top vijf behoort.'

'Ik weet niet zo zeker of ik dat wel wil,' zei Olivia openhartig.

Venetia bekeek haar met hernieuwd respect. 'O? Wat doe je hier dan?'

'Hetzelfde als jij, neem ik aan,' pareerde Olivia. 'We doen wat onze moeders voor ons hebben gedaan en houden de traditie in ere.'

'Inderdaad, inderdaad,' zei Venetia goedkeurend, 'maar ik ben van plan heel wat meer plezier te maken dan mijn moeder destijds was toegestaan. En net als jij sta ik ook niet te springen om te trouwen. Dus mijn motto is, als je er dan toch doorheen moet, probeer er dan zo veel mogelijk van te genieten. Vind je ook niet?'

Op dat moment voegde zich een heel mooi meisje bij hen, met donker haar, sprankelende ogen en een jurk die eerder naar Parijse couture riekte dan naar de naaisters bij wie de meeste meisjes hun jurk hadden laten maken.

'Lieve schat.' Het meisje sloeg haar armen om Venetia heen. 'Alsjeblieft, ik loop te snakken, wees lief en geef mij ook een trekje.'

'Ga je gang, Kick, waarom rook je hem niet op?'

Olivia keek naar het grinnikende Amerikaanse meisje. 'Dank je. Luister, ga je straks ook nog naar het Ritz? We vertrekken met een groepje over twintig minuten. Papa heeft gezegd dat hij ook nog zou komen.'

'Misschien, Kick,' zei Venetia nonchalant. 'Ik kijk even wat er verder nog speelt.'

'Oké, schat, tot de volgende keer.' Kick trok een wenkbrauw op, draaide haar hoofd en wierp een blik op Olivia. 'Wie is dit?' vroeg ze, en ze klonk koninklijker dan de koning en koningin aan wie ze zojuist waren voorgesteld.

'Olivia Drew-Norris. En ik denk,' fluisterde Venetia samenzweerderig, 'dat ze wel eens "een van ons" zou kunnen zijn.'

'*Good-oh*.' De erg Engelse uitspraak klonk vreemd uit een Amerikaanse mond. 'Tot ziens, Olivia.' En ze liep weg.

Venetia's ogen volgden Kick door de kamer heen. Ook alle andere ogen leken haar te volgen.

'Je weet toch wie dat is, of niet?' vroeg Venetia aan Olivia.

'Ja, ik herken haar uit de kranten,' zei Olivia. 'Ze heet Kathleen Kennedy.'

'En ze is de ongekroonde koningin van het Seizoen, lieverd. Iedereen is dol op haar.'

'Dat kan ik wel begrijpen,' verzuchtte Olivia. 'Ze is vreselijk knap.'

'Én modern. Ze is als een frisse bries, en als ze je graag mag,' zei Venetia met een kneepje in Olivia's arm, 'dan zal ze ervoor zorgen dat je een fantastisch Seizoen hebt. Je moet met Mup kennis komen maken. Zo noem ik mijn moeder, trouwens. Het is te saai om te vertellen waarom, maar ik denk dat je haar wel aardig zult vinden. Ga je morgen naar het bal van Tip Chandler in het Savoy?'

'Ja, inderdaad,' zei Olivia.

'Dat wordt in elk geval leuk. Geraldo speelt er met zijn fantastische orkest. Dan maken we daar wel verdere plannen.' Venetia knipoogde toen een ander meisje naar haar zwaaide. 'Ik moet gaan, lieverd, ik moet mijn ronde doen. Tot morgen.'

Toen Olivia die avond thuiskwam voelde ze zich voor het eerst vaag opgetogen bij het idee aan het naderende Seizoen.

13

Elsie werd wakker en was blij te zien dat het meizonnetje door de dunne katoenen gordijnen van haar kamer scheen. Het was een ellendige winter geweest, met bittere kou en mist die van zee neerdaalde en meestal pas optrok als het alweer donker was. Elsie voelde zich de laatste tijd een beetje neerslachtig, nadat ze weer terug was gezet naar haar werk als dienstmeisje beneden in het huis. Er waren al een tijd geen feestjes op Wharton Park en dus ook geen dames die een kamermeisje nodig hadden. Voor haar werk boven had ze 1 pond, 1 shilling en 6 pence gekregen, maar nu kreeg ze weer gewoon 1 pond, en dat scheelde voor haar familie een pond boter per week.

Het was stil in huis omdat Lord Crawford het grootste deel van zijn tijd in Londen doorbracht met besprekingen over de oorlog. En mevrouw had een erg slechte winter gehad; ze had aan een hele reeks kwalen geleden, en daarbij ook nog griep. Het hele huishouden had toen voor haar leven gevreesd. Mevrouw was altijd al een tere bloem geweest en wanneer het niet goed met haar ging, was niets in het huis in orde.

Elsie sprong uit bed – waarmee ze haar jongere zus met wie ze het bed deelde een kreun van ongenoegen ontlokte – en trok de gordijnen open. Dit leidde tot nog meer gekreun vanuit het bed, waarna haar zus zich omdraaide en een kussen over haar hoofd trok.

Elsie keek naar de zon en zag dat het waarschijnlijk nog maar net vijf uur was geweest en dat ze dus nog een uur had voor ze aan het werk moest. Ze wilde haar beste kleren voor straks klaarleggen. Vandaag was haar vrije middag en Bill nam haar mee naar de bioscoop in Cromer. Ze zouden naar *Goodbye Mr Chips* met Robert Donat gaan en ze had afgesproken om half twee naar de binnenplaats bij de stallen te komen, waar Bill een verrassing voor haar zou hebben.

Elsie vroeg zich onwillekeurig af of het een ring zou zijn. Ze was net achttien geworden en ze gingen al een jaar met elkaar. Het werd tijd, dacht ze. Vooral omdat Bill pas bij de Territorial Army was gegaan en twee avonden per week naar de instructiezaal in Dereham ging om te oefenen, met bezems en spaden als wapens. Als hij nou werd opgeroepen en naar het buitenland werd gestuurd om te vechten? Elsie had twee ooms verloren aan de Somme en ze wist wat de oorlog teweeg kon brengen.

Als het aan haar lag, zou ze zo snel mogelijk met hem trouwen, wat inhield dat ze niet meer hoefden te redetwisten als Bill te ver wilde gaan als ze elkaar in de bossen kusten en knuffelden. Zo'n meisje was ze nou eenmaal niet. Bill wist dat hij moest wachten tot ze getrouwd waren.

Ze had al naar het knusse tuinmanshuisje gekeken dat Bill over een paar jaar van zijn ouders zou erven. Het stond iets van de binnenplaats vandaan, had een eigen tuintje en was twee keer zo groot als het huis waar zij en haar familie met hun achten woonden.

Ze wist dat haar ma blij zou zijn als ze haar kwijt was, zolang ze maar bleef bijdragen aan het gezinsinkomen, maar Bill verdiende twee keer zoveel als zij en mevrouw leek een zwak voor hem te hebben, omdat Bill de gave had al haar prachtige bloemen tot wasdom te brengen. Telkens als ze de kas bezocht en Bill haar weer een nieuwe soort liet zien die hij had gekweekt, stak mevrouw hem een of twee shilling toe. Dat was door de jaren heen aardig opgelopen en ze wist dat Bill behoorlijk wat onder de vloerplanken van zijn slaapkamer verborgen had. Als ze trouwden, zouden ze zich bijna zeker een echte zittende receptie in het stadhuis kunnen veroorloven. Elsie wilde dat het de mooiste bruiloft werd die de binnenplaats ooit had meegemaakt.

Ze realiseerde zich plotseling dat ze kostbare tijd verdeed met dagdromen, trok de la open en legde haar hoed, rok en blouse klaar op de stoel. Ze had de rok zelf gemaakt van het marineblauwe tafelkleed dat mevrouw Combe, de huishoudster, had weggegooid. Hij was volgens de nieuwe mode gemaakt, net over de knie, strak in de taille en in plooien over haar heupen vallend. Ze was erg tevreden over haar handwerk en hoopte dat het Bill zou aanmoedigen te doen wat 'juist' was.

Ze trok haar uniform aan, holde de trap af en zei goedemorgen tegen haar ma, die in een pan pap op het fornuis stond te roeren.

'Wil je wat?' vroeg haar ma.

Elsie schudde haar hoofd. 'Ik ben rond lunchtijd terug, maar vergeet niet dat ik de rest van de dag weg ben.' Voor haar moeder haar kon vragen met de kleintjes te helpen of een boodschap te doen als ze toch naar

Cromer ging, trok Elsie de deur open. 'Dag, ma!' Ze zwaaide opgewekt en deed de deur achter zich dicht.

Toen ze door de boomgaard liep, wierp Elsie een blik op de kassen om te zien of Bill er al was – ze keek graag naar hem als hij niet wist dat ze er was – en ze zag hem door het raam over een plant gebogen staan, zijn gezicht een en al concentratie. Ze kon haar geluk nauwelijks op dat ze zo'n aantrekkelijke en pientere man had gevonden.

Haar familie beschuldigde Elsie er soms van dat ze ideeën boven haar stand had, maar dat was helemaal niet waar. Bill en zij waren allebei jong en flink en werkten hard, en ze wilde gewoon dat ze allebei het beste maakten van de kansen die ze kregen. Ze wist ook dat zij nog geluk hadden met een veilig dak boven hun hoofd en een baan voor het leven. Ze had op het bioscoopjournaal in het Pathé mensen in de steden gezien die op straat verhongerden. En Elsie wist dat ze, als ze getrouwd waren en er kleintjes kwamen, dankbaar zou zijn voor de zekerheid die ze op Wharton Park genoten.

Bovendien was ze dol op mevrouw, net als de rest van het huishouden. Elsie wist dat haar bazin anders was dan de meeste dames die een landgoed leidden. Lady Crawford heerste niet met angst, zoals veel bezoekende dienstmeisjes dat wel ervoeren... nee, zij heerste met zachtmoedigheid en begrip. Zelden stelde een lid van het huishouden haar teleur of presteerde iemand beneden haar verwachtingen. Ze gaf instructies met haar zachte stem en gaf hun allemaal het gevoel dat ze haar een plezier deden. En bij de zeldzame gelegenheden dat iets niet helemaal was uitgevoerd zoals zij had gevraagd, was een opgetrokken wenkbrauw of een klein pruilmondje van ongenoegen voldoende om de dader dagenlang in de rats te doen zitten. Ze leek zich oprecht om haar personeel te bekommeren. Elsie herinnerde zich een keer toen ze nog klein was en ze in de grote keuken aan tafel zat terwijl haar ma aan het bakken was voor het grote jaarlijkse tuinfeest op Wharton Park. Ze had zitten worstelen met haar letters en mevrouw was de keuken binnengekomen, had de rekken met scones en cakes gecontroleerd en toen ze Elsie zag zitten, was ze naar haar toe gekomen.

'Jij bent Elsie, *n'est-ce pas*?'

Elsie begreep de rare woorden niet die mevrouw soms gebruikte, maar ze knikte evengoed. 'Ja, mevrouw.'

‘Wat ben je aan het doen?’ Ze had naar de stuntelig geschreven woorden in Elsies schrift gekeken.

‘Ik ben aan het overschrijven, mevrouw, hiervan, maar sommige woorden begrijp ik niet,’ had Elsie naar waarheid gezegd.

‘Ach, de Engelse taal is ook zo gecompliceerd! Laat mij eens kijken...’ En ze was naast Elsie komen zitten en had haar de volgende twintig minuten geholpen.

Beneden werd erover gepraat dat mevrouw meer kinderen had gewild, maar het had niet zo mogen zijn. De bevalling van Harry was een aanslag op haar gezondheid geweest en er waren geen baby’s meer gekomen. Elsie wist dat ze dood zou gaan als Bill en zij niet een heel stel gezonde kinderen konden krijgen. Het leven draaide immers om grote gezinnen, niet dan?

Wharton Park stond recht voor haar; de vele ramen glommen in de zon. Elsie hield van het huis; de degelijkheid ervan, het gevoel van veiligheid dat de stevige muren leken uit te stralen. Andere dingen zouden veranderen, dat wist ze, maar het grote huis stond hier al bijna drie eeuwen en zou er vast nog wel drie blijven staan.

Elsie liep om de zijkant van Wharton Park heen naar de dienstbodeningang, trok haar laarzen uit en haar huisslippers aan en stapte de keuken binnen.

‘Je bent vroeg vandaag, jongedame,’ merkte mevrouw Combe op, die aan de tafel de menulijsten zat te bestuderen. ‘De ketel staat op. Ga even zitten met een kop thee en dan, op naar de eetkamer om het zilver te poetsen. Mevrouw wil je om tien uur spreken. Het zal wel over het grote bal gaan dat ze volgende maand voor juffrouw Penelope, het nichtje van mevrouw, geven.’

Elsie voelde een tinteling van opwinding. ‘Een bal?’ vroeg ze. ‘Daar had ik niets van gehoord.’

‘En waarom ook, jongedame?’ antwoordde mevrouw Combe. ‘Moet mevrouw jou soms om toestemming voor haar plannen vragen?’

Elsie wist dat de huishoudster haar alleen maar plaagde. Ze was een harde werkster en mevrouw Combe had weinig reden tot klagen over haar. Bovendien was ze bijna familie, omdat ze een achternicht van Elsies moeder was.

‘Wordt het een groot feest, mevrouw Combe? Hoeveel mensen komen er?’ vroeg Elsie gretig.

'Het is juffrouw Penelope's debutantenbal, dus ik ben ervan overtuigd dat mevrouw alles uit de kast zal trekken, omdat ze zelf geen dochter heeft voor wie ze dat kan doen. Ik hoor er later deze week meer over, maar let op mijn woorden, jongedame, juni zal een heel drukke maand worden op Wharton Park. En daar ben ik in elk geval blij om.' Mevrouw Combe zuchtte van plezier. 'Het landgoed kan wel een feest en wat vrolijkheid gebruiken.'

'Bedoelt u dat de andere debutantes uit Londen hier naar het bal zullen komen?' vroeg Elsie.

Mevrouw Combe knikte. 'Ze zullen in huizen in de hele omgeving logeren, maar het zal hier ook afgeladen vol zijn.'

Elsies ogen straalden en ze klapte in haar handen van verrukking. 'O, mevrouw Combe, kunt u het zich voorstellen? Al die mooie jonge meisjes hier in huis! Ik heb op het bioscoopjournaal gezien dat ze bij de koning en koningin werden geïntroduceerd toen Bill me vorige maand meenam naar Cromer.'

'Laat je nou maar niet meeslepen, jongedame. Je hebt werk te doen en aangezien je die kop thee niet hebt klaargemaakt, neem ik aan dat je er geen zin in hebt, ga dus maar gauw naar boven, naar de eetkamer en de zilveren lepels. En zorg dat je er netjes uitziet als je stipt om tien uur naar mevrouw in de bibliotheek gaat.'

'Ja, mevrouw Combe,' antwoordde Elsie gehoorzaam.

Om tien uur stond Elsie voor de deur van de bibliotheek. Ze klopte aan en een stem riep: '*Entrez*.' Elsie ging naar binnen.

'Alsjeblieft, Elsie,' zei Adrienne, en ze wees naar de stoel tegenover haar, 'ga zitten. Zo,' zei ze glimlachend, 'ik heb van mevrouw Combe gehoord dat je talent hebt voor het kappen van haren.'

Elsie bloosde. 'O nee, mevrouw, niet echt. Ik vind de moderne kapsels mooi en ik vind het gewoon leuk ze na te maken.'

'*C'est parfait!*' Ze klapte in haar handen. 'Je hebt ongetwijfeld over het bal gehoord dat we volgende maand voor mijn nichtje geven?'

'Ja, mevrouw, dat heb ik gehoord,' zei Elsie met een knikje.

'Er komen veel jongedames hierheen, deftige meisjes die gewend zijn het beste te krijgen in Londen, waar ze alles vlak bij de deur hebben, inclusief kapsters. Sommigen zullen hun eigen dienstmeisjes meebrengen, anderen niet. Zou jij bereid zijn die avond je diensten als kapster aan te bieden?'

'O, mevrouw!' Elsie was overweldigd. 'Zoals u zei, zijn ze het beste gewend en ik ben maar een amateur. Maar ik zal mijn uiterste best doen.'

'*Voilà!* Dat is dan geregeld. Ik zal zeggen dat we een jongedame in dienst hebben die in staat is de debutantes voor het bal met hun haar te helpen.'

'O ja, mevrouw, dank u. Ik zal mijn best doen u niet teleur te stellen.'

'Dat weet ik, Elsie.' Adrienne glimlachte. Ze stond op, liep langzaam naar het raam en slaakte toen een diepe zucht. 'Ik wil dat het een heel bijzonder bal wordt.' Ze wendde zich weer tot Elsie. 'Het zal misschien het laatste bal in lange tijd in dit huis zijn als we oorlog krijgen.' Ze knikte haar toe. 'Je kunt gaan.'

'Dank u, mevrouw.'

Adrienne keek haar na toen ze de kamer verliet. Elsie was een flinke meid en ze was erg op haar gesteld. En haar relatie met Bill, de zoon van de tuinman, had haar goedkeuring. Tegelijk had ze medelijden met hen en vroeg ze zich af of een van hen beiden aan het begin van hun jonge leven een idee had van de donkere wolken die zich boven hen samenpakten. Christopher zei dat het niet lang meer zou duren. Hitlers macht en steun namen met de dag toe. Het was nog maar een kwestie van tijd en dan...

Adrienne was haar broer kwijtgeraakt in de vorige wereldoorlog. Ze mocht van geluk spreken dat ze haar man nog had. En nu moest ze de mogelijkheid onder ogen zien dat ze haar zoon zou verliezen. Ze kon dat idee niet verdragen. Ze wist uit trieste ervaring dat rangen en privileges op het slagveld niets betekenden in de loterij van wie er zou sterven of blijven leven. Zowel haar zoon als de zoon van de tuinman, Bill, zou vroeg of laat ten strijde moeten trekken. En dan was de keuze aan God.

En zij kon helemaal niets doen.

Het was typisch Brits om geen emoties te tonen. Adrienne had geprobeerd die techniek te perfectioneren, maar ze had jammerlijk gefaald. Ze was Frans en had geleerd dat je emoties beter kon tonen dan verbergen. Maar misschien was het in tijden als deze gemakkelijker om je te distantiëren van wat je werkelijk voelde. En momenteel was de wens haar zoon te beschermen overweldigend. Ze wist dat Harry geen geboren soldaat was en dat hij gedwongen werd een leven te leiden dat niet bij zijn persoonlijkheid en bekwaamheden paste. En nu zou hij daardoor misschien zelfs sterven.

Adrienne vermande zich. Ze wist dat ze de melodramatische gedachten uit haar hoofd moest zetten voor ze haar gingen overheersen. Harry mocht haar angst niet zien. Ze moest haar energie erop richten het debutantenbal van haar nichtje tot dé gebeurtenis van het Seizoen te maken. Ze besloot door het park naar de kas te wandelen om met Jack en Bill te bespreken welke bloemen ze nodig zouden hebben voor de vele bloemstukken die ze in gedachten had.

14

In Londen bestudeerde Olivia de uitnodiging voor het debutantenbal van Penelope Crawford met veel minder opwinding dan ze een paar weken geleden gevoeld zou hebben. In het begin had ze constant aan Harry Crawford gedacht, maar nu het Seizoen in volle gang was, werd Olivia meegesleurd op de golf van het hectische sociale circuit, of 'circus' zoals Venetia en de anderen het toepasselijk noemden.

Ze liep, nog slaperig, naar de eetkamer om met haar grootmoeder te ontbijten, de uitnodiging van Wharton Park in haar hand. Lady Vare zat aan haar gebruikelijke kop koffie na de maaltijd. Ze droeg haar *cache-misère*-tulband en zat de *Telegraph* te lezen. Ze keek Olivia geërgerd aan.

'Olivia, ik weet heus wel dat je het druk hebt, maar het is niet acceptabel om te laat te komen voor de maaltijden. Toen ik in jouw schoenen stond, leidde te laat komen voor het ontbijt ertoe dat ik tot de lunch honger leed.'

'Sorry, grootmoeder,' zei Olivia toen het meisje verdroogde eieren met spek voor haar neerzette. 'Ik was gisteravond op het Henderson-bal. We zijn nog laat op de avond iets gaan eten bij Quaglino's.' Olivia keek naar het eten op het bord dat voor haar stond en wilde maar dat ze die laatste gin-vermout niet had genomen. Kleine hamers sloegen spijkers in haar slapen en ze wendde haar blik van de koude bacon af.

'Het was drie uur toen ik je thuis hoorde komen,' berispte Lady Vare haar streng. 'Ik hoop, Olivia, dat je acht slaat op wat ik aan het begin van het Seizoen tegen je heb gezegd, en dat je je niet laat verleiden je bij de verkeerde groepen aan te sluiten.'

'O nee, grootmoeder,' loog Olivia. 'Ik weet zeker dat u de mensen bij wie ik gisteravond was zou goedkeuren. John Cavendish was er, de markies van Hartington, met zijn jongere broer Andrew.' Olivia wist dat dit indruk op haar grootmoeder zou maken, omdat John Cavendish de erfgenaam van Devonshire Estate was, waartoe ook Chatsworth House behoorde. Ze vertelde er echter niet bij dat ze zo luidruchtig waren geweest dat de Maître d' hun had gevraagd te vertrekken, of dat ze, toen ze giechelend als een stel schoolkinderen het restaurant hadden verlaten, het feest hadden voortgezet bij iemand thuis in Mayfair.

'En heeft er al een jongeman bijzondere belangstelling voor je getoond?' vroeg Lady Vare. De waarheid was dat er een hele stoet was geweest van wat haar grootmoeder 'geschikte knapen' zou noemen, die allemaal met Olivia hadden willen dansen, haar hadden uitgenodigd op hun feest en haar hadden gevraagd mee te gaan naar om het even welke nachtclub waar iedereen die avond na het bal naartoe ging. Maar zoals haar grootmoeder zelf al had opgemerkt, was het tegenwoordig allemaal anders. Tot haar nieuwe kringetje behoorden veel mannen, maar die zag ze allemaal als vrienden, niet als mogelijke echtgenoten. Met de dreiging van de oorlog beseften velen van hen dat als en wanneer het zover was, er een eind zou komen aan hun leven zoals ze dat kenden. En voor ze werden ingescheept naar een mogelijke dood, wilden ze elke dag leven alsof het hun laatste was.

Dat was natuurlijk geen antwoord dat ze haar grootmoeder kon geven.

'Ja, er zijn diverse jongemannen die... geïnteresseerd lijken,' zei Olivia terwijl ze haar onaangeroerde bord wegwuifde. Het dienstmeisje ruimde het op en gaf haar een kop koffie, waar ze zo'n behoefte aan had.

'Mag ik ook vragen wie?'

'O,' antwoordde Olivia luchthartig, 'Angus MacGeorge – hij bezit half Schotland en is vreselijk leuk – en Richard Ingatestone, zijn vader is iets heel hoogs bij de marine, en...'

'Nou,' onderbrak Lady Vare haar, 'misschien zou het leuk zijn als je een van die jonge heren eens meebracht voor de thee, Olivia, zodat ik kennis met hen kan maken.'

'Ik zal het hun vragen, grootmoeder, maar het is allemaal zo druk en iedereen is letterlijk al weken van tevoren volgeboekt.' Ze stak haar uitnodiging omhoog en zei: 'Volgende maand is er op Wharton Park een bal voor Penelope Crawford. Er is me een kamer voor de nacht aangeboden in het huis.'

'Ik vond de bals op het platteland zelf vreselijk saai. Weet je zeker dat het de moeite waard is, Olivia, liefje? Penelope Crawford leent immers alleen maar het huis van haar oom voor de gelegenheid,' merkte Lady Vare op. 'Haar eigen familie heeft geen rooie cent te besteden. Charles, haar vader, is tijdens de wereldoorlog gestorven in een loopgraaf. Ik betwijfel of het erg druk zal worden.'

Olivia nipte van haar koffie. 'Nou, grootmoeder, ik ben net na Kerstmis met papa en mama naar Wharton Park geweest en ik vond het erg mooi, dus vindt u het goed als ik ja zeg?'

'Zolang het niet samenvalt met iets hier in de stad en je me de gastenlijst geeft ter controle, mag je erheen, ja.' Lady Vare stond op van de tafel, haakte haar wandelstok van de tafelrand los en vroeg toen: 'Ben je er met de lunch?'

'Nee, ik heb een afspraak in het Berkeley en daarna moet ik de jurk gaan ophalen die vorige week gescheurd is. De naaister hoopt hem vanmiddag gerepareerd te hebben, zodat ik hem vanavond aan kan.'

Haar grootmoeder knikte tevreden. 'Dan zie ik je morgenvroeg aan het ontbijt,' zei ze toen ze de kamer uit liep. 'Op tijd, alsjeblieft.'

'Ja, grootmoeder, natuurlijk,' riep Olivia haar na. Opgelucht liet ze haar hoofd in haar handen zakken en masseerde ze haar slapen in een poging de hoofdpijn kwijt te raken.

In het begin had ze gedacht dat het een nadeel was dat ze haar moeder niet bij zich had om haar door het Seizoen heen te helpen, maar het feit dat haar grootmoeder te oud en te moe was om als haar chaperonne op te treden was een absolute zegen gebleken. Het betekende dat ze de volledige vrijheid had om te doen wat ze wilde, en met wie ze wilde. Hoewel de groep waarmee ze omging door haar grootmoeder beslist ongeschikt zou worden bevonden, had Olivia de tijd van haar leven.

Venetia had Olivia onder haar vleugels genomen. Ze waren goede vriendinnen geworden en Venetia had haar voorgesteld aan de interessantere deelnemers aan het huidige Seizoen. Hoewel ze de reputatie hadden 'snel' te zijn, waren de meisjes en jongemannen die ze kende beschaafd, intelligent en politiek bewust. De meesten van hen namen net als zij deel aan het Seizoen omdat ze moesten. Maar in plaats van tijdens de lunches en late diners de kleur van hun jurk voor het bal van de volgende avond te bespreken, mijmerden de meisjes vaak over wat ze met hun leven wilden doen. En dat hield niet per se op korte termijn een huwelijk of kinderen in, maar misschien een studie aan de universiteit of, als de oorlog roet in het eten gooide, een actieve rol daarin.

Olivia's favoriete plek in Londen was Venetia's ouderlijk huis aan Chester Square. Daar waren altijd allerlei bijzondere mensen te vinden, een selectie uit de kring van onconventionele intelligentsia waartoe Venetia's ouders behoorden.

Venetia's vader, Ferdinand Burroughs, was een bekende avant-gardeschilder. Venetia's moeder, Christina, een 'Lady' van geboorte en lid van een van de rijkste families van het land, was verliefd op hem geworden en vervolgens 'in schande' met hem getrouwd. Christina Burroughs was alles wat Olivia had gewild dat haar moeder zou zijn: ze had ravenzwart haar tot aan haar middel – hoewel Olivia bijna zeker wist dat het geverfd was – had zwaar opgemaakte ogen en rookte sigaretten door een jaden pijpje.

Venetia had Olivia verteld dat, toen haar moeder haar familie had verteld dat ze met de straatarme artiest wilde trouwen, ze hadden geweigerd toestemming te geven. Dus was Christina van huis weggelopen om in Londen met Ferdinand samen te zijn en hadden ze jarenlang op een houtje moeten bijten tot Ferdinands schilderijen begonnen te verkopen. Het huis aan Chester Square was aan Christina nagelaten door een oudtante, het enige familielid dat enig medeleven voor haar leek te kunnen opbrengen. Zo had het jonge paar eindelijk een dak boven hun hoofd gekregen. Er was echter geen geld geweest om het in te richten, dus de gordijnen vergingen, de meubels kwamen uit tweedehandswinkels en omdat ze geen personeel hadden kon het hele huis wel een goede poetsbeurt met een heel vaatje desinfecteringsmiddel gebruiken.

'Paps is inmiddels vreselijk rijk, hoor. Zijn schilderijen worden voor honderden ponden verkocht en ze zouden alles kunnen kopen wat ze wilden,' had Venetia haar verteld. 'Maar het huis bevalt hun precies zoals het nu is. En mij ook,' had ze er op defensieve toon aan toegevoegd.

Venetia nam vooral aan het Seizoen deel om de familie van haar moeder op stang te jagen, die verbijsterd waren dat de dochter van een simpele kunstschilder aan het Hof kon worden geïntroduceerd.

'Maar omdat ik geïntroduceerd ben, kunnen ze niets doen om het te voorkomen, lieverd,' had Christina op een dag gezegd bij een glas martini met de meisjes voor ze naar een bal vertrokken. 'Mijn zus Letty is van afschuw vervuld. Natuurlijk neemt haar dochter, de afschuwelijke Deborah, ook deel aan dit Seizoen. Ik zal nooit de uitdrukking op Letty's gezicht vergeten toen ze me op het bal van koningin Charlotte zag. Ik dacht dat ze zou flauwvallen van afgrijzen.' Christina gniffelde en woelde liefdevol door Venetia's haren. 'En om het nog erger te maken is mijn dochter een schoonheid, terwijl de hare puisterig, te dik en ronduit stom is.'

Olivia had al vaak gedacht dat Venetia meer een moeder voor Christina was dan andersom. Misschien had Venetia's excentrieke achtergrond haar gedwongen een mate van wijsheid en praktijkgerichtheid te verwerven die haar jaren logenstraften. Ze was een intrigerende mix van bohème en gezond verstand, en Olivia was dol op haar.

Venetia liet heel nonchalant de namen vallen van sterren als Virginia Woolf, die – vergezeld door haar geliefde, Vita Sackville-West – vaak op de thee kwam toen Venetia klein was. De glamour van de Bloomsbury Set en de band van de Burroughs daarmee, fascineerde Olivia. Hoewel de groep grotendeels uiteen was gevallen, bezigde het huishouden nog steeds radicale ideeën en maakte Venetia zich sterk voor de rechten van de vrouw en de strijd voor gelijkheid. Ze had al besloten dat ze niet de naam van haar echtgenoot zou aannemen als en wanneer ze trouwde.

Voor Olivia had het Seizoen tot dusver het beste van beide werelden samengebracht: heel veel lol, maar met een stel gelijkgestemde nieuwe vrienden en vriendinnen. Olivia's onderzoekende geest was gestimuleerd en had zich opengesteld en ironisch genoeg zag ze nu op tegen het einde van het Seizoen, omdat ze dan een aantal beslissingen over haar toekomst zou moeten nemen.

Teruggaan naar het huis van haar ouders in Surrey en daar gaan zitten wachten tot er een geschikte echtgenoot voor haar aan de deur kwam, was simpelweg geen optie. Ze zou vanaf haar eenentwintigste verjaardag een klein inkomen ontvangen, maar de komende tweeënhalf jaar was ze nog financieel afhankelijk van haar ouders.

Tenzij ze een baantje zocht…

Olivia stond op van de eettafel en ging naar boven, naar haar kamer. Ze moest zich gaan aankleden, want ze zou bij Venetia gaan lunchen.

Ferdinand Burroughs, Venetia's vader, was pas de vorige dag teruggekeerd uit Duitsland, waar hij schetsen van de toenemende macht van het Derde Rijk had gemaakt voor een reeks schilderijen die hij wilde maken. Olivia had alleen nog maar over Ferdinand gehoord uit de mond van zijn liefhebbende dochter. Ze was enthousiast dat ze de man zelf zou ontmoeten, en misschien uit de eerste hand zijn ideeën zou horen over de dreiging die de nazi's vormden. Ze speldde haar hoed vast, trok haar handschoenen aan, pakte haar handtas en vertrok naar Chester Square.

Venetia zag bleek en er lag een bezorgde frons op haar gezicht toen ze Olivia begroette.

'Wat is er?' vroeg Olivia terwijl ze Venetia door de gang naar de keuken volgde, het vertrek dat het gezin in de zomer het meest gebruikte, omdat het uitkwam op de prachtige ommuurde tuin achter het huis.

'Gin?' vroeg Venetia.

Olivia keek op haar horloge; het was pas half twaalf. Ze schudde haar hoofd. 'Voor mij niet, dank je, lieverd, niet na gisteravond.'

'Ik zou het normaal ook niet doen, maar Pup kwam gisteravond thuis en hij is vreselijk uit zijn doen.' Venetia schonk een flink glas gin in en nam een grote slok. 'Hij heeft vooral met Mup gepraat, maar ik heb hem horen zeggen dat alle vreselijke dingen die in Duitsland gebeuren hier helemaal niet goed in de kranten komen. En ze zijn beestachtig, echt beestachtig!' Venetia's ogen vulden zich met tranen. 'Pup heeft zelf gezien dat een synagoge net buiten München in brand werd gestoken door een groep jonge nazi's. O, Olivia, het schijnt dat Herr Hitler alle Joden van het aardoppervlak wil wegvagen!'

'Dat kan toch zeker niet waar zijn?' Olivia liep naar Venetia toe en sloeg haar armen om haar heen.

'Jawel, het is wel waar!' Venetia huilde tegen haar schouder door. 'Mup is nu boven bij hem. Hij ziet er... gebroken uit. En hij heeft in vreselijk gevaar verkeerd, en dat wisten we niet eens!'

'Nou, lieverd, hij is nu in elk geval veilig thuis.'

'Godzijdank wel,' zei Venetia en ze veegde de tranen uit haar ogen. 'De dingen die hij heeft gezien... hij zei dat hij zich er nooit toe zou kunnen brengen ze te schilderen. Het was zo vreselijk gewelddadig, zo vol haat. Wist je dat het illegaal is als een ariër en een Jood de liefde met elkaar bedrijven, laat staan dat ze trouwen? En dat er de laatste anderhalf jaar duizenden synagogen tot op de grond zijn afgebrand? Ze mogen geen radio hebben en hun kinderen mogen niet naar scholen waar ook arische kinderen op zitten.'

Olivia luisterde in geschokt stilzwijgen. Ten slotte zei ze: 'Maar waarom weet de wereld daar niets van?'

Venetia schudde haar hoofd. 'Ik heb geen idee, en Pup ook niet. Hij zegt dat hij zal doen wat hij kan om het nieuws onder zijn invloedrijke politieke vrienden te verspreiden.' Ze pakte Olivia bij de arm. 'O, lieverd, ik weet dat we steeds ons best doen het te vergeten, maar het gebeurt echt en die oorlog komt er. En het meest angstaanjagende is nog dat niemand weet hoe het zal aflopen.'

15

Harry Crawford werd wakker en was enorm blij dat hij thuis was. En anders dan bij de meesten van zijn mede-officieren, die geen idee hadden wat het lot de komende maanden voor hen in petto had, was het zijne voorlopig beslist. Hij had de taak gekregen een groep nieuwe rekruten voor het vijfde bataljon Royal Norfolks te trainen. Dat betekende dat hij in elk geval een aantal weken midden in de zomer thuis zou doorbrengen en in zijn eigen bed kon slapen.

Zijn mede-officieren – van wie er velen naar een veel minder gezonde omgeving werden gestuurd – hadden hem voor de gek gehouden met wat als een makkie werd beschouwd. Ze vroegen of zijn vader daar misschien de hand in had gehad, maar Harry betwijfelde dat. Nu Duitsland elk moment Tsjecho-Slowakije kon binnenvallen had zijn vader wel wat anders aan zijn hoofd dan de geneugten van zijn zoon.

Harry schoof het raam open, leunde naar buiten, ademde de frisse, zoete geur in van de jasmijn die zijn moeder in brede stroken langs het terras had geplant en genoot van het zeldzame moment van rust. Hij had liever niet gehad dat het bal van zijn nicht Penelope samenviel met zijn eerste dag thuis – hij zou straks zijn plicht moeten doen en allerlei oerlelijke meisjes mee de dansvloer op nemen – maar het was goed om te zien dat het landgoed weer tot leven kwam. En hij wist hoeveel het feest voor zijn moeder betekende.

Toen Harry beneden kwam was het een drukte van belang in huis. Er was extra personeel uit het dorp aangetrokken om met de voorbereidingen te helpen. Er werden meubels door de vestibule geschoven en extra tafels en stoelen in de balzaal gezet om honderdvijftig gasten plaats te bieden aan het diner. Na de maaltijd zouden de gasten naar de salon, of als het een warme avond was naar het terras gaan terwijl de tafels en stoelen uit de balzaal werden weggehaald en de band zich opstelde, zodat het dansen kon beginnen.

Harry baande zich een weg door de chaos heen naar de balzaal en was blij dat het onvoorspelbare Engelse weer er in antwoord op zijn moeders gebeden voor de rest van de dag goed uitzag. Jack en zijn zoon Bill verschenen op het terras met kruiwagens vol kleurrijke bloemen.

'Hebben jullie hulp nodig, mannen?' bood hij aan.

'Dank u, meneer Harry, maar het lukt wel. Ik weet dat u pas gisteravond thuis bent gekomen – doet u maar rustig aan, meneer,' zei Jack, en hij tikte tegen zijn pet.

Harry negeerde hem en begon de bloemen uit de kruiwagen op het terras te zetten. 'Ik hoorde dat je je hebt aangemeld voor het vijfde bataljon Norfolks, Bill?' vervolgde hij.

'Ja, meneer Harry, dat klopt, meneer.'

'Nou, het ziet ernaar uit dat we elkaar een stuk beter zullen leren kennen. Ik heb tot taak gekregen jullie allemaal op het vereiste niveau te brengen, dus ik zie je maandag in de instructiezaal in Dereham. Het zal fijn zijn een bekend gezicht te zien en jij kunt me mooi aan de andere jongens voorstellen.'

Bill schonk hem een brede glimlach. 'En wij zullen allemaal blij met u zijn, meneer.'

Jack draaide zijn kruiwagen om. 'Bill, ga jij mevrouw even vertellen dat de bloemen er zijn en dat ik de rest ga halen. Ze zal willen kijken waar ze het mooiste staan. Je weet hoe mevrouw is als het om haar bloemen gaat.' Jack knipoogde naar Harry. 'Bedankt voor uw hulp, meneer. Ik zie u vast en zeker straks nog wel.

Olivia en Venetia waren die ochtend om tien uur uit Londen vertrokken. Venetia had de Ford van haar ouders geleend en Olivia verzekerd dat ze een goede chauffeuse was. Dat was niet het geval gebleken. Olivia had de afgelopen vijf uur voor haar leven gevreesd omdat Venetia naar de verkeerde kant van de weg afdwaalde, de motor liet afslaan en de auto vervolgens in de verkeerde versnelling zette, en ze talloze keren nipt aan een fatale botsing waren ontsnapt.

Olivia's talenten in het kaartlezen waren al niet veel beter dan Venetia's rijvaardigheid. Ze waren vele malen verkeerd afgeslagen, wat tot nog meer slecht uitgevoerde manoeuvres van Venetia had geleid en terwijl ze een rit van vierenhalf uur voor ogen hadden gehad, waren ze nu nog minstens een uur van Wharton Park verwijderd en zouden ze te laat komen voor het vieruurtje.

Het landschap was er in elk geval wel veel mooier op geworden en Olivia was er vrij zeker van dat ze nu op de goede weg zaten.

'Weet je zeker dat we zo niet gewoon van het eiland af zullen rijden en in de Noordzee storten?' vroeg Venetia. 'Ik snap er niets van dat deze reis zo lang duurt en ik ben volkomen uitgehongerd. Pup zegt altijd dat hij allergisch is voor frisse lucht. Ik geloof niet dat hij de stad uit is geweest sinds ik ben geboren. Ik denk dat ik zijn voorbeeld ga volgen,' voegde ze er kregelig aan toe.

Olivia trok haar wenkbrauwen op en negeerde de opmerking. Venetia was kwaad, maar ze wist zeker dat haar vriendin de reis de moeite waard zou vinden als ze eenmaal op Wharton Park gearriveerd waren.

Anderhalf uur later reden ze de lange oprijlaan op die naar Wharton Park leidde. De zon stond laag aan de hemel en wierp een zachte gloed over het park.

Venetia klaagde nog steeds over haar lege maag, haar stijve rug en haar zere voet van het veelvuldig schakelen. Olivia draaide het raampje open en ademde de zoete geur van een warme avond in.

'Daar is het huis,' zei ze toen het in het zicht kwam. 'Vind je het niet prachtig?' voegde ze er dromerig aan toe.

Venetia, die het stadium van beleefdheden voorbij was, antwoordde bot: 'Hebben ze hier eigenlijk al elektrisch licht?'

'Doe niet zo lollig, Venetia, natuurlijk hebben ze dat! Bovendien is het eenentwintig juni, de langste dag van het jaar. We zouden niet eens licht nodig hebben,' antwoordde Olivia. 'Maar goed,' zei ze toen Venetia de auto nogal abrupt voor het huis tot stilstand bracht, 'als jij het hele weekend wilt mokken, ga je gang. Ik vind het hier geweldig. En ik ben vast van plan ervan te genieten, ook al geldt dat niet voor jou.'

Op dat moment ging de voordeur open en kwam een jongeman die ze vaag herkende de trap af en naar hen toe.

'Hallo, juffrouw Drew-Norris,' zei de jongeman toen ze uit de auto stapte en haar gekreukte jurk gladstreek. 'Leuk u weer hier op Wharton Park te zien.'

Olivia herkende hem als Bill, de zoon van de tuinman, met wie ze in januari kort had kennisgemaakt in de kas.

'Hoe is het met de bloemen?' vroeg ze glimlachend. 'Mijn frangipani staat er prachtig bij op mijn vensterbank in Londen.'

'Ze doen het prima, juffrouw Drew-Norris. Aardig dat u het vraagt.'

'Ik kan nauwelijks wachten tot ik de tuinen kan zien,' verzuchtte Olivia. 'Harry zei dat ze hartje zomer geweldig mooi zijn.'

'Dat klopt en u hebt precies het juiste moment gekozen om ze te bekijken; alles ziet er nu nog fris uit. Tegen dat het half juli is, begint het allemaal al te verpieteren en te verdorren. Juffrouw Drew-Norris, hebt u spullen in de auto die naar binnen gedragen moeten worden? Dan draag ik het wel voor u en als ik daarna de sleutels van de auto mag, zal ik hem voor u wegzetten.'

'Het is feitelijk mijn auto.' Venetia kwam bij hen staan en liet de sleutels voor Bills gezicht bungelen. Ze glimlachte verleidelijk naar hem. 'Wees er voorzichtig mee, wil je?'

'Natuurlijk, juffrouw,' zei Bill, en hij opende de kofferbak en haalde er de twee kleine koffers uit.

Toen hij ze de trap op en het huis in droeg, zei Venetia: 'Dat noem ik nou een mooi uitzicht. Hij is hemels, wie is hij?'

'Wil je je alsjeblieft gedragen?' berispte Olivia haar, maar ze glimlachte erbij. 'Hij is de zoon van de tuinman. Je hebt te veel in *Lady Chatterley* gelezen. En kom nu mee, ik snak naar een kop thee.'

Om zeven uur stond Adrienne met een glas champagne in haar hand op het terras. De avond was zo volmaakt als ze maar had kunnen hopen. Alleen op avonden als deze kon Wharton Park zich meten met de schoonheid van haar jeugd in de Provence. De zachtheid van een avond op het Engelse platteland, wanneer land en lucht met elkaar leken te versmelten en de geur van gemaaid gras zich vermengde met die van de rozen, had zijn geheel eigen betovering.

Binnen stond alles klaar. De balzaal achter haar zag er prachtig uit, de vijftien tafels waren gedekt met kraakhelder wit linnen, antiek kristal en in het midden een vaas met verse bloemen uit de kas.

Adrienne hield van momenten zoals dit. Alles was gereed, maar niets was nog begonnen en je was vervuld van optimisme dat het aan alle verwachtingen zou voldoen.

'Moeder, je ziet er betoverend uit.' Harry stond achter haar, hopeloos aantrekkelijk in zijn smoking.

'*Merci, mon chéri.* Ik sta heel even te genieten van deze volmaakte avond.'

Harry stak een sigaret op en keek over de prachtige tuinen uit. 'Het is zo stil en rustig… de stilte voor de storm,' zei hij glimlachend.

Adrienne draaide zich naar hem om, legde zacht haar hand op zijn schouder. 'Ik heb je nog nauwelijks gezien sinds je thuis bent gekomen. Hoe gaat het met je, lieverd?'

Harry knikte. 'Het gaat goed, moeder.'

'En ben je gelukkig?' vroeg ze, al kende ze het antwoord.

'Ik… accepteer dat ik maar een klein radertje in het geheel ben en geen macht heb over het heelal. Wat komt, dat komt,' zei hij zuchtend, 'en daar zal ik het mee moeten doen.'

'Mijn Harry,' verzuchtte Adrienne. 'Kon de wereld maar anders zijn, maar dat is niet mogelijk. *Mon dieu!*' Adrienne sloeg een hand voor haar mond. 'Ik sta melodramatisch te doen en daar moet ik meteen mee ophouden. Ik ben heel blij dat je hier bent en we zullen van onze tijd samen genieten.'

'Nou en of!' Hij keek glimlachend op haar neer en bedacht hoeveel hij van haar hield.

'Nou, je neef Hugo kan vanavond niet aanwezig zijn. Ook hij moet zijn bataljon trainen, in Wales. Dus liever dan je vader zul jij de eerste dans met de arme Penelope moeten dansen, Harry. Ik ben net gaan kijken hoe ze er in haar jurk uitziet.' Adrienne haalde elegant haar schouders op. 'Ook al kun je van een varkensoor geen fluwelen beurs maken; dankzij mijn keuze voor de jurk en Elsies kapsterskwaliteiten hebben we haar in elk geval presentabel weten te maken.'

'Dan heb je echt een wonder verricht, moeder,' antwoordde hij, aan zijn alledaagse, gezette nicht denkend.

'Misschien is ze een laatbloeier.' Adrienne pakte zijn hand en gaf er een kneepje in. 'Nu moet ik bij je vader gaan kijken, *chéri.* De laatste keer dat ik hem zag was hij boven en probeerde hij het juiste overhemd bij zijn smoking te kiezen. Hij kan zijn geluk haast niet op met al die jonge debutantes in huis. Hij is erg opgetogen.' Adrienne trok een wenkbrauw op. 'We gunnen hem zijn pleziertje maar, *n'est-ce pas*?'

Harry keek haar na toen ze over het terras wegliep. Ze zag er stralend uit vanavond in een saffraankleurige zijden jurk die haar volmaakte figuur accentueerde. Haar donkere haar was in een chignon opgestoken en de grote diamanten oorbellen benadrukten haar zwanenhals. Harry dacht terug aan hun gesprek en vroeg zich af of het een nadeel was om zo'n knappe moeder te hebben. Hij kon zich moeilijk een meisje voorstellen dat zich met haar zou kunnen meten. Hij vroeg zich soms af of hij daarom nog zo weinig belangstelling voor vrouwen had. Het magische gevoel dat andere mannen als 'liefde' betitelden, en dat sommigen van zijn medeofficieren op een lager, fysiek niveau beschreven, was hem nog niet overkomen.

Olivia Drew-Norris, het meisje uit India dat hij een aantal maanden geleden had ontmoet, benaderde zijn idee van een knappe vrouw nog het best. Ze was vanavond hier, dat wist hij, en misschien zou hij proberen met haar te dansen.

Hij hoorde vaag het geluid van autobanden op het grind aan de voorkant van het huis, dat erop duidde dat de eerste gasten waren gearriveerd. Daarmee was zijn moment van overpeinzing voorbij en Harry liep het huis binnen om zijn plicht te vervullen.

16

'Goh, Olivia! Je ziet er fantastisch uit vanavond!' Venetia was Olivia's slaapkamer binnen komen lopen om te kijken of ze klaar was om naar beneden te gaan. 'Je straalt gewoon! Is dat een nieuwe jurk? Dat roze staat uitstekend bij je huid. En die roosjes in je haar zijn geweldig. Wie heeft het voor je gekapt?'

'Elsie, het kamermeisje. Ze is echt een schat. En heel goed bovendien. Wil je dat ze jouw haar ook doet?'

Venetia schudde haar loshangende dikke zwarte manen over haar schouders. 'Nee, schat, de prinsessenlook is niets voor mij. Wat vind je van mijn jurk?' vroeg ze.

Venetia had weer met de conventies willen spotten en droeg een nauwsluitende goudkleurige jurk die haar royale decolleté accentueerde. Ze zag er fascinerend uit, maar niet helemaal op haar plaats tegen het decor van een Engels landhuis.

'Adembenemend,' zei Olivia. 'Het is echt iets voor jou.'

'Ik heb hem in Mups kleerkast gevonden. En ik blijf hem de rest van het Seizoen dragen.' Venetia giechelde. 'Je kent me, schat, ik struikel tijdens het dansen altijd over al die meters mousseline en tule en dan trap ik die arme kerels op hun tenen.' Ze wees naar de deur. 'Zullen we?'

'Zeker!' Olivia glimlachte.

De meisjes haakten hun armen in elkaar, liepen samen over de brede overloop en de magistrale trap af die rechtstreeks naar de vestibule leidde, waar het nu gonsde van de stemmen.

Venetia bekeek de menigte beneden hen.

'Jeetje! Het was zeker een vreselijk saaie avond in Londen. Iedereen is hier.'

Adrienne zag hen en kwam naar hen toe. 'Olivia, nee maar, *ma chérie*, je ziet er werkelijk beeldschoon uit! Je bent vandaag beslist *la belle de la soirée*!'

'Dank je, Adrienne.' Ze bloosde verlegen. Omdat Venetia naast haar stond, stelde Olivia haar snel voor. 'Dit is mijn vriendin, Venetia Burroughs.'

Adrienne nam de nauwsluitende goudkleurige jurk en Venetia's loshangende haren in zich op en glimlachte breeduit. 'En jij bent ook een schoonheid. Ik bewonder mensen die willen choqueren, en dat is wat jij wilt, *n'est-ce pas*?'

Ze kuste Venetia op beide wangen. '*Bienvenu, chérie*, en veel plezier vanavond.'

'Gossie!' mompelde Venetia toen ze het terras op liepen, waar iedereen zich verzamelde. 'Ze had me meteen door, is het niet? Zoals ze zelf zou zeggen: *elle est formidable!*'

'Ze beschikt over het onfeilbare vermogen meteen te doorzien wie je bent,' zei Olivia, en ze pakte twee glazen champagne van een passerend dienblad. 'Ik persoonlijk vind haar vreselijk lief en heel erg mooi.'

'Dat is ze inderdaad,' gaf Venetia haar gelijk, net toen een jongeman in een rood vest zijn armen om haar heen sloeg. 'Teddy, heb je jezelf uit de bar van het Ritz weggesleurd om hierheen te komen? Ik sta paf!'

'Mijn beste Venetia,' antwoordde de jongeman terwijl zijn handen over haar hele lichaam dwaalden, 'mag ik zeggen dat je er betoverend uitziet in die jurk. Hallo, Olivia,' vervolgde hij, 'jij ziet er ook heel chic uit.'

'Dank je,' zei Olivia met een knikje terwijl Teddy zich van haar afwendde om met Venetia te praten en steelse blikken op haar decolleté te werpen.

Olivia liep het terras over en ging bij de balustrade staan die uitkeek over het park. Zoals Harry haar had beloofd zagen de tuinen er prachtig uit.

'Juffrouw Drew-Norris! Olivia. Jij bent het toch, of niet?' Ze draaide zich om toen ze de bekende stem naast zich hoorde. 'Mag ik zeggen dat je eruitziet als een droom?'

'Hallo, Harry.' Olivia voelde de warmte naar haar wangen stijgen. Hoewel ze ervan overtuigd was geweest dat het beeld dat ze de afgelopen maanden van hem in gedachten had gehad juist was, zag hij er in het echt nog veel knapper uit.

'En, hoe bevalt het Seizoen?'

'Eerlijk gezegd is het veel leuker dan ik had verwacht. En ik heb een stel geweldige nieuwe vriendinnen gevonden.'

'Mooi zo. En heb je inmiddels je draai gevonden in Engeland?' vroeg hij. 'Je ziet er gelukkiger uit dan de vorige keer dat ik je zag.'

'Ja,' antwoordde ze, 'ik geloof het wel. En op avonden als deze,' zei ze naar het park wijzend, 'is de charme ervan moeilijk te ontkennen.'

'Inderdaad,' zei Harry, hij knikte. 'En heb je al enig idee hoe het verdergaat aan het eind van het Seizoen?'

'Nee. Nog niet. Maar laten we daar vanavond niet aan denken. Ik wil ervan genieten dat ik terug ben op Wharton Park en van deze fantastische avond. Hoe is het met jou, Harry?'

'Op het moment heb ik de hele zomer hier thuis voor me en ik ben van plan er volop van te profiteren.' Hij glimlachte naar haar. 'Het is erg leuk je weer te zien, Olivia, echt waar.'

'Olivia, lieverd, hoe is het met je?'

Er kwam een man bij hen staan die Harry niet kende, en hij besloot te vertrekken. 'Als je me wilt excuseren, Olivia, ik moet mijn plicht vervullen en me om de gasten bekommeren. Ik zie dat er wat jongedames, onder wie mijn nicht, zijn die een uitstekende imitatie van een muurbloempje lijken te geven.' Harry wees naar een gezet meisje dat in haar eentje iets verder op het terras stond. 'Ik zie je ongetwijfeld later nog.'

Hij liep weg om te voorkomen dat Penelope zou verwelken, maar voor hij haar had bereikt, werd hij door een bekende op zijn schouder geklopt.

'Harry, beste kerel! Hoe is het met je?'

'Sebastian!' Harry schudde zijn oude vriend hartelijk de hand. 'Dat is lang geleden. De vierde juni in Eton een paar jaar geleden, is het niet?'

'Volgens mij wel!' Sebastian zette zijn bril met dikke, ronde glazen af en maakte hem schoon. 'Ik had wel gedacht dat je vanavond hier zou zijn. Hoe staat het leven? Was Sandhurst zo erg als je gevreesd had?'

'Nog erger!' gekscheerde Harry, die ervan genoot Sebastian te zien, een van de weinigen tegen wie hij zoiets kon zeggen. Ze hadden elkaar op Eton College leren kennen en de leesgrage, astmatische en sterk bijziende Sebastian had zich vastgeklampt aan de muzikale en pijnlijk verlegen jongen die Harry was geweest. Ze waren allebei nogal gepest en hoewel ze weinig met elkaar gemeen hadden, was er in hun positie als outsider toch een gemeenschappelijke basis ontstaan. 'Dat is voorbij, godzijdank. Nu heb ik alleen nog de oorlog en een kogel in mijn lijf om naar uit te kijken,' voegde Harry er somber aan toe.

'Nou, dat lot blijft mij in elk geval bespaard.' Sebastian zette zijn bril weer op zijn neus. 'Je moet niet goed bij je verstand zijn om mij een wapen in handen te geven! Ik zou niet eens zien welke kant het op wees!'

'Ik zou je ook niet in mijn bataljon willen, ouwe kerel, maar ik weet eerlijk gezegd niet eens zeker of ik mezelf wel zou willen hebben,' zei Harry glimlachend, en hij pakte een paar glazen champagne van een dienblad en gaf er een aan Sebastian. 'En, wat doe je tegenwoordig?'

'Ik werk voor mijn ouwe heer bij zijn scheepvaartmaatschappij. Ik heb het vak geleerd op het kantoor in Londen en sta op het punt in te schepen om het hoofdkantoor in Bangkok te gaan runnen. Pa kijkt ernaar uit thuis te komen na twintig jaar in het buitenland, ook al maakt ons land op het moment onzekere tijden door.'

'Zeg dat wel,' zei Harry somber.

'Het voornaamste contact dat ik met de oorlog zal hebben – als het zover komt – is dat ik enkele van onze schepen zal inzetten om troepen en voorraden naar het Verre Oosten te vervoeren. Ik kijk er eigenlijk best naar uit... die Siamese meisjes schijnen geweldig te zijn!'

'Zo te horen vertrek je precies op het goede moment,' merkte Harry afgunstig op. 'Weg uit de verdomde puinhoop die Europa heet. Ik geloof niet dat het zich zal uitbreiden tot waar jij heen gaat.'

'Nee, maar je weet het nooit, hè?' antwoordde Sebastian. 'Ik voel me een beetje schuldig dat ik geen tastbare bijdrage kan leveren, maar misschien is dat de compensatie voor mijn slechte ogen en zwakke longen.'

Harry raakte even zijn schouder aan en zag Penelope nog steeds alleen staan. 'Ik moet gaan, kerel, stuur me je nieuwe adres, wil je?'

'Dat doe ik. Fantastisch om je weer te zien, Harry,' zei Sebastian hartelijk. 'Probeer in leven te blijven als je naar het front moet, wil je? Ik zal een paar van die Siamese meisjes voor je overlaten!'

Tijdens het diner genoot Olivia van het gezelschap van haar levenslustige tafelgenoten, van wie ze de meesten kende uit Londen. Links van haar zat Angus, de Schotse landheer die een oogje op haar scheen te hebben, en rechts van haar zat Archie, burggraaf Manners. Sommigen van haar vrienden in Londen zeiden dat Archie 'van de verkeerde kant was'. Olivia was niet ervaren genoeg om daarover te kunnen oordelen.

Na het diner moesten ze de zaal even verlaten en werden de tafels en stoelen eruit gehaald. Olivia stond met Archie op het terras een zeldzame Abdullah-sigaret te roken.

Archie keek over het park uit, dat in het prachtige avondlicht baadde, en zuchtte. 'Die schoonheid is nauwelijks te verdragen. Zoals Blake het zo treffend omschrijft, je weet dat het verdwijnt zodra het verschijnt.'

De band begon te spelen en veel mensen keerden terug naar de balzaal.

'Ik hoop dat je het niet erg vindt als ik je niet ten dans vraag. Ik heb twee afschuwelijke linkervoeten en ik wil je niet kreupel maken, Olivia,' zei Archie. 'Voel je alsjeblieft vrij om iemand anders te zoeken.'

'Ik sta hier heel goed, eigenlijk.'

'Nou, dat zal niet lang meer duren. Ik zie al een aanbidder hierheen komen.'

Harry kwam over het terras naar hen toe. Hij bleef vlak voor hen staan, plotseling verlegen. 'Ik stoor jullie hopelijk niet, of wel?'

'Helemaal niet,' zei Olivia iets te gretig. 'Kom, dan stel ik je aan Archie voor. Archie, dit is Harry Crawford, de zoon des huizes.'

De twee mannen keken elkaar even aan alvorens Harry zijn hand uitstak. 'Archie, aangenaam kennis te maken.'

'Insgelijks, Harry.' En Archie glimlachte voor het eerst die avond.

Olivia verbrak uiteindelijk de stilte die was neergedaald. 'Archie en ik hebben ons prima vermaakt tijdens het diner. We hadden het over de grote romantische dichter. En natuurlijk is Archie zelf ook dichter.'

'Schrijf je gedichten?' vroeg Harry.

'Ja. Alleen voor mezelf natuurlijk. Ik zou niemand aan mijn rijmelarijen willen blootstellen. Ze zijn nogal sentimenteel, vrees ik.'

'Dat past helemaal in mijn straatje,' zei Harry grinnikend. 'Ik ben zelf een fan van Rupert Brooke.'

Archies gezicht fleurde op. 'Wat toevallig! Ik ook. Ik heb die arme Olivia er vreselijk mee verveeld tijdens het eten.' Archie sloot zijn ogen en begon te citeren:

'Teder, dag die ik heb liefgehad, sluit ik je ogen,
Strijk ik je voorhoofd glad en vouw ik je dunne dode handen.
De grauwe sluiers van het halflicht worden dieper; kleur sterft.
Ik draag je, een lichte last, naar het in doodskleed gehulde zand...'

Harry pikte het op:

> *'Waar je boot ligt te wachten, tussen kransen gevormd door de zee. Door mist ontsluierd, met grauwe rouwbanden van water gekroond.'*

Ze glimlachten elkaar toe en erkenden het genoegen van een gedeelde passie.

'Ik wil ooit nog eens naar Skyros om zijn graf te zien,' zei Archie.

'Ik heb het geluk gehad de Old Vicarage in Grantchester te bezoeken. Fantastisch om het huis te zien waar Brooke zijn jeugd heeft doorgebracht,' antwoordde Harry.

Olivia luisterde naar het geanimeerde gesprek, maar voelde zich het vijfde wiel aan de wagen. Gelukkig kwam Venetia naast haar staan. Olivia zag dat ze een beetje aangeschoten was.

'Hallo, schat,' zei ze, en ze bekeek Harry van top tot teen met een ondeugende glans in haar ogen. 'Wie is dit?'

Harry was nog in gesprek met Archie, dus fluisterde Olivia: 'Harry, de man over wie ik je heb verteld.'

Venetia knikte goedkeurend. 'Hij is... enig! En als jij hem niet wilt,' zei ze giechelend, 'dan neem ik hem wel. Harry,' interrumpeerde ze het gesprek, 'ik ben Venetia Burroughs, Olivia's beste vriendin, en ik heb veel over je gehoord.' Ze ging op haar tenen staan en kuste hem op beide wangen. 'Ik heb het gevoel of ik je allang ken.'

Olivia stierf bijna van schaamte.

Harry leek nogal overdonderd door haar uitbundige begroeting, maar herstelde zich en zei: 'Venetia, aangenaam kennis met je te maken.'

'Insgelijks, Harry. Ik verwacht straks een dans van je. En over dansen gesproken, ik stel voor dat we allemaal naar binnen gaan. Het wordt hier nogal fris.'

'Goed idee.' Harry keek glimlachend op Olivia neer. 'Ik kwam naar buiten om je ten dans te vragen. Wil je me dat genoegen doen?' Hij stak Olivia zijn arm toe en ze pakte hem blozend vast.

Harry keek Archie aan. 'We moeten een andere keer eens verder praten.'

'Misschien voor ik vertrek.'

‘Ik hoop het,’ antwoordde Harry.

Toen draaide hij zich met Olivia aan zijn arm om en liepen ze samen de balzaal binnen.

Terwijl Olivia telkens weer met Harry de dansvloer op ging dacht ze terug aan Londen en hoe vaak ze ervan had gedroomd door hem te worden vastgehouden. En nu was ze hier op een prachtige midzomeravond samen met hem op Wharton Park, het stukje Engeland waar ze het meest van hield.

Later liep Harry met haar naar buiten voor wat frisse lucht.

‘Nou,’ zei hij, en hij stak een sigaret op, ‘ik geloof dat we wel kunnen zeggen dat de avond een compleet succes is geweest, vind je niet?’

Olivia stond naar de sterren aan de heldere hemel te kijken. ‘Volmaakt,’ mompelde ze tevreden.

‘En moeder lijkt gelukkiger dan ik haar in lange tijd heb gezien,’ voegde Harry eraan toe. ‘Luister… de band speelt mijn favoriete nummer van Cole Porter, Begin the Beguine.’ Harry begon het zachtjes mee te neuriën. ‘Een laatste dans, juffrouw Drew-Norris?’ vroeg hij, en hij sloeg zijn arm om haar middel.

‘Als u erop staat, kapitein Crawford.’

Ze dansten samen op de muziek. Olivia legde haar hoofd tegen Harry’s borstkas en gaf zich helemaal over aan het moment.

‘Olivia, ik heb ervan genoten vanavond met je te dansen. Dank je,’ zei Harry. Toen bukte hij zich en kuste hij haar op de mond.

Adrienne, die iets verderop ook naar buiten was gekomen om naar de nachtelijke hemel te kijken, zag hen en glimlachte heimelijk van plezier.

17

Olivia keerde de volgende dag, in een sluier van gelukzaligheid gehuld, terug naar Londen. Ze begreep eindelijk wat de 'betovering' inhield. Ze had Venetia tijdens de reis terug naar Londen in vertrouwen genomen. Venetia had honend gesnoven toen Olivia haar vertelde dat Harry 'de ware' was.

'Toe nou, schat! Hoe kun je dat nou weten? Hij is de eerste jongen die je hebt gezoend. Je bent hartstikke gek!'

Olivia schudde opstandig haar hoofd. 'Nee, dat ben ik niet. Ik weet wat ik voel en soms gaat het gewoon zo. Kijk maar naar je vader en moeder, die waren negentien en achttien toen ze elkaar ontmoetten en verliefd werden.'

'*Touché,* maar dat was toen en dit is nu. En bovendien, Olivia, heb je me steeds beloofd dat je niet zou trouwen voor je wat ouder was. Je hebt "het" nog niet eens gedaan,' vervolgde Venetia. 'Hoe kun je nou zeker zijn als jullie het nog niet met elkaar hebben gedaan.'

Olivia wist dat Venetia 'het' al wel had gedaan, en zelfs met meer dan één man. En ze zat daar kennelijk helemaal niet mee. Dit was een van de punten waarop ze van gedachten verschilden en het niet eens konden worden. Olivia deelde Venetia's mening niet, dat het 'haar' lichaam was en dat ze er zonder schuldgevoel mee kon doen wat ze wilde. Of het nou door haar opvoeding of door haar aard kwam, ze was oprecht van mening dat ze maagd hoorde te blijven tot ze was getrouwd met de man van wie ze hield.

'Dat doet er voor mij niet toe,' antwoordde Olivia zwakjes. 'Het is een bijkomstigheid.'

'Jeetje, Olivia! Ik dacht dat ik je de afgelopen maanden wel warm had gemaakt voor het feminisme. En nou zit je zelfs al over de bruiloft te dromen. En zeg niet dat het niet waar is,' zei Venetia, waarbij ze dreigend haar vinger opstak en de auto gevaarlijk naar het midden van de weg trok, 'want ik weet heel goed dat het wel zo is.'

Na twee weken in de wolken, waarin ze zich afzijdig had gehouden van de laatste ronde feestjes en andere evenementen waarmee het Seizoen eindigde voordat iedereen als een zwerm vliegen uit Londen vertrok en naar warmere bestemmingen aan de Rivièra vertrok, had Olivia nog steeds niets van Harry gehoord.

Na de euforie kwamen de onzekerheid en de pijn. Olivia raakte in een sombere stemming en bedacht dat Venetia misschien toch gelijk had gehad en dat de kus wat Harry betrof niet meer was dan een prettige afsluiting van de avond.

Ze was uitgenodigd om samen met Venetia een maand te logeren in een villa in St.-Raphaël, die eigendom was van de ouders van Angus, de Schotse landheer. Ze wist dat Angus erg op haar gesteld was en hij had zijn bedoelingen duidelijk gemaakt. Meegaan naar het huis van zijn familie zou in zekere zin een aanvaarding van zijn genegenheid betekenen.

'Ik ga in elk geval, of jij nou meegaat of niet,' had Venetia verklaard. 'De sfeer hier is afschuwelijk. Pup heeft zich opgesloten in zijn studio en Mup loopt te mokken omdat Pup niet wil dat ze iemand bij ons uitnodigt. En dat was nog voordat ik door de achterdeur naar buiten ging en over die afgrijselijke schuilkelder struikelde die onze prachtige tuin verpest.'

Ze kwamen net van Dudley House in Park Lane na het bal van Kick Kennedy en liepen nu samen naar het Ritz.

'Maar het is toch niet eerlijk, wel, Venetia?' hield Olivia vol. 'Angus is heel aardig, maar ik wil niet dat hij denkt dat ik hem op die manier leuk vind.'

'Lieverd, in de liefde en in oorlog is alles toegestaan.' Venetia keek haar aan. 'En dat geldt nu zeker. Bovendien zijn mooie meisjes geboren om hier en daar wat harten te breken. De villa van Angus schijnt echt geweldig te zijn. En wat denk je te gaan doen als je niet meegaat?' voegde ze eraan toe. 'De hele zomer mokken om je grote liefde, en wachten tot de Duitsers hun bommen gooien?' Ze verlieten de hoofdstraat om naar de zij-ingang van het Ritz te lopen. 'In godsnaam, verman je en maak plezier nu het nog kan.'

Olivia keek toevallig naar links toen Venetia de trap naar het Ritz al nam en zag een bekende gestalte ergens naar buiten komen en snel de andere kant op lopen. Met bonkend hart pakte ze Venetia bij de schouder.

'Volgens mij zag ik hem net.'

'Wie?'

'Harry natuurlijk.'

Venetia bleef bovenaan de trap staan en slaakte een diepe zucht. 'Olivia, schat, ik geloof echt dat je gek aan het worden bent. Wat moet Harry nou in Londen?'

'Ik weet zeker dat hij het was,' zei ze resoluut.

Venetia pakte haar bij de arm. 'Duidelijk te veel martini's op het feest van Kick. Nou vooruit, schat, kop op. Je begint saai te worden.'

Drie dagen vol vertwijfeling later ontwaakte Olivia uit een onrustige slaap en realiseerde ze zich dat Venetia bijna zeker gelijk had gehad wat Harry betrof. Vandaag zou ze Angus' uitnodiging aannemen; ze zou meegaan naar Frankrijk en daar haar gebroken hart laten genezen. Daar was het in elk geval lekker warm. Het zou goed zijn om uit Londen weg te gaan en aangezien het alternatief was dat ze terugging naar Surrey, veronderstelde ze dat dit de beste keus was. Ze zou vandaag Angus bellen en hem vertellen dat ze graag meeging naar St.-Raphaël.

Net toen ze naar Venetia wilde vertrekken om regelingen te treffen voor hun reis naar Frankrijk, ging de telefoon.

'U spreekt met de centrale, u hebt een telefoontje van Cromer 6521, kan ik dat doorverbinden?'

'Ja, dank u... Hallo, met Olivia Drew-Norris.'

'Olivia! Jou wilde ik net spreken. Met Adrienne Crawford, van Wharton Park.'

'Adrienne, wat leuk om iets van je te horen. Is alles in orde?'

'Natuurlijk, alles is prima in orde. Afgezien van het feit dat ik me wat eenzaam voel en me afvroeg of je in de maand augustus al bezet bent. Zo niet, dan dacht ik dat je misschien zou kunnen komen om een deel van de maand hier door te brengen. We zouden samen in de tuinen kunnen wandelen en van het heerlijke zomerweer genieten. Ik weet dat Harry het leuk zou vinden je weer te zien. Hij werkt zo hard, die arme jongen. Hij moet zijn ongeoefende bataljon klaarstomen voor de grote première.'

Olivia liet zich abrupt op de stoel bij de telefoon zakken.

'Ik...' Ze wist dat ze snel moest beslissen. De waarheid was echter dat ze haar beslissing al had genomen. 'Ik zou het heerlijk vinden om naar je toe te komen, Adrienne. Wat lief van je om me uit te nodigen.'

'*C'est parfait!* Dat is dan geregeld. Hoe snel kun je komen?'

'Ik heb afgesproken mijn ouders in Surrey te bezoeken, maar ik zou begin volgende week bij je kunnen zijn. Komt dat uit?'

'Geweldig,' antwoordde Adrienne. 'Ik zal mijn chauffeur sturen om je in Surrey op te halen als je dat prettig vindt. De trein is zo vermoeiend.'

'Fijn.'

'Nou, ik verheug me erop je volgende week te zien, Olivia. En het is erg aardig van je dat je erin toestemt me gezelschap te houden.'

'Helemaal niet. Wharton Park is mijn lievelingsplek,' antwoordde Olivia naar waarheid. 'Tot ziens.'

'*A bientôt, chérie.*'

Olivia legde de hoorn op de haak en drukte haar handen tegen haar wangen om ze af te koelen. Ze voelde dat de adrenaline door haar lichaam gierde en haar hartslag opjoeg.

Een hele maand op Wharton Park... met Harry.

Ze deed de voordeur achter zich dicht en huppelde bijna de hele weg naar Venetia.

Venetia reageerde niet zo opgetogen op het nieuws als Olivia had gehoopt. Olivia weet het aan Venetia's egoïsme; en het feit dat ze nu alleen naar Frankrijk zou moeten reizen.

'Zei je nou dat het zijn moeder was die je belde?' zei Venetia minachtend. 'Denk je dat hij een moederskindje is? Klinkt me nogal raar in de oren.'

Olivia liet zich haar plezier niet bederven. 'Natuurlijk hoort het de vrouw des huizes te zijn die me uitnodigt, volgens het protocol. En bovendien ben ik dol op Adrienne en op Wharton Park,' voegde ze eraan toe, zich heimelijk verkneukelend.

'Je bent niet goed wijs dat je de Rivièra laat schieten voor een afgelegen, tochtig mausoleum,' verzuchtte Venetia. 'Maar ik zal aan je denken als ik in de Middellandse Zee duik en cocktails drink in de zon.'

En ik zal helemaal niet jaloers op je zijn, dacht Olivia opgetogen.

De volgende dag pakte Olivia al haar spullen in, bedankte haar grootmoeder voor alles en vertrok ze naar het huis van haar ouders in Surrey.

De twee nachten die ze er doorbracht, waren moeilijk en onplezierig.

Haar ouders waren nog hetzelfde als altijd, maar Olivia was erg veranderd. Het leek bijna of ze hen in die paar maanden was ontgroeid. Er vielen lange stiltes aan de eettafel waarin Olivia zocht naar onderwerpen die ze met elkaar gemeen hadden. Zelfs wanneer dat lukte, leken ze het nooit met haar eens te zijn.

De avond voor ze naar Wharton Park vertrok, ging ze na het avondeten met haar moeder naar de salon om koffie te drinken.

'En,' zei haar moeder, die zich op haar breiwerk concentreerde terwijl ze sprak, 'moet ik aannemen dat er iets gaande is tussen jou en Harry Crawford?'

'Hij is ontzettend aardig, ja, maar hij heeft het druk met het trainen van zijn bataljon, dus ik betwijfel of ik hem veel zal zien.'

'Je hebt mijn vraag niet beantwoord, Olivia.' Haar moeder keek op van haar breiwerk.

Olivia sprak behoedzaam. 'We kunnen erg goed met elkaar overweg, moeder.'

Haar moeder glimlachte. 'Hij leek me erg aardig toen ik hem in januari ontmoette. Ik wil alleen maar zeggen dat je vader en ik het zouden goedkeuren.'

'Moeder!' Olivia bloosde om wat haar moeder aannam, deels uit schaamte, maar ook omdat haar moeder haar eigen wens had verwoord. 'Het is nog maar heel pril.'

'Maar ik kan zien dat jij hem meer dan aardig vindt. Telkens als je zijn naam zegt, begin je te stralen.'

Olivia gaf zich over. 'Ja, ik denk dat je gelijk hebt.'

'Lieve hemel, wat hadden we veel geld kunnen besparen aan je Seizoen als we ons in januari hadden gerealiseerd dat de juiste man pal onder onze neus zat! Lady Crawford is zo vriendelijk geweest je vader en mij voor een weekend uit te nodigen. Ik heb voorgesteld dat we eind augustus gaan. Tegen die tijd is er misschien wel goed nieuws. De toestand in de wereld is zo onzeker op het moment, Olivia.' Haar moeder zuchtte. 'Geniet van al het geluk dat je kunt vinden, wil je, liefje?'

Toen Olivia later naar boven en naar bed ging, was ze nog steeds overdonderd door haar moeders emotionele uitspraken. Misschien bracht de dreigende oorlog bij iedereen een verlangen naar boven om te zeggen hoe men zich voelde.

De volgende morgen was Olivia al voor zes uur wakker en stond ze om acht uur aangekleed, gepakt en gezakt klaar. Fredericks, de chauffeur van de Crawfords, was er om exact negen uur.

Haar moeder ging met haar mee naar de voordeur. 'Schrijf alsjeblieft, lieverd, laat me weten hoe het met je gaat.' Ze kuste haar dochter op beide wangen. 'En geniet ervan.'

'Dat zal ik doen, moeder.' Olivia sloeg haar armen om de schouders van haar moeder en gaf haar een spontane knuffel. 'Houden jullie je ook taai, papa en jij.'

Adrienne begroette Olivia bij de voordeur van Wharton Park. *'Ma chérie,* je moet wel uitgeput zijn! Kom binnen. Sable zorgt voor je bagage en zal je naar je kamer brengen. Het is dezelfde als waar je eerder hebt gelogeerd. Rust maar een poosje uit voor het avondeten. Je hoeft je niet te haasten. Christopher is in Londen en Harry komt niet terug voor tien uur en soms zelfs nog later.'

Nadat Sable haar naar haar slaapkamer had gebracht, verbaasde Olivia zich erover dat ze die ooit koud en lelijk had gevonden. De late middagzon liet zijn rustgevende gloed op het mooie gebloemde behang vallen toen Olivia op het bed ging liggen en bedacht hoe heerlijk ze dit alles vond. Uitgeput van de spanning en de rit zelf viel ze prompt in slaap.

Ze werd gewekt door een klop op de deur. Elsie, het kamermeisje, keek naar binnen.

'Hallo, juffrouw Olivia. Wat leuk u weer te zien! Ik zorg voor u tijdens uw verblijf hier. Mevrouw zei dat ik u wakker moest maken omdat het al na zevenen is. Als u nu niet opstaat, slaapt u vannacht niet meer. Mag ik binnenkomen?'

'Natuurlijk. Jeetje!' Olivia glimlachte, blij Elsies vertrouwde, opgewekte gezicht weer te zien. 'Ik had geen idee dat ik zo lang had geslapen.'

'Ik heb het bad voor u gevuld, juffrouw Olivia, dus als u er gauw in gaat, zal ik ondertussen uw koffers uitpakken. Het avondeten wordt om acht uur opgediend en mevrouw heeft gezegd dat het informeel is, dus zal ik iets leuks voor u uitkiezen om aan te trekken?'

'Ja, natuurlijk. Dank je, Elsie.' Olivia trok de dekens van zich af en kroop uit bed. 'En, vertel eens, hebben Bill en jij al een datum vastgesteld?'

'Ja, over iets meer dan vier weken ben ik mevrouw William Stafford,' zei ze trots. 'Misschien bent u dan nog wel hier, juffrouw Olivia. Als dat zo is zou ik het leuk vinden als u naar de kerk kwam om erbij te zijn als ik in het huwelijk treed. Mevrouw heeft me een rol kant gegeven en mijn tante maakt een jurk voor me. O, juffrouw, ik ben zo opgetogen!'

Elsies blijdschap werkte aanstekelijk en Olivia voelde onwillekeurig een zweem van afgunst.

Om vijf voor acht liep Olivia naar beneden en daar trof ze Sable aan, die in de vestibule op haar stond te wachten.

'Mevrouw is buiten op het terras, juffrouw Drew-Norris. Komt u maar mee.'

Dat deed ze en toen ze naar buiten stapte, zag ze een kleine tafel gedekt voor twee in het hoekje van het terras. Grote kaarsen, tegen de wind beschermd door grote lampenglazen, wierpen hun zachte gloed in het afnemende licht.

'Olivia, kom alsjeblieft zitten.' Adrienne wees naar de andere stoel. 'Ik hoop dat het hier warm genoeg is voor je. Ik heb een omslagdoek voor je meegebracht voor het geval je het koud krijgt, maar ik eet als het maar even kan het liefst hier. In Frankrijk aten we van mei tot september zelden binnen. Ik heb rosé, een roze wijn die we in de wijngaarden van ons landgoed in de Provence produceren. Ik laat elk jaar twaalf kisten overvaren. Wil je een glas proberen?'

Olivia ging zitten. 'Ja graag,' zei ze. 'Dank je.'

Adrienne gebaarde Sable dat hij de wijn kon inschenken. 'We willen over vijftien minuten eten, Sable. *Merci.*'

'Heel goed, mevrouw.' De butler knikte en verdween naar binnen.

'*Santé.*' Adrienne bracht haar glas naar dat van Olivia en daarna namen ze allebei een slokje.

Olivia vond de wijn lekker. Witte wijn was te zuur en rode wijn te zwaar voor haar; deze leek de perfecte combinatie van beide.

'Hij is lekker, *non*?' vroeg Adrienne.

'Inderdaad erg lekker.'

'Mijn familie dronk hem uit grote kruiken, vers uit onze *cave*,' verzuchtte Adrienne. '*Eh bien!* Weer een van de dingen die ik mis.'

'Maar je bent toch wel gelukkig hier in Engeland, of niet?' vroeg Olivia.

'Ja, natuurlijk, maar dit jaar ben ik een beetje verdrietig. Normaal brengen we de maand augustus altijd bij mijn familie in Zuid-Frankrijk door. Maar dit jaar, nu Christopher het zo druk heeft op Whitehall en Harry bezig is met het trainen van zijn rekruten, wilde ik niet zonder hen gaan. Christopher gelooft dat de oorlog elk moment kan uitbreken.'

'In Londen kun je de voorbereidingen onmogelijk over het hoofd zien. Op de dag dat ik vertrok werden de sirenes voor het luchtalarm op de Embankment opgesteld.'

'Dat geloof ik graag.' Adrienne stapte vaardig over op een luchtiger onderwerp. 'Je moet me alles vertellen over het Seizoen. Was het zoals je het je had voorgesteld?'

'Nee, het was beter. Ik heb fantastische mensen ontmoet, die helemaal niet zo saai waren als ik had verwacht.'

'Zoals je vriendin Venetia Burroughs? Ze is heel bijzonder, net als jij,' zei Adrienne toen Sable een grote trolley met zilveren dienbladen het terras op reed. 'Vertel me over de bals waar je heen bent geweest. Waren ze inderdaad zo geweldig als ik ze me herinner?'

Bij een diner van verse waterkerssoep en een salade van knapperig verse groenten uit de moestuin vertelde Olivia Adrienne zo veel interessante anekdotes over haar ervaringen als ze maar kon bedenken.

'*Voilà*!' Adrienne klapte in haar handen van plezier. 'Het klinkt allemaal nog zowat hetzelfde als toen ik debutante was. En ik ben ervan overtuigd dat er talloze jonge mannen gecharmeerd van je waren. De vraag is, was jij ook gecharmeerd van hen?'

'Ik... nee. Dat wil zeggen, er was niemand die ik echt bijzonder vond.'

'Nou, ik weet zeker dat dat niet lang meer zal duren.' Adrienne had haar onbehagen opgemerkt. 'Olivia, ik wil graag dat je dit huis als het jouwe beschouwt zolang je hier bent. Fredericks, onze chauffeur, staat tot je beschikking wanneer je maar wilt en hij brengt je waarheen je maar wilt. En misschien kunnen we eens samen naar de stranden, waarvan er veel in de buurt zijn, en kan ik je laten zien wat een prachtig graafschap Norfolk is. En in de weekends is Harry thuis om je gezelschap te houden. Hij is zo moe, de arme jongen, maar hij was heel blij toen ik hem vertelde dat je zou komen. Het zal voor hem ook goed zijn wat jonger gezelschap te hebben. En nu geloof ik dat het tijd is om naar bed te gaan, *non*?' Adrienne stond op, liep naar Olivia toe en kuste haar op beide wangen. '*Bonne nuit, ma chérie*, slaap lekker.'

'Jij ook, Adrienne.' Olivia stond ook op. 'Ik heb erg van deze avond genoten.'

De twee vrouwen gingen naar binnen en liepen door de reeks vertrekken die naar de vestibule leidden.

'Elsie zal je morgen een dienblad met ontbijt brengen op een tijdstip naar jouw keuze. We ontmoeten elkaar dan om één uur voor de lunch en daarna zal ik je rondleiden door de tuinen en je de kas laten zien. Pak in de bibliotheek gerust iets te lezen; alles wat je wilt. In de linkerhoek van de ommuurde tuin staat een prieel achter de rozenboog, waar ik zelf vaak ga zitten lezen.'

'Dank je, Adrienne. Je bent erg vriendelijk,' antwoordde Olivia toen ze samen de trap op liepen.

'En het is erg vriendelijk van jou dat je mijn gast wilt zijn. *A bientôt*, Olivia. Slaap lekker.'

18

De volgende paar dagen verviel Olivia in een vaste en ontspannen routine, waarbij ze 's ochtends zat te lezen in het prieel en na de lunch en voor een middagdutje met Adrienne ging wandelen. Ze dineerden samen op het terras en praatten over kunst, literatuur en Frankrijk, en de cultuur van dat land, waarover Adrienne zo enthousiast kon vertellen.

Olivia merkte dat de schoonheid van de omgeving en het rustige levensritme op Wharton Park haar in een toestand van serene kalmte brachten. De dreigende oorlog, en wat zij precies zou gaan doen als die uitbrak, verdween net zo gemakkelijk uit haar gedachten als de spinnenwebben in de rozentuin oplosten onder haar vingertoppen.

Op een middag reed Adrienne met haar naar de kust. Olivia hapte naar adem toen ze het prachtige strand van Holkham als een uitgestrekt goudkleurig plankier voor hen uitgespreid zag liggen. Ze picknickten in de duinen en Adrienne dutte daarna in, haar strohoedje over haar gezicht om haar ivoorkleurige huid te beschermen tegen de zonnestralen.

Olivia liep het strand over om haar tenen aarzelend in het zoute water te steken. Het was niet zo koud als ze had verwacht en, zo met de zon, de wind die aan haar haren trok en de schoonheid van het verlaten strand geloofde Olivia dat ze best in dit deel van Engeland zou kunnen wonen.

Toen ze terugkeerden op Wharton Park liep Olivia snel de vestibule door op weg naar haar slaapkamer om haar natte, gekreukte jurk uit te trekken. Een bekend gezicht waar ze veel aan had gedacht kwam echter de trap af en haar tegemoet.

'Olivia, wat ontzettend leuk om je te zien.'

Hij kuste haar hartelijk op beide wangen en ze vond het meteen vreselijk dat ze er zo gehavend uitzag. Harry had zijn officiersuniform nog aan en zag er bijna imposant aantrekkelijk uit.

'Hallo, Harry, hoe is het met je?'

Hij rolde met zijn ogen. 'O, matig, zou ik zeggen, maar jij ziet er fantastisch uit.'

Olivia bloosde. 'Is dat zo? Je moeder en ik zijn net terug van het strand en ik vrees dat ik er nogal verfomfaaid uitzie.'

'Nou, ik vind je er geweldig uitzien. Ik vind het heerlijk om aan het strand uit te waaien. Wat zou je ervan zeggen als we morgen samen gaan, als je tenminste nog een keer wilt? Ik heb het weekend vrij en ben van plan ervan te genieten.'

Harry had iets luchtigs, euforisch bijna, wat Olivia nog niet eerder bij hem had gezien.

'Dat lijkt me leuk. En als je me nu wilt excuseren, ik moet echt die vochtige jurk gaan uittrekken.'

'Natuurlijk,' zei hij. 'Ik zie je aan het diner, Olivia.'

'Ja,' zei ze terwijl ze de trap op liep. 'Tot straks.'

Die avond vroeg Olivia Elsie haar haren te doen, met het voorste deel opgestoken in een rol en de rest in uitbundige goudkleurige krullen los over haar schouders. Ze trok haar favoriete blauwe jurk aan en bekeek zichzelf toen in de spiegel.

'U ziet er beeldig uit,' zei Elsie bewonderend. 'Meneer Harry eet vanavond ook mee, is het niet?'

'Ik geloof het wel.' Olivia was te zenuwachtig om te kunnen genieten van roddels. Ze liep naar beneden en het terras op, en zag dat Adrienne en Harry er al waren.

'Harry vertelde me net dat jullie hebben afgesproken morgen samen naar het strand te gaan.' Adrienne glimlachte goedkeurend. 'Olivia, *chérie,* de frisse lucht doet je vast goed. Je ziet er geweldig uit vanavond.' Ze gaf Olivia een glas rosé van het zilveren dienblad op de tafel. 'En morgen is Christopher ook thuis. Dus op zondag organiseren we een lunch voor enkelen van onze buren, zodat je kennis met hen kunt maken. Zullen we gaan zitten?'

De avond verliep plezierig. Harry was attent jegens Olivia en vroeg haar naar het Seizoen en naar Londen. Adrienne trok zich vroeg terug onder het mom van vermoeidheid en zij bleven getweeën op het terras achter. Olivia deed haar uiterste best een rilling van verwachting te onderdrukken en kalm te blijven.

'Ik ben blij dat je hier bent, Olivia. Het is geweldig voor mijn moeder dat er iemand bij haar is op Wharton Park nu ze niet bij haar familie in Frankrijk kan zijn, vooral nu mijn vader ook zo veel weg is. Ze is erg op je gesteld,' zei hij.

'En ik op haar,' antwoordde Olivia.

'En spreekt de schoonheid van dit deel van de wereld je meer aan dan eerst?' Harry glimlachte en ze herinnerden zich allebei hun eerste gesprek.

'O ja! Ik vind het hier geweldig. Je moeder heeft me echt bekeerd.'

'Ze kan inderdaad heel overtuigend zijn.' Harry trok zijn wenkbrauwen op. 'Ik ben blij dat het je hier bevalt. Het is een heel bijzondere plek.'

'Het moet echt fijn zijn dat je deze tijd thuis kunt doorbrengen,' zei Olivia.

'Dat is het zeker,' zei Harry, en hij knikte. 'Het maakt de hele zaak een stuk draaglijker. Maar goed,' zei hij terwijl hij zijn sigaret uitdrukte, 'bedtijd voor mij, ik ben bekaf. Jij ook?' Hij stak haar zijn hand toe, ze pakte hem vast en stond op. Hij liet weer los zodra ze door het huis liepen en de trap op gingen. 'Goedenacht, Olivia.' Hij kuste haar beleefd op haar wangen, zei 'slaap lekker', en verdween in de richting van zijn slaapkamer.

Olivia was in de war toen ze in bed kroop. Waarom had Harry niet opnieuw geprobeerd haar te kussen? Ze troostte zich echter door te bedenken dat het pas het begin van haar vakantie en Harry's eerste vrije dag in weken was. Ze moest hem de tijd gunnen.

De volgende morgen leek Harry heel opgewekt toen hij met haar naar de kust reed.

'Ik zal je niet weer vervelen met Holkham. Ik dacht dat we wel een uitstapje naar Cromer konden maken. We kunnen daar ergens lunchen en over de boulevard wandelen,' opperde hij.

Olivia's droombeeld, waarin zij in Harry's armen in de duinen lag, vervloog meteen. Ze zou de kostbare tijd met hem echter niet laten bederven door haar teleurstelling.

Het werd een plezierige dag, ook al was die anders dan Olivia zich had voorgesteld. Tijdens de lunch in het restaurant van een hotel vermaakte Harry haar met verhalen over de rekruten in zijn bataljon, van wie er sommigen afkomstig waren van Wharton Park.

'Ik ben met name onder de indruk van Bill Stafford, Elsies verloofde,' zei Harry terwijl hij een sigaret opstak. 'Hij heeft het in zich om officier te worden. Hij heeft het air van rustige autoriteit dat maakt dat de andere mannen naar hem luisteren. Hij wordt een veel betere soldaat dan ik, in maar een paar zondagen.'

'Ik weet zeker dat dat niet waar is, Harry.'

'Ik vrees van wel, lieve meid.' Hij zuchtte en drukte somber zijn sigaret uit in de asbak. 'Nou, zullen we maar teruggaan?'

Ter ere van het feit dat Lord Crawford thuis was uit Londen aten ze die avond in de eetkamer. Adrienne straalde van blijdschap omdat ze haar beide mannen bij zich aan tafel had en haar geluk werkte aanstekelijk. Naderhand speelden ze samen een spelletje bridge. Christopher en Olivia wonnen, dankzij meneer Christian en zijn grondige lessen.

Aan het eind van de avond liep Harry met haar mee naar boven en weer was ze vol verwachting toen het moment aanbrak voor een nachtzoen. Maar hij gaf haar opnieuw alleen een kuise kus op de wangen voor hij naar zijn slaapkamer liep.

De volgende dag zaten ze met twintig personen aan de lunch; de groep bestond uit vrienden en buren van Lord en Lady Crawford. Olivia genoot van de lunch, gewend als ze was aan het gezelschap van oudere mensen, maar ze had het vreemde idee dat ze ter goedkeuring werd gepresenteerd. Ze hoopte dat ze het er goed vanaf had gebracht. Harry had zich hetzelfde gedragen als de afgelopen dagen: attent maar afstandelijk.

Die avond in bed besloot Olivia gelaten maar verdrietig dat het tijd was om plannen te maken voor een toekomst zonder hem.

Toen de zomer verstreek en september naderde werden de velden kaalgeschoren en was het landgoed doordrongen van de geur van brandende stoppels. Olivia was lethargisch, las alles wat ze te pakken kon krijgen, maakte lange wandelingen door het park en ging vaak naar Jack in de kas. Ze had Harry niet meer gezien sinds de zondagse lunch – hij had het afgelopen weekend in Londen doorgebracht – en zijn kennelijke ambivalentie maakte haar in elk geval vastbeslotener over wat ze precies zou gaan doen wanneer ze Wharton Park binnenkort verliet. Ze zou al eerder vertrokken zijn, maar Elsie, met wie ze heel goed bevriend was geraakt, had haar gesmeekt te blijven voor haar bruiloft, en Olivia had toegestemd.

Drie dagen voor Elsies trouwdag kwam Christopher onverwachts thuis uit Londen. Adrienne en hij bleven het grootste deel van de middag in zijn werkkamer. Olivia zat in de bibliotheek te lezen toen Adrienne haar met een bleek gezicht kwam opzoeken.

'O, hemeltje,' zei Adrienne met haar handen tegen haar wangen, 'het lijkt erop dat de oorlog een feit is. Christopher heeft me verteld dat de Britse regering inlichtingen heeft ontvangen waaruit blijkt dat de *Kriegsmarine* alle koopvaardijschepen onder de Duitse vlag heeft bevolen onmiddellijk naar Duitse havens te varen in afwachting van de invasie in Polen. Ze zijn niet van plan het Duits-Russische niet-aanvalspact te respecteren.' Ze liet zich abrupt in een stoel vallen en legde haar hoofd in haar handen. 'Het is zover, Olivia, het is zover.'

Olivia stond meteen op om haar te gaan troosten. 'Dat zal Hitler toch zeker niet doen? Hij weet toch wat dat betekent?'

'Hij weet wat het betekent en dat is precies wat hij wil, wat hij altijd al heeft gewild. Christopher gelooft dat morgenochtend de Duitse invasie in Polen zal zijn begonnen. En dan moet Groot-Brittannië hun natuurlijk de oorlog verklaren.' Adrienne pakte Olivia's hand. 'Elsie mag hier niet eerder van horen dan nodig is. Laat haar nog een paar uur langer van de voorbereidingen genieten. Je mag hier niemand iets over vertellen voor het algemeen bekend is, begrijp je dat?'

'Natuurlijk, Adrienne. Ik zal niets zeggen, dat beloof ik je.'

'Ik hoop maar dat ze van hun trouwdag kunnen genieten zoals ieder ander stel. Ze moeten het gevoel hebben dat ze samen een toekomst hebben, ook al is dat niet zo.' Adriennes ogen stonden vol tranen. Ze pakteeen kanten zakdoekje en veegde ze weg. '*Mon dieu!* Zo is het genoeg! Ik moet kalmeren. Neem me niet kwalijk, *ma petite.* Het is soms een last om te veel te weten. Christopher moet onmiddellijk terug naar Londen, maar hij wilde me het nieuws zelf meedelen.'

Die avond bleef Adrienne op om op Harry te wachten. Toen hij er was, nam ze hem mee naar de bibliotheek en schonk ze een glas armagnac voor hem in.

'Moeder, ik heb het gehoord,' zei Harry toen hij het verdriet op haar knappe gezicht zag. 'Probeer alsjeblieft niet in paniek te raken, er is nog niets zeker en niemand weet nog hoe het zal lopen en wat voor gevolgen het zal hebben. Het is niet echt een verrassing; voor ons ingewijden althans niet. De teerling is geworpen toen Hitler Tsjecho-Slowakije binnen marcheerde. We bereiden ons er al maanden op voor, en ik denk dat al mijn mannen blij zullen zijn als ze weten waar ze aan toe zijn en wat ze geleerd hebben eindelijk in praktijk kunnen brengen.'

Adrienne bracht haar hand naar haar voorhoofd. 'Ik kan niet geloven dat ik weer een oorlog moet meemaken. De vorige heeft aan zo veel mensen van wie ik hield het leven gekost en nu...' – ze keek hem aan – 'o, mijn Harry...' Ze haalde hulpeloos haar schouders op en hij liep naar haar toe om haar te troosten.

'*Maman*, probeer het je alsjeblieft niet te veel aan te trekken,' smeekte hij terwijl ze in zijn armen snikte. Dit was een van de weinige keren in zijn leven dat hij wenste dat hij een echte Britse moeder had die zich altijd flink hield. Het deed hem pijn haar zo te zien.

'Maar wat moet ik hier dan doen, Harry? Als jij ten strijde bent getrokken en je vader in Londen zit? En de meeste jongemannen van het landgoed verdwenen zijn? Hoe moet ik Wharton Park in mijn eentje beheren?'

'Olivia is bij je,' merkte Harry op.

'*Pouf!*' Adrienne gebaarde met haar smalle hand. 'Ze blijft vast niet hier als de oorlog begint. Waarom zou ze ook?' Haar emotionele toestand bracht haar ertoe de waarheid te spreken. 'Ik heb jullie samen gezien, Harry, en het is duidelijk dat ze van je houdt, maar jij... Ik geloof niet dat je op dezelfde manier om haar geeft. Ja, ik geef toe dat ik haar heb uitgenodigd omdat ik zag dat er een bepaalde aantrekkingskracht tussen jullie was. Ik begrijp nu dat ik het mis had. En omdat ze alleen voor jou hier is, zal ze vertrekken en dan ben ik alleen.'

Harry was volkomen overdonderd en geschokt door wat ze hem vertelde.

'Denk je dat Olivia verliefd op me is?' vroeg hij verbijsterd.

Die opmerking maakte Adrienne boos. 'Natuurlijk! Het straalt ervan af, zie je dat dan niet? En ze is zo'n schat van een meid, zo pienter en intelligent, heel ongebruikelijk voor Engelse vrouwen. Ja, ik had plannen voor jullie... omdat jij natuurlijk de enige erfgenaam bent en... o!' Ze bracht haar handen naar haar rode wangen. 'Ik durf het nauwelijks te zeggen, maar als jij de oorlog niet overleeft, is er geen erfgenaam voor Wharton Park. Dan zal het overgaan op je vaders neef Hugo en zal er na driehonderd jaar een einde komen aan onze lijn.'

'Mijn god!' Harry nam zijn handen van haar schouders en begon met zijn armagnac in zijn hand door de bibliotheek te ijsberen. 'Je hebt volkomen gelijk. Als ik niet terugkom, dan...' Zijn stem stierf weg.

'Harry, neem me niet kwalijk. Ik ben vanavond mezelf niet. Vergeef me alsjeblieft en vergeet wat ik heb gezegd.'

Hij draaide zich naar haar om. 'Wat je zegt is niet meer dan de waarheid. En Olivia is inderdaad een lieve meid en ik ben erg op haar gesteld. En jij bent ook dol op haar. Ze zou goed gezelschap voor je zijn als...'

'Nee, Harry! Luister niet naar me!' zei Adrienne gekweld. 'Ik veronderstelde te veel. Ik dacht...'

'Misschien had je gelijk.' Harry knikte instemmend. 'Maar ik ben een man en dus te gevoelloos om het te zien.'

'Misschien, maar bedenk dat liefde zich niet laat dwingen. Als er geen liefde is, kun je die niet maken.' Adrienne keek nog even naar hem en stond toen op. 'Ik heb vreselijke hoofdpijn, ik moet naar bed.'

'Natuurlijk, *maman*, het is voor ons allemaal een moeilijke dag geweest.'

Adrienne liep naar de deur, draaide zich toen om en keek Harry aan. 'Geloof alsjeblieft dat ik niet wil dat je iets doet wat je hart niet wil. Dat is niet de Franse manier van doen, en ook niet de mijne. Goedenacht, lieverd. Laten we hopen dat de dag van morgen beter is.'

Toen ze weg was schonk Harry nog wat armagnac in en ging hij in de comfortabele leren stoel zitten nadenken.

19

De volgende morgen, op 1 september 1939, werd via de radio bekendgemaakt dat Hitlers troepen Polen binnen waren gevallen. Twee dagen later, op de vooravond van het huwelijk van Elsie en Bill, sprak Chamberlain de natie toe om te bevestigen dat Groot-Brittannië en Duitsland met elkaar in oorlog verkeerden.

Misschien door het naderende onheil en de opluchting van de zekerheid dat de oorlog was begonnen, heerste er op het hele landgoed een sfeer van verwachting. Toen Olivia de volgende morgen haar koffer aan het pakken was, werd er op haar deur geklopt.

'Binnen,' zei ze.

Harry stapte de kamer in. 'Sorry dat ik je stoor, Olivia, maar je bent uitgenodigd voor het huwelijk van Elsie, is het niet?'

'Ja, dat klopt,' zei ze koeltjes. De bevestiging van de oorlog en Harry's voortdurende ambivalentie hadden alle romantische ideeën die ze had gekoesterd de kop ingedrukt. Ze wilde nu gewoon doorgaan met haar leven.

'Zou je het heel erg vinden als ik met je meeging? Ik kan wel wat vrolijkheid gebruiken. Ik ben erg op Elsie en vooral op Bill gesteld, en een dergelijk feest lijkt me net wat ik nodig heb.'

Olivia keek hem verbaasd aan. Ze besefte dat ze moeilijk kon weigeren en zei: 'Maar natuurlijk, als je dat graag wilt. De ceremonie is om twee uur vanmiddag.'

'Oké, ik zie je om half twee beneden in de vestibule, dan wandelen we samen door het park naar de kerk.' Hij keek naar de koffer op het bed achter haar. 'Ben je aan het inpakken?'

Olivia knikte. 'Ja, ik ga morgen terug naar het huis van mijn ouders in Surrey, en dan rechtstreeks naar Londen om me aan te melden. Ik ga bij de Women's Royal Navy Service, als ze me willen hebben.'

'Dat is geweldig, Olivia, maar we zullen je hier allemaal missen.'

'Dat betwijfel ik,' zei Olivia tegendraads en onbarmhartig.

'Ik verzeker je dat we het allemaal jammer vinden dat je vertrekt. Tot half twee dan?'

'Ja.' Ze knikte en ging verder met inpakken. Harry's gedrag was buitengewoon verwarrend.

Olivia en Harry zaten achter in de kerk en zagen Elsie glimmen van trots en geluk toen ze in haar mooie kanten jurk door het middenpad naar haar toekomstige echtgenoot liep. Er bleef geen oog droog in de kerk toen ze hun geloften uitspraken; iedereen wist dat er al snel een einde zou komen aan hun leven samen als echtpaar. Het was een ontnuchterend moment en toen Olivia heimelijk naar Harry keek, zag ze dat hij ook ontroerd was.

Tijdens de receptie keek Olivia met bewondering naar Harry, die aan een schraagtafel, omringd door degenen die voor hem werkten, grappen en grollen zat te maken alsof hij een van hen was. En het was duidelijk hoeveel respect en genegenheid ze voelden voor de jongeman die ooit hun heer en meester zou zijn; het toonde haar een kant van hem die ze niet eerder had gezien en stemde haar iets milder jegens hem.

Na het bruiloftsmaal vonden de toespraken plaats en kwam Jack, Bills vader, vragen of meneer Harry bereid zou zijn naar voren te komen en een toost uit te brengen op het jonge paar. Er klonk gejuich toen Harry zich een weg naar voren baande en hij op het podium ging staan.

'Dames en heren, ik heb de eer Bill en Elsie mijn hele leven al te kennen,' begon hij. 'Wie had kunnen denken dat die twee ondeugende kinderen die ik altijd betrapte op het pikken van appels in de boomgaard op een dag zouden trouwen? Ik kreeg trouwens nooit een appel van ze!'

Het publiek lachte.

'Door de minder plezierige omstandigheden waarin we ons momenteel bevinden heb ik Bill de afgelopen weken heel goed leren kennen. Ik wil zijn lieve vrouw graag verzekeren dat zijn vaardigheden met de bezem er flink op vooruit zijn gegaan.' Harry glimlachte naar Elsie. 'En ik kan haar ook vertellen dat wanneer die bezem wordt verruild voor een geweer, ik niemand kan bedenken achter wie ik me liever zou verschuilen! Elsie, je hebt een goede, dappere man. Wees goed voor hem en geniet van hem nu je de kans hebt.'

Elsies ogen vulden zich met tranen toen ze de hand van haar nieuwbakken echtgenoot vastpakte. 'Dat zal ik doen, meneer Harry, dat zweer ik.'

Harry hief zijn glas. 'Op Bill en Elsie.'

'Bill en Elsie!' riepen de gasten toen Harry onder luid gejuich van het podium stapte.

Jack klapte in zijn handen om stilte te krijgen. 'En mag ik drie hoeraatjes voor meneer Harry, die ik op een dag met trots en plezier mijn meester zal noemen, en voor de jonge juffrouw Olivia, die zo aardig is geweest voor Elsie. Dank u allebei voor uw komst. En misschien moeten we vragen...' zei Jack met een ondeugende grijns, 'wanneer jullie een datum gaan vaststellen?' Er klonk nog meer gejuich voor Jacks toespraak toen Harry weer bij Olivia terug was.

'Dames en heren, pak uw partners beet en laten we gaan dansen,' zei Bill.

Harry ging naast Olivia zitten. Hij keek haar met een twinkeling in zijn ogen aan. 'Volgens mij zijn ze op je gesteld geraakt!'

'En volgens mij zijn ze erg op jou gesteld, Harry. Je was echt fantastisch,' zei Olivia in een poging de spanning te doorbreken die door Jacks laatste opmerking was ontstaan.

Hij stak haar zijn hand toe. 'Dansen?' vroeg hij.

Ze glimlachte. 'Waarom niet?'

Een uur later liepen Harry en Olivia de warme zaal uit en de snel afkoelende avondlucht in.

Olivia was door iedereen ten dans gevraagd en ze was met Jack, Bill en zelfs de butler Sable de vloer op geweest.

Harry pakte haar hand vast toen ze op weg gingen naar huis. Olivia's hart sloeg een slag over, maar ze besloot er gewoon van te genieten en er niets achter te zoeken.

'Je bent erg goed met de bedienden, Olivia. Het is een gave die mijn moeder ook heeft.'

'Dank je,' zei Olivia, die om zich heen keek en probeerde de schoonheid van het landgoed voor het laatst in zich op te nemen. 'Het zal me spijten om te gaan,' gaf ze toe. 'Ik ben van alles hier gaan houden.'

De zon ging net onder toen ze van de kale maïsvelden het park in liepen.

'Weet je, Olivia,' zei Harry zacht, 'een man ziet soms niet wat zich vlak onder zijn neus bevindt.'

Olivia keek hem verrast aan. 'Wat bedoel je precies?'

'Nou, toen ik je vanochtend je koffer zag pakken drong plotseling tot me door hoe fijn ik het heb gevonden dat je hier was. En hoezeer ik je zal missen als je weggaat.'

Olivia trok geringschattend een wenkbrauw op. 'Heel erg vriendelijk dat je het zegt, Harry, maar je hebt me nauwelijks gezien.'

'Nee, maar ik wist wel dat je er was.'

Olivia antwoordde niet. Ze had geen idee wat ze moest zeggen. Ze liepen de geometrische tuin in en naar de fontein toe. Plotseling draaide Harry zich om en nam haar in zijn armen. Hij kuste haar hartstochtelijk, vol op de mond.

Olivia was verbijsterd. Dit was wel het laatste wat ze had verwacht, maar ze kon niet anders dan ervan genieten dat ze zijn lippen op de hare voelde.

Hij hield uiteindelijk op met kussen, pakte haar bij de schouders en keek haar aan. 'Olivia, ik wil niet dat je weggaat, ik wil dat je hier bij mij op Wharton Park blijft.'

'Ik... Harry, dat... kan ik niet,' stamelde ze.

'Waarom niet?' vroeg hij.

'Wat moet ik hier doen? Ik moet terug naar Londen om me aan te melden.'

'Lieve Olivia, dat kun je hier in Norfolk ook doen, weet je.' Hij grinnikte.

'Harry, daar gaat het niet om. Ik...'

'Trouw met me.'

Ze staarde hem aan alsof hij gek was geworden. Ze kon helemaal geen reactie bedenken.

Toen knielde Harry neer en pakte haar handen. 'Olivia, ik heb geen idee wat je gevoelens voor mij zijn, maar als je me aan je zijde zou kunnen verdragen, zou ik het fantastisch vinden als je de rest van je leven hier op Wharton Park wilde doorbrengen.'

Olivia wist eindelijk weer geluid uit haar mond te krijgen. 'Het spijt me, Harry, ik ben gewoon geschokt. Ik dacht niet dat je...' ze moest even slikken, 'op die manier voor me voelde. Waarom nu opeens?'

'Misschien omdat ik me niet realiseerde wat ik voor je voelde tot ik gisteravond een gesprekje had gehad met mijn moeder en je vervolgens vanmorgen je koffer zag pakken om te vertrekken. Lieve Olivia, zeg alsjeblieft ja. Ik beloof je dat ik je zal koesteren zo goed als ik kan. En ik weet zeker dat we samen Wharton Park veilig kunnen stellen voor de volgende generatie.'

Ze keek op hem neer, naar zijn knappe gezicht, waarvan ze oprecht had gedacht dat ze er nooit zo naar zou mogen kijken. En alle liefde die ze voelde en zo wanhopig had geprobeerd te verdringen, laaide weer op.

'Zeg alsjeblieft ja voor mijn knieschijf breekt op het grind,' gekscheerde hij met een jongensachtige grijns. 'Lieveling, alsjeblieft?' zei hij.

Olivia dacht diep na, maar ze realiseerde zich dat het zinloos was om naar redenen te zoeken om nee te zeggen. Ze hield van hem. En dat was de enige reden die telde.

'Ja, Harry,' zei ze. 'Ik wil met je trouwen.'

Hij kwam overeind, nam haar in zijn armen en trok haar tegen zich aan. Toen kuste hij haar weer. 'O, liefste, ik ben zo blij. Kom, laten we naar binnen gaan en mijn moeder zoeken. Ik kan niet wachten om het haar te vertellen.'

Pas later die avond – toen ze uitgeput door de onverwachte wending en het erop volgende champagnefeestje met Adrienne haar bed in was gekropen – realiseerde ze zich dat hij niet één keer had gezegd dat hij van haar hield.

20

Het huwelijk tussen de hooggeboren heer Harry Crawford en juffrouw Olivia Drew-Norris zou begin december plaatsvinden. Harry was weg met zijn bataljon, dat tot taak had gekregen de kwetsbare stranden aan de kust van Norfolk te beveiligen met uitkijkposten, prikkeldraad en landmijnen. Daar zouden ze minstens nog tot en met januari mee bezig zijn voordat het bataljon nieuwe orders zou krijgen. Andere bataljons waren al overzee gemobiliseerd, dus Harry en alle anderen op Wharton Park, van wie er velen familieleden bij het vijfde Royal Norfolks hadden, dankten de hemel voor het uitstel van executie.

Adrienne had voorgesteld dat Olivia tot na haar huwelijk zou wachten voor ze zich bij de Wrens aanmeldde. 'Daar is daarna nog tijd genoeg voor, *ma chérie,* maar nu niet. Je gaat trouwen en je wordt de toekomstige Lady Crawford! Je moet samen met mij van de voorbereidingen genieten.'

De aanstaande bruiloft had een ernstige neerwaartse spiraal bij Adrienne voorkomen, omdat de geplande festiviteiten haar iets hadden gegeven om zich op te concentreren. Ze was vastberaden – zelfs terwijl het nieuws van overzee met de dag akeliger werd – het feest zo goed mogelijk te vieren.

Olivia voelde zich een beetje alsof ze terug was aan het begin van het Seizoen; haar leven leek opnieuw om een hele reeks naaisters te draaien. Een reisje met Adrienne naar Londen had haar een couturejurk van niemand minder dan Norman Hartnell opgeleverd. Ook moesten er gastenlijsten worden opgesteld voor zowel het verlovingsfeest als de bruiloft, en de uitnodigingen moesten worden verstuurd. Een societyhuwelijk als dit vergde gewoonlijk een jaar van voorbereiding, maar Olivia en Adrienne hadden het over het algemeen heel goed onder controle.

Olivia's ouders waren natuurlijk zielsgelukkig. Ze waren voor het weekend naar Wharton Park gekomen. Zowel haar vader als Christopher had een toespraak voorbereid, waarin ze hun goedkeuring uitspraken en het jonge paar veel geluk wensten.

Olivia had medelijden met haar moeder, die opnieuw niet de kans kreeg alles voor haar dochter te regelen. Ze had het echter goed opgepakt en gezegd dat Lord en Lady Crawford alles betaalden en dat dat heel goed uitkwam, omdat ze van haar vaders legerpensioen niet eens de jurken van de bruidsmeisjes hadden kunnen betalen, laat staan de rest.

De avond voor het huwelijk werd er een diner gegeven voor vrienden en naaste familieleden. Venetia was met een paar van Olivia's andere vriendinnen uit Londen overgekomen. Ze zat op Olivia's bed terwijl de aanstaande bruid aan de kaptafel haar make-up aanbracht.

'Ik voel me toch een beetje beledigd, Olivia, schat. Ik dacht dat we een pact hadden gesloten om niet te trouwen en een paar maanden later wals jij al naar het altaar! Weet je heel zeker dat Harry de ware is?'

'Ik ben dol op hem, en op Wharton Park,' zei Olivia onwankelbaar.

'Je beseft toch wel dat je voor de rest van je leven aan dit huis vastgeketend bent, nietwaar? En dat je natuurlijk een erfgenaam moet voortbrengen, en minstens eentje reserve?'

'Ik hou van kinderen,' protesteerde Olivia. 'Ik wil er graag een paar.'

'En weet je ook heel zeker dat Harry van jou houdt?'

'Natuurlijk houdt hij van me,' zei Olivia kortaangebonden omdat Venetia's opmerking een gevoelige plek raakte. 'Waarom zou hij anders in vredesnaam met me willen trouwen?'

Na het diner liep Olivia uitgeput over de overloop naar haar kamer. Ze schrok op toen ze van achteren bij haar middel werd gepakt. 'Hallo, mijn lieve meisje, hoe voel je je?' Harry drukte zijn gezicht in haar hals. Olivia rook de dranklucht in zijn adem.

'Ik ben een beetje zenuwachtig,' bekende ze, 'en jij?'

'Ik geloof dat ik blij zal zijn als het allemaal achter de rug is en we gewoon meneer en mevrouw Crawford kunnen zijn, jij niet?'

'Ja.'

Ja.

Hij kuste haar teder op haar voorhoofd. 'Geniet van je laatste nacht in vrijheid, liefste. Ik zie je morgen in de kerk.'

Toen Olivia een paar minuten later in bed kroop verspreidden de vlinders in haar buik zich door haar hele lichaam. Ze was niet nerveus voor de huwelijksceremonie, maar voor de volgende avond rond deze tijd, als Harry en zij de grote slaapkamer binnen zouden gaan die uitkeek op het park en de deur achter hen dichtging.

Ze wist natuurlijk wat ze kon verwachten – Venetia had haar met alle plezier ingelicht over het fysieke scenario. Maar hoe ze het ook probeerde, ze kon zich een dergelijke mate van intimiteit met Harry maar moeilijk voorstellen. Ze had geen idee of hij net zo onervaren was als zij; ze hoopte eigenlijk maar van niet, dan zou tenminste een van hen weten waar ze mee bezig waren. Ze troostte zich ermee dat het een overgangsrite was die alle getrouwde vrouwen hadden doorgemaakt. En bovendien, dacht Olivia terwijl ze wegdoezelde, de enige manier waarop baby's verwekt konden worden.

De volgende morgen begon helder en fris.

Elsie arriveerde om acht uur in Olivia's kamer met een dienblad met haar ontbijt. Ze bruiste van opwinding.

'Er is geen reden tot haast, juffrouw, ik heb alles onder controle. Kijk maar,' en ze wees naar een velletje papier, 'ik heb een tijdschema voor de ochtend voor ons opgesteld, zodat we precies weten wat we moeten doen.'

Olivia vond troost in Elsies kalme aanwezigheid. 'Je bent een wonder, echt waar. Dank je,' zei ze toen Elsie het dienblad op haar knieën zette.

'O, ik kan niet wachten tot ik u in die jurk zie,' zei Elsie, en ze wees naar de prachtige creatie van oesterwitte satijn die in een hoek van de kamer op een paspop hing. 'Mevrouw heeft gezegd dat ze na het ontbijt even naar je toe komt en daarna zal ik het bad voor u vol laten lopen en uw haren doen.'

Om negen uur werd er op de deur geklopt.

'Binnen.'

Adrienne verscheen met een grote leren doos. Ze kuste Olivia op beide wangen. '*Chérie*, dit is echt de mooiste dag van mijn leven. Mijn zoon te zien trouwen met een vrouw die ik liefheb als een dochter... wat kan een moeder zich nog meer wensen? Kom hier, zodat ik je kan laten zien wat ik voor je heb.'

Adrienne liep naar het bankje voor de kaptafel, ging zitten en klopte op de plek naast haar, om aan te geven dat Olivia daar moest gaan zitten. Ze maakte de doos open, waarin een prachtig diamanten halssnoer en bijpassende grote traanvormige oorbellen lagen.

'Deze zijn voor jou, Olivia, om vandaag te dragen. Elke Crawford-bruid van de afgelopen tweehonderd jaar heeft ze gedragen. Nu krijg jij ze, om ze weer door te geven aan de bruid van je zoon op de dag dat hij trouwt.'

'Ze zijn prachtig,' verzuchtte Olivia. 'Dank je, Adrienne.'

'Je hoeft me niet te bedanken, *chérie*,' zei ze terwijl ze opstond. 'Ik vraag niets meer dan dat we zulke goede vriendinnen blijven als we nu zijn. Nu moet ik gaan om toezicht op alles te houden. Ik verheug me erop je formeel in de familie welkom te heten.'

Om half twaalf was Olivia aangekleed en helemaal klaar. Elsie keek haar met een blik vol ontzag aan.

'O, juffrouw Olivia, u ziet er zo mooi uit dat ik geloof dat ik zelf nog wel met u zou willen trouwen,' zei ze giechelend, en ze gaf Olivia de lange, witte satijnen handschoenen aan.

'Dank je. Ik ben vreselijk zenuwachtig.' Olivia spreidde haar armen voor Elsie. 'Geef me eens een goede knuffel. Ik geloof dat ik die nodig heb.'

'Natuurlijk, juffrouw.' Voorzichtig, om Olivia's jurk niet te bederven, sloeg Elsie haar armen om haar meesteres heen.

'Dank je dat je de afgelopen weken zo fantastisch voor me hebt gezorgd,' zei Olivia. 'Ik heb Adrienne gevraagd of we daar een permanente regeling van kunnen maken.'

'Bedoelt u dat ik voor altijd uw kamermeisje word?' Elsies ogen werden groot van verbazing.

'Ja. Wie zou het beter doen dan jij? Maar alleen als het idee jou ook aanstaat natuurlijk. Je krijgt ook een paar shilling extra betaald.'

'O, juffrouw, ik zou het heerlijk vinden! Dank u wel,' zei Elsie, en haar stem brak. 'Nu moest u maar eens naar beneden gaan; ze wachten op u.'

'Ja.' Olivia nam een paar seconden de tijd om rustig te worden. 'Wens me succes, Elsie.'

Elsie keek toe terwijl Olivia naar de deur liep. 'Veel succes, juffrouw,' zei ze zacht toen Olivia de kamer uit liep.

Wanneer Olivia later terugkeek op haar huwelijksdag, kostte het haar moeite zich er veel van te herinneren. Ze kon Harry voor zich zien, schitterend in zijn gala-uniform van het leger. En de erewacht die zijn bataljon had geregeld toen ze als pasgetrouwd stel de kerk uit kwamen. Van de receptie, die plaatsvond in de balzaal, kon Olivia zich een zee van gezichten herinneren, waarvan ze er sommige kende uit Londen en vele nog nooit had gezien. Ze herinnerde zich niet wat ze had gegeten – waarschijnlijk erg weinig, gezien haar korset – en weinig van de toespraken.

Ze herinnerde zich de eerste dans met Harry, omdat iedereen toen had geklapt. Daarna had ze met Lord Crawford, haar vader, Angus en Archie gedanst.

Om tien uur hadden de gasten zich in de vestibule verzameld om het gelukkige paar na te wuiven toen ze naar bed gingen. Omdat Harry meteen terug moest naar zijn bataljon waren plannen voor een huwelijksreis in de ijskast gezet. Harry pakte Olivia's arm vast en kuste haar op de wang toen ze haar bruidsboeket van boven aan de trap naar beneden gooide. Iedereen juichte toen Adriennes vijfjarige nichtje het opving.

Alles goed, liefste?' vroeg Harry toen hij haar over de lange overloop in de tegengestelde richting van haar oude slaapkamer leidde.

'Ik geloof het wel, ja,' antwoordde ze nerveus.

Hij opende de deur naar hun nieuwe verblijf en ze stapten naar binnen.

Hij deed de deur achter hen dicht en liet zich op het grote bed vallen, waarvan de lakens al waren teruggeslagen.

'Nou, ik weet niet hoe het met jou zit,' zei hij terwijl hij zijn handen achter zijn hoofd legde, 'maar ik hoef dat nooit meer mee te maken. Ik ben helemaal op!'

Olivia was ook uitgeput, maar ze was te verlegen om bij hem op het bed te gaan liggen. Uiteindelijk liet ze zich op de stoel bij het pas ontstoken vuur zakken.

Hij keek vanaf zijn hogere positie naar haar. 'Heb je Elsies hulp nodig om dat uit te trekken? Ik weet niet of ik daar wel zo goed in ben.'

'Misschien kun je het leren,' opperde ze timide, van slag door zijn praktische benadering van dit moment.

Hij sprong van het bed en kwam naar haar toe. 'Sta maar op dan, en laat me eens kijken,' beval hij.

Ze deed het en draaide haar rug naar hem toe zodat hij de parelknoopjes kon bekijken waar Elsie die ochtend twintig minuten voor nodig had gehad.

Hij schudde zijn hoofd. 'Dat gaat me niet lukken, vrees ik. Weet je wat, lieverd, ik zal Elsie gaan zoeken en dan kom ik terug als ze je hieruit heeft bevrijd.' Hij glimlachte naar haar en verliet prompt de kamer.

Olivia wist niet of ze moest lachen of huilen om zijn ongevoeligheid. Een paar minuten later stond Elsie aan de deur.

'Meneer Harry zei dat u hulp nodig had en dat verbaast me niets. Die knoopjes zijn zelfs voor de dunste vingers nog een nachtmerrie.'

Elsie begon de jurk open te knopen terwijl Olivia heel stil bleef staan.

'Gaat het, juffrouw?' vroeg ze. 'U bent zo stil.'

'Ik… o, Elsie…' Tot haar schaamte begonnen er tranen over haar wangen te rollen.

'O, juffrouw, niet huilen, alstublieft. U bent gewoon moe en emotioneel, dat is alles. Ik heb tijdens mijn huwelijksnacht ook gehuild, moet u weten.' Elsie haalde een zakdoek uit haar zak en gaf die aan Olivia. 'Ruïneer uw knappe gezichtje nou niet met die tranen. Ik doe het zo snel mogelijk en dan kunt u weer in zijn armen liggen.'

'Dank je, Elsie, je zult wel gelijk hebben,' zei Olivia. Ze snoot haar neus. 'Ik stel me aan.'

'We zijn allemaal zenuwachtig voor onze huwelijksnacht, juffrouw,' zei Elsie toen ze het laatste knoopje losmaakte en Olivia uit de jurk stapte. 'Maar meneer Harry zal goed voor u zijn, dat weet ik zeker,' voegde ze eraan toe terwijl ze Olivia haar nachthemd gaf. 'Zo, trekt u dat nou maar aan, dan hang ik de jurk op weg naar beneden wel in uw oude kamer. Is dat goed, juffrouw?'

'Ja.' Olivia knikte. 'Dank je, Elsie.'

Elsie pakte de trouwjurk op, hing hem over haar arm en liep naar de deur. Ze deed de deur open, draaide zich toen nog even om en glimlachte verlegen. 'En ik beloof u dat het niet zo erg is als u misschien denkt. Tot morgen, juffrouw Olivia, welterusten.'

Rustiger nu ging Olivia weer in de stoel zitten wachten tot Harry terugkwam. Tien minuten later besloot ze in bed te kruipen en ze vroeg zich geeuwend af waar hij toch bleef. De spanning van het wachten was vreselijk, maar ze kon moeilijk de kamer uit lopen en naar hem op zoek gaan. Hij zou toch al wel onderweg zijn?

Een half uur later was hij er nog steeds niet. De uitputting van de dag werd haar te veel, en Olivia sloot haar ogen en viel in slaap.

Ergens die nacht hoorde ze de deur opengaan en voelde ze het matras inzakken toen Harry naast haar kroop. Ze wachtte in angstige spanning af tot hij zich naar haar toe zou buigen en haar aan zou raken. Dat deed hij niet. Een paar minuten later hoorde ze hem zachtjes snurken.

Olivia werd de volgende ochtend vroeg wakker met een gevoel van afgrijzen als een steen op haar maag. Ze wist zonder twijfel dat de afgelopen nacht niet was verlopen zoals het had gemoeten.

Harry lag nog naast haar te slapen, dus kroop ze uit bed en liep over het vloerkleed de aangrenzende kamer in. Hun privévertrekken bestonden uit de slaapkamer, een zitkamer, een badkamer en voor ieder een kleedkamer. De hare bevatte een kleerkast, in die van Harry stond een smal bed.

Olivia wist dat het als normaal werd gezien dat man en vrouw aparte slaapvertrekken hadden, al hadden haar eigen ouders die luxe in Poona nooit gehad, omdat hun huis te compact was. Ze keek naar het bed, ging erop zitten en vroeg zich vertwijfeld af of Harry de nacht misschien liever hier had doorgebracht.

Ze kleedde zich snel aan, niet op haar gemak met het idee dat Harry binnen kon komen en haar halfnaakt zou zien. Toen ze stilletjes terug de slaapkamer in liep, zag ze dat Harry nog steeds sliep. Ze bleef bij de deur staan, niet goed wetend wat te doen. Als ze naar beneden ging, zou men daar verbaasd opkijken dat ze al zo vroeg op was, de eerste ochtend na haar huwelijk. Maar als ze bleef... dan wachtte haar een ongemakkelijk scenario met Harry.

De beslissing werd haar uit handen genomen toen Harry wakker werd en haar bij de deur zag staan.

Hij wreef door zijn ogen en glimlachte naar haar. 'Hallo, lieveling, heb je goed geslapen?'

Ze haalde zwijgend haar schouders op; wanhoop straalde van haar gezicht af.

Hij spreidde zijn armen. 'Kom hier en geef me een knuffel.'

Olivia verroerde zich niet.

'Kom, lieverd, alsjeblieft. Ik bijt niet, hoor.'

Ze liep aarzelend naar hem toe en ging op de rand van het bed zitten.

'Je vraagt je zeker af waar ik vannacht heb uitgehangen?'

'Ja.'

Ja.

'Nou, een stel van de jongens zag me toen ik over de overloop op weg terug naar jou was en ze vroegen me nog snel een glas cognac met hen te drinken om het te vieren. Ik wist dat je uitgeput was, dus ik besloot je maar te laten slapen.' Hij pakte haar hand vast en kneep erin. 'Lieveling, je bent van streek, is het niet?'

'Natuurlijk ben ik van streek, Harry! Het was onze huwelijksnacht, in vredesnaam!' riep ze, niet in staat haar frustratie te verbergen.

'Natuurlijk. Het spijt me.' Hij ging rechtop zitten en aaide over haar rug. 'Weet je, lieveling, we hebben ons hele leven om elkaar beter te leren kennen. Het heeft toch geen haast, of wel?'

'Ik neem aan van niet,' zei ze zonder veel overtuiging. 'Maar ik... ik wil niet dat iemand anders het weet.'

'Nou, van mij zullen ze het niet horen, geloof me. Laten we het gewoon rustig aan doen, oké?'

Op de een of andere manier kwam Olivia de dag door. Ze hield zich druk bezig, ontweek de vragen van Venetia en Adrienne en probeerde er zo gelukkig en tevreden uit te zien als dat voor een jonge bruid hoorde.

Toen alle gasten die avond weg waren en Olivia zich had teruggetrokken voor de nacht, kwam Harry de kamer binnen. Hij ging op het bed zitten en pakte haar hand vast.

'Lieverd, het lijkt me het beste als ik vannacht in mijn kleedkamer slaap. Ik moet bij het eerste ochtendgloren opstaan en dan wil ik je niet wakker maken.' Hij boog naar haar toe en kuste haar op de wang. 'Goedenacht. Slaap lekker.' Toen stond hij op en liep de kamer uit.

Olivia lag tot diep in de nacht wakker. Ze had een knoop in haar maag en ze wist dat er iets verschrikkelijk, afschuwelijk fout zat.

21

In de twee weken voor Kerstmis stuurde Harry in de slaapkamer niet één keer op iets intiems aan. Olivia zag haar nieuwe echtgenoot zelfs maar zelden. Hij kwam, soms pas na middernacht, thuis, sliep een paar uur in zijn kleedkamer en vertrok de volgende morgen al voor zes uur. Ook in de weekends was hij aan het werk.

Olivia meende dat ze geen recht had om te klagen; ze wist immers dat de oorlog steeds heviger werd. Een Duitse onderzeeër had het Britse slagschip de HMS *Royal Oak* tot zinken gebracht en elke week verdwenen er meer jongemannen van het landgoed om fulltime met hun bataljons te gaan trainen.

Olivia kon alleen maar hopen dat ze, wanneer Harry met Kerstmis twee dagen vrij was, de kans zouden krijgen wat tijd samen door te brengen en op z'n minst over hun relatie en de problemen daarin konden praten.

Gelukkig was er door de afnemende mankracht genoeg te doen op het landgoed. Nu Bill er niet meer was om Jack te helpen, hielp Olivia hem de moestuin te onderhouden en de bloemen in de kas water te geven. Het buiten werken in de bittere kou verdoofde haar geest en maakte een eind aan haar gepieker. Maar soms vond ze het toch moeilijk om opgewekt te blijven doen. Ze had het gevoel dat ze bij niemand terecht kon voor advies, terwijl ze daar wanhopig behoefte aan had.

Adrienne merkte het leed van haar nieuwe schoondochter op, en schreef dat toe aan het feit dat ze haar man nauwelijks zag tijdens de eerste weken van hun huwelijk. Ze stelde voor dat Olivia vlak voor de kerst een feestje zou geven voor haar vrienden en vriendinnen uit Londen.

Zelfs Harry liep warm voor het idee. 'Ik vind het een fantastisch idee, liefste. Je zult vast en zeker Venetia uit willen nodigen; dat meisje kan elk feest opfleuren. En wat vind je van die dichter, Archie? En Angus, je Schotse vriend?'

Olivia's vrienden en vriendinnen kwamen, vol horrorverhalen over Londen en de aanstaande rantsoenering. Venetia kwam in haar

Wren-uniform en vertelde Olivia dat ze een uiterst geheime training volgde en er absoluut niet over mocht praten.

Na het diner gingen ze met hun tweeën in de bibliotheek zitten voor een inmiddels traditionele bijpraatsessie. Venetia keek Olivia kritisch aan.

'Schat, voor iemand die op het platteland woont zie je er vreselijk pips uit. Je bent toch niet al zwanger, of wel?' vroeg ze grinnikend.

Venetia's lichtvaardige opmerking bracht tranen in Olivia's ogen.

'Jeetje!! Het spijt me, heb ik iets verkeerds gezegd?'

'Nee... ja... o, Venetia, het is gewoon te afschuwelijk voor woorden!'

Venetia liep naar Olivia toe en sloeg haar armen om haar schouders. 'Zo erg kan het vast niet zijn, wat het dan ook is. Je bent toch niet ziek, wel, lieverd?'

'Nee, ik ben niet ziek... ik...' Olivia wist niet waar ze moest beginnen. 'Het punt is, Venetia, dat ik... Ik ben nog steeds... maagd!'

Venetia keek haar verbijsterd aan. 'Hoe kan dat nou? Ach, schat, vertel het me alsjeblieft. Misschien kan ik helpen,' troostte ze.

En dus vertelde Olivia haperend en tussen haar tranen door het hele trieste verhaal aan Venetia.

'Ik moet zeggen dat ik er niks van snap,' zei Venetia botweg. 'Het lijkt mij dat de meeste mannen hun hele leven proberen te krijgen wat Harry bij zijn vrouw elke nacht voor het grijpen heeft.'

'Zeg het niet!' zei Olivia. 'Ik weet het. De vraag is: waarom?'

'Heb je het hem gevraagd?'

'Nee, ik hou me telkens voor dat ik dat moet doen, maar dan... Ik kan mezelf er niet toe brengen die woorden uit te spreken.'

'Nou, dat moet toch echt, schat, want dit is niet normaal,' drukte Venetia haar vriendin op het hart. 'En bovendien ben je zo'n ontzettend mooie meid dat het moeilijk is je voor te stellen dat welke man dan ook je zou kunnen weerstaan.'

Olivia schonk haar een flauwe glimlach. 'Dank je, Venetia, maar echt, ik ben ten einde raad. Mijn schoonmoeder blijft maar opmerkingen maken over wanneer de volgende erfgenaam van Wharton Park zich zal aankondigen en natuurlijk weet ik dat daar geen kans op is. Misschien,' verzuchtte ze, 'ben ik niet zijn type.'

'Dat is pas echt dwaas,' troostte Venetia haar, 'jij bent iedere man z'n type. Je moet proberen te bedenken dat dit bijna zeker Harry's probleem is, niet het jouwe.' Venetia liep peinzend door de bibliotheek heen en weer, bleef eindelijk staan en wendde zich tot Olivia. 'Misschien is hij gewoon wanhopig verlegen. Wat jij gaat doen is je op hém storten.'

'Jeetje, nee! Dat zou ik echt niet kunnen.'

Venetia geeuwde. 'O, nou, schat, als alles faalt, kun je jezelf tenminste nog troosten met de gedachte dat hij niet veel langer hier zal zijn. Ze zijn aan het mobiliseren dat het een aard is en de kans is groot dat Harry binnenkort naar Frankrijk verscheept zal worden. En dan,' zei ze gniffelend, 'kun je natuurlijk een minnaar nemen. Je bent immers een getrouwde vrouw en het is *de rigueur.* En nu, mijn lieve Olivia, moet ik echt gaan slapen. Ik heb in Londen een buitengewoon ruige nacht gehad met mijn nieuwe *amour* en ik ben doodop. We praten morgenvroeg verder. Trusten, schat, droom maar lekker.'

Nadat ze had nagedacht over wat haar vriendin had gezegd, dacht Olivia dat ze wellicht gelijk had en dat Harry misschien vreselijk verlegen was. Ze besloot dat er niets anders op zat dan dat ze deed wat Venetia had voorgesteld en zich 'op haar echtgenoot stortte'.

Later die avond liep Olivia in haar mooiste peignoir en voordat haar moed haar in de steek kon laten door hun zitkamer naar Harry's kleedkamer, maar toen ze de deur opendeed bleek het bed leeg te zijn. Ze keek op het klokje naast zijn bed en zag dat het na middernacht was. Nieuwsgierig waar hij kon zijn geweest nadat ze van de eettafel waren opgestaan, liep ze de kamer uit, de overloop over en op haar tenen de trap af.

Alle lampen waren uit en Sable had afgesloten voor de nacht, wat gewoonlijk betekende dat iedereen in huis naar bed was. Toen ze door de vestibule liep zag ze echter een streep licht onder de deur van de bibliotheek.

Ze sloop erheen, duwde stilletjes de klink omlaag en de deur open.

Olivia hapte vol afgrijzen naar lucht. Harry stond bij de haard, met zijn rug naar haar toe. En ze zag Archie die, met zijn ogen dicht en zich niet bewust van Olivia's aanwezigheid, haar man kuste. Ze bleef nog een paar seconden staan kijken hoe Archie Harry tegen zich aan gedrukt hield terwijl zijn lippen tegen de mond van haar echtgenoot bewogen…

Ze voelde gal omhoogkomen, kokhalsde en vluchtte de gang door naar het dichtstbijzijnde toilet, waar ze vreselijk moest overgeven.

Na een bijna slapeloze nacht ontwaakte Olivia op de dag voor Kerstmis, totaal overstuur. Ze was blij met de afleiding van het versieren van de kerstboom samen met Adrienne. De boom kwam van het terrein van Wharton Park en was in de vestibule neergezet. Ergens op de achtergrond speelde een radio kerstliedjes en iedereen behalve Olivia leek helemaal in kerststemming te zijn. Ze moest heel diep in zichzelf op zoek naar kracht en telkens weer beet ze op haar onderlip om niet van pure ellende in huilen uit te barsten.

Venetia, Archie en Angus waren rond lunchtijd klaar om naar Londen te vertrekken. Olivia verschool zich boven in haar slaapkamer omdat ze de gedachte niet kon verdragen Archie te zien en beleefd tegen hem te moeten zijn. Venetia zocht haar op.

'Lieverd, ik maak me vreselijke zorgen om je. Je ziet er vandaag verschrikkelijk uit. Als je me ooit nodig hebt, weet je me te vinden,' zei Venetia en ze kuste Olivia gedag.

'Dank je,' zei Olivia naar adem happend. Ze kon het zelfs niet opbrengen Venetia te vertellen wat ze de afgelopen nacht had gezien.

Op de een of andere manier kwam ze die dag en het traditionele uitwisselen van kerstgeschenken na het diner door. Zodra ze kon ging Olivia naar bed, waar ze zich tot een hoopje ellende onder de dekens opkrulde tegen de kou, die die avond tot in haar botten leek door te dringen.

Een uur later kwam Harry de slaapkamer binnen.

'Liefste, ben je wakker?'

Toen ze niet antwoordde, liep hij om naar haar kant van het bed. Ze voelde dat hij zijn gezicht naar het hare toe bracht.

Ze sprong overeind en riep: 'Nee! Raak me niet aan!'

Harry schrok van haar reactie en deed een stap terug.

'Wat is er?' vroeg hij.

Ze sprong uit bed om verder bij hem weg te gaan.

'Ik weet dat ik niets kan veranderen aan het feit dat ik met je ben getrouwd, dwaas die ik ben! Maar ik smeek je me te beloven dat je nooit meer zult proberen me aan te raken. Ik... walg van je!'

Harry liep haar achterna toen ze rillend van de kou en van boosheid naar de open haard liep. 'Liefste, kalmeer alsjeblieft. Waar heb je het in hemelsnaam over?'

Ze keek hem recht aan, haar blik vol afkeer. 'Ik heb je gezien... met hém,' beet ze hem toe. 'Afgelopen nacht in de bibliotheek.'

Harry wendde even zijn blik van haar af en knikte toen. 'Ik begrijp het.'

'Al die weken heb ik me afgevraagd waarom je niet zoals elke andere man naar je vrouw verlangde, waarom je me nooit aanraakte. Ik was volstrekt wanhopig en ik dacht dat het aan mij lag, dat ik iets niet goed deed. Maar natuurlijk...' zei Olivia met een wrange lach, 'zou je nooit naar me zijn gaan verlangen, wel dan? Ik ben gewoon van het verkeerde geslacht!'

Ze keek hem zonder enige sympathie aan toen hij in een stoel bij de haard neerzakte en zijn hoofd in zijn handen legde.

'Olivia, het spijt me verschrikkelijk. Je had niet moeten zien wat je gisternacht hebt gezien...'

'En jij had niet moeten dóén wat ik je gisternacht heb zien doen! Hoe kon je, Harry? In dit huis! Iedereen had wel binnen kunnen komen en jullie betrappen... zoals ik heb gedaan!'

'Ik zweer je dat het nooit eerder is gebeurd en dat het ook nooit meer zal gebeuren. Ik... we... we waren dronken... Het liep een beetje uit de hand...'

'Bespaar me je excuses, alsjeblieft, Harry.' Olivia wrong vertwijfeld in haar handen. 'Wil je me echt vertellen dat je de armen van een andere man niet kon weerstaan?' Ze hield zich in, wetend dat ze het gevaar liep hysterisch te worden.

'Liefste...'

'Noem me geen "liefste"! Ik ben je liefste niet, dat is hij!' Toen begon ze hulpeloos te snikken. Ze liep naar het bed en liet zich op het voeteneind neerzakken. 'Harry, hoe kon je zo wreed zijn? Hoe kon je met me trouwen terwijl je wist wat je was?'

'Ik wist... ik weet niet... Olivia, misschien begrijp je het niet, maar op school...'

'Het kan me niet schelen wat er op school is gebeurd!' Ze keek hem walgend aan. 'Je bent nu getrouwd, je hebt een vrouw! Hoe kon je me toestaan mijn leven te verspillen terwijl je wist dat je gevoelens had voor mannen en nooit echt van mij zou kunnen houden? Ik weet dat je verlegen bent, Harry, maar ik had niet gedacht dat je wreed was.'

'Alsjeblieft, geloof me, Olivia, ik heb wel gevoelens voor je, en na gisternacht weet ik dat... wat je zag... niets voor mij is, echt waar.'

'O, wat vreselijk geschikt van je om dat te zeggen nu je ontdekt bent,' beet ze hem toe. 'Besef je wel dat je hierom uit het leger gegooid kunt worden? En je ouders, je arme ouders.' Ze schudde haar hoofd. 'Je moeder vraagt me steeds wanneer de volgende erfgenaam zal komen. Harry,' zei ze terwijl haar laatste reserve afbrokkelde, 'hoe moet ik dit verdragen?'

'Liefste, huil nou niet, alsjeblieft.' Hij wilde naar haar toe komen, maar ze stak haar armen voor zich uit.

'Ik zei, raak me niet aan!'

Harry liep terug naar de stoel en liet zich er weer in zakken. Ze bleven een poosje zwijgend zitten.

'Weet je,' zei Harry uiteindelijk, 'het is niet helemaal ongebruikelijk dat mannen worstelen met... wie ze zijn, Olivia. En ik zweer je, liefste, dat ik na gisternacht precies weet wie ik ben. En alsjeblieft, als je me de kans wilt geven, wil ik het met je goedmaken, echt iets van ons huwelijk maken. Ik geef toe dat dat van gisternacht verkeerd was, maar ik deed het echt met de beste bedoelingen. Als je me alleen maar wilt laten uitleggen...'

'Alsjeblieft,' zei Olivia huiverend, 'bespaar me de details. Vergeef me dat ik niet jouw smerige wereldje binnen wil stappen.' Ze slaakte een diepe zucht. 'Ik denk dat we, als we allebei gekalmeerd zijn, moeten bespreken wat we verder moeten doen. Ik moet beslissen of ik hiermee kan leven.' Ze keek naar hem op. 'Als ik dat niet kan, Harry, sta je me dan een echtscheiding toe?'

Harry keek haar ontzet aan. 'Er is nog nooit iemand gescheiden in onze familie.'

'Misschien is er nog nooit iemand homoseksueel geweest in jullie familie!' Ze sprak het woord ongevoelig uit, zag Harry ineenkrimpen en genoot ervan.

'Zeg dat alsjeblieft niet meer, Olivia!' smeekte hij. 'Echt, dat ben ik niet. Ja, ik heb een poosje gedacht dat het misschien mogelijk was, en daarom moest ik erachter zien te komen. Maar heus, Olivia, geloof me, dat ben ik niet. Er zijn me vandaag een hoop dingen veel duidelijker geworden. En dat is de reden dat ik vanavond naar je toe ben gekomen. Ik wilde eindelijk ons huwelijk voltrekken.'

'Dat is ontzettend nobel van je, Harry,' zei Olivia, plotseling uitgeput, 'maar ik vrees dat ik je niet geloof. Ik geloof niet dat je van me houdt en ik wou dat ik nooit verliefd op je was geworden. En nu, alsjeblieft... we hebben morgen weer een lange dag voor de boeg en ik moet wat proberen te slapen.' Ze keek naar hem op. 'En ik wil dat je me één ding belooft.'

'Wat je maar wilt, Olivia, lieveling, echt.'

'Ik wil dat je me belooft dat je niet in mijn buurt komt of me probeert aan te raken zolang ik nadenk over wat ik moet doen.'

'Natuurlijk,' bevestigde hij bedroefd, 'ik begrijp het.'

22

In de weken die volgden hoefde Olivia zich er niet druk over te maken dat Harry zou proberen haar aan te raken. Harry was zelden thuis. Hij was weg met zijn mannen, werkte de klok rond aan de kustverdediging van noordelijk Norfolk. Het was nu menens met de voedselrantsoenering en de minister van Landbouw was naar Wharton Park gekomen om het over de braakliggende velden te hebben; die moesten worden omgeploegd om nog meer granen en groenten op te verbouwen.

Olivia was naar het plaatselijke wervingskantoor geweest om zich aan te melden voor de Wrens, maar toen ze hoorden dat ze op Wharton Park woonde, had de leidster voorgesteld dat ze met het plaatselijk hoofd van de Women's Land Army, het leger van vrijwillige landarbeidsters, zou gaan praten om te zien of dat beter bij haar paste.

'Er zal een aantal meisjes worden ingekwartierd op landgoederen in het graafschap, waaronder dat van u. Gezien uw achtergrond bent u wellicht precies wat de WLA nodig heeft.'

Olivia ging inderdaad met de desbetreffende vrouw praten, die verrukt was dat ze iemand kon krijgen van dezelfde leeftijd als de meisjes, die bovendien al op een landgoed woonde. Olivia nam de rol van organiserend secretaresse voor de regio op zich en kreeg tot taak contact op te nemen met de plaatselijke boerderijen om te bespreken hoeveel meisjes ze nodig zouden hebben en waar ze konden worden ingekwartierd.

Met die nieuwe taken én haar inspanningen om Adrienne te helpen de boel thuis draaiende te houden met het beetje personeel dat nog over was, had Olivia het vreselijk druk. Het feit dat ze geen moment de tijd had om na te denken, hielp haar de pijn te begraven over wat er was gebeurd en over de scheur die dit in haar hart had veroorzaakt. Dit was geen tijd om aan zichzelf of de toekomst te denken. Ironisch genoeg had de situatie iets vertroostends en ze slaagde erin elke dag te nemen zoals die kwam. Bovendien wist ze nu in elk geval het waarom, en dat hielp enorm.

Harry deed in de weinige tijd die hij had alles wat hij kon om haar van zijn liefde te overtuigen. Hij schreef – in zijn prachtige handschrift – haar favoriete romantische gedichten over en schoof die onder haar slaapkamerdeur door, liet elke dag bloemen uit de kas bij haar bezorgen, zodat hun suite constant heerlijk rook, bestelde boeken waarvan hij wist dat ze ze mooi vond en liet die uit Londen opsturen.

Het was precies het soort gedrag dat ze van hem had gewild tijdens hun verkeringstijd, maar nu betekende het niets voor haar.

Haar hart was verdoofd.

De aan Wharton Park toegewezen landarbeidsters arriveerden begin maart met de bus. Olivia was door de vertegenwoordigster van de WLA gewaarschuwd dat veel van de meisjes uit industriesteden kwamen en geen idee hadden wat voor werk hun te wachten stond. Ze had drie arbeidershuisjes aan de binnenplaats bij de stallen gevorderd om hen te huisvesten. De huisjes stonden al een paar jaar leeg, in afwachting van renovatie. Ze waren donker en vochtig, maar Olivia had samen met Elsie en een paar anderen gepoetst en de huisjes lichter en bewoonbaar gemaakt.

De avond dat de meisjes arriveerden, kwamen ze allemaal de keuken in. Ze waren vol ontzag over de grootte van het huis. Olivia at samen met hen, luisterde naar waar ze vandaan kwamen en hoe vreselijk het uniform was dat ze moesten dragen.

'U zou die hemden van Aertex eens moeten proberen, mevrouw Crawford,' zei een meisje met een sterk Birminghams accent. 'Ze schuren dat het een aard is.'

'En ze zijn te groot voor ons,' merkte een ander meisje op. 'Volgens mij zijn de broeken eigenlijk bedoeld voor mannen, niet voor vrouwen. We zullen er morgen allemaal fraai uitzien, nietwaar, meisjes?'

Iedereen giechelde en Olivia was blij te zien dat het zo'n leuke groep leek. De leidster van de WLA had haar gewaarschuwd dat meisjes die elkaar helemaal niet kenden soms vreselijk konden gaan vechten als ze bij elkaar werden gezet.

Na het avondeten stond Olivia op en ze klapte in haar handen om de meisjes stil te krijgen. 'Nou, meisjes, allereerst wil ik jullie welkom heten op Wharton Park. Het is een prachtig landgoed in een heel mooi deel van het graafschap en jullie mogen van geluk spreken dat je hier terecht bent gekomen. Meneer Combe zal uitleggen hoe jullie op het land ingedeeld worden, maar ik wilde jullie hierbij inlichten wat de huishoudelijke regelingen zijn die gelden zolang jullie hier zijn. Elke morgen zullen brood, melk en eieren voor het ontbijt naar de huisjes worden gebracht. Het werk begint om acht uur en jullie verzamelen je op de binnenplaats voor de huisjes, waar meneer Combe en zijn mensen je de taken voor die dag zullen geven. Er is 's ochtends een pauze van een kwartier en 's middags wordt er vanuit het huis een lunch van boterhammen gebracht naar de plek waar jullie aan het werk zijn. Daarna begint het werk weer om één uur, tot vijf uur, en om zes uur krijgen jullie hier in de keuken je avondeten. We zouden het op prijs stellen als jullie je tussen vijf en zes wassen en omkleden en niet in je vuile werkkleren hierheen komen,' zei Olivia glimlachend.

'Ik trek mijn baljurk aan en zet mijn tiara op om hier te mogen komen eten, mevrouw, wees maar niet bang,' zei een van de meisjes onder luid gelach.

'Jullie krijgen allemaal een dag per week vrij,' vervolgde Olivia, 'en dat gaat bij toerbeurt. Er is een bus naar Cromer die om elf uur 's ochtends aan het eind van de oprijlaan vertrekt, voor het geval jullie boodschappen willen gaan doen. Hij is om half vijf terug. Er ligt een lijst met al deze gegevens in elk van de huisjes. Velen van jullie zullen een leven op het platteland niet gewend zijn,' voegde ze eraan toe. 'Er zijn hier geen bioscopen of bars vlakbij. Ik stel voor dat jullie 's avonds voor je eigen vermaak zorgen – met quizavonden, bordspelletjes en dergelijke.'

Olivia zag het gebrek aan enthousiasme voor haar voorstel, dus ging ze snel verder. 'We hebben ook besloten op Wharton Park een breiwedstrijd te houden. Mijn schoonmoeder, Lady Crawford, wil sokken, mutsen en dassen naar onze jongens overzee sturen. Als je niet kunt breien, leren we je het. En het meisje dat in een periode van een maand de meeste stuks maakt, krijgt een paar van...' ze opende een papieren zak die op de tafel lag en haalde de inhoud eruit, 'deze.'

De meisjes riepen 'o' en 'a' toen ze de nylonkousen zagen die Olivia omhooghield. Ze was blij dat haar aanpak de juiste benadering was gebleken.

Toen Olivia de keuken uit kwam stond Adrienne, die de hele week niet lekker was geweest en nauwelijks haar slaapkamer uit was gekomen, in de vestibule. 'Kom je in de bibliotheek even wat met me drinken, Olivia?' vroeg ze. 'Ik kan zelf in elk geval wel een borrel gebruiken.'

'Natuurlijk,' stemde Olivia in, al was ze uitgeput na de lange dag en was dat wel het laatste waar ze zin in had.

Nu Sable tijdelijk was overgeplaatst om ergens een tractor te besturen, moest Adrienne zelf haar drankjes inschenken. 'Gin?' vroeg ze Olivia.

'Ja, geweldig,' zei Olivia, en ze liet zich in een stoel vallen.

'Hoe ging het met de meisjes? Hoe vind je ze?' vroeg Adrienne nerveus terwijl ze Olivia haar glas gaf en tegenover haar ging zitten.

'Ze lijken me heel aardig, maar ik neem aan dat je dat nooit zeker weet. Ze hebben geen greintje ervaring, maar ze leren het wel,' zei Olivia. 'En nood breekt wet...'

'Ja,' gaf Adrienne toe. 'En ongeacht wat ons hier allemaal nog te wachten staat, het is niets vergeleken met wat onze jongens moeten doormaken. En dat zal niet lang meer op zich laten wachten, Olivia,' verzuchtte ze. 'Maar Harry en jij hebben in elk geval meer tijd samen gehad dan de meesten.'

'Ja, dat klopt,' antwoordde Olivia werktuiglijk.

Adrienne keek haar schoondochter aan. *'Chérie,* ik wil me nergens mee bemoeien, maar is alles wel zoals het hoort tussen Harry en jou?'

'Ja.' Olivia knikte, maar er ging een huivering van ongerustheid door haar heen vanwege Adriennes opmerkingsgave. 'We genieten van de weinige tijd die we hebben.'

Adrienne keek Olivia onderzoekend aan. 'Ja, misschien komt het doordat jullie elkaar zo weinig zien, zoals je zegt. Maar ik heb het gevoel, als ik jullie samen zie, dat er een zekere... afstand tussen jullie is.'

'Je hebt vast gelijk, Adrienne,' volgde Olivia de gedachtegang van haar schoonmoeder. 'We zijn de afgelopen weken amper een paar uur samen geweest.'

'Nou, misschien kunnen jullie tweeën even samen weg als Harry verlof heeft. Jullie hebben immers nog geen huwelijksreis gehad.'

Het idee ergens samen met Harry in afzondering te zitten maakte Olivia misselijk. 'Adrienne, ik denk dat we ons allebei realiseren dat onze prioriteiten bij de oorlog liggen. We hebben nog een heel leven samen voor ons.'

'Dat is heel nobel van je, Olivia.' Adrienne huiverde. 'Laten we bidden dat je gelijk hebt.'

In april viel Duitsland Denemarken en Noorwegen binnen en tegelijkertijd ging ook de Britse campagne van start. Ondanks de afschuwelijke achtergrond van de oorlog en de angstige spanning over de vraag wanneer Duitsland een invasie op de Britse kusten zou uitvoeren, merkte Olivia dat ze van haar nieuwe leven genoot. Ze had het druk met de WLA en ze was erg goed geworden in het houden van de 'welkomstbijeenkomsten' voor de meisjes die in het graafschap arriveerden, en het oplossen van hun problemen.

De vrijwilligsters op Wharton waren over het algemeen een vrolijk stelletje en wanneer Olivia hun boterhammen voor de lunch ging brengen, bleef ze vaak een poosje bij hen in het veld zitten en dan genoot ze van hun luchthartige geplaag. Als ze niet voor haar meisjes zorgde, een kapotte tractor onder handen nam of een weggelopen big terug in zijn hok zette, was ze met Adrienne in huis bezig. De balzaal was een verzamelplaats geworden voor de honderden bivakmutsen, dassen en sokken die de vrouwen van Norfolk voor hun jongens breiden. Ironisch genoeg was er meer bedrijvigheid op Wharton Park dan voor de oorlog, met de meisjes die in- en uitliepen en de vrouwen in de balzaal die dozen vol gebreid goed inpakten.

Olivia was zich gaan realiseren dat Adrienne een uitermate teer gestel had. Bij het minste teken van problemen kreeg ze hoofdpijn en trok ze zich in haar kamer terug, soms zelfs dagenlang. Olivia durfde er haast niet aan te denken wat er met Wharton Park gebeurd zou zijn als zij er niet was geweest. En het huishoudelijk personeel richtte zich steeds vaker tot haar voor instructies.

Terwijl de winter overging in de lente, kwam er een eind aan de 'Schemeroorlog' en werd het echt serieus toen de Duitsers Frankrijk binnenvielen. Ze breidden hun heerschappij over Europa uit naar de Lage Landen en trokken door België verder westwaarts.

Harry verhuisde met de rest van zijn bataljon naar de plaatselijke kostschool in Holt. In verband met de zeer reëel wordende dreiging van een invasie nu Duitsland steeds dichter bij het Kanaal kwam, was de beveiliging langs de kust van Norfolk in opperste staat van paraatheid.

Eind mei begon de Slag bij Duinkerken. Olivia zat bijna elke avond bij de radio in de huisjes van de vrijwilligsters naar het nieuws te luisteren. Twee van de meisjes, Bridge en Mary, hadden allebei een vriend die bij de strijd betrokken was. Twee dagen later verkondigde de verslaggever dat Duinkerken geëvacueerd werd en dat de Britse troepen er werden weggehaald. Er werd niet meer gekletst en geschertst, want iedereen op het landgoed wachtte met ingehouden adem tot ze zouden horen of de evacuatie een succes was geweest.

Toen Winston Churchill, hun nieuwe premier, via de radio zijn nachtelijke toespraak voor het volk hield en hun vertelde dat er 338.000 mannen van de stranden en havens van Duinkerken gered waren, werd er gejuicht en gehuild, ook al beseften ze allemaal dat het een vreselijke nederlaag was.

'Laat Charlie daar alsjeblieft bij horen,' huilde Mary tegen Olivia's schouder aan. 'Ik zou er alles voor overhebben als hij maar gezond en wel terugkomt.'

Olivia besloot dat de meisjes iets nodig hadden om het moreel hoog te houden en ze wist twee kruikjes cider voor hen te regelen om de redding van de mannen te vieren. Elsie was sinds het vertrek van Bill dikke vriendinnen geworden met Mary en ging vaak als onofficiële gids met de meisjes mee op hun expedities naar Cromer.

Olivia zag Elsie stilletjes in een hoekje zitten en ging naar haar toe.

'Elsie, je kijkt vreselijk terneergeslagen. Gaat het wel?'

'Eerlijk gezegd niet, nee, juffrouw Olivia. Ik zit hier naar die uitzending te luisteren en ik kan alleen maar denken dat mijn Bill en uw Harry gauw aan de beurt zullen zijn. Ik weet niet hoe ik het vol moet houden als hij weg is, dat weet ik echt niet.' Elsie veegde een traan uit haar oog.

Olivia omhelsde haar. 'Probeer je geen zorgen te maken, Elsie,' troostte ze, en ze voelde zich schuldig omdat het idee dat haar eigen echtgenoot weg zou moeten nauwelijks een emotionele reactie bij haar opriep. 'Harry zegt dat Bill de beste soldaat in zijn bataljon is en ik heb horen fluisteren dat hij tot sergeant gepromoveerd zal worden, maar,' zei Olivia met haar vinger tegen haar lippen, 'zeg tegen niemand dat ik het je heb verteld.'

Elsies gezicht klaarde op. 'O! Echt waar, juffrouw Olivia? Ik zou apetrots op hem zijn als dat waar was,' zei ze dolgelukkig.

23

Halverwege juni, toen Wharton Park in volle bloei stond, hoorde Olivia op de radio dat Frankrijk zich aan Duitsland had overgegeven.

Hitler was nu in Parijs om zijn nieuwste trofee te bezichtigen en ze vroeg zich af hoelang het nog zou duren voordat de Battle of Britain, zoals premier Churchill het die ochtend op de radio had genoemd, zou beginnen.

Toen ze de moestuin in liep om de dagelijkse portie groente en fruit voor de mensen op het landgoed te gaan halen, bedacht ze dat het moeilijk voor te stellen was dat eenzelfde grootschalige dood en vernietiging als ze twee dagen geleden met de meisjes op het bioscoopjournaal had gezien, zich ook in Engeland zou voordoen. Toen ze met haar twee grote manden vol verse producten de keuken binnenstapte, zat daar Harry aan tafel een kop thee te drinken. Hij zag er mager en doodmoe uit.

'Hallo, liefste.' Hij glimlachte vermoeid. 'Raad eens? Ik heb een dag verlof gekregen.'

'Goh!' Olivia ging door met het uitladen van de groentemand. Het idee dat Harry de hele dag thuis zou zijn wond haar helemaal niet op; eerder het tegendeel. 'Ik weet zeker dat je het liefst alleen maar zou slapen.'

'Nou, eigenlijk dacht ik dat we misschien samen ergens heen konden gaan. Wat zeg je van een picknick op het strand?'

Mevrouw Jenks de kokkin, die met haar handen in het sop stond, glimlachte en zei: 'Ja, meneer Harry, neem uw vrouw mee uit. Ze runt de boel hier al een paar weken helemaal in haar eentje, voor zover ik het kan zien. Ze heeft net zo veel behoefte aan een verzetje als u. Ze is gewoon fantastisch, echt waar. En zo denken we er allemaal over,' voegde ze eraan toe, zodat daar in ieder geval geen onduidelijkheid over kon bestaan.

Olivia bloosde om de complimenten, maar ze begon haastig smoesjes te verzinnen. 'Maar ik moet het brood naar de meisjes gaan brengen en...'

'Stil maar! Laat dat maar aan mij over, mevrouw Crawford, en gaat u maar fijn een dagje met uw man weg.'

Beseffend dat ze verslagen was, gaf Olivia toe. 'Ik loop snel naar boven om die lange broek uit te trekken.'

'Ik zie je over tien minuten bij de auto, liefste,' riep Harry haar na.

'Lieve hemel, ik ben echt blij dat ik er een paar uur uit ben,' verzuchtte Harry toen ze bij het huis wegreden. 'Het is een prachtige dag en ik heb een picknickmand van mevrouw Jenks achterin staan. Ik dacht dat we wellicht naar Holkham konden gaan. Het is misschien wel het enige strand wat ik kan bedenken dat niet compleet is verpest door prikkeldraad en versperringsballonnen.' Hij keek haar vragend aan.

Olivia knikte zwijgend.

Ze parkeerden een paar minuten van het strand vandaan en liepen naar de duinen. Harry droeg de picknickmand. Het strand was volkomen verlaten, er was niemand te zien. Harry liet zich languit in het zand vallen, draaide zich op zijn rug en sloot zijn ogen tegen de zon.

'Wat heerlijk!' zei hij. 'Dit is pas leven! Hier kun je je echt nog voorstellen dat de oorlog niet meer dan een nachtmerrie is die ik de afgelopen nacht heb gehad.'

Olivia ging een meter bij hem vandaan op het zand zitten. Ze antwoordde niet. Ze tuurde naar de zee en wenste dat deze dag zo snel mogelijk voorbij zou zijn. Toen ze zich omdraaide zag ze dat hij naar haar keek.

'Heb je zin om naar het water te lopen?' vroeg hij.

'Als jij dat wilt.'

Ze stonden op en liepen samen naar de zee.

'Ik wil even zeggen, Olivia, dat je thuis geweldig werk hebt verricht. Ik weet echt niet wat er gebeurd zou zijn als mijn moeder er alleen voor had gestaan. Ze heeft een erg zwakke gezondheid en ze raakt heel snel van streek. Ik weet dat jij het leeuwendeel van het werk hebt gedaan als het om het beheer van het landgoed gaat.'

'Ik geniet ervan,' gaf ze toe. 'Het is fijn om druk bezig te zijn.'

'Je bent kennelijk een natuurtalent en iedereen op Wharton Park is dol op je.' Hij glimlachte vol genegenheid naar haar. 'Net als ik.'

'O, Harry.' Olivia was plotseling geïrriteerd. 'Je hoeft nu echt niet meer te doen alsof, hoor.'

Ze liepen zwijgend door. Net voor ze de zee bereikten, bleef Harry staan en draaide zich naar haar om. 'Olivia, ik heb veel aan onze eerste ontmoeting gedacht. Voordat... hét allemaal gebeurde. Ik weet nog dat ik dacht dat je het pienterste meisje was dat ik ooit had ontmoet. Niet dwaas, dom en ijdel zoals veel van de vrouwen die ik eerder was tegengekomen, maar echt intelligent en integer. Ik geloof dat je mij toen ook aardig vond.'

'Natuurlijk vond ik je aardig, Harry,' gaf Olivia zacht toe.

'Weet je nog hoe we elkaar plaagden en samen lachten?'

'Ja...'

'En misschien,' zei hij volhardend, 'had ik je toen meteen moeten vertellen dat ik je het knapste meisje vond dat ik ooit had gezien.'

Olivia schudde gefrustreerd haar hoofd. 'Harry, hou alsjeblieft op! Ik weet wat je probeert te doen, maar het is gewoon te laat!'

'Liefste, alsjeblieft, zoals de zaken er nu voor staan, mag ik van geluk spreken als we ooit nog zo samen kunnen zijn en ik de kans krijg het je uit te leggen! Ik smeek je, Olivia,' bedelde Harry. 'Ik moet je in elk geval vertellen wat me is overkomen. Alsjeblieft, zullen we gaan zitten?'

Olivia zag de vertwijfeling in zijn ogen en liet zich vermurwen. 'Nou, ik zie niet in dat het enig verschil zal kunnen maken, maar ja, als je dat graag wilt, beloof ik dat ik naar je zal luisteren.' Ze gingen allebei op het zand zitten.

'Ik ga het je vanaf het begin vertellen. Ik aanvaard dat het waarschijnlijk geen verschil zal maken, maar je verdient het in elk geval te weten hoe het zit.'

'Alsjeblieft, Harry, begin nou maar gewoon.'

'Goed dan. En ik zweer je dat ik geen sympathie van je verwacht. Het is veeleer een eerlijke verklaring. Juist...' Het was duidelijk dat Harry zijn gedachten even moest ordenen. 'Ik probeerde je die avond te vertellen dat als jongens samen op kostschool zitten – wat, dat moet ik je vertellen, een vreselijke plek is om je vroege jeugdjaren door te brengen – ze soms, uit pure eenzaamheid en wanhoop, verliefd op elkaar worden.'

Olivia huiverde onwillekeurig bij die gedachte.

Harry ging door. 'Ik was buitengewoon wanhopig en had vreselijk heimwee naar mijn moeder. Er zat een jongen bij me in de klas met wie ik goed kon opschieten en we werden tamelijk hecht. Niet op fysiek niveau overigens, maar voor mij was het de dichtste benadering van een intieme relatie. Hij toonde me genegenheid, Olivia, hij leek om me te geven. En ik vroeg me destijds wel af – dat vertel ik je eerlijk – of ik misschien verliefd op hem was. En vervolgens bleef ik me de rest van mijn tienerjaren afvragen of ik inderdaad, zoals jij het zo botweg uitdrukte, homoseksueel zou kunnen zijn.'

Hij keek of ze daarop wilde reageren. Olivia sloeg haar ogen neer. Ze had niets te zeggen, dus Harry ging door.

'Dat gevoel werd op Sandhurst natuurlijk nog erger. Zoals je weet ben ik niet bepaald een geboren soldaat en ik begon echt te geloven dat mijn afkeer van vechten en agressie, samen met mijn liefde voor de piano, te wijten was aan een gebrek aan mannelijkheid. Ik geef toe dat ik erg in de war was toen ik jou voor het eerst ontmoette,' zei Harry. 'Ik had weinig omgang met vrouwen gehad en zeker geen intieme. Om heel eerlijk te zijn maakten ze me doodsbang. Ik begreep niet wat ze van me wilden en ik wist niet hoe ik het ze naar de zin moest maken. En toen...' zei Harry met een zucht, 'ontmoette ik Archie tijdens Penelope's bal. Hij leek in zo veel dingen hetzelfde als ik; zijn gevoeligheid, zijn liefde voor kunst... en natuurlijk realiseerde ik me meteen dat hij homoseksueel was. Hij was erg stimulerend en ik ging een paar keer naar Londen om hem te ontmoeten.'

'Ik wist dat ik je had gezien in Londen,' interrumpeerde Olivia hem, 'toen ik op een avond nog laat naar het Ritz ging. Je kwam uit een club wat verderop in de straat.'

Harry knikte. 'Ja, dat klopt. Archie had me voorgesteld aan een paar van zijn... vrienden. Hij had vanaf het begin als vanzelfsprekend aangenomen dat ik "een van hen" was. Hij deed erg zijn best om me over te halen.' Harry liet zijn hoofd hangen. 'Toen hij naar onze bruiloft kwam, probeerde hij me ons huwelijk uit het hoofd te praten. Hij zei dat het een vreselijke vergissing was. En om eerlijk te zijn, Olivia, was ik die dag erg in de war. Ik wist echt niet wat ik moest denken. Archie had mijn hoofd volgestopt met horrorverhalen; dat ik als echtgenoot niet zou kunnen presteren in onze huwelijksnacht.' Hij keek Olivia in de ogen. 'Ik was zo verdomd bang dat hij gelijk zou hebben. O, god, Olivia! Geloof me als ik zeg dat het me vreselijk spijt wat er die nacht is gebeurd. Ik was simpelweg doodsbang.'

Ondanks haar vastberadenheid om geen woord te geloven van wat Harry zei, kreeg Olivia toen ze in zijn gekwelde, droevige ogen keek toch het gevoel dat er een fundamentele eerlijkheid in te lezen was. Als hij haar niet de waarheid vertelde, was hij een heel talentvol verteller.

'Die avond,' vervolgde Harry, nu op dreef om zijn relaas te voltooien, 'toen ik jou met Elsie in de slaapkamer achterliet, liep ik de bibliotheek in om me met een glas cognac moed in te drinken. Archie vond me daar en zei dat hij van me hield. Ik vroeg hem me met rust te laten... Ik was heel erg boos op hem en in de war.' Harry zuchtte. 'Terwijl jij in de slaapkamer op me lag te wachten en je afvroeg wat er voor de duvel aan de hand was, maakte ik een lange wandeling door het park met een fles cognac als gezelschap. En dat is de waarheid, mijn liefste, dat zweer ik je op mijn moeders leven.'

'Ik begrijp het.' Niet in staat hem aan te kijken, keek Olivia naar het zand dat ze tussen haar vingers door liet glijden.

'Zoals je weet kwam Archie drie weken later, net voor Kerstmis, terug. Ik was ontzettend verward en zag geen uitweg. Ik keek naar jou, je gratie, je zachtaardigheid, je schoonheid; maar tegelijk was je zelf zo in de war en gekwetst door wat ik je had aangedaan.'

'Dus je wist dat wat je had gedaan verkeerd was,' wierp Olivia ertussen. 'Of beter gezegd wat je niet had gedaan?'

'Natuurlijk, liefste! Ik wist alleen niet hoe ik het in orde moest maken. En die avond dat je me betrapte had ik Archie net verteld dat ik hem nooit meer wilde zien, dat ik ervan overtuigd was dat ik van jou hield en een goede echtgenoot voor je wilde zijn. Hij werd heel boos, pakte me vast en kuste me.'

'Voor zover ik het kon zien deed je nauwelijks moeite om van hem los te komen,' wees Olivia hem terecht.

'Als je een paar seconden langer had gewacht, had je gezien dat ik me uit zijn greep probeerde te bevrijden... hij smoorde me gewoon.' Er stonden tranen in Harry's ogen. 'Ik vond het vreselijk! Het voelde verkeerd en onnatuurlijk en of je me gelooft of niet, ik ben een man!'

Olivia keek naar hem en zag zijn oprechte wanhoop. Het leek haar het beste te zwijgen tot ze wist wat ze wilde zeggen.

Harry herstelde zich. Hij pakte haar hand stevig vast en ging helemaal scheef zitten om haar in de ogen te kunnen kijken. 'En tot slot, liefste, wil ik dit tegen je zeggen: niet alleen mijn bewondering en respect voor jou zijn de afgelopen maanden gestaag gegroeid, maar ook mijn liefde. En omdat ik niet meer twijfel over wie ik ben en Archie niet langer in mijn oor loopt te fluisteren, zijn mijn natuurlijke lichamelijke driften bovengekomen. Olivia, ik begrijp dat je misschien van me walgt, maar ik moet je nu vertellen dat ik naar je verlang. Zoals elke normale man naar zijn prachtige vrouw zou verlangen.'

Hij gebruikte zijn andere hand om zachtjes haar wang te strelen. En ze kromp niet ineen. 'Je bent zo ontzettend mooi,' zei hij zacht, 'en het spijt me allemaal verschrikkelijk.'

'O, Harry, ik...' Ze slaakte een zucht van verwarring terwijl hij haar wang bleef strelen. Ze voelde zich er verbazingwekkend goed en getroost door. 'Het heeft me bijna kapotgemaakt,' fluisterde ze. Harry kroop dichterbij en sloeg een arm om haar schouder.

'Ik weet het mijn lieve, lieve meisje. Ik begrijp hoezeer ik je heb gekwetst en dat ik dat misschien nooit meer kan goedmaken. Maar, Olivia, als je me kunt vergeven en me nog een laatste kans zou willen geven, dan zou ik het heel graag proberen,' smeekte hij. 'Ik zweer je op alles wat me dierbaar is dat ik je niet zal teleurstellen.'

Ze begon onstuitbaar te huilen en drukte haar hoofd tegen Harry's borst. Hij sloeg allebei zijn armen om haar heen en hield haar stevig vast. 'Olivia, je bent sterk, dapper en mooi. Wat kan een man zich nog meer wensen? Ik weet dat ik een ontzettende geluksvogel ben en ik heb er alles voor over om je niet kwijt te raken.'

'O, Harry, ik hield zo veel van je, maar de vraag is hoe ik ooit kan geloven dat je echt van mij houdt, dat je dit niet zegt om je huid te redden? Hoe kan ik je vertrouwen?'

'Omdat, mijn liefste,' zei hij terwijl hij haar hoofd streelde, 'je al hebt gemerkt dat ik onmogelijk de waarheid verborgen kan houden.'

Daar moest ze even om grinniken. 'Je hebt gelijk. Het was overduidelijk dat er iets vreselijk mis was, zelfs al voor we trouwden.'

'Zie je wel! Ik draag mijn hart op de tong en dat zal altijd zo blijven. Olivia, ik weet niet hoeveel tijd ik nog heb voor ik overzee moet. Op z'n best nog een paar maanden, in het ergste geval een paar dagen. Ik wilde je niet onder druk zetten, maar ik wilde je zo ook niet achterlaten. Ik kon de gedachte niet verdragen dat ik je leven had verpest en dat je – zelfs als ik niet terug zou komen – het moeilijk zou vinden een andere man te vertrouwen door wat ik je heb aangedaan.'

Olivia liet zijn woorden bezinken en besefte wat ze betekenden en wat hij zei.

'Dus zelfs als je me nu of in de komende dagen vertelt dat je me nooit zult kunnen vergeven, zal ik als ik weg moet in elk geval het gevoel hebben dat ik heb gedaan wat juist was door je de waarheid te vertellen. En wat je ook mag hebben gedacht of nog denkt, ik hou van je, mijn liefste, echt waar.'

Het was Harry's beurt om te huilen en Olivia legde zijn hoofd op haar knie terwijl hij huilde en er uitgooide wat hij van zijn naderende overplaatsing vond.

'Ook al moet ik mijn mannen opmonteren met verhalen over de kameraadschap en de lol die we zullen hebben als we ten strijde moeten trekken, ik weet hoe de oorlog werkelijk is. En het is niet de dood waar ik bang voor ben, maar de angst van het besef dat die elk moment kan toeslaan. In het beste geval word je meteen de vergetelheid in geblazen. In het ergste geval duurt het misschien dagen voor je een pijnlijke dood sterft. Hoe dan ook, je bent er geweest, weer een naam extra op een gedenksteen. Ik ben bang, Olivia. En ik ben het zo verdomd moe om dapper te zijn voor de anderen.'

Toen zijn tranen opgedroogd waren, stelde Olivia voor dat ze terug zouden lopen naar de duinen en wat van de picknick zouden eten die ze hadden meegebracht. Mevrouw Jenks had ook een fles wijn uit Adriennes Franse wijngaard ingepakt. Harry maakte hem open en gaf haar een glas.

'Drink alsjeblieft niet op mijn gezondheid. Op dit moment zou ik er alles voor geven om slechte ogen, platvoeten of astma te hebben,' zei hij glimlachend. 'Misschien ben ik een lafaard.'

'Natuurlijk niet, Harry, je spreekt gewoon uit wat elke andere man in jouw positie voelt, maar nooit zegt.'

'Ik hou van je, Olivia.' De woorden voelden heel natuurlijk voor hem aan. 'De vraag is alleen… kun jij me geloven?'

Het duurde een hele tijd voor ze antwoord gaf. Ze zocht in zijn ogen naar de waarheid en tot haar verbazing vond ze die.

Dus uiteindelijk zei ze: 'Ja, Harry, ik geloof je.'

24

SOUTHWOLD

Ik staar naar de grote sneeuwvlokken die aan de andere kant van het raam neerdwarrelen. Door de sneeuw reageert de bewegingsmelder op Elsies buitenlamp en zo nu en dan gaan de lampen aan. Ze verlichten dan de dikke witte vlokken en creëren een surrealistische achtergrond voor het verhaal dat Elsie me net heeft verteld.

Ook al lijkt het verhaal tot dusver weinig met mij van doen te hebben en zie ik er op het moment het belang nog niet van in, het heeft me op een of andere manier toch troost geschonken. Te horen hoe anderen – onder wie mijn grootmoeder – omgingen met de angst om hun dierbaren te verliezen, en hoe complex hun levens binnen de muren van Wharton Park waren, maakt me duidelijk dat ik niet de enige ben die geleden heeft.

Het verschil is misschien dat ik geen waarschuwing vooraf had gehad, geen moment op een winderig strand waarin ik mijn fouten kon goedmaken, vrede kon sluiten, hun vertellen dat ik van hen hield en afscheid nemen…

Er waren geen vermoedens en geen voorbereiding geweest. En anders dan de vrouwen die hun echtgenoten in de oorlog ten strijde zagen trekken en steun vonden bij elkaar en hun wederzijds begrip, had ik het gevoel dat ik me tot niemand kon wenden.

Ik voelde me alleen.

De wereld is om me heen doorgegaan alsof er niets is veranderd. Twee levens beëindigd, zonder officiële herdenkingsdag, alleen een vrouw en moeder die eenzaam rouwt.

En toch… ik had niet de ontberingen van de oorlog meegemaakt, en mijn jongens hadden in elk geval niet de afschuwelijke angst gehad dat ze de dood tegemoet liepen, zoals die arme Harry Crawford en grootvader Bill. En als mijn lieve jongens op het laatst hebben geleden, dan kan ik alleen maar bidden dat hun einde snel is gekomen.

Iemand heeft eens tegen me gezegd dat de dood net zo natuurlijk is als de geboorte, dat het allemaal deel uitmaakt van de eindeloze cyclus van menselijke vreugde en verdriet. Het overkomt ons allemaal en ons onvermogen onze eigen sterfelijkheid en die van onze dierbaren te accepteren, hoort ook bij de menselijke aard.

Op welke manier de dood ook komt, het verlies is onacceptabel voor degenen die achterblijven.

Julia schudde de melodramatische gedachten van zich af. 'Wat gebeurde er daarna, oma?'

'Nou, Olivia kwam als een ander mens terug van het strand van Holkham. Ze begon weer te lachen, te glimlachen… het was of de zon tevoorschijn was gekomen,' herinnerde Elsie zich. 'Je zag het geluk ervan afstralen, bij allebei. Wanneer hij thuis was, sliep Harry niet meer in zijn kleedkamer. En ik zag hen vaak hand in hand door het park lopen. Ze zagen eruit als ieder ander verliefd jong stel. Natuurlijk duurde dat niet lang voor hen, maar ze hadden in elk geval een paar weken samen. En tegen de tijd dat Harry met Bill overzee moest, verwachtte Olivia een baby.'

Julia trok een wenkbrauw op. 'Ze was zwanger. Dus hij was niet homoseksueel?'

Elsie zuchtte en schudde verdrietig haar hoofd. 'Nee, dat was hij niet, Julia, daar kan ik voor instaan, gezien wat er later gebeurde. In zekere zin zou het voor Olivia misschien beter zijn geweest als hij dat wel was en er toen meteen een eind aan de hele tragische zaak was gekomen.'

'Hoe bedoel je, oma?' vroeg Julia verbaasd. 'Ze hebben toch zeker wel hun happy end gekregen?'

'O, Julia,' zei Elsie, en ze keek haar liefdevol aan. 'Dat krijgt niet iedereen, zoals jij maar al te goed weet. Het beste waarop we kunnen hopen is dat we momenten van geluk krijgen, en dat we leren daarvan te genieten terwijl het kan. Die hebben Olivia en Harry in elk geval wel gehad, ook al duurde het maar kort.' Elsie geeuwde. 'Neem me niet kwalijk. Ik ben zo moe van al dat praten dat ik echt moet gaan liggen.'

'Natuurlijk. Kan ik nog wat te drinken voor u maken?' bood Julia aan terwijl Elsie zich van de bank omhooghees en de gaskachel uitdraaide.

'Dat zou geweldig zijn. Er staat nog cacao in de kast.' Elsie wees naar de keuken terwijl ze door het gangetje naar haar slaapkamer liep.

'Ik breng het u zo wel,' zei Julia, die achter haar aan de zitkamer verliet.

Ze maakte warme chocolademelk en bracht die naar de slaapkamer, waar Elsie al luisterrijk onder een roze satijnen sprei lag.

'Dank je, lieverd,' zei Elsie toen Julia de chocolademelk op het nachtkastje zette. 'Ik maak tegenwoordig niet vaak meer mee dat iemand me iets warms te drinken brengt voor het slapengaan.'

Julia bukte om Elsie op het voorhoofd te kussen. 'Trusten, oma, en bedankt dat u uw verhaal met me wilde delen.'

'Nou, helaas was dat nog maar het begin. Maar we praten morgen wel verder. In de kamer hiernaast staat het bed al voor je klaar. Slaap lekker, liefje, en droom maar fijn.'

Julia verliet Elsies slaapkamer en liep naar de andere kamer. Ze kleedde zich uit, kroop onder het dekbed met bloemetjesovertrek en liet de gordijnen open, zodat ze naar de vallende sneeuw kon blijven kijken. Ze keek daar graag naar, ze hield van de stilte en kalmte die hij veroorzaakte.

Xavier was opgegroeid in Moskou en sneeuw was voor hem zoiets geweest als regen in Norfolk; alledaags en irritant. Hij had haar er een keer mee naartoe genomen... Julia ging verliggen en richtte haar gedachten op iets anders.

Ze was nog niet klaar om terug te gaan.

Julia werd wakker van de geur van bacon in de pan. Ze pakte haar mobieltje van het nachtkastje en keek hoe laat het was. Het was bijna tien uur. Ze liet zich met een zucht terug in de kussens vallen en kon nauwelijks geloven dat ze zo lang had geslapen. En de hele nacht had doorgeslapen!

Er werd op de deur geklopt.

'Binnen.'

Elsie stak haar hoofd om de deur. 'Morgen, lieverd. Ik heb over tien minuten een uitgebreid Engels ontbijt voor je klaar. Kom maar zodra je gedoucht hebt en aangekleed bent.'

Julia douchte en kleedde zich aan en liep toen, nog steeds onverklaarbaar moe, de keuken in om een ontbijt weg te werken waar ze normaal gesproken tegenwoordig niet over zou peinzen. Toch had ze vijf minuten later haar bord leeg en legde Elsie er nog wat meer bacon op.

'Je hield altijd al van een warm ontbijt, nietwaar, lieverd?' zei ze glimlachend.

'Het moet de frisse lucht op Wharton Park zijn geweest. Ik herinner me nog dat ik hele dagen kon eten wanneer ik daar was,' zei Julia instemmend.

'Het ziet ernaar uit dat je dat maar weer eens moet proberen,' zei Elsie, naar Julia's dunne armen wijzend.

'Het gaat echt al veel beter met me, oma, echt waar.' Julia keek langs Elsie naar buiten en zag dat de sneeuw al begon te smelten.

'Misschien moet ik maar gaan nu het nog goed te doen is,' opperde Julia.

'Ja.' Elsie was met de afwas bezig.

'Ben je te moe om me nog meer te vertellen?'

De handen in het sop hielden even stil terwijl Elsie nadacht. 'Nou, het heeft me wel uitgeput, dat is waar. Misschien kun je een andere keer terugkomen en kan ik je dan de rest van het verhaal vertellen?'

'Natuurlijk. Alleen nog één vraag, oma... wat is er met de baby gebeurd die Olivia verwachtte toen Harry ten strijde moest trekken?'

De handen in het sop hielden nu helemaal stil. 'Ze kreeg na vijf maanden een miskraam, de arme ziel. Ze had de baby nog net kunnen voelen schoppen. Het brak haar hart, echt waar. Ik zei altijd tegen haar dat ze het rustiger aan moest doen, dat ze niet meer hele dagen rond moest rennen en zo hard werken als ze gewend was. Lady Adrienne stortte helemaal in toen Harry weg was en Olivia runde het landgoed bijna in haar eentje. Ik weet dat er vrouwen zijn die knollen kunnen rapen tot het moment dat de bevalling begint, maar Olivia was – ook al wilde ze graag sterk lijken – een geboren dame. Die baby betekende alles voor haar. Het was de erfgenaam die Wharton Park nodig had.'

'Maar toen Harry terugkwam uit de oorlog was Olivia toch pas halverwege de twintig, zodat ze tijd genoeg had om nog een baby te krijgen?'

Elsie draaide de afwas de rug toe om haar kleindochter aan te kijken. Ze schudde haar hoofd. 'Sorry, liefje, dat zijn allemaal vragen voor een andere keer.'

'Natuurlijk,' zei Julia, ze voelde zich schuldig omdat ze meer wilde weten.

'Ik zou wel graag het dagboek hier houden als dat mag. Ik heb het nog nooit gelezen,' mompelde Elsie.

'Natuurlijk, het is van u, meer dan van wie ook, dus u moet het houden.'

'Dat is niet helemaal waar, liefje...' Elsies stem stierf weg en Julia zag dat ze zich vermande. 'Maar goed, laten we dat voor een volgende keer bewaren, oké? Nou, meisje, je kunt maar beter op pad gaan. Ik zal je jas voor je pakken.'

Elsie keek vanuit de deuropening toe terwijl Julia achteruit van de oprit reed. Ze zwaaide vrolijk toen de auto snelheid maakte en uit het zicht verdween. Elsie deed de deur dicht, liep de zitkamer in en pakte het dagboek van de salontafel. Ze hield het tussen haar beide handen en keek omhoog alsof ze in gebed was.

'O, Bill,' fluisterde ze. 'Ik wou dat je hier was om me te vertellen wat ik moet doen. Ik weet niet hoeveel ik haar moet vertellen, ik weet het echt niet.'

Ze plofte op de bank met het dagboek op haar schoot. Toen sloeg ze het open en begon ze te lezen.

Tijdens de rit terug naar huis begon Julia zich steeds zieker te voelen. Tegen de tijd dat ze bijna thuis was, deed alles zeer en had ze bonkende hoofdpijn. Ze parkeerde de auto, liep vermoeid naar de voordeur, ging naar binnen en zakte op de bank in elkaar. Ze was zich ervan bewust dat het bitterkoud was in het huisje en dat ze de thermostaat op vol vermogen moest zetten en de haard aan moest maken, maar daar had ze de energie niet voor. Ze verzamelde uiteindelijk de kracht om de trap op te lopen, dacht dat ze misschien wel zou opknappen als ze even ging rusten en pakte wat paracetamol uit het kastje in de badkamer. Ze spoelde de tabletten weg met een glas water dat nog naast haar bed stond en liet zich op het bed vallen.

Die nacht droomde Julia de verwarde hallucinaire dromen waarmee hoge koorts vaak gepaard gaat. Toen ze wakker werd kon ze zich nauwelijks herinneren waar ze was – in Frankrijk, Moskou, op Wharton Park, in de kassen met grootvader Bill...

Ze voelde zich te slap om meer te doen dan naar de badkamer strompelen en water te drinken om haar dorst te lessen, maar die expeditie verzwakte haar zozeer dat ze over de vloer terug naar haar bed moest kruipen.

Ergens wist ze dat ze Alicia of haar vader zou moeten bellen om haar te komen helpen, maar in haar koortsdromen lag haar mobiele telefoon altijd net buiten haar bereik. Of als ze hem al te pakken kreeg, viel hij uit haar handen in een diep ravijn. En Xavier was hier, natuurlijk was hij het! Ja…

'Julia! Julia! Word wakker!'

Ze voelde dat ze voorzichtig door elkaar werd geschud en ze deed haar ogen open. Ze zag wazig en het gezicht dat boven haar hing zweefde voor haar ogen heen en weer, al wist ze zeker dat ze de stem kende.

'Julia, wat is er aan de hand? Kun je alsjeblieft iets tegen me zeggen?' De stem klonk nu dringend.

Julia probeerde haar blik scherp te stellen en zag een man over haar heen gebogen staan. Met grote inspanning wist ze het woord 'Kit' uit te brengen.

'Godzijdank!' Er klonk grote opluchting in zijn stem door. 'Je herkent me tenminste. Julia, heb je iets ingenomen? Vertel me wat het was, dat is erg belangrijk.'

Julia sloot haar ogen, omdat ze het gevoel had dat ze anders zou flauwvallen, en slaagde erin haar hoofd te schudden. 'Nee, nee, niets ingenomen… voel me… alleen vreselijk… heb het zo heet.'

Ze voelde een koele hand op haar voorhoofd. 'Mijn god, je gloeit helemaal. Wanneer is dit begonnen?'

'Gisteravond,' wist Julia uit te brengen, 'voelde me ineens… verschrikkelijk.'

'Heb je pijn?'

'Overal… ontzettend… duizelig… hoofd doet zeer…'

'Juist.' Kit haalde zijn mobieltje uit zijn zak. 'Ik ben er vrij zeker van dat het griep is, maar ik laat toch de dokter even komen.'

'Echt, geen zorgen… komt goed… ik…' begon Julia, maar toen zweeg ze. Ze voelde zich te zwak om te redetwisten.

Een half uur later had een wat oudere dokter Julia onderzocht.

'Nou, jongedame, zoals Lord Crawford al vermoedde hebt u een lelijke griep te pakken. Ik ga beneden even met hem praten,' zei de dokter en hij stopte de thermometer weer in zijn tas. 'Hij zag er nogal bezorgd uit toen hij de deur voor me opendeed.'

Kit liep beneden als een bezorgde moeder te ijsberen.

'Niets heel ernstigs, Lord Crawford. Zoals u al dacht is het de griep, maar de jongedame heeft wel erg hoge koorts. Is er iemand die hierheen kan komen om haar te verplegen? Ze kan echt niet alleen hier blijven zolang die koorts niet onder controle is.'

'Ze heeft een zus. Ik neem wel contact met haar op. Ik neem aan dat het de gebruikelijke behandeling is: om de vier uur paracetamol en als de temperatuur niet daalt, de oude maar betrouwbare aanpak van afsponzen met lauw water,' zei Kit. 'En zo veel mogelijk drinken.'

'Helemaal goed.' De dokter keek hem aan. 'Bent u medisch getraind, Lord Crawford?'

'Ja, een beetje,' antwoordde hij. 'Dank u dat u zo snel wilde komen.'

'Altijd een genoegen, Lord Crawford. Ik was erg op wijlen Lady Crawford gesteld. Heel triest dat ze niet langer onder ons is, maar misschien is het maar beter zo. Ze had tegen het eind niet veel kwaliteit van leven meer.'

'Nee,' bevestigde Kit, die het dwarszat dat hij niet de moeite had genomen naar huis te komen voor de begrafenis.

'Wel, ik laat haar in uw capabele handen achter. Goedendag, Lord Crawford.'

Toen Julia eindelijk echt goed wakker werd, had ze geen idee hoeveel tijd er was verstreken. Ze wist alleen dat ze zich iets beter voelde, dat ze weer scherper kon zien en dat de pijn in haar spieren minder hevig was geworden. Ze moest naar het toilet, dus trok ze met een bevende hand de dekens van zich af en zette haar voeten op de vloer. Ze hees zich overeind en wist net de slaapkamerdeur te bereiken voor ze, vreselijk zwak, op het vloerkleed in elkaar zakte.

Ze hoorde voetstappen op de trap en een klopje op de deur.

'Julia? Is alles in orde?'

De deur botste tegen Julia's knieschijf en ze zwoegde om haar zwakke ledematen te verschuiven zodat Kit binnen kon komen.

'Wat doe je hier in hemelsnaam op de grond?' vroeg hij terwijl hij aan haar voorhoofd voelde.

'Ik wilde naar het toilet,' mompelde ze gegeneerd.

'Mmm. Nou, je hebt in elk geval niet meer zo hoge koorts. Kom, ik zal je overeind helpen.'

Julia had geen keus dan zich door Kit omhoog te laten trekken en zich als een invalide over de smalle overloop naar de badkamer te laten brengen. Hij deed de deur open en toen het leek of hij met haar naar binnen wilde gaan, zei ze: 'Het lukt verder wel, echt.'

'Ik wacht hier, zodat ik je kan helpen als je eruit komt. En doe niet de deur op slot, want als je dan flauwvalt kan ik niet bij je komen.'

'Ja, dank je,' mompelde Julia terwijl ze de badkamerdeur achter zich dichtdeed.

Toen ze klaar was kwam Kit, die zich respectvol had teruggetrokken in de slaapkamer, onmiddellijk naar haar toe en hielp hij haar terug naar haar bed.

Toen ze goed lag, ging hij op de rand van het bed zitten, keek op haar neer en bestudeerde haar gezicht. 'Dokter Crawford concludeert dat zijn patiënte eindelijk het ergste achter de rug heeft.' Hij glimlachte, pakte een glas naast haar bed op en bracht het naar haar mond. 'Drink dit alstublieft op, juffrouw Forrester. Het zit vol glucose en helpt u weer op krachten te komen.'

Julia kokhalsde bijna van de zoete smaak. 'Jakkes,' mompelde ze, 'wat smerig.'

'Maar veel beter dan een energiedrankje, zegt de dokter tenminste.'

Julia liet haar hoofd weer op het kussen zakken. 'Wat voor dag is het?'

'Donderdag denk ik, want gisteren was het woensdag.'

Julia hapte halfslachtig naar adem. 'Bedoel je dat ik al ruim drie dagen in bed lig?'

'Ja, juffrouw Forrester, dat klopt. Je lag te roepen, ijlen en woelen als een krankzinnige. Op een nacht maakte je zo veel lawaai dat ik je bijna had laten opnemen.'

Julia bloosde. 'O, god, Kit, het spijt me vreselijk. Je bent toch niet al die tijd al hier, of wel?'

'Niet de hele tijd,' antwoordde hij galant. 'Alicia kon niet blijven; ze moest terug naar haar kinderen. Ik had je bij de oudjes in het ziekenhuis hier in de buurt kunnen stoppen, maar dat leek me nogal wreed.'

'O, Kit,' steunde Julia. 'Mij te moeten verplegen, met wat je allemaal al aan je hoofd hebt, was wel het laatste waar je behoefte aan had.'

'Eerlijk gezegd was het een geweldig excuus om een paar dagen van Wharton Park weg te zijn. Bovendien heb ik in Edinburgh mijn bachelor geneeskunde gehaald voor ik mijn studie eraan gaf. Het zal je goeddoen te weten dat je niet aan een volslagen amateur was overgeleverd.'

'Dank je...' Julia voelde haar ogen dichtvallen. Ze deed ze helemaal dicht en viel in slaap.

Kit keek glimlachend op haar neer, streek een lok haar van haar voorhoofd, liep toen op zijn tenen naar de deur en deed die achter zich dicht.

25

Tegen de avond kon Julia in bed zitten en wat soep eten uit de kom die Kit haar voorhield.

'Smaakt helemaal niet slecht, hè?' zei hij terwijl hij haar voerde. 'Alicia heeft hem gebracht toen je lag te slapen. Ze zei dat ze vanavond nog even zou komen kijken wanneer Max thuis is en op de kinderen kan passen. Ze heeft zich vreselijke zorgen om je gemaakt. Wij allemaal.'

'Nou, voel je vrij om weer naar huis te gaan,' antwoordde Julia bezwaard. 'Ik voel me echt al veel beter.'

'Wat? En het eerste normale gesprek mislopen dat ik de afgelopen vier dagen met je heb gehad? Nee,' zei hij hoofdschuddend, 'ik vrees dat je met me opgescheept zit tot je weer helemaal beter bent.'

Beneden werd op de voordeur geklopt. 'Dat zal Alicia zijn,' zei Kit. 'Kun je haar bezoek aan?' vroeg hij.

'Ja! Ik zeg toch dat ik me veel beter voel.'

'Juist.' Kit liep in slechts twee passen naar de deur. 'Het lijkt erop dat we het nukkige stadium van onze ziekte hebben bereikt.' Hij trok een wenkbrauw op. 'Ik zal je zus maar gaan halen.'

Een paar seconden later stond Alicia in de deuropening, met een bezorgde frons op haar knappe gezicht.

'Julia, godzijdank ben je in orde! We zijn allemaal heel bezorgd geweest.' Ze kwam naar het bed en bukte zich om haar zus te omhelzen. 'Hoe voel je je?'

'Beter,' zei Julia knikkend, 'echt beter.'

Alicia ging op de rand van het bed zitten en pakte Julia's hand vast. 'Daar ben ik heel blij om. Je bent behoorlijk ziek geweest, arm ding. En ik neem aan dat je immuunsysteem verzwakt is door, nou ja… het trauma.'

'Waarschijnlijk wel,' beaamde Julia, niet van plan kostbare energie te verspillen aan een woordenwisseling. 'En bedankt voor de soep. Het was erg lief van je om die te komen brengen.'

Alicia trok haar wenkbrauwen op. 'Hemeltje, dat was niets. Kit is degene die je moet bedanken. Hij was geweldig. Toen hij zich realiseerde dat ik niet kon komen vanwege de kinderen, bood hij aan hier te blijven. Ik heb in dit hele drama alleen maar wat ondersteuning geboden.'

'Ik voel me erg schuldig dat ik jullie al die last heb bezorgd,' verzuchtte Julia. 'Dat lijkt tegenwoordig wel mijn bijnaam, niet?'

'Kom op, Julia, laat dat soort praat maar achterwege,' mopperde Alicia. 'Niemand wordt expres ziek. We houden allemaal van je en we willen voor je zorgen. En als je weer beter bent, hoop ik dat je me kunt vertellen wat oma over het dagboek te zeggen had.'

Julia knikte en bedacht dat het wel een eeuw geleden leek sinds ze bij Elsie in Southwold was geweest en terug was gereisd naar het Wharton Park van 1939. 'Natuurlijk doe ik dat. Het was echt fascinerend.'

'Ik kan nauwelijks wachten tot ik het allemaal te horen krijg. Kan ik morgen iets voor je meebrengen? Wat doe je met eten?' vroeg Alicia.

'Nog niet veel.' Julia schudde haar hoofd. 'Ik heb alleen nog maar wat soep gegeten. Misschien dat ik op een gegeven moment kan overstappen op brood.'

'Ik zal een vers brood voor je bakken,' zei Alicia. 'Kit moet ook eten. Ik breng het morgen.' Ze boog voorover en kuste Julia. 'Ik ben heel blij dat je er iets beter uitziet, lieverd. Ga zo door.'

'Ik zal het proberen,' zei ze, en ze wuifde zwakjes toen Alicia de kamer verliet.

Alicia ging naar beneden, waar Kit een vuur aanlegde.

'Ze lijkt gelukkig al veel beter, dankzij jou. Je bent echt een reuzevent, Kit,' voegde ze er dankbaar aan toe.

'Geen probleem. Heb je nog zin in een glaasje wijn voor je weggaat? Ik wil wel weer eens een samenhangend gesprek voeren,' zei hij grinnikend.

Alicia keek snel op haar horloge. 'Vooruit dan. Ik zou eigenlijk terug moeten, maar ik weet zeker dat Max het nog wel even redt.'

'Geweldig.' Kit kwam overeind toen het vuur begon te branden. 'Ik zal een paar glazen pakken.'

Alicia ging in de leunstoel naast het vuur zitten en Kit kwam terug met een fles, ontkurkte die en gaf haar een glas.

'Proost,' zei hij, zijn glas omhooghoudend, 'op Julia's voortdurende herstel.'

'Absoluut,' zei ze. 'Arm kind, ze is de laatste tijd zwaar door de molen gegaan, zacht uitgedrukt.'

'Ja, ik had zoiets begrepen. Mag ik vragen wat er precies is gebeurd?'

Alicia nam een slok wijn. 'Julia's echtgenoot en zoontje zijn vorig jaar zomer overleden bij een auto-ongeluk in Zuid-Frankrijk. En het ergste was nog,' vervolgde Alicia onwillekeurig rillend, 'dat de auto van de weg schoot, op een helling explodeerde en een bosbrand veroorzaakte. De stoffelijke overschotten konden niet eens worden geïdentificeerd. Wat inhoudt dat ze het niet heeft kunnen afsluiten. Geen lichamen, dus geen begrafenis.'

'Jezus,' zei Kit. 'Arme Julia. Hoe oud was haar zoontje?'

'Bijna drie. Hij heette Gabriel. En hij was...' Alicia's stem stokte in haar keel en haar ogen vulden zich met tranen... 'een engeltje.' Ze nam nog een slok wijn. 'Je echtgenoot verliezen is al afschuwelijk, maar tegelijk ook je kind verliezen... Ik weet niet hoe Julia zich heeft weten te redden. Ik bedoel, dat heeft ze natuurlijk niet, maar... niemand kon tot haar doordringen. Ze zat helemaal in haar verdriet opgesloten. Ik voelde me vreselijk... nutteloos. Ik weet niet wat ik moet zeggen of doen en het meeste van wat ik probeer lijkt ontoereikend. Sorry.' Alicia veegde snel haar tranen weg. 'Ik ben niet degene die zou moeten huilen. Het is Julia's tragedie. Ik heb alleen zo met haar te doen en ik weet niet hoe ik haar kan helpen of troosten.'

'Dat kun je niet.' Kit vulde Alicia's glas bij. 'Iedereen om haar heen wil iets voor haar doen, maar in feite kan niemand dat. De vriendelijkheid die je haar biedt, als iemand die van de lijder houdt, geeft de lijder een schuldgevoel omdat die niet kan reageren, wat hem of haar nog meer onder druk zet om te herstellen. En dat kan ze natuurlijk niet aan, dus trekt ze zich nog verder in zichzelf terug.' Kit keek in het vuur en zuchtte. 'Alicia, geloof me: sta voor haar klaar, maar begrijp dat Julia de enige is die Julia kan helpen.'

'Je klinkt alsof je weet hoe het voelt.'

'Dat klopt,' beaamde Kit kortweg, 'en je moet haar gewoon de tijd geven. Afgaand op wat ik van haar heb gezien denk ik persoonlijk dat ze op de goede weg is. Julia is een doorzetter, Alicia. Ze komt hier doorheen, dat weet ik zeker.'

'Het probleem is,' zei Alicia zuchtend, 'dat Julia haar man Xavier aanbad. Ik heb nooit een vrouw gezien die haar man zo bewonderde als zij. Eerlijk gezegd,' bekende ze, 'vond ik hem arrogant en zelfingenomen. Hij was ook pianist, maar een echte prima donna, en Julia was heel toegeeflijk jegens hem. Toch was hij lang niet zo getalenteerd als zij. Over smaak valt natuurlijk niet te twisten, hè?'

'Nee. En zo te horen maakte hij Julia gelukkig.'

'Daar leek het wel op, ja,' zei Alicia. 'En ik was blij dat ze zich tenminste tegenover iemand emotioneel kon openstellen. Ik ben altijd bang geweest dat ze dat niet meer zou kunnen nadat we onze moeder hadden verloren. Julia is daardoor veranderd, Kit, heel erg veranderd. Ze trok zich terug. Van mij, van papa, van alles behalve haar dierbare piano. Deze keer heeft ze zich zelfs daarvan teruggetrokken.'

'Heb je haar gevraagd waarom?'

'Ik denk dat ik dat wel weet,' zei Alicia moedeloos. 'Ze had in Parijs net een recital gegeven van Rachmaninovs Concerto Nr. 2 toen ze het telefoontje kreeg om haar mee te delen dat ze dood waren.' Alicia schokschouderde. 'Ik kan alleen maar aannemen dat het daardoor komt – de associatie van de piano met de pijn.'

'En schuldgevoel natuurlijk,' voegde Kit eraan toe. 'Ze had waarschijnlijk het gevoel dat ze bij hen had moeten zijn toen ze stierven.'

'Je hebt vast gelijk. Ik weet dat Julia het vreselijk vond om Gabriel thuis te laten wanneer ze een recital had. Ze werd zoals veel werkende moeders heen en weer getrokken tussen haar kind en haar carrière.'

'Waarom is ze naderhand naar Norfolk teruggekomen?' vroeg Kit.

'Ik ben de volgende dag naar Parijs gevlogen. Toen ik daar aankwam wist ik niet wat het beste zou zijn. Ik kon haar niet alleen in Frankrijk laten, maar vanwege mijn kinderen kon ik ook niet bij haar blijven. Julia was te zeer in shock om rationele beslissingen te kunnen nemen, dus nam ik haar mee naar huis. Vervolgens stond ze erop hierheen te gaan, ook al smeekte ik haar bij ons te blijven.'

'Ze had er behoefte aan alleen te zijn. Ik begrijp dat. Iedereen reageert anders op een tragedie. En er bestaat geen verkeerde manier,' voegde Kit eraan toe. 'Ik heb ook ooit iemand verloren… en, op z'n zachtst gezegd, was de nasleep geen pretje. Wat zei John Lennon ook weer?' Kit keek naar het plafond om het zich te herinneren. 'O ja… "Het leven is wat er gebeurt terwijl jij andere plannen maakt." En een waarder woord is nooit gesproken. Niemand van ons heeft de controle en ook al kost het vaak moeite je dat te realiseren… hoe eerder je dat doet, hoe eerder je kunt proberen de dagen te nemen zoals ze zijn en het beste van je leven te maken.'

'Je bent heel wijs, Kit,' zei Alicia bewonderend. 'Ik persoonlijk vind het doodeng als ik geen controle heb. Maar goed, ik kan maar beter gaan en de controle gaan némen.' Ze stond glimlachend op. 'Als ik de kinderen aan Max overliet, zouden het beesten zijn.'

Kit stond ook op. 'Ik waardeer het dat je me wat meer over mijn patiënte hebt verteld. Ik zal mijn best doen haar er lichamelijk bovenop te brengen, maar het mentale herstel komt op haar neer.'

'Ik weet het,' zei Alicia toen ze naar de deur liep. 'Bedankt voor al je hulp, Kit.'

'Geloof me, het was me een genoegen.'

Toen Julia een uur later naar het toilet was geweest en merkte dat haar benen niet meer uit gelatine leken te bestaan, waagde ze zich voorzichtig aan de trap.

Kit zat voor een knetterend vuur een boek te lezen. Hij had de gordijnen dichtgedaan tegen de kilte van de avond en de zitkamer zag er veel gezelliger en uitnodigender uit dan anders.

'Hallo,' zei ze vanaf de trap, omdat ze hem niet wilde laten schrikken.

Hij draaide zich om en stond meteen op. 'Julia, wat doe je uit bed? Je vat zo nog een dodelijke kou.'

Hij maakte aanstalten haar terug naar boven te begeleiden, maar ze schudde haar hoofd. 'Hoe kan ik hier nou een dodelijke kou vatten? Het is hier loeiheet. Bovendien verveel ik me boven. Ik wil wel eens wat anders zien.' Ze voelde zich net een opstandig kind terwijl ze daar stond te wachten tot Kit zou instemmen.

'Goed dan, maar niet te lang.' Hij legde zijn arm onder haar elleboog en bracht haar naar de bank. 'Goed, ga jij hier maar liggen, dan haal ik boven snel even wat dekens.'

'Toe nou, Kit, het is hier warm genoeg en ik heb er genoeg van om in bed te liggen zweten.' Ze zuchtte terwijl ze op de kussens ging liggen die hij voor haar had gepakt.

'Heb je honger of dorst?' vroeg hij. 'Kan ik iets voor je pakken?'

‘Nee, echt, ga alsjeblieft zitten. Ik voel me prima,’ antwoordde ze.

‘Wat je bedoelt te zeggen is, wil je me alsjeblieft niet zo bemoederen,’ zei Kit en hij ging in de leunstoel naast het vuur zitten. ‘Sorry.’

‘O, Kit, ga je alsjeblieft niet verontschuldigen!’ zei Julia berouwvol. ‘Je bent geweldig geweest en ik ben je heel dankbaar. Ik voel me alleen schuldig, dat is alles. En het spijt me als ik “nukkig” ben geweest.’ Ze grinnikte. ‘Dat is niet mijn bedoeling, echt niet.’

‘Excuses aanvaard.’ Kit knikte. ‘Persoonlijk geef ik de voorkeur aan nukkig boven onsamenhangend en badend in het zweet, dus ik vind het best.’

‘Zoals u kunt zien, gaat het steeds beter met me, dus u kunt morgen wel naar huis, dokter Crawford.’

‘Ja, dat moet ik eigenlijk toch al. Het werk begint zich op te stapelen op Wharton Park. Maar kun je me, nu je alles weer wat beter op een rijtje hebt, vertellen wat je grootmoeder over het dagboek uit Changi te zeggen had?’

‘Ja...’ Julia’s gedachten gingen terug naar wat maar een paar dagen geleden was, maar aanvoelde als een heel leven. ‘Ik weet niet hoeveel je al weet over de Crawfords van Wharton Park...’

‘Meer dan eerst. En vergeet niet dat mijn overgrootvader Charles de jongere broer van Lord Christopher Crawford was en dus op Wharton Park is opgegroeid. Helaas is hij in 1918 opgeblazen in een loopgraaf en bleef zijn vrouw Leonora met twee kleine kinderen achter, van wie er een mijn grootvader Hugo was.’

‘Dat moet voor Elsies tijd zijn geweest, maar wat fascinerend,’ mijmerde Julia. ‘Ik heb wel veel over Lord Christopher gehoord...’

‘Mijn naamgenoot,’ interrumpeerde Kit. ‘Sorry, ik zal proberen je niet meer te onderbreken. Begin, alsjeblieft.’ Hij leunde weer achterover om te luisteren.

Julia begon te vertellen en deed haar best zo goed mogelijk de wereld op te roepen die Elsie haar zo levendig had beschreven.

Kit zat zwijgend te luisteren tot Julia het einde van haar verhaal bereikte. ‘Wat een verhaal,’ zei hij. ‘Natuurlijk was Penelope, voor wie een bal werd gegeven op Wharton Park, mijn oudtante, de zus van mijn grootvader Hugo, die in de Tweede Wereldoorlog is gesneuveld. Zijn vrouw Christiana, mijn grootmoeder, beviel in 1943 van mijn vader Charles, die na de dood van Harry Crawford, net voordat ik werd geboren, erfgenaam van Wharton Park werd. Om de een of andere reden zijn we er nooit heen verhuisd. Mijn vader vond het een vreselijk huis en had absoluut niet de middelen om het te restaureren. Bovendien leefde tante Crawford nog en was ze heel erg de kasteelvrouwe. Bedankt dat je het me hebt verteld, Julia. Het is interessant om zo de familiegeschiedenis compleet te kunnen maken.'

'Dat geloof ik zeker, en eerlijk gezegd denk ik, te oordelen naar wat Elsie me tot dusver heeft verteld, dat het allemaal veel relevanter is voor de Crawfords dan voor het verleden van mijn familie.'

'Nou, ik weet zeker dat er ergens een link is,' zei Kit, 'al zie ik nog niet goed hoe, tenzij het te maken heeft met het feit dat Harry en Bill tijdens de oorlog in hetzelfde bataljon zaten. Ja,' zei hij, en hij knikte, 'ik wed dat het dat is. Misschien is er een of ander duister Crawford-geheim te vinden in Bills dagboek.'

'Misschien,' zei Julia, 'maar daar ga ik niet over speculeren zolang ik niet het hele verhaal heb gehoord. Ik vind het ook een vreemd idee dat mijn grootmoeder in dienst was bij jouw familie en dat mijn grootvader nog steeds voor hen werkte toen ik klein was. Wat kan er veel veranderen in twee generaties, hè?'

'Bedoel je dat de kleindochter van een tuinman de roem en rijkdom kan vergaren waar Elsie nooit van had kunnen dromen?' plaagde Kit.

'Ik denk het wel.' Julia bloosde weer. 'Wat me denk ik het meest verbijsterde was het feit dat Wharton Park teruggreep naar een compleet ander tijdperk, ook al was dat maar zeventig jaar geleden.'

'Zo voelde ik het in elk geval wel wanneer ik er 's zomers logeerde. En natuurlijk is Olivia, die feitelijk een aangetrouwde achternicht van me was of zo, maar in onze familie altijd 'tante' werd genoemd, er tot de dag van haar dood nooit weggegaan,' merkte Kit op. 'Ik weet zeker dat haar voortdurende aanwezigheid tot een soort tijdsvervorming op Wharton Park leidde.'

'O, lieve hemel,' riep Julia uit. 'Ik realiseer me net...'

'Wat?' vroeg Kit.

'Dat de angstaanjagende oude dame met de kille blauwe ogen die op de dag dat ik jou ontmoette zei dat ik moest stoppen met spelen, Olivia Crawford was!'

'Ja,' bevestigde Kit, die zijn wenkbrauwen optrok, 'en wat was ze gezellig, het arme mens. De hemel mag weten wat haar tijdens haar leven is overkomen waardoor ze van het lieve jonge meisje dat jij beschrijft is veranderd in de norse ouwe tang die ik kende.'

'Neem vooral geen blad voor je mond, Kit.' Julia grinnikte.

'Nou, dat was ze toch! En ik vond het vreselijk om bij haar te logeren.'

'Eerlijk gezegd lijkt het me ook vreselijk om je nieuwbakken echtgenoot te zien zoenen met een andere man,' reageerde Julia.

'Maar afgaand op wat jij vertelde hadden Olivia en Harry hun problemen toch weten op te lossen voordat hij ten strijde moest trekken.'

'Ja, daar lijkt het wel op.'

Kit zag Julia gapen. 'Juist, bedtijd voor jou, jongedame. Ik wil niet dat je jezelf te veel vermoeit. Kom op, ik help je wel naar boven.' Hij stond op en kwam naar Julia toe. Ze was blij dat ze op zijn arm kon leunen.

Toen hij haar had ingestopt, glimlachte ze naar hem.

'Jammer dat je niet bent doorgegaan met je studie geneeskunde. Je lijkt hier heel goed in.'

'Kennelijk had het leven andere plannen voor me.' Hij haalde zijn schouders op en gaf Julia haar paracetamol en een glas water. 'Opdrinken.'

'Waarom ben je zo lang in het buitenland gebleven?' vroeg ze plotseling toen ze hem het glas teruggaf.

'Dat is een lang verhaal,' antwoordde Kit kortaf. 'Je moet nu gaan slapen.'

'Oké.' Julia kroop diep onder de dekens en keek toe toen hij naar de deur liep. Net voor de deur bleef hij staan.

'Ik begrijp het wel, weet je.'

'Wat begrijp je?'

'Een deel van je pijn. Welterusten, Julia.'

'Trusten, Kit.'

26

De volgende dag nam Julia een bad en kleedde ze zich aan. Toen ze daarna uitgeput van de inspanning op bed lag, keek ze uit het raam en zag ze dat tijdens haar ziekte de lente was begonnen. Ze hoorde vogeltjes fluiten en ze rook iets van de frisse geur die erop duidde dat de natuur weer tot leven kwam.

Ze zag het als een metafoor voor haar eigen leven, want er bestond geen twijfel over dat, hoewel ze lichamelijk verzwakt was, ze zich mentaal beter voelde. Dat ze niet meer elke seconde van de dag aan hen dacht - af en toe gingen er zelfs hele minuten overheen - wilde niet zeggen dat ze minder van hen hield of hen minder miste. Zoals de lente terugkeerde, zo hielp de natuur haar te genezen en opnieuw te groeien.

Ze hoorde Kit de trap op komen en de badkamerdeur achter zich dichtdoen. Hij sliep in een van de smalle stapelbedden die bedoeld waren voor kinderen, niet voor volwassenen van een meter negentig. Ze glimlachte toen ze aan zijn vriendelijkheid dacht. Hij was echt een barmhartige Samaritaan, die haar in haar uur van nood had geholpen. Ze realiseerde zich ook hoezeer ze ervan had genoten verzorgd te worden.

Ook al twijfelde Julia er niet aan dat Xavier van haar had gehouden, zij was in hun relatie altijd de verzorger geweest. Hij was veel te zeer bezig geweest met zijn muziek om aan Julia's huishoudelijke en praktische behoeften te denken. En als het aanbiddelijke kind dat hij was, had hij altijd naar haar opgekeken voor lof en geruststelling.

Julia duwde het gloeiende kooltje van schuldgevoel weg dat zei dat ze zich haar man moest herinneren zoals ze dat de afgelopen acht maanden had gedaan: volmaakt.

Er werd zachtjes op haar slaapkamerdeur geklopt. 'Kom maar binnen,' riep ze.

Kit stak zijn hoofd met de dikke bos krullen om de deur. Hij glimlachte toen hij zag dat ze aangekleed was.

'Ik geloof niet dat ik hoef te vragen of je je beter voelt, is het wel? Het ziet ernaar uit dat ik hier zo dadelijk overbodig ben.'

'En daar ben je vast opgelucht over,' pareerde Julia snel. Ze wees naar het raam. 'Ik bedacht net dat ik heel graag even wat frisse lucht zou willen happen, aangezien ik hier al een week binnen zit... O, god!' zei ze toen haar iets te binnen schoot. 'Is het vandaag vrijdag?'

'De laatste keer dat ik keek wel, ja,' zei Kit.

'O nee!' riep ze uit, en ze liet zich weer in de kussens zakken. 'Ik had gisteren een afspraak om met mijn impresario te lunchen bij Claridge's. Niemand laat Olav Stein zitten. Ik moet hem meteen bellen om het uit te leggen.'

'Nee, dat hoef je niet, want hij weet het al,' antwoordde Kit kalm.

Julia keek hem verbaasd aan. 'Hoe?' vroeg ze.

'Ik heb met toestemming van je zus je voicemail afgeluisterd. Die Olav had woensdag een bericht ingesproken om jullie afspraak te bevestigen. Dus heb ik hem teruggebeld en uitgelegd dat je op sterven na dood was. Hij was heel begripvol. Ik moest je beterschap wensen en zeggen dat je hem maar moest bellen zodra je weer in het land van de levenden was. O, en er waren ook nog wat andere berichten voor je.'

'Vertel me dat straks maar.' Julia wist niet of ze al meer van de buitenwereld aankon. 'Maar dank je, Kit, ik waardeer het echt.'

'Ik geef toe dat ik me er een beetje ongemakkelijk bij voelde om naar je privéberichten te luisteren, maar onder de omstandigheden zat er niets anders op.' Hij haalde zijn schouders op. 'Nu ga ik een ontbijtje voor ons klaarmaken, en dan stel ik een korte wandeling op en neer naar de haven voor om je wat frisse lucht te geven en je zeebenen te testen. Kom over een paar minuten maar naar beneden.'

Na een ontbijt van havermout met room en bruine suiker wandelden Kit en Julia langzaam naar de haven en nog een stukje verder, de landtong op. Julia herinnerde zich de laatste keer dat ze hier had gelopen en de wanhoop die ze toen had gevoeld. Nu ze hier op een zonnige, lenteachtige dag met Kit liep, zag de wereld er een stuk beter uit.

'Ik moet zo dadelijk weg, vrees ik,' verzuchtte Kit. 'Ik moet onder andere met de notaris van het landgoed gaan praten. Er is een probleem met de verkoop van Wharton Park. De koper wil een nog betere deal van me dan hij nu al krijgt.'

'Jezus, dat spijt me voor je,' zei Julia. 'Ik hoop dat je het geregeld kunt krijgen.'

'Vast wel, op de een of andere manier. Vreemd, hè, zoals het leven loopt? Het laatste wat ik had verwacht te zullen doen was me met de verkoop van Wharton Park bezighouden,' zei hij toen ze terug naar huis liepen.

'Je zult toch wel geweten hebben dat je het op een dag zou erven?'

'Ja, maar dat was iets van de verre toekomst en een verantwoordelijkheid waar ik liever niet aan dacht. Vooral omdat het alleen bij gebrek aan beter aan mij is toegevallen, omdat de echte Wharton Park-tak van de familie er een generatie niet in is geslaagd kinderen voort te brengen.'

'Ik krijg echt het gevoel dat je niet kunt wachten tot je ervan af bent.'

'Nee, dat is niet waar. Ik...' Kits mobiele telefoon ging. 'Neem me niet kwalijk, Julia. Hallo? O, hoi, Annie. Alles goed?'

Julia liep discreet een stukje vooruit terwijl Kit aan de telefoon was. Hij haalde haar bij de deur van haar huisje in. 'Sorry daarvoor. Het ziet ernaar uit dat ik moet gaan,' zei hij toen ze de deur opendeed en ze naar binnen stapten. 'Weet je zeker dat je het hier wel redt in je eentje?'

'Natuurlijk. Ik ben hier al zeven maanden alleen en er is me nog niets overkomen. Ik red me echt wel.'

'Zal ik nog een lunch voor je klaarmaken?' vroeg hij.

'Ik denk dat ik nog net wel in staat ben naar de keuken te strompelen en een boterham te smeren. Ga jij nou maar,' drong ze aan.

'Oké. Je hebt mijn nummers, zowel mobiel als vast, en Alicia heeft gezegd dat ze nog komt kijken hoe het met je gaat.'

'O, geweldig.' Julia rolde met haar ogen en liet zich op de bank zakken.

'Alicia probeert je alleen maar te helpen. Ze houdt van je.'

'Dat weet ik.' Julia voelde het als een verdiende vermaning. 'Ze geeft me alleen het gevoel dat ik nutteloos ben. Ze is zo vreselijk goed georganiseerd.'

'Dat is haar manier om te overleven. We hebben er allemaal een, weet je, zelfs jij.' Kit glimlachte en drukte een kus op haar hoofd. 'Hou contact, oké? Laat me weten hoe het met je gaat.'

'Doe ik,' zei ze, en ze voelde zich plotseling kwetsbaar en de tranen nabij. Ze stond op, wist niet goed wat te doen, dus haalde ze haar schouders op en zei: 'Bedankt. Voor alles.'

'Niets te danken. Tot ziens dan maar,' zei hij toen hij de voordeur opendeed.

Julia knikte. 'Ja. Tot ziens.'

Ze keek naar de deur toen die achter hem dichtging.

Toen hij weg was ging Julia naar boven om een dutje te doen, maar ze kon haar draai niet goed vinden. Ze probeerde een boek te lezen dat al eeuwen op het nachtkastje lag, maar kon zich niet op het verhaal concentreren. Uiteindelijk moest ze toch ingedut zijn, want toen ze wakker werd was het bijna zes uur.

Ze had honger en nu Kit er niet meer was om eten voor haar te koken, ging ze naar beneden om zelf iets klaar te maken. De mooie lentedag was voorbij en de avond was kil. Ze stak de haard aan volgens naar wat ze meende exact dezelfde techniek als Kit had toegepast, maar het vuur weigerde met dezelfde verve te branden als bij hem.

Na een maaltijd van crackers met kaas strekte de hele avond zich voor haar uit. Julia besloot dat ze binnenkort een televisie zou kopen – alles om de zware stilte te verdrijven die over het huisje was gekomen sinds Kit was vertrokken.

Later ging ze naar boven en naar bed. Toen ze de kerkklok middernacht hoorde slaan, bekende Julia zichzelf dat ze hem miste.

Een paar dagen later zat Julia voor haar huisje op de bank te genieten van de warme, lenteachtige dag en na te denken over haar toekomst. Het feit dat ze zelfs maar geloofde dat ze een toekomst had, was al een openbaring voor haar. Wat die voor haar in petto had, wist ze echter niet.

Het enige wat ze zeker wist, was dat ze niet langer in dit huisje wilde blijven. Sinds Kit was vertrokken, sleepten de uren zich oneindig traag voort. Ze wist dat ze te veel tijd had om na te denken. En hoewel ze het irritant vond het te moeten toegeven was ze waarschijnlijk emotioneel kwetsbaar. Ze wist zeker dat ze Kit alleen maar miste omdat hij aardig voor haar was geweest toen ze hulp nodig had.

In elk geval hadden de gevoelens die zijn vertrek had teweeggebracht haar eindelijk het duwtje gegeven dat ze nodig had gehad om een aantal beslissingen te nemen. Gefrustreerd door haar eigen gebrek aan inspiratie, sloeg ze met haar handpalm op de houten bank, waardoor twee eenden vlakbij hun veren opzetten en haar vol walging de rug toekeerden.

'Genoeg,' mompelde ze zacht. Ze zou regelingen treffen om zo snel mogelijk terug te gaan naar Frankrijk. Daar zou ze met pijnlijke herinneringen te maken krijgen, maar het was in elk geval thuis. En ver weg van hier.

Haar mobieltje ging en ze pakte hem op, blij met de afleiding.

'Hallo,' zei ze.

'Hoi, Julia, met Kit.'

'Hoi,' antwoordde ze, en ze voelde haar wangen rood worden.

'Ik bel even om te vragen hoe het met mijn patiënte is.'

'Beter, zeker weten, dankzij jou.'

'Mooi zo. Denk je dan dat je morgen naar Wharton Park zou kunnen komen strompelen om met mij samen te eten?'

'Ik denk dat dat wel zal lukken, ja,' antwoordde Julia glimlachend.

'Rond achten?'

'Oké. Moet ik iets meebrengen?'

'Alleen jezelf.'

Julia voelde dat haar wangen nog roder werden. 'Tot morgen dan.'

'Ik verheug me erop. Dag, Julia.'

'Dag.'

Julia legde het mobieltje op de bank neer en staarde voor zich uit, ontzet over het feit dat ze zich plotseling zo gelukkig voelde. Ze kon toch onmogelijk… belangstelling hebben voor een man? Maar een paar maanden nadat haar echtgenoot was overleden?

Natuurlijk was dat onmogelijk.

Julia stond op, alsof de fysieke beweging de gedachten uit haar hoofd zou verdrijven, het tintelende gevoel zou wegvagen dat over haar rug was getrokken toen ze zijn stem hoorde en de plotseling opwinding zou onderdrukken bij het idee dat ze hem morgen weer zou zien…

Dat was niet zo. Ze slenterde naar binnen en voelde zich schuldig en verward, maar tegelijk ervoer ze – in weerwil van zichzelf – iets wat ze herkende als verwachting.

Na de lunch reed ze naar Holt en kocht een zijden blouse, een spijkerbroek, twee kasjmieren truien en een paar laarzen. De blouse en de spijkerbroek zou ze morgenavond aantrekken, dacht ze toen ze door High Street liep om de tassen in de auto te leggen, maar daarna berispte ze zichzelf omdat ze dat zelfs maar dacht. Het was immers geen afspraakje... wel dan? Bovendien konden de spijkerbroek en het topje dat ze aan had gehad toen Alicia haar uit Frankrijk meenam naar Engeland en de paar kledingstukken die ze sindsdien van haar zus had geleend niet bepaald een uitgebreide garderobe worden genoemd.

Ze liep net het parkeerterrein op toen ze iemand haar naam hoorde roepen. Ze draaide zich om en zag Alicia naar haar zwaaien.

'Hé, Julia!' Alicia haalde haar in en glimlachte. 'Je hebt me een rit bespaard. Ik was net op weg naar je toe.' Ze keek naar de tassen. 'Heb je gewinkeld?'

'Ja,' gaf Julia toe.

'Dus je voelt je weer beter?'

'Ja, dank je, veel beter.'

'Mooi,' zei Alicia, en ze knikte. 'Mooi,' herhaalde ze. 'Weet je, Julia, als je denkt dat je het aankunt, vroeg ik me af of je zin had om morgenavond te komen eten. Er komen wat vrienden van ons. Misschien is het leuk voor je om een stel mensen uit de buurt te ontmoeten,' moedigde ze aan.

'Ik kan niet, maar bedankt voor de uitnodiging.'

Alicia keek haar zus argwanend aan. 'Kun je niet of wil je niet?'

'Ik kan niet.' Julia had geen zin om er meer over te vertellen.

'Waarom niet?' ging Alicia door.

Julia zuchtte van frustratie. 'Omdat ik al een andere uitnodiging heb aangenomen, daarom.'

'Echt waar?' De verbazing was van Alicia's gezicht af te lezen. Voor zover zij wist, kende Alicia niemand en was ze sinds haar komst niet uit geweest. 'Waar dan?'

'Alsjeblieft zeg, Alicia!' snauwde Julia terwijl haar irritatie de overhand kreeg. 'Kit heeft me op Wharton Park uitgenodigd voor het avondeten, oké?'

'Oké, oké, sorry. Ik...' Ze grinnikte en wees naar de tassen. 'Ben je van plan iets nieuws aan te trekken?'

'Ik denk het wel.' Julia bad in stilte dat haar wangen niet rood zouden worden. 'Luister eens, Alicia, ik moet echt gaan. Ik wil een televisie kopen voor de winkel om vijf uur sluit. Ik bel je nog.'

'Beloof je dat?' riep Alicia Julia na toen ze gehaast over het parkeerterrein wegliep.

'Ja. Dag.'

'Veel plezier morgenavond,' riep ze nog toen Julia al uit het zicht verdween. Alicia glimlachte even om Julia's onthulling en ging toen naar de stomerij om de overhemden van Max op te halen.

27

Julia parkeerde haar auto voor de afbrokkelende stenen trap die naar de hoofdingang van Wharton Park leidde. Het huis was in duisternis gehuld, de magnifieke eiken voordeur was gesloten. Ze realiseerde zich dat ze Kit niet had gevraagd bij welke ingang ze moest zijn. Dit leek haar niet de juiste. Julia stapte uit met de fles wijn in haar hand, sloot de auto af en liep om de hoek van het huis, naar de personeelsingang.

Onder het lopen voelde ze de adrenaline door haar lijf gieren; ze begreep niet waarom ze zo nerveus was. Dit was immers gewoon een ontspannen etentje met een vriend, een man van wie ze bijna niets wist en die voor hetzelfde geld getrouwd was en een paar kinderen had. Kit had het er nooit over gehad en zij had er niet naar gevraagd.

Julia stond stil voor de personeelsingang, blij te zien dat daarachter in elk geval licht brandde. Ze ademde diep in en klopte aan.

Een paar seconden later deed Kit de deur open.

'Hoi, Julia.' Hij kuste haar op beide wangen. 'Kom binnen.'

'Dank je.' Julia volgde hem de bijkeuken door en de keuken in. 'Ik heb wijn meegebracht.' Ze zette de fles op dezelfde grenen tafel waar ze als kind aan had gezeten.

'Bedankt,' zei Kit en hij keek haar aan. 'Jeetje, je ziet er veel beter uit. En die kleur staat je echt goed,' zei hij bewonderend en hij wees naar haar nieuwe blouse. 'Dokter Crawfords zorgen hebben kennelijk wonderen verricht. Wit of rood?' vroeg hij bij de deur van de provisiekamer.

'Maakt niet uit,' zei Julia, die wenste dat haar tong uit de knoop raakte en zij zich kon ontspannen. Ze keek naar Kit, die naar de koelkast liep, zijn lange benen in een spijkerbroek en zijn bovenlijf in een pas gestreken roze overhemd.

'Dan beginnen we met wit.' Hij haalde een fles uit de koelkast en kwam weer de keuken in om hem te ontkurken. 'Ik vrees dat het een ontdekkingsreis wordt wat de smaak betreft. De kelder ligt vol Franse wijn. Sommige flessen zijn jaren oud en sommige zijn beter op dronk gekomen dan andere, zoals je je kunt voorstellen. Dit zou dus nectar kunnen zijn, of azijn.' Hij trok de kurk eruit en rook aan de fles. 'Geen van beide, maar beslist drinkbaar.'

'Misschien moet je er eens een expert naar laten kijken. Er kunnen best waardevolle flessen tussen liggen. Xavier, mijn... man, heeft ooit tijdens een veiling een fles gekocht voor tweeduizend euro.'

'En smaakte hij ook naar tweeduizend euro toen je hem opdronk?' vroeg Kit terwijl hij haar een glas gaf.

'Hij was lekker, maar niet echt bijzonder. Ik zei altijd dat hij vast dronken was geweest toen hij hem kocht.' Julia grinnikte.

'Het heeft wat van het verhaal van de nieuwe kleren van de keizer, als je het mij vraagt,' zei Kit en hij nam een aarzelend slokje. 'Net zoiets als kaviaar en truffels; noem me een barbaar als je wilt, maar ik snap de aantrekkingskracht niet van een paar visseneitjes of een paddenstoel. Maar ja, ik eet dan ook om te leven, niet andersom. Of misschien ben ik gewoon jaloers op het geld dat ervoor nodig is om aan dergelijke grillen toe te kunnen geven. In de hiërarchie van mijn behoeften komen ze niet eens op mijn lijstje voor. Hoe dan ook, proost, Julia. Welkom terug op Wharton Park.'

'Bedankt voor de uitnodiging,' antwoordde Julia stijfjes en ze nam een flinke slok wijn in de hoop dat ze daardoor wat los zou komen. 'Hoe is je gesprek met de notaris verlopen?'

'Dat is in feite de reden dat ik je heb uitgenodigd. Ik heb behoefte aan de mening van iemand anders over de situatie. En wie kan dat beter zijn dan iemand die altijd van deze plek gehouden heeft?' Hij liep naar het oude zwarte fornuis. 'Ik zal mijn zorgen aan je voorleggen terwijl ik de pastasaus maak.'

'Brand maar los,' zei Julia, 'het is weer eens wat anders om naar de ellende van een ander te luisteren.'

'De verkoop van Wharton Park gaat misschien niet door.'

'O, Kit! Nee! Waarom?'

'Gewoon weer een verhaal van deze tijd,' antwoordde hij mat. 'De overdracht zou vrijdag plaatsvinden, maar toen de papieren op tafel lagen, vertelde de notaris van de koper dat hij een prijsverlaging van een miljoen wilde, in verband met de daling van de huizenprijzen sinds we in onderhandeling waren gegaan. Kennelijk heeft meneer Hedgefonds het nogal zwaar te verduren gehad op de beurs en kan hij het zich niet veroorloven meer te betalen.'

'Geloof je hem?' informeerde Julia, die zich afvroeg waarom ze niet eerder had gezien hoe mooi Kits ogen waren.

'Wie weet? Ik kan op het moment nog niet beslissen of hij een boosaardige, samenzwerende klootzak is of een boosaardige, samenzwerende klootzak,' mompelde Kit terwijl hij met een vork door de kokende pasta roerde. 'Het punt is dat hij weet dat het in de huidige markt moeilijk zal zijn een andere koper te vinden. Hij staat in een sterkere positie.'

'Ik begrijp het. Wat een boosaardige, samenzwerende klootzak,' merkte Julia op, trachtend zich te concentreren op wat hij zei. 'Kun je het je veroorloven om het voor minder te verkopen?'

'Niet met de huidige schulden van het landgoed, plus de successierechten over het beetje dat nog over is. Maar als klap op de vuurpijl eist meneer Hedgefonds ook nog dat ik de binnenplaats bij de stallen erbij doe. Hij heeft besloten dat hij geen zin heeft in buren zo dichtbij, en eerlijk gezegd,' bekende Kit, 'ben ik daar pas echt woest over.'

'Dat kan ik me voorstellen,' zei Julia. 'Vooral omdat hij daar pas op het laatste moment mee komt.'

'Tja,' zei Kit met opgetrokken wenkbrauwen, 'zo worden de rijken rijker, nietwaar? Dat ik de binnenplaats buiten de verkoop had weten te houden en had besloten er te gaan wonen, maakte het hele idee van de verkoop van het landgoed op de een of andere manier draaglijker. En... ik geef het toe,' zei Kit, 'deze plek begint me te raken. Wat me verbaast, omdat ik er als kind helemaal niets mee had. Maar ja, het is waar. Hoe langer ik hier ben, hoe moeilijker ik het vind om Wharton Park te verkopen.'

'Wat ga je nu dan doen?'

Kit goot de pasta af door een vergiet en schepte hem in twee kommen. 'Ja, dat is de grote vraag. Maar goed, het eten is klaar.' Hij vulde hun wijnglazen bij en ging tegenover haar aan tafel zitten.

'Bedankt hiervoor, Kit. Het ruikt heerlijk.'

'Mooi zo, ik hou van koken. Of tenminste van experimenteren. Tast toe voor het koud wordt.'

'Ik vrees dat ik niet bepaald een expert ben als het op koken aankomt,' bekende ze met haar mond vol.

‘Het is gewoon een kwestie van oefening en ik kan me niet voorstellen dat jij daar met jouw levensstijl veel kans toe hebt gehad. Bovendien zou het natuurlijk een ramp zijn als je er een vinger afhakte terwijl je groenten stond te snijden.’ Kits ogen twinkelden. ‘Dan zouden er opeens wat noten in Chopins Etudes ontbreken.’

‘Wat ga je nou doen met Wharton Park?’

‘Ik weet het echt niet,’ gaf Kit toe. ‘Wat zou jij doen?’

‘O, Kit.’ Julia schudde haar hoofd. ‘Ik ben waarschijnlijk niet de beste persoon om dat aan te vragen. Je weet dat ik dol ben op Wharton Park. En ik weet wel dat mijn gevoel voor fair play zou overheersen. Dus ik zou bijna zeker tegen hem zeggen dat hij kon opduvelen,’ zei ze glimlachend. ‘Maar zo ben ik, en dan weet je niet wat de financiële gevolgen zijn. Ik bedoel, wat doe je als je niet aan meneer Hedgefonds verkoopt? Kun je het je veroorloven de boel nog een poosje draaiende te houden tot er een andere koper komt?’

‘Nou, gisteravond heb ik de boeken eens goed bekeken en vanmorgen ben ik naar de accountant geweest. Met het inkomen van de boerderij en de huurders in de huisjes op het landgoed blijken we nu een beetje verlies te draaien. Maar dat is vooral doordat alle omzet opgaat aan de rente over de schulden.’ Kit schonk zichzelf nog wat wijn in. ‘De accountant zei dat het landgoed met wat aandacht voor details best weer rendabel gemaakt kan worden. De schulden zouden kunnen worden samengevoegd in één hypotheek met een lagere rente om fondsen vrij te maken om wat modern materieel aan te schaffen en een beheerder te zoeken die verstand van zaken heeft.’

‘Dat klinkt allemaal vrij positief.’

‘Ja, maar dan blijft er nog geen stuiver over om het huis zelf op te knappen,’ verzuchtte Kit. ‘De taxateur die is komen kijken toen ik net van plan was het te verkopen, zei dat het wel een paar miljoen zou kosten om te voorkomen dat het huis voor mijn ogen afbrokkelde. En dan hebben we het nog niet gehad over vernieuwingen aan het interieur, zoals een nieuwe keuken en misschien hier en daar een bad dat je kunt gebruiken zonder er smeriger uit te komen dan je erin gegaan bent. Dit huis heeft zestien badkamers,’ zei hij veelbetekenend, ‘en dat geld heb ik natuurlijk niet.’

‘Dus,’ vatte Julia samen, ‘zou het mogelijk zijn het nog een paar maanden vol te houden tot zich een andere koper aandient?'

Kit knikte. 'Ja, als ik het beheer van het landgoed zelf op me neem, waarvoor ik dan wel andere plannen in de koelkast moet zetten. Het punt is, hoe langer ik hier ben, hoe moeilijker ik het vind er afstand van te doen. En natuurlijk heb jij ook niet bepaald geholpen,' voegde hij eraan toe.

Julia keek hem verbaasd aan. 'Bedankt. Wat bedoel je?'

'Door jouw verhaal over mijn familie heeft Wharton Park meer betekenis en waarde voor me gekregen dan het voorheen had. En het maakt natuurlijk deel uit van onze gedeelde geschiedenis. Als Wharton Park er niet was geweest, had ik jou destijds nooit ontmoet.'

Kits uitdrukking was veranderd. Hij keek haar aan en Julia voelde zich plotseling ongemakkelijk onder zijn blik.

'Nou,' zei ze opgewekter dan ze het bedoelde, 'je hebt dus een moeilijke beslissing te nemen.'

Kit knikte. 'Ja, inderdaad. En daar heb ik weinig tijd voor. En eerlijk gezegd was dat niet de enige reden dat ik je heb gevraagd vanavond te komen. Dat was ook voor mijn eigen geestelijke gezondheid. Ik miste het om je je soep te zien slurpen en je verhitte voorhoofd te deppen.'

'God mag weten waarom,' zei Julia, die nog steeds koppig de veranderde sfeer ontweek. 'Ik was vast geen goede gesprekspartner, aangezien ik de meeste tijd nauwelijks aanspreekbaar was.'

Kit legde zijn vork in zijn lege kom en keek haar peinzend aan. 'Ja, dat klopt. Maar ondanks dat was je vreemd welbespraakt. Liever de stilte van iemand in wiens gezelschap je geniet dan het constante gekwebbel van iemand aan wie je je rot ergert.'

In de stilte die daarop volgde at Julia haar laatste pasta op, legde haar vork neer en bestudeerde haar kom.

'Hoe dan ook,' vervolgde Kit, 'het was geweldig om je wat beter te leren kennen. Ik ben die dag dat ik je hoorde spelen nooit vergeten... Ben je van plan in Norfolk te blijven?'

'Ik weet het gewoon niet, Kit,' antwoordde ze naar waarheid. 'Ik heb pas een paar weken weer het gevoel dat ik over de toekomst na kan denken.'

'Ik begrijp het.' Hij knikte. 'Echt. Ik heb lang geleden iets soortgelijks meegemaakt. Het verandert je leven – en jou – onomkeerbaar. Het gevolg was dat ik het bijna onmogelijk vond om weer een langdurige relatie aan te gaan. Ik ben wat dat betreft sindsdien echt een nachtmerrie. Nou ja, tot een paar jaar geleden dan.' Hij grinnikte. 'Dat weet je dan ook weer.'

'Ja,' mompelde Julia, die niet wist wat ze anders moest zeggen.

'Dat gezegd hebbende hoop ik dat ik nu een beter mens ben. En het kan natuurlijk ook zijn dat ik sindsdien gewoon nog niet de juiste persoon ben tegengekomen.' Hij zweeg even en keek haar over de tafel aan. 'Een mens ontmoet niet veel zielsverwanten in zijn leven, hè?'

'Nee.' Julia voelde dat haar ogen zich vulden met tranen. Ze keek op haar horloge. 'Luister eens, Kit, ik moet echt naar huis. Ik ben... moe.'

'Natuurlijk. Dat kan niet anders.' Kit stak zijn hand uit en legde die op de hare. 'Kunnen we dit nog eens doen als jij je wat beter voelt? Ik wil je heel graag weer zien, Julia.'

'Ja.' Julia trok abrupt haar hand weg, stond op en liep naar de deur.

Kit volgde haar. 'Wat zeg je van maandag?'

'Ik weet het niet.' Julia wilde gewoon weg. Ze begreep niet waar de sterke golf van emoties vandaan kwam die ze voelde.

Kit legde zijn hand op de klink voor ze kon ontsnappen en versperde haar de weg. Toen boog hij zich voorover om haar te kussen. Zijn lippen raakten de hare en er ging een elektrische schok door haar heen. Ze trok haar mond terug, maar hij hield haar stevig in zijn armen.

'Julia, alsjeblieft, het spijt me als ik iets verkeerds heb gezegd, als het te vroeg voor je is.' Hij zuchtte. 'Ik heb je gemist, dat is alles. We kunnen het langzaamaan doen, dat beloof ik je. Ik begrijp het echt.'

'Ik...' Julia bevrijdde zichzelf, verward door de maalstroom van tegenstrijdige emoties die deze avond met Kit had opgeroepen. 'Welterusten, Kit.'

'Ik bel je de komende dagen. Misschien kunnen we maandag...'

Ze had de deur nu echter geopend en haastte zich weg van het huis en naar de veiligheid van haar auto.

28

De twee dagen daarna liep Julia door het huisje te lummelen, niet in staat zich te ontspannen voor de splinternieuwe flatscreentelevisie die was afgeleverd en in de hoek van haar zitkamer was geïnstalleerd. Ze maakte lange wandelingen door de moerassen en probeerde te begrijpen waardoor ze zich zo onzeker voelde.

Het was allemaal erg verwarrend. Kit was verwarrend. Het ene moment probeerde hij haar te waarschuwen dat hij een 'nachtmerrie' was, het volgende zei hij dat hij haar weer wilde zien en kuste hij haar. En bovendien, waarom gaf ze zelfs maar iets om hem? Ze was pas weduwe geworden en ze rouwde nog om haar overleden man. Nog maar twee weken geleden had ze de wereld niet onder ogen kunnen komen en nu lag ze in bed en herinnerde ze zich hoe hij haar had gekust en stelde ze zich… meer voor.

Ze begreep gewoon niet wat een effect Kit op haar had.

Het ergste was nog dat ze om de paar minuten de voicemail van haar mobieltje wilde controleren en omdat het signaal zelfs in de badkamer erg zwak was, liep ze constant door High Street heen en weer.

Vier dagen later had ze nog steeds geen berichten ontvangen.

Toen er een week was verstreken zonder dat ze iets van hem had gehoord, werd Julia 's ochtends na een rusteloze nacht wakker met het besef dat ze Kit moest vergeten en dat ze door moest gaan. Hij had gezegd dat hij zou bellen en dat hij dat niet had gedaan, was het onbetwistbare bewijs dat hij niet te vertrouwen was.

Toen ze onder de douche stond, ging haar mobiele telefoon en ze pakte hem snel op.

'Hallo?'

'Ik ben het, Alicia. Hoe is het met je?'

Julia's stemming daalde. 'Goed, dank je. En met jou?' vroeg ze, de telefoon tussen haar kin en haar schouder geklemd terwijl ze zich afdroogde.

'Ja, prima. Sorry dat ik je niet eerder heb gebeld. Het was een drukke week. Hoe was je etentje met Kit?'

'Goed, ja, goed,' zei Julia.

'Mooi zo. Heb je hem sindsdien nog gezien?'

'Nee.'

'Oké,' antwoordde Alicia. 'Dus er is geen sprake van een... romance?'

'God nee! Poe! We zijn gewoon vrienden, dat is alles.'

'Mooi, daar ben ik blij om.'

'O ja? Waarom? Ik dacht dat je hem zo aardig vond?' reageerde Julia ongewild verontwaardigd.

'O, ik vind hem ook aardig. Dat wil zeggen, dat was zo, maar... het is niets, eigenlijk. Ik denk alleen...'

'Wat denk je? Kom op, Alicia, wat probeer je me nou te vertellen?' vroeg ze.

'Een beetje rustig aan, Julia. Bovendien doet het er niet toe als er tussen jullie niets gaande is. Ik wilde je alleen waarschuwen dat Lord Crawford misschien niet zo rechtdoorzee is als ik dacht. Maar goed, het zijn mijn zaken niet.'

'Nee, dat klopt,' snauwde Julia, en ze veranderde van onderwerp. 'Hoe is het met de kinderen?'

'Ze maken voortdurend ruzie,' verzuchtte Alicia. 'Max en ik vroegen ons af of je morgen wilde komen lunchen.'

'Dank je, Alicia, maar nee, bedankt. Dan ben ik...' – Julia zocht naarstig naar een excuus – 'wandelen.'

'Wandelen?!'

'Ja.' Julia liep naar haar slaapkamer, wetend dat ze daar helemaal geen bereik had. 'Ik bel je gauw. Dag.'

Ze gooide het mobieltje gefrustreerd op het bed en haatte Alicia en Kit omdat ze haar van haar stuk brachten; maar ze haatte zichzelf nog het meest omdat ze zo reageerde en niet zeker wist waarom.

Vertwijfeld reed ze naar Holt om weer een paar uur door te komen. Ze kocht eten waar ze geen zin in had en een geurkaars die ze bijna zeker zou vergeten aan te steken. Ze liep lusteloos door de winkelstraat naar het boetiekje waar ze een week eerder kleren had gekocht en keek in de rekken. Er hing niets bij naar haar zin en het zaakje herinnerde haar alleen maar aan de opwinding die ze de vorige keer had gevoeld. Ze zag een peuter van ongeveer dezelfde leeftijd als Gabriel, ook met blonde krullen en blauwe ogen, maar niet zo mooi – nee, nooit zo mooi – door de boetiek dribbelen terwijl zijn moeder afrekende.

Ze liep naar buiten – tranen prikten in haar ogen – en terug naar haar auto. En toen zag ze hen: hém, hij stapte uit de auto, liep om naar het passagiersportier om het te openen; en haar, stralend en dankbaar naar hem glimlachend toen hij naar het achterportier liep en voorzichtig een pasgeboren baby uit de auto haalde. Hij kuste de baby op het hoofdje, gaf hem aan zijn moeder en liep naar de kofferbak om de kinderwagen te pakken. Toen de baby erin lag, kwamen ze gedrieën in Julia's richting, hij met zijn arm beschermend om de schouders van de moeder geslagen.

Julia dook instinctief achter de dichtstbijzijnde auto weg toen ze haar passeerden, zo dichtbij dat ze Annies nasale Amerikaanse stem en Kits lach duidelijk kon horen.

'O, god.' Julia ademde diep in en zodra ze uit het zicht verdwenen waren rende ze naar haar eigen auto en stapte in. 'Jezus christus! Hoe kón hij?!' riep ze en ze sloeg net zo hard op het stuur als haar hart in haar borstkas bonkte. Ze startte de motor en reed de parkeerplaats af.

Die avond dronk ze een hele fles wijn leeg, en met elk glas werd ze woedender. Kit had met haar gespeeld, zo simpel was het. Al dat gepraat van 'ik begrijp hoe je je voelt' was kennelijk de façade van een man met een hart zo hard als een geslepen diamant. Misschien, dacht Julia terwijl ze het laatste restje uit de fles opdronk, was dat voor hem een kick. Hij was niets meer of minder dan de gemiddelde donjuan, alleen van hogere komaf.

'Arme baby, arme Annie,' fluisterde ze terwijl ze de trap op wankelde en met haar kleren aan op het bed neerviel.

En toch was hij zo aardig en zorgzaam geweest toen ze ziek was...

Er rolde een traan over haar wang. Boos zijn hielp niet meer.

Ze miste hem.

'O nee,' kreunde ze, eerlijk genoeg door de alcohol om de waarheid te zien en te voelen. En de waarheid was dat ze – god mocht weten hoe – verliefd was geworden op Kit Crawford.

Maandagochtend was Julia weer in Holt. Ze zat bij het reisbureau om een vlucht naar Frankrijk te boeken. De zondag was in een eenzaam, katterig waas voorbijgegaan en na uren middagtelevisie had Julia het avondeten klaargemaakt en zichzelf eens goed onder handen genomen. Ze kon haar weg terug naar het leven niet laten verpesten door dit gedoe met Kit. Ze moest de ervaring gebruiken, toegeven dat ze kwetsbaar was als het om genegenheid ging en ervoor zorgen dat ze geen relatie kreeg voordat ze weer helemaal 'genezen' en er klaar voor was.

Met haar vluchtdetails in haar handtas reed Julia duidelijk optimistischer naar huis. Ze zou woensdag vertrekken, wat haar nog een paar dagen de tijd gaf om afscheid te nemen van haar familie en haar spullen in te pakken.

Toen ze Blakeney binnenreed, ging haar mobiele telefoon. Even later ging hij weer. Ze keek op het schermpje en zag dat het een voicemailbericht was. Waarschijnlijk Alicia die wilde weten hoe het met haar ging, dacht ze terwijl ze in de Spar liep voor een fles melk en de telefoon bij haar oor hield.

'Hoi, Julia, met Kit. Sorry, sorry, veel excuses dat ik niet gebeld heb. Het is onverwacht nogal een hectische week geworden. Ik vroeg me af of we morgen samen zouden kunnen lunchen. Hoop in elk geval dat je je beter voelt. Bel me een keer terug. Dag.'

'Ha!' Julia liet een oude man schrikken die naast haar naar de boter in de koeling reikte. 'Sorry,' zei ze en ze liep met haar melk naar de kassa, rekende af en haastte zich toen de winkel uit. Toen ze de bocht nam om bij haar huisje te parkeren gooide ze haar hoofd in de nek en lachte.

'Ha, ha! Hectische week, hè, Kit? Ha, ha! Nou, dat zal wel als je vriendin, of misschien zelfs je vrouw – wie weet?! – moest bevallen van je baby! Ha! Ha! Ha!'

Julia voelde zich belachelijk veel beter nu Kit had bewezen precies te zijn wat ze had gedacht – misschien zelfs erger – en bleef haast maniakaal lachen terwijl ze naar binnen ging. De adrenaline stimuleerde haar tot een gejaagde actie, waarbij ze de paar kleren en wat kleinigheden in een koffer pakte die ze mee wilde nemen naar Frankrijk.

Een kwartier later was ze klaar. Ze liet zich uitgeput op de bank vallen en schudde ongelovig haar hoofd om Kits bericht.

Te bedenken dat ze hem zelfs had vergeleken met Xavier, haar arme dode echtgenoot, die dan wel zijn onvolkomenheden had, maar haar altijd had aanbeden.

'Jezus,' mompelde ze. Toen stond ze op en liep naar buiten om naar Alicia te rijden en haar gedag te zeggen.

'Ik zal je missen, lieverd,' zei Alicia, 'maar ik ben blij dat je zover bent dat je terug kunt. Ik weet hoe moeilijk het de eerste weken zal zijn. Wanneer je maar wilt praten, ik ben er altijd voor je, dat weet je,' voegde ze er nadrukkelijk aan toe.

'Ik beloof dat ik zal proberen contact te houden,' zei Julia. 'Ik weet dat ik daar voorheen niet zo goed in was. Ik had het altijd druk, met reizen, spelen, Xavier en Gabriel...'

Julia's stem stierf weg, maar even later ging ze door, wetend dat ze openlijk over hen moest kunnen praten als ze het wilde redden op een plek waar iedereen hen had gekend en van hen had gehouden. 'Waar ik denk ik nog het meest tegen opzie is het huis binnen lopen in de wetenschap dat zij er niet zullen zijn.' Julia beet hard op haar lip om de tranen terug te dringen. 'Maar zoals je zegt zal het geleidelijk makkelijker worden. Ik moet gewoon de moed vinden om de pijn te doorstaan.'

'Dat gaat je lukken, Julia, dat weet ik zeker.' Alicia kwam naast haar zitten en pakte haar hand vast. 'Ik wil je wel zeggen hoeveel bewondering ik voor je heb.'

Julia trok een wenkbrauw op. 'Bewondering voor mij? Dat kan haast niet, Alicia. Ik zit de hele tijd al ontzettend met mezelf in de knoei en jij hebt altijd alles vreselijk goed voor elkaar en je helpt mij erbovenop.'

'Dat is gewoon een kwestie van verschil in persoonlijkheid. En laat me je dit zeggen: ik geloof echt niet dat ik had overleefd wat jij hebt doorgemaakt. Ja, ik ben erg georganiseerd, dus ik kan een huis, een gezin en het leven aan, maar als ik in jouw schoenen had gestaan, had me dat helemaal kapotgemaakt.'

'Echt waar?'

'Nou en of.' Alicia knikte driftig. 'Alles wat buiten de gebaande paden valt... Ik weet dat ik het niet zou trekken. Die gedachte maakt me soms bang, echt waar.'

Het was zeldzaam dat ze Alicia kwetsbaar zag en Julia kreeg daardoor spijt van haar wrok jegens haar. 'Je bent geweldig voor me geweest, Alicia. Bedankt voor alles. Als je ooit zin hebt in een reisje naar Frankrijk, weet je dat je altijd welkom bent.'

'Dat zou ik heerlijk vinden, maar ik zie het niet zo gauw gebeuren, jij wel?' Alicia wees naar haar smetteloze keuken. 'Wat? Mama die weggaat? Hun wereldje zou instorten.' Ze glimlachte.

'Nou, het aanbod staat in elk geval.'

'Dank je. En, heb je je koffer al gepakt?'

'Ja. Het kostte me tien hele minuten. Is pap nog in Norfolk? Ik wil hem ook nog gedag zeggen.'

'De laatste keer dat ik hem sprak was hij in Londen om zijn reis naar de Galapagos voor te bereiden, maar bel hem even,' adviseerde Alicia. 'En hoe zit het met Elsie en de rest van het verhaal?'

'Eigenlijk wilde ik dat aan jou overlaten. Waarom ga je niet een keer naar haar toe? Dat zou ze fantastisch vinden.' Het laatste wat Julia nu wilde was nog meer Crawford-intriges horen.

'Dat zal ik doen. Ga je Kit ook nog gedag zeggen?'

Julia's ogen schoten vuur. 'Nee. Het lijkt me dat hij het nogal druk heeft op het moment, denk je ook niet?'

'Ik... weet het niet,' antwoordde Alicia zwakjes. 'Nou, *bon voyage*, zusje,' voegde ze eraan toe, en Julia liet zich door haar omhelzen. 'Hou alsjeblieft contact deze keer, oké?'

'Dat doe ik, en bedankt voor alles, Alicia.'

'Je weet dat ik altijd voor je klaarsta, Julia.'

Op weg naar huis beluisterde ze de helft van nog een bericht van Kit, die zich afvroeg of ze zijn vorige berichtje had ontvangen. Ze riep weer hard 'Ha!', wiste het bericht en schakelde haar telefoon uit.

De volgende dag zat Julia in het zwakke zonnetje in de tuin van de pub en belde ze Elsie en haar vader, om hun te vertellen dat ze naar huis ging. Elsie was herstellende van een mildere aanval van de griep dan Julia had gehad en kon nauwelijks praten, en George leek met zijn gedachten al helemaal bij de Galapagos Eilanden.

'Ga je naar huis, lieverd? Naar je huisje? Prima, prima. Leuk dat je belt.'

'Nee, naar Frankrijk, pap,' legde Julia geduldig uit. Ze was eraan gewend dat hij afwezig was tijdens de voorbereidingen van een reis.

'O, ik snap het. Zo mag ik het horen! Je moet toch weer een keer op gang komen. En terug naar je piano.'

'Stapje voor stapje, pap,' vermaande Julia hem.

'Ja, natuurlijk. Nou, ik vertrek dit weekend. Als je weer e-mail hebt, dan hou ik wel op de gebruikelijke manier contact. Al heb ik geen idee hoe het daar met de communicatiemiddelen is gesteld.'

'Wees voorzichtig, pap.'

'Jij ook, lieverd. En vergeet niet dat ik trots op je ben.'

'Dank je, pap. Dag.'

'Tot ziens, lieverd.'

Toen Julia het telefoontje beëindigde, zag ze dat ze een sms'je van Kit had ontvangen. Ze wiste het zonder het te lezen, dronk de rest van haar wijn op en at een sandwich, met haar gedachten bij de volgende dag en de volgende moeilijke etappe van haar reis. Nu die dichterbij kwam, zag ze er meer tegen op. Ze wandelde terug naar haar huisje en vroeg zich af of ze echt wel klaar was om te vertrekken. Hoe irritant ze Alicia's betuttelende aandacht soms ook vond, die had haar wel een gevoel van veiligheid gegeven.

Terug in Frankrijk zou ze alleen zijn met haar herinneringen.

Maar wat voor keus had ze? Hier had ze niets. Helemaal niets.

29

Om acht uur die avond was de huurauto opgehaald die ze de afgelopen maanden had gebruikt. Het huisje was schoon en opgeruimd en de taxi naar het vliegveld was besproken voor half acht de volgende ochtend. Haar koffer stond te wachten bij de deur en ze was klaar om te vertrekken.

Ze keek in de zitkamer om zich heen, plotseling gesteld op de vier muren die getuige waren geweest van haar verdriet en een stoïcijns, zij het wat eenvoudig toevluchtsoord waren geweest toen ze dat het hardst nodig had. Ze stond op, liep naar de voordeur en deed die open. Ze ademde de frisse, zuivere geur van de Noordzee in en keek voor het laatst naar de boten die in de haven beneden haar lagen te deinen.

'Hallo, Julia.'

Er klonk een stem vanuit het donker en haar hart klopte meteen in haar keel.

'Ik ben het, Kit,' zei de stem toen een gestalte het zwakke licht binnenstapte dat uit het huisje naar buiten scheen.

Julia verstarde. Ze spoorde haar lichaam aan drie stappen terug te doen, de deur te sluiten en te vergrendelen en zich achter de bank te verstoppen tot hij weg was. Het reageerde echter niet, dus bleef ze staan waar ze stond.

'Luister, ik weet dat je morgen weggaat...'

'Hoe?' blafte ze, blij dat haar stem in elk geval wel werkte.

'Ik heb je zus gebeld. Toen ik niets van je hoorde, maakte ik me zorgen.'

'Ha!' Julia kon het niet helpen.

'Julia...' Kit kwam nog een paar passen dichterbij en Julia's arm ging instinctief omhoog om hem buiten te houden.

'Luister nou, ik denk echt dat er sprake is van een misverstand. Mag ik binnenkomen en het je uitleggen?'

'Dat lijkt me niet nodig. Ik begrijp het misverstand maar al te goed, Kit. Als je me nu wilt excuseren, ik moet morgen vroeg op en ik wil gaan slapen. Welterusten.'

'Alsjeblieft, Julia.' Kit stak zijn platte hand vooruit om de deur open te houden. 'Laat het me uitleggen, al is het maar opdat we niet met onenigheid uit elkaar gaan. Dat zou ik echt vreselijk vinden.'

Julia zuchtte en gaf schouderophalend toe. 'Als het per se moet. Vijf minuten dan.' Ze draaide zich om, liep naar de bank en ging zitten.

Kit volgde haar naar binnen en ging bij de open haard staan.

'De reden dat ik je vorige week niet heb gebeld, is dat Annies baby is geboren.'

'Ja, dat weet ik. Gefeliciteerd.' Julia dwong zich tot een glimlach.

'Dank je. Ik zal het haar doorgeven als ik haar weer spreek.'

Julia trok walgend een wenkbrauw op. 'Neem me niet in de maling, Kit. Ik heb jullie gezien in Holt. Het zag er erg gezellig uit. Het is in orde, echt.'

'Ja, het is in orde, Julia, nu tenminste wel.' Kit krabde geagiteerd op zijn hoofd. 'Luister, wil je horen hoe het zit of hou je liever vast aan het script dat heel noordelijk Norfolk de afgelopen weken heeft bedacht? De keus is aan jou.'

'Natuurlijk.' Julia haalde vrijblijvend haar schouders op. 'Als je wilt.'

'Of je het nu wilt horen of niet, ik vind dat ik je de waarheid schuldig ben. Dus,' verzuchtte Kit, 'om het kort te houden, Annie is een heel oude en goede vriendin van me. Twaalf jaar geleden heeft ze me door een heel moeilijke periode heen geholpen. Daarna verhuisde ze naar de VS en ik bezocht haar vrij vaak. Afgelopen jaar vertelde ze me dat ze eindelijk de liefde van haar leven had gevonden. Ik had haar nog nooit zo gelukkig meegemaakt. Het enige probleem, zoals zij het stelde, was dat hij een bindingsfobie had. Ze wist zeker dat hij van haar hield, maar hij kon niet de stap zetten naar samenwonen, laat staan trouwen. En dan, bingo, blijkt Annie zwanger. Ze is vierendertig, draagt het kind van de man die ze liefheeft en peinst er niet over een eind aan de zwangerschap te maken.'

'Nee, dat zou ik ook niet hebben gedaan,' zei Julia.

'Natuurlijk gaat Jed met zijn bindingsfobie over de rooie en hij verbreekt de relatie. Annie is diepbedroefd en besluit dat het beste wat ze kan doen, is de herinneringen achter zich laten en zich op de zwangerschap concentreren. Dus belt ze mij en vraagt of ze bij me mag logeren tot de baby geboren is. Ik zeg natuurlijk ja. Ik was toen net met de verhuizing naar Wharton Park bezig en daar is bepaald geen gebrek aan ruimte.

Eerlijk gezegd was ik blij met haar gezelschap,' legde Kit uit. 'Vorige week begon de bevalling, twee weken te vroeg, en ik heb geprobeerd de rol van de helpende partner te vervullen.'

'Dat was erg aardig van je,' zei Julia met tegenzin.

'Het was het minste wat ik kon doen voor iemand die er voor mij was toen ik haar nodig had,' antwoordde Kit. 'Al voelde ik me een vreselijke bedrieger. Een van de zusters zei zelfs dat de baby op mij leek!' Hij grinnikte. 'Toen Charlie geboren was, mailde ik Jed in de vs om hem te laten weten dat hij een prachtige zoon had. Ik stuurde een foto mee die ik kort na de geboorte had gemaakt.'

'Wist Annie dat je dat deed?' interrumpeerde Julia.

'Nee, dat wist ze niet. Maar ik wist dat ze wilde dat Jed het zou horen. En ik waagde het erop dat zelfs het meest ondoordringbare hart zou smelten bij het zien van zijn kleine, volmaakte nageslacht. En, *voilà*! Ik had gelijk.' Kit glimlachte. 'Twee dagen geleden dook de echte vader op Wharton Park op, werd onmiddellijk verliefd op zijn zoon en nu neemt hij moeder en kind mee naar de vs voor een gelukkige, gezamenlijke toekomst.'

'Wow!' zei Julia. 'Wat een verhaal.'

'Met voor de verandering een spectaculair happy end. Voorlopig althans,' voegde Kit er cynisch aan toe.

'Verliest een vos echt zijn streken?' mompelde Julia bijna in zichzelf. 'Ik weet niet of ik hem had kunnen vergeven dat hij me zo in de steek liet. Hoe kan Annie hem ooit nog vertrouwen?'

'Ze moet wel. Ze houdt van hem, Julia. En als iets een vos zijn streken kan afleren, zoals jij het uitdrukt, dan is zo'n baby'tje vast het allerbeste wapen. Tel daar nog een grote diamanten ring bij op, en een bruiloft zodra Annie dat aankan, om nog maar te zwijgen van de lijst van afspraken met makelaars in Greenwich, en je hebt in elk geval een zo positief nieuw begin als iemand zich maar kan wensen. Ze is heel dapper en heeft de sprong gewaagd. Ik hoop alleen dat het allemaal goed gaat. Jezus, Annie verdient het. Ze is de afgelopen maanden door een hel gegaan. Ik heb mijn best gedaan, maar ik was maar een schamele vervanger.'

'Ze mag van geluk spreken dat ze jou had, Kit,' merkte Julia op.

'Ook al betekende het dat ik je onnodig pijn deed en je heb teleurgesteld. Ik moest er voor haar zijn, Julia. Dat moest echt.'

'Ja.' Julia keek een poosje in het vuur. Toen keek ze naar hem op. 'Kit, waarom heb je me niet verteld waar je was? Ik dacht dat we toch op z'n minst vrienden waren.'

'Julia, Julia,' zei Kit, vertwijfeld zijn hoofd schuddend, 'begrijp je dan niet waarom ik dat niet deed?'

'Nee, sorry.'

'Oké, dan zal ik het je vertellen: ik herinner me nog levendig de pijn in je ogen toen je Annie een paar weken geleden op de binnenplaats ontmoette. Ik zag die pijn, begreep dat het kwam doordat je onlangs je eigen zoontje had verloren en dacht dat een ooggetuigenverslag vanuit het ziekenhuis over een vrouw die aan het bevallen was wel het laatste was wat je nodig had. Of geconfronteerd worden met een pasgeboren baby als je me op Wharton Park kwam opzoeken. Dat probeerde ik je te besparen, Julia, dat is alles. Ik wilde je niet van streek maken nu je zo goed vooruitging.'

'O.' Julia's ogen vulden zich met tranen.

Kit kwam naast haar op de bank zitten. Hij pakte haar hand vast en legde die in de zijne. 'Ik geef toe dat het naïef was en dat ik er een zootje van heb gemaakt. Ik heb onderschat hoe het nieuws zich in deze kleine gemeenschap verspreidt. En hoezeer iedereen geïnteresseerd lijkt in mijn "handel en wandel", zoals mijn werkster het gisteren uitdrukte. Ik ben gewend onzichtbaar te zijn, weet je. Ik heb nooit ergens lang "gewoond" en ik was altijd maar een bezoeker. Het zal me wel wat tijd kosten daaraan te wennen. Het halve graafschap trekt momenteel zijn wenkbrauwen naar me op en vraagt zich af waar mijn "vrouw" en pasgeboren kind gebleven zijn.'

'Dat kan ik me voorstellen,' zei Julia. 'Jullie leken erg "samen" toen ik jullie in Holt zag. Ik vrees dat ik hetzelfde dacht.'

'Net als je zus, die vanmiddag tegen me sprak alsof ze niets meer van me wilde weten. Hoe dan ook, ik aanvaard dat het helemaal mijn fout was. Misschien had ik het je moeten vertellen, maar geloof me alsjeblieft als ik zeg dat ik dat met de beste bedoelingen niet heb gedaan. Ik wilde niet liegen en zeggen dat ik ergens anders was, dus leek zwijgen me de beste optie. Het spijt me heel erg, Julia, echt waar. Achteraf gezien heb ik het verkeerd aangepakt. Je moet me wel een vreselijke klootzak hebben gevonden; het ene moment kuste ik jou en probeerde ik een afspraakje met je te maken en het volgende paradeerde ik met een pasgeboren baby door Holt!'

'Daar komt het wel zo'n beetje op neer,' gaf Julia toe. Ze voelde dat ze terrein verloor, dat ze hem weer wilde vertrouwen en hem wilde geloven. Als zijn verhaal inderdaad klopte, maakte dat hem een heel goed mens. En het contrast met haar recente negatieve gedachten was reusachtig. 'Hebben Annie en jij... ooit iets met elkaar gehad?' vroeg ze zacht.

'Absoluut niet,' zei Kit. 'We hebben echt die zeldzame vriendschap tussen een man en een vrouw zonder ook maar enige seksuele aantrekkingskracht. Annie is als een zus voor me – dat wil zeggen de zus die ik had willen hebben als ik Bella niet had gehad! Nee, ik vrees dat ik helemaal niet Annies type ben. Ze houdt van ruige kerels; rollende spieren en een brede borstkas.' Kit keek naar zijn slanke lijf en grinnikte. 'Daar lijk ik niet eens op, hè? En zij is ook niet mijn type; veel te pittig. Ik heb haar mannen zien opvreten en uitspugen. Tot ze,' voegde hij eraan toe, 'natuurlijk de liefde van haar leven ontmoette. Nu is ze een poesje.'

'Waar heb je haar ontmoet?'

'Op de universiteit. We deelden een huis toen ik in Edinburgh geneeskunde studeerde. Tot ik voortijdig stopte tenminste.'

'Waarom stopte je?'

Kit zuchtte. 'Weet je, dat is niet iets waar ik vaak over praat. Wil je het echt horen? Het is geen aangenaam verhaal.'

'Ja,' zei ze, instinctief beseffend dat dit de ontbrekende schakel was van Kit en wie hij was. 'Eerlijk gezegd wel, maar alleen als jij het wilt vertellen.'

'Oké.' Kit zuchtte weer. 'Heb je nog wijn in huis? Ik kan wel een glas gebruiken.'

'Er staat nog een halve fles in de koelkast, maar die is al een paar dagen oud.'

'Nood breekt wet,' schertste Kit. 'Ik zal dit zielige aftreksel van een vuur eens flink opporren als jij de wijn en de glazen pakt.'

Julia vertrok als in shock naar de keuken. Nadat ze haar uiterste best had gedaan de kracht te vinden om Kit naar het verleden te verbannen, probeerde ze nu een schijnbaar heel plausibel verhaal te accepteren. En toen hij haar hand had vastgepakt, had ze weer dezelfde irritante elektrische schok langs haar ruggengraat voelen trekken.

'Kijk eens aan. Hij smaakt inmiddels waarschijnlijk vreselijk,' zei ze terwijl ze de wijn in de glazen schonk en er eentje aan hem gaf. 'Nou, brand maar los.'

'Hij smaakt,' zei Kit na de eerste slok, 'inderdaad vreselijk, maar dat maakt niet uit. Juist... als je het niet erg vindt, vlieg ik erdoorheen en vertel ik je de naakte feiten; dat maakt het in zekere zin gemakkelijker.' Hij zuchtte. 'Zoals ik al zei deelde ik tijdens mijn studie een huis met Annie, die architectuur studeerde, en een paar andere studenten. Annies beste vriendin Milla kwam op een weekend vanuit Londen bij haar logeren. Ik was toen tweeëntwintig en zodra ik Milla zag, was ik hartstochtelijk verliefd. Ze was de levendigste, mooiste, meest charismatische mens die ik ooit had gezien. De kamer kwam tot leven als zij binnentrad. Ze deed de toneelopleiding en wilde actrice worden.' Kit schudde zijn hoofd. 'Ik weet dat ze een groot succes zou zijn geworden als...'

'Als wat?' vroeg Julia.

'Daar kom ik zo op. Maar goed, hoewel Annie me waarschuwde niets met haar te beginnen, dat Milla een wispelturige vlinder was met allerlei verborgen problemen, sprong ik er vol overgave in. En Milla leek mij ook leuk te vinden, ook al waren we heel verschillend, en we werden een stel. In de volgende paar maanden bracht ik meer tijd door op de snelwegen tussen Edinburgh en Londen dan ik aan mijn studie besteedde. Ze leek wel een drug. Ik kon gewoon niet zonder haar.'

'Eerste liefde,' fluisterde Julia, denkend aan Xavier en het moment dat ze hem had ontmoet.

'Inderdaad,' beaamde Kit. 'En natuurlijk besloot ik verliefd te worden op de meest complexe, behoeftige vrouw van allemaal. Nu weet ik dat dat een deel van haar aantrekkingskracht voor me vormde. Het was de opwinding van de achtbaan; nooit te weten waar ik met haar aan toe was en of ze echt de mijne was. Ze kon me vertellen dat ze me aanbad, dat ze oneindig veel van me hield en vervolgens hoorde ik een week of zo niets van haar. Het volstaat te zeggen dat mijn werk eronder leed en dat ik in geleende tijd leefde wat mijn studie betrof, maar het kon me niet schelen.' Kit grinnikte verstikt. 'Julia, ik was een hopeloos geval.'

'Wat gebeurde er toen?'

'Ik ploeterde door, reisde constant heen en weer naar Londen, en na een poosje besefte zelfs ik dat Milla zich vreemd begon te gedragen. Ze had altijd al veel energie gehad en kon tot laat in de nacht dansen en feesten, maar die energie werd bijna manisch. Ze sliep soms helemaal niet als ik een weekend bij haar doorbracht. Ze leek in Londen met nogal ongure types om te gaan en begon af te vallen. Toen betrapte ik haar een keer in de badkamer terwijl ze zichzelf injecteerde. Ze gebruikte heroïne.'

'O, god,' mompelde Julia. 'Gaf ze het toe?'

'Ze moest wel, want ik had haar op heterdaad betrapt. Ik wist dat Milla soms cocaïne gebruikte, maar dit was heel wat anders. Ze bezwoer me dat ze ermee kon stoppen, maar zei dat ze mijn hulp daarbij nodig had.'

'En jij was het daarmee eens?'

'Als een lam dat naar de slachtbank wordt geleid. Ik gaf mijn studie eraan en haastte me naar Londen om haar te redden.'

'O, Kit! Na al dat harde werken. Je kon vast bijna je artsenbevoegdheid halen.'

'Ja.' Kit zuchtte. 'Ik zei toch dat ik een hopeloos geval was.'

'En heb je Milla gered?'

'Nee. Had ik toen maar geweten dat de enige die een verslaafde kan redden de verslaafde zelf is. Ja, Milla probeerde het, dat weet ik. Ze kickte acuut af, voor een paar weken, of misschien een maand, maar dan begon ze weer. En natuurlijk werd ik de 'vijand', het beest dat haar geld wegpakte, dat weigerde haar alleen naar buiten te laten gaan en haar telefoongesprekken afluisterde voor het geval ze contact opnam met haar dealer. Ze haatte me. Haatte me.' Kit haalde een hand door zijn wilde krullen. 'Dat ging zo maanden door, tot ik na een bezoek aan de supermarkt terugkwam in de flat en ze weg was. De volgende dag werd ze bewusteloos door de politie uit de goot opgeraapt. Ze had een overdosis genomen. Het ziekenhuis schreef haar in een afkickcentrum in en ze beloofde door te zetten. Ze smeekte me haar niet in de steek te laten. Ik stemde toe op voorwaarde dat ze daar bleef en de hulp accepteerde die ze nodig had. Ik zei ook dat als ze weer opnieuw begon, ik voorgoed bij haar weg zou gaan.'

'Je had immers geen keus, Kit. Voor Milla's bestwil en de jouwe.'

'Dat was ook wat de professionals me vertelden, ja,' zei Kit. 'En toen ze uit de ontwenningskliniek kwam had ze haar laatste goede periode. We hadden drie fantastische maanden toen ik mijn Milla terugkreeg. Ze had het er zelfs over om terug te gaan naar de toneelschool en ik wilde mijn studie weer oppakken in Londen.' Kit haalde zijn schouders op. 'Het was allemaal normaal, en daardoor fantastisch.'

'Maar het bleef niet zo?'

'Nee.' Kit schudde droefgeestig zijn hoofd. 'Ik kende toen inmiddels de tekenen: de manie, de donkere wallen onder haar ogen, het gewichtsverlies... ik mag dan mijn opleiding hebben opgegeven, maar ik had kunnen afstuderen op Milla en verslaving. Milla ontkende, maar ik wist dat ze weer gebruikte. Dus voerde ik mijn dreigement uit in de hoop dat dat haar wakker zou schudden. God, Julia, het was vreselijk. Ze gilde en krijste, smeekte me niet weg te gaan, zei dat ze zelfmoord zou plegen als ik vertrok...' Kit legde zijn hoofd in zijn handen. 'Het was het moeilijkste wat ik ooit heb moeten doen. Ik hield zo veel van haar, maar ik wist dat er niets zou veranderen als ik bij haar bleef en ik begreep toen inmiddels dat ze me mee de afgrond in sleurde.'

Julia stak instinctief haar hand uit om hem te troosten. 'Kit, ik kan me niet voorstellen hoe...' fluisterde ze. 'Hielp het?'

'Nee! Natuurlijk niet.' Hij lachte kort, vertwijfeld. 'Ik bleef een week weg, moest mezelf letterlijk twintig keer per dag weerhouden om niet naar haar toe te gaan, en toen ik terugging was de flat verlaten. Ik waarschuwde de politie natuurlijk. En uiteindelijk vonden ze haar twee weken later in het kraakpand van een beruchte dealer. Ze was dood.'

'Het spijt me vreselijk voor je, Kit,' fluisterde ze, maar ze vond de woorden net zo nutteloos klinken als toen die voortdurend tegen haar werden gezegd.

'Ja, nou... het speet mij ook.' Hij hief zijn hoofd op. 'Ze had gezegd dat ze zelfmoord zou plegen als ik bij haar wegging en in feite heeft ze dat ook gedaan. De autopsie wees uit dat ze aan een gigantische overdosis was overleden, maar er was nog meer: ze bleek voor haar dood ook herhaaldelijk te zijn verkracht. Ze was zich kennelijk gaan prostitueren om aan drugs te komen. Ik had al eerder bloeduitstortingen op vreemde plekken gezien, en ik had geprobeerd die te negeren, maar ik moet aannemen dat ze waarschijnlijk al met mannen naar bed ging voor geld toen ze nog met mij samen was.'

Toen Kit zweeg en in het vuur staarde, zag ze aan zijn ogen dat hij de pijn opnieuw beleefde.

'Ik... o, Kit, ik weet niet wat ik moet zeggen,' fluisterde ze.

'Zoals je maar al te goed weet, Julia, kun je maar het beste niets zeggen, omdat er niets te zeggen valt. Daarna... nou ja, ik raakte volkomen van de kaart. Ik voelde me zo verdomd schuldig omdat ik haar had verlaten, zo kwaad omdat ze haar leven had verpest, en eigenlijk bovenal verbitterd omdat ze de heroïne en de dood boven mij had verkozen. Ik raakte mijn vertrouwen in de menselijke aard kwijt. Al dat gedoe over "doen wat juist is", dat "de liefde zal overwinnen"... nou, het had niet gewerkt. Er was geen "happy end", alleen het dode, gebroken lichaam van een jonge vrouw en het wrak van een man die nog leefde.' Kit glimlachte wrang.

'Bedoel je dat je moest accepteren dat je er geen controle over had? Dat het soms niet uitmaakt wat je doet, hoeveel inspanning en liefde je erin stopt... omdat dat geen verschil maakt voor het eindresultaat? Dat is in elk geval wat ik de afgelopen maanden heb geleerd,' zei Julia zacht.

'Ja, daar komt het zo'n beetje op neer,' beaamde Kit. 'En het heeft me jaren gekost om de keerzijde te zien; dat het soms wel iets uitmaakt en dat je moet blijven geloven. Natuurlijk maken zulke tragedies je op de lange duur wijzer, en leren ze je de zwakheden van de menselijke aard te accepteren. Maar dat heeft bij mij vreselijk lang geduurd. Ik neem aan dat ik naderhand een soort inzinking heb gehad.'

'En toen kwam Annie je te hulp?'

'Ja, ze was geweldig. Toen ze het hoorde kwam ze meteen naar Londen en nam me mee terug naar Edinburgh, waar ze me de liefdevolle verzorging gaf waar je in boeken over leest. Ze legde me telkens weer uit dat Milla altijd al labiel was geweest, dat ik niet nog meer voor haar had kunnen doen, dat ik van haar had gehouden en voor haar had gezorgd en dat ik me niet verantwoordelijk moest voelen voor wat er met haar was gebeurd. Natuurlijk negeerde ik haar,' zei Kit grinnikend. 'En ik vervolgde mijn weg naar zelfvernietiging en zelfverkozen isolement. Geloof me, Julia.' Hij keek haar recht in de ogen. 'Je kunt niet aan me tippen. Ik heb jaren gezwolgen in zelfmedelijden. Ik was zo ontzettend kwaad!'

'Dat is geen zelfmedelijden, Kit. Je was door een hel gegaan. Hoe is er uiteindelijk een eind gekomen aan je boosheid?'

'Ik had een paar jaar geleden wat je een openbaring zou kunnen noemen. Tijdens mijn reizen deed ik een klus van drie maanden waarbij ik Engelse les gaf aan een kamp vol Birmese weeskinderen aan de Thaise grens,' legde Kit uit. 'Hoewel ik daarvoor al behoorlijk akelige dingen had gezien, greep dat geval me echt aan. De meesten van die kinderen hadden niets anders dan de kleren die ze droegen. Hun ouders waren weg, neergeschoten in Birma of gevlucht naar het Thaise platteland, wanhopig op zoek naar werk. Die kinderen waren gestrand in niemandsland. Ze waren daar niet veilig – de Thaise regering weigerde ze toe te laten, maar als ze terug naar huis gingen wachtte hun de dood. Ze hadden letterlijk geen toekomst. En toch' – voor het eerst blonken er tranen in Kits ogen – 'waren ze zo dankbaar voor het minste wat je ze gaf. Een nieuwe voetbal was alsof je kaartjes uitdeelde voor de finale van de wereldbeker. Ze koesterden allemaal hoop en dromen voor de toekomst, ook al hadden ze die niet. Ze gaven het leven niet op, ook al had het leven hen opgegeven.' Hij veegde ruw door zijn ogen. 'Het is een cliché, ik weet het, maar toen ik die kinderen zag, die in hun korte leven een pijn hadden ervaren die ik me niet eens kon voorstellen, en die toch elke morgen met een glimlach op hun gezicht en vol verwachting voor de nieuwe dag naar me toe kwamen… dat gaf me de schop onder mijn achterste die ik nodig had. Om het maar grofweg te stellen,' voegde hij eraan toe, 'ik besefte dat ik een stomme klootzak was die de afgelopen tien jaar van zijn leven had verspild aan zelfmedelijden. Als die kinderen naar de toekomst konden uitkijken én – belangrijker nog – nog steeds vertrouwen konden hebben in de goedheid van de mens, dan moest ik dat in mijn bevoorrechte positie toch zeker ook kunnen?'

Ze bleven zwijgend zitten, ieder in hun eigen gedachten verzonken.

'Toen ik klein was,' zei Julia uiteindelijk, 'vertelde mijn moeder me over het "blij-spel" in een boek dat *Pollyanna* heette. Je moet kijken naar wat je hebt, niet naar wat je niet hebt. Het is afgezaagd en simpel, ik weet het, maar het is wel waar.'

'Ja, dat klopt. Dat is precies hoe die Birmese kinderen het leven zagen.' Kit glimlachte plotseling. 'Jeetje, we zijn me wel een stel, hè? Alleen had jij al die tijd zo veel…' Kit zocht naar woorden, 'waardigheid. Ja,' bevestigde hij, 'waardigheid. En het spijt me als mijn recente daden hebben bijgedragen aan jouw wantrouwen jegens de mens. Ik zweer je dat ik niet ben wat je dacht. Geloof me, ik probeerde je te beschermen.'

'Het is goed, Kit, ik geloof je,' zei Julia, die zich daar zelf over verbaasde.

'Zie je?' Kit haalde zijn schouders op. 'Dat is het verschil tussen jou en mij; ik zou vroeger niet eens naar een verklaring hebben willen luisteren. Ik zocht naar een excuus om mensen weg te duwen. Maar ik beloof je dat ik nu anders ben. Vooral met jou, Julia.'

'Val jezelf niet te hard. Je hebt ook voor Annie gezorgd toen ze je nodig had.'

'Ik geloof dat ik vooruitga, ja. In elk geval...' Kit zweeg en keek haar aan, 'is het de eerste keer dat ik me naar een vrouw toe wilde haasten om mijn daden te verklaren voor ze met de Franse zon vertrok.'

'Dat waardeer ik, Kit.'

'Ga je echt weg, Julia? Ik wil niet dat je gaat. Echt niet,' flapte hij er plotseling uit.

Het bleef even stil terwijl Julia verwerkte wat Kit net had gezegd. Ze kreeg het warm en voelde zich ongemakkelijk.

'Niet doen, Kit, alsjeblieft,' fluisterde ze. 'Ik... kan het niet aan.'

'Het wantrouwen besluipt je zeker? Vanwege Annie en de baby?'

'Het spijt me,' mompelde Julia.

'Jezus!' Kit stond op en liep door de kleine kamer heen en weer. 'Dat is nou echt typisch! De eerste keer sinds Milla dat ik echt iets voor een vrouw voel, en kijk nou hoe ik het heb weten te verprutsen. Sorry,' zei hij met een armgebaar naar Julia, 'ik had je toch verteld dat ik neig tot zelfmedelijden? Neem me niet kwalijk, maar luister, Julia, ik moet je dit vertellen...' Kit liep nog steeds heen en weer, sneller nu, en de woorden tuimelden uit zijn mond. 'Ik moet je vertellen dat ik denk dat ik verliefd op je ben. Ik wist het toen ik je verzorgde en het helemaal niet erg vond om dat te doen. Ik vond het heerlijk dat je me nodig had, terwijl ik al die jaren hard was weggelopen bij elke vrouw die me nodig had. En het voelde... fantastisch!'

Kit glimlachte naar haar, een glimlach zo vol oprechte vreugde dat Julia spontaan wilde reageren en zich in zijn armen werpen. Ze hield zich echter in. Ze waren geen van beiden tieners die voor het eerst kennismaakten met romantiek. Ze hadden allebei minstens een derde van hun leven achter zich en waren daar onherstelbaar door beschadigd.

Ze deed haar mond open om iets te zeggen, maar Kit was haar voor.

'Natuurlijk was Annie degene die de signalen herkende, die grinnikte omdat ik constant over je praatte, die uit het zicht bleef toen je die avond op Wharton Park kwam eten, wat achteraf natuurlijk heeft bijgedragen aan je argwaan... en me smeekte je te bekennen hoe ik me voelde. Ik zei dat jij er niet klaar voor was, zij zei dat je het wel zou aankunnen.'

'Ik ben er niet klaar voor, Kit.'

De woorden kwamen over Julia's lippen voor ze ze kon tegenhouden. 'Het is nog zo kort geleden sinds... ik dacht dat ik zover was...' Julia beet op haar lip. 'Maar dat ben ik niet.'

Kit leek voor haar ogen kleiner te worden. 'Juist,' zei hij uiteindelijk. 'Oké. Goed dan.' Hij schraapte zijn keel. 'Eigen schuld, neem ik aan. En dat is geen zelfmedelijden, maar een feit. Shit! Maar goed, ik zal je met rust laten.'

'Het spijt me. Ik... ik kan het gewoon nog niet.'

'Nee. Ik begrijp het. Echt waar.' Kit stak zijn handen in zijn zakken, liep naar de deur, kwam toen terug en ademde diep in. 'Wat ik nog wil zeggen is dat, als... als je ooit weer de sprong durft te wagen en me een kans kunt geven, ik beloof dat ik er voor je zal zijn. Daar ben ik echt goed in. Of dat was ik althans, ooit. Ik zou je nooit kwetsen, niet met opzet in elk geval.'

'Dank je, Kit.'

'En het rare is,' zei Kit bij de deur, 'dat jij er altijd al bent geweest.'

Julia kon niet naar hem opkijken door de tranen die over haar wangen stroomden.

'Je weet me te vinden,' zei Kit. 'Probeer goed op jezelf te passen, wil je? Tot ziens, lieverd.'

De deur ging achter hem dicht.

30

De volgende morgen liep Julia, lusteloos en uitgeput door een slapeloze nacht, de trap af om op de taxi te wachten. Met een mok koffie in haar handen tuurde ze in de nu koude, met as gevulde open haard. Ze was verdoofd, niet in staat te verwerken wat Kit de vorige avond tegen haar had gezegd. En de vertrouwelijkheden die ze hadden gedeeld…

Nee. Julia weerhield zichzelf. Misschien kon ze als ze terug was in Frankrijk de tijd nemen om erover na te denken en zich neerleggen bij de gevoelens die hij bij haar losmaakte, maar nu niet.

Ze kon zichzelf simpelweg niet toestaan weer lief te hebben.

Toen ze voetstappen naar de voordeur hoorde komen, stond Julia op, pakte haar koffer en liep erheen in de verwachting dat het de taxichauffeur was. Het was echter de postbode. Ze zette haar koffer neer en zei: 'Blij dat ik u tref. Ik ga naar Frankrijk. Ik laat de post doorsturen, voor zover er nog wat komt, meestal rekeningen…' Haar stem stierf weg. Ze had geen energie voor dit soort gesprekken.

'Prima, juffrouw Forrester, ik neem alle post voor u mee terug naar het sorteerkantoor en zorg dat het naar Frankrijk gaat.' Hij gaf haar een duidelijke rekening en een crèmekleurige envelop van luxe papier, aan haar geadresseerd in een handschrift dat ze niet herkende.

'Dank u.' Ze glimlachte zwakjes.

'*Bon voyage*, juffrouw Forrester.'

Julia deed de deur dicht, ging op de bank zitten en opende de crèmekleurige envelop.

Vliegveld Heathrow
Maandag 16 maart

Beste Julia,

In haast!

Mijn naam is Annie. We hebben elkaar een paar weken geleden ontmoet. Ik heb van Kit gehoord wat voor vreselijke pijn je hebt doorgemaakt. Hij heeft ook veel pijn geleden. Hij begrijpt het en zal alles doen om je te helpen, omdat hij voor het eerst in jaren weer verliefd is geworden. Als dat eenmaal gebeurt (en geloof me, dat is zeldzaam!), hoef je nooit meer aan hem te twijfelen. Ik verzeker je dat hij je helemaal toebehoort!
Ik vertrek nu om een nieuw leven te beginnen, vooral dankzij Kit. Hij is fantastisch geweest en hij was er voor me toen ik niemand anders had. Hij is echt een goed mens. Voor ik wegging wilde ik iets voor hem terugdoen. Zoals je maar al te goed weet, is het leven kort. We denken tegenwoordig allemaal veel te veel na en willen alles analyseren. Maar vergeet dat en luister gewoon naar je hart – ik heb dat gedaan en, god sta me bij, ik heb me nog nooit zo gelukkig gevoeld als nu!
Pijn is alleen te genezen door liefde. Ik heb het gevoel dat jullie die allebei nodig hebben.
Iedereen verdient een tweede kans.

Met de allerbeste wensen,
Annie
X

Julia hoorde de klop op de deur en stond op om open te doen.

'Hallo,' zei ze tegen de taxichauffeur, 'ik kom er zo aan.'

'Goed, hoor, mevrouw. Ik sta heuvelopwaarts, aan de linkerkant. Het is een klein stukje lopen, maar dat was de beste plek om te parkeren.'

'Dank u.'

Julia controleerde snel nog een keer of alle elektrische apparaten uit stonden voor ze haar koffer pakte en het huisje afsloot. Ze liep langzaam de heuvel op naar de taxi die haar ver weg zou brengen van Norfolk… en van Kit.

'Daar bent u al, mevrouw. Geeft u die maar aan mij.' De chauffeur hield het portier open om haar te laten instappen en legde toen haar koffer in de achterbak. 'Klaar om te gaan?'

'Ja.'

'Als het meezit zijn we over een paar uur op het vliegveld.' De chauffeur reed langzaam de heuvel af over de smalle weg die naar de haven liep. Julia tuurde uit het raampje en keek voor het laatst naar de deinende boten. De kade was verlaten, afgezien van iemand die op een bankje naar de zee zat te turen.

'Stop! Sorry, kunt u hier heel even stoppen? Ik... wacht u hier maar.'

Julia opende het portier en liep naar de man op het bankje. Toen ze dichterbij kwam zag ze dat ze zich niet had vergist. Ze stopte net achter het bankje en wist dat hij haar niet had gezien.

'Kit. Wat doe je hier?'

Hij draaide zich verrast om en keek haar aan.

'O. Ik dacht dat je al weg was. Ik kom daar net vandaan... het huisje was leeg.'

'Ik moest de heuvel op lopen naar de taxi. We hebben elkaar kennelijk net gemist,' legde ze uit.

'Juist.' Kit knikte. 'Dus je gaat nu?'

'Ja.'

'Oké. Ik wilde gewoon nog even gedag zeggen.' Hij haalde zijn schouders op. 'En me verontschuldigen voor mijn ongevoeligheid.'

Julia ging naast hem op het bankje zitten. 'Kit, ik begrijp het, heus.'

'Echt waar?'

'Ja.'

Kit keek naar zijn vingers. 'Goed. Weet je, Julia, ik was niet echt gekomen om je gedag te zeggen.'

'Nee?'

'Nee.' Hij keek naar haar op en glimlachte zwakjes. 'Mijn bedoeling was eigenlijk me hier aan je voeten te werpen en je te smeken hier te blijven.'

'O.'

'Ja. Ik had een hele toespraak bedacht. Ik zou je smeken me een kans te geven. Zeggen dat ik van je hield en dat ik begrijp dat we het rustig aan moeten doen, omwille van jou. Dat ik er alles voor over zou hebben om ons in elk geval een kans te geven omdat ik weet dat, zeker bij mij, dit gevoel maar een of twee keer in je leven voorkomt. En het maakt me kapot dat ik het moet laten schieten. Egoïstisch, ik weet het,' voegde hij eraan toe. 'Ik heb vanochtend in de vroege uurtjes besloten dat ik het niet zonder meer zou opgeven. Dus hier ben ik. Ik zat me net te beklagen over mijn pech dat ik je was misgelopen. En nu blijkt dat niet zo te zijn.'

'Nee. Het ziet ernaar uit dat je een tweede kans hebt gekregen, Kit,' fluisterde ze, bijna in zichzelf.

'Ja! Potverdorie! Je hebt gelijk! Dus…' Kit knielde voor haar neer en pakte haar handen in de zijne. 'Hier gaan we: Julia, ga alsjeblieft niet naar Frankrijk. Ik wil dat je hier blijft, bij mij. Ik hou van je, echt waar. En ik ben… wanhopig!' Hij grinnikte triest. 'Geef me alsjeblieft nog een kans. Ik zal je niet weer teleurstellen, dat beloof ik je.'

'O, god, Kit… ik…' Ze keek hem aan en probeerde rationeel na te denken. Maar toen herinnerde ze zich Annies woorden over niet analyseren en vroeg ze aan haar hart wat het wilde. Ten slotte zei ze: 'Oké.'

'Oké?'

'Ja, oké.'

'Bedoel je dat je blijft?'

'Ja, voorlopig in elk geval. Misschien moeten we het een kans geven. Wat hebben we te verliezen?'

'O, mijn god! Meen je het echt?'

'Zeker weten.'

'Dan sta ik nu weer op. Mijn knieën doen vreselijk zeer.'

Kit stond op en trok Julia meteen in zijn armen. 'Ik beloof je, liefste, dat ik voor je zal zorgen zolang je dat wilt.'

'En ik zal voor jou zorgen.'

'Echt waar?' Hij tilde haar kin op zodat ze hem aankeek. 'Dat is weer eens wat nieuws,' zei hij glimlachend en hij kuste zachtjes haar neus. 'Bedoel je dat we voor elkaar kunnen zorgen?'

'Ja. Vooral aangezien we aan dezelfde… aandoening lijken te lijden.'

'Twee hopeloze gevallen bij elkaar, bedoel je?'

'Zoiets,' mompelde ze toen hij haar gezicht met kussen overdekte. Ze trok zich iets terug en zag de taxichauffeur, die met zijn armen over elkaar tegen zijn auto geleund naar hen stond te kijken. 'Ik kan maar beter mijn koffer gaan halen en tegen Bob zeggen dat hij wel naar huis kan gaan.'

'Ja. En dan, mijn lieve Julia, neem ik je mee naar huis.'

'Waar is dat?' vroeg Julia.

'Wharton Park natuurlijk, waar je thuishoort.'

ZOMER

31

WHARTON PARK

Soms, als ik bij het ontwaken de vroege ochtendzon door de ramen van Wharton Park naar binnen zie schijnen, kan ik moeilijk geloven dat ik de vrede en tevredenheid voel die ik had gedacht nooit meer te zullen voelen.

En toch lig ik me hier te koesteren als een kat wanneer de warmte van de zon mijn gezicht raakt, en zie ik Kits gezicht op het kussen naast het mijne als ik me omdraai. Zijn haar, dat hij van me moest laten knippen zodat ik zijn ogen kon zien, heeft de schaar van de kapper getart, en er valt een lok over een dicht oog. Een arm ligt boven zijn hoofd uitgestrekt, wat duidt op totale overgave en vertrouwen in zijn omgeving.

Ik kijk graag naar hem als hij 's ochtends nog slaapt en ik krijg die gelegenheid vaak, omdat ik meestal eerder wakker ben. Het is mijn geheime tijd, waarin ik mijn angsten opzij kan zetten en simpelweg van hem kan genieten. Hij weet niets van die momenten – hij is een onschuldig slachtoffer van de slaap – en beseft niet dat ik elk detail van zijn gezicht bestudeer en in mijn geheugen prent.

Ik heb onlangs geleerd hoe belangrijk die dingen zijn. Ik kan me het gezicht van mijn echtgenoot niet meer voor de geest halen – alleen vage contouren, een vorm waarin de fijnere details vaag en onscherp zijn geworden.

Wanneer ik klaar ben met mijn studie, draai ik me op mijn rug en kijk ik naar de kamer waarin zo veel generaties Crawford hebben geslapen. Ik betwijfel of er iets is veranderd sinds de dag dat Olivia Crawford er zeventig jaar geleden op haar trouwdag binnenstapte. Het ooit prachtige handgeschilderde Chinese behang is van warm botergeel verbleekt naar de bijna witte tint van rijstepap. De vlinders en bloemen die het sieren zijn nog slechts een schaduw van hun vroegere zelf.

De zware mahoniehouten kaptafel met zijn driedelige spiegel staat tegen een muur. Hij is zo lelijk dat niemand hem tijdens de veiling wilde hebben, dus heb ik hem teruggezet waar hij hoort. Ik stel me soms voor dat Olivia daar zit om alle make-up aan te brengen die een meisje in die tijd nodig had terwijl Elsie geduldig haar haren opstak.

Ik ga stilletjes het bed uit om Kit niet wakker te maken. Het vloerkleed onder mijn voeten is tot op de draad versleten, al kun je langs de muren van de slaapkamer nog zien hoe dik het ooit was.

Ik loop naar de badkamer met het gebarsten linoleum op de vloer en de badkuip met zijn sporen van groene kalkaanslag achter de dof geworden kraan.

Ik glimlach terwijl ik me aankleed, gewoon omdat ik op Wharton Park ben. Onhandig, disfunctioneel en irritant in zijn onvoorspelbaarheid doet het me denken aan een peuter die te weinig aandacht van zijn moeder heeft gekregen en toch zo vertederend is dat je niet anders kunt dan je door zijn charmes laten overhalen.

En terwijl ik op mijn tenen door de slaapkamer loop om naar beneden te gaan en water op te zetten, bedenk ik hoe heerlijk ik het vind om hier samen met Kit te zijn. En hoezeer ik het gevoel heb dat ik ben thuisgekomen.

Julia zat op het terras van Wharton Park in de warmte van de vroege ochtend uit te kijken over de tuin beneden haar. Juni was altijd al haar favoriete maand geweest. Het was het moment dat bloemen ieder uur in een korte, volmaakte bloei hun schoonheid onthulden. De bomen aan de andere kant van het park zaten vol bladeren – zo veel verschillende kleuren groen – die tegen de heldere, zachtblauwe hemel van een Engelse zomer afstaken.

Ze pakte haar koffie, liep naar de vervallen trap die naar de tuin leidde – Adrienne Crawfords creatie – en rook de bijna weeë geur van de jasmijn die onder het terras was geplant. Net als de rest van de tuin waren deze struiken jarenlang genegeerd; alleen de gazons waren nu en dan gemaaid door de enige tuinman, die veel te veel hectares onder zijn hoede had om aan snoeien en knippen toe te komen. De rozen in hun bed rondom de fontein waren nu een woekerende, verwilderde massa, maar ze trokken zich kennelijk niets van de verwaarlozing aan en bloeiden nog steeds uitbundig met grote roze bloemen.

Gabriel was dol geweest op bloemen…

Julia glimlachte triest toen ze zich herinnerde hoe hij soms haar werkkamer binnenkwam met in zijn mollige knuistje een bonte verzameling al verwelkende wilde orchideeën en lavendel, die Agnes en hij tijdens een wandeling in de omgeving hadden gevonden.

'*Pour toi, maman.*' Dan gaf hij ze heel trots aan haar en Julia zette ze met groot vertoon in een glas; met de stengels van ongelijke lengte waar hij ze onhandig van de plant had gerukt.

Ze bedacht hoe heerlijk Gabriel het op Wharton Park gevonden zou hebben. Hij was een buitenkind geweest, net als zijn moeder, en soms had ze hem verhalen verteld over het prachtige huis in Engeland. En dat ze hem op een dag mee zou nemen om het hem te laten zien.

Julia zuchtte diep. Dat zou nooit gebeuren.

Ze liep door, haar vingers jeukten om aan de slag te gaan en dit prachtige toevluchtsoord in zijn vroegere glorie te herstellen voor het te laat was.

'Grootvader Bill zou zich omdraaien in zijn graf,' zei ze tegen het engeltje dat nog steeds lusteloos boven op de fontein stond die niet meer werkte.

Toen Julia langzaam terugliep naar het huis, had ze het gevoel door een spiegel te zijn gestapt. Ze voelde nog steeds de pijn van het verlies van haar echtgenoot en haar lieve kleine jongen, en schuldgevoel en angst, omdat ze het waagde gelukkig te zijn. Terwijl Xaviers liefde heel veeleisend was geweest, was die van Kit dat juist helemaal niet.

'Liefste,' had Kit gemompeld toen ze met elkaar verstrengeld op het bed lagen nadat ze voor het eerst de liefde hadden bedreven, 'ik weet dat het voor jou heel snel is gegaan en dat je een reusachtige sprong in het diepe hebt genomen om hier bij mij te zijn. Ik weet dat je tijd nodig hebt om te helen. Als je het gevoel hebt dat je ruimte nodig hebt, of dat ik je onder druk zet, dan zal ik me niet beledigd voelen als je je terug wilt trekken.'

Ze waren drie maanden verder en Julia had die behoefte nog niet gehad. Bovendien was het huis zo groot dat ze er alle ruimte had die ze zich maar kon wensen en omdat Kit het bod van meneer Hedgefonds had afgewezen en bijna hele dagen op het landgoed aan het werk was, was ze hier vaak alleen.

Maar nooit eenzaam, dacht ze terwijl ze de trap op liep en de deur door ging die haar uiteindelijk in de keuken zou brengen. Het was vreemd dat, ook al was ze maar zelden in het huis en al helemaal nooit boven geweest, het toch vertrouwd en heerlijk vertroostend voelde. Misschien kwam het doordat Elsie zo levendig over het verleden kon vertellen en doordat het huis zo weinig was veranderd sinds de tijd die zij had beschreven. Julia hield van de sfeer van het huis en had uren door de gangen en kamers gelopen om zich vertrouwd te maken met elk hoekje en gaatje, elke verbleekte quilt en een stoffig ornament dat de geschiedenis verhaalde waarover ze zo veel had gehoord.

Het was ook hartje zomer en veel van de dingen die gerepareerd moesten worden vielen veel minder op dan in de winter: de lekkende daken bijvoorbeeld, en de verouderde verwarming, die niet meer dan een dun straaltje water door de gietijzeren radiatoren pompte, en ook het badwater nauwelijks wist te verwarmen.

Het feit dat ze zo'n beetje bij Kit op Wharton Park was ingetrokken, was nooit 'officieel' besproken. Het was gewoon vanzelf gebeurd, met wederzijds goedvinden. Sinds het drama van hun aanvankelijke vrijage verliep alles tussen hen adembenemend gemakkelijk. Ze waren in een ontspannen en comfortabele routine vervallen: Kit kwam naar de keuken voor hun drankje van zes uur en ze babbelden over hun dag terwijl ze samen in de keuken rondscharrelden om het eten klaar te maken. Julia wilde het per se leren en ze genoot van haar pas ontdekte kookkunst. Na het eten gingen ze vaak vroeg naar bed om de liefde te bedrijven. Ze gingen zelden uit – geen van beiden had de stimulans van ander gezelschap nodig – en brachten hun tijd liever samen en alleen door.

Kit leek inderdaad te begrijpen dat het verdriet om wat ze had verloren haar plotseling en vaak onverwachts kon bekruipen. Een herinnering, misschien opgeroepen door een indirecte opmerking kon haar stil en peinzend maken. Hij voelde zich helemaal niet bedreigd door haar verleden, maar hij erkende en respecteerde het en dwong haar nooit erover te praten, tenzij ze zelf aangaf dat ze dat wilde.

Hun relatie was heel anders dan die ze met Xavier had gehad: geen van de hoogdravende uitspraken die Xavier zo graag had gedaan, geen explosieve ruzies en weinig van de emotionele onzekerheid of stemmingswisselingen die haar echtgenoot zo vermoeiend maar ook opwindend hadden gemaakt om mee samen te leven.

Er heerste een stabiliteit en stille tevredenheid tussen hen, dacht Julia toen ze naar boven liep om het bed op te maken, die niets had van het drama van haar vorige relatie, maar rust voortbracht en haar met de dag verder hielp genezen. Ze hoopte dat haar aanwezigheid in Kits leven hetzelfde effect op hem had.

Ze had onlangs ontdekt dat Kit, in plaats van zijn tijd te verspillen aan zelfmedelijden – zoals hij aanvankelijk over de afgelopen tien jaar had gesproken – zijn tijd had besteed aan werk voor diverse goede doelen over de hele wereld. Hij had zowel zijn academische als zijn medische vaardigheden benut om degenen te helpen die deze het hardst nodig hadden.

'Het feit dat ik geen waarde hechtte aan mijn eigen bestaan, maakte het me mogelijk naar plaatsen te gaan waar de meesten zich niet waagden,' had Kit gezegd toen Julia vol verbazing en bewondering naar verhalen over zijn avonturen in de gevaarlijkste gebieden op aarde had geluisterd. 'Prijs me niet, Julia. Ik was simpelweg op de vlucht.'

Wat Kits redenen ook waren geweest, zijn ervaringen hadden hem tot een wijzer en moediger man gemaakt dan hij wilde toegeven. Julia, die zich soms ergerde aan zijn constante zelfverachting, zei dat tegen hem. En langzaam stelde Kit zich open voor een mogelijk pad naar de toekomst; het begeleiden en behandelen van kinderen die beschadigd waren geraakt door dingen waar ze geen controle over hadden.

'Ik heb zo veel onschuldigen zien lijden,' had hij op een avond tijdens het eten verzucht. 'Als ik eerlijk ben, denk ik dat de zorg voor alle kinderen die ik tijdens mijn reizen ontmoette een vorm van compensatie was voor het feit dat ik me op persoonlijk niveau niet meer aan iemand durfde te geven. Ze hadden me nodig, maar ik kon altijd weer vertrekken. Daar was dus niets onbaatzuchtigs aan.'

'Dat begrijp ik, Kit,' had Julia geantwoord, 'maar ik weet zeker dat ze voordeel hadden van je aanwezigheid, ook al duurde die maar kort.'

'Nou, ik leerde dat kinderen de bouwstenen van het menselijk ras zijn. Als zij niet goed zijn, is de volgende generatie ook niet goed. En achteraf gezien geef ik toe dat ik in alle pijn waarvan ik getuige ben geweest, iets heb gevonden wat me enthousiast maakte.'

Dus had Julia hem aangemoedigd als aanvulling op zijn medische opleiding een studie te volgen waardoor hij kinderpsycholoog zou kunnen worden.

'Misschien doe ik dat wel, als alles omtrent dit huis geregeld is,' had hij gezegd.

En hij had eraan toegevoegd: 'Het is lang geleden dat ik een vrouw aan mijn kop heb laten zeuren.'

'Kit! Ik...'

Hij had zich omgedraaid in bed, haar genadeloos gekieteld en haar vervolgens ernstig aangekeken. 'Bedankt, Julia, dat je genoeg om me geeft om dat te doen.'

'We delen een moment in de tijd,' had Kit op een avond gezegd toen ze samen in het park naar de volle maan lagen te kijken. 'Net als het heelal is daar geen begin en geen eind aan. We zijn gewoon.'

Julia vond dat een mooie gedachte en hield zich eraan vast wanneer haar gedachten naar een ander probleem gingen dat haar kwelde. De rust van Wharton Park en Kits weinig eisende liefde hadden haar herstel veel goedgedaan, maar telkens als ze in de buurt van de salon kwam, haar hand op de verkleurde koperen klink legde om de deur te openen en naar de vleugel te lopen, liet haar moed haar in de steek.

Twee weken geleden had ze de trein naar Londen genomen om met Olav, haar agent, te lunchen.

'Nou, een verscheidenheid aan concertzalen biedt je nog steeds data aan, waaronder...' Olav had even gepauzeerd, 'Carnegie Hall.'

'Echt waar?' Julia was onwillekeurig opgetogen geweest. Ze was daar nog nooit uitgenodigd en ze had er altijd al eens willen spelen.

'Jazeker.' Olav had geknikt. 'Je verhaal heeft daarginds groots in de kranten gestaan... de yanks zijn dol op een drama. De afspraak met hen is dus dat je je comeback maakt in Carnegie Hall. Bot gezegd, schat, heeft dat minder met je talent te maken dan met de pr-machines die in overdrive gaan.'

'Wanneer is het recital?' vroeg Julia.

'Over tien maanden, begin april,' had Olav gezegd. 'Wat je voldoende tijd geeft om je vingers weer op de toetsen te leggen en je zelfvertrouwen op te peppen. Wat zeg je ervan, Julia? Het is een verdomd mooi aanbod en ik kan je garanderen dat je het niet nog eens krijgt.'

Met een kussen tegen zich aan gedrukt liep Julia naar het slaapkamerraam en keek ze uit over de tuin. Ze had minder dan een week om Olav haar beslissing mee te delen. Ze vroeg zich voor de zoveelste keer af of ze het zou kunnen. Of ze uit het mentale vacuüm zou kunnen kruipen. Julia sloot haar ogen en stelde zich voor dat ze speelde. Zoals gewoonlijk gierde de adrenaline door haar aderen en brak het koude zweet haar uit.

Ze had het onderwerp tot dusver niet bij Kit aangekaart. Hoe kon ze uitleggen dat het instrument waarvan ze zo had gehouden, haar nu angst inboezemde? Hij zou misschien vinden dat ze zich aanstelde, haar dwingen, onder druk zetten om te gaan spelen, en dat kon ze niet aan.

Anderzijds, dacht ze terwijl ze bij het raam vandaan liep en het kussen met Kits geur op het bed legde, zou hij haar misschien kunnen helpen. Ze moest erop vertrouwen dat hij het zou begrijpen: ze was wanhopig.

Die avond tijdens het eten bracht ze het aanbod van Carnegie Hall ter sprake.

'Wow!' zei hij. 'Julia, dat is fantastisch! Wat een eer. Mag ik mee, zodat ik op de voorste rij kan zitten en tijdens een intens crescendo mijn tong naar je kan uitsteken?'

Ze glimlachte en schudde haar hoofd. 'Ik weet niet of ik het kan, Kit. Misschien is het te veel, te vroeg. Ik kan niet uitleggen waarom ik zo bang ben, waarom mijn lichaam iedere keer hetzelfde reageert als ik in de buurt van een piano kom. O, hemeltje...'

Hij werd ernstig en stak zijn hand naar haar uit. 'Ik weet het, lieverd. Hoelang mag je erover nadenken?'

'Een paar dagen.'

'Ik wou dat ik met een toverstafje kon zwaaien en het voor je in orde maken,' verzuchtte Kit, 'maar dat kan ik niet. Jij moet het zelf beslissen.'

'Ja.' Julia knikte en trok haar hand terug. 'Als je het niet erg vindt, ga ik in het park wandelen om na te denken.'

'Goed idee,' zei Kit. Toen ze de keuken uit was gelopen, pakte hij de lege borden en waste en droogde ze in gedachten verzonken af.

Een paar dagen later bracht Kit voor hij naar een vroege bespreking met de beheerder van de boerderij vertrok, Julia een kop thee en ging hij naast haar op bed zitten.

'Ik kan maar beter gaan,' zei hij, en hij gaf haar een kus. Hij keek haar aan en vroeg: 'Je ziet er moe uit, schat. Gaat het wel?'

'Ja,' loog ze, 'succes met je vergadering.'

'Dank je.' Kit stond op. 'Trouwens, ik heb een vriend toestemming gegeven hier in de stroom te vissen. Hij verwacht dat hij wel een paar forellen voor ons avondeten kan vangen. Die brengt hij dan vanmiddag.'

'Ik heb nog nooit forel gebakken. Wat moet ik doen?' vroeg Julia bedeesd.

'Ik laat je straks wel zien hoe je ze moet schoonmaken,' antwoordde hij, al op weg naar de deur. 'O, dat vergat ik bijna – mocht ik nog niet terug zijn, er komt om elf uur een pianostemmer. Ik betwijfel of het prachtige instrument dat in de salon stof staat te verzamelen nog bespeeld is sinds jij er de laatste keer aan hebt gezeten. Omdat hij nogal kostbaar is, wilde ik hem maar een beurt laten geven. Tot straks, lieverd.' Hij blies haar een kus toe en verdween.

Stipt om elf uur ging de rustieke bel en Julia liet de pianostemmer binnen.

'Dank u, mevrouw,' zei de oude man respectvol. 'Zou u me willen wijzen waar de piano staat? De laatste keer dat ik hier was is ruim vijfenvijftig jaar geleden, toen Lady Olivia mijn vader vroeg hem te komen stemmen voordat Lord Harry terugkwam uit de oorlog.'

Julia keek hem verbaasd aan. 'Lieve hemel! Dat is lang geleden. Het is deze kant op.' Ze ging hem voor door de diverse kamers, legde haar hand op de klink van de salondeur en voelde meteen dat die begon te trillen.

'Laat mij maar, mevrouw,' bood bij aan.

'Dank u. Hij gaat nogal zwaar,' antwoordde ze beschaamd toen de pianostemmer de deur met gemak opende. Ze had geen keus dan hem de kamer in te volgen. Ze bleef echter bij de deur staan kijken toen hij naar de vleugel liep en het stoflaken wegtrok.

'Prachtig instrument,' zei hij bewonderend. 'Mijn vader zei altijd dat deze de zuiverste klank had die hij ooit bij een piano had gehoord. En hij had er heel wat gehoord.' Hij grinnikte. 'Nou.' Hij opende de klep, keek naar de vergeelde toetsen en legde er liefdevol zijn vingers op. Hij speelde een snel arpeggio, zuchtte en schudde zijn hoofd. 'Jeminee, dat klinkt inderdaad beroerd.' Hij wendde zich tot Julia. 'Het zal wat tijd kosten, maar ik maak het in orde, wees maar niet bang, mevrouw.'

'Dank u,' antwoordde Julia zwakjes.

'Ja.' De pianostemmer bukte en opende zijn gereedschapstas. 'Het trieste is, vertelde mijn vader me, dat Lord Harry nooit meer heeft gespeeld toen hij eenmaal thuis was.'

'O nee?' vroeg Julia. 'Ik heb gehoord dat hij een fantastisch pianist was.'

'Dat was hij ook, maar om de een of andere reden speelde hij nooit meer...' De man zuchtte en begon de eerste noten van Liszts Sonata in B mineur te spelen. 'Misschien kwam het door iets wat hem in de oorlog was overkomen. Jammer dat hij een dergelijk talent verspilde, vindt u niet?'

Julia kon het niet meer verdragen. 'Ja. Ik laat u uw werk maar doen,' antwoordde ze abrupt. 'En stuur de rekening naar Lord Crawford, alstublieft.' Ze draaide zich om en haastte zich de salon uit.

Later ging ze geduldig tussen de restanten van de groenten in de moestuin op zoek naar iets voor bij de forel. Ze zou de moestuin graag hebben opgeknapt, alles eruit halen en hem opnieuw inzaaien, maar omdat er geen garantie was dat ze hier langer zouden blijven dan het kostte om een nieuwe koper te vinden, nam Julia aan dat het zinloos was.

Opeens spitste ze haar oren. Vanuit de salon hoorde ze Rachmaninovs Concerto Nr. 2.

Ze knielde tussen het onkruid neer en drukte haar handen tegen haar oren.

'Hou op. Hou op!'

Ze hoorde de muziek nog tussen haar vingers door; de klanken die ze niet kon verdragen bestormden haar zintuigen. Ze gaf haar poging ze te blokkeren op, liet haar handen zakken en snikte het uit.

'Waarom moet u dat spelen? Waarom nou juist dat?' Ze schudde haar hoofd en veegde met de rug van haar hand langs haar neus.

Deze muziek was de signatuur van haar verdriet.

Terwijl ze het die avond – verdiept in haar prachtige muziek, verloren in haar eigen wereld – voor haar verrukte publiek had gespeeld en daarna had genoten van het applaus, het gejuich en de bloemen en ze de zelfzuchtige blijdschap over haar prestatie had gevoeld, waren haar kleine jongen en haar echtgenoot op een afschuwelijke manier gestorven.

Julia had zich telkens weer gekweld met de vraag op welk punt in het concerto ze precies hun laatste adem hadden uitgeblazen. Zou Gabriel om haar geroepen hebben terwijl hij ondraaglijke pijn en angst doorstond, zich hebben afgevraagd waarom zijn *maman* er niet was om hem te helpen, te troosten, te beschermen?

Ze had hem teleurgesteld toen hij haar heel hard nodig had.

De gedachte was onverdraaglijk.

En het ergste vond Julia nog wel dat de piano – een levenloos instrument zonder hart en ziel – haar liefde en aandacht had gestolen. Die was vóór de behoeftes van haar man en kind gekomen en vertegenwoordigde daardoor nu alles aan haar wat egoïstisch en onbekwaam was. Ze zakte wanhopig in elkaar, alleen getroost door het idee dat de dunne worteltjes en de ene krop sla die ze had gevonden, wilde afstammelingen waren van de groenten die haar lieve grootvader had geplant.

'O, grootvader Bill!' riep ze smekend omhoog. 'Wat zou u nu tegen me zeggen als we net als vroeger samen in de kas zaten?'

Ze wist dat hij kalm en rationeel zou zijn, zoals altijd wanneer ze met een probleem naar hem toe ging. Hij zou naar de feiten kijken, niet naar de emoties eromheen. Hij geloofde sterk in het lot, en in God, dat wist ze. Toen haar moeder was gestorven had grootvader Bill Julia na de begrafenis in zijn armen genomen. Ze had ontroostbaar tegen zijn schouder uitgehuild. De gedachte dat haar moeder alleen in de koude, harde grond lag was onverdraaglijk voor haar geweest.

'Je moeder is nu veilig en heeft vrede daarboven. Dat weet ik,' had hij haar getroost. 'Wij die hier zonder haar achterblijven zijn de enigen die lijden.'

'Waarom konden de dokters haar niet beter maken?' had ze klaaglijk gevraagd.

'Het was haar tijd om te gaan, liefje. En als het je tijd is, is daar niets aan te doen.'

'Maar ik wilde haar redden...'

'Straf jezelf niet, Julia,' had hij gezegd. 'Niemand van ons had ook nog maar iets voor haar kunnen doen. Wij mensen denken dat we het voor het zeggen hebben, maar dat is niet zo, weet je. Ik heb genoeg van het leven gezien om te weten dat het waar is en dat je er niets aan verandert.'

Julia dacht zwijgend na over wat grootvader Bill die dag had gezegd. Gold dat ook voor Xavier en Gabriel? Was het hun 'tijd' geweest? Had ze verschil kunnen maken als ze wel bij hen was geweest? Die vraag was niet te beantwoorden.

En dat zij op dat moment pianospeelde... Julia veegde haar druppende neus af en wist dat ze net zo goed thuis had kunnen zitten wachten tot ze over dezelfde gevaarlijke weg terugkwamen van het strand.

En strafte ze zichzelf, zoals grootvader Bill al die jaren geleden had gezegd? Ontnam ze zichzelf het enige in haar leven wat haar gekwelde geest troost kon schenken?

Ze herinnerde zich meer van grootvader Bills woorden terwijl de pianostemmer de laatste noten speelde. *Je gave is een godsgeschenk, Julia. Verspil die niet, alsjeblieft...*

Terwijl de stilte neerdaalde in de salon, bedacht Julia iets: ze had zo veel mensen verloren die ze had liefgehad, maar het enige wat ze nog steeds had dat van haar was en dat niemand haar ooit kon afnemen, was haar talent.

Toen de pianostemmer uiteindelijk wegreed, stond Julia op en liep ze langzaam terug naar het huis. Ze bleef staan op het terras, en haar gezicht klaarde op door plotselinge hoop en inzicht. Haar gave was het enige waarop ze kon rekenen, die zou er tot haar dood voor haar zijn. Die gave kon haar niet in de steek laten, omdat die deel uitmaakte van wie ze was.

En zij mocht haar gave niet in de steek laten.

Zouden Xavier en Gabriel haar er dankbaar voor zijn als ze de toetsen nooit meer aanraakte? Zouden ze willen dat hun dood tot de dood van haar 'godsgeschenk' leidde?

Nee.

Julia sloeg instinctief haar hand voor haar mond toen ze zich voor het eerst echt realiseerde hoe haar rouwende, door schuldgevoel geteisterde geest haar voor de gek had gehouden. Ze had de demonen toegelaten toen ze kwetsbaar was en had toegestaan dat ze wortel schoten. Ze moesten uitgebannen worden.

Ze liep doelbewust naar de salon, haar hoofd vol van degenen die van haar hadden gehouden en nog steeds van haar hielden, en ging aan de vleugel zitten. Ze negeerde de reactie van haar lichaam en legde haar trillende handen op de toetsen.

Ze zou voor hen allemaal spelen. En voor zichzelf.

Toen Kit een uur later terugkwam van zijn bespreking en Chopins Etudes uit de salon hoorde weerklinken, vulden zijn ogen zich met tranen.

Hij ging abrupt op de trap in de vestibule zitten, waar hij Julia voor het eerst had gezien, en luisterde vol ontzag, vervuld van deemoed door haar geweldige talent.

'Ik ben zo verdomd trots op je, liefste,' zei hij zacht. 'Je hebt niet alleen een zeldzame gave, je bent ook dapper, mooi en sterk. En God helpe me,' zei hij terwijl hij met zijn onderarm over zijn ogen wreef, 'ik hoop dat ik je waardig zal zijn en dat ik je voor altijd bij me kan houden.'

32

Vanaf toen was de stilte die zo lang op Wharton Park had geheerst, verbroken. Het huis werd gevuld met het geluid van prachtige muziek terwijl Julia haar demonen uitbande en uur na uur op de prachtige vleugel in de salon speelde. Ze genoot volop van haar terugkeer naar het instrument dat simpelweg deel uitmaakte van haar ziel.

'Dank je dat je me hebt geholpen terug te keren,' had ze Kit toegefluisterd toen ze 's avonds in bed lagen nadat haar vingers voor het eerst weer de toetsen hadden aangeraakt.

'Je moet mij niet bedanken, lieverd. Je was zelf dapper genoeg om de betovering te doorbreken,' had hij geantwoord. 'Bovendien moest de vleugel echt nodig gestemd worden.'

Julia wist echter dat ze zonder Kits zorgzame duwtje in de goede richting niet zover zou zijn gekomen.

'Ik heb Elsie vandaag gesproken,' zei Julia een paar weken later tijdens het avondeten, 'en ze zei dat ze nu ik op Wharton Park woon, graag eens op visite zou willen komen. Ze stelde dit weekend voor. Vind je het goed als ze dan een paar nachten blijft?'

'Natuurlijk,' antwoordde Kit meteen, 'dat hoef je me niet te vragen. Dit is ook jouw thuis. Ik ben trouwens gevraagd dit weekend mee cricket te spelen in het dorpsteam, dus jullie hebben in elk geval zaterdag geen last van me.'

Julia kon zien dat Kit blij was met de cricketuitnodiging. 'Ik wil ook graag Alicia en haar gezin uitnodigen voor de lunch op zondag. Ze hebben Elsie jaren niet gezien.'

'Goed idee,' antwoordde Kit. 'En als Elsie het ziet zitten ons de rest van haar verhaal over het verleden te onthullen, lijkt het me erg inspirerend om het hier te horen. Nu ik in het huis woon, is het nog fascinerender te weten waar mijn familieleden in vroeger tijden mee bezig waren,' voegde hij eraan toe.

Na het avondeten gingen ze in Julia's favoriete hoekje op het terras zitten. De oude metalen tuinmeubels waren roestig, maar bewezen dat iemand anders ook al eens had besloten dat dit het beste en meest beschutte plekje was om over het park uit te kijken.

'Wat een heerlijke avond,' zei Kit genietend. 'Ik heb het grootste deel van mijn leven gezocht naar nieuwe vergezichten om van te genieten. En nu zit ik hier op een terras dat deel uitmaakt van mijn erfgoed te bedenken dat er geen mooiere plek op aarde kan zijn. Ik ben eindelijk gestopt met weglopen. En ik ben gelukkig. Ik vind het heerlijk hier met jou. Dank je, lieverd, dat je me hebt geholpen te stoppen.'

'Kit, zoals jij zo vaak tegen mij zegt, je hebt die beslissing zelf genomen.' Julia nam een slok van de uitstekende armagnac die Kit op een stoffig rek in de wijnkelder had gevonden. 'Eigenlijk wil ik... iets met je bespreken.'

Hij keek haar fronsend aan. 'Klinkt serieus. Is het dat?'

'Ik moet terug naar Frankrijk,' antwoordde Julia zacht.

Het bleef even stil terwijl Kit die informatie verwerkte. 'Juist. Ik wist dat het er een keer van moest komen.'

'Ik heb er geen zin in,' zei ze, 'maar ik moet daar wat dingen regelen. En als ik van het verleden los wil komen en het eindelijk daar wil laten waar het hoort, moet ik terug.'

'Ja,' antwoordde Kit. 'Wil je dat ik meega?'

'Nee. Ik denk dat het iets is wat ik alleen moet doen. Bovendien weet ik hoe druk je het hier de komende weken hebt met de oogst.'

'Ja, dat klopt.' Kit trok zijn wenkbrauwen op. 'Nooit gedacht dat ik een combine zou leren besturen, maar we moeten alle zeilen bijzetten met het weinige personeel. Hoelang blijf je weg?'

Julia haalde haar schouders op. 'Ik weet het echt niet. Zolang ik nodig heb om te doen wat gedaan moet worden en een aantal beslissingen te nemen.'

'Ja.' Kit tuurde even zwijgend het duister in en pakte toen haar hand vast. 'Julia, je weet dat ik hier op je zal wachten, hoelang je ook nodig hebt.'

In het donker hield Julia zijn hand vast als een reddingslijn. 'Dank je.'

Later die avond bedreven ze met verhoogde hartstocht en hevigheid de liefde. Lang nadat Julia in slaap was gevallen, lag Kit nog naar haar te kijken, niet in staat het gevoel van onbehagen van zich af te schudden dat hem had bekropen zodra Julia had gezegd dat ze weg moest.

Op zaterdagochtend bracht Julia een van de slaapkamers in gereedheid voor Elsie. Ze besefte dat Elsie voor het eerst als gast in plaats van als bediende naar Wharton Park kwam en ze wilde dat haar grootmoeder zich op haar gemak zou voelen.

Daarna reed ze naar Holt om boodschappen te doen. Het was een warme, zonnige dag en het mooie plaatsje bruiste van de stroom toeristen en eigenaren van tweede huisjes die de regio tijdens de zomermaanden overspoelden.

Terwijl ze haar boodschappen in de kofferbak zette, besloot ze – ook al wist ze nu zeker dat ze klaar was voor het recital in Carnegie Hall – dat ze niet zou terugkeren naar de drukke agenda van het verleden. Als de afgelopen vijf maanden haar iets hadden geleerd, was het wel dat schoonheid en plezier te vinden waren in simpele dingen. En dat die belangrijk waren.

Het idee terug naar Frankrijk te keren maakte haar bang. Ze wilde haar nieuw-gevonden rust niet verliezen. Ze wist ook dat Kit haar had geholpen die te vinden en ze zou zijn kracht hier moeten achterlaten. Het was echter een odyssee die ze alleen moest ondernemen als ze volledig vrij wilde zijn om van hem te houden zoals hij dat verdiende.

Om half vier die middag hoorde Julia een auto op de oprit. Ze holde naar de voordeur toen ze zag dat de chauffeur haar grootmoeder hielp uitstappen en ze haastte zich de trap af naar haar toe.

'Julia, lieverd, geef je oude grootmoeder eens een knuffel.'

Dat deed Julia en toen stapte Elsie achteruit om haar te bekijken.

'Lieve hemel!' riep ze uit. 'Ik heb altijd al gezegd dat de lucht op Wharton Park iets bijzonders met je doet. Kijk nou toch! Je ziet er fantastisch uit!'

Julia had haar schort nog voor, die met meel bestoven was. 'Vast niet, oma, maar ja, ik voel me beslist veel beter dan toen ik bij u was.'

Julia betaalde de chauffeur, pakte toen Elsies weekendtas op en liep met haar naar de trap voor de hoofdingang.

Elsie bleef voor de trap staan en keek omhoog. 'Het is nog precies hetzelfde. Raar, hè? Ons leven is zo veranderd, maar deze stenen en dit cement veranderen nooit.'

'Was dat maar waar,' verzuchtte Julia toen ze haar grootmoeder langzaam naar boven hielp. 'Het ziet er misschien nog hetzelfde uit, maar grote delen ervan gaan helaas gebukt onder hun ouderdom en moeten nodig gerestaureerd worden voor de hele zaak instort.'

'Net als ik, nietwaar, liefje?' Elsie gniffelde. 'Weet je dat dit na al mijn jaren op Wharton Park de eerste keer is dat ik door de voordeur naar binnen ga?'

'Ik bedacht vanmorgen dat het misschien raar voor u is om hierheen te komen. Zal ik u maar naar uw kamer brengen, zodat u zich wat kunt opfrissen? Dan kunnen we daarna theedrinken.'

Tegen de tijd dat ze boven waren en de slaapkamer hadden bereikt, stond Elsie te hijgen.

'Hemeltje! Mijn benen zijn niet meer wat ze waren,' pufte ze. 'Vroeger ging ik wel veertig keer op een dag naar boven en beneden zonder er iets van te merken.'

'Ik heb deze kamer voor u klaargemaakt, oma,' zei Julia terwijl ze de deur van de slaapkamer opendeed. 'Hij is erg mooi en niet te groot.'

Elsie stapte over de drempel en zuchtte van plezier en verbazing. 'Lieve hemel! Van alle kamers die je had kunnen kiezen, koos je de kamer waar Lady Olivia logeerde toen ze voor het eerst op Wharton Park was. Hier zag ik haar voor het eerst. En ik geloof niet,' voegde Elsie eraan toe terwijl ze de kamer rondkeek, 'dat er sindsdien ook maar iets is veranderd.' Ze liep naar het versleten geborduurde krukje bij het voeteneind van het bed, ging zitten en probeerde op adem te komen. 'Sorry, Julia, de griep heeft veel van me gevergd en ik ben nog niet helemaal terug op krachten.'

Julia keek haar bezorgd aan. 'Wilt u eerst even gaan rusten? Zal ik u hier een kop thee brengen?'

'Dat zei ik altijd tegen Lady Olivia.' Elsie grinnikte. 'Ik ben inderdaad een beetje moe, maar het kan ook wel de schok zijn van dit weer te zien.'

'Neem uw tijd, oma, er is geen reden tot haast. Rust maar een poosje en kom naar beneden als u daar klaar voor bent. We hebben nog tijd genoeg om te kletsen... Kit speelt een cricketwedstrijd voor het dorpsteam en hij zal niet voor zeven uur terug zijn.'

'De jonge Christopher...' mijmerde Elsie. 'Wie had gedacht dat hij en jij samen zouden komen! Ik herinner me nog dat hij kwam logeren. Kokkie en ik schertsten altijd dat hij wel een lolly leek; niets dan botten met een hoofd erop met die dikke bos krullen.'

'Hij is nog niet veranderd,' zei Julia grinnikend, 'en hij verheugt zich er echt op u weer te zien.'

'Ik ook,' zei Elsie, en ze liep naar het bed en hees zich erop. 'Vreemd, zoals het leven loopt, hè? Nu zijn we hier allemaal weer terug. Goed, lieverd, ga jij maar naar beneden. En je hoeft me geen thee te brengen. Ik kom wel naar beneden als ik een klein tukje heb gedaan.'

'Tot straks dan,' fluisterde Julia en ze drukte een kus op haar grootmoeders voorhoofd. Elsies ogen vielen al dicht.

Anderhalf uur later verscheen Elsie opgefrist in de keuken.

'Dat is beter,' zei ze. 'En waar is nou die kop thee die je me had beloofd? Ik wil alles horen over hoe jij en Kit bij elkaar zijn gekomen.'

Ze gingen aan de keukentafel zitten en Julia vertelde Elsie hoe Kit haar te hulp was gekomen toen ze zo ziek was en hoe ze later naar Wharton Park was verhuisd.

'Julia, ik ben reuzeblij voor je, lieverd. Ik zie aan je ogen hoe gelukkig je bent. Na de vreselijke tijd die je hebt doorgemaakt,' zei Elsie hoofdschuddend en met tranen in haar ogen, 'is het geweldig dat jullie samen het geluk hebben gevonden.' Ze nam een slokje thee. 'En om eerlijk te zijn is dat de reden dat ik vandaag hier ben. Nu jij en Kit samen zijn is de cirkel rond. En ik heb besloten dat je het hele verhaal moet kennen. En misschien...' Elsie keek de keuken rond, 'zal het feit dat ik het hier vertel, waar het allemaal gebeurd is, me helpen het me te herinneren.'

Twintig minuten later kwam Kit door de keukendeur naar binnen, bruin en gezond in zijn witte crickettenue.

'Elsie, wat leuk om je weer te zien na al die jaren.' Kit liep naar haar toe en kuste haar hartelijk. 'Je bent geen spat veranderd.'

'Vleier,' zei Elsie gniffelend. 'Nou, ik zal u vertellen, meneer Kit, u bent wel veranderd. U bent gelukkig wat dikker geworden en uitgegroeid tot een mooie jongeman.'

'Dus je vindt me niet langer een lolly?' Kit keek haar streng aan en begon te glimlachen toen Elsie bloosde. 'Ik hoorde jou en kokkie op een dag praten toen jullie niet wisten dat ik in de buurt was. Ik vond het niet erg. Ik was dankbaar dat jullie twee me altijd bijvoerden.'

'Nou,' zei Elsie verdedigend, 'je was altijd veel te mager. In feite,' vervolgde ze, 'waren jullie dat allebei.'

'Nou, moet je ons nu eens zien,' zei Kit, en hij sloeg liefdevol zijn arm om Julia's schouders. 'Een glas wijn, Elsie? Ik ga vieren dat we gewonnen hebben. Ik heb twee overs gebowld en ik vond het geweldig tot man van de match te worden uitgeroepen.'

Elsie ving Julia's blik op toen Kit de wijnfles openmaakte en knikte goedkeurend. 'Het is een knappe jongen geworden, hè? Wie had dat gedacht?'

Terwijl Kit kameraadschappelijk met Elsie aan tafel zat te babbelen over haar jaren op Wharton Park, scharrelde Julia in de keuken rond om het eten klaar te maken. Ze kon zien dat Elsie helemaal op haar gemak was en zich ontspande door Kits hartelijkheid en vriendelijke geplaag. Julia zette een kipstoofschotel en verse nieuwe aardappeltjes op tafel en kwam bij hen zitten om te eten.

'Nee maar, Julia,' zei Elsie waarderend, 'ik had nooit gedacht dat jij een keukenprinses zou worden, maar dit is erg lekker.'

'Julia heeft veel verborgen talenten, Elsie,' zei Kit met een ondeugende knipoog.

Na het eten zette Julia koffie en stelde ze voor dat ze naar de bibliotheek zouden gaan. Nadat ze Elsie in de makkelijke stoel bij de open haard had geïnstalleerd, ging Julia naast Kit op de bank tegenover haar zitten.

Er heerste plotseling een sfeer van gespannen verwachting.

'Nou,' zei Elsie, en ze nam een slok koffie en zette het kopje toen op tafel, 'zoals ik eerder al tegen Julia heb gezegd, heb ik er lang over nagedacht of ik jullie dit moest vertellen. Maar gezien de omstandigheden...'

'Welke "omstandigheden"?' vroeg Kit.

'Geduld, jongeman; aan het eind van het verhaal zul je het allemaal begrijpen. Goed,' zei Elsie, en ze ademde diep in. 'De laatste keer, Julia, waren we tot het punt gekomen dat Lord Harry en Lady Olivia het goedmaakten, net voordat Harry de oorlog in moest, nietwaar?'

'Ja,' beaamde Julia.

'Wel, dan ga ik jullie nu Harry's verhaal vertellen, en hoewel het lang geleden is gebeurd, zweer ik jullie dat wat ik ga vertellen de waarheid is, ook al staat het einde ervan niet in het dagboek dat hij heeft geschreven.'

'Dat Harry heeft geschreven?' vroeg Julia.

'Ja,' bevestigde Elsie, 'het was Harry's dagboek. Hij had altijd al een mooi handschrift. Het had nooit door mijn Bill geschreven kunnen zijn,' zei ze gniffelend, 'want die kon nauwelijks zijn eigen handtekening zetten, de schat. Nou, liefje, onderbreek me alsjeblieft niet. Wat ik wilde zeggen is dat Bill, je grootvader, tijdens de oorlog samen met hem in Malakka was. Toen Harry eindelijk naar huis kwam, werden Bill en ik bij zijn verhaal betrokken op een manier die we nooit hadden kunnen bedenken. Dit gedeelte begint feitelijk toen de oorlog was afgelopen, toen je grootvader en Harry na drieënhalf jaar gevangenschap werden bevrijd uit de Changi-gevangenis...'

33

BANGKOK

1945

Toen Harry bij bewustzijn kwam was hij in de war; hij had het vreemde gevoel dat hij een hele tijd ongestoord had doorgeslapen. Hij was het gewend voortdurend van houding te moeten veranderen omdat de pijn in zijn heupbeen, dat op het geïmproviseerde bed rustte dat hij voor zichzelf had weten te bemachtigen, hem dwong zich om te draaien. Hij herinnerde zich ook niet dat hij wakker was geworden om de steeds terugkerende muskieten weg te jagen of om over de pijnlijke beet van een rode mier te wrijven.

En hij voelde niet het plakkerige zweet waar zijn magere lijf bij het ontwaken gewoonlijk mee was bedekt. Hij voelde zich zelfs koel, maar misschien verbeeldde hij zich de lichte bries die zachtjes over zijn gezicht leek te strijken.

Om kort te gaan, hij voelde zich comfortabel. Een gevoel dat hij zich nauwelijks herinnerde.

Hij vroeg zich af of hij hallucineerde. Tijdens de lange drieënhalf jaar van zijn gevangenschap had hij vaak over Wharton Park en over de vreemdste dingen gedroomd, zoals zijn vader die hem een blikje sardientjes gaf, of dat hij in het koele, schone water van de fontein in zijn moeders tuin sprong, en van Olivia, die zijn zoon voor hem omhooghield.

Maar meestal gingen zijn dromen over eten. De andere mannen en hij hadden veel lange, klamme avonden over hun moeders beste recepten gediscussieerd. Het had hen gezond van geest gehouden, als je die term tenminste kon gebruiken voor de mensen in de Changi-gevangenis.

Er was zowel mentaal als fysiek niet veel meer van hen over en Harry verbaasde zich er elke ochtend weer over dat hij nog leefde. En soms wenste hij dat dat niet zo was.

Hij besloot zijn ogen dicht te houden en te genieten van het comfort terwijl hij bedacht hoe wonderlijk het was dat zijn lichaam bestand was geweest tegen uithongering en het soort lichamelijke inspanning dat een gezonde man in een gematigd klimaat al te veel zou worden, laat staan in deze afschuwelijke hitte. Veel van de anderen hadden het niet gered: meer dan duizend waren er op het kerkhof van Changi begraven, en bij tijd en wijle had hij hen hun eeuwige rust benijd. Tijdens de terugkerende aanvallen van dengue – ook wel knokkelkoorts genoemd, vanwege de hevige pijn in de ledematen die het veroorzaakte – had Harry verwacht zich elk moment bij hen te zullen voegen. Maar vrouwe Fortuna – als je het tenminste een geluk wilde noemen om hier nog een dag langer in leven te blijven – was met hem geweest. Tot dusver had hij het overleefd.

Harry begreep nu dat leven en dood voor een groot deel op toeval berustten: veel van de mannen met wie hij het kamp binnen was gekomen waren lichamelijk sterker geweest dan hij. Toch had hij ze als pasgeboren kuikens geveld zien worden door malaria en dysenterie. Het dieet van rijst en thee zonder melk of suiker, zo nu en dan aangevuld met een paar ons rijstvliezen, compleet met maden voor de proteïnen, vereiste een inwendige motor van het sterkste kaliber. En het bleek dat Harry – hoewel geen geboren soldaat en lange tijd bang dat hij 'geen man was' – over de juiste genen beschikte om een dergelijke plaats te overleven.

Aangezien hij inmiddels al een poosje wakker was – of althans dat gevoel had – en nog steeds comfortabel lag, probeerde Harry zijn gedachten op een rijtje te zetten en zich de gebeurtenissen van de afgelopen paar dagen voor de geest te halen.

Hij wist nog vaag dat hij met hoge koorts in het ziekenhuis van Changi lag. Ook dacht hij een vertrouwd gezicht te hebben gezien dat op hem neerkeek; Sebastian Ainsley, zijn oude vriend van Eton, die nu voor zijn vaders scheepvaartmaatschappij in het Verre Oosten werkte. Hij meende zich te herinneren dat hij op een stretcher achter op een vrachtwagen was gebonden.

De voortdurende stilte, het lichamelijk welbehagen en de schone geur deden vermoeden dat er echt iets veranderd was. Misschien had hij eindelijk de geest gegeven en was dit de hemel. Harry besloot zijn ogen open te doen om het te controleren.

De zuiver witte wanden, enigszins wazig door de klamboe, vormden een scherp contrast met de donkere, vochtige en uitermate smerige houten hutjes met de vreselijke stank van ongewassen lijven.

Toen zag hij een vrouw – een vrouw! – ook in het wit, zijn bed naderen.

'Zo, kapitein Crawford, dus we hebben besloten wakker te worden? Het werd tijd ook. Mond open, alstublieft.'

Voor Harry iets kon zeggen, werd er een thermometer onder zijn tong gestoken. De vrouw pakte zijn dunne pols tussen haar zachte vingers en controleerde zijn hartslag.

'Veel beter,' zei ze met een goedkeurend knikje, gevolgd door een glimlach. 'U hebt zeker geen idee waar u bent?'

Hij schudde zijn hoofd, omdat hij door de thermometer niet kon praten.

'U bent in Bangkok, in een particulier ziekenhuis. Ze wilden u in het staatsziekenhuis niet hebben. Het laatste wat ze daar nodig hebben is nog meer dengue. Dus heeft uw aardige vriend, meneer Ainsley, u hierheen gebracht. Hij zal u straks wel komen bezoeken. Tot dusver is hij nog elke dag bij u komen kijken.'

De thermometer werd uit zijn mond gehaald. Harry likte aan zijn lippen en probeerde te slikken, maar zijn keel was erg droog.

'Mag ik een glas water?' vroeg hij schor.

'Natuurlijk. Ik zal u eerst rechtop zetten.' De vrouw pakte Harry onder zijn oksels en trok hem overeind. Hij probeerde mee te werken, maar het zweet drupte van zijn voorhoofd door de inspanning.

'Zo is het prima.'

De vrouw – een verpleegster, besefte Harry nu – hield een glas water met een rietje erin onder zijn mond. 'Drink het langzaam op. Uw maag heeft de afgelopen dagen niets te verwerken gekregen. We moesten u een poosje intraveneus voeden omdat uw koorts maar niet wilde zakken.' De verpleegster keek op de thermometer. 'Het goede nieuws is, dat hij nu wel gezakt is. We waren even bang dat we u kwijt zouden raken, maar u bent kennelijk sterker dan we dachten.'

Harry probeerde de spieren in zijn keel tot slikken te bewegen en bedacht dat hij zich nog nooit zo zwak had gevoeld.

'U kunt trots op uzelf zijn, jongeman,' zei de verpleegster glimlachend. 'U hebt het doorstaan. Niet alleen de oorlog, maar ook die hel van het kamp in Singapore waar we zo veel over hebben gehoord. Word maar gauw beter, dan kunt u terug naar Engeland. Wat zegt u daarvan?'

Harry liet zich zwak en duizelig weer in de kussens zakken. Het was te veel om in een keer te bevatten. Nu hij erover nadacht herinnerde hij zich wel dat hij had gehoord dat de jappen zich hadden overgegeven en dat het kamp bevrijd zou worden. Maar na jaren van geruchten hadden hij en de andere gevangenen het nauwelijks durven geloven.

'Hebben we gewonnen? Is het waar? Is het voorbij?' De korte staccato zinnetjes waren alles wat hij kon uitbrengen.

'Ja, kapitein Crawford. Het is voorbij. U bent een vrij man. Nu stel ik voor dat u een uurtje gaat rusten, dan breng ik u daarna kippensoep voor de lunch.'

Kippensoep... in Changi had iedereen naar kip verlangd. Als iemand een levende kip wist te bemachtigen voor de eieren, duurde het nog geen vierentwintig uur of die belandde in iemands stoofpot. Harry zuchtte. Na jaren over zo'n gerecht te hebben gedroomd, vond hij het jammer dat hij zo weinig eetlust had.

'Dank u,' antwoordde hij met een hese stem die nog steeds niet de zijne was.

De verpleegster liep naar de deur. 'Tot straks.'

Harry keek haar na en ging toen liggen mijmeren over het bijzondere feit dat hij als hij daar de kracht voor had gehad uit bed zou kunnen komen en haar achterna zou lopen; door de deur, de gang door en het ziekenhuis uit. Hij zou buiten kunnen blijven staan zo lang hij wilde en er zou niemand een geweer op hem richten. Daarna zou hij de straat door kunnen lopen, fluitend als hij dat wilde, en niemand zou ook maar enige notitie van hem nemen. Het was een idee dat elk geloof tartte.

Vijf minuten later werd er op zijn deur geklopt en verscheen er een vertrouwd kaal hoofd en een bril met jampotglazen.

'Harry, ouwe jongen, wat fantastisch dat je bij bewustzijn bent! We waren ontzettend bang dat je bij de laatste horde nog zou struikelen, zogezegd, en dat zou echt vreselijk zonde zijn geweest.'

'Pech gehad, Sebastian,' zei Harry hees, 'zoals je ziet ben ik nog springlevend.'

'En dat vind ik geweldig. Changi schijnt heel erg te zijn geweest, te oordelen naar wat ik tijdens mijn missie van barmhartigheid heb gezien.'

'Hoe wist je dat ik daar was?' vroeg Harry.

'Je moeder schreef me dat je daar gevangenzat. En toen ik hoorde dat Changi bevrijd zou worden dacht ik dat ik je als relatief plaatselijke bewoner toch op z'n minst kon verwelkomen en je misschien mijn hulp aanbieden. Natuurlijk verwachtte ik niet je in zo'n slechte toestand aan te treffen. Ik moest een Maleier omkopen om je naar de Thaise grens te brengen, waar mijn auto met chauffeur op ons wachtte.'

'Ik ben heel blij dat je bent gekomen,' zei Harry.

'Het stelde niets voor. Dat doen oude vrienden toch voor elkaar?' zei Sebastian blozend. 'Bovendien was het de enige keer dat ik te zien kreeg wat er gebeurd was. Er waren wat hachelijke momenten op de terugweg. Het was een chaos in Singapore. Ik heb er nog over gedacht daar ergens te stoppen omdat je zo vreselijk ziek was, maar de ziekenhuizen waren overvol. Ik kon niet anders dan bidden dat je het zou volhouden tot Bangkok, waar ik fatsoenlijke medische hulp voor je kon zoeken.'

'Dank je,' kraste Harry hijgend.

'Het is hier in Thailand trouwens ook verdomd erg geweest,' zei Sebastian. 'De jappen namen het land over. En ze voerden een behoorlijk indrukwekkende show op. Ze kwamen aanvankelijk met hele hordes in burgerkleren, deden zich voor als arbeiders voor de nieuwe fabrieken die hier werden gebouwd. Ze liepen overal foto's te maken, alsof ze toeristen waren. En de dag dat ze hun slag sloegen, zetten ze hun vrouwen en kinderen buiten de gevarenzone op boten voor de kust terwijl de jappen hun uniformen aantrokken en in alle steden in het land hun huizen uit kwamen. De foto's waren kennelijk naar het hoofdkwartier in Tokio gestuurd zodat ze konden bepalen waar ze hun troepen moesten stationeren om het land in bedwang te houden.'

'Mijn god,' hijgde Harry, 'hebben ze dat echt gedaan?'

'Zeker,' beaamde Sebastian. 'Je moet ze nageven dat hun organisatie feilloos was. En natuurlijk waren ze door het verrassingselement onstuitbaar. Ze wilden Thailand voor een onbelemmerde doorgang van Birma naar Malakka. En de Siamezen, of Thai, zoals we ze nu moeten noemen, werden gedwongen Groot-Brittannië en Amerika de oorlog te verklaren.'

'Dat wist ik niet,' antwoordde Harry zwakjes.

'Nou, het stelde ook niet veel voor, maar de afgelopen twee jaar hebben allerlei vervelende gele mannetjes hier de dienst lopen uitmaken. Ik zal in elk geval blij zijn als ze vertrokken zijn. Ze trekken momenteel in groten getale uit Bangkok weg, ofwel het hoofd gebogen of in de Chao

Phraya dobberend. Opgeruimd staat netjes als het om die kleine klootzakken gaat!'

Harry knikte instemmend.

Sebastian trok een stoel naast het bed en ging zitten. 'Ik weet dat je door een hel bent gegaan, ouwe jongen. Zodra je fit genoeg bent, zetten we je op een boot naar huis, eerste klas natuurlijk,' zei hij grinnikend. 'Dan kun je terug naar het groene gras van Engeland. Of wat daarvan over is nadat de moffen er hun bommen op hebben laten vallen.'

'Ik heb heel weinig gehoord van wat daar gebeurd is,' wist Harry te fluisteren.

'Het enige wat je nu hoeft te weten is dat we hebben gewonnen, dat je ouders en Olivia allemaal gezond en fit zijn en niet kunnen wachten tot je naar huis komt.'

'Goed nieuws,' mompelde hij, terwijl Sebastian naar voren kwam om hem te verstaan. 'Ik heb in Changi alleen brieven gehad van mijn moeder, niet van mijn vrouw.'

Sebastian trok een wenkbrauw op. 'Ik weet zeker dat Olivia je ook heeft geschreven, maar er werd heel streng gecensureerd.'

'Is ze? Ben ik...?' Harry zuchtte. 'Mijn moeder zei niets over de baby. Olivia was zwanger toen ik vertrok. Weet je iets?' hijgde hij.

Sebastian zweeg even terwijl hij bedacht hoe hij het het beste tegen Harry kon zeggen.

'Sorry, ouwe jongen,' zei hij toen bruusk. 'Stomme pech, neem ik aan. Een miskraam, kennelijk. Maar je kunt nu gauw terug naar huis en nog een heel stel kinderen verwekken. En het genoegen hebben om ze zelf groot te zien worden.'

Harry deed even zijn ogen dicht om het nieuws te laten bezinken. Het hele idee van terugkeren naar Wharton Park was hem zo vreemd dat hij het niet kon bevatten.

'Maar goed, beste kerel, je bent teruggekeerd uit de dood. Dus dit is niet het moment om te piekeren over wat had kunnen zijn,' troostte Sebastian hem. 'Zodra het mogelijk is haal ik je hier weg. Volgens mij heb je voor de rest van je leven genoeg instellingen vanbinnen gezien. Dus zorg maar dat je zo snel mogelijk beter bent en op krachten komt. Dan kan ik je laten zien dat het leven ook best plezierig kan zijn, vooral hier in Bangkok.'

'Ik zal mijn best doen, Sebastian, dat beloof ik.'

'Zo mag ik het horen, ouwe jongen,' zei Sebastian, en hij stond op. 'Ik kom morgen weer even bij je kijken, rond elf uur. En ik zal een telegram naar Wharton Park sturen om ze te laten weten dat je aan de beterende hand bent.'

'Dank je.'

Sebastian knikte en liep naar de deur. 'Word gauw beter, oké? Toedeloe.'

Harry knikte terug en schonk Sebastian een flauwe glimlach voor de deur dichtging. Hij ging achterover liggen, teleurgesteld dat hij zich niet euforisch voelde nu hij eindelijk vrij was. Hij vermoedde dat hij gewoon te moe was en eerst moest herstellen van zijn ziekte. En dat zijn herwonnen vrijheid daarom een beetje als een teleurstelling voelde.

Niemand in de Changi-gevangenis had er echt over nagedacht hoe het zou voelen om weer vrij te zijn. Ze hadden het alleen over thuis, over familie en over eten. Alleen al de gedachte aan die dingen had hen op de been gehouden en hoop gegeven. Harry had een paar kerels gezien die het hadden opgegeven; ze hadden zich opgehangen aan wat ze maar hadden kunnen vinden – sokken, restjes laarsveter, stroken kleding.

Heel even verlangde Harry terug naar het vertrouwde van Changi; naar de routine, het gedeelde lijden en de gedeelde doelen, en het begrip voor elkaars toestand.

Had de ervaring hem voor altijd veranderd? Kon hij ooit nog terug naar een normaal leven?

Harry viel in slaap met de hoop dat hij positiever gestemd zou zijn wanneer hij wakker werd.

Een week later werd Harry gezond genoeg bevonden om het ziekenhuis te verlaten. Sebastian kwam hem ophalen in een Rolls-Royce die zijn vader twintig jaar geleden naar Bangkok had verscheept.

Toen ze het ziekenhuis uit liepen, genoot Harry even van het gevoel ergens weg te gaan. Het was voor het eerst in drieënhalf jaar dat hij dat bewust deed. Sebastians Thaise chauffeur opende respectvol het portier en hielp hem op de achterbank. Sebastian ging naast hem zitten. Ze reden door de drukke straten. Hun chauffeur claxonneerde telkens wanneer fietstaxi's, ossen of een stel olifanten opstoppingen veroorzaakten.

Voor het eerst sinds hij met zijn bataljon de *Duchess of Athol* af was gemarcheerd, het schip dat het vijfde Royal Norfolks naar Singapore had gebracht, kon Harry de exotische sfeer bekijken met belangstelling in plaats van angst.

'De beste manier om de stad te bezichtigen is per boot, over de smalle kanalen die ze *klongs* noemen,' zei Sebastian. 'De mensen wonen in huizen die op palen in de rivier staan. Zeer eigenaardig. Misschien kunnen we voor je teruggaat naar huis een keer een bootje huren, dan kan ik het je laten zien. Er is ook een aantal magnifieke tempels. Ah, we zijn er. Stop hier maar, chauffeur, Giselle verwacht ons.' Sebastian wendde zich tot Harry. 'Harry, beste kerel, welkom in het Oriental Hotel.'

Harry zag maar weinig toen hij door de lobby werd geleid en Sebastian met de vrouw sprak die Giselle heette en die kennelijk het hotel runde. Hij voelde zich uitgeput en overbelast en de autorit door de drukke straten had hij als claustrofobisch ervaren. Terwijl de Thaise portier, die geen bagage hoefde te dragen omdat Harry geen bezittingen had, hem voorging door de gang vroeg hij zich af of hij de rest van zijn leven last zou houden van claustrofobie.

De tijd die hij had doorgebracht in de Selarang-barakken was in zijn geheugen gegrift. De jappen hadden toen iedereen op de binnenplaats laten aantreden omdat de Britse officieren weigerden een verklaring te ondertekenen dat ze niet zouden ontsnappen. Selarang was gebouwd voor duizend mannen en er zaten achttienduizend Changi-gevangenen. Ze hadden twee dagen in de brandende zon op het terrein gestaan, zo dicht op elkaar gepakt dat je niet eens je hand omhoog kon brengen om aan je neus te krabben. En 's nachts hadden ze tegen elkaar aan op de betonnen vloer moeten slapen – sardientjes in een blikje hadden nog meer comfort en ruimte.

Om de mannen te behoeden voor wat gezien de vreselijke omstandigheden al snel op een dysenterie-epidemie met duizenden doden zou uitdraaien, had kolonel Holmes, commandant van de troepen in Changi, onder dwang de verklaring ondertekend.

Harry had sindsdien voortdurend nachtmerries en hij wist dat de ervaring hem vreselijk bang had gemaakt voor grote menigtes.

De portier opende de deur van zijn kamer en Harry merkte tot zijn genoegen dat die aangenaam koel was, met luiken voor de ramen, een klamboe boven het bed en eenvoudig maar comfortabel meubilair. Hij gaf de man de laatste paar cent die hij had, sloot de deur achter hem, liep naar het bed en ging erop liggen, blij dat hij ruimte en rust had.

Toen Harry een paar uur later wakker werd, dacht hij dat het avond was, maar toen hij op het klokje naast het bed keek, zag hij dat het amper vier uur was. De luiken hadden zijn kamer in duisternis gehuld. Hij stond op en deed ze open en keek verrukt naar het uitzicht: voor hem lag een groot groen gazon met hier en daar gemakkelijke stoelen en parasols. Daarachter een rivier van misschien wel dertig meter breed, waar houten bootjes op deinden. De schoonheid en openheid van het uitzicht brachten tranen in Harry's ogen.

De kraan boven de kleine wasbak in de hoek van de kamer gaf maar een dun straaltje water, maar voor hem was het nectar nadat hij zich jaren alleen maar had kunnen wassen wanneer het regende. Harry trok het shirt en de broek aan die Sebastian hem had gegeven tot hij zelf kleren kon kopen. Hij had moeite om de broek over zijn 'rijstbuik' te krijgen, iets waar alle gevangenen last van hadden. Ze hadden geschertst dat ze er allemaal uitzagen of ze negen maanden zwanger waren. Toen ging hij op pad naar het terras dat uitkeek over de rivier.

Eenmaal daar installeerde hij zich in een stoel onder een parasol. Meteen stond er een Thais jongetje naast hem. 'Zal ik u thee serveren, meneer?'

Harry moest bijna hardop lachen. Waar hij vandaan kwam zou de gedachte dat iemand je thee serveerde absurd geweest zijn, vooral als je ook nog in een comfortabele stoel onder een parasol zat.

'Graag. Dat zou geweldig zijn,' antwoordde hij, en de jongen liep weg om het te regelen.

Misschien, dacht Harry, moest hij er maar aan wennen dat alles wat normaal was abnormaal zou lijken tot hij aan zijn vrijheid gewend was. En misschien moest hij ook accepteren dat niemand, afgezien van degenen die daar samen met hem hadden gezeten, ooit zou begrijpen wat hij had doorgemaakt.

'Meneer, uw thee, met melk en suiker.' De jongen zette het dienblad op het tafeltje naast hem.

Harry moest zich inhouden om niet op de suikerpot af te duiken en de hele inhoud in zijn mond te schudden. Het was voor het eerst in drieënhalf jaar dat hij suiker zag.

Sebastian kwam een half uur later bij hem zitten, toen de zon boven de rivier begon te zakken. Hij bestelde een gin-tonic voor zichzelf en voor Harry ook een, hoewel die hem liet staan nadat hij eraan geroken had. Alcohol was ook iets wat hij niet meer had geproefd sinds hij uit Engeland was vertrokken. En in zijn huidige toestand zou hij meteen achteroverslaan.

'Trouwens, voor ik het vergeet, ik geloof dat dit van jou is.' Sebastian legde een klein, in leer gebonden dagboekje op de tafel. 'Toen ze in het ziekenhuis in Bangkok uittrokken wat er nog over was van je kleren, vond de verpleegster dit in je lange onderbroek.' Sebastian trok een wenkbrauw op. 'Ze gaf het mij in bewaring.'

Het was het dagboek dat Harry vlijtig had bijgehouden sinds zijn boot van de Engelse kust was weggevaren. Als de jappen het in de Changi-gevangenis hadden gevonden, had dat zijn dood kunnen betekenen. Daarom had hij het op zijn lichaam verborgen door een geïmproviseerde zak in zijn ondergoed te naaien. Elke avond zijn gedachten en gevoelens opschrijven was een van de dingen die hem hadden geholpen te overleven.

'Dank je, Sebastian. Ik ben je er dankbaar voor, al betwijfel ik of ik het in de nabije toekomst in zal kijken om herinneringen op te halen.'

'Nee. Wel, beste jongen, er vertrekt over drie weken een boot die je vrij comfortabel naar Felixstowe en naar huis zal brengen. Je moest je familie maar een telegram sturen om ze te laten weten dat je die boot neemt. Ik weet zeker dat ze er allemaal bij willen zijn om je te begroeten als hij aanmeert,' zei Sebastian glimlachend.

'Dat klinkt fantastisch, en bedankt dat je het geregeld hebt, maar vind je het goed om een andere keer over toekomstplannen te praten? Dit is mijn eerste echte avond in vrijheid en daar wil ik gewoon van genieten.'

'Natuurlijk, natuurlijk, ouwe kerel! Er is geen haast bij. Ik dacht alleen dat je graag zo snel mogelijk zou vertrekken,' legde Sebastian uit.

'We hebben het er morgen over,' antwoordde Harry. 'Vertel me nu eens alles over deze prachtige stad.'

'Het verbaast me nogal dat je niet meer belangstelling hebt voor wat er in Engeland is gebeurd,' merkte Sebastian later bij het eten op terwijl hij zich aan een grote Australische steak tegoed deed. Harry keek naar zijn eigen steak, zag het bloed eruit druppen en wist dat hij hem niet weg zou kunnen krijgen. Beschaamd bestelde hij in plaats daarvan een kom bouillonrijst.

'Het interesseert me natuurlijk wel, Sebastian,' zei Harry, 'maar ik heb het gevoel dat ik pas een paar uur vrij ben. En ik wil vanavond gewoon niet over de oorlog praten.'

Sebastian keek hem door zijn dikke brillenglazen aan en knikte begrijpend. 'Te vroeg, beste kerel, te vroeg. Morgen stuur ik mijn kleermaker naar je toe om je een complete set burgerkleding aan te meten. De kleermakers hier zijn fantastisch met naald en draad. Hij maakt alles voor je wat je wilt.'

'Dat is erg vriendelijk van je, maar ik weet nauwelijks wat er in de mode is.'

'Volgens mij is er niet zo veel veranderd. Ik betwijfel of de mannen thuis rokken dragen, zoals hier.' Sebastian grinnikte.

'Ik neem aan dat ik officieel mijn uniform zou moeten dragen tot ik gedemobiliseerd ben,' zei Harry. 'Maar alles wat daar in Changi nog van over was, was een met tentdoek opgelapte korte broek en een sok.'

'Het lijkt me dat je daar niet over in hoeft te zitten. De autoriteiten hebben genoeg aan hun hoofd met het terughalen van duizenden krijgsgevangenen. En als ik jou was zou ik dit als vakantie beschouwen. Volgens mij heb je dat wel verdiend, beste jongen. En zodra je fit genoeg bent, zal ik je wat van de stad laten zien, oké? De meisjes hier zijn... hoe zal ik het zeggen? Minder gespannen dan de meisjes thuis.' Sebastians wenkbrauwen kwamen boven zijn bril uit. 'Je bent vast nog uitgeput door je beproevingen. Was het erg... bloederig?'

'Onvoorstelbaar,' antwoordde Harry botweg. 'En ik had nog geluk. Ik was officier en ik werd iets beter behandeld dan de mannen. Plus, ik kon pianospelen, waar de jappen nogal bewondering voor hadden. Ze riepen me vaak naar hun kwartier om voor hen te spelen.' Harry zuchtte. 'De piano heeft in feite mijn leven gered.'

Sebastians gezicht klaarde op. 'Natuurlijk! Ik was door al het andere je talent helemaal vergeten. Ik zal eens met Giselle praten. Ze is van plan een kleine bar op te zetten voor alle expats, en ze zoekt bandleden. Als ze de komende dagen een stel mensen bij elkaar kan krijgen, kunnen jullie misschien samen voor ons spelen.'

'Misschien,' mompelde Harry neutraal. 'Ik vraag me af hoe het met Bill is.'

Sebastian fronste om de plotselinge verandering van onderwerp. 'Wie is Bill in godsnaam?' vroeg hij.

'Hij was mijn sergeant in het bataljon. Hij kwam ook van Wharton Park en hij is samen met mij gevangengenomen. Hij heeft mijn leven gered tijdens de val van Singapore en hij kwam me in het Changi-hospitaal altijd opzoeken als ik weer een aanval van knokkelkoorts had. Ik wil graag weten of hij veilig thuis is. Ik stuur wel een telegram naar Wharton Park om het te vragen.' Harry raakte vermoeid. 'Sorry, Sebastian, maar ik ben uitgeput en ik moet gaan slapen.'

'Natuurlijk,' zei Sebastian. 'Ga maar naar je kamer om een nacht goed te slapen, dan is mijn kleermaker morgen om tien uur bij je.'

Harry stond op. Zijn benen trilden. 'Ik ben je echt heel dankbaar voor alles, Sebastian. Je moet me maar laten weten hoeveel ik je schuldig ben, dan laat ik het geld wel uit Engeland overmaken.'

'Beschouw het maar als mijn bijdrage aan de oorlogsinspanningen.' Sebastian wuifde het onderwerp financiën achteloos weg. 'Geen dank, blij dat ik kan helpen.'

Harry wenste hem goedenacht en liep langzaam naar zijn kamer. Hij verheugde zich erop zijn pijnlijke botten te ruste te leggen tussen frisse, schone witte lakens, onder de verkoeling van een plafondventilator. Hij kroop in bed en het enige wat hij zich nog afvroeg voor hij in slaap viel, was waar zijn vriend Bill was.

34

In de week die volgde rustte Harry veel en begon hij wat kracht op te bouwen naarmate zijn zwaarbeproefde maag weer aan het soort voedzame maaltijden wende waar hij in Changi alleen maar van had kunnen dromen.

's Nachts werd hij nog steeds door nachtmerries geplaagd. Hij werd dan badend in het zweet wakker en probeerde het licht aan te doen, wat vaak niet werkte vanwege de nog voortdurende verduistering in Bangkok. Met bonkend hart stak hij dan een kaars aan zodat hij zijn kamer kon zien en zeker wist dat het echt voorbij was.

's Ochtends ging hij naar beneden om op de veranda te ontbijten en daarna ging hij met een krant in de schaduw van de grote palmen in de tuin zitten. De rivier gonsde van bedrijvigheid en de houten bootjes met hun dieselmotoren produceerden een kalmerend achtergrondgeluid. Hij keek vanachter zijn krant naar de andere gasten – sommigen hadden als krijgsgevangenen aan de Birma-spoorlijn gewerkt – maar hij ging geen gesprekken met hen aan.

Sebastian kwam vaak langs vanuit zijn nabijgelegen kantoor; dan lunchten ze samen voordat Harry zijn middagdutje ging doen. Hij verliet het hotel niet; de sereniteit van deze plek en de vriendelijke, beleefde personeelsleden die gracieus hun werk deden gaven hem een veilig gevoel. Hij klampte zich aan het Oriental Hotel vast; het was zijn veilige haven.

Sebastian vroeg hem elke dag of hij een telegram naar Wharton Park wilde sturen om hen te laten weten wanneer hij terug zou komen, maar Harry bleef terughoudend. Hij kon de gedachte aan de reis naar huis – en de verantwoordelijkheden die daar op hem wachtten – nog niet aan. Hier, in de rust van het hotel, kon Harry herstellen.

Toen hij op een vreselijk warme middag na de lunch door de lobby liep zag Harry hoe Giselle haar Thaise medewerkers dirigeerde, die voorzichtig een oude piano door de gang een kamer in droegen.

Na zijn dutje slenterde Harry weer naar beneden en keek hij de kamer in. Er waren bamboeventilatoren aan het plafond bevestigd en er stonden tafels en stoelen gerangschikt. In een hoek werd een houten bar gebouwd en in een andere hoek stonden de piano en een drumstel. Harry liep naar de piano en opende de klep. Hij schoof een stoel bij, ging zitten en legde zijn vingers op de toetsen.

Hoewel hij in Changi ook had gespeeld, hadden de jappen ironisch genoeg alleen populaire Amerikaanse deuntjes willen horen. Zijn vingers voelden wat stijf toen hij de openingsmaten van Chopins Grande Polonaise speelde. Hij hield vol en wenste dat zijn handen over de toetsen dansten zoals vroeger. Uiteindelijk leken ze het zich te herinneren en vlogen de vertrouwde klanken in een stortvloed van onuitgesproken pijn door de kamer. Voor het eerst sinds de oorlog was begonnen vond Harry vrede in zijn muziek.

Toen hij klaar was leunde hij zwetend van uitputting en vermoeidheid achterover en hij hoorde applaus in de deuropening. Een jong Thais meisje stond schuw bij de deur, een bezem in haar hand, een verbijsterde blik in haar ogen.

Harry glimlachte naar haar en bedacht hoe mooi ze was, zelfs in haar kleurloze uniform.

'Ik sorry, meneer, dat ik u stoor. Ik hoor muziek als ik terras veeg en kom binnen luisteren.'

'Natuurlijk.' Harry keek nog eens, nam eerst haar fijne, kinderlijke maar volmaakt geproportioneerde lichaam en toen haar schattige gezichtje in zich op. 'Hou je van muziek?'

'Heel erg,' zei ze knikkend. 'Voor oorlog ik heb ook les.'

'Zat je op de muziekschool?'

Het meisje schudde haar hoofd. 'Nee, alleen les, een keer per week. Maar ik hou veel van Chopin,' zei ze hartstochtelijk.

'Wil je spelen?' opperde Harry en hij stond op.

'Nee, madame zou niet leuk vinden. En ik ben...' Ze zocht naar het juiste Engelse woord en glimlachte toen ze het had gevonden. 'Amateur. Ik denk u bent professional.'

'Nee, hoor,' mompelde Harry. 'Maar ik speel graag.'

'U speelt voor nieuwe bar, ja?' Het meisje glimlachte weer en toonde Harry een rij volmaakte parelwitte tanden tussen volle, roze lippen.

'Misschien als ze het me vraagt,' zei Harry schokschouderend, 'maar dat zal geen Chopin zijn. Ben je hier dienstmeisje?' vroeg hij ten overvloede omdat hij het gesprek niet wilde beëindigen.

Het meisje knikte. 'Ja.'

'Nogal ongebruikelijk om een dienstmeisje te vinden dat Engels spreekt en pianospeelt,' merkte hij op.

Het meisje haalde haar schouders op. 'Voor veel mensen veel veranderd door oorlog.'

'Ja,' stemde Harry in. 'Ja, dat klopt. Maar je bent geschoold. Waarom werk je hier?'

Haar ogen werden triest. 'Mijn vader in verzetsbeweging Free Thai Movement, is meegenomen door Japanse leger. Een jaar geleden verdwenen.'

'Ik begrijp het.'

'Daarvoor hij is redacteur van krant hier,' vervolgde ze. 'Wij hebben goed leven. Ik ga naar Engelse school hier in Bangkok. Maar mijn moeder, zij heeft nog drie kleine kinderen en kan niet alleen laten om geld te verdienen. Dus werk ik om mijn gezin eten te geven.' Ze vertelde het heel zakelijk en vroeg niet om zijn sympathie, maar legde alleen haar situatie uit.

'En madame Giselle is ook verslaggeefster geweest, geloof ik?' vroeg Harry.

'Ja,' zei het meisje. 'Zij was Franse oorlogscorrespondente. Zij helpt mij door mij baan te geven, omdat zij kent en respecteert mijn vader.'

Harry knikte. 'Ik begrijp het. Misschien kun je wanneer de chaos van de oorlog voorbij is weer iets met je opleiding doen.'

'Maar u, meneer, heb veel erger dan ik,' zei ze. 'Madame zegt u bent opgesloten in Changi-gevangenis. Ik hoor het is daar heel erg.'

De sympathie in haar ogen bracht tranen in de zijne. Dit meisje begreep de wreedheden van de oorlog. Ze bleven even naar elkaar staan staren terwijl er een onverklaarbaar gevoel tussen hen beiden over en weer ging.

Zij verbrak de stilte. 'Ik moet nu gaan.'

'Ja.'

Als in gebed bracht ze haar vingers samen onder het puntje van haar neus en ze boog haar hoofd, een traditioneel Thais gebaar dat Harry inmiddels kende.

'Kop khun ka, meneer. Ik geniet erg van uw spel.' Ze draaide zich om.

'Ik heet Harry,' zei hij.

'Harie,' herhaalde ze en hij vond het prachtig zoals ze het zei.

'En hoe heet jij?' vroeg hij.

'Mijn naam, het is Lidia.'

'Lidia.' Harry sprak haar naam uit, zoals zij de zijne had gedaan.

'Tot ziens, Harry, ik zie jou gauw.'

'Tot ziens, Lidia.'

Na die ontmoeting keek Harry elke dag naar Lidia. Hij genoot van haar gracieuze bewegingen terwijl ze haar taken vervulde. Hij ging op zijn favoriete plekje op het terras zitten met Somerset Maughams *The gentleman in the Parlour* – in ditzelfde hotel geschreven – op zijn schoot. Echter, in plaats van te lezen observeerde hij Lidia. Hij was door haar gefascineerd om redenen die hij niet kon verklaren. Alles aan haar was teer, fragiel en ontzettend vrouwelijk. Vergeleken met Lidia leek Olivia een trekpaard, terwijl zij ook tenger was.

Grinnikend bedacht hij dat hij zijn eigen Assepoester had gevonden. Natuurlijk had Lidia geen idee dat hij een prins was – of zo goed als, verdorie. Ze glimlachte soms naar hem, maar ze benaderde hem nooit. En hij vond het niet gepast haar te benaderen.

Harry had geen idee hoe oud ze was. Door zorgvuldig observeren wist hij dat ze onder haar uniform de vormen van een vrouw had; maar ze kon evengoed veertien als vierentwintig zijn. Hij vreesde dat hij door haar geobsedeerd raakte; hij zocht uit wanneer ze de veranda en het terras veegde en zorgde dat hij daar dan zat. Hoe meer hij haar zag, hoe mooier hij haar vond. Hij lag uren in zijn bed te overpeinzen hoe hij het gesprek weer kon oppakken, zodat hij haar beter kon leren kennen.

Toen hij op een ochtend door de lobby liep, zag hij Lidia achter de receptie zitten. Ze droeg niet langer het uniform van een dienstmeisje, maar een blouse en rok in westerse stijl.

Aangemoedigd door haar glimlach liep hij naar haar toe en zei: 'Hallo daar. Ben je gepromoveerd?'

'Ja.' Haar grote amberkleurige ogen straalden van plezier. 'Ik help madame nu met papierwerk en receptie. Ik heb ook nieuwe positie als gastrelaties.'

'Wat goed!' zei Harry met de blijdschap die je normaal associeerde met iets wat jezelf overkwam. 'Ik ben blij dat madame je vaardigheden onderkent en er gebruik van maakt.'

'Het is omdat ik Engels en Thais spreek, en madame spreekt Frans. We zijn goed team.' Haar ogen twinkelden. 'Ik krijg ook meer loon, dus mijn familie heel blij. En nieuwe bar opent morgenavond. Ik hoop u vindt niet erg, maar ik heb madame gezegd wij hebben gast die heel goed pianospeelt. Ik denk zij praat later met u.'

'Natuurlijk. Ben jij er ook?'

'Natuurlijk,' zei Lidia hem na. 'Ik zie jou gauw, Harry.' Ze knikte en ging door met haar administratie.

Tijdens het ontbijt op de veranda glimlachte Harry heimelijk, verrukt over het onverwachte contact met Lidia. Als zij morgenavond in de bar was zou hij spelen. Voor haar.

Hij besefte dat hij zich die ochtend lichamelijk beter voelde – beter dan hij zich in jaren had gevoeld. Bovendien voelde hij een energie die hij zich nog vaag herinnerde uit de tijd van voor de gruwelen van Changi. Harry dacht dat het wellicht verwachting voor de toekomst was, een toekomst waarvan hij niet had durven dromen.

De schoonheid van zijn tropische omgeving leek vandaag intenser. Alles wat hij zag en aanraakte, leek te glanzen, te stralen. Hij was kennelijk aan de beterende hand. Wat betekende dat hij over zijn thuisreis moest gaan nadenken.

Harry stak een sigaret op en nam een slok koffie. Toen hij Wharton Park meer dan vier jaar geleden had verlaten, was dat in elk geval in de wetenschap geweest dat hij het onrecht dat hij Olivia had aangedaan had goedgemaakt. Hij geloofde dat ze begreep wat hem door Archie was overkomen en dat ze dat in de weken daarna samen hadden kunnen vergeten.

Het idee dat hij haar had achtergelaten met hun kind in haar buik bood nog meer troost en was het fysieke bewijs dat hun huwelijk normaal was. Dat het kind niet ter wereld was gekomen vond hij triest, maar hij besefte dat het voor zijn vrouw veel erger was.

Harry had een hele reeks onaangename, klamme nachten achter de rug waarin hij over zijn gevoelens voor Olivia had liggen peinzen. Sommige mannen huilden omdat ze hun vrouw zo vreselijk misten, praatten eindeloos over hen tegen iedereen die maar wilde luisteren en droegen verbleekte, gekreukte foto's op hun hart. Ze spraken over hun diepe gevoelens van liefde, en zeiden hoezeer ze hadden genoten van de fysieke kant van hun relatie, en hoe erg ze die nu misten. Harry luisterde geduldig en voelde zich schuldig dat hij geen van die emoties voor zijn eigen vrouw ervoer.

Hij was erg op Olivia gesteld. Vanaf het begin al. Hij had respect voor haar intelligentie, haar kracht en schoonheid en de manier waarop ze Wharton Park draaiende had gehouden toen Adrienne haar nodig had. Ze was de volmaakte bazin voor het landgoed en een geschikte opvolgster voor zijn moeder.

Maar...

Hield hij van haar?

Harry nam nog een slok koffie, die erg heet bleef in de verzengende hitte, en stak nog een sigaret op. Het troostte hem enigszins dat de kerels die hun hart bij hem hadden uitgestort zelf hadden kunnen kiezen met wie ze trouwden. Dat gold niet voor hem. Er bestond geen enkele twijfel dat als zijn moeder geen huwelijk had voorgesteld en de voordelen ervan had aangeduid, Harry als vrijgezel ten strijde zou zijn getrokken. Het zou niet eens bij hem zijn opgekomen om met Olivia of welke andere vrouw dan ook te trouwen.

Hij wist echter dat zijn situatie verre van ongebruikelijk was. Over de hele wereld hadden eeuwenlang gearrangeerde huwelijken plaatsgevonden. Zoals altijd waren zijn eigen gevoelens ondergeschikt aan zijn erfenis. Voor sommigen was dat nou eenmaal zo.

Harry drukte zijn sigaret uit. Misschien vroeg hij te veel. Misschien hield hij wel van haar... hoe moest hij weten hoe de liefde tussen een man en een vrouw werkelijk was? Hij was emotioneel een laatbloeier geweest en op seksueel gebied onzeker van zichzelf. Olivia was de eerste vrouw die hij ooit had gekend. En toen ze het eenmaal doorhadden, ging het op dat vlak best goed, dacht hij.

En het goede nieuws was dat elke angst die hij had gekend over een latente hang naar zijn eigen geslacht in de afgelopen drieënhalf jaar ongefundeerd was gebleken. Hij had andere mannen in het kamp troost bij elkaar zien zoeken. Iedereen had er een oogje voor toegeknepen; alles wat je door die hel heen hielp en in leven hield was acceptabel. Maar hij had niet één keer de behoefte gevoeld in de armen van een andere man te kruipen, zelfs niet tijdens zijn slechtste momenten.

Nou, dacht Harry, het had geen zin zich nog langer te verzetten. Hij moest terug naar huis en de gevolgen onder ogen zien. Tijdens de lunch met Sebastian bevestigde hij dat hij zich fit genoeg voelde om de terugreis naar Engeland te ondernemen.

'Prima, beste jongen. Ik weet dat er begin volgende week een schip vertrekt. Ik zal kijken wat ik kan regelen om je aan boord te krijgen. Hoe eerder hoe beter, zou ik denken, nietwaar?'

Niet in staat Sebastians enthousiasme te delen over de terugkeer naar Engeland, verdronk Harry zijn verdriet met veel meer drank dan hij normaal zou hebben gedronken. Toen hij na de lunch nogal wankel terugkeerde naar zijn kamer, besloot hij dat hij maar moest genieten van de tijd die hem nog restte in Bangkok. Met dat doel voor ogen en met door de alcohol gevoede moed ademde hij diep in en hij liep naar de receptie. Lidia glimlachte naar hem.

'Ja, alstublieft, wat kan ik voor u doen?'

'Nou…' Harry schraapte zijn keel. 'Ik had bedacht, Lidia, dat ik maar eens wat van de stad moest zien voor ik naar Engeland vertrek. Aangezien jij nu over gastrelaties gaat, vroeg ik me af of mij vergezellen op een tochtje over de rivier ook in je functieomschrijving staat.'

'Het spijt me, Harry.' Lidia keek hem verbaasd aan. 'Wat is "functieomschrijving"?'

'Wat ik bedoel, Lidia, is of je een dag mijn gids wilt zijn?' legde Harry met bonkend hart uit.

Lidia keek weifelachtig. 'Dat zou ik madame moeten vragen.'

'Madame staat achter u. Wat wilt u haar vragen?' klonk een stem met een zwaar Frans accent toen Giselle uit haar kantoortje kwam.

Harry herhaalde zijn vraag aan haar. 'Ik zou een gids die lokaal bekend is erg op prijs stellen, en die goed Engels spreekt natuurlijk,' voegde hij eraan toe. Hij voelde zich nogal schofterig, maar hij was vastberaden zijn zin te krijgen.

Giselle dacht even na en zei toen: 'Wel, kapitein Crawford, ik denk dat we wel een regeling naar wederzijdse tevredenheid kunnen treffen, *n'est-ce pas*? Lidia en *monsieur* Ainsley hebben me allebei verteld dat u erg goed pianospeelt. U hebt misschien gehoord dat mijn bar hier in het hotel morgenavond wordt geopend. Ik heb een pianist nodig. Als u voor me speelt, sta ik toe dat Lidia u mee de rivier op neemt en u Bangkok laat zien.'

Harry stak verrukt zijn hand uit. 'Afgesproken,' zei hij.

'*C'est parfait,* kapitein Crawford,' zei ze, en ze schudde hem de hand. 'Ik heb een saxofonist en een drummer. Ze zijn morgenavond om zes uur in de bar. Misschien kunt u zorgen dat u dan ook beschikbaar bent om met hen te oefenen. Ik laat het verder aan u over om uw uitstapje met de jongedame te regelen.'

'Natuurlijk. *Merci,* madame,' antwoordde hij.

Toen ze weer in haar kantoor verdwenen was, leunde Harry tevreden over de balie heen, keek in Lidia's prachtige amberkleurige ogen en zei: 'Mooi, dat is geregeld. Nou, waar stel je voor dat je me mee naartoe neemt?'

35

De opening van de nieuwe Bamboo Bar werd goed bezocht door de gemeenschap van expats, die na jaren onder Japans bestuur blij waren dat ze iets te vieren hadden. Ze kwamen in groten getale, gooiden de lokale Mekong-whisky achterover en maakten *sanuk*, Thais voor 'lol'.

Met minder dan een uur om te repeteren was Harry blij dat hij een kundig pianist was en ervaring had opgedaan in de Changi-gevangenis met het spelen van jazz voor de jappen. Hij werkte samen met een Nederlandse drummer – ook een ex-krijgsgevangene, net als hij – en een Russische saxofonist die om onbekende redenen in Bangkok terecht was gekomen en die een lijst van nummers had weten op te stellen die ze alle drie kenden.

De sfeer was levendig, rokerig en zweterig. Harry had nog nooit met andere musici samengespeeld en genoot enorm van de kameraadschap. Het enthousiaste applaus toen zijn vingers in een virtuoze solo over de toetsen vlogen bezorgde Harry een rilling van plezier die hij zelden had ervaren. Hij keek naar Lidia, die er prachtig uitzag zoals ze in een zijden sarong met een dienblad vol drank door de bar liep.

Toen alle drie de muzikanten verklaarden dat er echt geen toegiften meer zouden komen omdat ze uitgeput waren en dropen van het zweet, liep Harry de bar uit en over het terras naar het gazon dat naar de rivier leidde. In verband met de verduistering hadden ze het laatste deel van de avond bij kaarslicht gespeeld en het enige licht boven de rivier was dat van de volle maan.

Harry stak een sigaret op en zuchtte diep. Vanavond had hij een paar uur lang het gevoel gehad erbij te horen. Het maakte niet uit dat hij een ontheemde onder ontheemden was, een ongelijksoortig allegaartje van mensen uit alle windstreken, samengebracht door onbekende tragedies. Hij was geen kapitein in het leger geweest, of een edelman en toekomstig lid van het Britse Hogerhuis die een groot landgoed zou erven. Hij was niets meer geweest dan een pianist die anderen met zijn talent had vermaakt en plezier had bezorgd. Hij had ervan genoten omdat hij simpelweg zichzelf was geweest.

De volgende dag ontmoette Lidia hem zoals afgesproken in de lobby van het hotel.

'Madame' had een houten bootje voor hen geregeld, compleet met een bootsman die hen zou brengen waar Lidia wilde. Toen Harry instapte voelden zijn benen slapper aan dan de afgelopen paar dagen, dankzij de late avond en vier glazen whisky.

'Kapitein Crawford, ik denk wij gaan eerst rivier op en langs Grote Tempel,' zei Lidia, die op het houten bankje tegenover hem zat. 'Daarna wij gaan naar drijvende markt, oké?'

De Amerikaanse uitdrukking klonk vreemd over haar oosterse lippen.

'Oké,' zei hij, en het woord klonk ook vreemd over zijn eigen lippen. 'En noem me in godsnaam Harry.'

'Oké, Harry.' Ze glimlachte.

Ze vertrokken van de hotelpier en voegden zich tussen het verkeer. De Chao Phraya deed dienst als verkeersader voor de hele stad en het verbaasde Harry dat zich niet meer botsingen voordeden omdat stuurlui met slechts enkele centimeters tussenruimte tegemoetkomende boten ontweken. Grote zwarte aken, soms wel vier op een rij, bijeengehouden met touwen en voortgetrokken door kleine sleepbootjes, verschenen als dreigende walvissen aan de horizon. Na een paar bijna-botsingen voelde Harry dat zijn handen trilden.

Lidia merkte zijn spanning op. 'Wees niet bang, Harry. Onze bootsman, Sing-tu, hij vaart deze boot al dertig jaar. En hij nooit ongeluk, oké?'

Ze boog voorover en gaf een klopje op zijn hand.

Het zachtmoedige gebaar betekende voor Lidia niets, dat wist hij zeker, maar voor een man die al jaren geen affectie had ondervonden was het een moment om te koesteren.

'Harry, kijk.'

Hij volgde haar tengere uitgestrekte hand en zag een gebouw dat waarlijk de benaming 'paleis' verdiende. Met de V-vormige daken in Thaise stijl, bedekt met goud en iets wat reusachtige smaragden en robijnen leken die schitterden in de zon was het als een plaatje uit een van de boeken die zijn moeder hem voorlas toen hij klein was.

'Dit is huis van koning en koningin. Wij hebben nu nieuwe koning, omdat oude is doodgeschoten.'

Harry lachte hardop om Lidia's ongezouten opmerking. Hij wist zeker dat haar beknopte spreekwijze meer te maken had met een gebrekkige Engelse woordenschat dan dat het een afspiegeling van haar persoonlijkheid was, en daarmee nam ze hem nog meer voor zich in.

'Wil je naar binnen om smaragden boeddha in *wat* te zien? Hij erg mooi en beroemd. Wordt door veel monniken verzorgd.'

'Waarom niet?' zei Harry. 'Mag ik vragen wat een *wat* is?' zei hij grinnikend toen de bootsman de boot aanmeerde door een touw rond een houten paal bij de pier te gooien.

'Jij zou tempel noemen,' verduidelijkte Lidia, die moeiteloos uitstapte en Harry meetrok.

De tuinen rondom het paleis en de tempel van de smaragden boeddha waren spectaculair, vol levendige kleuren en met overal de geur van jasmijn.

Harry bleef staan voor een prachtige plant met tere roze en witte bloemen. 'Orchideeën,' zei hij. 'Ze groeiden tussen de struiken rondom de Changi-gevangenis en sinds ik in Bangkok ben zie ik ze overal. In Engeland zijn ze zeldzaam.'

'Hier het is als onkruid,' zei Lidia.

'Jeetje! Ik wou dat wij thuis zulk onkruid hadden,' zei Harry en hij bedacht dat hij er een paar mee moest nemen voor zijn moeder.

Hij volgde Lidia de trap op naar de tempel en trok net als zij zijn schoenen uit. Binnen was het donker en fris, de monniken in hun saffraankleurige gewaden zaten op hun knieën te bidden voor de prachtige en verbazingwekkend kleine smaragden boeddha. Lidia knielde ook neer met haar handen in gebedshouding, en Harry deed hetzelfde.

Even later hief hij zijn hoofd en bleef nog even zitten genieten van de rust en vrede in de tempel. Tijdens zijn tijd in Changi had hij bij gebrek aan een betere tijdsbesteding een aantal lezingen over godsdienst gevolgd. Een daarvan ging over het boeddhisme en hij herinnerde zich dat hij had gedacht dat het ethos ervan zijn eigen gevoelens en ideeën over de wereld dichter benaderde dan andere religies.

Ze verlieten uiteindelijk de tempel en stapten weer het heldere zonlicht in.

‘Wil je nu naar drijvende markt?’ vroeg Lidia toen ze weer in de boot stapten. ‘Het is lange boottocht, maar ik denk jij zult leuk vinden.’

‘Wat jij maar voorstelt,’ zei Harry.

‘Oké, ik stel het voor.’ Lidia sprak de bootsman in het Thais toe en ze vertrokken met hoge snelheid. Harry leunde achterover op de achtersteven en keek naar het voorbijdrijvende Bangkok. Ondanks het koele rivierbriesje was het een erg warme dag en hij wou maar dat hij iets had meegenomen om zijn hoofd te beschermen.

Na een poosje draaide de bootsman van de rivier af een smalle *klong* op en navigeerde hij hen over de drukke waterweg. Bij de drijvende markt vielen ze stil, want ze werden omringd door houten bootjes vol koopwaar en mensen die prijzen riepen naar hun klanten, die vanaf hun eigen bootjes terugriepen.

Het was een prachtig gezicht: kleurrijke zijde, gemalen specerijen in jutezakken, de geur van kip aan het spit, vermengd met de geur van vers geplukte bloemen... het droeg allemaal bij aan de exotische sfeer.

‘Wil jij eten, Harry?’ vroeg Lidia.

‘Ja,’ wist Harry uit te brengen, al voelde hij zich heel vreemd. Misschien was het de zon, maar hij was duizelig en misselijk. Lidia stond op, riep naar een bootsman die kipsatés maakte en ze kocht er een paar. Harry sloot zijn ogen. Het zweet brak hem uit en het lawaai om hem heen overweldigde hem. De roepende, schelle stemmen, de sterke geuren en de hitte... lieve hemel, de hitte! Hij moest dringend water hebben...

‘Harry, Harry, word wakker.’

Hij deed zijn ogen open en zag Lidia op hem neerkijken; ze hield een koele doek tegen zijn voorhoofd. Ze waren in een verduisterde kamer en hij lag op een smal veldbed op de grond. ‘Waar ben ik?’ vroeg hij. ‘Wat... is er gebeurd?’

‘Jij valt flauw in boot en stoot jouw hoofd aan het hout. Ben je oké?’ Lidia’s grote ogen keken bezorgd.

‘Ik begrijp het. Sorry.’ Hij probeerde overeind te komen. ‘Mag ik wat water?’ Zijn kurkdroge keel en wanhopige verlangen naar water brachten duistere herinneringen aan Changi boven.

Lidia gaf hem een veldfles en hij dronk gulzig.

‘We brengen jou naar ziekenhuis, ja?’ stelde Lidia voor. ‘Jij niet goed.’

'Nee, echt, het komt wel weer goed nu ik wat heb gedronken. Ik denk dat het te warm was in de zon en dat ik uitgedroogd raakte, dat is alles.'

'Zeker weten?' Lidia leek niet overtuigd. 'Je bent ziek geweest van dengue. Misschien is terug.'

'Ik weet het zeker, Lidia, echt.'

'Dan wij gaan terug naar hotel. Kun jij staan?' vroeg ze.

'Natuurlijk.' Hij smeekte zijn benen hem te dragen en met de hulp van Lidia en de bootsman verliet hij het hutje waarin Lidia hem uit de zon had gelegd en klom hij terug in de boot. Harry glimlachte wrang om het idee dat hij was flauwgevallen op de drijvende markt terwijl hem dat in de gevangenis, zelfs onder de vreselijkste omstandigheden, nooit was overkomen.

'Jij zet dit op. Ik word bruin en lelijk in gezicht voor jou,' merkte Lidia op, en ze nam haar hoed in koeliestijl af en plantte die op Harry's hoofd. 'Drink nog wat water.' Ze gaf hem de veldfles.

'Wat bedoel je, bruin en lelijk?' vroeg Harry terwijl hij weer ging liggen, dankbaar voor de schaduw die de hoed leverde.

'Het is een klassenkenmerk in Thailand,' legde Lidia uit. 'Als je bleke huid hebt, ben je van goede klasse; donkere huid en je bent boer!'

'Ik begrijp het,' zei Harry glimlachend terwijl de bootsman weg manoeuvreerde van de drijvende markt en naar de Chao Phraya. Lidia zat naar hem te kijken. Ze wendde haar blik geen moment van zijn gezicht af. Hij deed zijn ogen dicht. Hij voelde zich veel minder zwak, maar wist dat er iets niet in orde was.

Terug bij het hotel hielp Lidia hem uit de boot en de veranda op.

'Jij gaat naar jouw kamer en rusten, Harry,' zei ze. 'Ik vertel madame jij ziek.'

Harry sliep de hele middag en werd later gewekt door een piccolo die op de deur klopte om hem te vertellen dat meneer Ainsley even bij hem wilde komen kijken.

'Stuur hem maar binnen,' zei Harry knikkend. Inwendig kreunde hij om de bekende pijn in zijn botten.

'Beste jongen, ik hoorde van Giselle dat er vanmiddag wat is voorgevallen op de drijvende markt,' zei Sebastian toen hij binnenkwam. 'Je voelt je weer niet goed, is het wel?'

'Ik vrees van niet,' zei Harry. 'Ik dacht dat het misschien de drukte was, maar ik weet nu bijna zeker van niet.'

'Verdorie!' Sebastian ging op een rieten stoel zitten. 'Ik neem aan dat het inhoudt dat je niet kunt reizen over een paar dagen. Ik kwam je vertellen dat ik ook passage heb geboekt en samen met je naar Engeland zou varen.'

'Het spijt me, ouwe kerel, maar ik betwijfel of ik fit genoeg zal zijn om mee te gaan.'

'Ik laat zo snel mogelijk een dokter naar je toe komen,' zei Sebastian somber. 'Verdraaid jammer, dat wel. Ik verheugde me op een gezamenlijke boottocht. Nadat ik hier vier jaar heb vastgezeten, wilde ik maar van de gelegenheid gebruikmaken om naar huis te gaan en mijn ouders op te zoeken. Mijn moeder wordt al oud, weet je, arme vrouw. Nou dan,' zei Sebastian terwijl hij zich overeind hees, 'ik zal de piccolo meteen naar de dokter sturen. Red je je wel in Bangkok zonder mij?'

'Natuurlijk wel,' verzekerde Harry hem.

'Vreemd dat ik nu terugga en jij niet, maar het is nu eenmaal zo. Ik zal natuurlijk wat geld voor je achterlaten. Dat kun je me in Engeland wel een keer terugbetalen. Ik zal bij je ouders langsgaan om hun te verzekeren dat je wel een keer terugkomt. We willen niet dat ze denken dat je gedeserteerd bent.'

'Nee,' mompelde Harry, die zich vreselijk voelde.

'Nog iets.' Sebastian bleef bij de deur nog even staan. 'Dit land kan erg verleidelijk zijn en hoe langer je blijft, hoe aantrekkelijker het wordt. Word er niet verliefd op, beste jongen, wil je? Anders kom je misschien nooit meer thuis.'

De dokter kwam en bevestigde dat Harry weer een aanval van knokkelkoorts had.

'U hebt te vroeg te veel gedaan, jongeman,' zei hij en hij gaf Harry een flinke dosis kinine om de koorts omlaag te brengen. 'Ik zag u gisteren spelen in de bar.' Hij glimlachte. 'Dat deed u verdraaid goed. Maar dat kan nu even niet. U weet hoe het gaat: rust, veel drinken, zo nodig kinine, en laten we hopen dat we u dit keer uit het ziekenhuis kunnen houden.'

'Ja, dokter.'

'Ik schrijf u ook vitamines voor. Ik laat een van de jongens het wel halen. En ik kom morgen terug. Ik zal madame inlichten en ik weet zeker dat ze wel iemand zal sturen om een oogje op u te houden.'

'Wat ben ik u schuldig voor de moeite, dokter?'

De dokter draaide zich om en glimlachte even. 'Ik ben u wat schuldig, jongeman. Het zijn dappere soldaten als u die deze verrekte oorlog voor ons hebben gewonnen. Goedendag, kapitein Crawford.'

Harry zakte telkens weg in een onrustige, koortsachtige slaap. Ergens in de loop van de avond werd er zachtjes op zijn kamerdeur geklopt.

'Binnen,' zei hij. De deur ging open en daar stond Lidia hem bezorgd aan te kijken.

'Madame zegt jij voelt nog steeds niet goed. Dat jij hebt weer dengue. Het is mijn schuld. Ik moet je niet meenemen naar drukke hete plaats als jij niet sterk bent.'

'Lidia, toe nou, ik had je gevraagd me mee te nemen.'

Hoewel hij zich vreselijk voelde, kon Harry niet anders dan naar haar blijven kijken. Ze zag er volmaakt uit in de zachte gloed van de lamp; alles aan haar was prachtig in zijn koortsige ogen. Hij voelde plotseling een onverwachte en ongepaste golf van verlangen.

'Mag ik je voorhoofd zien?' vroeg ze, naar hem toe komend.

'Mijn voorhoofd vóélen, bedoel je? Natuurlijk.' Hij knikte en genoot van haar koele handpalm op zijn voorhoofd, om nog maar te zwijgen van haar heerlijke geur zo dichtbij.

'Ja, jij bent te warm,' verkondigde ze. Toen haalde ze een zakje kruiden uit de zak van haar rok. 'Thuis gebruiken wij altijd Chinese medicijn. Deze speciaal voor koorts en pijn in botten. Wil jij proberen? Ik kan thee voor jou maken.'

'Lidia, ik wil alles wel proberen,' zei Harry vol vuur. 'Ik heb er zo verdomd genoeg van om ziek te zijn.'

'Dan ik breng het jou en jij voelt je morgen al beter. Ik beloof het.' Ze glimlachte. 'Zit magie in.'

'Ik hoop het,' antwoordde Harry, en hij glimlachte zwakjes.

'Ik ga nu klaarmaken.'

'Dank je.'

Harry keek haar na en ging weer liggen. Hij keek naar de plafondventilator en bedacht dat zijn ogenschijnlijke pech ook wel zijn voordeel kon zijn.

Lidia was binnen tien minuten terug met een glas in haar hand.

'Ik waarschuw jou, Harry, het smaakt heel vies,' zei ze toen ze hem overeind hielp.

'Dan werkt het zeker. Dat zei mijn moeder tenminste als ze me vieze medicijnen gaf toen ik klein was,' schertste Harry zwak.

Harry kokhalsde bijna bij de eerste slok thee, maar hij herinnerde zich de levende maden die hij in de Changi-gevangenis had gegeten, hield zich voor dat hij niet zo flauw moest doen en dronk alles op.

'Jeetje,' zei hij toen, 'je had gelijk.'

Lidia gaf hem wat water om de smaak weg te spoelen.

'En nu, Harry, jij rusten. Als jij iets nodig hebt, dan bellen. Madame heeft mij gevraagd vannacht in kamer tegenover te slapen. Ik kijk over een uur bij jou. Jij krijgt gauw heel, heel warm, maar zijn alleen kruiden die koorts breken en gaat over.'

'Ik verheug me er al op,' zei hij terwijl ze naar de deur liep. Hij vroeg zich af of het dwaas was geweest haar te vertrouwen.

'Maak je geen zorgen, Harry. Ik ben hier.'

Lidia's voorspelling kwam uit: binnen een uur stond Harry in brand. Lidia kwam met koele doeken voor zijn voorhoofd toen hij woelde en draaide door de hoge koorts. Een paar uur later zakte die en viel Harry uitgeput in slaap.

36

Toen Harry de volgende ochtend laat wakker werd, voelde hij zich veel beter dan hij had verwacht. Hoewel zijn botten nog steeds pijn deden, was de hevigheid van de pijn flink gedaald en toen de dokter kwam bevestigde die inderdaad verbaasd dat zijn patiënt nog maar één graad verhoging had.

'Opmerkelijk,' zei de dokter. 'Ik dacht dat het weer een zware aanval zou worden, maar ik had het mis. Goed gedaan en ga zo door.'

Lidia stak haar hoofd om de deur toen de dokter weg was. Ze had weer een glas stinkende thee bij zich.

'Hoe gaat het, Harry?'

'Beter, dank je.' Hij keek argwanend naar het glas. 'Je komt me toch niet weer in brand zetten, hoop ik?'

Lidia giechelde haar volmaakte tanden bloot. 'Natuurlijk niet,' antwoordde ze, trots op de nieuwe woorden die ze van hem had geleerd. 'Dit is voor kracht, om lichaam sterk te maken en zorgen dat dengue niet terugkomt. Geeft jou energie en eetlust. Geen brand, beloof ik.'

'Smaakt het net zo vies als het vorige?' vroeg Harry en hij zette zich al schrap.

'Viezer,' bekende ze, 'dus is nog beter voor jou.'

Harry dronk het smerige mengsel en ging toen hijgend achterover liggen, hij deed zijn best om niet te gaan kokhalzen. 'Ben je een heks?' vroeg hij. 'De dokter kon niet geloven hoeveel beter ik al was.'

'Misschien,' zei ze glimlachend, 'maar goede heks. Nu moet ik gaan, want gasten komen snel, maar ik kom straks kijken hoe sterk jij geworden.'

Harry grinnikte toen ze de kamer uit liep en bedacht hoe heerlijk het was haar persoonlijkheid naar boven te zien komen naarmate haar zelfvertrouwen bij hem groeide. En wat ze ook voor hem had gebrouwen, het werkte beslist.

Tegen de avond had Harry honger en hij liet wat noedels naar zijn kamer brengen. Terwijl hij rechtop ging zitten om ze op te eten, besloot hij dat hij best af en toe een aanval van dengue wilde als Lidia dan zijn verpleegster en redster was.

De paar dagen daarna sliep Harry veel meer dan hij meende nodig te hebben en at hij alles wat hem werd voorgezet. Wanneer hij niet sliep dacht hij aan Lidia. Ze kwam vaak even bij hem kijken, haar ogen stralend van plezier omdat hij zo goed herstelde.

En ze leek met de dag mooier.

Harry leefde voor haar bezoek, fantaseerde er daarna over dat hij haar vroeg naar zijn bed te komen, dat hij haar tengere lichaam in zijn armen nam, haar volmaakte lippen kuste, met zijn tong langs haar parelwitte tanden ging... In zijn rationele momenten probeerde Harry zich voor te houden dat het effect dat ze op hem had werd veroorzaakt doordat hij zo lang geen vrouwen had gezien. Anderzijds kon hij zich niet herinneren dat hij ooit dergelijke gevoelens voor een vrouw had gehad.

Hij kende haar nauwelijks en wist bijna niets over haar leven. En toch kende hij haar... ze was zachtaardig, had gevoel voor humor en was erg pienter. Haar beheersing van het Engels, zoals ze zich ondanks haar beperkte woordenschat verstaanbaar kon maken, was indrukwekkend. Gewend als hij was aan de raadsels waarin Engelse meisjes met hun volledige beheersing van de taal spraken, vond hij het verfrissend dat Lidia met zo weinig woorden kon zeggen wat ze bedoelde. En dan haar schoonheid. Harry was lichamelijk nooit gemakkelijk opgewonden geraakt, zeker niet door alleen gedachten. Nu ervoer hij als hij aan haar dacht meteen een dringende spanning in zijn kruis. Het was natuurlijk bemoedigend dat alles nog werkte na de fysieke en mentale klappen die hij in Changi had gehad. En dat, na al zijn twijfels, een vrouw eindelijk zo'n heftige fysieke reactie bij hem kon veroorzaken.

Bij Olivia had hij dat nooit gevoeld.

Olivia. Zijn vrouw.

Harry dacht terug aan de keren dat de andere gevangenen in Changi het over hun gevoelens van lust en liefde hadden gehad. Was dat wat hij voor Lidia voelde? Liefde?

Op de vierde dag van zijn afzondering en toen Lidia vreemd genoeg niet was komen kijken hoe het met hem ging, verliet Harry tegen zonsondergang zijn kamer. Hij slenterde door de lobby naar de Bamboo Bar omdat hij niets anders te doen had, en keek onderweg naar de receptie.

'Bent u beter?' Giselle dook achter hem op.

'Ja, veel beter, dank u. Ik vroeg me net af waar Lidia was.'

'Ze heeft een dag vrij genomen,' zei Giselle afwezig. 'Familieproblemen, geloof ik.'

Harry's hart begon te bonken. 'Is alles in orde met haar?'

'Ik weet het niet, kapitein Crawford. Ik ben haar werkgeefster, niet haar moeder, ook al ben ik erg op haar gesteld. Ze heeft een zwaar leven.'

Harry was van slag en liep naar de Bamboo Bar, die pas over een uur open zou gaan en nog verlaten was. Hij ging aan de piano zitten, tilde het deksel op en begon te spelen.

Al snel kwamen de andere musici en de barkeeper binnen.

'Waar heb je gezeten?' vroeg Yogi, de Nederlandse drummer. 'We missen je als je niet met ons speelt.'

'Ziek,' antwoordde Harry.

'Doe je vanavond mee?' vroeg hij.

'Ik doe vanavond mee,' zei Harry met een knikje. Het zou hem afleiding geven.

Harry speelde tot middernacht en dronk liters water terwijl de klanten bezweken aan de gevolgen van de whisky. Hij kreeg oneerbare voorstellen van een paar aangeschoten vrouwen van middelbare leeftijd, die aanboden hem Bangkok te laten zien als hij naakt voor hen wilde spelen. Harry vond het een geweldige mop: hij was nog steeds mager als een lijk, had een rijstbuik en een schilferige huid door vitaminegebrek.

Toen hij de volgende morgen wakker werd, ging zijn eerste gedachte naar Lidia. Hij vroeg zich af of ze er vandaag weer zou zijn. Hij stond op en ging naar de veranda om te ontbijten nadat hij had gekeken of ze weer achter de balie zat. Daar zat ze niet.

De dag verstreek, slechts onderbroken door de kleermaker die zijn kleren klaar had om te passen, en zachtjes mopperde dat hij de tailleband van zijn broeken moest innemen omdat Harry's rijstbuik slonk.

Harry liep telkens weer door de lobby om te kijken of Lidia er was. De derde keer kwam Giselle hoofdschuddend naar hem toe. 'Ze is er vandaag ook niet. Ik kan alleen maar hopen dat ze niet doet wat veel inlanders doen en gewoon verdwijnt.'

Harry kreeg een knoop in zijn maag bij dat idee. Hij liep terug naar zijn kamer om een middagdutje te doen, ging op zijn bed liggen en probeerde te slapen. Hij gaf het uiteindelijk op en begon door zijn kamer heen en weer te lopen, zich afvragend of Giselle Lidia's adres zou hebben. Als ze morgen weer niet kwam, moest hij haar misschien maar gaan zoeken.

'Doe niet zo belachelijk,' berispte hij zichzelf hardop. 'In godsnaam; je bent gewoon een gast in het hotel. Je kunt moeilijk door heel Bangkok op zoek gaan naar meisjes die je nauwelijks kent!' Maar hoewel hij zich flink onder handen nam, kon Harry aan niets anders denken. De rest van de dag verstreek in angst en spanning terwijl hij zich de vreselijke dingen voorstelde die haar overkomen konden zijn. Hij ging om drie uur in de ochtend op zijn rug liggen, zijn hoofd in zijn handen, en besefte dat dit meer moest zijn dan zomaar een bevlieging.

Hij hield van haar.

Zijn opluchting toen hij de volgende morgen de lobby in liep en Lidia weer op haar plaats zag zitten, was tastbaar. Hij moest zich inhouden om niet naar haar toe te rennen en haar in zijn armen te nemen.

'Lidia, je bent terug! Is alles... in orde?'

'Ja, Harry.' Haar ogen leken donkerder dan normaal en ze zag er minder opgewekt uit, maar ze voegde eraan toe: 'Alles is in orde.'

Hij observeerde haar. 'Weet je het zeker?'

'Natuurlijk.'

'Mooi zo,' antwoordde hij. 'Daar ben ik blij om.' En hoewel hij niet weg wilde, wist hij ook niet goed wat hij nog kon zeggen, dus slenterde hij weg.

Harry liep door zijn kamer. Hij kon niet tot rust komen. Hij had zich prima gevoeld voordat Lidia was verdwenen, maar de hevigheid van de paniek die hij had gevoeld toen ze er niet was, had hem angst aangejaagd. Hoe kon hij van een vrouw houden die hij nauwelijks kende?

Niet in staat in zijn kamer te blijven, liep hij over de veranda en het gazon naar de rivier. Hij stak een sigaret op en dacht aan Sebastian, die waarschijnlijk al een flink eind op zee was; hij wou dat hij fit genoeg was geweest om met hem mee te reizen. Ook al was hij verliefd geworden, wat hij voor Lidia voelde was uitzichtloos. Hij was kapitein in het Britse leger, er wachtte een zetel in het Britse Hogerhuis op hem, hij was erfgenaam van een uitgestrekt landgoed...

En getrouwd.

Harry gooide de rest van zijn sigaret boos in de rivier. Die bleef hangen in een van de kluwens onkruid die voortdurend voorbijdreven. Misschien had de dengue zijn hersenen aangetast – of misschien de tijd in de Changi-gevangenis. De eerste de beste vrouw die voorbijkwam en hem wat aandacht schonk, en hij was verloren.

Hij ging terug naar het hotel en liep vastberaden de lobby in. Hij zou morgen een passage op de eerstvolgende boot naar huis boeken. Hij zag Lidia aan de receptie zitten en probeerde haar manmoedig te negeren, maar zag vanuit zijn ooghoek dat ze een zakdoek uit haar mandje pakte en haar ogen droog depte. Hij zwichtte meteen en liep naar haar toe.

Bij haar aangekomen boog hij voorover en vroeg zacht: 'Lidia, wat is er?'

Ze schudde haar hoofd, te zeer overstuur om te spreken.

'Wat is er? Wat is er gebeurd?'

'Alsjeblieft, Harry,' zei ze met iets van paniek in haar stem. 'Ga weg. Ik geen aandacht wil trekken. Madame niet blij zal zijn mij zo te zien.'

'Ik begrijp het. Ik zal weggaan, maar alleen als je belooft in je lunchpauze naar me toe te komen. Ik wacht aan het eind van de straat op je, bij het kleine eetkraampje op de hoek.'

Ze keek naar hem op. 'O, Harry, madame...'

'Ik zorg wel dat niemand ons ziet. Zeg ja, dan laat ik je met rust.'

'Als het betekent dat jij nu weggaat, ik zie jou om twaalf uur bij kraampje.'

'Afgesproken,' zei hij glimlachend en hij liep weg, volkomen vergetend waarom hij eigenlijk naar de lobby was gekomen.

Lidia wachtte zoals afgesproken op de hoek van de straat op hem. Ze keek nerveus heen en weer.

'Ik weet plaats waar wij kunnen gaan.' Ze wenkte hem haar te volgen en liep weg door de drukke straat. Na een paar minuten sloeg ze een smal steegje in, vol venterskarren met allerlei soorten etenswaren. Ze liep tot halverwege en wees naar een ruwe houten bank onder een gerafelde parasol.

'Wil jij eten?' vroeg Lidia.

De rioollucht vermengd met die van spetterend vlees van niet nader te bepalen herkomst in het benauwde steegje maakte Harry misselijk. 'Ik denk dat ik alleen een biertje neem, als dat er is, dank je.'

'Natuurlijk.' Lidia sprak in rap Thais tegen de verkoper en even later stonden er een flesje bier en een glas water voor hen.

Harry probeerde zich op Lidia te concentreren in plaats van op de verstikkende, claustrofobische sfeer. Hij voelde dat het zweet hem uitbrak, opende zijn flesje en nam een flinke slok.

'En, Lidia, kun je me nu vertellen waarom je vanochtend zat te huilen?'

Lidia keek hem aan, haar ogen vol verdriet. 'O, Harry, ik heb heel moeilijk probleem thuis.'

'Lidia, ik heb talloze mannen voor mijn ogen zien sterven, dus de meeste dingen kan ik wel aan.'

'Oké, Harry, ik zal jou vertellen,' verzuchtte Lidia. 'Mijn moeder, zij gaat trouwen.'

'En is dat erg?'

Lidia's ogen vulden zich met tranen. 'Ja. Omdat... hij is Japanse generaal.'

'Ik begrijp het.' Nu snapte Harry hoe erg het was.

'Zij hebben hier ontmoet tijdens bezetting. Maar zij heeft mij niet verteld omdat zij begrijpt hoe ik zal voelen. Nu hij is terug in Japan. En wil dat zij daarheen gaat... met ons allemaal.'

Harry zweeg even. Toen knikte hij. 'Je hebt gelijk. Dat is inderdaad een groot probleem.'

'Hoe kon ze dit doen?' fluisterde Lidia. 'Zij is verrader!' Ze spoog de woorden uit. 'Hoe kan zij dit doen als mijn vader, hij is gestorven om Thailand van Japanners te bevrijden?'

'Is hij dood?'

'Ze stoppen hem een jaar geleden in gevangenis, toen ze ontdekten hij gaf ondergrondse krant uit. Net voor einde van de oorlog, zes maanden geleden, wij horen ze schieten hem neer.'

Harry schoof instinctief zijn hand over de houten tafel en legde die op de hare. Die voelde vreselijk klein en fragiel aan onder zijn aanraking. 'Lidia, dat spijt me verschrikkelijk voor je.'

Ze veegde ruw de tranen van haar wangen. 'Dank je. Nu ergste is, ik kan niet geloven mijn moeder houdt ooit van mijn vader. Hoe kan dat?'

'Ik weet zeker dat ze dat wel heeft gedaan, Lidia,' probeerde Harry te rationaliseren, 'maar mensen doen dingen om een hoop redenen als dat nodig is. Je hebt veel broertjes en zusjes en, naar ik van je begreep, weinig geld. Is die generaal rijk?'

'O ja, erg rijk. Hij is ook machtig en woont in Japan in groot huis. Mijn moeder is heel mooie vrouw. Iedere man wordt verliefd op haar,' verzuchtte Lidia. 'Maar jij hebt gelijk. Ze wil haar kinderen hebben nieuw leven, goed leven, beter dan zij hier als weduwe kan hebben. Dat is hoe ze mij uitlegt. Zij zegt, ze houdt niet van hem, maar moet goed doen voor toekomst.'

'En wat doe jij?' vroeg hij, bang voor haar antwoord.

'Zij wil dat ik ga mee. Zij zegt Japan niet vijand, dat bezetting was vreedzaam en alleen politiek.' Lidia schudde haar hoofd. 'Maar zij schieten mijn vader dood omdat ze bang dat hij zal problemen en onrust maken. Hoe kan ik daarheen gaan?'

'Ik weet het niet, Lidia, ik weet het echt niet,' zei Harry. 'Mag ik vragen hoe oud je bent?'

'Ik ben zeventien, achttien over zes weken.'

'Dan ben je over een paar weken een volwassene, die haar eigen beslissingen mag nemen. Moet je echt gaan?'

'Harry, als ik niet ga, ik zie mijn moeder of broertjes en zusjes misschien nooit meer.' Lidia speelde radeloos met haar glas. 'Ik heb mijn vader verloren. Hoe kan ik hen verliezen?'

Harry schudde zijn hoofd. 'Het is een onmogelijke situatie.' Hij nam een slok bier. 'Maar je bent bijna volwassen, geen kind meer. Je moet nadenken over jóúw leven en wat jij wilt.'

'Maar mijn moeder, zij zegt ik moet naar Japan gaan. Ik kan niet ongehoorzaam zijn.'

'Lidia, niet alles draait om familie.'

Haar amberkleurige ogen gloeiden van hartstocht. 'Harry, jij hebt het mis. Hier in Thailand alles draait om familie. Je moet ouders gehoorzamen.'

'Zelfs als je volwassen bent?'

Lidia huilde nu openlijk. 'Ja.'

'Het spijt me vreselijk. Ik lijk je alleen maar meer van streek te maken.' Harry haalde een zakdoek diep uit zijn broekzak en gaf die aan haar.

'Nee, dat doe jij niet. Het is goed gesprek.' Ze snoot haar neus. 'Madame zegt ook ik moet niet gaan. Dat ik goede baan heb in hotel en meer zal ontwikkelen.'

Harry dankte God voor Giselle. 'Onthou dat deze oorlog de regels heeft veranderd, voor iedereen, en dat de dingen niet meer zijn zoals ze waren. Je moet proberen je moeder te vergeven, ze doet alleen wat ze denkt dat het beste is. Maar wat ze voor zichzelf en je jongere broertjes en zusjes wil, is misschien niet geschikt voor jou. Heb je andere familieleden in Thailand?'

'Ja, mijn vaders familie, zij komen van eiland vele kilometers weg.' De sluier over Lidia's gezicht leek plotseling te verdwijnen. 'Het is erg mooi; ik was daar vaak heen als kind. Het wordt olifanteneiland genoemd en drijft in de zee als een juweel.'

'Dus je zou niet alleen in dit land zijn?'

'Nee.'

'En je kunt je eigen geld verdienen.'

'Ja.' Ze keek naar hem op. 'Denk jij, ik moet hier blijven?'

'Alleen jij kunt die beslissing nemen, Lidia. Maar er is geen reden – als je besluit hier te blijven – waarom je je moeder en broertjes en zusjes niet zou kunnen bezoeken.'

'Maar het is zo ver weg, Harry, vele duizenden kilometers, en koud.' Lidia huiverde. 'Ik haat de kou.'

Harry vroeg zich af wat Lidia van Norfolk in hartje winter zou vinden. 'Het is simpel,' zei hij, zijn flesje leegdrinkend. 'Je moet beslissen wat jij wilt.'

Lidia keek in de verte en zuchtte toen. 'Ik wil...' zei ze vertwijfeld, 'niet deze beslissing nemen.'

'Nee. Maar dat zul je toch moeten. Wanneer vertrekt je moeder naar Japan?'

'Over tien dagen. De generaal heeft passage geboekt voor haar en mijn broertjes en zusjes. En voor mij,' voegde ze er fronsend aan toe.

'Nou, waarom laat je het dan niet een paar dagen rusten tot je over de schok heen bent? Neem de tijd om erover na te denken.'

Lidia glimlachte flauwtjes. 'Jij hebt gelijk. Dank je, Harry. Hoe laat is het?'

'Ik vrees dat mijn horloge vier jaar geleden met mijn plunjezak is ontploft en ik ben er nog niet aan toegekomen het te vervangen,' bekende hij.

Lidia stond op. 'Nou, ik weet zeker, het is tijd voor mij om terug naar werk te gaan. *Kop khun ka,* Harry.'

'Wat betekent dat?'

'Het betekent "dank je", voor alles. Jij helpt mij echt.' Ze glimlachte naar hem en haastte zich terug naar het hotel.

De volgende keer dat Harry Lidia weer zag was die middag in de lobby. Ze leek veel rustiger toen ze hem een telegram gaf. Het was van Olivia, die zei dat alles in orde was op Wharton Park en dat ze hoopten dat hij gauw fit genoeg zou zijn voor de thuisreis.

'Het is van jouw familie in Engeland?' vroeg Lidia.

'Ja.' Hij knikte.

'Jouw moeder?'

'Ja.'

Harry liep met het telegram in zijn hand terug naar zijn kamer en berispte zichzelf omdat hij tegen haar had gelogen.

De dokter kwam de volgende morgen naar hem kijken en verklaarde hem fit genoeg om te reizen. Harry wist dat hij het beste zo snel mogelijk kon vertrekken; terugkeren naar de werkelijkheid en ophouden te fantaseren over een leven en een vrouw die nooit de zijne konden zijn.

Hij stuurde een telex naar Sebastians kantoor en vroeg om de eerste beschikbare passage naar huis voor hem te boeken.

Toen hij ging liggen voor zijn middagdutje werd er zachtjes op de deur geklopt.

Het was Lidia. Zijn gezicht klaarde op toen hij haar zag.

'Sorry dat ik jou stoor, Harry, maar ik kom zeggen ik ga dit weekend weg en ik wil niet dat jij zorgen maakt. Het is *Song Kran,* speciaal Thais Nieuwjaarsfeest. In jouw land jullie zouden het waterfestival noemen.'

Harry's humeur daalde. 'Hoelang blijf je weg?'

'Drie dagen. Ik denk na over wat jij zegt en ik besluit ik zal *Song Kran* doorbrengen bij mijn vaders familie op Koh Chang.'

'Wanneer vertrek je?' Harry voelde zich geagiteerd. Zijn tijd hier liep al snel ten einde.

'Morgenvroeg. Het is lange reis en zal hele dag kosten om daar te komen.'

'Mag ik met je mee?'

Ze keek hem verrast aan.

'Sorry, Lidia.' Harry schaamde zich voor zijn onbeschaamde gedrag. 'Het laatste wat je natuurlijk wilt is mij op sleeptouw nemen. Ik heb alleen nog zo weinig van Thailand gezien. Vergeet alsjeblieft wat ik heb gezegd. Ik wil je niet tot last zijn.'

Er lag een peinzende blik in haar amberkleurige ogen. 'Ach, Harry, jij bent eenzaam zonder jouw familie, ja?' Ze gaf hem geen tijd om te antwoorden en vervolgde: '*Song Kran* draait helemaal om familie en mensen welkom heten.' Ze schonk hem een brede, vastberaden glimlach. 'Ik denk mijn grootouders heel blij om dappere Britse soldaat te verwelkomen die tegen Japanners vecht. Ja,' zei ze, en ze knikte, 'jij gaat met mij mee.'

'Echt waar?' Harry was overdonderd.

'Ja.' Lidia knikte weer. 'Dan ik kan jou mooie eiland van mijn vaders geboorte laten zien. Is cadeau van mij aan jou omdat jij helpt mij beslissen wat te doen.'

'Heb je een besluit genomen?' vroeg hij.

'Zoals jij zegt, ik ben volwassen. En ik kan niet in Japan en bij mensen wonen die mijn vader en veel anderen hebben vermoord. Ik blijf hier. In land waar ik van hou.'

Ook op Harry's mond verscheen een brede glimlach. 'Ik ben blij dat je hebt besloten, Lidia. En persoonlijk denk ik dat dit het juiste besluit is.'

'Ik zal mijn broertjes en zusjes missen, maar zelfs voor hen ik kan dit niet doen. Op een dag,' vervolgde ze, 'als ik heel goed leven en veel geld heb in Bangkok, ik kan hen terughalen, als zij willen komen. Dus wij elkaar morgen zien om zes uur bij eetkraampje op de hoek? Dan nemen wij tuktuk naar station.'

'Morgenvroeg om zes uur,' zei Harry.

'O, en ik moet jou zeggen, Koh Chang niet als hier.' Lidia gebaarde naar de kamer. 'Geen elektriciteit, geen kraan, maar wel goede zee.'

'Dat is voor mij geen probleem, Lidia.' Na Changi kon Harry bijna alle omstandigheden aan.

'Ik moet nu gaan,' zei Lidia. 'Ik zie jou morgen om zes uur.'

Harry ging Giselle vertellen dat hij de komende drie avonden niet in de bar zou spelen.

'Mag ik vragen waar u heen gaat?'

'Ja, ik wilde graag wat van het land zien voor ik vertrek.'

'Natuurlijk,' antwoordde ze, 'en ik heb gehoord dat Koh Chang erg mooi is, al ben ik er zelf nooit geweest.'

Harry's uitdrukking vertelde Giselle alles wat ze moest weten.

'Ik ben maandag terug.'

'Kapitein Crawford? Harry?' Ze hield hem tegen.

'Ja?'

'Lidia is een schat van een meid. En ze heeft het erg moeilijk. Ik ben zeer op haar gesteld en ik hoop dat ze nog vele jaren hier bij me zal blijven. Doe haar geen pijn, wil je?'

'Natuurlijk niet,' antwoordde Harry verontwaardigd.

'*D'accord*. Geniet van het nat worden,' zei ze glimlachend en ze liep haar kantoortje in.

37

Lidia wachtte op de afgesproken plek op hem. Ze hield een tuktuk aan en ze vertrokken. De zon moest nog opkomen. De kleine driewielertaxi met open zijkanten reed door het nog rustige Bangkok, wat betekende dat Harry kon genieten van de stad met haar mengeling van koloniale architectuur, houten hutjes en huizen in Thaise stijl. Hij wou alleen dat hij lichamelijk sterk genoeg was geweest om de stad verder te verkennen.

Ze arriveerden bij het station, dat bruiste van activiteit. Oude treinen stonden op rangeersporen, overdekt met de roest van vele jaren niet-aflatende regen in de regentijd. Lidia kocht hun kaartjes en weigerde geld van Harry aan te nemen. Ze liep over de perrons tot ze de juiste trein had gevonden. Ze stapten in een al drukke wagon en de plaatselijke bewoners keken Harry gefascineerd aan toen Lidia en hij door het smalle gangpad naar een vrij bankje zochten.

Harry had de kaart in Giselles kantoor bestudeerd en wist dat ze langs de kust naar het oosten reisden, naar een streek die Trat heette. Koh Chang, een stipje in het water, was waarschijnlijk per boot te bereiken.

'Hoelang duurt de reis?' vroeg Harry.

'Het kost vier uur tot Chanthaburi, daar stappen wij over. En nog drie uur naar Trat,' antwoordde Lidia, terwijl ze vakkundig een verse mango uit haar mandje in stukken sneed en aan hem gaf. 'Dan mijn oom komt met zijn vissersboot en neemt ons mee voor oversteek naar Koh Chang.'

'Verwacht je familie mij?'

'Ik kan niet laten weten, want geen telefoon op het eiland. Maar zij vinden niet erg. Ik beloof je, Harry. Maar in Chanthaburi,' zei ze, en ze zwaaide glimlachend met haar mes, 'wij kopen kleren voor jou.'

'Ik heb al kleren, Lidia.' Harry wees naar het koffertje in het rek boven zijn hoofd.

Lidia giechelde. 'Nee, nee, Harry, jouw kleren niet goed voor *Song Kran*-festival. Jij zult zien wat ik bedoel.' Ze glimlachte geheimzinnig.

De trein kuchte een rookpluim uit, verliet de verspreide buitenwijken van de stad en reed over een spoor met aan weerszijden honderden reusachtige bananenbomen. Kinderen zwaaiden en glimlachten enthousiast naar hen. Lidia zat naast hem te doezelen; Harry begreep niet dat ze kon slapen op de harde houten bank. Maar met haar hoofd op zijn schouder en de zoete geur van de olie die ze in haar haren gebruikte in zijn neusgaten, voelde Harry zich heel vredig. Hij zou drie hele dagen dicht bij haar zijn en hij kon geen plek bedenken waar hij liever was.

Hij moest in slaap zijn gevallen, want het volgende wat hij opmerkte, was dat de trein afremde en Lidia hem zachtjes door elkaar schudde. Hij stond op, pakte zijn koffertje uit het rek en volgde Lidia het perron op. Ze werden meteen omringd door straatventers die hen benaderden met eten, drinken, jasmijnslingers en ruw uitgesneden houten dieren. Lidia leidde Harry van hen weg en zette hem op een bankje onder een bamboeluifel.

'Jij blijft hier. Ik haal lunch.'

Een klein Thais kind kwam glimlachend naar hem toe, gefascineerd. Harry veegde zijn voorhoofd af en nam een slok water. Toen kwam Lidia terug met hun lunch en ze legde een stapeltje katoenen lakens voor hem neer. 'Pas deze aan.'

'Moet ik dat dragen?' vroeg hij, een rood tafelkleed omhooghoudend dat een broek bleek te zijn met kennelijk een klein schort aan de voorkant. Er zat ook een wijd, wit katoenen shirt bij.

Ze wees naar een bamboehutje vlakbij. 'Pas daar maar aan.'

Hij kleedde zich zo snel mogelijk uit, blij dat hij de broek van zware keper en het overhemd van een uitstekende kwaliteit katoen uit had, en trok de spullen aan die Lidia hem had gegeven. Hij moest even puzzelen voor hij eruit was hoe het werkte met de broek in driekwart lengte, maar slaagde er uiteindelijk in het schort voor vast te maken zoals de plaatselijke bevolking dat deed, waardoor het leek of hij een rok droeg.

Het Thaise meisje stond bij Lidia op hem te wachten en schaterde toen ze hem zag.

'Ik zie er vast belachelijk uit,' zei hij gegeneerd.

'Nee, Harry,' zei Lidia zacht. 'Je ziet eruit als Thaise man. Beter voor eiland en *Song Kran*. Nu ik omkleden.' Lidia vertrok en Harry vermaakte zich door het meisje Engelse woordjes te leren. Hij werd beloond met een prachtige glimlach en een ruwe uitspraak van de woorden die hij tegen haar zei.

Harry hapte naar adem toen Lidia tevoorschijn kwam. In plaats van haar westerse uniform droeg ze een broek die leek op de zijne en een eenvoudige roze katoenen blouse in Chinese stijl. De meest opmerkelijke verandering was echter haar haar: ze had het losgemaakt uit de strakke knot op haar achterhoofd en het viel nu in een glanzende zwarte massa over haar schouders tot aan haar middel.

Harry stak onwillekeurig zijn vingers uit en wilde ze door de vrouwelijke weelde ervan halen. Hij keek omlaag en zag dat haar kleine voeten bloot waren. De volmaakte tenen biologeerden hem. Hij was het in Engeland niet gewend vrouwenvoeten te zien. Het zag er zo intiem, zo naakt uit dat Harry zijn kruis tot leven voelde komen. Hij was blij dat het vreemde schort dat hij droeg nog ergens goed voor was.

'Nu wij moeten in nieuwe trein stappen,' zei Lidia.

Harry zei het kleine meisje gedag en stond op om Lidia te volgen.

Achter hen riep iemand: 'Jullie verliefd! Jullie trouwen!'

Ze reisden nog drie uitputtende uren verder en Harry was vreselijk opgelucht toen de trein eindelijk stopte. Een korte busrit bracht hen naar een pier en toen Harry uitstapte werd hij begroet door een prachtige turquoise zee en een in wolken gehulde bergachtige landmassa in de verte.

'Dat is Koh Chang,' wees Lidia hem aan. 'Kijk, daar is mijn oom; hij wacht op ons!'

Harry volgde Lidia naar een van de talloze vissersboten die zachtjes langs de pier lagen te deinen. Hij bleef iets achter toen Lidia haar oom liefdevol begroette. Er volgde een gesprek in snel Thais en er werd naar Harry gewezen voordat Lidia hem wenkte.

'Harry, dit is Tong, mijn oom, maar hij spreekt geen Engels.'

Oom Tong boog voor hem in de traditionele Thaise begroeting en kwam weer rechtop met een brede tandeloze grijns en gaf Harry een stevige handdruk. Hij zei iets tegen Harry en Lidia vertaalde voor hem dat hij blij was hem in de familie te mogen verwelkomen voor de traditie van *Song Kran*.

'Zeg alsjeblieft tegen je oom dat het me een eer is hier te zijn,' antwoordde Harry toen Tong hem in de boot hielp, en ze naar Koh Chang vertrokken.

Toen ze de kalme oceaan overstaken dook de ondergaande zon plotseling in zee en begon het licht te vervagen. Binnen een kwartier naderden ze de kust en was de duisternis ingevallen. Tong haalde twee olielampen tevoorschijn en stak ze aan. Lidia keek opgetogen naar Harry toen haar oom hem op het droge hielp en hij het zachte zand onder zijn voeten voelde.

'Welkom, Harry, op mijn vaders thuiseiland,' zei Lidia glimlachend.

Het was moeilijk voor Harry om op zijn omgeving te reageren, want het was nu aardedonker, maar ze liepen over het strand. En tussen hoge palmbomen stonden houten hutten die werden verlicht door de zachte gloed van olielampen. Toen ze die naderden, kwamen een oude vrouw en een groep kinderen over het zand naar hen toe. Ze riepen begroetingen naar Lidia, die naar hen toe rende. Harry keek hoe de oude vrouw, van wie Harry aannam dat het haar grootmoeder was, Lidia in haar armen nam. Toen Lidia zich weer naar hem omdraaide, weerspiegelde de olielamp de schittering in haar ogen.

'Kom, Harry, kom en ontmoet mijn familie. Ze zijn blij dat jij hier bent om met ons *Song Kran* te vieren.'

Harry maakte kennis met de grote familie: Lidia's grootmoeder en grootvader, haar oom en tante met hun vier kinderen, en nog een tante en haar man met hun drie kinderen.

Harry kreeg een flesje bier van Tong. Hij ging op een van de matjes op het zand zitten en werd meteen omringd door kleine neefjes en nichtjes. Ze spraken allemaal een paar woordjes Engels en vuurden vragen op Harry af over zijn gevechten in de oorlog, en ze vroegen of hij Japanners had gedood. Hij antwoordde zo goed hij kon en wist niet zeker of ze er veel van begrepen, maar hij werd een tamelijk bedreven mimespeler. Toen hij zijn denkbeeldige geweer op een denkbeeldige Japanse soldaat richtte, renden de kinderen over het strand weg. Ze schreeuwden 'Pang! Pang' en richtten hun eigen denkbeeldige geweren.

Lidia kwam uit het donker tevoorschijn en ging gracieus naast hem zitten. 'Vannacht jij slaapt hier in hut op strand. Mijn tante, zij maakt die nu voor jou klaar.'

'Dank je,' antwoordde Harry. 'Waar slaap jij?'

'In mijn grootmoeders huis, in dorp achter strand.'

'En wie woont hier?' vroeg hij.

‘Mijn oom Tong, tante Kitima en hun kinderen. Hij is visser en is graag dicht bij werk. Zij bouwen groot huis in dorp en op een dag zij gaan daar wonen.’

‘Ik zou hier blijven,’ mompelde hij terwijl hij naar de maan keek. Hij had de cyclus ervan bestudeerd omdat hij toch niets beters te doen had tijdens de lange nachten in Changi. Aan de grootte en vorm kon hij zien dat het de volgende avond volle maan zou zijn. Hij hoorde de golven vijftig meter verderop zachtjes breken op het zand. ‘Het is zo heerlijk rustgevend,’ voegde hij eraan toe.

‘Ik ben blij jij vindt het fijn. Ben je nu klaar voor eten?’ Lidia wees naar het vuur met de grill vol vette verse vis erboven.

Harry knikte en hees zich overeind.

Ze gingen allemaal samen aan een lange houten tafel zitten, de kinderen op matjes rondom de volwassenen, en aten de lekkerste vis die Harry ooit had geproefd. De kinderen hadden grote kokosnoten en dronken met smaak de melk die erin zat. Hij verstond niet veel van het gepraat om hem heen; maar de taal van een gelukkige, warme en gezellige familiebijeenkomst was in feite universeel. Lidia zat tussen haar grootouders en keek vaak naar hem, waarbij haar ogen vroegen of alles in orde was.

Hij glimlachte altijd terug: alles in orde.

Ongeveer een uur later begonnen de vermoeienissen van de dag hun tol van Harry te eisen. Hij geeuwde, maar probeerde het te verbergen.

Lidia zag het meteen en fluisterde haar tante iets toe, die in haar handen klapte. De kinderen om haar heen zwegen meteen. Ze zei iets tegen hen en ze knikten triest, wetend dat de tijd van stoeien op het strand voorbij was en dat ze naar bed moesten.

Lidia liep naar Harry. ‘Mijn tante laat je zien waar jij slaapt,’ zei ze. ‘Ik kom jou morgen halen, oké?’

‘Je hoeft je echt niet te haasten, Lidia. Geniet alsjeblieft van je familie. Ik ben al heel blij dat ik hier mag zijn, en je familie is erg gastvrij geweest. Zeg alsjeblieft dank je wel namens mij.’

‘Nou, Harry, jij kunt dat zelf zeggen,’ moedigde ze hem aan.

‘Ja, natuurlijk. *Kop khun krup*,’ zei hij, en hij maakte een wat stijve buiging. De glimlachende gezichten waren vol genegenheid en waardering, niet van hoon. Hij volgde Lidia’s tante over het strand en ze wees hem de laatste hut aan.

'Meneer Harry, wij blij… u hier.' Ze beantwoordde zijn inspanning met haperend Engels.

'Dank u,' zei hij, en hij drukte de houten klink van de hut omlaag. 'Goedenacht.' Hij stapte naar binnen en zag dat de hut leeg was, op een matras op de vloer, een fris gewassen laken en een klamboe na. Te uitgeput om zijn kleren uit te trekken ging hij op het bed liggen. Hij viel meteen in slaap.

38

Toen Harry wakker werd met lichte pijn in zijn heup door het dunne matras, voelde hij even paniek. Toen realiseerde hij zich waar hij was en opende hij zijn ogen. Het was nog donker binnen; het enige licht kwam door een klein gaasraam dat uitkeek op de palmen achter de hut. Harry rekte zich uit, stond op en deed de deur open.

Hij hapte naar adem om wat hij zag.

Hij stond op een prachtig strand, waarvan het fijne witte zand zich in een kromming uitstrekte en eindigde in een heuvelachtig, bebost schiereilandje. Het zand liep geleidelijk af naar een kalme, donkergroene zee. Hij keek naar links en naar rechts en zag helemaal niemand.

Harry kleedde zich uit tot op zijn lange onderbroek en rende over het hete zand om in zee te springen. Hij zwom een hele tijd, draaide zich toen op zijn rug en keek eerst naar de volmaakt azuurblauwe lucht en toen naar het eiland, waar kokospalmen aan de rand van het strand idyllisch met hun bladeren wuifden. Voorbij het strand strekten zich met oerwoud begroeide en in wolken gehulde bergen uit. Het leek ondoordringbaar gebied.

Hij bleef een hele tijd drijven en kon nauwelijks geloven dat hij helemaal in zijn eentje van dit paradijs mocht genieten. Uiteindelijk kwam hij de zee uit en liet hij zich op het hete witte zand vallen, euforisch over de pure schoonheid van deze magische plek.

Hij zag een kleine gestalte met een parasol naar hem toe komen en ging zitten. Het was Lidia; ze fronste bezorgd.

'Jij oké, Harry?' riep ze. 'Wij denken jij weggegaan, maar toen wij zien jouw kleren.' Ze glimlachte verlegen.

Gegeneerd dat ze hem in zijn natte ondergoed had aangetroffen, stond Harry op en liep snel terug naar de hut.

'Ik besloot te gaan zwemmen,' zei hij. 'Lidia, dit strand is de meest fantastische plek die ik ooit van mijn leven heb gezien.'

Haar gezicht klaarde op. 'Ik blij jij vindt het mooi, Harry. Is goed voor rust, ja?'

'Jeetje, ja.' Hij stak zijn vinger naar haar op. 'Ik waarschuw je, misschien wil ik wel nooit meer weg.'

'Dan moet jij visser worden,' zei ze en reikte hem zijn kleren aan.

'Dat kan ik wel leren,' zei hij knikkend, 'als het betekent dat ik voor altijd hier kan blijven.'

'Wil jij gaan wassen?' vroeg ze. 'Er is waterpijp achter hut van mijn oom en tante, en doek om jou te drogen. Ik wacht hier.' Lidia ging in de deuropening van zijn hut zitten.

Vijf minuten later kwam Harry terug, verfrist door een flinke plens schoon, koud water.

'Nu wij lopen naar dorp en ik neem jou mee naar mijn grootmoeders huis, oké?' Ze pakte zijn hand beet en gaf er een kneepje in. 'En gelukkig *Song Kran, Khun* Harry.'

Hij genoot van de aanraking van haar vingers. 'Jij ook,' antwoordde Harry, die er plotseling hevig naar verlangde haar in zijn armen te nemen en te kussen.

Ze wandelden in tien minuten over een smal zandpad naar het dorp. Zodra ze de stoffige hoofdstraat in liepen werden ze door een stel kinderen, schreeuwend van plezier, nat gegooid met een emmer water.

'Wat krijgen we nou!' riep Harry, verrast door het koude water. Lidia probeerde zich droog te schudden. Ze giechelde. '*Song Kran*, het gaat om reiniging, vuil van verleden afspoelen, nieuw en fris maken voor de toekomst. Kijk...'

Harry volgde haar wijzende vinger. Overal in de straat stonden mensen van verschillende leeftijden met allerlei voorwerpen in hun handen klaar om ongelukkige voorbijgangers nat te gooien.

'Vandaag is dag dat jij niet te warm zult krijgen,' zei Lidia lachend, 'en jij zal ook niet droog zijn!'

Ze liep de trap op naar een houten huis op palen. Op de veranda stond een bonte verzameling emmers vol water.

'Dit is huis van mijn grootouders,' legde Lidia uit, 'en nu moet jij ook water gooien. Zo, zie je?' Lidia pakte een van de emmers en gooide die op de straat leeg. Harry deed hetzelfde en wist een kleine jongen te raken, die gilde en giechelde terwijl hij het water uit zijn ogen schudde.

‘Sorry,’ riep Harry schuldbewust.

‘Nee!’ Lidia schudde haar hoofd. ‘Jij moet niet sorry zeggen! Hoe meer mensen jij raakt, hoe meer geluk voor nieuwe jaar.’

‘Ik snap het,’ zei Harry.

Lidia ging hem voor naar binnen en naar de keuken aan de achterkant, waar een paar vrouwen groenten, vis, noedels en soep klaarmaakten voor later die dag.

‘Harry is hier,’ riep ze tegen haar grootmoeder, die zich omdraaide en hem een brede tandeloze grijns schonk. ‘Zie je, wij maken speciaal feestmaal voor lunch. Het is traditie.’

‘Dank je. Kan ik ergens mee helpen?’ vroeg Harry.

‘Nee, jij bent gast. En wij Thai vragen mannen nooit vrouwenwerk te doen. Jij blijft hier, jij ontspannen, oké.’

Lidia liep weer de keuken in en Harry ging op de veranda naar de waterrituelen op straat zitten kijken. Het gelach en de vreugde waarvan het hele dorp doordrongen was, waren opbeurend. Hoewel deze kleine gemeenschap op zee weinig materiële bezittingen had, voelde hij de warmte. Nadat hij gedurende vier lange jaren alleen maar de wrede kant van de menselijke aard had ervaren, bracht dit een traan in zijn oog.

Toen Lidia uit de keuken kwam had ze een grote mand vol groente en fruit bij zich.

‘Wij gaan op bezoek, Harry, *Song Kran*-geschenken naar oude en zieke mensen in dorp brengen. Ga jij mee?’

Harry stond op. ‘Natuurlijk. Kom, geef dat maar aan mij.’ Hij hing de zware mand aan zijn arm en volgde Lidia naar beneden.

Een uur lang liepen ze in het hele dorp huizen in en uit. Lidia moedigde Harry aan zijn handpalmen tegen elkaar te drukken in de *wai* en de traditionele begroeting uit te spreken: ‘*Sawadee krup*’. Ze legde uit dat ze de ouderen geschenken brachten, die in ruil aanboden hun ziel te reinigen en hun wandaden van het afgelopen jaar te vergeven.

Harry vond deze traditie veel leuker en veelomvattender dan de communie of de eenzame katholieke biechtstoel. Hij zag Lidia bij een oude man neerknielen en geanimeerd met hem praten. Ze pakte zijn hand vast en streelde die zacht.

Toen ze terugliepen naar het huis van haar grootouders werden er lange tafels midden op de straat gezet ter voorbereiding op het feestmaal.

De bekende gezichten van de uitgebreide familie die hij de vorige avond had ontmoet, verzamelden zich daar. Twee monniken van de plaatselijke tempel voegden zich bij hen, luisterrijk in hun saffraankleurige gewaden. Harry keek naar de tafels van vele gezinnen die in een lange rij in de straat stonden opgesteld. Het leek erop dat iedere bewoner aanwezig was.

Hij proefde van elk gerecht dat hem werd aangeboden, voetbalde vervolgens onder enige dwang met een stel kinderen en raakte doorweekt door nog veel meer emmers water.

Toen de avond viel stond Lidia's grootvader op om een toespraak te houden. De sfeer veranderde snel terwijl de oude man sprak en de tranen vrijelijk over zijn wangen rolden. Harry keek naar Lidia's andere familieleden en zag dat ook zij tranen in hun ogen hadden. Toen stond een van de monniken op en begon met zijn hoge stem melodieus te zingen.

De sombere sfeer duurde niet langer dan vijftien minuten en toen de dorpelingen langzaamaan vertrokken om bij te komen van de festiviteiten van de dag, stond Lidia op van haar plaats aan de tafel en kwam naar Harry toe.

'*Khun* Harry, jij bent moe, ja? Ik breng jou thuis.'

Na een hele reeks dankjewels en veel buigingen en tegen hun neus gedrukte vingers verlieten Harry en Lidia het dorp en liepen ze terug naar de hut op het strand.

'Waarom huilde je grootvader?' vroeg hij voorzichtig.

'Hij praatte over mijn vader,' antwoordde Lidia triest. 'Wij herdachten hem op deze bijzondere dag en wensen zijn ziel het beste. De monnik zegt het zal hem goed gaan, omdat hij heeft in dit leven de les van lijden geleerd en misschien, in volgend leven, zal zijn les niet zo zwaar zijn. Dat is wat wij boeddhisten geloven.'

'Het moet een troostrijke gedachte zijn dat lijden een doel in ons leven heeft,' mijmerde Harry. 'Als het waar is, dan zullen veel van de arme kerels die zo zwaar hebben geleden en zijn gestorven in de Changi-gevangenis de volgende keer wel heel gelukkig zijn.'

Ze keek naar hem op. 'Geloof je in jouw god?'

'Nou, het is me als kind nooit echt goed uitgelegd,' bekende hij. 'Het was gewoon iets wat ik deed. Elke zondag thuis en elke dag op school ging ik naar de kapel. Ik dacht niet verder dan dat ik het zo vervelend vond om de hele tijd stil te zitten, saaie liederen te zingen en naar een of andere oude man te luisteren die me de oren van het hoofd zeurde. En dat alles voor iets wat ik niet eens kon zien of voelen en dat niets leek te doen, maar toch vereerd moest worden.'

'Wat is "oren van het hoofd zeuren"?' vroeg Lidia.

Harry moest glimlachen. 'Gewoon een uitdrukking,' legde hij uit. 'In de Changi-gevangenis gingen veel mannen in God geloven. Misschien moesten ze ergens in geloven. Maar ik...' Harry schudde zijn hoofd en zuchtte. 'Ik neem aan dat ik het moeilijk te geloven vond dat een góéde god onschuldige mannen zo kon laten lijden.'

Lidia knikte. 'Ik ook, als mijn vader doodgaat, ik vind geen troost in geloof. Ik denk bij mijzelf: misschien hij gaat naar betere plaats, maar ik dan? Ik verlies mijn vader voor ik klaar ben. Maar nu,' vervolgde ze zacht, 'ik accepteer.'

'Weet je familie dat je moeder naar Japan vertrekt?' vroeg Harry toen ze het strand bereikt hadden.

'Nee. Het is beter zo. Het zou te veel pijn doen, en zij hebben genoeg gehad. Zij verliezen hun zoon. Zij zijn uit andere wereld, hier op Koh Chang. Zij zouden niet begrijpen.' Lidia zuchtte en glimlachte zwakjes. 'Soms, Harry, leven lijkt erg moeilijk.'

'Ik weet het,' antwoordde hij, en hij keek op naar de volle maan, die net boven de zee hing en de golfjes een zilveren gloed verleende. 'Maar in Changi heb ik gemerkt dat als ik mijn geloof in de mens verlies, ik mijn geloof in de natuur stel.' Hij wees naar het tafereel voor hem en spreidde zijn armen. 'Iemand moet al dit moois in al zijn buitengewone complexiteit hebben gemaakt en bedacht.'

'Dan ben je al boeddhist. Natuur voedt de ziel,' zei Lidia terwijl ze samen naar de maan keken.

Ze liepen over het zand, langs de lege hut van Lidia's oom en tante, en bereikten de zijne.

'Ik hoop vannacht jij slaapt goed en vredig, Harry,' zei ze. 'Ik zie jou morgen.'

Toen ze zich omdraaide om weg te lopen, kon hij zich niet meer inhouden. Hij pakte haar arm beet en trok haar naar zich terug.

'O, Lidia, Lidia...' Ze verzette zich niet toen hij haar in zijn armen nam, maar legde haar hoofd tegen zijn schouder toen hij haar prachtige haren streelde. 'Mijn lieve, lieve Lidia, ik moet het je vertellen, want als ik dat niet doe, klap ik,' zei hij lachend, 'dus vergeef me alsjeblieft. Ik geloof dat ik verliefd op je ben geworden op het moment dat ik je in het Oriental zag staan met je bezem! Ik hou van je, Lidia, ik hou zo ontzettend veel van je.' Hij bleef haar haren strelen terwijl de woorden die hij zo graag wilde zeggen uit zijn mond stroomden. 'Ik weet niet waarom of hoe het is gebeurd, en ik weet dat we uit heel verschillende werelden komen, maar vergeef me alsjeblieft, ik moet het je vertellen, want ik heb het gevoel dat ik half gek word.'

Lidia bleef zwijgend tegen zijn schouder geleund staan.

Plotseling werd de opluchting omdat hij het haar had verteld, samen met haar stilzwijgen – dat er wellicht op duidde dat ze zijn gevoelens niet beantwoordde – hem te veel: Harry stortte in. Hij begon te huilen als een kind en liet zijn handen omlaag vallen.

'Het spijt me, Lidia... ik...'

'Harry, Harry, het is oké... Kom.' Ze pakte zijn hand vast, leidde hem naar de veranda voor de hut en zette hem daarop neer. Ze ging iets achter hem zitten, sloeg haar armen om zijn schouders, liet zijn hoofd tegen haar borst rusten en streelde zijn gezicht toen hij bleef huilen.

Hij huilde om zijn lijden, om het lijden van de velen die een vreselijk zinloze dood waren gestorven. Hij huilde om zijn moeder, om Olivia en om Wharton Park, en de puinhoop die hij tot dusver van zijn leven leek te hebben gemaakt. Maar bovenal huilde hij omdat hij het allermooiste in zijn leven had gevonden en het hem nooit zou toebehoren.

'Harry, Harry,' mompelde Lidia. 'Ik ben hier, ik ben hier. En ik...'

Ze fluisterde iets in het Thais. Hij keek naar haar op, haar gezicht wazig door zijn tranen heen. 'Ik begreep niet wat je zei, liefste.' Hij veegde ruw door zijn ogen om haar gezicht beter te kunnen zien.

Ook zij had tranen in haar ogen. Ze liet verlegen haar hoofd hangen. 'Ik zei... ik hou ook van jou.'

Hij keek haar verbijsterd aan en wist uiteindelijk te fluisteren: 'Echt waar?'

Lidia knikte. Toen keek ze hem aan en glimlachte ze triest. 'Het is hetzelfde voor mij. Als ik jou de eerste keer zie... ik...' Ze schudde gefrustreerd haar hoofd. 'Ik heb geen woorden om uit te leggen.'

'O, mijn liefste, mijn liefste,' zei Harry verstikt, en hij sloeg zijn armen om haar heen en kuste haar met overweldigende hartstocht. Hij moest zich beheersen, wilde haar tere lippen geen pijn doen of haar tengere lichaam te strak tegen zich aan trekken. De hevigheid van zijn fysieke verlangen naar haar was beangstigend; zijn lid was pijnlijk hard en hij wist dat hij haar los moest laten voor hij zijn zelfbeheersing verloor. Met alle wilskracht die hij bezat maakte hij zijn lippen los van de hare en hield hij haar, hijgend van verlangen, in zijn armen.

Hij had weinig besef van hoeveel tijd er was verstreken toen hij zijn lichaam eindelijk tot kalmte had weten te brengen en hij er tevreden mee kon zijn dat hij Lidia eindelijk in zijn armen hield.

'Harry, ik moet gaan,' zei ze uiteindelijk.

'Ik weet het.' Hij kuste haar opnieuw en dwong zichzelf om zijn behoefte naar veel meer in bedwang te houden.

Ze stond op en keek peinzend op hem neer. 'Ik geloof nooit dit zal mij gebeuren.'

'Wat?'

'Verliefd worden. Dit gevoel hebben… hier.' Ze wees naar haar hart. 'Mijn grootmoeder, zij zegt echt van iemand houden is hemel op aarde vinden.'

'Of de hel,' zei Harry zacht terwijl hij opstond om haar voor het laatst die dag in zijn armen te nemen. 'Ik kan het amper verdragen je te laten gaan.'

Ze maakte zich van hem los en stak haar kleine hand uit naar de zijne; hij pakte hem vast en drukte een kus op haar handpalm.

'Ik kom morgen terug,' zei ze, hem loslatend. 'Goedenacht, Harry.'

'Goedenacht, liefste,' mompelde hij toen hij haar in het maanlicht weg zag lopen.

Harry was bij zonsopgang al wakker, opgetogen bij het besef dat hij Lidia weer zou zien. Om de tijd te verdrijven tot ze kwam maakte hij een wandeling over het strand en ging hij een poosje zwemmen in de kalme turquoise zee. Eindelijk, toen elke minuut inmiddels wel een uur leek te duren, kwam Lidia. Ze waarschuwde hem met haar ogen dat hij haar niet in zijn armen moest nemen – haar neefjes en nichtjes speelden op het strand voor de hut van hun ouders – dus knikte hij haar beleefd toe.

'Goedemorgen, Lidia, heb je goed geslapen?'

'Ja, Harry, dat heb ik.' Haar ogen fonkelden van plezier om het spelletje dat ze speelden. 'Ik denk, vandaag wil jij misschien waterval in bergen midden op eiland zien? Het is erg mooi en je kunt zwemmen in zoet water. Ja?'

'Ja,' antwoordde hij meteen. Hij zou elke kans grijpen om met haar alleen te zijn.

Lidia vulde een mandje met water, bier en vers fruit uit de hut van haar tante en ze liepen langs het dorp over een ruw pad de heuvel op.

Toen ze alleen en omringd door het oerwoud waren en Lidia ervan overtuigd was dat er niemand naar hen keek, drukte ze een kusje op zijn wang als signaal. Harry sloeg meteen zijn armen om haar heen en kuste haar.

'Kom,' zei ze, zich losmakend, 'het is niet ver meer, dan wij kunnen ons gemakkelijk maken.'

Twintig minuten later liep Harry – met geschramde voeten en beten van allerlei insecten die in het kreupelhout verscholen zaten – bij het geluid van water dat van de berg omlaag stortte, de open plek bij de waterval op. Hij keek naar het koele, schone bassin te midden van de weelderige vegetatie. Lidia haalde een bamboematje uit haar mand en Harry liet zich erop neerzakken en pakte wat water.

Hij zat te hijgen en te puffen als een oude man. 'Sorry, liefje, ik vrees dat ik nog niet helemaal op krachten ben.'

Lidia knielde als een kleine boeddha naast hem en gaf hem wat fruit. 'Eet dit, ik begrijp het. Jouw arme lichaam, het heeft rust en vrede nodig om te herstellen. Maar...' zei ze naar hun prachtige omgeving wijzend, 'ik denk het is het waard, ja?'

Zelfs een hutje in een barakkendorp zou voor Harry volstaan hebben zolang Lidia bij hem was, maar hij knikte. 'Het is inderdaad schitterend. En nu, liefste, kom hier.'

Ze legde haar hoofd op zijn knie en ze praatten als geliefden, gretig om te ontdekken hoe en wanneer hun wederzijdse gevoelens waren begonnen en zich hadden ontwikkeld. Na een poosje ging hij liggen en kwam zij naast hem liggen en nestelde ze zich tegen hem aan. Hij kuste haar lippen, haar ogen, haar wangen, haar haar en zijn hand kon de verleiding niet weerstaan en zakte naar beneden om delen van haar lichaam te verkennen die hij tot dan alleen maar in zijn fantasie had gezien.

Toen hij haar blouse openknoopte, hield ze hem niet tegen; ze leek er zelfs naar te verlangen dat hij haar kleine, volmaakte borsten met zijn hand streelde en zijn mond omlaagbracht om ze te kussen. Zijn lichaam was rustiger vandaag en hij nam de tijd om elk stukje van haar zachte, honingkleurige huid te verkennen. Hij maakte de drie knopen van zijn eigen shirt los en trok het uit, zodat zijn naakte huid voor het eerst de hare raakte.

Harry voelde een elektrische stroom door zich heen gaan. Hij bracht zijn hand verder omlaag en legde hem voorzichtig op het warme, vochtige plekje waar hij al weken van droomde. Een bedeesde hand zocht naar de sluiting van zijn broek.

En eindelijk waren ze allebei helemaal naakt en duwde zijn lid hard en dringend tegen haar aan. Met hun monden op elkaar bewogen hun handen over elkaars lijf om te ontdekken, aan te raken en te leren.

Ten slotte kon Harry zich niet langer beheersen, hij richtte zich op en keek haar in de ogen.

'Lidia, zeg het me alsjeblieft als je niet wilt...'

Ze drukte een vinger tegen zijn lippen om hem tot zwijgen te brengen. 'Harry, ik wil het. Ik hou van jou en ik vertrouw jou.'

Hij begreep dat ze hem vertelde dat dit nieuw voor haar was, dat hij de eerste zou zijn.

Voorzichtig drong hij bij haar naar binnen, genietend van haar strakke, vochtige kern die hem omsloot. Hij boog naar haar voorover, kuste haar gezicht en zei dat ze het moest zeggen als hij haar pijn deed, dan zou hij stoppen. Toen hij dieper in haar drong, keek ze hem recht in de ogen en ze bewogen samen op en neer toen tederheid plaatsmaakte voor aandrang en zij hem met hetzelfde hartstochtelijke verlangen tegemoetkwam, tot het moment daar was en Harry haar naam uitschreeuwde toen hij verdronk in de pijn en het genot van de extase.

Toen ze naderhand met haar kleine naakte lijf om het zijne heen gewikkeld lag, meende Harry dat hij waarlijk het gezicht van God had gezien.

39

Ze begonnen de volgende morgen aan hun terugreis naar Bangkok. Harry zat in Tongs boot en keek naar het eiland dat zijn geloof in de schoonheid en heiligheid van het leven had hersteld. Hij hoopte alleen maar dat hij het ooit weer zou zien.

In de trein hield Harry zijn armen om Lidia heen. Ze leek zo klein en licht tegen hem aan. Hij viel af en toe in slaap, maar werd dan met een schok weer wakker, omdat hij niets wilde missen van de laatste kostbare momenten dat ze helemaal de zijne was.

Ze gingen in de buurt van het hotel uit elkaar en gedroegen zich daarbij als vreemden, omdat Lidia bang was dat iemand haar met hem zou zien.

'Morgen, mijn liefste,' fluisterde hij in haar haren.

'Morgen,' antwoordde ze, en ze stapte in de tuktuk naar huis.

Harry was die avond blij met de afleiding van de piano en de gezellige sfeer in de bar. Maar naderhand had hij, hoewel het al na middernacht was en hij zich uitgeput voelde van de lange reis, geen zin om te gaan slapen. Hij liep naar de rivier, rookte een sigaret en beleefde in gedachten elk moment van de afgelopen drie dagen opnieuw.

Hij liep een poosje heen en weer en wilde niets liever dan in de cocon blijven van wat er was gebeurd, maar hij wist dat de toekomst op hem wachtte. Hij had nog tien dagen voor zijn boot naar huis voer en er aan alles hier een einde zou komen.

Het was een ondraaglijke gedachte.

Harry liep langzaam terug naar zijn kamer, ging op bed liggen en probeerde te slapen, maar toen achter zijn gesloten luiken de dag aanbrak, had hij nog steeds geen rust gevonden.

Hij bleef zich voorhouden dat hij moest opschieten en eraan moest denken dat hij een getrouwd man was met verantwoordelijkheden: niet alleen jegens zijn familie, maar ook jegens de arbeiders op het landgoed en hun gezinnen, die op een dag van hem afhankelijk zouden zijn. Hij kon de ongelooflijke veranderingen die in hem hadden plaatsgehad sinds hij vier jaar geleden overzee had gemoeten echter niet opzijschuiven. Hij had ontberingen en bruut geweld overleefd, van een soort die geen enkele burger zich kon voorstellen. En vervolgens was hij voor het eerst verliefd geworden, niet alleen op Lidia, maar ook op het land en de mensen.

Hoe kon hij dat achterlaten? Of haar?

Harry draaide zich schuldbewust om en dwong zichzelf onder ogen te zien dat hij tegen Lidia had gelogen. Als hij haar had verteld dat hij getrouwd was, zou ze zich vast niet aan hem hebben gegeven.

'Ik vertrouw jou, Harry...'

Hij kreunde en voelde zich onbeschoft.

Toen de nieuwe dag begon viel Harry eindelijk in slaap, nog steeds verward.

De volgende drie dagen zagen Lidia en Harry elkaar wanneer ze maar konden. Ze weigerde naar zijn kamer te komen, wat Harry vreselijk frustrerend vond. Hij moest zich tevredenstellen met gestolen kusjes over de houten tafel heen waar ze haar lunchtijd doorbrachten en met handjes vasthouden als ze aan het eind van haar werkdag met hem langs de rivier ging wandelen. Ze was radeloos over het aanstaande vertrek van haar familie naar Japan en Harry had geen idee hoe hij haar moest vertellen wat hij zou moeten vertellen. In plaats daarvan hield hij haar zo vaak vast als de omstandigheden toestonden, liet hij kleine liefdesbriefjes voor haar achter bij de receptie en stond hij tot haar beschikking wanneer ze maar tijd had om hem te ontmoeten.

Op een middag minder dan een week voor Harry's vertrek hield Giselle hem in de lobby aan en gaf ze hem een telegram.

'Dank je,' mompelde hij, en hij wilde doorlopen.

'Kapitein Crawford, komt u even in mijn kantoor, *oui*?'

'Natuurlijk.' Harry voelde zich als een ondeugende schooljongen die op het punt stond straf te krijgen toen hij achter haar aan liep.

Giselle deed de deur dicht en glimlachte naar hem. 'Het lijkt erop dat Thailand u heeft weten te betoveren, *n'est-ce pas*? En een *jeune femme* in het bijzonder.' Ze pakte een van de briefjes op die hij Lidia had gestuurd en wapperde ermee voor zijn gezicht.

Harry werd rood en knikte. 'Ja. En,' voegde hij er op defensieve toon aan toe, 'ik hou van haar.'

'Dat heb ik begrepen.' Giselle gaf hem het briefje terug. 'Pak maar aan, het is immers van u. Kapitein Crawford...'

'Harry, alsjeblieft.' Hij pakte het briefje aan en stak het in zijn broekzak.

'Harry,' corrigeerde Giselle zichzelf. 'Ik bemoei me normaal niet met hartsaangelegenheden, maar besef je wel dat je riskeert dat Lidia haar baan hier kwijtraakt? Het is leden van het personeel streng verboden iets met de gasten te beginnen.'

'Het spijt me heel erg, Giselle. Daar had ik geen idee van. Ontsla haar alsjeblieft niet. Ze heeft deze baan nodig. Haar moeder staat...'

Giselle stak haar hand op om hem tot zwijgen te brengen. 'Ik weet alles over Lidia's familie. Daarom moet ik ook een oplossing vinden. Ik ben me ervan bewust dat het volstrekt zinloos en wreed is om twee jonge volwassenen bij elkaar vandaan te houden. Lidia is verliefd op je, Harry. Ik zie het de hele dag in haar ogen. Vergeef me, maar ik maak me zorgen om haar. Je vertrekt binnenkort naar Engeland, nietwaar?'

Harry liet zich op een stoel zakken en schudde vertwijfeld zijn hoofd. 'Ik weet het gewoon niet.'

'Ik begrijp het. Ik neem aan dat Lidia niet weet dat je een vrouw hebt?'

Hij bloosde. 'Heeft Sebastian je dat verteld?'

'*Eh, oui,*' bevestigde Giselle meesmuilend.

'Nee, dat weet ze niet, maar geloof me, mijn huwelijk is alleen een huwelijk in naam. Vanwege wie ik ben,' zei Harry met een schouderophalen, 'moest ik trouwen voor ik ten strijde trok, om te proberen de toekomst van ons familielandgoed veilig te stellen met een erfgenaam. Helaas heeft mijn vrouw het kind dat ze droeg toen ik vertrok, later verloren.'

'Ik begrijp dat,' zei Giselle, en ze knikte, 'het is in Frankrijk voor aristocratische families ook gebruikelijk op die manier plannen te maken voor de toekomst. En Lidia weet niets van je... erfenis?'

'Nee.'

Ze zuchtte. 'Ik vraag dit als iemand die erg op Lidia gesteld is: is ze voor jou een avontuurtje, een lolletje voor je teruggaat naar huis?'

Harry keek Giselle recht in de ogen. 'Nee. Als ik kon zou ik voor de rest van mijn leven hier bij haar blijven. Maar wat kan ik doen?'

'Harry, het is niet aan mij je dat te vertellen.' Ze zuchtte. 'Misschien moet je Lidia de waarheid vertellen.'

'Hoe kan ik dat doen?' prevelde hij. 'Ze vertrouwde me, en ik heb tegen haar gelogen.'

Giselle keek hem zwijgend aan. 'Nou, misschien zal ze, als je haar uitlegt welke verantwoordelijkheden je hebt, genoeg van je houden om het te begrijpen. Die dingen gebeuren ook hier in Thailand, en overal ter wereld.'

'Ik zie niet in hoe ik terug kan gaan. Ik betwijfel of ik zonder haar kan leven,' antwoordde Harry hulpeloos.

Giselle klopte hem vriendelijk op de schouder. *'C'est un coup de coeur.* Wel, ik kan je niet vertellen wat je moet doen, want dat kan alleen jij beslissen, maar in het belang van het hotel en Lidia heb ik voor jullie beiden een suggestie: zolang je nog hier bent, wil ik je officieel in dienst nemen als personeelslid van mijn hotel. Je wordt mijn vaste pianist, in ruil voor logies. Maaltijden en drank zijn natuurlijk extra. Op die manier staat het jullie, als twee personeelsleden in vaste dienst, vrij om tijd met elkaar door te brengen. Lidia komt hier ook wonen wanneer haar familie naar Japan vertrekt, tot ze andere accommodatie heeft gevonden. Misschien maakt dat de situatie voor iedereen gemakkelijk, *n'est-ce pas*?'

Omdat Harry totaal niet gewend was aan vriendelijkheid, kreeg hij tranen in zijn ogen. 'Dank je, Giselle. Als dat het voor Lidia en jou gemakkelijker maakt, ben ik je vreselijk dankbaar.'

'Bon! Dat is geregeld.' Giselle stond op. 'Je vertrekt over een week naar Engeland?'

'Ja.' Harry knikte triest. 'Tenzij...'

'Alleen jij kunt beslissen, Harry,' zei ze.

'Ik weet het.' Hij volgde haar naar de deur. 'Dank je, Giselle. En mag ik je iets vragen?'

'Natuurlijk.'

'Als ik besluit te blijven, zou ik dan voor je mogen blijven werken?'

'Harry,' zei ze glimlachend. 'Ik hou je met alle plezier in dienst. Je bent een erg talentvolle pianist en je levert mijn bar geld op.'

'Dank je,' zei hij dankbaar, en hij volgde haar de lobby in.

De daaropvolgende vierentwintig uur worstelde Harry met zijn moeilijke beslissing. Hij was er met hart en ziel van overtuigd dat Lidia de vrouw was met wie hij de rest van zijn leven wilde doorbrengen; ze was zijn andere helft, de helft die hem beter en sterker maakte, zijn redding, zijn liefde.

Hij wist dat iedereen zou proberen hem ervan te overtuigen dat het door zijn traumatische tijd in de Changi-gevangenis kwam, door de mystiek van een vrouw uit een andere wereld, dat het slechts een fase was waar hij snel doorheen zou zijn. Ze zouden zeggen dat hij haar nauwelijks kende, dat ze niets met elkaar gemeen hadden, dat het nooit goed kon blijven gaan omdat ze uit zulke verschillende werelden kwamen.

Dat was allemaal waar en zijn logische brein accepteerde dat, maar zijn ziel kon dat niet.

Harry nam uiteindelijk een beslissing. Hij moest terug naar huis; dat was niet meer dan eerlijk en fatsoenlijk. Hij zou zijn familie de waarheid vertellen over de vrouw die hij had gevonden en zijn liefde voor haar. Hij zou zijn vader vertellen dat na diens dood het landgoed kon overgaan op zijn neef Hugo, de broer van Penelope. En hij zou Olivia om een echtscheiding vragen.

Daarna zou hij hier terugkomen, naar het land dat hem had betoverd en het meisje waar hij van hield. Lidia en hij zouden samen een huisje zoeken en een leven leiden met weinig materiële bezittingen, maar wel oprecht en vol ware liefde.

Harry glimlachte toen hij de lobby in liep op zoek naar Giselle. Als iemand hem kort na zijn komst hier, zes weken geleden, had verteld dat hij bereid zou zijn zijn erfenis, de liefde van zijn ouders en zijn vrouw op te geven voor een Thais meisje, zou hij het niet hebben geloofd. Maar nu zijn besluit was genomen voelde hij zich zekerder dan ooit tevoren.

Giselle zat aan haar bureau en glimlachte vaag toen hij binnenkwam.

'Heb je besloten wat je gaat doen?'

'Ja,' zei Harry, en hij knikte. 'Ik neem de boot naar huis.'

Giselle trok haar wenkbrauwen op en zuchtte toen. 'Harry, ik begrijp het, maar ik zie je ongaarne gaan.'

Harry legde zijn handen op het bureau en boog voorover. 'Giselle, ik ga naar huis omdat ik moet doen wat juist is en ik persoonlijk moet uitleggen wat me is overkomen. Maar daarna kom ik zo snel mogelijk terug.

En ik zou je ontzettend dankbaar zijn als je die baan in de bar voor me vrij zou kunnen houden. Ik zal niet langer dan drie maanden weg zijn.'

Giselle zette haar leesbril af, ze keek hem geschokt aan. 'Harry, weet je het zeker? Je geeft dan wel heel veel op.'

'Ik hou van haar, Giselle, en ik kan je verzekeren dat het een zegen voor me zal zijn om afstand te doen van mijn erfenis. Ik ben sowieso nooit geschikt geweest voor die baan.'

'En je vrouw?' vroeg ze zacht.

'Ik kan niet liegen. Is dat eerlijk tegenover haar? Hoe kan ik haar geven wat ze verdient als ik van een andere vrouw hou?'

'Je gaat haar de waarheid vertellen?'

'Ja.' Mentaal knarsetandde Harry bij het idee. 'Dat moet ik doen. Uit fatsoen.'

'Je begrijpt hoe moeilijk het zal zijn?'

'Ja. Maar ik ga het toch doen.'

Giselles blik werd zachter toen ze de vastberadenheid in zijn ogen zag. 'Dan zal ik je met plezier hier verwelkomen wanneer je terugkomt.'

'Dank je. En nu,' voegde hij eraan toe, 'moet ik het Lidia vertellen.'

Toen Lidia's werk er die avond op zat en ze het hotel verliet, ging Harry naar haar toe.

'Liefste, we moeten praten. Onder vier ogen.'

Lidia schudde haar hoofd. 'Nee, Harry, ik moet nu weg. Mijn moeder, zij vertrekt morgen naar Japan. Vanavond moet ik afscheid nemen van mijn broertjes en zusjes.'

'O, lieveling.' Hij wist hoe moeilijk dat voor haar zou zijn. 'Morgen dan?'

'Ja, vanaf morgen logeer ik in het hotel.' Lidia zuchtte. 'O, Harry, mijn broertjes en zusjes denken nog steeds ik ga mee naar Japan. Mijn moeder wil hun niet vertellen.'

'Ik zal er voor je zijn,' troostte Harry haar. Hij zou haar het liefst in zijn armen nemen, 'maar we moeten praten.'

Haar ogen werden donkerder. 'Moet jij mij slechte nieuws vertellen?'

'Slecht... maar ook heel goed, dat beloof ik je. Lidia, kom morgen naar mijn kamer. Ik heb met Giselle gepraat, ze knijpt een oogje toe, omdat ik nu ook personeel ben,' voegde hij eraan toe, wanhopig verlangend haar voor zichzelf te hebben, zodat hij haar in zijn armen kon houden wanneer hij het haar vertelde.

'Jij bent personeel?' Haar ogen gingen wijd open van verbazing. 'Wij praten morgen. Tot ziens, Harry.' Ze zwaaide en haastte zich weg. 'Speel goed vanavond.'

'Dat zal ik doen,' prevelde hij toen hij weer naar binnen liep en bad dat hij haar niet zou kwijtraken wanneer ze de waarheid hoorde.

40

Toen hij de volgende avond klaar was met spelen werd er zacht op zijn deur geklopt.

Lidia keek of niemand haar zag en stapte snel naar binnen, deed de deur dicht en op slot en stortte zich in zijn armen.

'Mijn liefste, wat heb ik dit gemist,' zei hij terwijl hij haar dicht tegen zich aan hield. Hij voelde haar diep zuchten, hield haar iets van zich af en keek haar in de ogen. 'Is je familie weg?'

'Ja,' fluisterde ze tegen zijn schouder.

'Was het erg?'

'O ja. Mijn kleine broertjes en zusjes begrijpen niet waarom ik ga niet mee. Zij houden mij vast en huilen en huilen.' Lidia's ogen vulden zich met tranen. 'Het is zo moeilijke beslissing om te nemen.'

'Ik weet het, liefste, ik weet het. Kom, laten we gaan liggen en elkaar vasthouden.'

Hij leidde haar naar het bed en terwijl hij haar vasthield en haar volmaakte gezichtje streelde, vertelde ze hem over haar pijn.

'Harry, is het juist dat ik mijn grootouders leugen blijf vertellen?'

'Soms, Lidia, kun je de waarheid vertellen om te kwetsen en een leugen om te beschermen. Ik denk dat dat is wat je gedaan hebt. Maar jij zult het geheim met je meedragen, en de last daarvan.' Harry sprak vanuit zijn hart en bedacht dat hij haar niet over zijn huwelijk kon vertellen nu ze al zo kwetsbaar was. En misschien hoefde ze het ook niet te weten...

Een leugen om te beschermen...

Hij kon toch gewoon naar huis gaan, doen wat hij moest doen en naar haar terugkomen als hij voor altijd vrij was?

Harry probeerde de woorden te vinden om haar te vertellen wat hij moest vertellen.

'Mijn liefste, geloof je dat ik van je hou?'

Ze keek naar hem op, haar amberkleurige ogen onschuldig en vol vertrouwen. 'Ja, Harry.'

'En weet je dat ik bereid ben alles op te geven om bij jou te kunnen zijn? Voor altijd?'

Haar blik werd plotseling triest. 'Nee, ik weet dat niet. Maar ik wil eerst niet naar toekomst vragen, omdat ik vind antwoord misschien niet leuk. Ik probeer van schoonheid van elke dag te genieten. Dat is boeddhistische manier. Als jij mij iets droevigs moet vertellen, niet vanavond, Harry, alsjeblieft,' smeekte ze.

'Lieveling.' Hij hield haar steviger tegen zich aan en haar nabijheid en kwetsbaarheid veroorzaakten meteen een reactie in zijn lendenen. Hij negeerde die. 'Het spijt me dat ik hier vanavond met je over moet praten, maar we raken in tijdnood. Het is een beetje triest, maar met een happy end. Dat beloof ik je.'

'Ik begrijp het,' zei ze, beseffend dat ze moest aanhoren wat hij te zeggen had. 'Praat maar.'

'Goed dan.' Harry pakte haar kleine handen in de zijne en hield ze stevig vast, als een talisman. 'Ik ga je over mezelf vertellen.'

Lidia's ogen stonden vol vrees, maar ze knikte. 'Oké.'

'Zie je, in Engeland ben ik de zoon van een lord, wat hier in Thailand denk ik zoiets als een prins zou zijn.'

Haar ogen werden groter. 'Jij bent familie van koning?'

Harry overdacht hoe hij het moest uitleggen. 'Nee, maar mijn familie heeft honderden jaren geleden een titel gekregen van de koning, als dank voor hun moed en steun. Waar ik woon in Engeland hebben we een heel groot huis, en veel mensen die ons land voor ons bewerken.'

'Aha,' zei ze knikkend, 'je bent edelman.'

'Precies. En wanneer mijn vader sterft moet ik als enige zoon de verantwoordelijkheid voor het landgoed op me nemen.'

'Ik begrijp het.'

'Lidia,' vervolgde hij, 'ik heb dat leven nooit gewild, maar ik ben ervoor geboren en tot kortgeleden accepteerde ik dat het zo moest zijn.'

'Familie is alles,' antwoordde ze.

'Dat is zo,' zei Harry, haar haren strelend, 'maar ook weer niet. Toen ik in Changi was, zijn er heel veel dingen voor mij veranderd. Ik begrijp nu dat dit leven erg kort is en in een oogwenk voorbij kan zijn. We moeten het beste maken van de bijzondere dingen die we vinden. En ik had het geluk jou te vinden.' Hij keek op haar neer en trok haar blik naar de zijne toe. 'Toen je gisteravond afscheid moest nemen van de mensen van wie je houdt, was dat voor een deel vanwege mij?'

In haar onschuld aarzelde Lidia geen moment. 'Ja,' zei ze, 'natuurlijk.'

'Nou, over een week moet ik hetzelfde doen. Ik moet terug naar Engeland om mijn familie te vertellen dat ik de verantwoordelijkheid van mijn erfenis niet langer wil dragen. Dat ik hier verliefd ben geworden op een vrouw en terug wil naar Thailand om voor de rest van mijn leven met jou samen te zijn.'

Haar ogen vulden zich met paniek en Harry stelde haar snel gerust. 'Ik zal niet langer dan drie maanden weg zijn, en dan ben ik hier terug, vrij om bij jou te blijven.'

Harry was het gewend dat Lidia zweeg en haar gedachten tot uiting bracht met haar ogen. Hij hield ze scherp in de gaten en zag een heel scala aan emoties: angst, verdriet, plotseling geluk en tot slot onzekerheid.

Uiteindelijk zei ze langzaam en bedachtzaam: 'Harry, jij moet hier goed over nadenken. Jouw land en familie en thuis opgeven is grote beslissing. Ik weet dat. Ik heb het gedaan, maar ik heb hier meer dan jij. Misschien,' verzuchtte ze, 'als jij in Engeland bent, besluit jij dat jij wilt blijven.'

Harry schudde driftig zijn hoofd. 'Dat zal niet gebeuren. Ik kan niet zonder jou leven,' zei hij.

'Misschien ik kom naar Engeland?' opperde ze.

Harry grinnikte en schudde zijn hoofd. 'Liefste, jij kunt daar niet wonen, je zou het niet overleven. Jij bent een...' Hij zocht naar het juiste woord. 'Een kasplantje. Je bloeit in de warmte van je eigen land. Ik zou je nooit vragen je vaderland voor me op te geven.'

Lidia zweeg een poosje en zei toen: 'Maar jij wilt dat wel voor mij doen?'

Harry zuchtte en probeerde woorden te vinden die zij zou begrijpen. 'Voor mij is het anders. Ik ben al vier jaar in het Verre Oosten. Ik ben aan het klimaat en de mensen gewend geraakt.' Hij pakte haar hand beet en kneep erin. 'Begrijp het alsjeblieft, het is geen opoffering. Het is wat ik wil. Hier bij jou zijn, op een dag met je trouwen, als je me wilt. En onze kinderen zien opgroeien in het land waar ze thuishoren. Dat wil jij toch zeker ook?'

'Ja, maar...' Lidia schudde haar hoofd. 'Het is groot offer voor jou. Voor mij.'

'Liefste,' troostte hij haar, 'we horen bij elkaar. En ik kan me veel beter in jouw wereld inpassen dan jij in de mijne, geloof me.'

'Nou,' zei Lidia met een hoopvolle blik, 'dan moet jij naar huis. En ik wacht tot jij terugkomt.'

Harry trok haar dicht tegen zich aan en kuste haar.

'Ik kom echt terug,' beloofde hij, en hij nam haar gezicht in zijn handen. 'Geloof me, liefste, ik kom terug.'

'Ik geloof jou omdat ik wel moet,' zei ze zuchtend. Toen glimlachte ze. 'Nu wil ik dat jij over jouw leven in Engeland vertelt. Ik wil horen wie jij bent.'

Dus hield Harry haar in zijn armen en vertelde hij haar over zichzelf, zijn moeder en vader, en Engeland. Hij beschreef de ijzig koude wind die je in de winter tot op het bot verkleumde en de zwoele zomeravonden, hoe zeldzaam ook, die de winters de moeite waard maakten. Hij vertelde haar over zijn school, over het leger, en dat hij er zo'n hekel aan had gehad.

En toen zweeg hij abrupt, want als hij verder had willen gaan, had hij haar over Olivia moeten vertellen. Hij was er nu van overtuigd dat zijn huwelijk iets was waar Lidia niets van hoefde te weten.

Lidia had haar ogen opengesperd terwijl hij vertelde. 'Misschien op een dag kun jij mij meenemen en mij jouw moeders kas laten zien en alle mooie bloemen die daar staan. Heeft zij orchideeën?' vroeg Lidia.

'Nee, dat geloof ik niet,' bekende Harry.

'Dan als jij naar huis gaat, ik geef jou geschenk van orchideeën mee voor haar. Jij kunt haar vertellen dat ze zijn van mij; van jouw kasplantje,' zei ze glimlachend.

'O, Lidia.' Harry kon zich niet langer bedwingen en kuste haar. 'Ik hou van je, ik hou zo ontzettend veel van je.'

Ze hielp hem mee toen hij haar begon uit te kleden en ze bewoog zich even dringend als hij nu ze wist hoe weinig tijd ze nog hadden voor hij weg moest.

Naderhand vielen ze in slaap, uitgeput door de emotionele achtbaan van hun beider bestaan en de complicaties van hun pogingen die met elkaar te verenigen.

Net voor de ochtend aanbrak stond Lidia op en ze kuste hem zacht.

'Harry, ik moet naar mijn kamer gaan, zodat niemand merkt dat ik ben niet daar.'

'Natuurlijk.' Hij trok haar gezicht omlaag naar het zijne en kuste haar. 'Geloof me, mijn engel, mijn prachtige bloem, ik zal je niet teleurstellen.'

'Ik weet het,' zei ze terwijl ze zich aankleedde.

'Ik hou van jou,' fluisterde hij toen ze zich omdraaide om weg te gaan.

'Ik hou ook van jou,' antwoordde ze voor ze de deur achter zich dichtdeed.

De komende paar dagen grepen ze elke kans aan om samen te zijn omdat Harry's vertrek snel dichterbij kwam. Ze spraken af tijdens haar lunchpauze, waarin ze alleen konden praten, maar zelfs een lichte aanraking schonk hun al troost. Wanneer Harry 's avonds terugkwam uit de bar, zat Lidia al in zijn kamer op hem te wachten. Ze bedreven de liefde minder gejaagd en nu Lidia's zelfvertrouwen groeide genoot ze ervan nieuwe manieren te zoeken om hem te behagen.

Harry meende dat er geen centimeter van haar lichaam was die hij niet had gekust en gestreeld. Hij kende elke huidplooi, elke kloof die bijdroeg aan haar volmaaktheid. Hoewel ze nauwelijks groter was dan anderhalve meter, was alles aan haar wel in verhouding; haar bovenlijf was kort, haar slanke heupen enigszins rond met daaronder de lange honingkleurige benen en volmaakte kleine voeten, die in zijn hand pasten.

Naderhand lagen ze elkaar nog steeds te strelen en praatten ze loom over hun hoop en dromen voor de toekomst.

Wanneer ze 's ochtends wegging, bleef Harry nog een poos tevreden liggen doezelen. Nu begreep hij waarom de mannen die met hem in de Changi-gevangenis hadden gezeten herinneringen hadden opgehaald aan de geneugten van de liefde. Hij bloosde bij de gedachte aan de snelle, mechanische paringsdaad zoals hij die met Olivia had bedreven. Het was alsof je een grauwe januaridag in Norfolk vergeleek met de warmte, kleur en weelderigheid van een zonnige dag hier.

Harry wist zonder enige twijfel dat hij had gevonden waarnaar hij op zoek was geweest. Tot dusver had zijn hele bestaan zinloos geleken en zijn recente lijden had de doelloosheid van zijn leven alleen maar versterkt. Maar binnen enkele weken waren hij en zijn wereld onherroepelijk veranderd. Hij zag de toekomst met blijdschap en hoop tegemoet en nu hij eenmaal de beslissing had genomen om hier voorgoed terug te keren, voelde hij zich heel rustig en accepteerde hij ook de pijn die dit hem en anderen zou bezorgen.

Hij had niet langer het gevoel dat elke zonsopkomst slechts een nieuwe dag aankondigde die hij moest zien door te komen. Hij was voor het eerst in zijn leven echt gelukkig.

De dag voor Harry Bangkok verliet trotseerde hij zijn claustrofobie en nam hij een tuktuk naar een straatmarkt enkele kilometers van het hotel vandaan. Hij kocht zijde voor zijn moeder en Olivia, en voor zijn vader een prachtige Chinese pijp van ivoor. Daarna kocht hij van zijn laatste paar baht een kleine zilveren ring voor Lidia met een ambersteen die precies bij haar ogen paste.

Harry had de vorige avond voor het laatst in de bar gespeeld, zodat hij vrij was om zijn laatste avond met Lidia door te brengen. Ze voeren met een boot stroomopwaarts naar een klein restaurant op de andere oever, met een houten terras op palen, zodat het water zachtjes onder hun voeten klotste. Bij het zachte licht van Chinese lantaarns pakte Harry over de tafel heen Lidia's hand vast.

'Liefste, ik heb iets voor je. Daarmee doe ik je de belofte dat ik snel voor altijd bij je terug zal zijn.' Hij opende het doosje en schoof de ring met de ambersteen aan haar ringvinger. 'Ik wil zo snel mogelijk met je trouwen. Zeg je ja?'

Lidia's ogen vulden zich met tranen. 'Harry, *ka*, je weet dat ik ja zeg.' Ze keek naar de ring, glimlachte en hield haar hand omhoog om hem te bewonderen. 'Het is het mooiste cadeau dat ik ooit krijg.'

Die nacht sliepen ze geen van beiden. Ze bedreven de liefde en praatten over de toekomst en waar ze samen zouden gaan wonen wanneer hij terug was. Ze genoten van elk moment, ook omdat ze wisten dat het voorlopig hun laatste nacht samen was.

'Je weet toch dat ik je elke dag zal schrijven, hè?'

'En ik schrijf jou?' vroeg Lidia. 'Jij geeft mij jouw adres.'

Harry had daar al over nagedacht. Hij opende de lade van zijn nachtkastje en haalde er een velletje papier uit. 'Hier moet je heen schrijven.'

Ze las het en stopte het zorgvuldig in haar mandje.

Harry had haar het adres van Bill gegeven. Hij vertrouwde zijn jonge sergeant onvoorwaardelijk; de band die zich tussen hen had gevormd was onbreekbaar. Hij herinnerde zich de vreselijke dagen voor hun gevangenneming, toen Singapore in handen van de jappen viel en hun bataljon omringd was door Japanse soldaten, die veel beter voorbereid waren om in het oerwoud te vechten dan een stel jongens uit noordelijk Norfolk. Harry had zich overgegeven aan Bills superieure krijgsinstinct toen die respectvol het beste plan had voorgesteld om hen te redden.

Op een ochtend had Bill een sluipschutter in het dichte struikgewas opgemerkt. Vijf minuten later was de kleine groep uitgeputte Britse soldaten zwaar onder vuur genomen en werden vier van hen gedood. Toen het weer rustig was, was Harry versuft en met oren die nog tuitten van het geweervuur overeind gekomen. Bill was tegen hem aan gesprongen en had hem op de grond gegooid zodat een salvo kogels dat voor hem bedoeld was geweest over hem heen floot en een bananenboom raakte.

'Dat was kantje boord, meneer,' had Bill gezegd, Harry nog steeds afschermend.

In ruil had Harry iets voor Bill gedaan. In de Changi-gevangenis had hij Bill en zijn tuinmanskwaliteiten bij de jappen aanbevolen voor het inrichten en onderhouden van de steeds groter wordende begraafplaats. Daarmee redde hij ongetwijfeld Bills leven. Terwijl andere mannen met duizenden naar het noorden werden afgevoerd om aan de Birma-spoorlijn te werken, had Bill zich koest gehouden en zich aan de gruwelijke taak gewijd zijn kameraden te begraven. En de Japanners hadden hem met rust gelaten.

Nu had Harry Bill weer nodig. Hij was de enige man die hij kon vertrouwen: iemand die Lidia's brieven kon ontvangen en Harry's antwoorden kon posten. Het had geen zin om Olivia onnodig te kwetsen door met zijn liefde voor een andere vrouw te koop te lopen en hij wilde niet dat zij toevallig hun correspondentie onder ogen kreeg.

Harry slaakte een diepe zucht en Lidia keek hem bezorgd aan. 'Wat is er, Harry?'

'Niets, liefste, behalve dat ik het vreselijk vind je achter te moeten laten.' Hij pakte haar vast en nam haar weer in zijn armen. 'Ik zal in elk geval weten dat je hier in het hotel veilig bent terwijl ik weg ben, dus dat is wel een troost.'

'Ja, ik veilig zijn en elke dag dromen van jouw terugkeer.'

De ochtend brak veel te snel aan. Toen Harry aangekleed was, sloeg hij zijn armen om Lidia heen en hield hij haar nog een keer stevig vast.

'Mijn liefste, geloof me alsjeblieft als ik zeg dat ik tot in het diepst van mijn ziel van je hou... en dat ik bij je terug zal komen.'

Ze keek kalm naar hem op. 'En ik hier op jou wachten.'

41

ENGELAND
1946

Toen de vroege-ochtendnevel optrok en een flauw zonnetje door de wolken brak, knipte Harry de sloten van zijn koffer dicht en ging hij aan dek om naar Felixstowe te kijken, dat langzaam in zicht kwam. De purser had gezegd dat het schip over een uur zou aanmeren: nog een uur voordat hij de grauwe schaduwen onder ogen moest zien van een vroeger bestaan dat hij zich nog nauwelijks herinnerde.

Hoewel het eind mei was en naar Engelse begrippen een milde dag, huiverde Harry in de ochtendbries. Hij had een vreselijke maand aan boord doorgebracht, waarin hij erover had gepiekerd hoe hij zijn ouders en zijn vrouw het nieuws moest vertellen. Toen het silhouet van Felixstowe zichtbaar werd, zonk Harry de moed in de schoenen. Hij wist dat hij rustig en vastberaden moest blijven, en ongevoelig voor emotionele smeekbeden om hier te blijven.

Hij hoefde alleen maar aan Lidia's prachtige gezichtje te denken en aan haar naakte, volmaakte lichaam onder hem wanneer ze de liefde bedreven. Koste wat het kost, maar dat kon hij niet laten schieten.

Olivia zat in een donker café aan de kade, samen met andere nerveuze echtgenotes en ouders die op de terugkeer van geliefden wachtten. Ze dronk van haar waterige thee, bedacht weer eens hoe vies ze poedermelk vond en vroeg zich af of ze haar man nog wel zou herkennen.

Toen Bill thuis was gekomen, maanden eerder, was Elsie de volgende dag naar het huis gekomen en in Olivia's slaapkamer ingestort.

'O, juffrouw, zijn haar is helemaal grijs geworden en zijn huid hangt om hem heen als die van een oude man. Zijn benen lijken wel bonenstaken, maar hij heeft een heel dikke buik. Hij zegt dat het door de rijst komt, dat alle mannen in Changi er zo uitzagen.' Elsie had haar neus gesnoten. 'Dat zou ik nog wel aankunnen... Ik bedoel, ik ben blij dat hij nog leeft en thuis is. Maar zoals hij zit te staren, alsof hij ergens anders is. Alsof hij me nauwelijks kent.'

'Elsie,' had Olivia haar getroost, 'je moet hem de tijd geven. Het is een schok voor hem om weer in Engeland bij zijn familie te zijn na drieënhalf jaar op die vreselijke plek. Het komt wel goed met hem, dat weet ik zeker.'

'Ik weet het, maar ik had me er zo op verheugd hem te zien. Ik heb de afgelopen week niet geslapen van opwinding.' Ze had verdrietig haar hoofd geschud. 'Hij lijkt lang niet zo blij mij weer te zien.'

'We kunnen ons niet voorstellen wat ze hebben doorgemaakt, en ze hebben ons verteld dat we erop moeten rekenen dat de mannen nog bang en in de war zullen zijn. Het zal hetzelfde zijn als Harry thuiskomt, dat weet ik zeker.' Olivia's maag was in opstand gekomen bij de gedachte.

'Het was alleen dat zijn pa en ma en ik allemaal onze rantsoenbonnen hadden opgespaard om een lekkere lamsbout voor hem te kunnen kopen. Dat was altijd zijn lievelingskostje, maar hij raakte het nauwelijks aan, juffrouw. En toen we naar bed gingen,' had Elsie blozend gezegd, 'draaide hij zich om en ging slapen. Niet eens een knuffel!'

Hoewel Olivia zich er zo goed mogelijk op had voorbereid dat ze een man zou begroeten die fysiek en mentaal erg veranderd was door wat hij had meegemaakt, vreesde ze het moment dat ze hem zou zien enorm.

Drie kwartier later meerde de boot met een luide hoornstoot aan.

Harry was thuis.

Olivia wachtte vol spanning achter het dranghek dat families bij de loopplank vandaan hield. Uiteindelijk kwam een verspreid groepje mannen de loopplank af. Olivia keek snel de afgetobde gezichten langs, maar ze zag Harry niet. Andere mannen werden omringd door hun familie en tranen van vreugde werden vergoten. Sommige mannen zaten in een rolstoel, andere liepen met krukken, misten ledematen, ogen... het was een traumatische aanblik. Volgens Sebastian Ainsley was Harry tenminste ongedeerd, hoewel de knokkelkoorts, die hem bijna fataal was geworden en zijn terugkeer had vertraagd, wel zijn tol zou hebben geëist.

Net toen Olivia begon te vrezen dat Harry niet op de boot zat, verscheen er een vertrouwd gezicht boven aan de loopplank. Tot haar verbazing zag hij er van een afstand helemaal niet zo anders uit. Zijn gebruinde teint maakte hem in feite zelfs nog aantrekkelijker. Hij was fris geschoren en zijn donkere haar was netjes gekamd. In een marineblauwe blazer en crèmekleurige broek zag hij er nog knapper uit dan ze zich hem herinnerde.

Ze liep bij het hek vandaan in zijn richting. Ze beet hard op haar lippen om ze roder te maken en voelde of haar blonde haren goed zaten.

Toen hij over de loopplank omlaagkwam riep ze zijn naam. 'Harry! Hier ben ik.'

Hij wendde zijn wezenloze blik in haar richting, zocht naar haar stem. Toen zag hij haar en keken ze elkaar in de ogen.

Haar ogen verrieden haar blijdschap toen ze naar hem toe liep.

Zijn ogen verrieden niets toen hij naar haar toe liep.

Zij was degene die haar armen om zijn schouders sloeg. Harry's armen hingen langs zijn lijf.

'Harry, godzijdank, je bent thuis!'

Hij maakte zich los uit haar omhelzing. 'Ja, ik ben thuis.' Hij knikte plichtmatig. 'Waar staat de auto?'

Olivia voelde een brok in haar keel ontstaan, maar ze dacht aan Elsie en zei: 'Niet ver hiervandaan. Hij staat op ongeveer vijf minuten lopen.'

'Zullen we gaan?'

'Natuurlijk. Je zult wel moe zijn.' Olivia ging hem voor.

'Nee, ik ben helemaal niet moe. Ik heb een hele maand niets gedaan op die boot.'

Toen Harry's koffer achter in de auto lag en hij op de passagiersstoel zat, startte Olivia de auto. Ze vertrokken zwijgend naar Wharton Park.

Harry keek uit het raam, zijn hoofd van Olivia afgewend.

'Alles lijkt hier zo kleurloos na het Verre Oosten.'

'Nou,' zei Olivia, die moeizaam slikte, 'het is in elk geval eind mei, en dat vond jij altijd de mooiste tijd om in Engeland te zijn.'

'Ja,' beaamde hij. 'Maar nu heb ik de tropen ervaren en daar kan dit echt niet tegenop.'

Olivia voelde zich gekwetst en ze was geschokt door Harry's reactie. Ze wist en begreep dat de aanpassing moeilijk voor hem zou zijn, maar het laatste wat ze had verwacht was dat hij met weemoed zou praten over de hel waarin hij had geleefd.

'Nou, maar Wharton Park ziet er erg mooi uit,' zei ze vinnig.

'Dat zal best,' antwoordde Harry koeltjes.

Ze reden zwijgend verder en Olivia vermoedde dat, hoewel Harry er lichamelijk normaal uitzag, hij geestelijk nog niet gezond was. Misschien kon Wharton Park, het thuis waarvan hij altijd zo veel had gehouden, een emotionele reactie bij hem oproepen. Ze wapende zichzelf tegen zijn vreemde gedrag en begreep nu precies wat Elsie had bedoeld toen ze zei dat Bill 'ergens anders' leek te zijn – dat was met Harry duidelijk ook het geval.

Twee uur later reden ze door de poort van Wharton Park. Olivia keek naar Harry om zijn reactie te peilen, maar ze kon zijn gezicht niet zien.

'Nou, daar zijn we dan,' zei ze opgewekt, 'thuis.'

Harry schudde zichzelf wakker en vroeg toen, alsof het hem net pas te binnen schoot: 'Hoe is het trouwens met pa en ma?'

Het verbaasde Olivia dat hij daar nu pas naar vroeg. 'Met je moeder gaat het uitstekend. Je vader... is helaas niet zo fortuinlijk geweest. Hij heeft een jaar geleden een hartinfarct gehad. Het gaat nu iets beter met hem,' antwoordde ze behoedzaam, 'maar hij is niet meer in staat te werken. De dokters zeiden dat het te belastend was voor zijn hart. Je moeder zegt dat het te belastend voor haar hart is dat hij de hele dag thuis is!' probeerde Olivia een grapje te maken.

'Wat vreselijk voor hem.' Harry schonk Olivia een bezorgde blik. Het was het eerste blijk van emotie dat ze van hem zag. 'Maar hij loopt toch geen direct gevaar, of wel?'

'Tja, je weet het nooit zeker met een zwak hart. Maar goed, ik waarschuw je,' zei ze, snel van onderwerp veranderend toen ze het huis naderden, 'iedereen staat klaar om je welkom te heten.'

Ze stopte de auto en toeterde drie keer. Bij het geluid van de claxon vlogen de voordeuren open en holde Adrienne de trap af om hen te begroeten.

'Harry, *mon chéri*! Je bent thuis!'

Harry stapte uit en liep naar haar toe, in haar wijd gespreide armen. Ze trok hem tegen zich aan en hield hem stevig vast. 'O, mijn Harry! Je bent veilig, je bent veilig thuis,' fluisterde ze tegen zijn schouder. 'Laat me eens naar je kijken.' Ze deed een stap terug en bekeek hem van top tot teen. *Mon dieu!* Volgens mij zie je er knapper en gezonder uit dan toen je vertrok! Vind je ook niet, Olivia?'

Olivia, die lusteloos naast Harry stond, knikte. 'Dat dacht ik ook toen ik hem zag,' zei ze.

'Het gaat goed met me, moeder. Eerst niet,' voegde Harry er snel aan toe, 'maar nu wel.'

Adrienne sloeg een arm om haar zoon en nam hem mee de trap op. Olivia volgde hen. Ze zwaaide de voordeur open en daar stond het voltallige personeel van Wharton Park opgesteld, als een erewacht in twee lange rijen.

Toen hij de vestibule binnenstapte, hoorde Harry Bill roepen: 'Drie hoeraatjes voor meneer Harry! Hiep hiep...'

'Hoera!'

'Hiep hiep...'

'Hoera!'

'Hiep hiep...'

'Hoera!'

Ze barstten in applaus en gejuich uit. Harry liep langs de rijen, ontving stevige handdrukken en schouderklopjes van de mannen en knikjes van de meisjes.

'We zijn zo blij dat u thuis bent, meneer Harry.'

'Gefeliciteerd. Bill heeft ons verteld hoe dapper u was.'

'Blij u weer veilig thuis te zien, meneer.'

'Het huis was niet hetzelfde zonder u, meneer Harry,' zei mevrouw Jenks vol genegenheid. Ze stond aan het eind van de rij. 'Morgen maak ik het meest uitgebreide warme ontbijt klaar dat u ooit hebt gezien.'

Ondanks zijn besluit zich niet te laten vermurwen, merkte Harry dat hij tranen in zijn ogen kreeg van het oprechte welkom van al die vertrouwde gezichten.

'Speech!' riep iemand.

'Ja, speech!' viel de rest bij.

'Wilt u een paar woorden tegen ons zeggen, meneer Harry?'

Harry draaide zich weer naar hen om en schraapte zijn keel. 'Tja, wat kan ik zeggen? Behalve dank jullie wel voor jullie hartelijke welkom. Ik waardeer het zeer en het is geweldig jullie allemaal weer te zien. En bedankt dat jullie voor Wharton Park hebben gezorgd in wat naar ik aanneem heel moeilijke tijden zijn geweest.'

Er barstte opnieuw applaus los. Toen zag Harry een ineengedoken gestalte naar hem toe komen schuifelen. Met een schok realiseerde hij zich dat de gekrompen oude man zijn vader was. Liever dan hem zich nog meer te laten inspannen, stapte Harry snel naar hem toe en stak hij zijn hand naar hem uit. 'Hallo, vader, fijn u weer te zien.'

Zijn vader glimlachte naar hem. 'Jou ook, beste jongen.' Lord Wharton gebruikte al zijn kracht om zijn zoon naar zich toe te trekken en gaf hem een zwak klopje op zijn rug. 'Goed gedaan, mijn jongen! Ik heb je naam in de verslagen gezien. Ik ben trots op je.'

Die woorden waren de grootste lof die Harry ooit van zijn vader had gekregen en ze brachten nog meer tranen in zijn ogen.

'Maar je bent zeker blij dat je terug bent? Ik heb gehoord dat die verdraaide jappen jullie er flink van langs hebben gegeven in Changi. Maar uiteindelijk hebben we het toch van ze gewonnen, niet?'

'Zeker, vader, zeker.'

Adrienne stond naast Harry. 'Christopher, ik vermoed dat Harry nu wel even naar zijn kamer wil om te gaan rusten na zijn lange reis.' Ze wendde zich tot haar personeel. 'Jullie mogen gaan. Ik weet zeker dat Harry later nog wel even met jullie komt praten.'

Toen de mensen uiteengingen, hoorde Harry een stem in zijn oor. 'Blij dat u terug bent, meneer. Ik begon me al af te vragen of u nog zou komen.'

Het was Bill. Ze schudden elkaar de hand en klopten elkaar stevig op de rug.

'Het is een heel andere plek dan waar we elkaar het laatst hebben gezien, hè?' zei Harry zacht.

'Zeg dat wel, meneer. En het is even wennen, maar het komt wel goed, dat weet ik zeker.'

'Ik kom straks bij je langs in de kas, Bill. Er is iets wat ik met je wil bespreken.' Harry wist dat hij binnen gehoorsafstand van zijn ouders en Olivia stond, dus hij hield het kort. 'Rond vijf uur, denk ik.'

'Natuurlijk, meneer. Ik zal er zijn, met een lekkere kop thee voor ons allebei. Mét melk, uiteraard.' Bill rolde met zijn ogen bij de gedeelde herinnering aan de thee zonder suiker en melk die ze drieënhalf jaar lang hadden gedronken.

Harry volgde Olivia de trap op en de overloop door naar hun suite. Alles was nog precies zoals toen hij vertrok; alsof de tijd op Wharton Park stil was blijven staan.

Zodra Olivia de deur achter hen dicht had gedaan, wendde Harry zich tot haar. 'Hoe ziek is mijn vader precies? Hij lijkt wel twintig jaar ouder geworden.'

Olivia zuchtte en ging op het krukje aan het voeteneind van het bed zitten. 'Zoals ik zei heeft hij een ernstig hartinfarct gehad. Hij mag van geluk spreken dat hij het heeft overleefd. Bedenk wel, Harry, dat hij al zestig is, tien jaar ouder dan je moeder. En zijn werk op het ministerie van Oorlog bracht erg veel stress mee.'

'Hij ziet er... afschuwelijk uit,' zei Harry hoofdschuddend.

'Hij is erg ziek geweest. Maar de dokters hebben ons verzekerd dat, als hij het rustig aan doet en geen zware schokken te verduren krijgt, er geen reden is waarom hij niet stabiel zou blijven.'

'Ik begrijp het.'

Harry zag er vreselijk triest uit, dus Olivia liep naar hem toe en sloeg haar armen om zijn schouders. 'Het spijt me zo voor je, Harry. Het moet een vreselijke schok voor je zijn. Ik veronderstel dat zijn veroudering ons niet zo is opgevallen. Maar ik weet zeker dat hij ervan zal opknappen dat jij weer thuis bent. Hij kan niet wachten om je alles te horen vertellen over de campagne in Malakka en jouw aandeel daarin. Daar heeft hij het al weken over.'

Stilletjes, en uit pure emotionele uitputting legde Harry zijn hoofd tegen Olivia's schouder. Zo bleven ze een poosje staan, tot Olivia zei: 'Waarom ga je niet even rusten? Mevrouw Jenks breekt speciaal daarvoor met een levenslange gewoonte en serveert de lunch pas om half een.'

'Ja, ik denk dat ik dat maar doe.' Hij verlangde er hevig naar alleen te zijn, niet per se om te slapen, maar om na te denken.

'Ik weet dat het allemaal vreemd voor je moet lijken, en nogal overweldigend, lijkt me,' vervolgde Olivia. 'Elsie vertelde me dat Bill sommige dingen nog steeds moeilijk vindt, ook al is hij al drie maanden thuis.' Ze drukte een kus op zijn voorhoofd. 'Ik zal je niet onder druk zetten, lieverd, maar je moet weten dat ik er voor je ben als je me nodig hebt.'

'Dank je.'

Olivia knikte. 'Rust wat uit.' Ze verliet de kamer en liep naar beneden, waar Adrienne op haar wachtte.

'Ik heb koffie voor ons in de bibliotheek. Kom, *chérie,* en vertel me wat jij van hem vindt.'

Olivia volgde haar de bibliotheek in en ging zitten.

'En?' vroeg Adrienne. 'Hij ziet er in elk geval goed uit, vind je niet?'

'Ja, inderdaad,' zei Olivia, 'maar zoals Elsie ook al had gezegd, het lijkt net of zijn lijf thuis is, maar zijn geest nog ergens anders. Ik denk dat we geduld moeten hebben en niet te veel van hem moeten verwachten.'

'Wij allebei,' merkte Adrienne op.

'Natuurlijk,' zei Olivia. 'Dat weet ik. Maar ik ben ook maar een mens, Adrienne, en ik had graag gezien dat Harry zodra hij me zag van de loopplank af was gerend en me in zijn armen had genomen. Dat zag ik sommige andere mannen doen.'

'Je weet dat dat niets voor Harry is,' troostte Adrienne haar. 'Al schrok hij wel heel erg toen hij zijn vader zag, *n'est-ce pas*?'

'Ja, inderdaad.'

Adrienne schudde haar hoofd. 'Hij weet ook zo weinig van wat hier in die vier jaar is gebeurd en wat er nog komt. Olivia, jij en ik hebben ons best gedaan om het landgoed te runnen, maar Harry moet zo snel mogelijk de leiding nemen.' Adrienne bracht een hand naar haar grijzende haar. '*Alors!* Er moeten beslissingen genomen worden die alleen Christopher of Harry als zijn erfgenaam kan nemen. En Christopher is zo zwak dat ik hem er niet mee wil belasten.'

'Ik weet het, Adrienne. In elk geval is Harry gezond en wel thuis.'

'*Eh, oui*,' zei Adrienne. Ze nam een slok koffie. 'En ik realiseer me dat we daar al blij mee moeten zijn.'

42

Adrienne besloot dat het warm genoeg was om op het terras te lunchen. Christopher stond erop dat Sable voor de gelegenheid een fles champagne uit de wijnkelder haalde. Mevrouw Jenks overtrof zichzelf; ze had god mocht weten waar een zalm vandaan gehaald en serveerde die met Harry's favoriete bearnaisesaus, nieuwe aardappels en verse sperzieboontjes uit de moestuin.

'Ik was gewaarschuwd dat jullie als jullie net thuis zijn geen zware kost lusten,' zei mevrouw Jenks glunderend van plezier toen Harry haar na de lunch in de keuken opzocht om haar te bedanken voor het feestmaal.

Olivia vond hem daar en stelde een wandeling in de tuin voor. Ze liepen langzaam, zodat Harry weer vertrouwd kon raken met zijn omgeving. Zelfs hij moest toegeven dat het park er prachtig uitzag, badend in de zachte gloed van een middag in mei.

'Zo.' Harry deed zijn best een gesprek te voeren. 'Je zei dat Wharton twee jaar lang een verpleeghuis is geweest?'

'Dat klopt. We hadden hier op een gegeven moment meer dan veertig officieren,' legde Olivia uit terwijl ze om de fontein heen liepen, die uitgeschakeld was sinds de invoering van een oorlogswet om water te sparen. 'Het huis zat tot de rand toe vol, want we hadden natuurlijk ook nog de vrijwilligsters die op het land werkten. Mevrouw Jenks was geweldig: haar ervaring met het koken voor grote aantallen gasten kwam haar goed van pas.'

'Waar woonden jij en vader en moeder?' vroeg Harry.

'O, we waren zolang uitgeweken naar de oostelijke vleugel. Niet bepaald luxueus, zoals je weet, maar we konden er slapen,' antwoordde Olivia. 'Je vader deed alsof hij het vreselijk vond. Hij gaf de officieren altijd een uitbrander als ze met modderlaarzen door het huis liepen. Maar ik geloof dat hij er stiekem wel van genoot. Hij was zelf immers ook herstellende en er was altijd wel iemand om een praatje mee te maken.'

'Dat kan ik me voorstellen. Je hebt het kennelijk erg druk gehad terwijl ik weg was.'

'Iedereen,' zei Olivia bescheiden. 'Maar ik moet je waarschuwen, lieveling; er zijn dringend wat reparaties aan het huis nodig. Met al die mensen die er verbleven, kwamen er wat problemen aan het licht. En ik geloof echt dat je het perfecte moment hebt gekozen om thuis te komen. Het zag er hier nogal deprimerend uit toen het vol stond met ziekenhuisbedden en medische apparatuur.'

'Maar het was vast een fantastische plaats om te herstellen voor de kerels die hier lagen.'

'Ja, ze zaten vaak op de veranda wanneer het weer het toeliet. Sommigen hebben het natuurlijk niet gered,' zei Olivia, en ze zuchtte. 'Er was één kerel, die had een kogel in zijn hoofd waardoor hij blind was geworden. Ik las hem zo vaak mogelijk voor en op een avond terwijl ik bij hem zat te lezen, ging hij zomaar ineens dood.' Olivia's stem brak. 'De dokters zeiden dat de kogel van zijn plaats gekomen moest zijn en dat hij daardoor overleden was.'

'Jeetje, wat akelig voor je,' zei Harry schuldbewust; het was niet bij hem opgekomen dat Olivia of zijn ouders veel geleden konden hebben tijdens de oorlog. Hij had gedacht dat ze knus en veilig binnen de stevige muren van Wharton Park zaten.

'Zijn er in de buurt bommen gevallen?' vroeg hij.

'Een paar op Norwich, maar dat is ons hier godzijdank bespaard gebleven.'

'En nog slachtoffers op het landgoed?'

'Ja,' antwoordde Olivia somber. 'We zijn alles bij elkaar negen jongemannen kwijtgeraakt. Ik zal je een lijst met hun namen geven; misschien kun je bij hun families langsgaan. En meneer Combe is een paar weken geleden op het strand van Weybourne op een mijn gestapt. Je kunt je voorstellen dat mevrouw Combe er kapot van was.'

'Ja, die arme mevrouw Combe. Dat is een ramp. Dus we hebben op het moment geen beheerder voor de boerderij?'

'Nee, we hebben gewacht tot jij terug was om een vervanger te kiezen. En,' – Olivia beet op haar lip – 'herinner je je Venetia nog?'

Harry grinnikte. 'Hoe zou ik die kunnen vergeten? Wat een type is dat.'

'Ja, ze was echt overal voor te porren, wat waarschijnlijk de reden is dat ze in Frankrijk terechtkwam om informatie te vergaren voor een of andere geheime organisatie. Hoe dan ook, ze verdween drie jaar geleden en we hebben nog maar net gehoord wat er met haar gebeurd is.' Olivia haperde even voor ze vervolgde: 'Ze is in Parijs gevangengenomen, gemarteld en toen door de Duitsers doodgeschoten.'

'Dat is verschrikkelijk, Olivia. Ik weet dat je erg op haar gesteld was,' zei Harry.

Olivia slikte haar tranen weg. 'Dank je. Ik ben gewoon ontzettend blij dat het eindelijk voorbij is. Misschien kan het leven nu binnenkort weer enigszins normaal worden. En nu,' zei ze, en ze schraapte haar keel en stak haar arm door die van Harry, 'zal ik je de moestuin laten zien. Het is zowat het enige wat het al die tijd dat je weg was goed heeft gedaan en zelfs is gegroeid.'

Ze duwde de poort in de muur open en Harry zag de vele rijen goed verzorgde groenten. De moestuin was drie keer zo groot als voor zijn vertrek.

'Dit is indrukwekkend, Olivia.' Hij kon zich er niet toe brengen 'lieveling' te zeggen. 'Hoe heb je het gered zonder Bill?'

'Ik weet het niet,' zei ze glimlachend. 'Er zat niets anders op. Jack deed zo veel hij kon en het betekende in elk geval dat we de patiënten gezonde kost konden voorzetten.'

Harry keek naar de kas, met de zon die op het dak schitterde, in de hoek van de tuin. Hij liep erheen.

'De kas is het helaas niet zo goed vergaan. De bloemen werden eruit gehaald en hij werd gebruikt om tomaten te kweken. Bill is sinds zijn terugkeer hard aan het werk om alles aan te vullen en weer te beplanten en de oude glorie wordt langzaam hersteld. Ik geloof dat hij er troost uit put.'

'Zullen we?' Harry wees naar de deur.

'Natuurlijk, als je wilt,' zei Olivia.

Harry duwde de deur open en werd onmiddellijk bevangen door een sterke geur waardoor hij nog maar aan één ding kon denken: Lidia. Heel even tolde zijn hoofd en wankelde hij.

'Harry, voel je je wel goed?' Olivia pakte hem bezorgd bij zijn arm.

Hij duwde haar hand weg. 'Blijf van me af!' zei hij fel, maar hij had er meteen spijt van. 'Sorry, ik...' Zijn stem stierf weg en hij begon tussen de rijen bloemen te lopen. Hij bleef verbaasd stilstaan bij een tafel met orchideeën. 'Ik kan me niet herinneren deze ooit te hebben gezien.'

Geschrokken van Harry's bruuskheid antwoordde Olivia zorgvuldig. 'Nee, Bill heeft ze meegebracht. Het verbaast me dat ze de reis overleefd hebben, maar Bill heeft ze kennelijk elke dag verzorgd en ze staan al te bloeien sinds ze hier zijn.'

'Bill heeft altijd een natuurlijke affiniteit met planten gehad en ik moet zeggen dat orchideeën ongelooflijk mooi zijn.' Harry bukte om de sterke geur op te snuiven en liet zich een paar seconden overspoelen door herinneringen aan Lidia. 'In het Verre Oosten, en vooral in Thailand, groeien ze gewoon overal.'

'Dat vertelde Bill me,' zei Olivia toen ze de kas verlieten en terugliepen naar het huis. 'Ondanks de vreselijke tijd die jullie er allebei hebben gehad, zei hij dat het er heel mooi was.'

'O ja,' prevelde Harry, 'dat was het zeker.'

Die avond na het eten kroop Harry naast Olivia in bed. Hij nam haar in weerwil van zichzelf in zijn armen en bedreef de liefde met haar. Haar lichaam voelde helemaal verkeerd aan: veel ronder en voller dan dat van Lidia. Haar huid was vreselijk wit en bovenal rook ze heel anders. Door echter zijn ogen te sluiten en zijn drift te voeden met zijn frustratie terwijl hij op zijn vrouw inbeukte kon hij zichzelf terugvoeren naar Thailand en naar Lidia.

Naderhand lag hij schuldbewust naast haar.

'Het spijt me vreselijk. Ik hoop dat ik je geen pijn heb gedaan. Ik ben... nogal uit vorm,' loog hij.

'Nee, Harry, je hebt me geen pijn gedaan.' Olivia had zijn gewelddadige benadering aangezien voor hartstocht en was verbaasd en blij.

'Mooi.' Hij kuste haar op haar wang en stapte toen, walgend van zichzelf, uit bed. 'Ik slaap vannacht in mijn kleedkamer. Ik ben nog steeds erg onrustig 's nachts en ik heb vaak nachtmerries. Ik wil je niet storen. Welterusten, Olivia.'

'Welterusten.' Olivia blies hem een kus na toen hij door de kamer liep. 'Ik hou van je,' fluisterde ze toen de deur achter hem dichtging.

Harry deed of hij het niet had gehoord. Hij liep door naar zijn kleedkamer, ging op de rand van het smalle bed zitten, legde zijn hoofd in zijn handen en huilde stilletjes.

De volgende morgen liep Harry door het park naar de kas. Hij had daar de vorige dag geen kans meer toe gezien. Bill was achterin de orchideeën aan het verzorgen. Zijn bakelieten radio speelde rustgevende klassieke muziek.

Hij glimlachte toen hij Harry zag. 'Hallo, meneer. Hoe was uw eerste nacht thuis?'

'Prima.' Harry deed de deur van de kas achter zich dicht. 'Sorry dat ik die kop thee niet meer ben komen drinken,' verontschuldigde hij zich.

'Onder de omstandigheden verwachtte ik u niet. Ik weet dat iedereen iets van je wil als je net terug bent.'

'Ja.' Harry moest meteen ter zake komen. 'Bill, je hebt toch geen brieven voor mij ontvangen, of wel?'

Bill schudde verbaasd zijn hoofd. 'Nee, waarom zou ik?'

Harry liep naar hem toe en ging op het krukje achter in de kas zitten.

'Het punt is, Bill...' Harry haalde zijn hand door zijn haar, niet wetend waar hij moest beginnen. 'Kan ik je vertrouwen?'

'U kunt me uw leven toevertrouwen, meneer, dat weet u.'

'Juist. En als ik je vertel wat me is overkomen na mijn vertrek uit Changi, dan komt het daar in feite op neer,' zei Harry met klem. 'Ik heb je hulp nodig, Bill, maar het is wel veel gevraagd.'

'U weet dat u op me kunt rekenen, meneer.'

'Ik vrees dat je misschien geschokt zult zijn door wat ik je te vertellen heb.'

Bill ging rustig door met planten gieten. 'Na wat we de afgelopen vier jaar allebei hebben meegemaakt, betwijfel ik dat. Dus brand maar los, ik luister.'

'Goed dan.' Harry verzamelde zijn moed en begon Bill zijn verhaal te vertellen. Hij vertelde over Thailand, over het pianospelen in de Bamboo Bar en ten slotte over het meisje waarop hij hopeloos verliefd was geworden.

'Ik kan gewoon niet zonder haar leven, Bill,' besloot hij, opgelucht dat hij de woorden hardop kon uitspreken. 'En ik ben van plan mijn leven hier op Wharton Park op te geven en zo snel mogelijk terug te gaan naar Bangkok. Ik ben nooit geschikt geweest om heer en meester van een groot landgoed te zijn. En intussen heb ik Lidia jouw adres gegeven, zodat ze me kan schrijven zonder dat Olivia erachter komt.'

Ademloos van emotie keek hij naar Bill op, die nog steeds zijn bloemen verzorgde. 'Je vindt me zeker een afschuwelijke kerel omdat ik mijn vrouw en familie zo bedrieg.'

'Dat vind ik helemaal niet, meneer. Ik denk dat u verliefd bent. Het is niet uw schuld dat ze aan de andere kant van de wereld woont. Zoals u weet,' zei hij, Harry aankijkend, 'was mijn Elsie het enige wat me in Changi op de been hield. En als zij aan de andere kant van de wereld woonde, zou ik ook naar haar toe gaan.'

'Echt waar?'

'Ja. Dat gezegd hebbende, ben ik natuurlijk niet al met een ander getrouwd, met alle verantwoordelijkheden die u hebt.' Bill krabde op zijn hoofd. 'Uw nieuws zal een behoorlijke schok voor uw familie zijn. Vooral nu uw vader zo ziek is. Ze hebben allemaal de dagen geteld tot u weer thuiskwam, zodat u het landgoed kon gaan runnen. Ik weet niet wat ze zullen doen als u weggaat, meneer, ik weet het echt niet.'

'Noem me alsjeblieft geen "meneer", wil je?' zei Harry geïrriteerd. 'Als we alleen zijn is Harry goed genoeg.' Hij liet meteen zijn hoofd hangen. 'Het spijt me dat ik tegen je snauw, Bill. Ik ben erg gespannen, zoals je je kunt voorstellen.'

'Dat wil ik wel geloven,' zei Bill met een zucht. 'Ik zou niet graag in je schoenen staan, echt niet. Maar goed, wat mij betreft zijn die brieven geen probleem. Maar ik zal Elsie in moeten lichten als ze bij ons aankomen.'

Harry verafschuwde het idee. Hij wist hoe hecht Elsie en Olivia waren. 'Kunnen we er echt op vertrouwen dat ze mijn vrouw niets zal vertellen?'

Bill knikte. 'Ja, als ik dat tegen haar zeg. Ik ken niemand die beter geheimen kan bewaren.'

'Maar het brengt haar natuurlijk wel in een moeilijke positie.'

'Dat is zo, maar daar is niets aan te doen, wel dan? En als ik het zeggen mag, ik zou niet graag hebben dat ze brieven bij ons ziet aankomen uit het werelddeel waar ik vier jaar heb doorgebracht, en dan denkt dat ík een vriendinnetje heb. En dat jij en ik iets bekokstoofd hebben.'

'Nee.' Harry knikte. 'Dat begrijp ik. Goed,' zei hij met een gelaten zucht, 'als Elsie het moet weten, dan moet ze het weten. En ik hoop dat het niet lang duurt voor ik mijn ouders en Olivia over mijn plannen kan vertellen. Zelfs de afgelopen vierentwintig uur had ik al het gevoel dat ik zou barsten als ik dat niet deed.'

Bill floot. 'Zoals ik zei, benijd ik je niet. Dat meisje van je moet wel de moeite waard zijn.'

Harry stond op en glimlachte triest. 'Dat is ze, Bill, dat is ze. Nou, ik kan maar beter teruggaan, denk ik. Ik kom straks terug met een brief voor Lidia en een paar shilling om hem te posten. En het is misschien het beste als je haar brieven hier onder de orchideeën achterlaat.' Harry wees naar een blad.

'Als je dat wilt.' Bill knikte.

'Uitstekend. Dank je, Bill. Je bent opnieuw mijn redder.' Harry draaide zich om en liep naar de deur.

'Als ik nog één ding mag zeggen...' waagde Bill, en Harry draaide zich weer om.

'Natuurlijk, Bill. Je weet hoeveel waarde ik aan je mening hecht. Al kan niets ter wereld me van gedachte doen veranderen.'

'Dat ga ik ook niet proberen. Ik weet dat het zinloos is. Wat je voor haar voelt is van je gezicht af te lezen,' zei Bill zacht.

'Oké. Zeg het dan maar.'

'Ik wilde alleen zeggen dat het mij een tijdje gekost heeft voor ik me hier weer op mijn gemak voelde. De gedachte aan thuis heeft me gered, dat staat vast. Maar sinds ik thuis ben...' Bill probeerde de woorden te vinden om het uit te leggen. 'Het klinkt idioot, ik weet het, maar ik mis dingen van het rare leventje dat we daar hadden. En bovenal mis ik de omgeving: de hitte, de geur van de bloemen die overal zo weelderig bloeiden... en de blauwe lucht boven ons, als omlijsting van het plaatje.'

Ze zwegen allebei een poosje, terugdenkend aan het verleden.

Uiteindelijk keek Harry Bill aan en glimlachte hij triest. 'Ik mis die dingen ook, maar dat is niet wat me erheen trekt. Was het maar zo eenvoudig,' voegde hij er met een zucht aan toe, en hij liep de kas uit.

Toen Harry weg was, ging Bill door met het verzorgen van de bloemen en dacht hij na over wat Harry had gezegd en hoe hij dat aan Elsie moest vertellen. Hij wist dat ze dol was op Olivia en het niet leuk zou vinden haar te verraden. En natuurlijk had Bill geen idee wat het voor de mensen op het landgoed zou betekenen als Harry deed wat hij van plan was.

Die avond vertelde hij Elsie dat ze een geheim voor hem moest bewaren.

'Natuurlijk beloof ik je dat ik niets zal zeggen, als jij dat wilt,' zei ze, zijn bezorgde uitdrukking bestuderend. 'Wat is er, Bill? Vertel het me nou maar gewoon.'

Toen Bill de situatie had uitgelegd bleef Elsie bleek en bewegingloos zitten, een geschokte blik in haar ogen. Uiteindelijk zei ze: 'Je denkt toch niet echt dat hij het gaat doen, wel?'

'Jawel.' Bill knikte. 'Dat weet ik wel zeker.'

'Maar dat betekent het einde voor het landgoed. En voor ons,' voegde ze er somber aan toe. 'Wie moet de boel runnen als meneer Harry vertrekt? Er is niemand anders, en ik weet van juffrouw Olivia dat het er slecht voor staat. De boerderij moet opnieuw bevoorraad worden, de machines zijn versleten en er moet van alles aan het huis gebeuren.'

'Nou, meneer Harry zei dat hij Lord Crawford wilde voorstellen het landgoed over te doen aan een neef van Harry's leeftijd.'

'Dat kan niet. Hij bedoelt zijn neef Hugo, maar die is anderhalf jaar geleden in Noord-Afrika omgekomen.' Elsie schudde haar hoofd. 'Er is niemand anders.'

'Ik begrijp het.' Bill nam een slok thee. 'Dat heeft zeker nog niemand tegen meneer Harry gezegd?'

'Nee, het is ook niet iets waar je het op de eerste dag dat je thuis bent over gaat hebben. Maar naar wat ik van juffrouw Olivia heb begrepen, had meneer Harry ook weinig contact met zijn neef, dus heeft hij er waarschijnlijk niet eens aan gedacht naar hem te vragen. Je weet nooit,' zei Elsie iets opgewekter, 'misschien doet dat nieuws hem wel van gedachten veranderen. Hij zal zijn stervende vader en zijn moeder toch vast niet alleen op Wharton Park achterlaten? Want zeker is zeker, Olivia blijft niet hier als ze het heeft gehoord.' Elsie sloeg vertwijfeld haar handen in elkaar. 'Na al die jaren dat ze op hem heeft gewacht, bedriegt hij haar op deze manier!'

Bill zuchtte. 'Lieverd, het zijn in feite helemaal onze zaken niet en...'

'Ja, dat zijn het wel, Bill!' Nu was Elsie boos. 'Want die dwaze jonge meneer heeft het onze zaken gemaakt door het jou te vertellen!'

'Ja. Je hebt gelijk. Het is een lastige zaak, maar wat kon ik doen?' vroeg Bill haar.

'Je had nee kunnen zeggen,' snauwde Elsie.

'Elsie, toe nou, je weet dat we geen van beiden kunnen weigeren als ons gevraagd wordt iets voor de Crawfords te doen.'

'Ik zou zeggen dat dit je plicht te boven gaat, Bill. Ik word er misselijk van, echt waar! Ik weet niet hoe ik juffrouw Olivia morgen onder ogen moet komen.'

'Het spijt me, lieverd.' Bill wilde Elsie omhelzen, maar ze duwde hem weg.

'Doe jij maar wat je doen moet, Bill, en geef hem die brieven. Maar ik wil er helemaal niets mee te maken hebben en ik wil er niets meer over horen.' Ze stond op, zette haar kop in de wasbak en liep de tuin in. De deur gooide ze achter zich dicht.

43

Harry hoorde die middag bij de lunch dat zijn neef Hugo was overleden. Zijn vader deelde hem het nieuws mee op zijn gebruikelijke emotieloze manier, en hoewel Harry zijn best deed zijn geschoktheid niet te tonen, merkte Adrienne het meteen op. Ze pakte over de tafel heen zijn hand vast.

'Het spijt me, Harry. Je mocht hem graag. Maar er is ook goed nieuws,' zei ze bemoedigend. 'Hugo's vrouw Christiana was zwanger voor hij naar Afrika vertrok. Ze heeft een zoontje dat ze Charles hebben genoemd, naar zijn grootvader. Zie je? Het leven gaat door.'

'Hoe oud is het kind?' vroeg Harry.

'Bijna twee.'

Harry werd somber. Een peuter kon Wharton Park natuurlijk niet runnen.

Christopher geeuwde luid en Adrienne stond meteen op en liep naar hem toe. 'Tijd om te rusten, lieveling.'

'Verdorie! Moet dat nou?' beklaagde hij zich toen Adrienne hem overeind hielp en met hem naar de deur liep.

'Wanneer ik je vader op bed heb gelegd, drinken wij drieën koffie op het terras, *oui*? Het is zo'n mooie dag.'

'Ik moet eigenlijk naar Cromer,' zei Olivia. 'Ik moet nog wat papieren invullen over mijn landarbeidsters. Je kunt een oorlog niet afsluiten zonder papierwerk, hè? Heb jij nog iets nodig, Harry?'

Harry schudde zijn hoofd. 'Nee, dank je, Olivia.'

'O, trouwens,' zei ze, 'er heeft vanochtend een majoor Chalmers gebeld. Hij wilde weten of je goed was thuisgekomen en hoe het met je gezondheid was. Ik heb gezegd dat je wel terug zou bellen. Ik heb het nummer opgeschreven.'

'Juist,' zei Harry. 'Ik dacht al dat ik me snel weer zou moeten melden.'

'Nou, ik denk dat je moeder het over dat soort dingen met je wil hebben.' Olivia drukte in het voorbijgaan een kus op zijn hoofd. 'Je kunt je wel voorstellen dat je over een hoop dingen moet worden bijgepraat.'

Adrienne voegde zich een paar minuten later bij hem op het terras. Harry dacht dat hij maar het beste zo snel mogelijk de bal aan het rollen kon brengen.

'Moeder, hoe ziek is vader precies?'

'*Chéri*, ik denk dat je zelf wel kunt zien hoe zwak hij is,' zei Adrienne, en ze gaf hem een kopje koffie.

'Wat is de prognose? Ik bedoel, Olivia zei dat als hij voorzichtig is, hij nog wel een paar jaar heeft, maar...'

Adrienne nam een slok koffie. 'Harry, het spijt me dat ik het je zo bot moet vertellen terwijl je pas een dag thuis bent, maar je moet de waarheid weten.' Ze zuchtte en pakte zijn hand vast. 'Je vader is stervende. Hij heeft nog geen twee maanden geleden een ernstige beroerte gehad, waardoor hij links verlamd is geraakt. Daarom loopt hij zo moeilijk.' Haar ogen vulden zich met tranen. 'O, Harry, sorry dat ik het je zo snel moet vertellen, maar we hebben heel weinig tijd. Hij kan ons elk moment verlaten en voor dat gebeurt, moet jij als zijn erfgenaam met hem praten en alles leren over het landgoed.'

'Ik begrijp het.' Harry bracht zijn kopje naar zijn mond en hield slechts met moeite het bibberen van zijn hand onder controle.

'Olivia en ik hebben ons best gedaan, maar al het papierwerk en de financiën... dat heeft je vader altijd gedaan. Er zijn veel dingen die moeten gebeuren, *mais*,' verzuchtte Adrienne, 'er staat nog maar heel weinig geld op de rekeningen van het landgoed. Olivia en ik hebben de afgelopen maanden het loon voor het personeel geregeld, dus ik weet hoe slecht we ervoor staan. *Mon dieu*, Harry, het kan niet erger.'

Harry stemde zwijgend met zijn moeder in. Hij schraapte zijn keel en vroeg: 'Maar hoe kan ik het landgoed nou runnen? Ik kan elk moment door het leger teruggeroepen worden.'

'*Non*, Harry,' zei Adrienne ferm. 'Voor jou geen leger meer. Je bent hier nodig, om het landgoed weer op de been te helpen. We hebben honderd personeelsleden die van jou afhankelijk zijn voor hun levensonderhoud. Je zult lichamelijk afgekeurd worden. Dat heeft je vader geregeld. En ik weet zeker dat je daar blij mee zult zijn, *n'est-ce pas*?' Harry zonk steeds dieper in een moeras van wanhoop en hij was nergens blij mee. En het stond hem tegen dat anderen beslissingen voor hem namen. Hij was na de beperkingen van zijn gevangenschap net weer begonnen zijn eigen beslissingen te nemen. Hij was vergeten dat zijn leven hier niet aan hem toebehoorde. Hij deed zijn mond open om iets te zeggen, realiseerde zich echter dat, wat hij ook zei, het allemaal boos en bitter zou klinken, en deed hem weer dicht.

Adrienne bestudeerde het afgetobde gezicht van haar zoon, die met ogen vol verdriet in de verte zat te staren.

'*Chéri*, ik begrijp hoe erg het voor je moet zijn om bij thuiskomst het nieuws over je vaders slechte gezondheid te horen. Je hebt in elk geval wel de luxe dat je nog wat tijd met hem door kunt brengen voor hij sterft. En, Harry,' zei ze bemoedigend, 'Olivia en ik zullen je helpen met de taak die voor je ligt. Met haar trouwen was de beste beslissing die je ooit hebt genomen. Ik heb alleen maar lof voor haar, ze is werkelijk *magnifique* geweest en ik weet niet wat ik, of Wharton Park, zonder haar had gemoeten.'

De beste beslissing die jij ooit hebt genomen, moeder, dacht Harry verbitterd.

Hij sprong overeind, niet in staat nog langer bij haar te blijven zitten. 'Neem me niet kwalijk, moeder. Het is allemaal nogal een schok voor me en ik heb tijd voor mezelf nodig. Ik ga wandelen.'

'Natuurlijk. *Je suis désolé, chéri*,' riep ze hem na toen hij gehaast de trap af en bij haar vandaan liep.

Harry liep snel en ademde in korte, ongelijkmatige stoten. Hij rende weg van de walgelijke perfectie van zijn moeders tuin en liep door tot hij de open velden vol nog groen koren bereikte.

Hij liet zich op de ruwe grond neervallen en slaakte een kreet van verdriet en frustratie, beukte als een boze peuter met zijn vuisten op de kale grond en riep Lidia's naam. Daarna huilde hij onbedwingbaar om het meisje waarvan hij altijd zou houden en om de toekomst waarnaar hij zo verlangde.

Uiteindelijk draaide Harry zich op zijn rug en tuurde hij naar de wolkeloze hemel.

Hij kon nog steeds gaan… nu gewoon verdwijnen… weglopen…

Hij schudde radeloos zijn hoofd. Hoe kon hij dat doen? Zijn vader was stervende. Door wat zijn moeder en Olivia hem hadden verteld, wist Harry dat de schok van zijn verdwijning zijn vaders dood zou bespoedigen.

'O, god! O, god!' riep Harry met een van emotie verstikte stem.

Hij zat gevangen. In elk geval tot na de dood van zijn vader.

En daarna?

Kon hij het echt over zijn hart verkrijgen zijn tot weduwe gemaakte moeder het landgoed alleen te laten runnen? Want Olivia zou haar vast niet blijven helpen wanneer haar man haar had verlaten. Adrienne zou het gewoon niet redden. Als hij wegging zou dat niet alleen Wharton Park kapotmaken, maar ook de levens van de vele trouwe arbeiders wier toekomst ervan afhing.

Harry tuurde de hemel af op zoek naar een oplossing. Misschien kon het landgoed verkocht worden? Maar wie zou daar in deze naoorlogse periode de middelen voor hebben? En het zou bovendien niet alleen zijn moeders hart breken, maar hij wist ook dat ze zich er met hand en tand tegen zou verzetten. Adrienne had haar hele leven aan Wharton Park gewijd.

De enige andere mogelijkheid was dat hij Lidia hierheen haalde.

Maar hoe kon hij dat doen? Hoe kon hij van Olivia scheiden na alles wat ze voor zijn ouders en Wharton Park had gedaan? Kon hij echt tegen haar zeggen dat hij een meisje uit Thailand zou laten overkomen om haar te vervangen?

Harry zuchtte. Hij wist dat het een absurd idee was. Lidia mocht van alles zijn, maar zelfs hij kon zich haar niet als meesteres op een landgoed als dit voorstellen. Bovendien zou ze de kou niet kunnen verdragen. Zijn kasplantje zou hier verwelken en sterven.

Harry bleef nog uren op dezelfde plek liggen; hij zag de schemering invallen en daarmee zijn hoop verdwijnen. Het noodlot had zijn plan onuitvoerbaar gemaakt.

Hij mocht Wharton Park niet in de steek laten. Zelfs niet voor Lidia.

Maar hoe moest hij haar dat vertellen? Hoe kon hij haar een brief schrijven om haar mee te delen dat alles wat hij haar had beloofd nooit zou gebeuren?

Harry stond ontroostbaar op en liep door de velden terug naar het park. Hij besloot Lidia voorlopig alleen te vertellen dat zijn vader ziek was en dat zijn terugkeer naar Bangkok vertraagd was. Hij kon het nog niet opbrengen het juiste te doen – haar nu meteen haar vrijheid geven zodat ze haar leven kon voortzetten zonder hem.

Hij liep naar de kas en duwde de deur open. De kas was leeg; Bill was al naar huis. Harry voelde zijn borst verkrampen toen hij Lidia's geur inademde. Hij liep tussen de tafels door naar de orchideeën. Hij tilde de potten op en vond een tamelijk vochtige envelop. Zijn hartslag versnelde toen hij hem openscheurde.

Zijn adem stokte toen hij Lidia's kleine, nette handschrift zag.

Mijn liefste Harry,

Ik krijg jouw brief van boot, Ka, *en die maakt mij heel gelukkig. Ik mis jou ook en kan niet wachten op jouw terugkeer. Als ik verdrietig ben, ik denk aan de toekomst die wij samen zullen hebben. En dan ik ben gelukkig. Ik draag jouw ring elke dag, en weet dat het is symbool van onze liefde, dat wij ooit zullen trouwen voor allebei onze goden.*
Hier in hotel is alles goed. Wij hebben nieuwe lakens en kussens voor alle kamers, en minder verduistering. Wij hebben veel nieuwe gasten, dus madame erg blij.
Al jouw vrienden zeggen beste wensen aan jou, en iedereen zegt zij missen jou op piano in Bamboo Bar.
Vergeef alsjeblieft mijn slecht Engels. Ik leer nog, en hoop het wordt beter. Ik ben de jouwe voor altijd, Harry, Ka, *jouw*

Kasplantje
XXX

'O, mijn liefste, mijn liefste...' kreunde Harry, de brief tegen zijn borst gedrukt. 'Hoe kan ik zo leven? Hoe kan ik zonder jou leven?'

Hij liet zich op het krukje zakken, herlas de brief en bedacht dat zelfs de dood te verkiezen was boven wat hij nu voelde. Op dat moment hoorde hij voetstappen en de deur van de kas, die opengigng. Hij zag dat het Olivia was en stak terwijl hij opstond snel de brief in zijn broekzak.

Ze liep naar hem toe, haar gezicht vol bezorgdheid.

'Ik heb je overal gezocht, lieveling. Je moeder zei dat je na de lunch was weggegaan en dat ze je sindsdien niet meer had gezien.'

'Nee, ik... had wat tijd voor mezelf nodig,' zei hij zwakjes.

'O, het spijt me zo voor je. Ik neem aan dat je moeder je de waarheid over je vader heeft verteld.'

'Ja, dat klopt.' Harry was blij dat hij dat als excuus kon gebruiken voor zijn rode ogen en het verdriet dat van zijn gezicht af te lezen moest zijn.

Ze spreidde aarzelend haar armen. 'Mag ik je vasthouden?'

Harry wees haar omhelzing niet af. Hij had behoefte aan de fysieke troost van een ander mens. Hij huilde uit tegen haar schouder. Ze suste hem zacht, zei dat zij hier zou zijn, dat ze innig van hem hield en hem zou helpen waar dat nodig was.

Harry was in zijn eigen verdriet ondergedompeld; de pijn drong door tot in het diepst van zijn ziel.

'Ik moet afscheid nemen,' prevelde hij. 'Hoe kan ik dat verdragen? Hoe kan ik het verdragen?'

'Ik weet het,' troostte Olivia hem, en inwendig huilde ze om hem. 'O, mijn liefste, ik weet het.'

In Changi had Harry veel ervaring opgedaan met simpelweg bestaan, en die ervaring kwam hem in de daaropvolgende week goed van pas. De ochtenden bracht hij met zijn vader door in de werkkamer, die weldra de zijne zou zijn. Dan namen ze samen elk aspect van de taak van het beheer van Wharton Park door. Vader en zoon brachten meer tijd samen door dan ooit tevoren. Die gedeelde tijd had echter iets pijnlijks, omdat ze allebei de reden erachter kenden.

Harry realiseerde zich nu dat hij nooit had gezien hoe complex zijn vaders rol was. Terwijl hij leerde wat die inhield, groeide zijn bewondering voor zijn vader.

'De gulden regel – ook al heb je personeel voor dingen als de boeken en de boerderij – is controle. Je moet elke week de boeken controleren en een paard pakken om over je land te rijden. Begrijp je me, jongen?'

'Ja, vader,' antwoordde Harry, even in verwarring door een lijst getallen in het grootboek dat voor hem lag. Rekenen was nooit zijn sterkste punt geweest.

'Je moet erbovenop blijven zitten en zorgen dat elke werknemer van Wharton Park dat weet. Je overgrootvader was het huis bijna kwijtgeraakt omdat hij veel meer belangstelling voor de vrouwtjes en voor zijn port had dan voor het landgoed. Het personeel ging zijn eigen gang. Een goede leider leidt vanaf het front, en daarbij komen je jaren in het leger je goed van pas. Ik ben trots op je, mijn jongen,' zei hij nadrukkelijk, als om alle jaren goed te maken waarin hij dat niet had gezegd.

Dus pakte Harry 's middags een paard en reed hij over het landgoed. Hij leerde welke gewassen ze nodig hadden voor het volgende jaar en welke machines er vervangen moesten worden. Hij telde koeien en varkens en zocht pachters op en merkte dat sommigen heimelijk de hun toegewezen stukken grond hadden vergroot.

Harry stelde Jim, de zoon van mevrouw Combe, aan als nieuwe beheerder van de boerderij. De jongen was op het landgoed opgegroeid en had zijn vader hetzelfde werk zien doen. Jim had geen ervaring in het aansturen van mensen, maar hij was jong, pienter en blij met de kans die hij kreeg. Harry had naar zijn vaders advies geluisterd en vond het belangrijk dat hij iemand had die hij kon vertrouwen.

Tot diep in de nacht bestudeerde Harry de boeken. Het gaf hem iets om zich op te concentreren en een reden om zich niet bij Olivia in de slaapkamer te voegen voordat zij sliep. Hij kwam er al snel achter dat het er nog slechter voor stond met de financiën van het landgoed dan zijn moeder dacht.

Tegen het einde van de zomer had Harry het idee dat hij elke hectare van het landgoed kende, dat hij wist hoeveel inkomsten Wharton Park kon verwachten door de verkoop van oogst en vee en wat er nodig was voor de aanschaf van machines en zaaigoed. Olivia had ook gezegd dat sommige van de arbeidershuisjes opgeknapt moesten worden, maar dat zou moeten wachten. Aan het grote huis moesten ook voor enkele duizenden ponden reparaties worden uitgevoerd.

Harry berekende dat hij tienduizend pond zou moeten lenen om het landgoed weer op de goede weg te helpen. En het zou twee jaar duren voor het iets zou opleveren en hij de lening kon gaan afbetalen. Het zou een langetermijnproject worden...

Hij zuchtte en keek op de zachtjes tikkende staande klok in de hoek van zijn vaders werkkamer. Het was half drie in de ochtend. Hij dacht, zoals elke nacht, aan Lidia en waar zij nu zou zijn. Het was al halverwege de ochtend in Bangkok. Lidia zat natuurlijk aan de receptie naar de nieuwe gasten te glimlachen en ze te betoveren...

En te dromen dat Harry weldra terug zou komen.

Hij haalde briefpapier uit zijn vaders la en schreef haar zoals elke nacht een paar liefdevolle regels. Hij deed het vel papier in een envelop, klaar om die 's ochtends aan Bill te geven. Hij had het niet meer over de toekomst, plaagde haar niet meer met wat nooit waarheid kon worden, maar vertelde haar alleen hoeveel hij van haar hield en dat hij haar miste.

Haar brieven aan hem kwamen sporadisch, maar hij zocht er elke dag naar onder de orchideeën in de kas.

Harry zuchtte, deed de lamp op het bureau uit en liep naar de deur. Hij had het gevoel dat hij al levenslang had uitgezeten in Changi; nu leek hij opnieuw levenslang te hebben gekregen op Wharton Park.

44

Toen de zomer overging in de herfst en de winterkou dichterbij kwam, werd Christopher te zwak om nog uit bed te komen. Adrienne zat bijna de hele dag bij hem, praatte met hem en las hem voor terwijl hij af en toe wegdoezelde, en week alleen van zijn zijde wanneer Harry of Olivia haar kwamen aflossen.

En in december, kort voor de kerst, kreeg Christopher weer een zwaar hartinfarct. Een paar uur later stierf hij zonder nog bij bewustzijn te zijn gekomen.

De begrafenis vond twee dagen voor Kerstmis plaats in het kleine kerkje op het landgoed waar Olivia en Harry waren getrouwd. Het was druk: meer dan driehonderd mensen kwamen hem de laatste eer bewijzen. Zijn lichaam werd bijgezet in het familiegraf van de Crawfords, waar hij voor eeuwig naast zijn voorouders kwam te liggen.

Olivia keek vanuit haar ooghoek naar Harry, die de rouwenden na de dienst in huis verwelkomde. Zijn verdrietige, afgetobde gezicht verried zijn pijn; ze dacht dat ze nog nooit zo veel van hem had gehouden als op dat moment. Ook al was hij nog steeds afstandelijk en hadden haar pogingen hem over zijn ervaringen in Changi te laten praten jammerlijk gefaald, hij kwam vaak 's avonds laat naar haar toe om de liefde met haar te bedrijven.

Ze werd geregeld wakker met blauwe plekken en ze voelde een doffe pijn vanbinnen doordat hij haar zo ruw had genomen. Op een gegeven moment zou ze tegen hem zeggen dat hij wat voorzichtiger moest zijn, maar gezien de omstandigheden liet ze hem voorlopig maar begaan. Het contact en de vertroosting die haar dat schonk waren te belangrijk om op te geven.

Kerstmis was een sombere aangelegenheid; hoewel Adrienne gezien haar broosheid verbazingwekkend stoïcijns bleef onder haar verlies. Wellicht hielp het dat ze de tijd had gehad om zich erop voor te bereiden en alles tegen haar dierbare echtgenoot had kunnen zeggen wat ze wilde zeggen voordat hij overleed.

Olivia was blij toen de klokken van de plaatselijke kerken het nieuwe jaar inluidden. Ze kon alleen maar bidden dat het Harry de vrede en het geluk zou brengen die hij zo hard nodig had.

Begin januari, toen de eerste sneeuwbui van die winter op Wharton Park neerviel, wist Harry dat hij contact moest opnemen met Lidia om haar te laten weten dat hij niet terug zou komen. Zolang de waarheid alleen in zijn hoofd bestond en Lidia van niets wist en hem liefdevolle brieven stuurde, had Harry – om zijn donkerste momenten te verlichten – kunnen blijven fantaseren dat een samenzijn met haar nog steeds mogelijk was.

Haar laatste brieven hadden echter een dringender toon gehad; ze zei dat er veel te bespreken was na zijn terugkeer en ze had hem voorzichtig gevraagd wanneer hij dacht dat dit zou zijn. Hij merkte ook dat ze niet langer briefpapier van het Oriental Hotel gebruikte en hij maakte zich zorgen.

Niet in staat haar de hele waarheid te vertellen, schreef hij haar dat zijn vader was overleden en dat er veel geregeld moest worden voordat hij kon vertrekken om bij haar te zijn.

En toen kwamen er helemaal geen brieven meer.

Harry wist dat er iets mis was.

In een opwelling ging hij naar het postkantoor van Cromer en stuurde een telegram naar madame Giselle van het Oriental, waarin hij naar haar gezondheid en die van Lidia vroeg.

Twee dagen later kreeg hij antwoord:

> HARRY (STOP) ALLES GOED HIER (STOP) WANNEER KOM JE TERUG (STOP) LIDIA TWEE MAANDEN GELEDEN PLOTSELING VERTROKKEN (STOP) GEEN ADRES ACHTERGELATEN (STOP) GROETEN GISELLE

Harry moest zich aan de balie vasthouden. Hij voelde zich misselijk, duizelig…

Terug op Wharton Park ging hij naar de werkkamer, deed de deur achter zich dicht en ging met zijn hoofd in zijn handen aan het bureau zitten. Hij ademde een paar keer diep in en probeerde zich te herstellen.

Misschien had Lidia ergens anders een beter baantje gekregen?

Harry schudde zijn hoofd. Hij wist dat het dat niet kon zijn: Lidia was dol op haar baan, trots op haar werk en op het hotel en dankbaar voor de kans die Giselle haar had geboden. Bovendien zou ze hem dan hebben verteld waar ze heen ging.

Was ze ziek?

Harry's hart bonkte tegen de binnenkant van zijn borstkas.

Was ze dood?

Hij sloeg met zijn vuist op het bureau. Hij moest naar haar toe, moest haar gaan zoeken, waar ze ook was. En haar helpen als ze hem nodig had.

Hij liep door de werkkamer heen en weer, probeerde een reden te bedenken die Olivia zinvol zou lijken en hem voor drie maanden de vrijheid zou geven om Lidia te vinden, haar alles uit te leggen en dan afscheid van haar te nemen. Misschien kon hij Olivia vertellen dat Sebastian en hij over het opzetten van een onderneming hadden gesproken toen hij in Bangkok was en dat hij de mogelijkheden wilde onderzoeken om de financiële positie van het landgoed te verbeteren.

Harry had zijn besluit genomen en hij wilde net de telefoon pakken om Sebastian te bellen toen er zachtjes op de deur werd geklopt.

'Verdomme,' zei Harry zacht. 'Binnen,' riep hij.

Olivia kwam de kamer binnen met een ongewoon nerveuze glimlach om haar mond.

'Harry, kan ik je een minuut of vijf storen?'

'Wat is er?'

Olivia negeerde zijn bruuskheid, omdat ze zeker wist dat haar nieuws hem eindelijk zou doen glimlachen. Ze ging tegenover hem zitten en besefte dat haar handen trilden.

'Ik moet je iets vertellen… maar maak je geen zorgen. Het is fantastisch nieuws.'

Harry keek haar aan. 'Goed. Vooruit dan maar.'

'Ik… wij verwachten een baby! O, lieverd, precies wat we nodig hebben na het vreselijke afgelopen jaar.'

'Weet je het zeker?' Harry fronste.

'Heel zeker.' Ze knikte blij. 'De dokter heeft het gisteren bevestigd. Ik ben drie maanden zwanger. De baby komt eind juni.'

Harry wist dat hij overeind moest komen en gepast moest reageren.

'Nee maar, dat is geweldig nieuws.' Hij liep om het bureau heen, bukte en kuste haar op de wang.

Ze keek gespannen naar hem op. 'Je bent er toch blij mee of niet, lieveling?'

'Natuurlijk, Olivia.'

'En deze keer zal ik voorzichtiger zijn. Vanwege wat er de vorige keer is gebeurd heeft de dokter me geadviseerd veel rust te nemen. Dus ik ga niet meer als een dolle over het landgoed rondrennen. Natuurlijk zal ik het nietsdoen vreselijk vinden, maar het zal het uiteindelijk waard zijn, denk je niet?'

'Natuurlijk zal het dat waard zijn,' beaamde hij.

'Ik vrees dat het voor jou wel extra werk betekent, lieveling. Maar ik weet zeker dat je moeder je met alle plezier zal helpen met de dagelijkse gang van zaken in huis. Zodra ze over die vreselijke griep heen is die haar zo heeft uitgeput. Maar het wordt gauw lente. O, Harry,' zei Olivia, wier ogen zich plotseling vulden met tranen, 'onze baby.'

Olivia geneerde zich voor haar ongebruikelijke vertoon van emotie, haalde een zakdoek uit haar vestzak en snoot haar neus. 'Sorry. Ik was opeens zo ontroerd. Ik beloof je dat ik geen huilebalk word die je constant irriteert.'

Harry zag op dat moment iets van Olivia's grote kracht. Hij had haar de afgelopen maanden weinig van zichzelf gegeven, behalve zo nu en dan een vrijpartij die, dat wist hij, ruw was geweest. Hij had haar op z'n best met verlegenheid en op z'n ergst met minachting behandeld. En nu stond ze, omdat ze bang was voor zijn reactie, zich bijna te verontschuldigen voor haar blijdschap over het feit dat ze een kind verwachtte.

Het was een grimmig moment van bewustwording. Overdonderd door wat hij alleen maar als zijn eigen egoïsme kon zien en daarom walgend van zichzelf, knielde hij voor haar neer en nam haar handen in de zijne.

'Lieveling, ik vind het absoluut geweldig. Je moet zo veel rust nemen als je nodig hebt. En dat heb je verdiend ook.' Hij nam haar in zijn armen en hield haar even vast. 'Wanneer zullen we het mijn moeder vertellen?'

'Ik had gedacht tijdens de lunch.'

'Laat mevrouw Jenks iets speciaals klaarmaken. We gunnen onszelf een feestmaal om te vieren dat je zo'n fantastische meid bent.'

Olivia knikte, dolblij met zijn voorkomendheid en vervuld van hoop dat dit het keerpunt in hun relatie was dat hen dichter bij elkaar zou brengen.

Olivia en Harry vertelden het nieuws aan Adrienne, die nog steeds zwak was door de griep. Ze bleek inderdaad zo blij als Olivia had verwacht. Na de lunch ging Harry naar de stallen. Hij pakte zijn paard en reed door de vieze resten van de sneeuw die zijn land bedekten.

Hij passeerde een bosje en Wharton Park lag voor hem. Harry hield zijn paard in en keek over het landgoed uit. En voor het eerst ervoer hij iets van trots dat het van hem was. Hij was nu heer en meester en zelfs zijn moeder moest voor zijn wensen buigen. En tot dusver ging het werk hem helemaal niet slecht af.

Er was nu ook een mogelijke erfgenaam op komst, misschien zelfs een zoon die de teugels van hem kon overnemen wanneer hij stierf, en wellicht zouden er nog meer kinderen komen. Het was een troostrijke gedachte.

Lidia…

Harry legde vertwijfeld zijn wang tegen de zachte hals van het paard. Was het leven maar anders geweest; dan had hij het met haar doorgebracht.

Maar de naakte waarheid omringde hem aan alle kanten.

Wharton Park was waartoe hij was geboren en er was geen ontkomen aan.

Zijn mond werd droog en verstrakte toen de pijn van een leven zonder haar weer bovenkwam.

'O, god…' kreunde hij.

Hij moest het accepteren en ophouden zichzelf en degenen om hem heen – vooral Olivia – te straffen. Zij had geen schuld aan zijn hartstocht voor een andere vrouw en ze verdiende op zijn minst beleefdheid en begrip van hem.

Maar eerst moest hij Lidia vinden en zijn geliefde kasplantje de vrijheid schenken om zonder hem verder te leven. Maar hoe? Nu Olivia zwanger was en rust moest nemen, wist Harry dat hij het landgoed onmogelijk kon verlaten zolang de baby niet was geboren.

Er moest een andere manier zijn…

Toen Harry zijn paard eindelijk weer in beweging bracht, had hij besloten wat hij zou doen. Hij reed terug naar de stallen, steeg af en gaf het paard aan een stalknecht. Tegen de tijd dat hij de deur van de kas opende, had zijn plan stevig postgevat. Bill zat op zijn krukje in diepe concentratie de wortels van een orchidee te bestuderen.

Hij keek op. 'Goedemiddag, Lord Harry. Hoe maakt u het?'

'Prima, dank je, Bill.' Harry moest er nog steeds aan wennen dat hij de titel nu droeg. Hij had die zo lang met zijn vader geassocieerd.

'Weer geen nieuws vandaag, vrees ik.'

'Nee...' Harry liep naar Bill toe en keek even toe bij diens werk. 'En ik denk ook niet dat er nog iets zal komen. Ze lijkt te zijn verdwenen.'

Bill legde zijn pipet neer en keek naar Harry op. 'Hoe bedoel je, ze is verdwenen?'

'Ze heeft het hotel verlaten en niemand lijkt te weten waar ze heen is. Ik ben natuurlijk vreselijk bezorgd.'

'Dat kan ik me voorstellen,' zei Bill. 'Het spijt me. Kan ik iets doen?'

Harry ademde diep in. 'Nou, eigenlijk wel, Bill...'

Om half vijf nam Elsie een dienblad mee naar boven en klopte ze op Olivia's slaapkamerdeur. Ze ging naar binnen en trof haar meesteres nog steeds slapend aan.

'Wakker worden, Lady Olivia!'

Olivia roerde zich en deed haar ogen open. 'Lieve hemel, is het al na vieren?' zei ze slaperig, en toen begon ze te glimlachen. 'Het zal de opluchting wel zijn geweest omdat ik het Harry heb verteld.'

Elsie zette het dienblad naast Olivia neer. 'Dat u wat hebt verteld?'

Olivia wendde zich naar Elsie en haar prachtige turquoise ogen straalden. Ze pakte haar hand vast. 'Beste Elsie, nu ik het Harry en zijn moeder heb verteld, kan ik het jou ook wel vertellen. Ik verwacht een kind. Ik ben in juni uitgerekend.'

'O, mevrouw! Dat is het beste nieuws dat ik in maanden heb gehoord! Het is fantastisch, echt waar.'

'Ja, hè? En Harry lijkt ook verrukt.'

'Dat geloof ik,' zei Elsie, haar best doend haar gevoelens jegens de nieuwe Lord Crawford niet te laten blijken. Toen ze de thee inschonk kregen haar ogen plotseling iets triests. 'U bent echt een geluksvogel, mevrouw... gelukkiger dan ik.'

'O, Elsie, wat stom van me. Nog steeds geen nieuws?'

'Nee. En dat zal er ook niet komen. We waren al een poosje getrouwd toen Bill ruim vier jaar geleden vertrok, en hij is al een hele tijd terug. Dus... nou, hij is vorige week naar de dokter gegaan. En ze denken niet dat hij... u weet wel, mevrouw,' zei Elsie blozend. 'De dokter wijt het aan een aanval van de mazelen toen Bill twaalf was. Dus zal er bij ons nooit een baby komen.'

'O, Elsie, wat vind ik dat vreselijk erg.' Olivia wist hoe graag haar kamermeisje een groot gezin had gewild. 'Misschien kunnen jullie adopteren,' opperde ze.

'Dat ziet Bill niet zo zitten en ik weet ook niet goed hoe ik erover denk, maar het is nog vroeg dag. We laten het een paar maanden rusten en kijken hoe we er dan tegenover staan.'

'Natuurlijk,' zei Olivia, 'heel verstandig.'

'En nu, mevrouw,' zei Elsie, haar verdriet opzijzettend, 'wil ik niet dat u aan mij denkt en daardoor uw blijdschap laat verpesten. U hebt een hoop doorgemaakt en u verdient dit goede nieuws, echt waar.'

'Dank je, Elsie.' Olivia ging recht zitten en Elsie gaf haar een kop thee. 'En denk erom dat je de hoop nooit moet opgeven. Het leven komt soms met bijzondere oplossingen, wacht maar af.'

Olivia lag diezelfde avond net in bed toen Harry naast haar kwam zitten en haar handen in de zijne pakte.

Twee keer op een dag, dacht Olivia blij.

'Lieveling, als je niet te moe bent, wil ik je graag over mijn idee vertellen,' begon Harry.

'Ik ben klaarwakker, lieverd, brand maar los,' moedigde Olivia hem aan, dolblij dat hij haar ergens bij betrok.

'Nou, ik weet dat je op de hoogte bent van de geldnood van het landgoed.'

'Ja, dat ben ik.' Olivia keek hem aan. 'Heb je een manier bedacht om extra fondsen te creëren?'

'Ik denk het wel, ja,' zei Harry. 'Het is natuurlijk een gok, maar in de paar weken die we samen hadden, heeft mijn vader me geleerd te trachten het potentieel van zowel het landgoed als de mensen die er werken volledig te benutten. En we hebben iemand onder ons die een zeldzaam talent lijkt te hebben.'

'En wie is dat dan wel?'

'Bill Stafford,' antwoordde hij met enige zwier. 'Ik weet niet of je de laatste tijd in de kas bent geweest, maar hij doet daar echt fantastische dingen. Hij kruist orchideeën om zijn eigen hybrides te creëren en sommige daarvan zijn echt heel mooi. Ik denk dat als we Bill de juiste hulp en steun geven – dat we die dingen zouden kunnen gaan verkopen!'

'Ik moet zeggen dat ik het een heel goed idee vind. Vooral omdat het zo weinig investering vergt. We hebben hooguit een paar extra kassen nodig,' zei Olivia.

'En natuurlijk enkele bijzondere soorten. Bills hartstocht, en zijn talent mag ik wel zeggen, schijnen te liggen bij tropische bloemen zoals orchideeën, en ik heb voorgesteld dat hij zich daarop concentreert. Hij zegt dat hij er meer over moet leren. Dus...' lanceerde Harry de kern van het plan, hopend dat hij genoeg had gedaan om Olivia te overtuigen, 'heb ik voorgesteld dat hij zo snel mogelijk naar het Verre Oosten reist. Daar kan hij alles over de planten in hun natuurlijke habitat leren, en hoe hij ze hier op Wharton Park zou kunnen kweken. En hij moet natuurlijk zo veel mogelijk soorten mee naar huis nemen, zodat hij goed van start kan gaan.'

Olivia fronste. 'Hij wil toch zeker niet helemaal daarheen terug? Vooral niet met die afschuwelijke herinneringen aan de Oriënt? Kan hij niet een cursus horticultuur volgen? Misschien hebben ze in de Botanische Tuinen in Kew zoiets.'

'In feite was het Bill die met het idee kwam. Hij wil zich specialiseren, een expert worden en de beste zijn in wat hij doet. Ik vind dat we hem een kans moeten geven,' drong Harry aan, wetend hoeveel er van Olivia's instemming en steun afhing. 'Hij heeft immers wel mijn leven gered.'

'Nou, als jou dat het beste lijkt, stuur hem er dan inderdaad maar heen. Bill lijkt tegenwoordig toch al bijna hele dagen in de kas te zitten en de moestuin aan zijn vader over te laten. Natuurlijk kan ik Jack nu niet meer helpen,' voegde ze eraan toe, 'dus misschien moeten we Bill maar gewoon vervangen, iemand extra aannemen voor het eenvoudiger werk in de tuinen.'

'Uitstekend idee,' bevestigde Harry. 'Het enige struikelblok dat Bill voor zijn plan ziet is Elsie. Ze zal haar man natuurlijk niet graag zo snel weer zien vertrekken.'

‘Dat is zeker,’ zei Olivia.

‘Daar heb ik jouw hulp voor nodig, lieveling. Ik hoopte dat jij haar duidelijk zou kunnen maken dat dit een fantastische kans voor Bill is om meer te bereiken en dat ze hem daarbij zou moeten steunen.’

‘Ik zal mijn best doen, maar ze zal er niet blij mee zijn, Harry,’ antwoordde Olivia.

‘Lieverd, Elsie aanbidt de grond onder je voeten. Eén woord van jou en ze zal de zin ervan inzien, dat weet ik zeker.’ Hij glimlachte naar haar.

Olivia glimlachte terug en bloosde om het zeldzame compliment. ‘Ik zal zien wat ik kan doen. Hoe zit het met Bills passage?’

‘Ik heb al contact gehad met Sebastian en hij zal dat met plezier voor ons regelen.’

‘Nou, lieverd,’ zei Olivia glimlachend, ‘je lijkt het al helemaal te hebben uitgedokterd.’

Toen Elsie voor het eerst van Bill over het plan hoorde, was ze furieus.

‘Wat?! Mij weer helemaal alleen hier achterlaten?’

Bill had Harry gezworen dat hij de ware reden van zijn reis naar Bangkok niet zou noemen.

‘Ik weet het, schat, maar ik geloof dat ik echt talent heb met orchideeën en ik wil er meer over leren. Lord Harry heeft gezegd dat als ik in de toekomst een paar bijzondere soorten kan kweken en verkopen, hij me goed zal belonen. En we kunnen best een paar shilling extra gebruiken, niet dan?’

‘Niet als het betekent dat jij weer op reis moet,’ klaagde ze, naar de klok aan de muur kijkend. ‘Ik moet nu naar het grote huis. We hebben het er nog wel over.’

Bill wachtte nerveus de terugkeer van zijn vrouw af. Elsie kwam thuis met een berustende glimlach om haar mond.

‘Het is al goed, dwaze man, je kunt gaan wat mij betreft. Mevrouw heeft met me gepraat en uitgelegd dat het een heel mooie kans voor je is.’

‘O, Elsie, dank je, schattebout.’ Bill trok haar tegen zich aan en kuste haar voorhoofd.

Ze keek naar de oprechte opwinding in zijn ogen. En die merkte ze ook op omdat ze zo veel van hem hield. ‘Zolang het niet meer dan een paar maanden duurt, anders moet ik misschien een knappe man zoeken om me gezelschap te houden!'

Bill hield haar dicht tegen zich aan en bedacht wat een geluksvogel hij was dat hij zijn grote liefde vlakbij huis had gevonden. 'Ik beloof je, schattebout, dat ik in een oogwenk terug ben.'

45

BANGKOK

1947

Bill zat achter in een tuktuk; een hand hing op de houten leuning, met de andere probeerde hij zijn kleine koffer in evenwicht te houden terwijl de driewieler door de straten van Bangkok denderde. Toen ze een hoek om en een smallere straat in slingerden, miste de tuktuk ternauwernood een vrouw die twee ondiepe manden rijst als een reusachtige weegschaal aan een paal over haar schouders had hangen.

Hij kneep zijn ogen dicht en bad dat er snel een eind zou komen aan de angstaanjagende rit en hij plotseling het Oriental Hotel zou zien opduiken. Hij was de intense hitte van het Verre Oosten vergeten; hij was uitgedroogd en baadde in het zweet.

'Elsie,' kreunde hij, 'waarom heb ik niet naar je geluisterd?'

Te bedenken dat hij nu in zijn kas op Wharton Park bezig zou kunnen zijn, zich verheugend op zijn avondeten met lever en bacon en later Elsies warme, zachte lichaam tegen zich aan. In plaats daarvan zat hij in een land dat nog warmer was dan zijn kas, met in het vooruitzicht waarschijnlijk een bord van de rijst waar hij zo'n hekel aan had gekregen. En wie wist waar hij zijn hoofd die avond te ruste zou leggen? Hij putte troost uit het feit dat zijn terugreis al was geboekt voor over veertien dagen. In vergelijking met de vier lange jaren in Changi stelden twee weken niets voor.

'Lord Harry, u wordt mijn dood, zeker weten,' mompelde Bill toen de tuktuk voor een wat sjofel uitziend gebouw stopte.

Long-Lam Orienten, krup. De bestuurder wees ernaar en Bill slaakte een zucht van verlichting toen hij het bord boven de deur zag dat bevestigde dat hij zijn bestemming had bereikt.

Bills koffertje werd uit zijn hand getrokken door een kleine portier, die hem door de ruime lobby naar de receptie bracht. Daar zat een knap Thais meisje. Bill wist dat Lidia hier had gewerkt en bad dat hij meteen in de roos had geschoten.

‘Hallo, juffrouw. Eh... ik wil graag een kamer voor twee weken.’

‘Natuurlijk, meneer. Het is honderdtwintig baht per nacht, exclusief ontbijt,’ antwoordde het meisje in goed Engels.

‘Goed dan,’ zei Bill, die niet precies wist hoeveel dat in Britse ponden was, maar Harry had hem voldoende geld meegegeven.

‘Wilt u hier tekenen, meneer, dan brengt de portier u naar uw kamer. Die heeft een mooi uitzicht over de rivier,’ voegde ze er glimlachend aan toe.

‘Dank u.’ Bill krabbelde zijn naam op het formulier. Het meisje stak toen haar hand in een houten vakje achter haar en haalde er een grote sleutel uit. ‘U bent zeker niet toevallig, Lidia, of wel?’

‘Nee, sorry, meneer, zij is enkele maanden geleden vertrokken. Ik ben haar vervangster. Mijn naam is Ankhana.’ Ze gaf hem de sleutel.

‘Weet u misschien, juffrouw, waar Lidia nu werkt?’

‘Sorry, meneer. Zij vertrok voor ik kwam. Ik heb haar niet ontmoet. U kunt het aan madame Giselle vragen, de hotelmanager, maar zij is nu niet hier.’ Ankhana pakte een belletje en de kleine portier verscheen achter Harry. ‘Ik wens u een fijn verblijf, meneer.’

‘Dank u.’

Bill volgde de portier naar zijn kamer en hij was net als Harry voor hem verrukt over het uitzicht op de rivier.

Na een dutje en een kattenwasje aan de wasbak ging Bill op zoek naar het restaurant. Op het schaduwrijke terras bestelde hij een biertje en een heerlijke hamburger, een delicatesse die hij – met dank aan de Amerikaanse soldaten – had ontdekt toen hij in Singapore op de boot naar huis wachtte. Bill besloot dat hij er best aan zou kunnen wennen om als een heer te worden bediend en alles te krijgen aangereikt. Maar het enige wat hij wilde was Lidia zo snel mogelijk vinden en zijn vreselijke taak, haar alles uit te leggen, afhandelen. Dan kon hij zich daarna concentreren op het uitkiezen van de orchideeën die hij naar Engeland wilde verschepen.

‘Twee weken, Lord Harry, meer krijgt u niet van me,’ mompelde hij in zijn bierglas. ‘Dan zit ik weer op de boot terug naar mijn Elsie.’

Na de lunch ging Bill terug naar de receptie om te zien of de hotelmanager in haar kantoor zat.

‘Begin met Giselle,’ had Harry gezegd. ‘Ze weet overal van en het is best mogelijk dat ze iets van Lidia heeft gehoord sinds ze me haar telegram stuurde.’

Giselle zat inderdaad in haar kantoor en kwam naar buiten om Bill te begroeten.

'Kan ik u helpen, meneer?'

'Ja, eh… mevrouw. Ik ben hier namens Lord Harry Crawford.'

'Mon dieu!' Giselle trok een wenkbrauw op. 'Onze verdwenen Britse pianist. Nou, komt u dan maar met me mee.'

Ze tilde het houten balieblad op om Bill door te laten en ging hem voor naar haar kantoor. 'Gaat u alstublieft zitten, meneer…?'

'Stafford, mevrouw. Bill Stafford.'

'Dus,' zei Giselle en ze keek hem aan terwijl ze achter haar bureau plaatsnam, 'moet ik aannemen dat Lord Crawford zijn geboorterecht niet zal opgeven om met onze receptioniste te trouwen en als muzikant in onze bar te werken?'

'Nee, mevrouw, dat zal hij niet.'

'Quelle surprise,' mompelde Giselle. 'Natuurlijk vermoedde ik dat al, maar hij klonk erg overtuigend toen hij vertrok. Ik dacht,' zei ze, triest glimlachend, 'dat voor deze ene keer de liefde misschien zou triomferen. Maar dat kan natuurlijk niet.'

'Hij was – is – vreselijk verliefd, mevrouw. Maar hij weet nu dat hij onmogelijk naar hier kan verkassen. Zijn vader is onlangs overleden, ziet u, en hij moet het landgoed en alle verantwoordelijkheden die daarbij horen overnemen.'

'U hoeft het niet uit te leggen, meneer Stafford. Ik begrijp het volkomen. En ik moet aannemen dat u niet hier bent om de verandering in zijn plannen aan mij uit te leggen, maar aan de vrouw die hij heeft beloofd terug te komen, *oui*?'

'Ja, mevrouw.' Bill bloosde onder haar scherpe blik en voelde zich vreemd verantwoordelijk voor Harry's daden.

'U weet dat ze hier niet langer werkt?'

'Ja, dat heeft meneer me verteld. Weet u waar ze is?'

'Zoals ik Lord Crawford in mijn telegram al meldde, was Lidia op een ochtend drie maanden geleden plotseling verdwenen. Sindsdien heb ik niets meer van haar gehoord.'

'Was ze ziek, mevrouw? Lord Crawford is buiten zichzelf van bezorgdheid.'

'Dat geloof ik niet. Ze zag er niet ziek uit, de laatste keer dat ik haar zag.

Hoewel ze wel iets triests over zich had...' Giselle schudde haar hoofd. 'Ik denk dat we allebei wel begrijpen waarom dat was. Ze was een heel mooi meisje; pienter, leergierig en een aanwinst voor dit hotel. Ik vind het jammer dat ik haar kwijt ben.'

'Waarom denkt u dat ze is vertrokken, mevrouw?'

'Wie weet? Je hebt natuurlijk wel je vermoedens, maar ik kan alleen maar aannemen dat het om persoonlijke redenen was.' Giselle zuchtte. 'Het was helemaal niets voor Lidia. Ze was altijd erg betrouwbaar. En gelukkig hier, dacht ik.'

'Kan ze naar haar familie zijn gegaan?' opperde Bill. 'Meneer zei dat hij hen een keer met juffrouw Lidia had bezocht, op een eiland een hele dag treinen van Bangkok vandaan.'

'Nee, ik weet zeker dat ze daar niet is. Ik was ook bezorgd toen ze verdween. Ik heb haar oom op Koh Chang geschreven om te vragen of Lidia bij hen was. Hij antwoordde dat hij haar niet had gezien, maar dat hij Lidia's moeder zou schrijven om te vragen of alles in orde was. Helaas,' zei Giselle, haar hoofd schuin, 'scheen die oom er niet van op de hoogte dat Lidia's moeder naar Japan was vertrokken. Lidia bleef achter om bij ons te blijven werken, maar het is natuurlijk mogelijk dat ze nu toch naar haar moeder is gegaan.'

'Japan?' Het hart zonk Bill in de schoenen. 'Nadat ik krijgsgevangene ben geweest, geloof ik niet – sorry dat ik het zeg, mevrouw – dat ik het kan opbrengen daar naar haar te gaan zoeken.'

'Natuurlijk niet. Bovendien is het vele, vele kilometers ver weg, meneer Stafford.' Giselle leunde op haar bureau. 'Ik weet niet met zekerheid wat Lidia is overkomen, maar ik wil u wel vertellen dat, als mijn instinct juist is, ze niet naar haar familie zal zijn gevlucht. Nee, dat is wel de laatste plaats waar ze heen kan zijn gegaan. Ik denk dat ze ergens daar is.' Giselle gebaarde naar het raam. 'Onder de grote mensenmassa van deze stad.'

'O jeetje, mevrouw.' Bill liet zijn hoofd hangen. Zijn taak leek onmogelijk te volbrengen. 'Waar moet ik beginnen? Had ze hier in het hotel vriendinnen die ze misschien in vertrouwen heeft genomen?'

'Ik ben me niet van een bepaalde vriendschap bewust. Lidia was erg op zichzelf,' antwoordde Giselle. 'Als ze een... persoonlijk probleem had, betwijfel ik of ze het zou delen. Ze zou eerder als een gewond dier wegkruipen.'

Bill keek naar zijn eeltige handen en wist niet wat hij moest doen. 'Mevrouw, ik kan niet naar huis gaan zonder haar te hebben gevonden. Ik heb meneer gezworen haar te zullen vinden. En daarbij...'

'Daarbij wat, meneer Stafford?'

Bill ademde diep in. 'Als ik haar niet vind en Lord Harry niet kan verzekeren dat alles in orde is met juffrouw Lidia, dan zou hij best eens zelf naar haar kunnen komen zoeken. Hij houdt zo ontzettend veel van haar... U heeft geen idee wat voor kwelling die arme man doormaakt omdat hij weet dat hij zijn plicht moet doen. Ik zweer u dat hij hier zou zitten als hij kon. En onder ons gezegd, mevrouw, wat zou er dan van ons allemaal op Wharton Park worden? Mijn vrouw Elsie en ik, onze ouders en nog honderdvijftig anderen plus hun vrouwen en kinderen, zijn voor ons levensonderhoud afhankelijk van het landgoed. Als meneer verdween zou het een chaos worden, dat kan ik u wel vertellen. Dus u ziet, mevrouw, ik ben niet alleen hier voor hem, maar ook voor mezelf en de mijnen, en de anderen die Lord Harry thuis nodig hebben.'

'Ja, ik begrijp hoe verscheurd Lord Crawford moet zijn. Ik heb immers de liefde tussen hen gezien, en het is tragisch voor hen allebei dat ze niet samen kunnen zijn. *C'est la vie,* meneer Stafford,' verzuchtte Giselle. 'Ik zal doen wat ik kan om u te helpen.' Ze tikte met haar pen op het bureau terwijl ze nadacht. 'Misschien moet u voor de zekerheid bij de ziekenhuizen langsgaan. Ik heb ergens een lijst.' Ze opende een lade van haar bureau en doorzocht die.

'Ik weet niet eens haar achternaam.'

'Die kan ik u wel geven. Hier.' Giselle gaf hem een vel papier. 'Dit is een lijst van alle ziekenhuizen in Bangkok. We hebben die laten uittypen voor familieleden van krijgsgevangenen in Birma. Die oorlog, zo veel pijn. En dat is nog niet voorbij, hè?'

'Ik weet het, mevrouw,' zei Bill. 'Hij heeft mij en mijn leven voor altijd veranderd, dat is zeker. En alles op z'n kop gezet.'

'Ja, want onder normale omstandigheden zouden Harry en Lidia elkaar nooit ontmoet hebben, maar dat is nu wel gebeurd en *pouf*!' Giselle maakte een wegwuivend gebaar. 'Kijk eens naar de ellende die het voor velen heeft veroorzaakt.' Ze schreef iets op een ander vel papier en gaf dat ook aan Bill. 'Lidia's achternaam, en een berichtje in het Thais waarin staat dat u haar zoekt. Dat kunt u bij de recepties van de ziekenhuizen laten zien.'

Bill werd bleek bij het vooruitzicht. Hij had in Changi meer dan genoeg ziekte en leed gezien. 'Ik moet zeggen, mevrouw, dat ik me er niet op verheug haar daar te gaan zoeken.'

'U moet ergens beginnen, meneer Stafford, en het is toch zeker het beste om de ziekenhuizen eerst uit te sluiten?' Giselle stond op en Bill ook. 'Lord Crawford mag zich gelukkig prijzen dat zo'n trouwe en loyale vriend als u die hele reis maakt om hem te helpen.'

'Ik ben zijn werknemer, mevrouw. Ik doe wat hij me vraagt.'

'Nee, meneer Stafford, Lord Crawford heeft u een missie toevertrouwd die hij alleen aan een vriend zou toevertrouwen, wat uw rang in zijn huishouden ook is.'

'Nou, dan hoop ik maar dat ik hem kan volbrengen,' verzuchtte Bill.

'Dat lukt u beslist,' zei Giselle terwijl ze de deur van haar kantoor opende. 'Als Lidia nog leeft en gevonden wil worden, zult u haar vinden.'

46

Die avond hield Bill ieder personeelslid van het hotel dat hij tegenkwam staande en liet het briefje zien dat Giselle hem had gegeven, maar het antwoord was telkens een nietszeggende blik en een hoofdschudden. Dus zette hij zich de volgende morgen aan de troosteloze taak de ziekenhuizen van Bangkok te bezoeken.

Terwijl zijn tuktuk door de moordende, stinkende hitte van de drukke stad raasde, had Bill er weinig hoop op dat hij ooit de persoon zou vinden die Harry en hem gemoedsrust zou kunnen schenken.

De ziekenhuisrecepties waren verbazingwekkend schoon en rustig – heel anders dan het 'lijkenhuis', zoals ze dat in Changi hadden genoemd. Geen stervende patiënten met etterende, onbehandelbare wonden die kreunden van de pijn, en niet de constante smerige stank van menselijke uitwerpselen.

Tegen het eind van de dag was Bill terug in het hotel, bezweet en uitgeput maar nog niets wijzer over Lidia's verblijfplaats.

'Iets gevonden?' vroeg Giselle, die hem door de lobby zag lopen.

'Nee.' Bill schudde zijn hoofd. 'Ik heb er acht gehad, nog twaalf te gaan. Om eerlijk te zijn, mevrouw, weet ik niet of ik blij of teleurgesteld ben dat ik haar niet heb gevonden.'

'Hier.' Giselle gaf hem een envelop. 'Het is een personeelsfoto van Lidia, van kort voor ze verdween. Misschien helpt het als u die laat zien. U weet maar nooit.' Giselle klopte Bill op zijn schouder. 'Hopelijk hebt u morgen meer succes.'

Bill pakte zijn sleutel en ging naar zijn kamer. Hij liet zich vermoeid op het bed vallen en haalde de foto uit de envelop.

Het gezicht in zwart-wit dat hem aankeek had de delicate trekken van de vele Thaise vrouwen die hij in Bangkok had gezien. Er blonk echter een schittering in Lidia's ogen die haar iets stralends gaf en haar meer dan zomaar aantrekkelijk maakte. Ze was wondermooi. Bill raakte de smetteloze wang aan en vroeg zich af of dit jonge meisje zich bewust was van de onrust die ze veroorzaakte bij hem en anderen, duizenden kilometers hiervandaan.

'Waar ben je, Lidia?' prevelde hij, waarna hij de foto op het nachtkastje naast zijn bed legde.

Nadat hij zich had gedoucht en omgekleed, werd Bill door de muziek uit een vertrek dicht bij de lobby naar de Bamboo Bar gelokt. Hij bestelde een biertje en luisterde naar het trio, dat jazz speelde. Het was niet echt zijn muziek – hij gaf de voorkeur aan Vera Lynn of zijn geliefde klassieke muziek – maar de sfeer in de bar was levendig en maakte hem wat opgewekter. Hij probeerde zich Lord Harry voor te stellen die hier pianospeelde – glimlachend, zorgeloos en verliefd – maar dat viel niet mee. Het enige wat hij voor zich zag waren de ernstige, afgetobde trekken van een jongeman die het gewicht van de wereld op zijn schouders torste.

Een jong Thais meisje vroeg of ze aan zijn tafeltje mocht komen zitten. Hij knikte, besteedde amper aandacht aan haar en bestelde een cola. Ze probeerde in haperend Engels een gesprekje met hem te voeren en ervan uitgaand dat ze op haar vriend wachtte, beantwoordde Bill haar vragen. Toen het meisje twintig minuten later dichterbij was komen zitten en ze haar dijbeen tegen het zijne duwde, viel het kwartje. Bill wenkte in paniek de ober zodat hij zijn bonnetje kon tekenen en vertrekken. Het meisje keek teleurgesteld toen Bill zich de bar uit haastte.

Terug in zijn kamer met de deur stevig dicht, realiseerde Bill zich dat hij hijgde. Ook al had hij niets gedaan; hij verbleekte al bij de gedachte dat Elsie hem met een andere vrouw zou zien. Er was niemand anders voor hem, die was er ook nooit geweest, en het idee haar pijn te doen maakte hem misselijk. Hij had de aantrekkingskracht van die oosterse vrouwen nooit begrepen; hij had gezien dat andere soldaten na hun vrijlating naar de hoerenhuizen van Singapore renden, maar hij had alleen maar aan zijn vrouw kunnen denken, die thuis geduldig op hem wachtte met haar grote bruine ogen, sproetige neusje en stevige, blanke lijf.

Bill kleedde zich uit, gleed tussen de lakens en bedacht dat Elsie en hij dan misschien niet het geld of het comfort hadden van de lagere adel voor wie ze werkten, maar dat ze wel gezegend leken met iets waarvan hij nu besefte dat het nog zeldzamer was dan een zwarte orchidee: onsterfelijke liefde.

Hij werd begroet door weer een drukkend hete dag en de luchtvochtigheid voelde zo beklemmend dat het Bill leek of alle zuurstof aan de lucht was onttrokken. Hij hapte naar de koelere lucht onder de plafondventilatoren van de ziekenhuisrecepties wanneer de receptionistes hun opnamegegevens controleerden op Lidia's naam, dan haar foto bestudeerden en hun hoofd schudden.

Bills zoektocht leidde hem dieper de stad in, ver weg van de mooie koloniale architectuur rondom het Oriental en de oevers van de rivier. Tijdens de rit in de tuktuk van het ene naar het andere ziekenhuis zag Bill tempels die in warme, heldere kleuren waren geschilderd, het thuis van monniken die bij zonsopkomst opstonden en blootsvoets door de vuile straten liepen met kommetjes die de mensen konden vullen met rijst. Er waren ook daklozen: kreupelen met misvormde ledematen; vrouwen met jonge baby's die in de goot zaten te bedelen met van wanhoop vertrokken broodmagere gezichten. Bill had nog nooit een dergelijke armoede gezien en hij bedacht dat, hoewel deze arme zielen vrij waren om te gaan waar ze wilden, hun leven niet veel beter was dan het zijne in de Changi-gevangenis was geweest.

Hoe meer hij zag, hoe meer hij verlangde naar het comfort en de relatieve zekerheid van zijn leven en thuis op Wharton Park. En hoe meer hij zich realiseerde dat hij gezegend was.

Tegen het einde van de dag was Bill naar elk ziekenhuis in de stad geweest, zonder resultaat. Hij liep vermoeid en ontmoedigd het hotel binnen, niet wetend waar hij hierna naar Lidia op zoek moest gaan. Toen hij bij de receptie zijn sleutel ophaalde, zag Giselle hem en ze kwam haar kantoor uit om met hem te praten.

'Ik zie aan uw gezicht dat u haar niet hebt gevonden.'

'Nee.' Bill zuchtte. 'En ik weet niet waar ik nu moet zoeken. Hebt u nog ideeën?'

'Nou, ik bedacht dat u de buurt zou kunnen proberen waar Lidia woonde voordat haar familie naar Japan vertrok en zij naar het hotel verhuisde. Misschien is ze daarheen gegaan.'

'Het is het proberen waard, neem ik aan,' antwoordde Bill mat.

'Ik kan u haar oude adres geven en misschien kunt u de foto aan enkelen van haar buren laten zien, en aan de straatventers daar. Misschien heeft iemand haar gezien...'

Giselles stem stierf weg. Ze wisten allebei dat het maar een kleine kans was.

Bill krabde aan zijn pijnlijke hoofd. 'Wat ik niet begrijp is waarom ze geen bericht heeft achtergelaten om meneer te vertellen waar ze is. Ze verwachtte toch dat hij terug zou komen en haar zou zoeken.'

'We kunnen er niet eens naar gissen waarom ze dit heeft gedaan, meneer Stafford,' antwoordde Giselle, die medelijden had met de loyale jongeman op wie ze, ondanks zijn gebrek aan cultuur en scholing, met de dag meer gesteld raakte.

'Nou, dank u voor uw hulp, mevrouw. Ik zal dit adres morgen proberen. Ik vaar over tien dagen terug naar huis en ik kan zelfs voor Lord Harry niet langer blijven. Anders heb ik misschien geen vrouw meer als ik weer thuiskom,' voegde hij eraan toe.

'U kunt alleen uw best doen, meneer Stafford, meer niet.' Ze glimlachte even naar hem en liep toen weg.

Bill maakte weer gebruik van een tuktuk voor de twintig minuten durende rit naar het adres dat Giselle hem had gegeven. Het was in het hart van de stad; een smalle, donkere straat met houten gebouwen die in vreemde hoeken naar elkaar toe neigden en eruitzagen alsof een zuchtje wind ze kon doen omvallen. De stank van etenswaren die in de goot lagen te rotten was overweldigend en Bills maag trok samen toen hij voor het gebouw stond waar Lidia kennelijk ooit had gewoond.

Toen hij aanklopte, deed een oude, tandeloze vrouw open. Beseffend dat het geen zin had te proberen met de plaatselijke bevolking te praten, liet Bill haar de foto zien.

Ze knikte en wees naar boven.

'Is ze hier?' Bills hart sloeg een slag over. De vrouw sprak in rad Thais, schudde haar hoofd en gebaarde. Bill zette zijn voet op de drempel.

'Lidia? Boven?'

'Mai, mai, mai.'

Bill wist in elk geval dat dat 'nee' betekende.

'Waar is ze dan? Lidia?' Hij probeerde het ook met gebaren.

Toen werd de deur dichtgesmeten en werden bijna zijn tenen geamputeerd.

Bill bonkte nog een paar keer op de deur, maar kreeg geen reactie. Hij liep door de straat heen en weer, klopte aan weerskanten van de straat op de deuren, met even weinig resultaat.

Het was hopeloos. Hij zou simpelweg terug naar huis moeten en Lord Harry vertellen dat hij had gefaald. Als hij eerlijk was, was het vanaf het begin een gedoemde missie geweest. Een vermist meisje, net na de oorlog verdwenen in een miljoenenstad. En een westerling die door de bevolking argwanend werd bekeken en niet met hen kon communiceren. Hij hoefde zich niet schuldig te voelen. Hij had zijn best gedaan voor Harry, maar er was geen mogelijkheid om ergens anders te gaan zoeken. Hij zou de tijd die hem nog restte besteden aan het kopen van orchideeensoorten, en dan volgens plan terugkeren naar Engeland.

Bill liep langzaam de straat door op zoek naar zijn tuktuk, die leek te zijn verdwenen. Toen hij de hoek om ging, kwam hij op een grote, lawaaierige markt. Hij kocht een kommetje noedels en slenterde doelloos tussen de stalletjes door tot hij er een zag met een grote hoeveelheid prachtige, zoet geurende orchideeën. Hij bleef staan om de planten te bestuderen, waarvan hij er veel nog niet eerder had gezien.

'Help u?' zei een stem achter de planten.

Bill tuurde door de rij *Dendrobium* en zag een kleine man op de grond gehurkt zitten.

'Spreekt u Engels?' vroeg Bill verbaasd.

'Beetje Engels, ja.' De man stond op en kwam achter de bloemen vandaan. Hij kwam maar tot Bills borst. 'Help u, meneer? Heb veel zeldzame orchidee hier. Mijn familie, wij breng uit ons kwekerij in Chiang Mai. Wij beroemd,' zei hij trots. 'Verkopen aan koninklijk paleis.'

'Ik zie inderdaad dat het bijzondere planten zijn.' Bill wees naar een prachtige oranje orchidee met tere bloemblaadjes met donkere aders rond een witte, langwerpige kam. Hij zette zijn kommetje noedels samen met de foto van Lidia op een schraagtafel en pakte de plant op om die beter te bekijken.

'Wat is dit?'

'Dat, meneer, is *Dendrobium unicum.* Zeldzaam en duur.' De man grinnikte. 'Hou van sterk licht en droog weer.'

'En deze?' Bill pakte een plant op met ragfijne lila blaadjes. Hij wou dat hij pen en papier had meegenomen om de namen en details van de bloemen te noteren. Deze man leek te weten waar hij over praatte.

'Dat, meneer, *Aerides odoratum*. Groei op grond in bos. Hou van schaduw.'

'En deze?'

De daaropvolgende twintig minuten vergat Bill Lidia helemaal en ging hij een wereld binnen die hij begreep en waarvan hij hield. Zijn vingers jeukten om het hele stalletje op te kopen en naar zijn eigen kas te verschepen. Dan kon hij de komende vijf maanden elke soort leren kennen, experimenteren met temperatuur, licht en vochtigheidsgraad en proberen of hij de soort zelf kon kweken vanuit de oorspronkelijke plant, of ze misschien zelfs kruisen en een hybride kweken.

'Bent u morgen ook hier?' vroeg Bill, zich afvragend hoe hij transport moest vinden voor alle planten die hij wilde hebben, en waar hij ze moest opslaan.

'Elke dag, meneer.'

'Ik wil de orchideeën die ik koop naar Engeland verschepen, ziet u.'

'Ja, meneer, ik regel. Wij sturen kratten naar dok om op uw boot te laden.'

'En ik zal erbij zijn als u ze inpakt en laadt,' zei Bill ferm, omdat hij niet af wilde varen en thuis tot de ontdekking komen dat hem vijf kratten madeliefjes waren verkocht. 'Ik kom morgen terug om de planten uit te kiezen en u mijn reisgegevens door te geven.'

'Oké, meneer. Ik zie u morgen.'

'Ja, dank u.' Bill liep weg, nog steeds met zijn gedachten bij de orchideeën.

'Meneer, meneer! U vergeet foto!'

De man kwam zwaaiend met de foto achter hem aan.

'Ja, inderdaad. Dank u.' Hij stak zijn hand ernaar uit en zag dat de man de foto bekeek.

Hij glimlachte naar Bill. 'Zij erg mooi. Ik ken haar.'

Bill hapte naar adem. 'U kent haar?'

'Ja. Zij is Lidia. Goede klant. Zij woont daar.' De man wees naar de straat waar Bill net vandaan kwam. 'Maar ik niet zie haar nu. Misschien zij weg.'

Bill probeerde rustig te blijven en langzaam te praten, opdat de man hem zou begrijpen. 'Kunt u erachter komen waar ze heen is gegaan?'

'Ja, gemakkelijk. Mijn nicht veel jaren haar vriendin. Ik vraag haar.'

'Alstublieft. Zo snel mogelijk. Het is heel belangrijk dat ik haar vind.'

'Waarom?' De man fronste. 'Zij in problemen? Wil niet problemen.'

'Nee, daar is geen sprake van.' Bill wist dat het zinloos was hem het hele verhaal uit te leggen, dus zei hij: 'Zeg maar tegen uw nicht dat Harry op zoek is naar Lidia. Dan begrijpt ze het wel.'

De man dacht even na. 'Oké, maar ik moet naar nicht en tijd maken om te vinden.'

Bill haalde een bankbiljet uit zijn zak en gaf het de man. 'Ik kom morgen terug. Als u dan goed nieuws voor me hebt, betaal ik u nog meer.'

De man glimlachte. 'Oké, meneer. Ik doe mijn best.'

'Dank u.'

Bill liep weg en durfde nauwelijks te hopen dat de toevallige ontmoeting tot het resultaat zou leiden dat hij zo hard nodig had.

47

'Ik haar gevonden, meneer,' vertelde de bloemenman Bill de volgende morgen met een ernstig gezicht.

'Waar is ze?'

Het bleef een tijd stil terwijl de man naar zijn vuile tenen keek. Bill haalde nog twee bankbiljetten uit zijn zak en gaf hem die.

'Ik breng u daar.' De man floot naar de jongen in het aangrenzende stalletje dat hij even op het zijne moest letten en hij gebaarde Bill hem te volgen.

'Juffrouw Lidia verhuisd,' legde de bloemenman uit toen hij Bill voorging door een labyrint van smerige straatjes. 'Haar leven... niet goed. Mijn nicht zegt zij heel, heel ziek. Kan niet werken, niet geld voor huis.'

'Wat is er met haar gebeurd?' vroeg Bill, bang voor wat hij zou kunnen aantreffen.

'Denk u weet wel, meneer,' zei de man nors. 'Maar ik ga naar haar toe, zeg Harry is hier en zij heel blij. Zij zegt kom. U helpt haar, ja? Denk zij gaat dood.'

De bloemenman was blijven staan voor een gebouw met een halfverrotte, met planken opgelapte deur. Toen Bill naar binnen ging struikelde hij bijna over een bedelaar met één been die bij de deur zat. Hij klemde zijn kaken op elkaar tegen de vertrouwde stank van ongewassen en zieke mensen waarvan de verstikkend hete, benauwde gang doordrongen was. De man ging hem voor over een smalle, krakende trap en klopte ergens aan.

Er klonk een gemompeld antwoord. De bloemenman zei iets in het Thais door de deur en weer klonk een zwak gemompel.

'Oké, meneer Harry. Ik ga. Zij ziek. Ik wil niet. Kom terug als u wil bloemen.'

De man haastte zich de trap af voor Bill iets terug kon zeggen. Hij ademde diep in, draaide de deurknop om en stapte naar binnen. Het was donker in de kamer, er kwamen alleen wat strepen licht door de ongelijke latjes van de luiken en de hitte was overweldigend.

'Harry?' Een zwakke stem uit een hoek van de kamer trok Bills aandacht toen hij iets probeerde te zien in het donker. Er lag een matras op de vloer met een kleine gestalte erop.

'Harry, ben jij het? Of droom ik?'

Bill slikte. Hij deed een stap naar het matras. Hij wilde haar niet laten schrikken met zijn onbekende stem voordat ze wist dat ze veilig was.

'Harry?'

Bill zette nog een stap en nog een, tot hij haar duidelijk kon zien op het matras aan zijn voeten. Haar ogen waren gesloten, haar hoofd op het witte laken opzij gedraaid. Bill boog zich voorover en nam even de tijd om de volmaakte, inmiddels vertrouwde trekken te bestuderen. En hij wist zeker dat hij Harry's Lidia had gevonden.

'Harry, liefste,' prevelde ze, 'ik wist dat jij zal komen... naar mij terugkomen...'

Bill wist dat hij niets moest zeggen, de betovering niet moest verbreken. Zwaarmoedig knielde hij naast haar neer en hij raakte haar voorhoofd aan. Het was gloeiend heet.

'Harry,' verzuchtte ze, 'ik heb dit gedroomd... godzijdank, godzijdank, jij bent hier... Ik hou van jou, Harry, ik hou van jou...'

Bill streelde teder over haar voorhoofd; hij wist dat ze maar half bij bewustzijn was en zijn hart brak nu hij zag hoe slecht ze eraan toe was.

'Hou mij vast... ik zo ziek, bang. Hou mij vast, alsjeblieft...'

De tranen rolden over Bills wangen toen hij haar kleine, slappe gestalte in zijn armen nam en haar tegen zich aan hield. Hij voelde de onnatuurlijke hitte van een infectie op haar klamme huid.

Ze slaakte een zucht.

'Jij bent hier, Harry, jij bent echt hier... nu wij zijn veilig.'

Bill wist niet hoelang hij Lidia zo tegen zich aan hield. Hij dacht dat ze sliep, maar nu en dan schrok ze op, misschien door een droom of door de koorts die het leven uit haar wegbrandde. Hij had het in de Changi-gevangenis gezien en wist waartoe het zou leiden.

Misschien sliep hij ook een poosje, versuft door de hitte in de kamer, maar hij voelde instinctief aan dat zolang hij dit arme, gebroken meisje in zijn armen hield, ze in leven zou blijven.

Toen hij uiteindelijk niet langer op zijn knieën kon blijven zitten, legde Bill haar voorzichtig terug op het matras. Hij stond moeizaam op en keek of ergens water was om haar voorhoofd mee te deppen en haar zo wat af te koelen.

En toen hoorde hij het. Het kwam van de andere kant van het matras, naast Lidia, die doodstil lag.

Hij liep om het matras heen, zag het laken bewegen en hoorde weer iets. Hij hurkte neer en zijn hart bonkte tegen zijn borstkas toen hij het laken voorzichtig opzij trok.

Een paar heldere, amberkleurige ogen keken hem aan. Toen werden ze dichtgeknepen van ongenoegen en pruilde het volmaakte kleine mondje. En de stilte werd verbroken door de verontwaardigde kreten van een pasgeboren baby die honger had.

'Ik had natuurlijk wel geraden waarom Lidia was ondergedoken,' zuchtte Giselle toen Bill later met de inmiddels verzadigde baby in zijn armen in haar kantoor zat. 'Ze was altijd zo tenger, maar nu viel het me op dat ze ronder werd. Hier in Thailand is ongehuwd zwanger zijn de ergst mogelijke schande. Maar ik wist ook dat ik haar niets kon vragen tenzij ze het me zelf wilde vertellen.'

'Godzijdank heb ik haar gevonden, mevrouw. Ze was er vreselijk aan toe, nauwelijks bij bewustzijn.' Bill nam een flinke slok van de cognac die Giselle voor hem had ingeschonken toen hij weer bij het hotel was gearriveerd. Hij merkte dat het glas trilde toen hij het naar zijn mond bracht. Hij had in de oorlog heel wat meegemaakt, maar hij wist dat het lang zou duren voor de afgelopen uren hem niet meer zouden kwellen.

Na de schok van de vondst van de baby had het constante gehuil van het kindje Bill uit zijn door de hitte veroorzaakte verdoving gesleurd. Hij nam het kleine ding mee en rende het huis uit, terug naar de markt. De bloemenman was aanvankelijk terughoudend, maar nadat Bill hem nog wat bankbiljetten had gegeven, was hij met de oude truck waarmee hij zijn orchideeën vervoerde naar het gebouw gekomen waar Lidia lag. Met de truck zou hij Lidia naar de medische zorg brengen die ze zo dringend nodig had.

'Het is een wonder dat u haar op tijd hebt gevonden.' Giselle keek hem bezorgd aan. 'Hoe was het met haar toen u het ziekenhuis verliet?'

'Ze was bewusteloos… heel ziek. Ik weet niet wat haar mankeert. Ik begreep niet wat de dokters zeiden, ziet u. Ze had een infuus in haar arm en ze kreeg zuurstof toen ik wegging,' legde Bill uit. 'En, mevrouw, toen ik haar van het matras tilde om haar naar buiten en naar de truck te dragen, lag er overal bloed...' Bills stem stierf weg. 'Ze zat helemaal onder het bloed... ik bedoel, vanwaar de baby eruit was gekomen. Ik weet niet of ze het zal halen, ik weet het echt niet.' Bill zuchtte diep en slikte moeizaam. 'Er wordt nu in elk geval voor haar gezorgd en ze ligt niet meer alleen in die stinkende kamer.'

'Weten ze hoe oud de baby is? Ze lijkt me nog erg klein.' Giselle keek naar het bundeltje dat in Bills armen lag te slapen.

'De navelstreng is er nog niet af, dus ik zou zeggen, een paar dagen. De dokters hebben haar onderzocht en haar toen aan mij gegeven. Ik geloof dat ze dachten dat ik haar... vader was.' Bill bloosde en keek naar de baby. 'Ik weet niet veel van baby's, ik heb meer verstand van de kalveren op de boerderij, maar dit kleintje lijkt me gezond. Ze heeft in elk geval eetlust genoeg.'

'En ze is prachtig.' Giselles blik werd milder. 'Prachtig.'

'Ja, dat is ze.' Bills ogen werden vochtig terwijl hij naar de baby keek. 'Maar vertelt u me eens, mevrouw, hoe moet het nu verder? Wat moet ik met haar doen?'

'Meneer Stafford, alstublieft, ik zou het u echt niet kunnen zeggen. Misschien moet u nu Lidia ziek is maar zolang voor haar baby zorgen. Als ze weer bij bewustzijn is, kunnen er wel beslissingen worden genomen.'

'Neem me niet kwalijk dat ik het zeg, maar ik weet niets van baby's. Wat moet ik doen met de... viezigheid die ze maakt? Ze hebben haar in het ziekenhuis verschoond, maar...' zei Bill, en hij trok zijn neus op, 'ik kan ruiken dat ze nu niet schoon is.'

'Ik weet zeker dat we wel luiers en melk kunnen vinden. Ze kan op uw kamer slapen – we hebben nog ergens een mandenwieg staan...'

'En als Lidia nou niet beter wordt, mevrouw? Wat moet ik dan?' Bill wist dat de schok hem te veel werd. Hij was angstig, paniekerig en niet voorbereid op de verantwoordelijkheid voor het welzijn van een pasgeboren baby.

Giselle zuchtte. 'Heus, meneer Stafford, daar kan ik niet over meebeslissen. Lord Crawford... misschien moet hij het weten?'

'Nee, mevrouw, dat kan ik niet doen. We hebben afgesproken dat er geen contact zou zijn, voor het geval dat wordt onderschept. Als Lady

Olivia hier ooit iets over te weten komt...' Bill keek naar de baby. 'Ze verwachten er zelf binnenkort eentje.'

'Lord Crawford heeft het nogal druk gehad, is het niet?' Giselle trok een wenkbrauw op. '*Alors!* U mag dus zijn rotzooi opruimen.'

'Ik zou het anders stellen,' antwoordde Bill op verdedigende toon. 'Hij kan er niets aan doen dat hij verliefd is geworden. En het is zo klaar als een klontje dat Lidia nog steeds van hem houdt.' Bill aarzelde, lichtelijk van slag. 'Ze dacht dat ik Harry was, die terug was gekomen, zoals meneer haar had beloofd. Ik voelde me behoorlijk schuldig dat ik niet heb gezegd dat ik hem niet was en zo, maar ik wilde haar niet nog meer overstuur maken. Ze was zo ziek. O, hemeltje,' zei hij zuchtend, 'u hebt gelijk, mevrouw; wat een rotzooi, wat een vreselijke rotzooi.'

Bill dronk zijn cognac op en ze bleven een poosje zwijgend en in eigen gedachten verzonken zitten.

'Het is zo vreselijk triest,' verzuchtte Giselle ten slotte. 'Dit kleintje is weer een slachtoffer van de chaos en de pijn die de oorlog heeft achtergelaten. Maar, meneer Stafford, u moet praktisch blijven. Als Lidia niet herstelt, zijn er hier weeshuizen die zulke kinderen opnemen.'

Bill huiverde. 'Laten we hopen dat ze wel herstelt. Al moet ik haar dan natuurlijk nog wel gaan uitleggen dat ze meneer nooit meer zal zien, dat hij al getrouwd is en er in Engeland ook een baby op komst is.'

'Ik benijd u niet, meneer Stafford, maar ik weet zeker dat u zich wel zult redden. Als u haar ziet, zeg dan alstublieft tegen Lidia dat ik haar laat groeten. En nu ga ik melk, luiers en de mandenwieg regelen.'

'Dank u.' Bill stond op met de baby in zijn armen. Hij was doodop door de traumatische dag. 'Ik ben u dankbaar voor al uw hulp, mevrouw.'

Giselle volgde hem naar de deur. 'Mijn beste meneer Stafford, we moeten allemaal het weinige doen dat we kunnen doen.'

In de week die volgde had Bill geen andere keus dan snel te leren hoe hij voor Lidia's baby moest zorgen. Laor, de opgewekte, capabele Thaise vrouw die elke dag zijn kamer kwam schoonmaken, bleek van onschatbare waarde. Ze liet hem zien hoe hij de baby moest voeden, laten boeren en verschonen, en ze giechelde toen ze Bill met de veiligheidsspelden zag worstelen. Hij leerde de routine van de baby kennen, begreep dat ze huilde als ze nat was of honger had, of iets had wat Giselle buikkramp noemde, vaak om vijf uur 's ochtends. Hij genoot ervan haar pijn te verlichten, op haar rugje te kloppen tot ze boerde en haar lijfje slap te voelen worden en haar hoofdje tevreden tegen zijn schouder te voelen zakken. Daarna kroop hij uitgeput terug in bed en werd hij weer wakker als de baby rond acht uur om haar volgende voeding huilde.

Hij zocht Lidia elke morgen in het ziekenhuis op en nam dan de baby mee. Ze was nog steeds bewusteloos en had hoge koorts en de verpleegsters keken hem vol medeleven aan wanneer hij de baby op een matje bij haar bed verschoonde. Giselle vroeg haar Thaise assistent-manager het ziekenhuis te bellen en met de dokter te praten. Zo kwam Bill te weten dat Lidia na de bevalling een ernstige bloeding had gehad. De dokter zei dat de prognose niet goed was. Lidia bloedde nog steeds en er was een infectie in haar baarmoeder bij gekomen. Ze kreeg zware medicijnen om de infectie te onderdrukken, maar ze reageerde daar tot dusver nog niet op.

Bill zat bij haar en gebruikte de doek in de schaal met water naast haar bed om haar gloeiende voorhoofd af te koelen, maar het leek een volstrekt nutteloos gebaar. Soms bewoog ze, deed ze een paar seconden haar ogen open en sloot ze dan weer. Hij wist dat ze zich niet van hem en de baby bewust was.

Bill begon wanhopig te worden. Zijn boot vertrok over drie dagen naar Engeland en hij had geen idee wat hij moest doen als ze voor die tijd niet bij bewustzijn kwam. Hij wist echter wel dat ze nog vele weken niet in staat zou zijn om voor haar baby te zorgen.

Laor had hem laten zien hoe hij de baby op zijn Thais in een draagdoek kon leggen, en Bill vertrok met de baby in de draagdoek om de middag bij Priyathep, de bloemenman, door te brengen. Samen bezochten ze de grote bloemenmarkt in Bangkok, waar hij nog meer planten koos die hij mee wilde nemen naar Engeland.

Terwijl ze door de warme, drukke straten van Bangkok reden, leerde Bill van zijn nieuwe vriend veel over de verzorging en het cultiveren van orchideeën. Hij wist dat die kennis hem heel goed van pas zou komen. Priyatheps familie kweekte in hun kwekerij in Chiang Mai al drie generaties lang orchideeën. Ze haalden ze uit de bergachtige oerwouden die hun dorp omringden. Priyathep had hem beloofd nieuwe soorten die ze vonden voortaan rechtstreeks naar Wharton Park te zullen sturen.

Tijdens hun tochten lag de baby rustig tegen zijn borst te slapen; ze huilde alleen als ze honger had of vies was. Bill voelde zich er aanvankelijk raar en verlegen onder, maar hij verbaasde zich erover hoe rustgevend de warmte van haar kleine lijfje tegen het zijne was.

'Zij lieve baby,' had Priyathep gezegd. 'Geen problemen. U goede papa.'

Bill had een golf van trots gevoeld.

'Je bent inderdaad lief, en heel mooi, schatje,' mompelde Bill toen hij haar op een avond vakkundig verschoonde en haar amberkleurige ogen met zo veel vertrouwen naar hem opkeken dat zijn hart bijna brak. Hij pakte haar van het bed op en kuste haar donkere, donzige hoofdje. Hij wiegde haar zachtjes en ze kroop dicht tegen zijn schouder aan. 'Wat moet ik met je doen, kleintje?' verzuchtte hij vertwijfeld toen hij haar in de mandenwieg legde. Ze keek naar hem op en misschien was het verbeelding, maar hij wist zeker dat ze glimlachte voor ze haar vuistje in haar mond stopte, erop begon te zuigen en haar ogen dichtdeed.

Met nog twee dagen te gaan voor zijn boot vertrok en Lidia die nog steeds buiten bewustzijn was, wist Bill dat hij plannen moest gaan maken.

'Kent u een aardige familie in Bangkok die haar zou willen opnemen?' vroeg hij Priyathep toen ze begonnen met het inpakken van de orchideeën.

'Nee. Mensen hier te veel baby's. Geen geld voor eten. Mama dood, baby naar tehuis voor wezen,' zei Priyathep kortweg.

Bill zuchtte. 'Kent u er een?'

'Ik ken, ja, maar geen goede plaats, meneer Bill. Te veel baby's, misschien vier in bed. Stinkt ook.' Priyathep trok zijn neus op. 'Baby wordt ziek en gaat dood. Niet goed.' Hij keek naar de baby, die lag te slapen in een ondiepe krat met een deken erin nu Bill aan het werk was. 'Geen toekomst hier als mama doodgaat.'

Na een slapeloze nacht ging Bill zoals gewoonlijk naar het ziekenhuis en trof een glimlachende verpleegster naast Lidia's bed aan. Ze wees en zei iets in het Thais. Bill zag dat Lidia haar ogen helemaal open had; ze zagen er enorm uit in haar magere, grauwe gezicht. Zijn hart sloeg een slag over. Hij had dit niet verwacht en was er niet op voorbereid. Lidia keek hem aan en haar blik was meteen vervuld van angst.

‘Wie bent u?’ Haar stem klonk zwak en schor. ‘Waar Harry? Heb ik gedroomd dat hij komt naar mij? Waarom hebt u mijn baby? Geef haar aan mij!’ Haar armen strekten zich naar de baby uit, die in de draagdoek dicht tegen Bills borst lag.

De verpleegster draaide zich naar Lidia om en probeerde haar in het Thais te kalmeren, hielp toen de baby uit de draagdoek te halen en legde haar in de kromming van Lidia’s arm.

Lidia vuurde vragen op de verpleegster af en de vrouw antwoordde terwijl Bill er machteloos bij stond. Hij wist dat het moment was gekomen en hij was haast nog liever een jaar extra in Changi gebleven.

Toen de verpleegster weg was, wendde Lidia zich met een woedende blik naar Bill.

‘Waarom zegt u tegen zuster u bent vader van baby? Dat bent u niet! Wie bent u? Vertel mij!’

‘Ik zweer dat ik dat niet heb gezegd, juffrouw Lidia. Ik kan geen Thais spreken. Ik denk dat zij dat gewoon dachten omdat ik u hierheen heb gebracht. Ik ben Bill Stafford, de vriend van Lord Harry. Hij heeft me naar Thailand gestuurd om u te zoeken.’

‘Harry? Hij is… niet hier?’ De angst en de boosheid trokken uit Lidia’s gezicht weg en haar ogen vulden zich met tranen. ‘Maar ik zag hem, hij kwam naar mij… hij hield mij vast… ik…’

‘Lidia, dat was ik, die naar uw kamer kwam. Harry is niet hier. Hij is in Engeland. Het spijt me, maar zo is het.’

‘Nee, nee, ik zie hem… ik vecht om te blijven leven voor hem… hij komt terug voor ons,’ kreunde ze, en ze sloot haar ogen toen er tranen over haar wangen rolden.

‘Lidia, ik… Hij houdt van u. Hij houdt ontzettend veel van u. U bent alles voor hem, echt waar.’

‘Waarom hij dan niet hier? Hij belooft, hij belooft mij hij komt terug,’ kermde ze zachtjes.

‘Zijn vader is gestorven. Hij moet het familielandgoed in Engeland leiden. Als hij kon, zou hij hier bij u zijn, dat weet ik.’ Bill wist dat alles wat hij zei een zwakke, onwaardige poging was om een vrouw te troosten die nooit afdoende kon worden getroost.

‘Hij komt snel?’ vroeg Lidia, haar stem niet meer dan een fluistering nu haar kleine beetje energie was opgebruikt.

'Hij kan niet hierheen komen, juffrouw Lidia. Daarom heeft hij mij gestuurd.'

'Dan u neemt ons mee naar Engeland...'

Bill kon zien dat Lidia wegzakte.

'Rust u maar een poosje uit, juffrouw Lidia,' zei hij, en hij pakte haar hand vast. 'Ik blijf hier bij u zitten. We praten straks wel verder en dan vertel ik u alles.'

'Hij komt wel. Hij houdt van mij... houdt van mij...'

Lidia's stem stierf weg toen ze in slaap viel.

De daaropvolgende uren zat Bill naast Lidia's bed en het brak zijn hart haar met haar dochtertje herenigd te zien en te weten dat ze droomde van een toekomst die niet voor hen was weggelegd. Toen de baby wakker werd van de honger, sliep Lidia door: Bill haalde haar voorzichtig bij Lidia weg, voedde en verschoonde haar en legde haar terug.

Pas toen de dalende zon een vreemde, bruingele gloed door de ramen van de afdeling wierp, werd Lidia wakker. Een verpleegster kwam binnen met een dokter die gebaarde dat Bill weg moest gaan. Buiten kocht Bill een flesje bier en een kom noedels en ging daarmee op de trap van het ziekenhuis zitten. Ondanks zijn vreselijke jaren in de Changi-gevangenis betwijfelde hij of hij zich ooit zo hopeloos en alleen had gevoeld.

Een uur later mocht Bill weer op de afdeling. Lidia zat rechter in de kussens en zag er akelig kwetsbaar uit, maar haar ogen waren alerter en ze leek kalm.

'Alstublieft, meneer Bill, ga zitten.' Ze wees naar een stoel. 'De dokter zegt u bent erg vriendelijk. U brengt mij hier, zorgt voor mijn baby en komt elke dag op bezoek. Hij zegt u goed mens.'

'Ik heb mijn best gedaan, juffrouw Lidia. En zij,' – Bill wees naar de baby in de armen van haar moeder – 'is echt een schatje.'

Lidia keek glimlachend naar haar baby. 'U vindt zij lijkt op haar papa?'

Bill vond dat ze precies op haar moeder leek, maar hij knikte toch. 'Ja, ze lijkt op hem. En ik wil al die tijd al graag weten hoe ze heet.'

'Jasmine. Haar naam Jasmine. Harry, hij vertelt mij zijn moeder heeft jasmijn in tuin in Engeland. Groeit hier ook. Is prachtige plant met prachtige geur.'

‘Ik hou daar ook van, juffrouw,’ zei Bill. ‘En het is een prima naam.’

‘Ik hoop Harry zal mooi vinden. En u bent Bill…?’

‘Stafford, juffrouw Lidia. Ik zat samen met Lord Harry in Changi. We hebben elkaar erdoorheen gesleept, in feite…’ Bill trok een grimas bij de herinnering. ‘Maar thuis in Engeland ben ik zijn tuinman.’

‘Tuinman?’ Lidia trok een wenkbrauw op. ‘Hij stuurt tuinman om mij te zoeken?’

‘Hij wist dat hij mij kon vertrouwen, juffrouw Lidia. Ik zou alles voor hem doen, echt waar.’

Lidia’s blik werd teder. ‘Ja, hij heel bijzondere man. Ik kan niet wachten hem te zien en baby laten zien. Ik begrijp nu uit zijn brieven hij kan niet komen. Zijn vader dood. Dus u komt mij zoeken en naar Harry in Engeland meenemen, ja?’

‘Lidia, ik…’

‘Maar ik kan nu niet naar Engeland gaan, meneer Bill.’ Lidia schudde haar hoofd. ‘Dokter zegt veel schade binnen in mij door baby, ik moet meteen opereren. Eerst hij kon niet, omdat ik te ziek en zij denken ik ga toch dood. Zij zeggen misschien veel weken voor ik oké. Als ik oké. Dus wij moet wachten tot ik lange reis kan maken.’

Bill slikte moeizaam. Hij wist hoe dapper ze zich hield, hoe ziek ze werkelijk was. ‘Juffrouw… ik bedoel, Lidia… ik…’

Hij haperde en ze zag de ontzetting in zijn ogen.

‘Wat is het?’

‘O, juffrouw, ik weet niet hoe ik het u moet vertellen. Ik ben…’

‘Wil hij mij niet meer?’ De pijn was van haar gezicht af te lezen.

‘Nee, hij houdt van u, juffrouw, meer dan van wat ook ter wereld. Dat is het niet… ik…’

‘Als hij van mij houdt, alles is oké, dus u moet mij vertellen, meneer Bill, wat met mijn arme Harry is gebeurd.’ Ze keek hem aan en haar onvermurwbare geloof in hun wederzijdse onsterfelijke liefde gaf haar een stoïcijnse vastberadenheid die maakte dat Bill zich alleen maar nog onbeholpener voelde.

‘Misschien moet ik na uw operatie terugkomen, als u zich wat sterker voelt,’ opperde hij. ‘Ik geloof niet dat het goed is het u nu te vertellen.’

‘Meneer Bill, ik was bijna dood. En misschien ik ga in operatie dood, of daarna. Dokter vertelt mij dat al. Operatie is morgen,’ voegde ze eraan toe. ‘Er is geen tijd, dus u moet mij nu vertellen. Alstublieft, meneer Bill,’ smeekte ze, ‘ik moet weten.’

‘Ik… o, juffrouw…’

Lidia stak een klein bevend handje naar hem uit. ‘Ik zie het is erg. Ik ben voorbereid. Maak u geen zorgen. Ik weet hij houdt van mij en dat is belangrijkste. Vertel mij, alstublieft.’

En dus deed Bill – die zo weinig innerlijke kracht leek te hebben in vergelijking met de vrouw wier leven hij moest verwoesten – wat ze hem had gevraagd. Hij sprak de woorden waar hij zo tegenop had gezien en zag dat haar gezicht geen emotie verried, hoewel ze haar handen telkens weer vertwijfeld samenkneep. En toen keek Bill naar het kleine, kostbare blijk van Lidia’s overweldigende liefde dat in haar armen lag te slapen en wist hij dat hij niet het hele verhaal kon vertellen, dat hij niet kon zeggen dat Lord Harry ver weg in Engeland ook op de komst van een baby wachtte.

‘Dus dat is het. Harry is getrouwd en nu zijn vader overleden is, rust de hele verantwoordelijkheid op zijn schouders. Ik kan u niet zeggen hoe erg ik het vind, voor jullie allebei, juffrouw Lidia. Hij was van plan terug te komen, echt waar; hij zou zijn vrouw alles vertellen en haar om een scheiding vragen. Maar zelfs hij weet dat dat nu niet meer kan. Hij vroeg me u te vertellen dat hij altijd van u zal blijven houden,’ besloot Bill. ‘Geloof me, juffrouw Lidia, hij voelt zich echt ellendig, net als u. Ik vind het… zo erg voor jullie allebei.’

Lidia keek recht voor zich uit, als bevroren.

‘Weet hij van baby?’ fluisterde ze ten slotte.

‘Nee. Dat weet hij niet.’

Lidia knikte. Bill zag haar nadenken.

‘Hij kan mij niet hebben. Zelfs als ik blijf leven.’

‘Nee, juffrouw Lidia, dat kan hij met de beste wil van de wereld niet.’

‘Misschien hij kan zijn kind hebben, als hij wist?’

Bill kende het antwoord, maar hij zag Lidia’s gezicht met de seconde grauwer worden. ‘O, juffrouw, ik betwijfel het,’ antwoordde hij krachteloos.

‘Ik wil dat u hem vraagt of hij ons kind wil.’ Ze trok hem plotseling aan zijn mouw. ‘Ik wil u stuurt vanavond telegram. Vraag hem. Alstublieft, meneer Bill, u moet. Ik heb geen tijd, ik moet beslissen wat is beste voor

Jasmine nu ik nog kan.' De urgentie ondermijnde haar kracht; haar hand viel van Bills arm en ze sloot haar ogen. 'Ik niet belangrijk. Ik heb dood al gezien en misschien is mijn lot dat ik deze aarde snel verlaat. Maar ons kind... onze baby... moet niet lijden. U moet haar naar hem brengen... naar haar vader...'

Bill slikte moeizaam. Hij had niet de moed om haar te vertellen dat wat zij voorstelde onmogelijk was.

Lidia opende haar ogen en keek op haar dochter neer.

'Zij verdient leven, meneer Bill. Ook als ik leef, ik kan niet goed voor haar zorgen. Niet geven wat zij nodig heeft. Ik heb nu geen huis, geen werk, geen geld. Ik moet haar met u naar Engeland laten gaan. Dan zij heeft kans.'

'Juffrouw Lidia,' zei Bill schor, 'de baby heeft haar moeder nodig. Ik denk...'

'Ik denk ik ga misschien dood en baby heeft niemand die voor haar zorgt.' Ze kuste Jasmine op haar kruin en hield het piepkleine handje van de baby in haar eigen kleine hand. Haar ogen, die blonken van de niet-vergoten tranen, keken in die van Bill. 'Neem haar nu mee, alstublieft. Dat is beste. Als ik haar nog langer bij mij hou, kan ik misschien...' zei Lidia met een stem die eindelijk brak, 'haar niet meer weggeven.'

Ze boog over Jasmine heen en fluisterde haar woorden toe die Bill niet begreep en ook niet wilde begrijpen. Hij wist dat ze afscheid nam.

Haar lichaam trilde van inspanning toen Lidia probeerde de baby op te tillen en aan Bill te geven. Bill kwam dichterbij en nam Jasmine van haar over terwijl de tranen nu ongehinderd en stil over Lidia's wangen rolden.

'Hou haar veilig, meneer Bill, alstublieft, hou haar veilig. Ik geloof u bent goed mens. Ik moet nu u en haar vader vertrouwen, want ik weet niet of mijn toekomst op aarde of in de hemel. Maar is niet belangrijk. Jasmine is toekomst, niet ik. Alstublieft, meneer Bill,' smeekte ze hem, 'vind manier om mij laten weten dat mijn dochter veilig is. Als ik leef, ik moet dat weten.'

'Dat zal ik doen. Ik zal Priyathep, de bloemenman, schrijven.' Bills stem trilde terwijl hij beloftes deed waarvan hij niet wist of hij ze kon nakomen. 'Ik zorg dat Jasmine veilig is, juffrouw Lidia, maak u geen zorgen.'

'*Kop khun ka.* En vertel allebei, ik hou meer van hen dan sterren in de hemel en zij zijn zegen van God voor mij.'

Lidia stak voor het laatst haar arm uit om haar baby aan te raken, maar ze was te zwak om Jasmine te bereiken en haar arm viel terug op het bed. 'Vertel allebei, ik zal hen weer zien. Want...' zei ze en ze keek naar Bill op met een glimlach die haar gezicht opfleurde en hem een korte blik op haar ware schoonheid bood, 'liefde sterft nooit, meneer Bill. Liefde sterft nooit.'

48

Op een dag begin mei stond Bill onverwachts bij Elsie op de stoep.

'Bill! O, Bill! Waarom heb je niet gezegd dat je vandaag thuiskwam? Dan was ik naar Felixstowe gekomen!' Elsie wilde hem omhelzen, maar zag toen dat hij voorzichtig iets vasthield wat in een dekentje gewikkeld was. Ze keek er argwanend naar. 'Wat heb je daar?'

'Laten we naar binnen gaan, lieverd, oké?' zei Bill vermoeid. 'Dan kan ik haar neerleggen en in plaats daarvan jou in mijn armen nemen.'

Elsie deed de deur achter hem dicht. Het bundeltje bewoog toen hij het neerlegde.

'O, lieve schat, ik heb je zo vreselijk gemist. Heb je mij ook gemist?' vroeg Bill.

Elsies ogen waren nog steeds op het bundeltje gericht.

'Natuurlijk heb ik je gemist, maar hou daar even over op. Wat is dat?'

Bill keek haar nerveus aan. 'Ik heb besloten een cadeautje voor je mee te brengen. Ik nam het risico dat het juist was. Anderzijds,' verzuchtte Bill, 'had ik in feite weinig keus. Vooruit, ga haar maar bekijken. Het is echt een engeltje.'

Elsie liep aarzelend en zo onthutst dat ze beefde naar het bundeltje. Ze trok voorzichtig het dekentje opzij en keek in een paar amberkleurige ogen.

'O, Bill!' Elsie hapte naar adem en drukte haar handen tegen haar blozende wangen. 'Ze is prachtig. Van wie is ze?'

'Elsie, ze is van ons. Ik heb een baby voor je meegebracht.'

'Maar...' Elsie was zo verbijsterd dat ze niet wist wat ze moest zeggen. 'Ze moet toch van iemand zijn? Bill Stafford! Ik ken je en je vertelt me niet alles.'

De baby begon te huilen. 'Och, arm klein ding! Kom hier.' Elsie pakte haar op en nam haar in haar armen, ze keek naar de honingkleurige huid, het volmaakte neusje en de donkere haren. 'Sst, sst, stil maar, kleintje.' Ze stak haar pink in het mondje van de baby om haar te sussen. 'Hoe oud is ze?'

'Net twee weken toen ik vertrok, dus nu een week of zeven,' legde Bill uit.

'Maar hoe heeft een grote bruut als jij op een boot voor haar kunnen zorgen? Hij weet helemaal niets van baby's, hè, kleintje?' zei Elsie tegen de baby. Ze voelde dat ze er verliefd op werd, maar wilde zeker weten of ze vrij was om dat te doen.

'We hebben ons anders aardig gered samen. Ze is zo'n schatje, je hoort haar zelden,' zei Bill trots en Elsie zag de liefde in de ogen van haar man.

'Bill Stafford, ik weet dat hier meer aan de hand is, dus ik zou het maar snel vertellen als ik jou was.'

Hij kwam achter Elsie staan en sloeg zijn armen om haar schouders. 'Ik heb er toch goed aan gedaan, nietwaar, lieve schat? Kijk haar nou eens. Ze is volmaakt.'

'Ik... Bill! Ik weet niet wat ik moet zeggen. Ik weet het echt niet.' Elsie schudde haar hoofd. 'Je duikt hier zomaar plompverloren op met een baby in je armen!' Haar gezicht kleurde plotseling nog roder en ze werd licht in haar hoofd door de emoties. 'Is er soms iets wat je me niet vertelt, Bill? Wat heb je uitgehaald toen je uit de Changi-gevangenis kwam?'

'O, Elsie, mijn Elsie!' Bill trok haar gezicht naar het zijne om haar te kussen. 'Doe niet zo raar! Ik was hier al lang en breed terug voor dit kleine wurm werd gemaakt!'

Elsies ogen werden glazig en ze moest even de maanden op haar vingers terugtellen voor ze opgelucht kon glimlachen.

'Je hebt gelijk, Bill. Ik ben niet goed wijs. Bovendien weten we dat je geen vader kunt worden. Maar weet je zeker dat het allemaal legaal is en zo?' ging ze door. 'Er komt toch niemand midden in de nacht op de deur bonken om jou in de gevangenis te gooien voor het stelen van een baby, hè? En om dit kleintje mee te nemen?'

'Ik zweer je dat het legaal is. Ze is van ons, Elsie, ons kind. En niemand neemt haar meer van ons af, dat beloof ik je.'

'Hoe heet je?' koerde Elsie tegen de baby.

'Haar moeder heeft haar Jasmine genoemd, maar dat kunnen we veranderen als je wilt.'

'Jasmine... nou, dat lijkt me precies goed, aangezien haar... pa,' – Elsie proefde het woord op haar tong – 'zulke prachtige bloemen kweekt.'

'En ik heb kratten vol meegebracht, lieve schat.'

Ze keek Bill aan. 'Ze komt uit Thailand, nietwaar? Maar ze heeft helemaal geen vreemde kleur.' Elsie streelde het zachte huidje van Jasmines onderarm.

'Nou, er zit wel een verhaal aan vast,' zei Bill. 'En als je haar nu even neerlegt en een lekkere sterke kop thee voor je man gaat zetten, zal ik je precies vertellen hoe het allemaal is gegaan.'

Gewapend met een kop thee vertelde Bill zijn vrouw het trieste verhaal.

'Je begrijpt toch wel dat ik geen keus had? Jij zou toch hetzelfde hebben gedaan, hè?'

'Ja, Bill. Dat weet je best.'

'Godzijdank,' verzuchtte hij en hij had zijn vrouw nog nooit zo liefgehad en bewonderd als op dat moment. 'Maar je begrijpt ook dat, voor ons aller bestwil, Lady Olivia het nooit mag weten?'

'Natuurlijk, stommerd,' mompelde Elsie. Al haar opgekropte moederinstincten kwamen vrij en verleenden haar een warme, tevreden gloed terwijl ze haar nieuwe baby in haar armen wiegde. 'En ik zeg geen woord als dat betekent dat we dit kleine schatje kunnen houden.' Ze keek naar hem op. 'Maar ga je doen wat die Lidia je heeft gevraagd, en meneer de waarheid vertellen?'

'Lidia heeft hem een brief geschreven.' Bill zuchtte. 'Die lag in het ziekenhuis op me te wachten, de laatste keer dat ik erheen ging. Ze werd toen geopereerd, dus heb ik haar niet meer gezien. Ze had ook een orchidee voor me achtergelaten. In het briefje stond dat hij heel bijzonder was, en voor de baby, zodat ze haar niet zou vergeten. Er zitten nog geen bloemen aan, maar...'

'O, Bill, hou toch eens op over die bloemen van je en vertel me wat je met de brief voor meneer gaat doen!' onderbrak Elsie hem.

'Eerlijk gezegd, Elsie, weet ik het niet.'

'Het is zo klaar als een klontje dat het alleen maar problemen kan geven. Als hij de baby nou voor zichzelf wil? Ik zou geen slapende honden wakker maken als ik jou was,' waarschuwde ze.

Bill kuste de nieuwe moeder en haar baby. 'Weet je wat, Elsie, ik ga even naar de kas om na te denken.'

Bill ging op een krat orchideeën zitten en haalde Lidia's brief uit zijn zak. Hij had geen idee wat erin stond. Dat waren zijn zaken niet. Zijn ogen werden nog vochtig als hij aan het moment dacht dat Lidia hem zonder een woord van zelfmedelijden haar baby gaf, ook al was de pijn duidelijk zichtbaar in haar ogen.

Met de brief in zijn hand dacht Bill aan de hartstocht die de geliefden hadden gedeeld en het tragische van de hele situatie. Lidia kon wel dood zijn. Er was toch zeker geen risico als hij de brief doorgaf? Er was toch niets meer aan te doen. Lord Harry wist waar zijn plicht lag, daarom had hij Bill ook gestuurd om Lidia te gaan zoeken. Hij zou willen weten wat er met haar was gebeurd en misschien kon hij dat het beste van Lidia zelf horen, de vrouw van wie Harry hield. En het zou hem misschien troosten dat het bewijs van hun liefde hier op Wharton Park woonde. Als hij zo nu en dan naar hun huisje wilde komen om zijn kleine meisje te zien, kon dat toch zeker geen kwaad?

Zolang mevrouw er maar nooit achter kwam…

Harry zou het haar in elk geval nooit vertellen.

Bill negeerde het verstandige advies van zijn vrouw, bedacht dat hij slechts een boodschapper was in dit hele drama en legde de brief voor Lord Harry op de gebruikelijke plek onder de orchideeën.

Daarna richtte hij zijn aandacht op de kratten en begon hij zijn dierbare planten uit te pakken en te sorteren.

Olivia, die nog tien weken te gaan had tot de geboorte van haar eigen kind, hoorde het nieuws die middag van Elsie. Ze werd uitgenodigd naar het huisje te komen om naar de baby te kijken en zag de blijdschap in Elsies ogen.

'Wat een prachtig kind,' zei Olivia toen de baby haar vinger pakte en kirde. 'Hoe hebben jullie haar genoemd?'

'Jasmine, mevrouw.'

'Perfect,' zei Olivia, en ze glimlachte naar Elsie. 'Ik had toch gezegd dat het leven soms met bijzondere oplossingen komt?'

'Ja, mevrouw, dat hebt u gezegd. En dat is ook gebeurd, hè? Voor ons allemaal.'

Op weg terug naar het huis bleef Olivia voor de kas staan. Ze had Bill nog niet gezien sinds hij terug was en ze wilde hem ook feliciteren met de baby en uiting geven aan haar bewondering voor zijn goedheid: Elsie had haar uitgelegd dat er in Thailand heel veel alleenstaande moeders waren die te ziek en te arm waren om voor hun baby te zorgen en dat Bill een van die onfortuinlijke meisjes had ontmoet. Toen ze bij de bevalling overleed en haar baby tot een somber weeshuis gedoemd leek, had Bill het enige fatsoenlijke gedaan wat hij kon doen en hij had de baby mee naar huis genomen, waar hij wist dat ze liefde en goede verzorging zou krijgen.

Olivia voelde haar eigen baby schoppen en glimlachte, blij dat haar kind niet dezelfde problemen zou hebben als het arme kleine ding dat Bill had gered.

Ze opende de deur van de kas en trof de vloer bezaaid met kratten vol orchideeën. Bill was er niet, maar Olivia besloot een paar minuten te wachten voor het geval hij terugkwam. Ze liep tussen de rijen bloemen door, genoot van de heerlijke geuren en bleef bij de orchideeën staan. Ze pakte er een op, en bedacht dat die mooi zou zijn om naar te kijken tijdens haar aanstaande bevalling.

Haar aandacht werd getrokken door een envelop onder de pot; ze pakte hem op en zag dat hij aan Harry was gericht, maar zonder adres of poststempel. Ze herkende het handschrift niet en er zat een bobbeltje in een hoek van de envelop. Olivia was nieuwsgierig en omdat ze ervan overtuigd was dat er niets in zou staan wat ze van Harry niet mocht zien, maakte ze hem open.

Toen ze even later de paar korte zinnen drie keer had gelezen, zakte Olivia naar adem snakkend door haar knieën.

Ze wikkelde een dotje papier open dat het bobbeltje in de envelop had gevormd en staarde naar een kleine ring met een ambersteen erin. Het was een kindermaatje.

Ze slikte moeizaam om de brok in haar keel kwijt te raken… ze wilde niet huilen. Dit was te erg voor tranen.

Olivia probeerde te bevatten wat ze had gelezen:

Die vrouw had innig van haar man gehouden. En Harry had haar kennelijk gevraagd met hem te trouwen. Hij had haar ook beloofd dat hij zo snel mogelijk terug zou komen naar Bangkok. Toen Harry had beseft dat dat niet mogelijk was, had hij Bill er onder valse voorwendselen heen gestuurd om haar te zoeken. En Bill was thuisgekomen met wat die vrouw het kind van haar echtgenoot noemde in zijn armen.

Bill kwam de kas in.

Olivia probeerde op te staan, maar haar knieën wilden nog niet meewerken.

'Mevrouw, wat doet u daar? Laat me u overeind helpen.'

'Nee!' Ze stond zelf op en liep woedend met de brief zwaaiend naar hem toe. 'Wil je zo vriendelijk zijn me uit te leggen wat dit is?'

Bills gezicht werd vervuld van afgrijzen toen hij zag wat ze vasthield.

'Mevrouw... het was niet de bedoeling dat u dat zou vinden. Alstublieft...'

'Nou, ik heb het wel gevonden, en als je me nu niet vertelt wat jij en mijn man in godsnaam hebben bekokstoofd, dan laat ik jou, je vrouw en die... bastaard onmiddellijk van mijn land verwijderen! Vertel!'

'Alstublieft, denk om uw toestand, mevrouw. U mag u niet zo opwinden.' Bill probeerde snel na te denken. Hij wist dat alles nu op het spel stond. 'Het was niets, echt niet, gewoon een eenzame soldaat die in de war was geraakt.'

'Wat? Zo in de war dat hij een andere vrouw ten huwelijk vroeg?' Olivia zwaaide met de ring. 'Terwijl hij thuis een vrouw had die al vier lange jaren geduldig op hem wachtte!'

'Rustig nou, mevrouw, u moet echt kalmeren,' smeekte Bill.

'Ik kalmeer pas als ik de waarheid hoor.' Olivia stond te beven. 'Vertel me de waarheid of jullie kunnen vertrekken!'

'Ik weet niet wat er in de brief staat, mevrouw, ik heb hem niet gelezen... ik...'

'Er staat in dat ze van hem houdt, dat ze nooit zal vergeten wat ze in Bangkok samen hadden en dat ze "begrijpt" dat hij zijn gelofte aan haar niet kan nakomen. En dat hij goed voor haar "geschenk" moet zorgen omdat zij erg ziek en daar niet toe in staat is. O, god!' Olivia schudde vertwijfeld haar hoofd. 'En ik maar denken dat hij afstandelijk was omdat hij zijn ervaringen in Changi nog moest verwerken. Terwijl hij al die tijd hunkerde naar een of andere hoer in Bangkok!' Ze keek Bill aan. 'Leeft dat meisje nog? Elsie vertelde me dat ze is gestorven tijdens de bevalling van mijn mans... baby.' Ze spuwde het woord uit.

'Ik weet het niet.' Bill merkte dat hij niet kon liegen. 'Het zou kunnen, mevrouw, want ze was inderdaad erg ziek toen ik vertrok.'

'Nou,' zei Olivia, en ze scheurde de brief in stukjes en gooide die omhoog, 'of ze nog leeft of niet, vanaf nu is ze dood! En als je mijn man spreekt, dan vertel je hem dat. En anders zijn jullie alle drie met onmiddellijke ingang dakloos!'

'Ik zweer dat ik dat zal zeggen,' antwoordde Bill wanhopig. 'Wat u maar wilt, mevrouw.'

Olivia liep ademloos heen en weer, met zweetdruppels op haar voorhoofd. 'Dat kind moet meteen van het landgoed weg! Nu meteen, hoor je me? Ze kan hier niet blijven... ik wil niet dat de bastaard van mijn man op Wharton Park opgroeit! Ik kom haar morgenvroeg halen en breng haar naar...'

'Nee!' Bill verbaasde zichzelf met zijn felheid. 'Het spijt me zeer, mevrouw, maar dat kind blijft bij Elsie en mij.' Bill merkte dat hij ook beefde van emotie. 'Gooi ons dan maar op straat, maar ik heb dat arme meisje beloofd dat ik voor haar baby zou zorgen en dat zal ik doen ook.'

'Dan moeten jullie allemaal morgenvroeg weg zijn. Ja, jullie kunnen vertrekken! Ik accepteer niet dat mijn man heimelijk met mijn personeel tegen mij samenzweert!'

'Zoals u wilt, mevrouw,' antwoordde Bill, die uit alle macht probeerde zijn kalmte te herwinnen en de juiste woorden te vinden. 'Maar, met alle respect, ik was op pad voor meneer. En ik weet zeker dat hij zal willen weten of de reis... succesvol was of niet. Ik hoef hem niet te vertellen van wie de baby is, als u dat wilt, maar als u ons dwingt te vertrekken, zal het niet lang duren voor meneer twee en twee bij elkaar optelt en snapt waarom.'

Olivia bleef nu stilstaan en keek Bill zwijgend aan. 'Chanteer je me nou, Bill?'

'Nee, mevrouw.' Bill koos zijn woorden met uiterste zorg. 'Ik constateer alleen de feiten. Misschien... misschien is het maar beter dat meneer de waarheid weet. Misschien wilt u dat hij het weet? En dat hij verantwoording voor zijn daden bij u aflegt?'

Olivia liet zich op een krat neerzakken, alle woede was plotseling uit haar verdwenen. Ze legde haar hoofd in haar handen. 'O, god... wat een onuitsprekelijke ellende.'

'Alstublieft,' probeerde Bill haar te paaien, 'u moet niet vergeten waarom meneer me naar Bangkok heeft gestuurd; toen hij weer thuis was herinnerde hij zich hoeveel hij van u hield en wist hij dat hij hier moest blijven.'

Olivia keek met een van vertwijfeling vertrokken gezicht naar hem op. 'Hou me niet voor de gek, Bill. Harry heeft nooit van me gehouden! En dat zal hij ook nooit doen. Hij is een zielige, inadequate, zwakke man, die ik met heel mijn hart veracht.' Ze ademde een paar keer diep in en probeerde tot rust te komen. 'Hij is nu in elk geval niet hier. Hij is tot morgen in Londen, bij de bank. Ik neem aan dat je hem nog niet hebt gesproken?'

'Nee, mevrouw,' zei Bill zacht.

'Nou, dat is althans iets. En hij weet niets van het kind?'

'Nee. We hebben geen contact gehad terwijl ik weg was.'

'Zweer je dat je de waarheid spreekt, Bill?' Olivia keek hem strak aan.

'Ja, mevrouw. Hij zou het hebben geweten als hij die brief had gelezen, maar dat zal niet meer gebeuren, wel?' Bill liet beschaamd zijn hoofd hangen. 'Het is mijn schuld. Mijn Elsie had tegen me gezegd dat het verkeerd was hem de brief te geven. Ze heeft altijd gelijk, altijd,' voegde hij er bijna fluisterend aan toe.

'Ze is een heel verstandige meid en je mag je gelukkig prijzen met haar,' zei Olivia. 'En zij zal hier nooit een woord over zeggen?'

'Nooit,' antwoordde Bill heel beslist. 'U weet hoezeer ze naar een eigen baby verlangde. Ze zou niets doen om dit op het spel te zetten.'

'Nee. En je hebt natuurlijk gelijk.' Olivia's ogen werden even iets milder. 'Het kind kan hier niets aan doen. Het zij zo. Maar Bill, meneer mag het nooit weten. Ik zou het niet kunnen verdragen dat hij voortdurend aan een of ander halfbloedje een eind verderop denkt terwijl hij zijn eigen kind heeft om van te houden... ook al houdt hij dan niet van zijn vrouw,' voegde ze er vol zelfmedelijden aan toe. Ze keek Bill aan en hervond eindelijk haar kalmte. 'Je moet me beloven dat je niets over het kind zegt als je mijn man spreekt, alleen dat de moeder dood is. En daarmee is het dan afgedaan. De toekomst van Wharton Park en iedereen die daar deel van uitmaakt, staat op het spel. Begrijp je dat, Bill?'

'Ja, mevrouw.'

'Ik zal met Elsie praten en haar vertellen dat ik het weet,' vervolgde Olivia. 'Ik laat me niet voor de gek houden door mijn eigen meid. En wij drieën bewaren dit geheim tot onze dood.'

'Ja, mevrouw,' bevestigde Bill ernstig.

'Dat is dan geregeld.' Olivia hief haar hoofd en liep langs hem heen naar de deur, maar draaide zich toen om. 'Weet alsjeblieft dat ik jou niets kwalijk neem, Bill. Je deed alleen wat je gezegd werd. Mijn man, die arme dwaas, beseft nauwelijks wat je voor hem hebt gedaan. Je hebt je een trouwe en loyale bediende getoond. En ik koester geen wrok jegens jou.'

Ze glimlachte kort en verliet de kas.

Toen Harry de volgende dag terugkwam uit Londen en hoorde dat Bill thuis was, excuseerde hij zich voor de lunch. Hij zei dat hij vreselijk benieuwd was naar de planten die Bill had meegebracht. Olivia accepteerde dat excuus, maar ze was zich van zijn ware motieven bewust en had er plezier in dat ze zelf van alle feiten op de hoogte was.

Bill deed wat hem was gevraagd: hij loog omwille van Wharton Park en iedereen die daarvan afhankelijk was. Hij vertelde Harry dat Lidia een paar weken voor hij in Bangkok aankwam was overleden, dat hij haar graf had bezocht en er orchideeën op had gelegd. Daarna hield hij Harry in zijn armen terwijl die onbedwingbaar huilde om zijn verloren liefde.

Toen Harry enigszins gekalmeerd was, vertelde Bill hem over het babytje dat hij uit een weeshuis had gered en zei hij dat Harry maar eens naar haar moest komen kijken zodra hij zich beter voelde.

'Natuurlijk, Bill, binnenkort een keer,' zei Harry, niet echt overtuigend. De wanhoop straalde van hem af toen hij even later de kas uit strompelde.

Olivia had niet verwacht dat haar man die nacht bij haar zou komen en dat deed hij ook niet. De volgende dag aan het ontbijt had ze zichzelf weer helemaal onder controle, en dacht ze aan haar eigen baby en aan Wharton Park. Ze had haar hart echter voor altijd voor Harry gesloten. Ze zag hem zitten aan de andere kant van de tafel, zag zijn afgetobde gezicht en wist dat Bill zijn belofte aan haar had gehouden.

Olivia las het verdriet van haar man van zijn gezicht af en voelde... niets. Zijn gebrek aan belangstelling of genegenheid voor haar zou haar geen pijn meer doen. In plaats daarvan genoot ze in stilte van zijn pijn.

Twee dagen later onderging ze echter haar eigen pijn.

De dokter werd geroepen en hoewel hij deed wat hij kon om Olivia's bevalling een halt toe te roepen, zag een paar uur later een volmaakt klein jongetje veel te vroeg het levenslicht.

Christopher Harry James Crawford, erfgenaam van Wharton Park, stierf drie dagen later na een dappere overlevingsstrijd.

En hoewel Harry toen zijn vrouw hersteld was wel probeerde weer bij haar in bed te komen, had Olivia tot op de dag van zijn dood geen lichamelijk contact meer met haar man.

49

WHARTON PARK

Ik zit in de bibliotheek en probeer het verhaal dat ik zojuist heb gehoord te bevatten. Een tragisch verhaal over liefde, misleiding en pijn – een verhaal waarvan ik het directe resultaat blijk te zijn.

Harry Crawford was mijn grootvader… er stroomt Crawford-bloed door mijn aderen… mijn moeder was half Thais… Elsie en Bill zijn geen bloedverwanten van me… en ik ben op de een of andere manier, al weet ik nog niet precies hoe, familie van Kit…

En toch, hoewel de dingen die ik heb gehoord schokkend en onthullend waren, ben ik zelf kalm. Dit huis, Wharton Park, heeft altijd al deel van me uitgemaakt, al wist ik nooit waarom. Ik heb gewoon altijd het gevoel gehad dat ik er thuishoorde. Ik weet nu dat mijn voorouders driehonderd jaar binnen deze muren hebben gewoond. Het gebouw moet van hun wezen doortrokken zijn.

Wharton Park en de familie Crawford – mijn familie – zijn onlosmakelijk met elkaar verbonden. Het huis roept ons terug, eist dat we terugkomen. Zelfs een klein baby'tje dat duizenden kilometers ver weg is geboren, een kind dat eigenlijk niet eens geboren had moeten worden, werd erdoor opgeëist en er teruggebracht.

Mijn moeder Jasmine, de enige directe nakomeling van haar generatie, onwettig geboren in de nasleep van de oorlog, zich nooit bewust van haar erfenis of haar legitieme recht op dit huis, groeide niettemin op het bijbehorende grondgebied op. En eenmaal veilig teruggewonnen liet ze nog meer Crawfords achter; van wie er nu een door het noodlot en het toeval terug is binnen de muren van het huis.

De naakte waarheid begint me plotseling te dagen. Maar brengt die troost of angst?

Wharton Park behoort niet aan de Crawfords toe.

Wij behoren aan Wharton Park toe.

Julia voelde de spanning in haar lichaam, keek omlaag en zag dat ze hard in Kits hand kneep. Ze keek naar Elsies grauwe, vermoeide gezicht.

Kit verbrak ten slotte de stilte: 'Dus als ik het goed heb zijn Julia en ik achter-achterneef en -nicht?'

Elsie slaagde erin te knikken. 'Ja, Kit, dat klopt.'

'En heeft Harry ooit ontdekt dat het kleine meisje dat een paar honderd meter verderop opgroeide Lidia's dochter was?'

'Nee. Bill en ik hebben onze belofte aan mevrouw gehouden en er tegen niemand een woord over gezegd. Harry kwam nooit meer naar de moestuin of de kassen. Het deed Bill veel verdriet dat de band die in Changi tussen hen was ontstaan, werd verbroken. Maar hij begreep dat meneer Harry niets te maken wilde hebben met iets wat hem aan Lidia herinnerde. Ik geloof dat hij zijn dochter meer dan twintig jaar niet had gezien. Tot hij op een dag, toen hij wist dat hij zou sterven, bij ons op de stoep stond.' Elsie wendde zich tot Julia. 'Je moeder deed de deur voor hem open. Hij moet het toen gezien hebben, want Bill heeft altijd gezegd dat Jasmine het evenbeeld van haar moeder was. Maar goed,' vervolgde Elsie met een schouderophalen, 'meneer zag eruit als een geest toen hij binnenkwam. Ik denk dat hij toen zeker wist wie ze was.'

'Dat moet een vreselijke schok voor hem zijn geweest,' mompelde Kit.

'Ja,' beaamde Elsie, 'de arme man stond te trillen. Ik zette hem op een stoel en gaf hem een kop thee met veel suiker. En terwijl hij me vertelde dat hij wilde dat Bill zijn dagboek uit de Changi-gevangenis kreeg, verloor hij Jasmine geen moment uit het oog. Ze was net terug uit de kassen, waar ze haar vaders orchideeën had zitten schilderen. Meneer zag ze op de keukentafel liggen en vroeg haar ernaar.'

Elsie kreeg tranen in haar ogen bij de herinnering en Kit liet Julia's hand los zodat ze naar de oude vrouw toe kon gaan en een arm om haar schouders slaan. 'Oma, als het te veel voor u wordt...'

'Nee,' zei Elsie vastberaden, 'ik ben eraan begonnen, nu wil ik het ook afmaken. Maar goed, meneer vroeg Jasmine of hij haar schilderijtjes mocht hebben, omdat hij ze zo mooi vond. Ze zei ja en toen kuste hij haar en zei hij gedag. En dat,' zei ze terwijl ze haar hoofd liet zakken en moeizaam slikte, 'was de laatste keer dat ik die arme Harry in leven zag.'

'Het was waarschijnlijk wel het beste dat hij het pas helemaal op het eind wist. Ook voor Jasmine,' troostte Kit haar.

'Dat kan wel zijn, maar ik zal nooit de blik in zijn ogen vergeten toen hij vertrok. Hij was pas achtenveertig of zo, maar hij leek jaren ouder. Hij had geen fijn leven. Mevrouw en hij waren alleen in naam getrouwd. De schok van de ontdekking over Jasmine en daarna het verlies van haar eigen baby hadden Olivia voor altijd veranderd. Ik hield van haar, maar ze veranderde van een lief meisje in een verbitterde oude vrouw. Harry vond absoluut geen troost bij haar, dat is zeker. Ik heb het vaak gezegd: ik geloof echt dat hij is gestorven aan een gebroken hart.'

'Dus zo kwamen die vier schilderijtjes een paar maanden geleden bij de inboedelveiling terecht?' zei Kit en hij keek Julia aan.

Julia antwoordde niet; ze was nog te zeer verbijsterd.

'En heeft Jasmine nooit geweten wie haar echte vader en moeder waren?' vroeg Kit.

Elsie schudde haar hoofd. 'Nee. Wat voor goeds zou daar nog uit voortgekomen zijn, voor ons allemaal? O.' Ze gaapte. 'Neem me niet kwalijk, het vertellen van dit verhaal eist zijn tol.' Ze keek Julia aan. 'Gaat het, liefje? Het moet wel een vreselijke schok zijn. Maar je moeder was in elk geval je moeder en je vader was je vader, ook al ben ik niet je ouwe oma. Maar ik heb altijd van je gehouden alsof ik dat wel was, denk daar wel om.'

'Dat weet ik, oma,' antwoordde Julia.

'Het was een vreselijk geheim om al die jaren te moeten bewaren, maar je doet wat je moet doen. En dat hebben Bill en ik gedaan.'

Kits gedachten waren niet versluierd door emoties, waardoor hij al kon nadenken over de implicaties van wat hij had gehoord. 'Maar dat betekent toch dat Alicia, als je oudere zus, een directere erfgename van Wharton Park is dan ik? Als vrouw zou ze natuurlijk niet de titel kunnen dragen, maar ze heeft wellicht wel recht op het landgoed.'

'Nee, dat is niet zo.' Elsie schudde vermoeid haar hoofd. 'Maar dat is een verhaal voor een andere keer. Ik geloof dat ik naar bed moet.' Ze maakte aanstalten om op te staan en Kit hielp haar.

'Dank je, Kit. Je bent een heer, een echte Crawford.' Ze glimlachte, haakte haar arm door die van Kit en bleef toen stilstaan voor Julia, die nog steeds onbeweeglijk op de bank zat. 'Het spijt me, liefje,' zei ze zacht. 'Ik heb heel erg gepiekerd of ik het je moest vertellen of niet. Maar aangezien het lot je terug heeft gebracht naar Wharton Park en Kit, leek dit me het juiste. Ik hoop dat ik gelijk had.'

Julia schudde zich wakker, stond op en sloeg haar armen om haar grootmoeders schouders. 'Ja, u had gelijk. En ik ben u heel dankbaar dat u het me hebt verteld.'

Kit en Julia keken Elsie samen na toen die de kamer uit liep.

'Denk je dat ik met haar mee naar boven moet gaan?' vroeg Julia.

Kit schudde zijn hoofd. 'Ik heb het gevoel dat ze alleen wil zijn.' Hij slaakte een zucht, die overging in een fluittoon. 'Wil je een cognacje? Ik kan er wel een gebruiken na dat verhaal.'

Julia schudde haar hoofd. 'Nee, dank je.' Ze ging abrupt weer op de bank zitten, terwijl Kit een karaf uit een kast onder de boekenplanken haalde en zich een borrel inschonk.

'De enige vraag die ik Elsie zou willen stellen is of je echte grootmoeder nog leeft. Als Lidia pas zeventien was toen ze Harry ontmoette, en dat was in 1946, dan zou ze nu... tachtig zijn? Er bestaat een kans dat ze nog leeft.'

Kit ging naast Julia op de bank zitten en sloeg een arm om haar schouders. 'Lidia moet heel veel voor Harry betekend hebben dat hij bereid was alles voor haar op te geven. En, lieverd, nu weten we ook van wie je je talent op de piano hebt geërfd: van je grootvader Harry.'

Dat was een verband dat Julia nog niet had gelegd. Ze leunde haar hoofd tegen Kits schouder en dankte God dat Kit geen nauwere bloedverwant was dan een achter-achterneef. 'Ja, misschien,' mompelde ze.

Kit keek omhoog naar de scheuren in het plafond. 'De moraal van dit trieste verhaal is natuurlijk dat de plicht het won van de liefde. Ik ben buitengewoon blij dat ik niet in Harry's schoenen sta. Ik begrijp wel waarom hij het gevoel had dat er geen keus was.'

'Ik heb medelijden met Olivia. Ze wist wat er was gebeurd, maar stelde de toekomst van Wharton Park boven haar eigen gevoelens. Geen wonder dat ze verbitterd raakte,' zei Julia en ze zuchtte. 'Haar hele volwassen leven onbemind en bedrogen.'

'Ja.' Kit nam een slokje cognac. 'Het spijt me nu dat ik niet meer aandacht aan haar heb besteed toen ik de vakanties hier doorbracht. Ik nam gewoon aan dat ze een uitgedroogd, chagrijnig oud mens was.'

'Het moet ontzettend pijnlijk voor haar zijn geweest om, nadat ze haar eigen kind had verloren, mijn moeder op het landgoed te zien opgroeien, wetende dat ze Harry's dochter was.'

'Het leven is vreselijk triest, nietwaar?' Kit zuchtte en trok Julia tegen zich aan. 'Daarom hang ik het geloof aan dat we de dag moeten plukken. En misschien moeten we na al die opwinding maar eens naar boven gaan?'

Julia stemde daarmee in en ze liepen samen naar de vestibule. Julia ging op de trap zitten terwijl Kit overal het licht uit ging doen en alles afsloot. Daarna kwam hij naast haar zitten. 'Alles goed, lieverd?' vroeg hij, en hij pakte haar hand vast.

'Ja.' Ze knikte.

'Het ene moment de kleindochter van een tuinman, en het volgende van een lord!' plaagde Kit haar. 'Bedenk wel dat je heus niet de eerste bent en ook zeker niet de laatste zult zijn. Ik kan je wel een stuk of vijf lokale aristocratische families noemen met lijken in de kast. Kom, lieverd, tijd dat we naar bed gaan. We hebben morgen een drukke dag.' Kit trok haar overeind en ze liepen hand in hand naar boven.

In bed sloeg Kit zijn armen beschermend om Julia heen.

'Wat ik niet begrijp,' zei Julia in het duister, 'is waarom Elsie er niet op stond dat Alicia het verhaal ook zou horen? Het gaat haar immers net zo veel aan als mij.'

'Nou,' zei Kit, haar zachte haar strelend, 'uit wat Elsie daarstraks insinueerde maak ik op dat er nog meer geheimen te vertellen zijn. Slaap lekker, schat.'

Julia was de volgende morgen vroeg op en bereidde de zondagslunch voor haar familie voor. Elsie kwam net na negen uur de keuken in, verbaasd dat ze zo lang had geslapen. 'Het zal de emotie wel zijn geweest,' zei ze toen ze aan de keukentafel ging zitten. 'Ik ben anders altijd om zes uur al op de been.'

Julia zette een kop thee voor Elsie neer. 'Ik weet zeker dat het voor die ene keer geen kwaad kan, oma. Ik vind het leuk om voor de verandering eens voor u te zorgen.'

Elsie keek Julia wat nerveus aan. 'En... hoe sta je tegenover wat ik je gisteren allemaal heb verteld?'

'Nu ik van de schok bekomen ben voel ik me eigenlijk wel prima,' antwoordde Julia naar waarheid. 'Ik bedoel, het is niet alsof u me hebt verteld dat mijn ouders mijn ouders niet waren.' Julia legde een hand op

Elsies schouder, boog voorover en kuste haar. 'En we mogen dan geen bloedverwanten zijn, dat verandert niets aan wat ik voor u voel.'

Elsie pakte Julia's handen beet. 'Fijn dat je het zo goed opneemt, liefje. Na alle ellende die je het afgelopen jaar hebt doorgemaakt was ik bang dat dit te veel voor je zou zijn. Maar ik vond toch dat je het moest weten. Ik bedoel, als jij en Kit op een gegeven moment zouden trouwen, is er sprake van een bloedband. Het leek me,' – Elsie trok haar neus op terwijl ze over de juiste formulering nadacht – 'onbetamelijk om het je niet te vertellen.'

'Dank u. Maar ik zou me niet te veel zorgen maken; onze genen zijn door diverse generaties verdund. En nu... ik heb speciaal voor u eieren en spek gehaald. Zal ik ze voor u klaarmaken?'

Elsie keek Julia liefdevol aan. 'Je weet dat ik nooit nee zeg tegen een lekker warm ontbijtje, lieverd. Komt je vader vandaag ook lunchen?'

'Ik heb een bericht voor hem ingesproken, maar hij heeft tot nu toe niet teruggebeld. Hij zal nog wel slapen en last hebben van een jetlag. Hij is gisteravond pas teruggekomen uit de States.'

'Julia,' zei Elsie met een ernstige blik. 'Ik wil je woord dat jij noch Kit iets van wat ik jullie heb verteld tegen Alicia zegt voor ik met je vader heb gepraat.'

'Natuurlijk, als u dat wilt. Weet pap hier iets van?'

'Nee, dat weet hij niet en als je het niet erg vindt, wil ik het hem graag zelf vertellen. Hem in mijn eigen woorden uitleggen waarom ik het Jasmine nooit heb verteld.'

'Natuurlijk. En laat uw dag er alstublieft niet door verpesten,' zei Julia. 'Alicia, Max en de kinderen zouden om half een hier zijn. En ze verheugen zich er enorm op u weer eens te zien.'

'Ik ook,' zei Elsie, die knikte en een slok thee nam. 'Dwaas van me dat ik het zo spannend vond om hier terug te komen, nietwaar? Ik was bang dat het vervelende herinneringen boven zou brengen, maar het heeft juist alle goede herinneringen boven gebracht.' Elsie keek de keuken rond. 'Het leek wel een lijkenhuis, weet je, toen Harry was overleden en mevrouw hier alleen achterbleef. Ik ging erg tegen mijn werk opzien. Maar nu is er weer nieuw leven hier. Het voelt niet triest meer. Natuurlijk was dat wat het nodig had: twee verliefde jonge mensen.'

Julia bloosde en veranderde van onderwerp. 'Ik vroeg me af of u me kon vertellen hoelang ik dit vlees moet braden,' zei ze, naar het braadstuk op de snijplank wijzend terwijl ze een paar eieren voor Elsies ontbijt in de pan deed. 'Ik ben niet echt een ervaren kok, maar ik leer steeds bij.'

'Al wat je nodig hebt is enthousiasme, lieverd.' Elsie stond op en liep naar het fornuis. 'Ik zal je eerst eens laten zien hoe je het moet bedruipen.'

50

Iets over half een zag Julia de auto van Max en Alicia over de oprit aan komen rijden. Ze duwde de zware voordeur open en liep de trap af om hen te begroeten.

De kinderen liepen door de vestibule en riepen 'o' en 'a' over het grote huis waar hun tante nu woonde. Julia ging iedereen voor naar het terras, waar Elsie op hen zat te wachten. Julia zag haar opfleuren toen haar achterkleinkinderen om haar heen dromden. Toen Kit naar buiten kwam met een fles champagne, werd hij aan de kinderen voorgesteld en Julia voelde zich warm worden toen ze zag hoe gemakkelijk hij met ze praatte.

Na een poosje liet Julia hen op het terras achter en ging ze naar de keuken om het vlees in de gaten te houden. Alicia volgde haar.

'Kan ik ergens mee helpen?' vroeg ze.

'Ja, kun je op die worteltjes letten en me vertellen wanneer ze gaar zijn?' vroeg Julia, die nog wat olie over de gebakken aardappelen goot. 'Ik ben hopeloos met groente.'

Alicia prikte een worteltje aan een vork en stopte het in haar mond. 'Deze zijn precies goed. Ik haal ze van de kook. Het is vreemd om jou in de keuken bezig te zien,' merkte ze op terwijl ze de pan op de warmhoudplaat zette.

'Ik had er nooit tijd voor, maar ik vind het echt leuk. Kit leert het me.'

Alicia sloeg haar armen over elkaar en keek Julia aan. 'Weet je, ik heb nog steeds geen idee hoe jullie twee bij elkaar gekomen zijn. Ik was in de veronderstelling dat je weer in Frankrijk zat, en twee weken later zie ik je door Holt High Street lopen met Kit Crawfords arm om je schouder.' Alicia klonk een beetje scherp. 'Je had me wel iets mogen vertellen.'

'Ja,' antwoordde Julia schuldbewust, 'dat had ik inderdaad moeten doen. Het spijt me. Ik… ik wist gewoon niet goed wat ik moest zeggen. Het is moeilijk uit te leggen wat er gebeurde. Je zou misschien gedacht hebben dat ik een overhaaste beslissing nam.'

'En het afkeuren?'

'Ja, eerlijk gezegd wel.'

'Julia, als Kit je gelukkig maakt na de hel waar je doorheen bent gegaan, waarom zou ik dat dan afkeuren?' zei Alicia boos. 'Denk je nou echt dat ik zo snel oordeel?'

'Nee...' Julia schudde haar hoofd. 'Ik denk dat ik gewoon egoïstisch was en het een poosje voor mezelf wilde houden, kijken hoe het ging voor we het aan de grote klok hingen.'

'Dus ik neem aan dat hij de baby en zijn, eh, vriendin, heeft weggestuurd?'

'Dat is nou precies waarom ik niets heb gezegd, Alicia!' pareerde Julia. 'Annie was niet zijn "vriendin" en haar baby is niet van hem. Kit hielp gewoon een oude vriendin uit de brand toen die hulp nodig had, wat de plaatselijke roddelaars er ook over zeggen. De mensen zouden zich met hun eigen zaken moeten bemoeien,' voegde ze er boos aan toe.

'Julia, in godsnaam, Kit Crawford is de nieuwe eigenaar van Wharton Park, een van de grootste landgoederen van de county! Hij is plaatselijke adel en natuurlijk wordt er over hem geroddeld! En over jou ook als je bij hem blijft, dus wen er maar aan! En als je me de ware versie van het verhaal had toevertrouwd, had ik een deel van de roddels misschien meteen de kop in kunnen drukken. Maar dat heb je niet gedaan. Echt, ik vraag me wel eens af wat voor iemand je denkt dat ik ben.' Alicia's lichtroze wangen waren rood verkleurd van zeldzame boosheid. 'En als je het me had verteld, zou ik het fantastisch voor je hebben gevonden zodra ik precies had geweten hoe het zat. Ik vind Kit een schat van een man en hij is smoorverliefd op je. Er zijn maar weinig mannen die voor je zouden zorgen zoals hij dat heeft gedaan toen je ziek was. Toen wist ik wat hij voor je voelde.'

'Echt waar?' Julia was oprecht verbaasd.

'Zeker weten. En ik wist dat jij hem ook graag mocht, maar je was te bang of te verward om het toe te geven, wat ik ten volle begrijp.'

'O.' Julia dronk haar glas leeg en voelde zich onbehouwen omdat ze Alicia had onderschat. 'Maar goed, nu je het weet kunnen we elkaar misschien wat vaker zien,' zei ze als vredesaanbod.

'Ja, dat zou leuk zijn. Maar laten we doorgaan, oké? Komt pap ook nog vandaag?' vroeg Alicia. 'Ik weet dat hij gisteravond pas laat is geland.'

'Ik denk het wel, maar hij wist niet hoe laat. Hij zei dat we maar niet op hem moesten wachten met de lunch. Ik geloof dat hij Elsie wel heel graag wil zien.'

'Heb je pap al over Kit en jou verteld?'

'Nee. Je weet hoe hij is als hij net van zo'n reis terug is; zijn hoofd zit nog vol met flora en fauna. Het zou niet tot hem zijn doorgedrongen.'

'En hoe is het met Elsie?' Alicia keek toe terwijl Julia in de jus begon te roeren. 'Heeft ze je nog iets meer van het verhaal verteld?'

'Niet echt, nee,' zei Julia behoedzaam, met Elsies smeekbede in gedachten. 'Dat zal ze vast nog wel doen, maar ze was gisteravond erg moe. Juist,' zei ze, en ze haalde het braadstuk uit de oven, 'ik denk dat het vlees wel klaar is, denk je ook niet? Wil je Kit vragen het te komen snijden?'

George arriveerde halverwege het braadstuk. Hij zag er gebruind en gezond uit. Julia zette een bord eten voor hem neer en terwijl hij at lichtte George de aanwezigen in over zijn nieuwe ontdekkingen op de Galapagos Eilanden. Toen ze allemaal klaar waren met eten hielp hij Julia de borden naar de keuken te brengen.

'Lieverd,' zei hij terwijl hij ze naast de afwasbak neerzette, 'je lijkt wel een ander mens. Of beter gezegd, je lijkt weer de oude Julia. Ik neem aan dat die transformatie teweeg is gebracht door die aantrekkelijke jongeman van je?'

'Kit heeft beslist geholpen, op alle mogelijke manieren,' reageerde Julia koket. 'Het gaat… veel beter met me.'

'Nou,' zei George, 'ik heb niet veel kans gehad om met hem te praten, maar hij lijkt me een aardige kerel. Is er ergens zoiets als een vaatwasser verstopt in deze keuken?'

'Nee. Veel te modern apparaat voor dit huis,' zei Julia grinnikend, 'dus ik vrees dat de handen in het sop moeten. Ik ben hier helemaal terug in de jaren vijftig, papa. Niet dat ik het erg vind. Het is een prachtig oud huis.'

'Dat is het inderdaad,' zei George, 'en ik moet toegeven dat het een vreemde ervaring is om aan de voordeur van Wharton Park te worden begroet door mijn eigen dochter en mijn gezin weer op het landgoed aan te treffen.' Hij deed de stop in de wasbak en draaide de warme kraan open.

'Maak je daar nu maar niet druk om, papa, dat doe ik later wel. Misschien kun je de schuimtaart en de frambozen mee naar buiten nemen?' Ze wees naar de keukentafel. 'Uit de winkel, vrees ik. Zo ver gaan mijn nieuwe talenten nog niet.'

George pakte ze op en liep naar de deur, maar draaide zich toen om. 'Dus, dat jij met Kit hier op Wharton Park bent... begrijp ik goed dat dat een permanente regeling is?'

'Wie weet? Zoals jij eens tegen me hebt gezegd, pap, ik bekijk het van dag tot dag.'

'Goed zo, meisje, goed zo,' antwoordde hij. 'Ik ben blij voor je, lieverd, echt waar.'

Na de lunch ging Kit met de jongens voetballen en nam Julia de meisjes mee voor een rondleiding door het huis. Ze hadden dat met opzet zo geregeld zodat George en Elsie alleen zouden zijn.

'Lieve hemel,' zei Alicia, en ze floot zacht toen ze boven door de lange gangen liepen en de ene kamerdeur na de andere opendeden. 'Dit is een gigantische renovatieklus. Het hele huis moet worden opgeknapt.'

'Nou, ik vind het mooi zoals het is,' zei Julia defensief.

Weer beneden zette Julia koffie en nam Alicia het dienblad mee naar het terras. Elsie zat daar in haar eentje met haar ogen dicht te genieten van de middagzon.

'Waar is pap?' vroeg Alicia toen ze zat.

Elsie deed langzaam haar ogen open. 'Hij laat zich verontschuldigen. Hij zei dat hij vannacht maar een paar uur slaap heeft gehad en naar huis wilde voor hij te moe zou zijn om te rijden. Hij zou je nog wel bellen.'

'Arme man, hij moet wel uitgeput zijn,' zei Alicia, die geen idee had dat haar vader ook een andere reden kon hebben gehad om te vertrekken zonder gedag te zeggen. 'Zal ik dan maar koffie inschenken?'

Toen Alicia en Max hun kroost mee naar huis hadden genomen om ze in bad en in bed te stoppen, ging Kit nog even naar iets op de boerderij kijken. Julia zat met Elsie op het terras naar de zonsondergang te kijken.

'Ik heb met je vader gepraat,' zei Elsie ten slotte.

'Oké.'

'Wat je moet begrijpen, Julia,' zei Elsie zuchtend, 'is dat als je een geheim uit het verleden naar boven haalt, het iets van een beerput heeft waar steeds meer vuiligheid uit komt, die zich naar plaatsen verspreidt die je nooit had verwacht.'

'Het moet moeilijk voor u zijn geweest om dit te doen, maar ik ben echt blij dat u het gedaan hebt, oma,' antwoordde Julia. 'Nu al beginnen dingen over mezelf die ik nooit heb begrepen op hun plaats te vallen. En nu we het daar toch over hebben, Kit vroeg zich af of u wist wat er van Lidia is geworden. Heeft ze de operatie doorstaan en zou ze nog in leven kunnen zijn?'

'Wel,' zei Elsie langzaam, 'dan ga ik je nu nog een geheimpje verklappen. Iets wat zelfs Bill niet wist. Zie je, toen Bill me vertelde hoe dat arme meisje gedwongen was geweest Jasmine aan hem over te dragen, ging mijn hart echt naar haar uit. Ik vond het zo erg. Bill schreef inderdaad zijn vriend de bloemenman om hem te vertellen dat hij Lidia kon laten weten dat Jasmine veilig op Wharton Park was aangekomen. Zonder erbij te zeggen, natuurlijk, dat ze in ons huisje woonde en niet bij haar vader in het grote huis. Lidia schreef een paar weken later terug om te zeggen dat ze de operatie had overleefd en langzaam beter werd. Nou,' vervolgde Elsie, 'het leek me leuk voor haar om wat foto's van Jasmine te zien, dus stuurde ik haar er een paar. Door de jaren heen schreven we elkaar nu en dan. Ik deed altijd alsof ik het kindermeisje was dat voor Jasmine zorgde, om Lidia niet van streek te maken.'

'Wat lief van u,' zei Julia glimlachend.

'Nou ja, hoe Lidia ooit heeft kunnen denken dat Harry's vrouw zijn buitenechtelijke kind zomaar zou accepteren is me een raadsel, maar als het idee dat haar meisje opgroeide als een "Lady" haar gelukkig maakte, wie was ik dan om haar teleur te stellen?' Elsie wreef over haar neus. 'Misschien doen ze in die hete landen de dingen wel anders.'

'Ik heb er nog wel aan gedacht dat Olivia nadat ze haar baby had verloren, mijn moeder misschien had willen adopteren,' bekende Julia.

'Nooit van z'n lang zal ze leven!' Elsie trok een grimas. 'Om te beginnen had ze Jasmine onmogelijk kunnen laten doorgaan voor haar eigen kind, omdat Olivia zo licht was en Jasmine donker. Maar veel belangrijker was dat ze haar nooit als Harry's kind erkend zou hebben. Olivia wist dat hij van Lidia hield. Ze wilde Jasmine natuurlijk niet als dagelijkse herinnering aan die liefde bij zich hebben, wel dan? Hoe leeg haar eigen nest ook bleef.'

'Nee… u hebt gelijk,' zei Julia. 'Natuurlijk zou ze dat niet willen. Correspondeert u nog steeds met Lidia, oma?'

'Nee. Toen je moeder was overleden, hield ik op met schrijven. Ik kon het niet over mijn hart verkrijgen haar dat te vertellen. Zoals we allebei weten komt een moeder nooit over het verlies van haar kind heen…' Elsies stem stierf weg. 'Dus om je vraag te beantwoorden: ik heb geen idee of Lidia nog leeft.'

'Nee,' zei Julia zacht.

'O, hemeltje,' verzuchtte Elsie, 'je moet nooit denken dat het verleden het verleden is: het verleden gaat door, en dat ik jou en Kit heb verteld wat ik heb verteld, houdt in dat je vader ook een beslissing zal moeten nemen. Ik kan alleen maar hopen dat ik er goed aan heb gedaan.'

'Nou, wat het ook is, ik weet zeker dat onze familieband sterk genoeg is om het te doorstaan.'

Elsie pakte Julia's hand beet en gaf er een klopje op. 'Ja, liefje, dat denk ik ook.'

51

Drie dagen later reed Kit Julia naar vliegveld Stansted. Julia had gemakkelijk een taxi kunnen nemen, maar Kit had erop gestaan haar te brengen. Hoe dan ook hadden ze elkaar sinds het weekend nauwelijks gezien.

'Heb je de afgelopen dagen je vader nog gesproken?' vroeg Kit, zijn blik op de drukke snelweg gericht.

'Ik heb twee berichten bij hem ingesproken en hij heeft me uiteindelijk gisteren teruggebeld. Hij was naar Kew geweest om zijn nieuwe Galapagos-soorten aan de hoge pieten van de horticultuur te presenteren.'

'Zei hij niets over het gesprek dat hij zondag met Elsie heeft gehad?'

'Nee. En ik heb er niet naar gevraagd. Hij klonk wat terughoudend.' Julia haalde haar schouders op. 'Anderzijds klinkt hij vaak zo. Ik weet zeker dat hij het me wel zal vertellen als hij daaraan toe is.'

'Je hebt gelijk. En jij hebt al genoeg op je bordje, lieveling.' Kit kneep even in Julia's hand. 'Ik wou dat ik met je mee kon. Weet je zeker dat het wel zal gaan?'

Julia knikte stoïcijns. 'Ik moet dit gewoon afhandelen.'

'Ja. En...' Kit zocht naar de juiste woorden. 'Ik wil dat je weet dat ik respecteer hoeveel je van hen hield. Ze vormen geen bedreiging voor me, Julia. Ik begrijp dat als Xavier er nog was je nu bij hem zou zijn. En ik wil niet dat je je daarvoor schaamt of je schuldig voelt. Ik kan me er moeilijk aan storen dat je vóór mij iemand anders hebt liefgehad. Dat geldt voor mij immers ook.'

Ze stonden wat opgelaten bij de paspoortcontrole. Er waren dingen die Julia tegen Kit wilde zeggen, zoals hoe geweldig hij was geweest, hoe gelukkig zij was geweest, en hoeveel ze van hem dacht te houden – hoeveel ze van hem hield. Maar ze kon de woorden niet vinden. Dus liever dan iets verkeerds te zeggen hield ze haar mond.

Uiteindelijk sloeg Kit zijn armen om haar heen en omhelsde hij haar. 'Ik zal je vreselijk missen, lieveling,' fluisterde hij in haar oor.

'Ik jou ook,' wist ze zwakjes uit te brengen.

Hij deed een stap terug en duwde een lok haar uit haar gezicht. 'Zorg alsjeblieft goed voor jezelf. Ik weet hoe slecht je daarin bent. En denk erom, als je me nodig hebt, ben ik hier. En ik wacht op je, hoelang het ook duurt.'

Julia knikte, de tranen nabij. 'Dank je.'

'Ik hou van je, liefste,' prevelde hij.

'Ja,' zei Julia, te zeer van streek om nog meer te zeggen. Toen keerde ze hem de rug toe, zwaaide nog even en liep het poortje door.

Toen het vliegtuig zich voorbereidde op de landing op vliegveld Toulon, verbaasde Julia zich erover dat ze minder bezig was met wat haar nu te wachten stond dan met het afscheid van Kit. Na drie uur zonder hem te hebben doorgebracht en zonder een idee te hebben hoelang het zou duren voor ze hem weer zag, voelde ze zich… diepbedroefd. De intensiteit waarmee ze hem miste verraste haar enorm.

Toen ze de vertrouwde, naar dennen ruikende lucht opsnoof, zou ze het liefst rechtsomkeert hebben gemaakt, weer in het vliegtuig zijn gestapt en zijn teruggekeerd naar de vertroosting die ze aan Kit en Wharton Park ontleende. Tegen de tijd dat ze haar huurauto had opgehaald en over de pittoreske kustweg op weg was naar haar huis, begreep Julia dat het niet zo vreemd was dat ze terug wilde rennen naar Kits armen: wat ze over minder dan een uur onder ogen moest zien, maakte haar doodsbang.

Maar hoe eerder het gebeurd was, hoe eerder ze naar hem terug kon keren.

Het was druk door de vakantiegangers op de kustweg. Julia reed geduldig door de mooie plaatsjes Bormes-les-Mimosas, Le Lavandou en Rayol Canadel, en zag gezinnen vanaf de stranden de drukke bars en cafés binnengaan. Heel Frankrijk trok in augustus naar het zuiden en het had weinig zin om snel ergens te willen komen.

De slingerende weg begon te klimmen en bood een prachtig uitzicht op de azuurblauwe zee. Na het stoere, vlakke landschap van Norfolk, dat in Julia's ogen een eigen ruige schoonheid bezat, was de Côte d'Azur een spectaculaire en kleurrijke afwisseling. Het was alsof je een ruwe diamant vergeleek met een prachtig geslepen en gepolijste saffier, maar beide hadden hun eigen unieke charme.

In La Croix Valmer nam Julia de steile, smalle weg naar Ramatuelle, dat boven op een heuvel lag. Toen ze het plaatsje naderde, begon de adrenaline door haar lijf te gieren. Ze had zelden behoefte aan een borrel, maar ze zou willen dat ze er nu een kon nemen.

Zoals gewoonlijk waren de straten in het dorpje volgepakt met vakantiegangers en Julia moest op enige afstand van haar huis parkeren. Ze haalde haar koffer uit de kofferbak van de auto en liep over het smalle pad naar haar huis, dat net iets van het dorpsplein af stond. Ramatuelle was een doolhof van smalle straten en verborgen steegjes vol pittoreske, oude stenen huizen, waar bougainville vol vette paarse bloemen over de muren heen hing.

Het dorp was maar tien minuten verwijderd van de stranden van Pampelonne en de badplaats St.-Tropez, dus was het mondainer dan de meeste, met een reeks dure restaurants die een chique clientèle trokken. Julia vond het het leukst in de winter, wanneer het dorp weer aan de bewoners toebehoorde.

Ze stopte bij de smeedijzeren poort aan het begin van het korte paadje naar de voordeur. Ze moest diep graven om de kracht te vinden de poort te openen, het pad op te lopen en de sleutel in het slot te steken…

De deur kan nu elk moment opengaan. Gabriel zal weten dat ik kom en met Agnes voor het raam staan te wachten, klaar om het trapje af en in mijn armen te rennen.

Ik zal hem tegen me aan drukken, zijn heerlijke geur opsnuiven, opgebouwd uit Xavier en mij en een beetje van Gabriel zelf. Ik zal zijn frisgewassen donkere haar strelen, dat te lang is voor een jongen, maar ik moet er niet aan denken het te knippen en de zachte krulletjes op de grond te zien vallen.

'Tu es rentrée. Je t'aime, maman,' *zal hij zeggen terwijl hij als een aapje aan me hangt en we samen het trapje op gaan. Agnes zal glimlachen omdat ze ons weer herenigd ziet en ik zal Gabriel aan de keukentafel op mijn schoot nemen zodat ze me kunnen vertellen wat ze gedaan hebben terwijl ik weg was.*

Hij zal van mijn schoot kruipen en me verlegen een schilderij brengen dat hij voor me heeft gemaakt. Het papier is stijf van de onhandig aangebrachte verf maar hij is er trots op en ik zal het met plezier in ontvangst nemen.

We zullen buiten gaan wandelen en Gabriel zal op zijn kleine driewieler klimmen en als een maniak over het terras fietsen om zijn kunsten aan me te vertonen. Dan zal hij moe worden en weer op mijn schoot klimmen, zijn duim in zijn mond. Hij zal tegen mijn borst leunen en ik zal zijn hart tegen het mijne voelen kloppen. Wanneer hij begint te doezelen zal ik hem optillen, naar zijn bedje dragen en hem voorzichtig neerleggen. Ik zal me over hem heen buigen, zijn voorhoofd kussen en genieten van het gevoel van zijn zachte huid tegen mijn lippen. Ik zal hem over zijn hoofd aaien, hem zachtjes vertellen over mijn liefde voor hem en over alles wat we zullen doen nu ik weer thuis ben. Terwijl hij in slaap valt, zal hij een oog opendoen om te kijken of ik er nog ben.

Ik ben er nog… en zal er altijd zijn.

Julia opende de deur van het stille huis en bereidde zich erop voor terug te gaan naar het verleden en de pijn.

Ze stond in de schemerige gang en rook de kenmerkende geur die je in alle oude huizen vindt die lange tijd niet zijn bewoond. Dat de vertrouwde geur verdwenen was maakte het gemakkelijker en ze liep door naar de keuken achter in het huis. De luiken waren gesloten tegen het felle licht van hartje zomer, dus het vertrek was in het halfduister gehuld. Julia liep naar de lange tafel van Frans eiken, waar een briefje tegen een schaal vers fruit stond.

Beste madame Julia,

Ik hoop dat u het huis naar uw wensen aantreft. Ik heb de koelkast gevuld en er staat een stoofschotel op het fornuis. Ik ben er zoals gewoonlijk morgen om tien uur. Als u voor die tijd iets nodig hebt, bel dan alstublieft.

Welkom thuis, madame,
Agnes

Julia pakte een rijpe peer van de schaal, beet in de zachte schil en liep naar de deur die naar het terras leidde. Het oude huis stond aan een drukke smalle straat, maar nu stond ze op een heuveltop. Het prachtige uitzicht naar beneden werd niet verstoord door andere huizen en de helling was bedekt met dennen, olijfbomen en sparren en ging honderden meters omlaag tot de schitterende blauwe lijn die de zee was.

Hier had Julia het merendeel van haar tijd doorgebracht, onder de pergola vol grote paarse druiven, luisterend naar de cicades, naar Xavier die zat te oefenen en naar Gabriel die schaterde van plezier in zijn zwembadje.

Nu waren er alleen de cicades en was zij alleen. En ze kon zich niet verstoppen voor de herinneringen. Julia's knieën begonnen te knikken en ze liet zich op een smeedijzeren stoel zakken.

Een jaar geleden pas… het voelde als een heel leven.

En die dag – die vreselijke, wereldschokkende, alles veranderende dag – was zo simpel begonnen, als alle andere. Er was geen sprake geweest van een waarschuwing, enig idee van wat er ging komen.

Een warme zondag in juli…

Julia moest halverwege die ochtend de vlucht naar Parijs nemen om met het Orchestre de Paris een recital te spelen in La Salle Pleyel. Ze zou Rachmaninovs Concerto Nr. 2 spelen, haar favoriete stuk. Ze herinnerde zich dat ze haar tassen mee naar beneden had genomen om op de taxi te wachten en dat ze blij was geweest dat ze maar één nacht weg hoefde te blijven. Ze zou de volgende avond op tijd terug zijn om met Gabriel te eten. Ze vond het altijd vreselijk afscheid van hem te moeten nemen, maar troostte zich met de gedachte dat het een mooie gelegenheid voor haar 'jongens' was om tijd met elkaar door te brengen. Wanneer hij thuis was sloot Xavier zich vaak op met de piano en hij raakte dan geïrriteerd als Gabriel hem stoorde. Dus had Gabriel geleerd dat niet te doen. Julia wist dat hij op zijn hoede was voor zijn vader, die onvoorspelbaar was door zijn veranderlijke artistieke temperament.

Omdat het zondag was, was Agnes er niet om op Gabriel te passen, dus was dat Xaviers taak. Een bevriende dirigent had hen uitgenodigd om bij hem aan de kust te komen zwemmen en barbecueën. Er zouden meer kinderen zijn, met wie Gabriel kon spelen, en het zou goed zijn voor vader en zoon om de dag samen door te brengen.

'*Maman*,' zei Gabriel, en hij sloeg zijn armpjes om haar nek. '*Je t'aime*. Kom snel terug. Ik mis jou.'

'En ik jou, *petit ange*,' antwoordde ze terwijl ze zijn geur opsnoof om die mee te kunnen nemen. 'Veel plezier op het feest en wees lief voor papa.'

'We gaan met papa's nieuwe sportwagen. Die gaat heel hard, *maman*.' Gabriel wriggelde zich uit Julia's armen los en rende door de gang terwijl hij autogeluiden maakte.

'*A bientôt, chérie*,' zei Xavier. 'Speel lief, zoals je altijd doet. Ik zal naar je terugkeer snakken.' Hij omhelsde Julia en kuste haar.

'*Je t'aime, chéri.* Pas goed op Gabriel,' voegde Julia eraan toe toen ze het trapje bij de voordeur afliep.

'Ik hoop dat hij op mij zal passen,' zei Xavier lachend. Gabriel kwam naast zijn vader staan en pakte zijn hand vast toen ze haar uitzwaaiden.

In haar kleedkamer in Parijs had Julia net voor haar recital Xavier gebeld op zijn mobiele telefoon. Ze kreeg de voicemail, maar dat was niet ongebruikelijk. Ze waren waarschijnlijk nog niet terug van de barbecue. Ze zou het tijdens de pauze nog eens proberen. Toen Julia hoorde dat ze nog twee minuten had, had ze haar mobiele telefoon uitgeschakeld en was ze naar de coulissen gelopen.

Ze had een heel lichte zweem van nervositeit gevoeld toen ze het podium op liep en het applaus van het publiek in ontvangst nam. Zodra ze op de kruk zat en haar vingers op de toetsen lagen die haar en haar publiek naar een ander niveau zouden tillen, was dat echter verdwenen. Haar vingers drukten de toetsen in en de eerste meeslepende klanken van het concerto vulden de zaal.

Toen ze uitgespeeld was, had ze geweten dat dit haar beste vertolking ooit was geweest. Het publiek leek er ook zo over te denken en gaf haar een staande ovatie. Met een bos bloedrode rozen in haar armen was Julia opgetogen het podium af gelopen. Mensen dromden zoals altijd om haar heen, feliciteerden haar, overstelpten haar met loftuitingen en wilden zich koesteren in haar unieke talent.

'Madame Forrester.'

Ze had de stem van de manager gehoord voorbij de groep mensen die haar gelukwensten, en ze had opgekeken. Zijn ernstige uitdrukking was in scherp contrast met de geanimeerd glimlachende gezichten om haar heen. Hij baande zich een weg naar haar.

'Madame Forrester, kunt u met me meekomen, alstublieft?'

Hij had haar meegenomen naar zijn kantoor en de deur achter hen dichtgedaan.

'Wat is er? Is er iets aan de hand?'

Julia herinnerde zich het bonken van haar hart toen hij haar had uitgelegd dat de *gendarmerie* van St.-Tropez voor haar had gebeld. Hij had het nummer genoteerd en de inspecteur had gewild dat ze meteen terugbelde.

'Weet u waarom?' had Julia gevraagd toen de manager het nummer voor haar intoetste en ze met bevende handen de hoorn van hem overnam.

'Madame, ik... weet geen details. Ik zal u nu alleen laten om met hem te praten.'

Hij had haar alleen gelaten in zijn kantoor. Ze had naar de inspecteur gevraagd wiens naam op het briefje voor haar stond. Hij had meteen opgenomen... en haar verteld wat er was gebeurd en daarmee een eind aan haar wereld gemaakt.

De auto die in een smalle bocht van de weg was geraakt, de steile helling af was gerold, in brand was gevlogen en de kurkdroge helling eromheen had doen ontvlammen.

En ergens in dat verkoolde, zwarte landschap lagen de resten van haar man en haar zoontje.

Een week later – Julia was toen al terug in Engeland – informeerden de Franse autoriteiten haar dat ze wat resten hadden gevonden: de botten van een kind van ongeveer twee jaar, op de helling boven wat er nog over was van de auto. De inspecteur had uitgelegd dat dit betekende dat Gabriel waarschijnlijk uit de auto was geslingerd toen die naar beneden rolde.

Er lagen ook wat botten van een volwassene, dichter bij de auto. De inspecteur had gezegd dat het onmogelijk was een van beiden officieel te identificeren, omdat vuur alle DNA vernietigt.

Julia herinnerde zich amper wat er na dat eerste, afschuwelijke telefoontje in La Salle Pleyel in Parijs was gebeurd. Alicia was gekomen – ze wist niet wanneer – en had haar mee naar huis, naar Engeland genomen.

Na twee dagen in Alicia's logeerkamer had Julia geweten dat ze het geschreeuw en gelach van Alicia's kinderen niet meer kon verdragen. Dus was ze in het kleine huisje in Blakeney getrokken, de stilte verkiezend boven de ondraaglijke geluiden van wat zij net had verloren.

Julia riep zichzelf terug naar het heden en veegde de tranen van haar gezicht. Ze wist dat ze zich op gevaarlijk terrein begaf. Ze mocht zichzelf niet toestaan weer in de put te raken door de herinneringen. Ze had hier in Frankrijk praktische zaken af te handelen en hoe eerder ze dat deed, hoe eerder ze kon vertrekken.

Ze ging terug naar de keuken en warmde – gehoor gevend aan Kits advies om toch zeker te eten – een deel van de stoofschotel op, ging met een glas wijn aan tafel zitten en dwong zich een paar happen door te slikken.

Na het eten liep Julia de woonkamer binnen. Ze ging aan de piano zitten en legde haar vingers op de toetsen.

Julia speelde voor hen: voor haar echtgenoot en haar dierbare zoontje. En ze probeerde te geloven dat ze haar konden horen, waar ze ook waren.

Later die avond opende Julia de deur naar de slaapkamer die ze met Xavier had gedeeld. Ze pakte een nachthemd uit haar tas omdat ze niet naar de kleerkast durfde waar alle kleren van haar man nog hingen en kroop in bed.

Ze lag stil om zich heen te kijken. Ze had altijd van deze kamer gehouden, misschien simpelweg omdat die van haar was, een veilige haven en niet een of andere anonieme hotelkamer die ze voor een nacht had gehuurd. Ze keek naar het schilderij dat Xavier en zij samen hadden uitgekozen bij een galerie in Gassin en zag haar haarborstel nog op de commode onder de spiegel liggen.

Dit was het moment waar ze het meest tegenop had gezien: de eerste nacht alleen in hun bed, gekweld door gedachten aan wat er ooit was geweest in dit huis en er nu niet meer was. Tot haar verbazing voelde ze zich wel kalm. Misschien kwam dat gewoon doordat ze nu had geaccepteerd dat Xavier noch haar dierbare *petit ange* ooit nog hier bij haar zou zijn.

Ze waren dood. En ze kon niets voelen, doen of zeggen wat hen terug zou brengen. Het stille huis waarin ze als gezin hadden geleefd en liefgehad, was daar de definitieve bevestiging van.

52

Toen Julia de volgende morgen wakker werd, zag ze tot haar opluchting dat het bijna negen uur was en ze de hele nacht had doorgeslapen.

Agnes, haar huishoudster en kindermeisje, kwam een uur later met een ongeruste blik in haar ogen het terras op, waar Julia zat. Julia begreep het. Ze stond op, liep naar Agnes toe en sloeg haar armen om de vrouw heen.

'*Ça va*, Agnes?'

Julia zag de opluchting in de ogen van Agnes toen die antwoordde. '*Ça va bien, madame Julia. Et vous?*'

'Het gaat beter, dank je. Kom, drink een kop koffie met me,' vervolgde Julia in het Frans, de taal die ze hier altijd had gesproken, hoewel die nu vreemd en onnatuurlijk aanvoelde.

Agnes ging onzeker zitten en Julia schonk koffie voor haar in.

'Bedankt dat je op het huis hebt gelet. Alles ziet er geweldig uit.'

'Het is niets, madame Julia. Ik ben alleen maar blij dat het weer goed met u lijkt te gaan.'

'Ik ben gaan accepteren wat er is gebeurd. Ik besefte dat ik geen andere keus had. De pijn zal nooit verdwijnen, maar...' Julia zweeg plotseling. Agnes te zien, de vrouw die bijna net zo veel van haar kind had gehouden en voor hem had gezorgd als zij, dreigde haar te veel te worden. Ze slikte moeizaam en dwong zichzelf over praktische zaken te praten. 'Er moeten dingen gebeuren waar ik mezelf niet toe kan zetten en ik vroeg me af of jij me daarbij zou willen helpen.'

'Natuurlijk, madame, wat u maar wilt.'

'Ik ben van plan hier maar een paar dagen te blijven. Daarna ga ik terug naar Engeland. Ik zet het huis te koop.'

'O, madame!' Agnes keek haar ontzet aan. 'Maar dit is uw thuis!'

'Ik weet het,' zei Julia, 'maar, Agnes, ik kan niet anders. Alles hier is wat mijn leven vroeger was. En als dat niet meer zo kan zijn, dan moet ik verdergaan.'

'Ik begrijp het,' zei Agnes, somber knikkend.

'Ik wilde je vragen of jij Xaviers kleerkast zou kunnen leegruimen wanneer ik weg ben? En,' zei Julia, moeizaam slikkend, 'Gabriels slaapkamer. Misschien weet jij een goed doel, of een gezin dat zijn kleren en speelgoed zou waarderen?'

Agnes kreeg tranen in haar ogen. 'Natuurlijk, madame. Ik ken een gezin dat er erg dankbaar voor zou zijn.'

'Wanneer het huis verkocht is, zal ik terugkomen voor mijn persoonlijke bezittingen, maar ik wil het ingericht laten tot de verkoop. Dat lijkt me beter.'

Agnes knikte. 'Er is een oud Frans gezegde, madame, dat je om tot de toekomst te kunnen behoren, het verleden moet accepteren. Ik zal doen wat u wilt om u te helpen. Ik vind u...' zei Agnes terwijl de tranen over haar wangen rolden, 'erg dapper.'

'O nee.' Julia schudde haar hoofd. 'Ik ben helemaal niet dapper geweest. En als ik wel dapper was, zou ik hier blijven en volledig aan hen blijven toebehoren.' Ze zuchtte. 'Ik ben gekomen om afscheid te nemen.'

Agnes stak haar hand uit naar die van Julia. 'Hij zou... zij zouden willen dat u verdergaat en opnieuw gelukkig wordt.'

'Ja,' zei Julia met een flauw glimlachje. 'Dat hoop ik maar en dat moet ik geloven.'

'Ja, madame, dat moet u inderdaad.'

Agnes trok haar hand terug, dronk haar kopje leeg en stond op. 'En als u me nu wilt excuseren ga ik aan het werk. Ik heb alle rekeningen voor u op het bureau in de werkkamer gelegd. Iedereen begrijpt dat u wel zult betalen als u daaraan toe bent.'

'Natuurlijk,' zei Julia. 'Ik zal het vandaag afhandelen en de cheques voor je klaarleggen. Bedank iedereen alsjeblieft namens mij.'

'*Pas de problème, madame.* We hielden allemaal van u. Van u allen,' voegde ze eraan toe en toen draaide ze zich abrupt om en stapte ze het huis binnen.

Julia zat een hele tijd aan het bureau om de post door te nemen die zich het afgelopen jaar had opgehoopt. Sinds het ongeluk was er een grote stroom condoleancekaarten binnengekomen. Ze opende ze, las de ontroerende teksten en putte troost uit het besef dat zo veel mensen van hen hadden gehouden.

Ze stopte de kaarten in een map om mee naar huis te nemen, en schreef toen de cheques uit voor de mensen die haar huis hadden onderhouden tijdens haar afwezigheid.

Ze opende een grote, officieel uitziende envelop en hapte naar adem: er zaten overlijdenscertificaten in voor haar man en kind, de definitieve bevestiging dat ze niet meer in leven waren. Het onderzoek en de zaak waren officieel gesloten.

Gewapend met een spade, een plantenschopje en twee jonge cipressen reed Julia de tien minuten naar de verraderlijke bocht waar haar man en zoontje de dood hadden gevonden. Ze zette de auto in een parkeerhaven iets verderop, liep met de spade en het plantenschopje naar de bocht en ging toen terug voor de jonge boompjes. Van bovenaf kon ze de verschroeide boomstammen zien rondom de kale plek die door het vuur was verzengd. Toen ze echter langzaam de gevaarlijke helling afdaalde zag ze de eerste tekenen van wedergeboorte. De wilde orchideeën die hier altijd uitbundig bloeiden, staken hun kopjes weer door de nog verkoolde grond naar boven en er was een klein aantal nieuwe groene scheuten te zien. Vuur maakte door zijn vernietiging de grond ook weer vruchtbaar en Julia kon alleen maar hopen dat de wedergeboorte die ze nu om zich heen zag een metafoor was voor wat er met haar gebeurde.

Omdat er geen kruis stond dat de exacte plek van hun overlijden markeerde, koos Julia wat haar het midden van de plek leek en begon ze te graven. Het was zwaar werk en het was erg warm, maar ze ging door tot ze de boompjes naast elkaar had geplant. Ze knielde erbij neer, dacht aan de dierbaren die ze vertegenwoordigden en herdacht hun leven.

'Vaarwel, *mon petit ange* en mijn Xavier. Slaap wel. Jullie zullen altijd bij me zijn, waar ik ook heen ga. En op een dag… op een dag zullen we allemaal weer samen zijn. Ik hou heel veel van jullie…'

Ze stond ten slotte op, ademde diep in, blies hen allebei nog een allerlaatste kus toe en liep toen de heuvel op en bij hen vandaan.

De volgende morgen voelde Julia een zekere lichtheid, een onverklaarbaar besef van opluchting dat ze het ergste achter de rug had en daar troost in had gevonden. Anderen hadden een herdenkingsdienst voorgesteld om aandacht te schenken aan het heengaan van Xavier en Gabriel.

Dat zou kunnen nu ze in haar eentje afscheid van hen had genomen. Misschien was dit de afsluiting die iedereen zo belangrijk noemde. Wat het ook was geweest, het was een stap in de goede richting op weg naar de innerlijke rust om de toekomst onder ogen te kunnen zien.

Julia ondernam nu de volgende belangrijke stap: ze ging naar de plaatselijke *immobilier* en legde uit dat ze haar huis te koop wilde zetten. De makelaar veinsde bedroefdheid, maar Julia wist dat hij in werkelijkheid heimelijk in zijn handen wreef van blijdschap bij het idee dat hij het meest gevraagde huis van Ramatuelle in zijn portefeuille zou krijgen.

'Madame, ik hoef de telefoon maar te pakken en uw huis is verkocht, zo zelden komen dergelijke huizen op de markt. Noem uw prijs en ik kan u verzekeren dat u hem krijgt, maar u moet wel zeker weten dat u dit wilt doen. Een huis als dit van u vind je in dit dorp maar eens in je leven.'

'Heel zeker,' zei Julia. 'Ik zou het alleen wel prettig vinden als er een gezin kwam te wonen.'

'Ik denk dat ik er precies de juiste mensen voor heb,' zei de makelaar.

'Mooi.' Julia stond op. 'Hoe eerder hoe beter. Het huis moet bewoond worden, en ik kan er niet meer wonen. Ik vertrek over een paar dagen. Mocht iemand het huis willen bezichtigen, dan heeft Agnes Savoir de sleutels.'

De makelaar liep om zijn bureau heen en schudde haar de hand. 'Dank u, madame, dat u mij uw prachtige huis toevertrouwt. En aanvaard alstublieft mijn medeleven met uw tragische verlies.'

'Merci, monsieur.'

Julia liep het kantoor uit en het zonovergoten plein op. De cafeetjes zaten vol mensen die een laat ontbijt genoten. Julia vond een tafeltje in de zon en bestelde een *café au lait.* Ze dronk er langzaam van en genoot de ontspannen sfeer. Ze zou het missen… ze had de Franse manier van leven altijd prettig gevonden.

Julia bedacht plotseling dat daar wellicht een verklaring voor kon worden gevonden in haar genen: Adrienne, van wie ze nu wist dat die haar overgrootmoeder was, was Franse geweest. Julia glimlachte en vond troost bij de banden met het verleden. Mensen waren complexe wezens en het fascineerde haar dat ze enkele van de elementen had ontdekt die hadden bijgedragen aan haar eigen unieke karakter.

Ze bestelde nog een *café au lait*, omdat ze na de emotionele turbulentie van de afgelopen dagen nog geen zin had dit moment van kalme reflectie af te sluiten. Ze dacht ook aan dat 'andere' deel van haar, het deel waar ze zo weinig van wist en dat ergens ver uit het Oosten stamde, vanonder de hitte van de tropische zon. Het resultaat van een tragische liefde die slechts kort had mogen duren. Misschien zou ze er op een dag heen gaan om de schoonheid te ervaren die Harry had betoverd, maar voorlopig niet.

Haar gedachten keerden terug naar Kit, en ze glimlachte. Hij had haar de afgelopen paar dagen met rust gelaten – begripvol en niets eisend, zoals altijd – en alleen sms'jes gestuurd om te zeggen dat hij van haar hield en aan haar dacht.

Julia haalde haar mobiele telefoon uit haar tas, scrolde omlaag en las zijn berichtje. Wat haar nog het meest verbaasde was dat Kit haar met zo'n volkomen zekerheid zijn liefde durfde te verklaren, terwijl zij nog steeds moest zeggen dat ze ook van hem hield.

Misschien was ze er niet klaar voor geweest.

Nu ze echter de taak had volbracht die – althans praktisch gezien – het boek van het verleden sloot, was er geen reden meer om het niet te zeggen.

'Ik hou van jou…'

Julia proefde de woorden op haar tong en nu ze hier zat te genieten van het zonlicht twijfelde ze er absoluut niet aan dat het waar was.

Weer thuis ging ze naar de werkkamer om online haar vlucht naar huis te boeken. Ze zou morgen vertrekken, want ze wilde zo snel mogelijk terug naar Wharton Park en naar Kit. Ze wilde hem vertellen dat ze eindelijk helemaal de zijne was: helemaal vrij, vrij om bij hem te zijn als hij dat wilde, voor de rest van hun leven.

Haar mobiele telefoon ging en ze zag dat het Kit was. Ze nam op.

'Hallo, lieverd, hoe gaat het met je?'

'Eh… goed, dank je, Kit.'

'Mooi zo. Ik moet zeggen dat het fijn is je stem te horen. Ik mis je, Julia. Zorg je goed voor jezelf?'

'Ja, hoor,' zei ze glimlachend, 'erewoord.'

'Enig idee wanneer je weer thuis bent?'

Omdat ze net haar vlucht had geboekt, wist Julia dat zelfs precies, maar ze besloot hem te verrassen. 'Ik weet het niet precies, maar ik heb bijna alles gedaan wat ik hier moest doen, dus misschien ben ik wel sneller terug dan je denkt.' Ze gniffelde.

'Dat is fantastisch nieuws.' Kit klonk opgelucht. 'Ik kan je niet zeggen hoe stil het hier is.'

'Hier is het ook nogal stil,' mompelde Julia.

'Ja, dat geloof ik,' antwoordde Kit melancholiek. 'Ik denk aan je, liefste.'

'Ik ook aan jou. Met jou alles goed?'

'Behalve dat ik je mis gaat het prima, ja. Doe maar wat je doen moet. Laat me weten wanneer je naar huis komt, dan kan ik het gemeste kalf slachten en vuurwerk afsteken. Ik hou van je, schat. Laat gauw wat van je horen.'

'Dat doe ik, Kit. Tot gauw.'

Die middag nam Julia, vol verwondering dat het lot haar een tweede kans op geluk had geschonken, plaats aan de vleugel en speelde ze vol vreugde in plaats van pijn.

Zoals gewoonlijk verloor ze elk gevoel voor tijd en ging ze zo in de muziek op dat ze niet merkte dat de zon achter haar onderging. Evenmin hoorde ze de deur van de woonkamer opengaan. Ze sloot het muziekstuk met een laatste zwierig gebaar af, keek op haar horloge en zag dat het al zeven uur was geweest. Tijd voor een glas rosé, dacht ze terwijl ze haar partituur dichtsloeg en in haar koffer stopte om hem de volgende dag mee naar huis te nemen.

Een plotselinge beweging achter haar trok haar aandacht en ze draaide zich om.

Even staarde ze naar de gestalte die in de deuropening stond. Toen sloot ze instinctief haar ogen.

Ze zag een geest, een door haarzelf opgeroepen zinsbegoocheling. Hij was niet echt, dat wist ze.

Als ik mijn ogen weer opendoe, is hij weg…

Ze opende haar ogen. Hij was er nog steeds.

Toen sprak de gestalte. 'Hallo, mijn Julia. Ik ben teruggekomen.'

53

Julia had geen idee hoelang ze naar hem bleef staren. Haar brein weigerde nog steeds de signalen te verwerken die haar ogen en oren erheen zonden.

Omdat het… onmogelijk was.

Ze besefte dat het Xavier was… en toch was het niet Xavier. Of althans niet de Xavier zoals ze die voor zich zag sinds de dag dat hij was gestorven. Deze Xavier was tien jaar ouder, misschien wel twintig; een Xavier die niet meer zomaar slank was, maar broodmager. En een Xavier met een gerafeld litteken over de linkerkant van zijn gezicht.

'Ik begrijp dat het je verrast me te zien,' zei hij.

Julia voelde de ongepaste aandrang hysterisch te gaan giechelen om dat understatement.

Ze wist haar stem terug te vinden. 'Ik probeer erachter te komen,' zei ze langzaam en met overdreven nadruk, 'of je een geest bent of niet. Een hallucinatie.'

Hij schudde zijn hoofd. 'Nee, dat ben ik niet.'

'Maar dan…' Julia zocht naar de juiste woorden, maar wist niet meer uit te brengen dan een gestameld: 'Hoe?'

'Mijn Julia, er zijn veel dingen die we moeten bespreken, maar kom nu alsjeblieft hier. Pak je echtgenoot vast, die terug is uit de dood, en voel zelf dat hij echt is.'

Xavier stak zijn armen naar haar uit.

Langzaam zijn instructies opvolgend kwam Julia overeind en liep ze naar hem toe.

'O, *ma chérie,* mijn Julia,' mompelde hij toen hij haar in zijn armen nam. 'Je hebt geen idee hoelang ik van dit moment heb gedroomd.'

Zijn aanraking en vertrouwde geur bevestigden dat hij geen hallucinatie was.

Het was te veel. Julia barstte in tranen uit.

'Ik begrijp het niet, ik begrijp het gewoon niet!'

Ze zakte tegen hem aan en Xavier bracht haar naar de bank en zette haar daar neer, zijn armen nog steeds om haar heen.

'Ik weet het, ik weet het, *ma petite,* het zou hoe dan ook een vreselijke schok voor je zijn me weer te zien. Ik heb geprobeerd te bedenken hoe ik het je het gemakkelijkst kon maken,' zei hij, haar haren strelend, 'maar er was geen goede manier.'

'Maar hoe?' riep ze. 'Hoe kun je hier zijn? Je bent dood, dood! Je bent een jaar geleden gestorven... en als dat niet zo is, waar voor de duivel heb je dan gezeten?!'

'Ik zal je alles vertellen, op z'n tijd,' suste hij. 'Want nu moeten we eerst vieren dat we herenigd zijn.'

'Nee!' Julia rukte zich los uit zijn armen. 'Ik wil dat je het me nú vertelt! Xavier, vertel het me nú,' zei ze dringend.

'*D'accord*, je hebt gelijk. Ik moet het je vertellen. Maar misschien moeten we eerst een glas wijn nemen om onze zenuwen te kalmeren.'

Terwijl Xavier de kamer uit liep om de wijn in te gaan schenken bleef Julia volkomen stil zitten, niet in staat te bevatten wat er net was gebeurd.

'Drink dit op, *chérie.* Dat zal helpen,' zei hij, en hij gaf haar een glas.

Julia geloofde niet dat ook maar iets, en zeker geen glas wijn, zou kunnen 'helpen', maar ze nam een slokje, al was het maar om iets te hebben waar ze zich op kon concentreren. 'Alsjeblieft,' smeekte ze, 'je moet het me uitleggen, Xavier, anders denk ik dat ik gek word. Alsjeblieft.'

Xavier nam het glas uit Julia's handen en zette het op de salontafel. Toen legde hij zijn handen op die van Julia, zijn ogen nog steeds op de hare gericht.

'*Ma chérie...* ik heb zo lang naar dit moment verlangd en het tegelijk gevreesd. Ik wist niet wat het beste was: moest ik voor altijd bij je vandaan blijven? De schok van dit moment vermijden, je ertegen beschermen? En ja,' zei hij, 'in zekere zin zou het gemakkelijker voor me zijn geweest om weg te blijven. Om me te verschuilen, niet onder ogen te hoeven zien wat voor vreselijks ik had gedaan. Maar toen... nee! Ik wist dat ik er niet voor weg moest lopen, dat ik dapper moest zijn en mijn verantwoordelijkheid als echtgenoot en als vader moest nemen.'

Er schoot Julia plotseling een heel dringende gedachte te binnen. 'O, mijn god!' Ze sloeg een hand voor haar mond. 'Vertel me, Xavier, vertel me, vertel me... als jij nog leeft, is Gabriel dan...?'

Xavier schudde zijn hoofd. '*Non, mon amour,* hij is dood, hij is dood. Ik heb hem... met mijn eigen ogen gezien.'

Julia trok haar hand los uit de zijne. Ze ademde diep in en verzamelde al haar kracht. 'Vertel.'

Xavier goot de rest van zijn wijn achterover en probeer Julia's handen weer te pakken. Ze trok ze weg. 'Nee! Raak me niet aan!' Ze hoorde een zweem hysterie in haar stem. 'Alsjeblieft! Vertel het nou gewoon!'

'*D'accord', chérie,* ik zal beginnen. Die dag, die vreselijke dag, verlieten we het feest om zeven uur. Gabriel vroeg me of hij voor in de auto mocht zitten en ik gaf toe. We reden naar huis met het dak van de auto open. Gabriel was vreselijk opgetogen dat hij voor in papa's nieuwe sportwagen mocht zitten. Hij lachte en schreeuwde en hij riep: "Harder, papa! Harder!" En omdat...' zei Xavier met verstikte stem, 'omdat ik hem een plezier wilde doen, deed ik wat hij vroeg. Ik nam de bocht te snel en moest uitwijken voor een auto die van de andere kant kwam. Ik verloor de controle over het stuur en de auto vloog van de weg en tuimelde de heuvel af.'

Xavier stortte in. 'Vergeef me, Julia, vergeef me...' Hij slikte en ging toen verder. 'De auto kwam uiteindelijk tot stilstand tegen een boom. Ik was in shock en mijn gezicht bloedde.' Hij raakte het litteken aan. 'Maar ik was nog bij bewustzijn. Ik keek meteen of Gabriel in orde was, maar de stoel naast me was leeg. Ik realiseerde me dat hij uit de auto geslingerd moest zijn toen die van de heuvel stortte. Ik slaagde erin uit de auto te komen en rende terug naar boven om Gabriel te zoeken.'

Xavier legde zijn hoofd in zijn handen. 'O, Julia, Julia...'

Ze keek verdoofd toe terwijl hij weer tot bedaren kwam, maar zei niets. Wat kon ze immers zeggen?

'Ik vond hem,' fluisterde hij, 'verder de heuvel op. Eerst dacht ik dat hij alleen bewusteloos was, want hij had geen schrammetje. Maar toen... o! God, help me!' riep hij. 'Ik tilde hem op en zijn hoofd bungelde op zijn nek als van een... kapotte pop. Toen wist ik dat hij ernstig gewond was geraakt, dat de val hem vreselijke schade had toegebracht.'

'Bedoel je dat zijn nek gebroken was?' Julia moest het weten, ze moest weten hoe haar kleine jongen precies was gestorven.

'Ja. Toen zag ik dat zijn ogen open waren... wijd open, maar ze knipperden niet, Julia, ze knipperden niet. Ik controleerde zijn pols en voelde niets, ik schudde hem door elkaar, probeerde hem bij te brengen, maar ik wist dat hij me niet meer zag, dat hij… *non*!' Hij stopte en schudde zijn hoofd. 'Ik kan dat woord niet zeggen.'

'Bedoel je dat je toen wist dat Gabriel dood was?' Julia sprak de woorden in zijn plaats uit.

'*Oui, chérie,* hij was… dood. Ik zat daar ik weet niet hoelang met hem in mijn armen, smeekte hem weer tot leven te komen, maar hij reageerde niet. En toen,' zei Xavier, rillend bij de herinnering, 'hoorde ik een harde klap en zag ik dat de auto in brand was gevlogen. Alles in het bos was zo droog dat het vuur al binnen een paar seconden naar me toe kwam. En… hoe kan ik je dit vertellen? Hoe kan ik…' Xavier snikte het uit van verdriet. 'Ik vluchtte. Ik rende weg. Door het bos en weg van het vuur. En…' Hij slaakte weer een verstikte kreet. 'En ik nam… onze kleine… jongen… niet mee!'

Xavier kon niet meer verdergaan. Hij legde zijn hoofd in zijn handen en huilde.

Julia zat naast hem in de verte te staren en dwong zichzelf te blijven waar ze was. 'Alsjeblieft, Xavier, vertel verder. Ik moet alles weten.' Ze kon zelf nauwelijks geloven hoe akelig kalm ze zich voelde.

Een paar minuten later ging Xavier verder. 'Elke dag vraag ik mezelf af waarom, waarom ik op dat moment onze *ange* niet heb opgepakt en meegenomen. Ik kan het niet uitleggen… Ik kan het niet uitleggen.' Hij schudde zijn hoofd als een maniak. 'Ik liet hem daar achter, alleen! Misschien was het de shock, het vreselijke verdriet… of waanzin die me op dat moment overviel. Misschien was het gewoon een egoïstisch instinct tot zelfbehoud. Maar ik deed het, Julia, ik liet hem daar achter, ik liet hem achter.'

Hij huilde weer, maar het deed Julia nog steeds niets. 'En, waar ben je heen gevlucht?'

Xavier veegde zijn ogen en neus af met de rug van zijn hand. Hij schudde zijn hoofd. 'Julia, ik kan je niet vertellen waar ik heen ben gegaan, maar toen ik ophield met rennen, toen ik wist dat ik veilig was voor de vlammen, ben ik ter plekke gaan liggen, in het bos, en viel in slaap. Of misschien raakte ik bewusteloos. Toen ik wakker werd was de avond gevallen. Ik deed mijn ogen dicht en viel weer in slaap. De volgende keer dat ik wakker werd was het licht. En toen kwam het… het besef dat ik naar huis moest om jou uit te leggen wat er was gebeurd. Maar elke keer als ik eraan dacht dat ik op moest staan en naar jou toe moest gaan, merkte ik dat ik dat niet kon. Ten slotte begon ik toch te lopen en toen ik besefte dat ik in de buurt van St.-Tropez was liep ik door tot ik de stad had bereikt.' Hij zweeg even en ademde diep in voor hij vervolgde: 'Julia, ik smeek je te begrijpen dat ik op dat moment halfgek was van verdriet. Buiten bij een *tabac* lag een krant. Je weet wat de koppen die dag meldden.'

'Nee. Ik heb ze niet gelezen.'

'Nou, natuurlijk stond jij op de voorpagina. Ze hadden nog geen foto van mij, maar niemand zou me die morgen hebben herkend.' Xavier trok een grimas. 'Toen ik mezelf zag – mijn gezicht onder het bloed, mijn kleren gescheurd – leek ik wel een landloper in plaats van de echtgenoot van de beroemde Julia Forrester.'

Xavier stond plotseling op en begon heen en weer te lopen.

'Ik knapte mezelf een beetje op in een openbaar toilet en kocht toen wat water en een krant. En ik las over het ongeluk, over Gabriel en over mezelf. En ik besefte dat ik, wat jou en de rest van de wereld betrof, dood was. En op dat moment,' – Xavier hield op met ijsberen en wendde zich naar Julia – 'wist ik dat ik niet naar jou terug kon keren en je de waarheid vertellen over wat ik had gedaan. Ik wist dat je me nooit zou vergeven dat ik onze *petit ange* had gedood en hem in het bos had achtergelaten om te verbranden.' Xavier had nu geen tranen meer over en staarde langs Julia heen in de verte. 'Dus ging ik ervandoor.'

'Waarheen?'

'Ik stapte op een boot, een cruiseschip dat langs de kust voer. Ik voer mee naar Nice, waar ik de veerboot naar Corsica nam. Ik nam een kamer in een klein *pension* in de heuvels en bleef daar tot het geld opraakte dat ik bij me had. Daarna heb ik een aantal weken fruit geplukt, maar ik trok telkens weer verder, zodat niemand me zou herkennen.' Xavier haalde zijn schouders op. 'Misschien zouden ze me toch niet herkend hebben, maar ik wilde het risico niet nemen. Ik wilde niet gevonden worden. Ik denk... ik moet geloven dat ik een zenuwinzinking had. Ik kon niet rationeel denken; mijn brein had zich afgesloten voor wat er was gebeurd. Ik bestond alleen maar. Kun je dat begrijpen, Julia?'

Hij keek haar aan, smekend om een reactie, maar die kon ze hem niet geven.

Hij zuchtte. 'En toen begon ik waarschijnlijk langzaam te herstellen. En ik begon weer na te denken. Niet alleen over wat ik Gabriel had aangedaan, maar ook over wat ik jou had aangedaan. Ik had je laten geloven dat niet alleen je geliefde zoontje, maar ook je echtgenoot dood was.' Xavier haalde vertwijfeld zijn hand door zijn haar. 'En dat was vreselijk. Het duurde nog maanden voor ik de kracht en de moed vond om naar je terug te keren. Maar uiteindelijk heb ik het toch gedaan. En hier ben ik nu.'

Het bleef een hele tijd stil tussen hen.

Uiteindelijk vroeg ze: 'Hoe wist je dat ik hier was?'

Xavier keek haar aan met een uitdrukking van verbazing op zijn gezicht. 'Waar zou je anders moeten zijn? Als je weg was geweest voor een recital, zou ik hier op je hebben gewacht. Maar goed, je was wel hier, *ma chérie*.'

'Ik ben al die tijd niet hier geweest,' antwoordde Julia kil. 'Ik was in Engeland. En ik speelde zeer zeker geen piano.' Ze stond abrupt op. Ze wilde weg van zijn schokkende aanwezigheid en proberen de vreselijke waarheid te verwerken over de dood van hun zoontje en Xaviers aandeel daarin.

Ze liep door de gang en de keuken het terras op.

Ze keek omhoog naar de inktzwarte, met sterren bezaaide hemel en sloeg in een vruchteloos gebaar van bescherming haar armen om zichzelf heen. Ze bedacht cynisch dat ze had gemeend dat het leven haar alles over pijn had geleerd wat er te leren viel.

Ze had het mis gehad.

'Vergeef me, vergeef me...' smeekte Julia de hemel, omdat ze moest bekennen dat ze liever had gehad dat van hen tweeën Gabriel gespaard was gebleven.

Hij heeft ons kind gedood.

Nee! Julia schudde haar hoofd. Dat kon en mocht ze niet denken. Het was een ongeluk geweest, een moment van onverantwoordelijk gedrag, een tragische keus die iedere ouder tijdens de vele jaren van verzorging zou kunnen maken... Bovendien was het onmogelijk te zeggen of Gabriel het wel zou hebben overleefd als hij in zijn autostoeltje op de achterbank had gezeten.

Hij heeft hem in het bos achtergelaten om te verbranden.

'O, god,' fluisterde Julia.

Hoe kon ze hem dat ooit vergeven?

En als Gabriel nog wel had geleefd?

Het idee was te afschuwelijk om over na te denken. Ze moest geloven dat hij toen al dood was, anders zou ze echt gek worden bij de gedachte dat hij daar alleen had geleden. Ze moest Xavier vertrouwen en geloven dat hij de waarheid sprak.

En wat moest ze denken van wat hij daarna had gedaan? Van zijn twaalf maanden lange verdwijning, waarbij hij haar in de waan had gelaten dat hij ook dood was?

Als Xavier meteen naar huis was gekomen en haar zijn vreselijke vergissing had bekend, had ze hem dan kunnen vergeven? Ze kon die vraag niet beantwoorden.

Julia liet zich op een stoel zakken.

Waren de extreme omstandigheden een geldig excuus?

En hoe zat het met Kit nu Xavier terug was?

Ze drukte een hand tegen haar voorhoofd. Het was te veel, het was allemaal te veel…

Ze schrok op toen ze een hand op haar schouder voelde.

'Julia.' Hij hurkte voor haar neer en nam haar handen in de zijne. 'Het spijt me zo verschrikkelijk van wat ik je vanavond heb moeten vertellen. Ik begrijp hoe pijnlijk het voor je is om te horen wat er precies is gebeurd. Ik kan het mezelf nooit vergeven. Maar kun je alsjeblieft begrijpen dat ik alleen maar terug ben gekomen omdat ik wil proberen het goed te maken? Omdat ik weet dat het verkeerd is wat ik heb gedaan en omdat,' – hij boog voorover om haar handen te kussen – 'ik van je hou, *chérie*. Ik hou ontzettend veel van je. Kun je het over je hart verkrijgen me te vergeven wat ik je heb aangedaan?'

Julia keek op hem neer en zag de vertwijfeling in zijn ogen. Ze stond op. 'Ik kan vanavond niet verder praten. Ik ben vreselijk moe en ik moet slapen. Je kunt voorlopig in de logeerkamer slapen.'

Ze liep zwijgend langs hem heen het huis binnen.

De twee dagen daarna bleef Julia in haar kamer en negeerde ze Xaviers smeekbeden om met hem te praten. Ze moest verwerken wat ze te weten was gekomen en ze had tijd voor zichzelf nodig om haar wonden te likken. Overdag sliep ze uren achtereen en in het diepst van de wrede, donkere nacht werd ze wakker om de nachtmerrie onder ogen te zien.

De derde ochtend stond Julia Xavier toe binnen te komen. Hij had een dienblad met verse croissants, jam en koffie bij zich.

'Ik heb ontbijt voor je meegebracht, *chérie*. Ik maak me vreselijke zorgen omdat je niet eet.' Hij zette het blad op het bed neer en keek naar haar afgematte gezicht. 'Mijn Julia, ik kan het niet verdragen dat ik je deze afschuwelijke pijn heb aangedaan.'

Julia keek toe terwijl hij koffie inschonk en ging recht zitten toen hij haar die aanreikte.

Ze dronk er zwijgend van en probeerde wakker te worden.

'Ik moet terug naar Engeland,' zei ze botweg.

'Non!' Xavier keek haar vol afgrijzen aan. 'Je gaat nu toch zeker niet weg? Julia, je bent zo niet in staat te reizen, en we moeten toch op z'n minst praten?'

Een plotseling verlangen naar de vrede, kalmte en rust die ze met Kit op Wharton Park had ervaren bracht tranen in Julia's ogen.

'Xavier, ik...' Ze zuchtte, niet in staat het tumult van haar emoties onder woorden te brengen.

'Julia,' smeekte hij, 'alsjeblieft, ik vraag maar één ding van je: ik smeek je hier bij mij te blijven, in elk geval een paar dagen. Laat me van je houden, je helpen over de vreselijke schok heen te komen die ik je bezorgd heb. Als je daarna nog steeds weg wilt zal ik je niet tegenhouden. Maar we zijn het onze *ange* toch zeker wel verplicht, als zijn mama en papa, om het op z'n minst te proberen?'

Het was het enige wat Xavier had kunnen zeggen om haar ervan te weerhouden onmiddellijk op het vliegtuig te stappen.

'Ik heb maandenlang in mijn eentje om hem gerouwd,' zei ze zacht.

'Geef me dan de kans om samen met je te rouwen. Ik moet ook rouwen. Verlaat me niet, alsjeblieft, *chérie*. Ik zou niet... ik zou niet verder kunnen zonder jou.'

Julia keek hem aan en zag de wanhoop in zijn ogen.

'Goed dan. Ik zal doen wat je vraagt en hier blijven. Voorlopig.'

Xavier sloeg zijn armen om haar heen en morste koffie over het beddengoed.

'Merci, mon amour. Ik beloof je dat je er geen spijt van zult krijgen. Welnu, mijn Julia, wat wil je vandaag doen?'

'Doen?' vroeg ze, verbijsterd over het idee alleen al.

'Ja, ik denk dat het goed voor je zou zijn om even het huis uit te gaan, weg van de... herinneringen. We zouden...' zei Xavier, zijn schouders ophalend, 'een wandeling over ons favoriete strand kunnen gaan maken, en misschien ergens samen lunchen?'

'Ik...'

'Julia, alsjeblieft, *mon amour.*' Xavier keek naar zijn handen en zei zacht: 'Ik begrijp hoeveel pijn ik je heb gedaan door wat ik je moest vertellen, maar ben je niet een heel klein beetje blij dat je je echtgenoot terug hebt? Heb je... ook om mij gerouwd?'

'Natuurlijk heb ik dat! Ik was...' Julia slikte. 'Ik was maandenlang ontroostbaar. Je hebt geen idee door wat voor hel ik ben gegaan! En toen ik het eindelijk begon te accepteren en dacht dat er misschien nog een toekomst voor mij was, kwam jij binnenlopen en... o, Xavier,' zei ze, haar hoofd in haar handen leggend, 'ik weet het niet... ik weet gewoon niet wat ik voel.'

Haar vastberadenheid ten spijt kon ze haar tranen niet tegenhouden. Xavier nam haar in zijn armen en streelde haar haren.

'Ik weet het, *mon amour,* ik weet het. Maar ik zweer je dat ik het goed zal maken, ik zal voor je zorgen, je hier doorheen helpen en alles doen wat nodig is om je te helpen. Je bent niet meer alleen. Ik ben hier. We hebben elkaar toch zeker nodig?'

'Ja maar...' Het 'maar' was zo complex dat Julia niet eens kon beginnen het uit te leggen.

'Ik denk echt dat het een goed idee is om een poosje de deur uit te gaan. Als je je er niet prettig bij voelt, breng ik je meteen terug. *D'accord*?'

Ze zuchtte, te verdoofd om zich er iets van aan te trekken waar ze was. Ze wou alleen dat iemand haar kon vertellen hoe ze een eind moest maken aan de vreselijke steen die zich in haar maag had vastgezet sinds Xavier haar had verteld wat er met haar kind was gebeurd. Ze had het gevoel dat ze opnieuw om hem rouwde.

'D'accord.'

'Bon. Maar eerst,' zei Xavier met een diepe zucht, 'moet ik naar de *gendarmerie* om ze te laten zien dat ik uit de dood ben opgestaan.'

'Je overlijdenscertificaat ligt op het bureau in de werkkamer. Misschien moet je dat maar meenemen,' zei Julia droogjes.

Hij stond op en keek op haar neer. 'Je weet dat ik wellicht aangeklaagd zal worden?'

Die gedachte was niet bij Julia opgekomen. 'Waarvoor?'

'Voor gevaarlijk rijden en misschien doodslag. Maar ik moet dit doen, dus ik ga nu, dan heb ik het maar achter de rug. Ik ben bang,' bekende hij.

Julia zag de blik in zijn ogen, een blik die ze maar al te goed kende en die betekende dat hij wilde dat ze meeging. Ze negeerde hem en kwam uit bed.

'Dan zie ik je straks wel,' zei ze en ze verdween in de badkamer.

Julia zat aan de vleugel in de hoop dat die haar het soelaas zou brengen waarnaar ze verlangde, toen Xavier thuiskwam. Hij stapte glimlachend de woonkamer binnen.

'*Voilà!* Het is geregeld! Toen *monsieur* de inspecteur een man voor zich zag staan met zijn eigen overlijdenscertificaat in zijn hand...' Xavier grinnikte. '*Chérie,* ik wou dat je zijn gezicht had kunnen zien!'

'Hij zal wel geschokt geweest zijn.' Julia stoorde zich aan Xaviers opgewektheid.

'Hij betwijfelt of er een aanklacht zal komen, omdat er geen getuigen waren van het ongeluk. Hij accepteerde mijn verklaring zonder vragen te stellen. Ik ben kennelijk niet de eerste die daar van de weg is geraakt. Hij zei dat er een secundaire aanklacht kon komen voor het in scène zetten van mijn eigen dood, maar alleen als er geld van onze verzekeringspolis is uitgekeerd. Is dat zo?' Hij keek haar bezorgd aan.

Julia was nu wel blij dat ze zo onwillig was geweest om het papierwerk met betrekking tot haar mans 'dood' af te handelen. 'Nee,' antwoordde ze zacht.

Xavier keek opgelucht. 'Nou! *C'est parfait!* Jij kunt dus ook niet aangeklaagd worden.'

Julia keek hem aan. 'Wat?!'

'Maak je geen zorgen,' zei hij, en hij drukte een kus op haar kruin, 'het is een kleinigheid, maar het bewijst dat we niet hebben samengezworen om de verzekering op te lichten.'

Julia sloeg haar handen voor haar gezicht en schudde haar hoofd. 'Alsjeblieft, Xavier! We hebben het over de dood van mijn – ons – kind, niet over een ingewikkeld geval van verzekeringsfraude!'

'*Pardon, chérie,* voor mijn ongevoeligheid. Het komt door die stomme Franse bureaucratie. En nu,' zei hij, en hij trok haar handen van haar gezicht weg, laat me je alsjeblieft mee uit lunchen nemen? Misschien is het goed om naar het positieve zowel als het negatieve te kijken, *oui*? En het positieve is,' – hij tilde Julia's kin op om haar op haar lippen te kussen – 'dat ik een vrij man ben, terug uit de dood en herenigd met mijn mooie vrouw.'

54

Het mooie kustplaatsje Gigaro lag tegenover St.-Tropez, aan de andere kant van het schiereiland. Omdat het in een natuurreservaat lag en wat verder van de hoofdweg die de vakantieplaatsen van de Rivièra met elkaar verbond, had het zijn eeuwenoude charme weten te behouden. De pittoreske restaurants met open voorgevels langs het ongerepte strand waren een goed bewaard plaatselijk geheim.

Xavier liep *La Salamandre* binnen en Julia drentelde troosteloos achter hem aan. Ze zag dat Chantal, de eigenares, hem aanstaarde alsof ze droomde.

Xavier knikte bemoedigend. *'Oui, Chantal, c'est moi!'*

Chantal bracht haar hand naar haar mond. 'Maar... *Mon dieu!* Ik kan mijn ogen niet geloven! Hoe?'

Xavier sloeg zijn armen om haar heen. 'Het is een lang verhaal, dat ik je op een dag zal vertellen. Maar kunnen we voor nu onze gebruikelijke tafel en een *pichet* rosé krijgen, alsjeblieft?'

Toen Chantal de wijn ging halen, keek Julia over de tafel heen naar Xavier.

'Wat ga je zeggen als de mensen vragen waar je hebt gezeten?' vroeg ze zonder enige emotie in haar stem.

'Ik moet ze gewoon de waarheid vertellen,' zei Xavier met een schouderophalen. 'Dat ik zo gek was van verdriet dat ik ervandoor ben gegaan.'

Julia keek hem aan. Er was een onplezierige gedachte die haar al de hele ochtend plaagde. Ze moest er iets van zeggen. 'Je realiseert je toch wel dat dit voor de media een geschenk uit de hemel zal zijn, of niet?'

'Je hebt gelijk, mijn Julia. *Voilà!*' Xavier sloeg met zijn handen op de tafel. 'Ik zal een persconferentie aankondigen en de gieren uitnodigen om één keer naar ons te komen pikken. Ja, dat is de oplossing! We zullen contact opnemen met Olav; dan kan hij het regelen.'

Xavier deed Julia denken aan een trein op volle snelheid; ze begreep zijn vreugde en opluchting om de terugkeer uit zijn verbanning, maar ze kon hem daarin niet bijhouden. Persconferenties – en de champagne die Chantal op haar kosten liet aanrukken – gingen haar pet te boven. Zij kon alleen maar denken aan het arme, brandende lichaam van haar kind, alleen in het bos terwijl het vuur om hem heen hoog oplaaide. Xavier leek helemaal te stralen bij de gedachte aan alle aandacht van de pers. Ze was vergeten wat een protser hij kon zijn.

'Alsjeblieft, Xavier, ik kan de media nog niet aan,' smeekte ze.

'Ja, natuurlijk, je hebt gelijk. Mijn excuses, *chérie*. Misschien loop ik te hard van stapel. Maar kan ik het helpen dat ik me een beetje gelukkig voel nu ik hier zit en mijn vrouw in haar prachtige ogen kijk? *Santé*.' Hij tikte met zijn glas tegen het hare.

'Ik kan me niet... gelukkig voelen. Hoe zou ik dat kunnen, nu ik net de waarheid heb gehoord over Gabriels dood?'

Xavier pakte haar hand vast en ze liet het met tegenzin toe. 'Julia, geloof me alsjeblieft, het was een vreselijk ongeluk. En ik zal het mezelf nooit vergeven, maar ik heb mezelf – en jou – genoeg gestraft. Wat kan ik nog meer doen? Zeg het, mijn Julia, en ik beloof je dat ik het zal doen.'

'Niets,' zei ze zuchtend, 'je kunt niets doen.'

Julia werd de volgende morgen gewekt door gebons op de voordeur. Ze liep slaperig de gang in en zag dat Xavier de deur al had opengedaan – voor een zee van gezichten, camera's en dictafoons.

Toen de flitslampen in Julia's geschrokken gezicht afgingen, dook ze de veiligheid van de woonkamer in en smeekte ze Xavier de deur dicht te doen. Ze liet zich bibberend en ademloos op de bank neerzakken. Uiteindelijk hoorde ze de deur dichtgaan en kwam Xavier haar zoeken.

'Heb je ze weggestuurd?' vroeg ze hem vertwijfeld.

'*Chérie*, het spijt me dat dit zo snel al gebeurt, maar er is niets aan te doen, dat weet je. Je bent beroemd en ik ben je man. Ze zullen niet vertrekken voor ze hun verhaal hebben. Dus hoe eerder we het afhandelen, hoe beter. Ik heb gezegd dat we over een half uur naar buiten komen om een interview te geven. Dat zal ze wel tevredenstellen.'

'Ze willen jou toch zeker spreken?' kreunde Julia. 'Moet ik echt?'

Xavier sloeg een arm om haar heen. 'Je weet dat het ze in werkelijkheid om jou gaat. Jij bent degene die het goed doet op de voorpagina. Het is de prijs die je betaalt voor roem en rijkdom, *n'est-ce pas*? Nu moet ik gaan douchen.' Hij keek naar haar, in het oude verwassen T-shirt waar ze graag in sliep. 'Misschien moet jij dat ook maar doen.'

Julia deed wat haar gevraagd was en liet zich fotograferen met Xaviers armen om haar heen, terwijl hij een liefdevolle kus op haar lippen drukte. Toen haar werd gevraagd wat ze van de wonderbaarlijke terugkeer van haar echtgenoot vond, zei ze dat ze heel blij was hem terug te hebben.

Wat kon ze anders zeggen?

Kort nadat ze de deur dicht hadden gedaan voor de pers, ging haar mobiele telefoon.

'Julia, met Alicia. Is het waar wat ik net op de radio heb gehoord? De nieuwslezer zei dat Julia Forresters echtgenoot veilig en wel is teruggekeerd.'

'Ja, het is waar.' Julia zuchtte. 'Ik had je moeten bellen, maar ik moet zelf nog bekomen van de schok. En ik had niet verwacht dat het verhaal zo snel de ronde zou doen.'

'Nou, als het waar is, is het een spectaculair verhaal. Dat zou je nauwelijks moeten verbazen,' voegde Alicia eraan toe. 'Ik neem aan dat je in Frankrijk blijft nu hij terug is?'

'Ik... ik weet het niet.'

'Juist.' Nu was het Alicia's beurt om even te zwijgen voor ze vervolgde: 'Heb je Kit al gesproken?'

'Nee, nog niet.'

'Nou, ik vertel je niet graag wat je moet doen, maar wat je plannen ook zijn, het is misschien een goed idee om hem te bellen. Licht hem in voor hij het van iemand anders hoort.'

'Ja, je hebt vast gelijk.' Julia kon daar zelfs nog niet aan denken.

'Pap belde trouwens. Hij had het ook gehoord en hij laat je groeten en feliciteren. En, Julia, ben je blij dat Xavier terug is?'

Julia zag Xavier door de keuken naar haar toe komen, dus zei ze: 'Sorry, Alicia, kunnen we straks verder praten? Ik word hier nogal overstelpt.'

'Natuurlijk. Doe Xavier de groeten. Ik bel je later. Het beste, Julia. Dag.'

Julia voelde een paar armen om haar schouders.

'Hoe gaat het met je, mijn Julia?'

'Ik ben nog in shock,' gaf ze toe.

'Ze zijn dol op een happy end... *je t'aime...*' Xavier kuste haar in haar hals en zijn handen begonnen haar te betasten.

Julia duwde hem van zich af. 'Nee! In godsnaam, Xavier! Snap je het dan niet? Dit is geen happy end!'

'Nee, natuurlijk. *Je comprend.* Het spijt me. Ik wil je mijn liefde betuigen, maar ik moet wachten tot jij klaar bent om die te aanvaarden.'

Het koude zweet was Julia uitgebroken. Ze wilde alleen zijn, weg bij hem. Ze liep naar de deur toen Xavier zei: 'We zijn uitgenodigd om bij Roland en Madelaine te komen lunchen, om mijn terugkeer te vieren. Heb je daar zin in?'

Roland en Madelaine waren degenen geweest die Xavier en Gabriel die noodlottige dag voor de barbecue hadden uitgenodigd.

'Nee. Ik ben moe, Xavier.'

Er blonk even iets van ergernis in zijn ogen, maar toen knikte hij. 'Natuurlijk. Maar ik vind dat ik wel moet gaan. Ik vertrek over een half uur. Ik zie je later, *mon amour*.'

'Ja.'

Julia liep het terras op en liet zich op een stoel vallen. Het was verzengend warm en de enige scheidslijn tussen de zee en de lucht was een glinsterende streep witte gloeihitte.

Alicia had gelijk. Ze moest Kit bellen. Het was alleen maar eerlijk dat hij het van haar hoorde.

Ze keek naar haar mobiele telefoon en scrolde werktuiglijk naar Kits nummer.

Wat moest ze in vredesnaam zeggen?

Ze schudde haar hoofd. Wat deed het ertoe?

Haar man was teruggekeerd en de hartenpijn die ze voelde was irrelevant. Ze was niet langer vrij om bij Kit te zijn. Wat vreemd, peinsde Julia toen ze Kits nummer had gevonden. Haar man was degene die terug was uit de dood, maar zij had het gevoel of ze vanbinnen gestorven was.

Toen ze Xavier het huis hoorde verlaten, ademde ze diep in en drukte ze op de beltoets.

Kit keek naar zijn mobiele telefoon, die op het bureau lag te rinkelen; hij kon zien dat het Julia was en liet hem rinkelen.

Hij kon niet met haar praten.

Hij wist wat ze te zeggen had. Hij had het allemaal op de radio gehoord.

Kit staarde uit het raam en over het park uit. Hij had steeds geaccepteerd dat Julia alleen maar bij hem was omdat ze geloofde dat haar man dood was. Er was geen sprake van concurrentie. Xavier was terug. Hij was Julia's echtgenoot… zij was zijn vrouw…

'O, god,' kreunde hij, en hij schudde vertwijfeld zijn hoofd. Hij had moeten weten dat het te mooi was om waar te zijn…

Voor het eerst in jaren had hij zichzelf toegestaan zijn hart aan een vrouw te schenken. Met die sprong in het diepe – hij had zich durven blootgeven, terwijl Julia dapper genoeg was geweest om haar eigen angst opzij te zetten en zich aan hem te geven – had hij voor het eerst ontdekt wat het was om waarachtig lief te hebben.

'Waar zal ik dat ooit weer vinden?' verzuchtte Kit.

Hij wist dat dat niet zou gebeuren. En hij wist ook dat er volstrekt geen hoop was dat deze relatie nieuw leven kon worden ingeblazen. Julia was waarschijnlijk opgetogen, zoals hij ooit geweest zou zijn als Milla was teruggekeerd uit de dood.

Zijn mobiele telefoon rinkelde weer.

Hij tuurde over het park uit en besloot dat hij haar de woorden liever niet wilde horen zeggen.

Hij begreep het.

'Wees gelukkig, mijn liefste,' fluisterde hij. 'Ik zal altijd van je houden.'

Toen legde Kit Crawford zijn hoofd in zijn handen en huilde hij als een kind.

55

Op de een of andere manier worstelde Julia zich door de volgende paar dagen heen. Zoals zo vaak in het verleden zocht ze opnieuw troost bij de piano. Die sloot haar niet alleen uren af van de werkelijkheid, maar bood ook bescherming tegen Xaviers constante aandacht. Ze wist dat hij zijn uiterste best deed om haar te laten zien hoeveel hij van haar hield en hoezeer hij hoopte op eenzelfde reactie van haar, maar die kon ze hem nog niet geven.

Ze was simpelweg lamgeslagen. Ze at, sliep en praatte wel – ze deed alsof ze leefde – maar in haar binnenste zat een leegte. Een zwart gat waar ooit haar hart had geklopt, dat haar had toegestaan te voelen. Dat had Kit helpen gebeuren, maar alles wat hij haar had gegeven was ze nu kwijt.

Op een avond nadat ze de hele middag aan de piano had gezeten, schonk Julia zichzelf een glas rosé in en ging ze op het terras zitten. Op dat moment hoorde ze haar telefoon. Ze zag dat het Alicia's nummer was.

'Hallo?' zei ze.

Het enige antwoord dat ze kreeg was gesnik.

'Alicia, wat is er aan de hand?' vroeg ze.

'O… Julia! Ik…' Alicia's woorden gingen verloren in nog meer gesnik.

'Kun je proberen het me te vertellen?' Julia schrok van het uitzonderlijke verdriet van haar zus.

'Nee, nee! Het is zo afschuwelijk! Kan ik naar je toe komen? Ik moet er even tussenuit. Max zegt dat hij een paar dagen vrij zal nemen om voor de kinderen te zorgen. Kan ik een poosje bij je blijven? Ik weet dat dit een moeilijke tijd voor je is, maar… ik heb je nodig.'

'Natuurlijk kan dat. Heeft het iets met Max te maken?'

'Het gaat niet om Max! Was het maar waar. Het gaat om mij!'

'Ben je ziek?' vroeg Julia.

'Nee! Ik ben niet ziek! Ik ben volkomen gezond. Maar… o, hemeltje, alsjeblieft, Julia... Ik kan morgen het vliegtuig pakken en halverwege de middag bij je zijn. Kun je me op Toulon ophalen?'

'Natuurlijk.' Dat kwam Julia trouwens goed uit, want dan kon ze even ontsnappen aan Xaviers intensiteit. 'Kan ik iets voor je doen?'

'Nee, niets, behalve me een veilige plek geven waar ik met mezelf in het reine kan komen. Ik wil niet instorten waar de kinderen bij zijn.'

'Bel me zodra je vlucht geboekt is. Ik kom je ophalen. Wat het ook is, ik weet zeker dat het wel in orde komt.'

'Nee, dat kan helaas niet,' zei Alicia. 'Het heeft me kapotgemaakt en dat kan nooit meer worden hersteld. Hoe dan ook, alvast heel erg bedankt, Julia. Ik bel je straks.'

Julia was geschokt en verontrust door de radeloosheid van haar zus. Het luchtte haar wel op dat ze die gevoelens voor Alicia had, want dat betekende dat ze op een dag misschien ook weer iets voor haar man zou kunnen voelen – of dat nou liefde was of haat. Toch vroeg ze zich nog steeds af wat er in hemelsnaam gebeurd kon zijn waardoor Alicia, een vreselijk toegewijde moeder, plotseling op een vliegtuig wilde stappen en haar vier kinderen achterlaten.

Xavier kwam een paar uur later thuis. Hij zei dat hij in St.-Tropez vrienden had ontmoet en dat ze nog wat hadden gedronken om zijn terugkeer te vieren. Hij sprak onduidelijk en Julia keek hem vol walging aan. Zijn liefde voor alcohol en het feit dat hij nooit wist wanneer hij moest ophouden was een van de twistpunten in hun huwelijk geweest. Julia had hem er talloze malen van beschuldigd dat hij te veel had gedronken en Xavier werd dan agressief en ontkende het.

Toen Agnes die avond het eten op het terras serveerde en Xavier zijn glas weer bijvulde, besloot Julia niets te zeggen. Ze had geen puf om ruzie te maken.

'Mijn zus komt morgen en ze blijft een paar dagen,' zei Julia, in haar verse rode poon prikkend, die met cranberry's was gestoofd.

Xavier trok zijn wenkbrauwen op. 'Komt de volmaakte Alicia ons vereren met haar aanwezigheid?'

'Praat niet zo over mijn zus. Er is haar iets overkomen. Ze wilde me niet vertellen wat het was, maar ze was erg van streek.'

'Misschien was ze een van de overhemden van haar man vergeten te strijken,' zei Xavier minachtend.

Julia hapte niet naar het door drank gevoede aas, maar veranderde van onderwerp: 'Was vandaag nou je laatste interview?' vroeg ze, doelend op zijn interview met *Le Figaro.*

'Dat hangt van mij af,' zei hij, en hij haalde zijn schouders op. 'Ik heb nog veel meer verzoeken gehad, waaronder een aanbod om mijn memoires te schrijven. Ze beloven een hoop geld. Wat denk jij ervan?'

'Ik denk dat we dat geld niet nodig hebben,' antwoordde Julia bruusk.

'En *Paris Match* wil hierheen komen om ons allebei te interviewen.'

'Nee,' zei Julia resoluut. 'Ik had gezegd dat ik aan één gesprek met de pers zou meewerken en meer niet. Betrek mij alsjeblieft niet bij je verdere plannen.'

'D'accord,' zei Xavier nonchalant en ze aten zwijgend verder.

Na een poosje pakte Xavier haar hand vast. 'Je bent niet gelukkig, is het wel, Julia? Vertel me alsjeblieft waarom.'

'Misschien moet ik me nog aanpassen,' zei ze simpelweg, omdat ze er niet verder op in wilde gaan.

Xavier schonk zichzelf nog meer witte wijn in. 'Ja, misschien is dat het. Je lijkt zo anders.'

'Ik bén ook anders. Ik heb een ander leven geleid sinds ik je voor het laatst zag. Die ervaringen veranderen je, Xavier, dat kan niet anders.'

'Maar het kan toch weer worden zoals voorheen, nietwaar, *chérie*?' drong hij aan. 'O, zoals wij van elkaar hielden... dat was zo mooi. Dat kunnen we terugvinden, dat weet ik zeker.'

Julia zuchtte. 'Ik hoop het, Xavier, ik hoop het.'

Later volgde hij haar naar hun slaapkamer en bleef hij tegen de deurstijl hangen.

'Alsjeblieft, Julia, laat me vannacht bij je blijven. Laat me je tonen hoe ik je kan beminnen en ons allebei helpen herinneren hoe het vroeger was.' Hij liep naar haar toe en nam haar in zijn armen.

Hoewel ze geen greintje verlangen voelde, stond ze Xavier toch toe haar te strelen en te kussen, bedenkend dat hij misschien gelijk had en het herinneringen boven zou brengen.

Nadat ze de liefde hadden bedreven, lag Julia wakker naast hem. De daad zelf was in een paar seconden voorbij geweest en Xavier was meteen in een diepe slaap gevallen.

Als ze heel eerlijk was, had Julia gewalgd van zijn aanraking en de alcohollucht in zijn adem. Hoe was dat mogelijk? Voorheen had ze altijd verlangd naar zijn nabijheid, zijn naakte lichaam naast het hare. Het liefdesspel was een belangrijke factor in hun relatie geweest.

Maar vanavond... Julia draaide zich rusteloos om, van streek doordat ze toen Xavier de liefde met haar bedreef alleen maar aan Kit had kunnen denken. Zijn gevoelige, tedere handen die er waren om haar te plezieren, die wachtten tot zij klaar was voor hij zichzelf liet gaan... het gelach waarmee de intimiteit vaak gepaard ging... het besef dat ze helemaal zichzelf kon zijn, dat Kit van haar hield zoals ze was...

Julia riep zichzelf een halt toe. Het had geen zin dat ze zichzelf plaagde met wat had kunnen zijn. Het lot had anders bepaald en ze kon alleen maar proberen dat te accepteren.

Julia stond in de aankomsthal op vliegveld Toulon en zag Alicia uit de bagagehal komen. Haar zus leek een verschrompeld, bleek aftreksel van zichzelf. Julia liep naar haar toe en nam haar in haar armen.

'Hallo, Alicia. Welkom in Frankrijk.'

'O, Julia, wat ben ik blij je te zien...' wist Alicia uit te brengen voor ze tegen de schouder van haar zus in tranen uitbarstte.

'Kom, dan neem ik je mee naar huis en kun je me vertellen wat er nou eigenlijk aan de hand is,' stelde Julia zacht voor, en ze nam Alicia mee naar de auto.

Op weg naar Ramatuelle wierp Julia een steelse blik op haar zus, die recht voor zich uit staarde, haar handen krampachtig ineengeslagen. 'Kun je er nu over praten, denk je?' vroeg Julia. 'Of wil je wachten tot we er zijn?'

'Is Xavier thuis?' vroeg Alicia.

'Ja,' zei Julia zacht.

'Heb je papa al gesproken?'

'Nee,' antwoordde Julia. 'Ik heb nog helemaal niets van hem gehoord. Het verbaast me nogal dat hij me niet heeft gebeld, gezien Xaviers terugkeer.'

'Misschien had hij andere dingen aan zijn hoofd,' mompelde Alicia.

Julia merkte de bittere ondertoon in Alicia's stem op en besloot er niet verder op door te gaan. Ze reden zwijgend verder terwijl de weg begon te klimmen en de prachtige azuurblauwe Middellandse Zee in het zicht kwam.

Alicia legde plotseling haar hand op Julia's arm. 'Stop hier, alsjeblieft, wil je?' zei ze. 'Ik moet eruit.'

Julia reed naar een parkeerhaven boven op het klif, met plaats voor mensen die van het uitzicht wilden genieten. Alicia stapte meteen uit en liep naar de reling die haar scheidde van de diepe val naar de zee beneden hen.

Julia volgde haar aarzelend, ging naast haar staan en leunde op de reling. 'Het is hier prachtig, vind je niet?' vroeg ze neutraal.

'Pap heeft me drie dagen geleden verteld dat ik geadopteerd ben.'

De woorden kwamen over Alicia's lippen met een bondigheid die haar emotionele intensiteit loochende.

Julia's mond viel open. 'Wat?!'

'Ja, het is waar,' antwoordde Alicia afgemeten. 'Ik ben geadopteerd. Mam had kanker gehad toen ze in de twintig was, lang voor de kankerperiode waar ze aan overleed toen ze in de veertig was. Ze dachten dat ze door de bestralingen geen kinderen meer zou kunnen krijgen, dus adopteerden ze mij. Dus mam is niet mijn moeder, pap is niet mijn vader en jij, Julia,' zei ze terwijl ze zich met een wezenloze blik naar haar omdraaide, 'bent niet mijn zus.'

'Nee! Ik...' Julia schudde vertwijfeld haar hoofd en vroeg zich af wanneer er een eind zou komen aan alle ellendige verrassingen. 'Dat kan toch niet waar zijn?'

'Het is wel waar. Pap heeft me mijn originele geboortebewijs laten zien. Mijn moeder, die Joy Reynolds heette, was kennelijk een tiener uit Aylsham die ongewild zwanger was geraakt. Ze bood me ter adoptie aan, en pap en mam – of moet ik zeggen, George en Jasmine – namen me op toen ik twee weken oud was.'

'Maar...'

'Hoe het dan met jou zit?' Alicia las haar zusters gedachten. 'Dat wilde je toch vragen, of niet? Het is in orde, Julia, jij bent wel van hen. Ik ben het enige koekoeksjong in het nest.'

'Maar ik begrijp het niet, Alicia. Als mam geen kinderen kon krijgen, hoezo ben ik dan drie jaar later geboren?'

'Het komt kennelijk vaker voor dat kinderloze vrouwen die een baby adopteren plotseling toch zwanger blijken te zijn. Het heeft te maken met de hormonen die vrijkomen door het moederinstinct,' legde Alicia uit.

'Max heeft het gisteravond voor me opgezocht op internet en er zijn honderden van dergelijke verhalen. Dus maak je geen zorgen, Julia, jij bent echt aan hen verwant. Sorry als dat verbitterd klinkt.' Alicia legde haar hand op Julia's arm. 'Dat is niet mijn bedoeling. Het is alleen dat wat ik dacht te zijn, niet meer bestaat. Ik weet niet... wie ik ben.'

'Nee,' zei Julia vol gevoel, 'het moet vreselijk voor je zijn. Ik vind het heel erg voor je, Alicia. En eerlijk gezegd begrijp ik niet waarom pap na al die tijd opeens heeft besloten het je te vertellen. Ik bedoel, dat hadden ze jaren geleden toch al moeten doen?'

'Ik weet het,' zei Alicia knikkend, 'ik denk niet dat hij van plan was geweest het ooit te zeggen. Maar hij zei dat het kwam door iets wat Elsie hem had verteld.'

Het begon Julia plotseling te dagen. Dit was de reden dat Elsie erop had gestaan dat Julia het verhaal van haar Crawford-genen niet aan Alicia zou vertellen. Omdat Alicia die erfenis natuurlijk niet met haar deelde.

'Maar goed,' vervolgde Alicia, 'het waarom doet er nauwelijks toe... hij heeft het me verteld. En ik ben er volkomen door van de kaart.' Alicia legde haar hoofd op haar armen en huilde. 'Ik voel me vreselijk verloren.'

Het was helemaal niets voor Alicia om zo kwetsbaar en van streek te zijn en Julia had moeite om woorden te vinden waarmee ze haar zou kunnen troosten.

'Ik kan me voorstellen hoe geschokt je geweest moet zijn...'

Alicia richtte zich op en keek Julia aan. 'Echt waar?' Ze schudde haar hoofd. 'Nee, Julia, ik denk het niet. Mijn familie betekent alles voor me. Die staat altijd voorop, altijd. Weet je nog toen mam doodging? Ik deed zo mijn best om voor jou en pap te zorgen. Ook al was ik zelf intens verdrietig, iemand moest mams plaats innemen en de boel draaiende houden. Ik leerde me te redden. En weet je wat?' Alicia's ogen schitterden. 'Ik heb me sindsdien altijd weten te redden!'

'Het spijt me, Alicia, echt waar. Ik heb me dat nooit gerealiseerd.'

'Nee, natuurlijk niet,' bevestigde Alicia. 'Jij en pap vluchtten weg in jullie eigen wereld, en nu nog steeds. Het probleem was dat jullie twee, mijn familie, mijn wereld waren. Ik wilde er voor jullie zijn, dat was alles wat ik had. Pap ging overal planten verzamelen en toen vertrok jij naar het conservatorium, opgelucht dat je van mij af was...'

'Dat is niet waar, Alicia.'

'Toe nou, Julia, wees eerlijk.' Alicia's stem had een ruw, onaangenaam timbre. 'Je verfoeide me, terwijl ik mijn best deed voor je te zorgen. En ik geloof dat je me nog steeds verfoeit. Ik, met mijn "volmaakte" leventje, altijd zo capabel... Je voelde je door me gekleineerd. Ik kan het je niet kwalijk nemen.' Ze schudde haar hoofd. 'Het was mijn keus om die rol op me te nemen. Het hielp me te overleven, mijn eigen pijn te begraven. En ik speel die rol nog steeds. Ik sta altijd klaar voor iedereen – jou, pap, Max, de kinderen – en nu...' zei Alicia met een stem die verstikt was van emotie, 'kom ik tot de ontdekking dat het één grote leugen was. Jij, mam en pap zijn niet eens mijn echte familie!'

Julia zweeg, overdonderd door de kracht van Alicia's woede en pijn. En, veel erger nog, het besef dat veel van wat Alicia had gezegd waar was.

'Het was geen leugen, Alicia,' zei ze ten slotte. 'We hielden van elkaar – we houden van elkaar – wat onze ware afstamming ook mag zijn.'

Alicia liet haar hoofd een poosje op de reling rusten en zuchtte toen. 'Vergeef me, Julia. Ik weet het niet meer, vrees ik. Wat een therapeut mijn "reddingsstrategieën" zou noemen, lijken me nu in de steek te hebben gelaten. Ik heb het gevoel dat mijn leven volkomen op z'n kop staat. Ik kan er niet meer uit wijs. Alles lijkt zo... zinloos.'

Julia raakte voorzichtig de schouder van haar zus aan. 'Het komt door de schok, geloof me. Het wordt echt beter.'

'Ik kan maar niet geloven dat niet mam maar een volslagen vreemde me het leven heeft geschonken,' fluisterde ze.

'Maar dat gold immers ook voor mam...'

Het floepte eruit voor Julia er erg in had.

Alicia keek naar Julia op, haar bleke gezicht nat van tranen. 'Wat? Bedoel je dat mam ook geadopteerd was?'

Julia knikte. 'Ja. Dat was wat Elsie me moest vertellen. En bijna zeker ook wat ze pap heeft verteld.'

'Mijn god,' zei Alicia. 'Wist mam dat ze geadopteerd was?'

'Nee, dat wist ze niet. Elsie zei dat Jasmine wat haar betrof haar kind was en daarmee basta. En ik neem aan,' voegde Julia er zacht aan toe, 'dat als het erop aankomt, dat het enige is wat ertoe doet, niet dan?'

Alicia antwoordde niet. Julia streek de blonde haren uit het betraande gezicht van haar zus. 'Ik begrijp echt dat het je raakt als je altijd hebt gedacht dat je het ene was en dan ontdekt dat je iets anders bent. Maar het verandert niets aan de dingen die er echt toe doen. Het enige verschil tussen jou en mam is dat zij het niet wist, en jij nu wel.'

Alicia, die nu kalmer was, keek over de zee uit en zuchtte. 'Op de een of andere manier helpt het dat ik dat van mam nu weet. Ik denk dat ik er op emotioneel vlak gewoon nog aan moet wennen.'

'Ja,' beaamde Julia, 'dat is zo. En ik wil niet neerbuigend klinken, maar ik heb het afgelopen jaar mijn portie ook wel gehad, dus ik weet dat je het gewoon de tijd moet gunnen.'

'Ja.' Alicia tuurde over de zee uit. 'Ik heb eens tegen je gezegd dat ik niet wist hoe ik op een echt probleem zou reageren, zoals jij hebt gemoeten... en moet je me nou zien!' Ze glimlachte triest. 'Ik ben een wrak!'

'Je bent ook maar een mens, Alicia,' zei Julia, zich schuldbewust realiserend dat ze haar zus verkeerd had beoordeeld. 'Val jezelf niet te hard.'

'Nee. Dat zei Max ook al.' Ze wendde zich naar Julia en glimlachte. 'Hij is fantastisch voor me geweest, hij geeft me alle steun en begrip.'

'Hij is een fantastische man, Alicia. En hij aanbidt je.'

'Het probleem is dat ik zo gewend ben om sterk te zijn en nu... ben ik dat niet. Hij zal er wel van geschrokken zijn om me na al die jaren zo kwetsbaar te zien.'

'Misschien geniet hij wel van de gelegenheid om voor de verandering eens voor jou te zorgen,' opperde Julia.

'Misschien wel...' Alicia stak haar armen naar haar zus uit. 'Ik heb behoefte aan een knuffel.'

Julia hield haar stevig vast.

'Sorry van de dingen die ik net heb gezegd. Ik meende het niet.' Alicia's stem klonk gedempt tegen haar schouder.

'En het spijt mij dat ik nooit heb gezien hoezeer jij ook leed om mam. Ik gedroeg me als een egoïstisch rotkind terwijl jij me alleen maar probeerde te helpen. Echt, je bent fantastisch voor me geweest, vooral de laatste tijd. Ik weet niet hoe ik het zonder jou had gered.' Julia merkte dat ze ieder woord meende.

'Nou, zusje,' zei Alicia, en ze maakte zich los uit haar omhelzing, 'nu heb ik jou nodig. Oké?'

'Oké.'

Die avond zat Alicia samen met Julia en Xavier op het terras. Ze had na aankomst een dutje gedaan en leek kalmer, al zag ze nog steeds erg bleek. Xavier zette zijn beste beentje voor en doordat Alicia's aanwezigheid de spanning tussen hem en Julia neutraliseerde, werd het een gezellige avond. Om middernacht geeuwde Alicia en verontschuldigde ze zich.

'Sorry mensen, ik slaap al een paar nachten heel slecht en nu heb ik te veel wijn gedronken op een maag die een paar dagen leeg is geweest. Welterusten en bedankt dat ik mocht komen.' Ze kneep Julia in haar hand. 'Ik ben heel blij dat ik hier ben.'

Xavier trok zich kort daarna terug en liet Julia de lichten uitdoen en alles afsluiten. Het was zo anders dan de routine die ze met Kit had gehad, waarin ze de taken altijd verdeelden. Terwijl ze haar ronde door het huis deed, dacht ze na over Alicia en het feit dat zij nooit de tijd had genomen om de kwetsbaarheid onder de oppervlakte te zien, om te zien dat Alicia toen hun moeder overleed haar leven dusdanig had ingericht dat het haar beschermde tegen pijn. En nu stortte dat allemaal in.

Kit had het eens gezegd... hij had gezien hoe Alicia echt was, hij had het begrepen. Terwijl Julia de trap op liep, wenste ze dat ze zijn inzicht had gehad. In elk geval had ze nu de kans Alicia te belonen voor alles wat ze had proberen te doen en de zorgzaamheid die ze had getoond. Ze voelde een plotselinge warme golf van genegenheid en liefde voor haar zus toen ze haar slaapkamer binnenging.

Xavier had kennelijk geconcludeerd dat hij na de vorige avond weer al zijn rechten als echtgenoot kon opeisen en lag op het bed uitgestrekt.

'Je zus leek...' – Xavier zocht naar de woorden – 'menselijker, vanavond. Al kon ik niet wachten tot ons etentje voorbij was, zodat ik je weer voor mezelf zou hebben, *mon amour*.' Hij wees naar de bult in zijn boxershort.

Toen Julia op de rand van het bed ging zitten om haar kleren uit te trekken, trok hij haar naar zich toe en duwde haar hoofd naar beneden.

'Nee, Xavier!' Ze wriggelde zich los uit zijn greep en schudde haar hoofd. 'Vannacht niet. Ik ben moe.'

'Maar Julia, je weet hoe fijn ik het vind, en hoe zacht je mond is. Daar word ik opgewonden van,' probeerde hij haar over te halen.

Julia negeerde hem, stond op en ging naar de badkamer.

De volgende dag was Xavier ongewoon vroeg weg voor weer een interview, dus nuttigden Julia en Alicia samen een laat ontbijt. Daarna stelde Julia voor dat ze naar het rustige deel van het strand Pampelonne in St.-Tropez zouden gaan.

'Wat ontzettend decadent,' zei Alicia toen ze op de comfortabele strandstoelen plaatsnamen die door het strandpaviljoen werden geleverd. 'Ik neem aan dat het, als je erachter komt dat je geadopteerd bent, wel een vorm van compensatie is om naar je zus in het zuiden van Frankrijk te kunnen vluchten. Het helpt echt dat ik hier bij jou ben. En je hebt gelijk; de ontdekking dat ik geadopteerd ben maakt waarschijnlijk helemaal niet zoveel verschil.'

'Nee, Alicia, dat denk ik ook niet,' antwoordde Julia, die genoot van de zon op haar gezicht. 'En het spijt me dat ik zo wrokkig tegen je deed, terwijl je me alleen maar probeerde te helpen. Ik had altijd het gevoel dat jij alles goed deed en ik alles verkeerd.'

'Was het maar waar!' kreunde Alicia. 'Ik ben de afgelopen twintig jaar mijn echte gevoelens zo uit de weg gegaan, dat ik nu niet meer weet wie ik ben.'

'Nou, misschien is het wel leuk om dat te ontdekken,' opperde Julia, 'en misschien moet je eens een poosje jezelf vooropstellen, en niet alle anderen.'

'Het probleem is, dat ik me nodig moet voelen,' bekende Alicia. 'Als niemand me meer nodig heeft, wat rest me dan nog?'

'Nou, degenen die van je houden, houden van je om wie je bent, niet om wat je voor hen doet.'

'Echt waar? Je bedoelt dus dat, als ik Max zijn overhemden niet meer strijk en vergeet eten voor de kinderen te koken, ze me nog steeds aardig zullen vinden?'

Julia zag de twinkeling in Alicia's ogen. 'Dat weet je best. En sorry als het wat bot klinkt, maar misschien zou je ook meer respect van ze krijgen als je niet iedereen overal meer achternaliep. En dat geldt ook voor mij,' voegde Julia eraan toe. 'Je weet nooit, misschien gaan wij jou zelfs wel achternalopen.'

'Wow! Wat een idee,' zei Alicia lachend. 'Maar goed, het is mijn eigen schuld. Ik heb altijd dat capabele beeld van mezelf geprojecteerd, en dat bén ik natuurlijk ook, Julia. Dat is mijn kracht. Meestal tenminste,' voegde ze eraan toe.

'Ja, maar jij mag ook best af en toe kwetsbaar en behoeftig zijn, net als de rest van de mensheid. En je moet niet bang zijn om dat te laten merken.'

'Nee.' Alicia knikte. 'Je hebt gelijk. En Max is geweldig sinds het gebeurd is… Weet je, ik heb wel eens gedacht dat ik alleen met hem getrouwd was omdat hij "er was". Ik dacht dat ik misschien,' – ze beet op haar lip – 'gewoon "iemand" nodig had toen jij was vertrokken en pap zelden thuis was. Maar dit heeft me echt laten zien wat een goede man hij is. En dat ik van geluk mag spreken dat ik hem heb.'

'Achter de wolken schijnt altijd de zon,' zei Julia. 'En dit heeft je in elk geval laten zien dat Max veel capabeler is dan jij van hem dacht. Ik geloof niet dat de kinderen zullen verhongeren nu hij ze onder zijn hoede heeft, wat denk jij?'

'Nee. Je hebt gelijk,' stemde Alicia in. 'En hier in de zon liggen, met niemand die iets van me vraagt, voelt… heerlijk!'

'Mooi. Dan zou je het vaker moeten doen.'

'Weet je wat?' Alicia ging weer achterover liggen en deed haar ogen dicht. 'Dat ga ik verdorie doen ook!'

Later, bij een lunch van verse mozzarella en tomaat met een *pichet* jonge lokale wijn erbij, vertelde Julia Alicia wat ze over haar eigen afkomst te weten was gekomen. Terwijl ze een *café au lait* dronken, overpeinsde Alicia de details van het verhaal.

'Dus onze moeder was een Crawford?'

'Ja, de buitenechtelijke dochter van Lord Harry.' Julia zuchtte. 'Is het niet ironisch? Ze groeide pal onder de neus van haar vader op, maar ze heeft het nooit geweten.'

'Geen wonder dat pap vond dat hij het me moest vertellen. Anders had ik gedacht dat er Crawford-bloed door mijn aderen stroomde. Dan was ik misschien een hoop kouwe drukte gaan maken, een tiara gaan dragen aan het ontbijt en zo.' Alicia grinnikte. 'Wat ik interessant vind is dat jij vast meer aanspraak kunt maken op Wharton Park dan Kit. Ik bedoel, jij bent een rechtstreekse afstammeling van Harry, terwijl Kit maar een verre neef is. Als mam nog had geleefd, zou zij het landgoed dan niet hebben geërfd?'

'Alicia,' maande Julia haar, 'mam was buiten het huwelijk geboren.'

'Dat maakt tegenwoordig niets meer uit. Het is te bewijzen met DNA-onderzoek. Er stond pas iets over zo'n zaak in *The Times*!'

'Je zult wel gelijk hebben, maar zoals je weet gaat de titel naar de naaste mannelijke erfgenaam. Maar toch denk ik inderdaad dat, als het toen bekend was geweest, mam zeker wel ergens recht op zou hebben gehad.'

Alicia keek Julia aan. 'Nou, de vraag is dus, nu ik hierin niet meer meetel, of jij recht hebt op een deel van het landgoed.'

'Misschien,' zei Julia, en ze nam een slok koffie. 'Maar ik heb nog geen tijd of zin gehad om dat te onderzoeken. En het geld heb ik in elk geval niet nodig.'

'Nee. Jij en Kit zijn dus, wat...?' Ze krabde aan haar neus terwijl ze erover nadacht. 'Achter-achterneef en -nicht?'

Julia's gezicht werd donkerder. 'Zoiets, ja,' zei ze. 'Maar dat doet er niet echt meer toe, wel?'

'O nee?' vroeg Alicia door.

'Waarom zou het?' zei Julia abrupt.

'Wel,' antwoordde Alicia voorzichtig, 'heel kortgeleden waren jij en Kit nog samen, bij gebrek aan een betere uitdrukking. Jullie leken erg gelukkig en...'

'Alicia, als het jou niets uitmaakt, wil ik er liever niet over praten.' Julia brak het gesprek meteen af. 'Xavier is terug, dus ik ben nog steeds een getrouwde vrouw. Wat Kit en ik waren, is niet meer relevant.'

'Heb je Kit gesproken?'

'Zoals ik zei, ik wil er liever niet over praten, oké?'

Alicia nam de wenk ter harte en liet het onderwerp rusten.

56

De volgende morgen reed Julia Alicia naar het vliegveld.

'Het was geweldig,' zei Alicia toen ze in de vertrekhal stonden. 'Precies wat ik nodig had. En ik moet toegeven,' zei ze, haar nu sproetige neus optrekkend, 'dat ik geen zin heb om naar huis te gaan.'

'Nou, kom maar terug wanneer je wilt. Met of zonder je gezin,' voegde Julia eraan toe. 'En denk erom, het is prima om zo nu en dan alleen aan jezelf te denken.'

'Dat zal ik doen.' Alicia knikte. 'Bedankt, Julia. Ik heb veel geleerd.'

'Is dat zo?'

'Ja.' Alicia was bijna in tranen. Ze trok Julia tegen zich aan en omhelsde haar. 'Dit is een nieuw begin voor mij, nietwaar? En voor ons ook?'

'Ja, dat is het zeker,' zei Julia glimlachend. 'Hou je taai, Alicia.'

'Jij ook.'

Julia reed langzaam naar huis, nadenkend over Alicia en hopend dat de plotselinge nieuwe verstandhouding tussen hen en de gelijkheid in hun relatie zouden voortduren. Ze bedacht ook hoezeer ze ernaar had verlangd samen met haar op het vliegtuig naar Engeland te stappen.

Ook zij had geen zin om terug naar huis te gaan. Ook al wist ze dat Xavier zijn best deed en dat ze hun relatie de tijd moest geven, ze voelde toch een bepaalde spanning, onbehagen en irritatie jegens hem, die ze niet kon onderdrukken.

En het ergst van al was dat terwijl ze vroeger zo veel liefde voor hem had gevoeld, daar nu helemaal niets meer van over was.

Julia parkeerde de auto en liep naar het huis. Ze ademde diep in en nam zich voor die avond te doen wat ze kon om er verandering in te brengen. Ze had immers geen keus?

Ze opende de voordeur en rook een verrukkelijk aroma van vers vlees, gebraden boter en kruiden. Xavier stond in de keuken bij het fornuis en draaide twee steaks om in de pan.

'*Voilà!* Je bent thuis. Ik heb besloten vanavond zelf te koken en ik heb Agnes naar huis gestuurd. Ga op het terras zitten, *chérie*, dan breng ik je zo iets te drinken.'

Verrast en verbijsterd deed Julia wat hij zei. Ze had Xavier nog nooit zien koken. Hij kwam naar buiten met een fles champagne en schonk twee glazen in.

'Op ons,' zei hij.

'Ja, op ons,' antwoordde ze, en ze dronken.

Hij kwam naast haar zitten, pakte haar hand beet en kuste die. 'Ik kon niet wachten tot je zus weg was, zodat we alleen konden zijn. Ik wil je vertellen dat ik begrijp hoe moeilijk het voor je is om te accepteren dat ik terug ben, en me mijn aandeel in Gabriels dood te vergeven. Maar ik zweer je dat ik het zal goedmaken als je me vertrouwt. Geloof je me?'

'Ik geloof dat het is wat jij wilt, Xavier.' Julia voelde zich schuldig omdat hij niets kon zeggen of doen om het verdoofde gevoel in haar binnenste weg te nemen. Maar ze moest het blijven proberen. Er was gewoon geen alternatief.

'Ik wil je ergens mee naartoe nemen, Xavier.'

'Waar je maar wilt, *chérie,* dat weet je,' antwoordde hij gretig.

'Ik wil dat je meegaat naar de plaats waar Gabriel is gestorven. Net de dag voordat jij weer opdook had ik twee jonge cipressen geplant: een voor jou en een voor hem. Ik wil dat je daar mee naar gaat kijken.'

Hij bleef even stil voor zich uit kijken voor hij zei: 'Natuurlijk, wat je maar wilt.'

'Ik wil morgenvroeg gaan.'

'*Bien sur, chérie*. Dan doen we dat.'

'Dank je, Xavier.'

Voor het eerst sinds zijn terugkeer viel Julia die avond in slaap met haar hoofd op Xaviers schouder.

Zoals altijd wanneer ze samen thuis waren en geen verplichtingen hadden, was Julia de volgende morgen het eerst op. Xavier kwam zelden voor half elf uit bed en Julia maakte daar dankbaar gebruik van om te oefenen.

Om elf uur strompelde Xavier eindelijk de keuken binnen. Julia was koffie aan het zetten.

'*Bonjour*, mijn Julia.' Xavier sloeg zijn armen om haar heen. 'Mmm, die koffie ruikt lekker.'

Julia gaf hem een kop. 'Waarom ga je niet even douchen? Ik wil zo snel mogelijk gaan.'

Xavier fronste. 'Waarheen ook weer?'

'Naar de plek waar Gabriel is gestorven, waar ik de boompjes heb geplant, weet je nog?'

'Ja, ja, natuurlijk. Ik kom zo.'

Julia onderdrukte haar irritatie toen Xavier de kamer uit liep. Ze begreep zijn tegenzin. Het moest voor hem net zo moeilijk zijn als voor haar. Maar… ze wilde hem zien rouwen.

Twintig minuten later kwam Xavier, aangekleed, weer de keuken binnen.

'*Alors!* Laten we gaan.'

Julia reed, zoals ze meestal gedaan had, en Xavier zat passief naast haar.

'Morgen ga ik naar Parijs voor de laatste ronde interviews, dan is het voorbij,' merkte hij op.

Julia zei niets. Ze weigerde te reageren.

'En Olav zei gisteren dat de uitgever zal bellen om te proberen me over te halen een boek te schrijven. Ik heb het geloof ik nog nooit zo druk gehad als nu.'

Weer reageerde Julia niet.

Ze parkeerde de auto in de parkeerhaven langs de weg en liep zwijgend de heuvel af naar de plek waar ze de twee jonge cipressen had geplant. Julia had wat water meegebracht en goot dat over de boompjes heen.

Haar gedachten waren voor de helft bij Gabriel, voor de andere helft bij Xavier, die wat slecht op zijn gemak naast haar stond. Uiteindelijk pakte hij haar hand vast.

'Wat je hebt gedaan is heel mooi. Het is een plek van vrede die voortkomt uit een tragedie. Vind je dat we het ene boompje, dat naar ik aanneem mij vertegenwoordigt, uit de grond moeten trekken?'

'Misschien. Ik…'

Xaviers mobiele telefoon ging. Julia keek naar hem terwijl hij hem uit zijn broekzak haalde en naar het nummer keek.

'*Pardon, chérie,* het is de uitgever uit Londen. Ik moet hem spreken.'

Julia keek Xavier na, die wegliep om het gesprek aan te nemen.

Ze keek naar de twee cipresjes, trok toen de grootste uit de grond en gooide hem zo ver mogelijk weg van de plek die de dood van haar geliefde zoontje markeerde. En van haar liefde voor Xavier.

De zomer duurde voort en Julia was zich sterk bewust van de ironie van het feit dat ze eindelijk de tijd had die ze altijd had gewild om met Xavier door te brengen, maar nu alleen maar verlangde naar de momenten waarop hij niet thuis was.

Ze vervielen in een routine: Julia oefende 's ochtends voordat Xavier opstond en hij nam het 's middags over terwijl Julia het huis ontvluchtte en naar het strand ging en zich probeerde te ontspannen. Hoe ze ook haar best deed, ze merkte vaak dat haar gedachten onwillekeurig naar Kit uitgingen, dat ze zich afvroeg waar hij was, wat hij aan het doen was en ze er hevig naar verlangde haar gekwelde hart bij hem uit te kunnen storten en naar zijn kalme, wijze adviezen te luisteren.

Op een avond tegen eind augustus trof Julia Xavier in de keuken toen ze thuiskwam. Hij was bezig een lijst te maken.

'Ik vind dat we een feest moeten geven, *chérie.* Wat zeg jij daarvan?'

Julia trok haar wenkbrauwen op. 'Wat voor feest?'

'Om te vieren dat ik terug ben, om iedereen te laten zien hoe gelukkig we zijn. Ik ben een lijst aan het maken van alle mensen die ik wil uitnodigen.'

'Als je dat wilt.' Julia vond het hele idee grof en ongepast, maar ze was te moe om met hem te redetwisten. 'Wanneer was je van plan het te geven?'

'Zo snel mogelijk. Veel mensen verlaten de Rivièra binnenkort weer, dus aanstaande zaterdag lijkt me perfect.'

'Zoals je wilt,' antwoordde Julia. Ze pakte een glas, vulde het met water en ging naar haar werkkamer om haar e-mails te beantwoorden.

Het was al snel zaterdagavond en Agnes had geholpen alles voor te bereiden in de korte tijd die ze hadden. Xavier gedroeg zich als een opgetogen kleuter in de aanloop naar zijn verjaardag, paste drie verschillende shirts aan en vroeg Julia om haar goedkeuring.

Julia voelde een dergelijke opwinding niet toen ze zich omkleedde en haar mascara aanbracht. Xavier had meer dan honderd mensen uitgenodigd, van wie ze sommigen nauwelijks kende. Ze had Alicia haar twijfels over het feest toevertrouwd.

'Maar Xavier doet wel zijn best, Julia,' had Alicia geantwoord. 'Jullie hebben allebei zo veel pijn geleden, waarom is het verkeerd van hem om feest te vieren? Toegegeven, het is niet helemaal een happy end, maar het is toch wel beter dan vorig jaar om deze tijd.' Daarna bleef het heel even stil voor Alicia eraan toevoegde: 'Sorry, lieverd, maar wanneer ben je van plan Xavier te vergeven dat hij is blijven leven toen Gabriel stierf?'

Dat was twee dagen geleden geweest en hoewel Julia het moeilijk had gevonden die woorden aan te horen, wist ze dat Alicia gelijk had. En ze nam zich voor dat ze vanavond – ook al wist ze dat haar hart voor altijd gesloten was voor Xavier – haar best zou doen samen met hem feest te vieren.

Ze wierp nog een laatste blik in de spiegel en ging naar beneden om een glas champagne met hem te drinken voor de gasten arriveerden.

'*Chérie*, je ziet er vanavond erg mooi uit.'

Julia liet zich door hem omhelzen.

Hij nam twee glazen champagne aan van een kelner die al met zijn dienblad in de gang stond te wachten op de gasten.

'Op ons,' zei Xavier terwijl hij haar glas aanstootte, 'en op een nieuw begin.'

Toen hij haar kuste, belden de eerste gasten aan en Xavier ging hen begroeten. Al snel waren het huis en de tuin vol mensen, van wie de meesten zich in de buurt van een jazztrio hadden verzameld dat in een hoek van het terras zat te spelen.

Julia deed haar uiterste best om de blije vrouw van de onlangs teruggekeerde echtgenoot te spelen. Xavier hield om middernacht een emotionele toespraak, waarin hij zijn lieftallige vrouw prees, en de liefde die ze deelden. Hij zei dat ze helemaal kapot waren van het verlies van hun dierbare zoontje, maar hij verzekerde iedereen dat er nog genoeg kinderen zouden komen.

Om een uur was het feest nog in volle gang en vloeide de champagne nog rijkelijk. Julia zag Madelaine, die destijds de noodlottige barbecue had gehouden, duidelijk aangeschoten naar haar toe komen.

'Lieverd!' Madelaine stak haar armen uit en drukte Julia tegen haar royale boezem. 'Het is zo fantastisch jullie beiden herenigd te zien,' sprak ze onduidelijk met haar Texaanse accent. 'Het was een dag die ik nooit verwacht had te zullen meemaken.'

'Ik heel zeker niet,' zei Julia met een wrange glimlach.

'En we voelden ons vreselijk schuldig. Ik bedoel, het was ons feest waar ze geweest waren voor het… ongeluk.'

'Dat is niet nodig,' zei Julia, niet op haar gemak. 'Zoals je zei, het was een ongeluk.'

Madelaine week iets achteruit en staarde haar met glazige ogen aan. 'Lieverd, ik bewonder je. Je bent zo vergevingsgezind!'

'Vergevingsgezind, omdat het een ongeluk was?' zei Julia, enigszins verbaasd.

'Maar natuurlijk! We hadden allemaal nog tegen Xavier gezegd dat hij beter kon blijven slapen, maar natuurlijk wilde hij niet luisteren.'

'Hoezo?' wist Julia uit te brengen.

'Omdat, lieverd, we allemaal wisten dat hij niet in staat was te rijden. Niet dat de rest van ons dat wel was,' voegde ze er enigszins wankelend aan toe.

'Bedoel je dat Xavier dronken was?'

'Dat wist je toch zeker al? Hij vertelde ons toen hij een paar weken geleden kwam lunchen dat hij het je had uitgelegd. En dat jij het begreep en hem had vergeven.'

De blik in Julia's ogen moest tot Madelaine zijn doorgedrongen, want ze sloeg haar hand voor haar mond. 'Jeetje, ik hoop dat ik niets te veel heb gezegd. Ik bedoel, we drinken allemaal toch wel eens wat, niet dan? Kijk maar naar iedereen hier.' Ze gebaarde naar de luidruchtige, dronken menigte. 'Ik wed dat de meesten geen chauffeur hebben om ze thuis te brengen! Hoe dan ook, het had ieder van ons kunnen gebeuren. En ik zou de laatste zijn om de steen te werpen. Je bent herenigd met de man van wie je houdt,' zei ze al te lief. 'Kom gauw weer eens bij ons langs, wil je, lieverd?'

Het feest duurde voort terwijl Julia zo veel mogelijk spullen in de ene kleine tas pakte waarmee ze gekomen was. Xavier zat aan de piano de overgebleven gasten te vermaken met zijn virtuositeit.

Hij zou pas veel later opmerken dat ze weg was.

Ze liet haar tas bij de slaapkamerdeur staan, ze liep op haar tenen over de overloop en de kamer binnen die ze nog niet eerder had durven betreden. Zijn geur trof haar als een dreun en bracht tranen in haar ogen. Julia negeerde de vele herinneringen aan het leven van haar zoontje en liep naar zijn bedje.

Op het kussen lag Pomme, Gabriels dierbare teddybeer. Ze pakte Pomme op en drukte hem tegen zich aan. Daarna liep ze naar de kleine kleerkast en pakte ze een van Gabriels T-shirts.

Terwijl ze naar de deur liep, blies ze een laatste kus naar de herinnering van wat deze kamer was geweest. Daarna stopte ze haar twee schatten in haar tas, liep de trap af en het huis uit.

57

Ik buig me over de armleuning van mijn comfortabele stoel en kijk door het raampje naar de wereld beneden me. Hoewel ik al heel veel heb gevlogen, verbaas ik me nog steeds over het wonder ervan, en merk ik dat het me helpt mijn gedachten in perspectief te plaatsen.

Het is bijna donker en de vliegroute op mijn schermpje geeft aan dat we Delhi passeren. Het is een massa twinkelende lichtjes, die symbool staan voor de ontelbare mensen die daar beneden dicht op elkaar gepakt zitten. Ieder met zijn eigen verhaal, zijn eigen wandtapijt in een bepaald stadium van voltooiing. De kracht van elk van die afzonderlijke stipjes leven maakt me nederig en verbijstert me.

De laatste lichten van Delhi verdwijnen als het vliegtuig zijn weg over de uitgestrekte leegtes van de Himalaya vervolgt en de wereld beneden me wordt zwart.

Op dit moment, bedenk ik triest, ben ik zelf het vliegtuig, vrij om de wereld te doorkruisen en te landen waar ik maar wil. Ik wou alleen dat iemand mijn vliegroute voor me kon uitstippelen. Nog maar enkele weken geleden was ik er zo zeker van dat mijn leven eindelijk de juiste route volgde, maar nu is het opnieuw op gewelddadige wijze uit de koers geslagen. Ik heb momenteel het gevoel dat er alleen nog wrakstukken over zijn.

Dit keer weet ik in elk geval wel dat ik de kracht heb om ermee om te gaan. Er zal nu geen sprake zijn van zelfmedelijden om wat had kunnen zijn. Ik heb definitief afscheid genomen van de fysieke herinnering aan mijn zoon, wetend dat ik Gabriel en de pijn om zijn dood de rest van mijn leven in mijn hart zal meedragen.

En wat Xavier betreft… het voetstuk waarop ik hem altijd had staan is met geweld ingestort. Achteraf gezien weet ik dat het onherstelbaar gebarsten is toen hij terugkeerde en me zijn verhaal vertelde. De ontknoping van een paar dagen geleden bevestigde alleen maar wat ik al wist: Xavier is een zwakke, zelfzuchtige man, die om niemand – zelfs niet zijn geliefde kind – zo veel geeft als om zichzelf.

Ik walg van hem.

Ik heb geen spijt dat ik ons leven de rug heb toegekeerd en bij hem weg ben gegaan. Ik besef dat ik onmogelijk had kunnen blijven.

En nu keer ik opnieuw terug naar het verleden om te proberen mijn toekomst te vinden.

Na het avondeten doe ik mijn ogen dicht en val ik in slaap, terwijl het vliegtuig me veilig naar het oosten brengt.

Toen Julia de aankomsthal in stapte, zag ze een netjes geklede man die een bordje met haar naam erop omhooghield. Ze duwde haar trolley door de menigte heen naar hem toe.

'Welkom in Bangkok, juffrouw Forrester. Ik breng u nu naar auto, alstublieft.' De man nam haar trolley van haar over en ze stapte achter hem aan de adembenemend hete en vochtige lucht van de stad in.

Even later zat ze behaaglijk in een comfortabele limousine. Haar in livrei gestoken chauffeur probeerde in zijn gekunstelde Engels een gesprek te voeren, maar Julia had geen belangstelling en keek uit het raampje terwijl de auto over de moderne snelweg reed. Ze werd geïntrigeerd door de mengeling van torenflats met daartussen het glanzende gouden dak van een Thaise tempel en armoedige houten hutjes met volle waslijnen op het dak. Ze vond het vreemd dat, hoewel ze ver had gereisd en zowel in China als Japan had opgetreden, Bangkok nooit op haar lijstje had gestaan.

De auto kwam vloeiend tot stilstand voor de met bladeren omkranste ingang van het Oriental Hotel. Terwijl een portier Julia uit de auto hielp, ademde ze de karakteristieke geur van de stad in – het zoete aroma van exotische bloemen, met een ondertoon van rottende groenten – en de geur kwam haar op de een of andere manier bekend voor.

Toen ze de lobby betrad, gaf een knap Thais meisje haar een bloemenkrans van jasmijn. 'Welkom in het Oriental Hotel, juffrouw Forrester. Ik zal u naar uw kamer brengen.'

'Dank u,' zei Julia, en ze bewonderde de elegante lobby met zijn verbijsterende hoeveelheid orchideeën die uit een grote pot omlaag hingen en de reusachtige lantaarns in Chinese stijl aan het hoge plafond.

In haar kamer deed ze de deur naar het balkon open en keek ze verbluft naar de majestueuze rivier, die zich aan weerszijden van het hotel uitstrekte zover het oog reikte. Hij was bezaaid met boten in allerlei vormen en maten en er kwam geen einde aan de kakofonie van lawaai.

Julia bestelde koffie via de roomservice en ging op het balkon zitten om te genieten van de sfeer. Ze had altijd van warmte gehouden en ze kon de vochtigste omstandigheden verdragen. De temperatuur hier voelde precies goed.

Ze boog naar links en zag dat het Oriental een kleine maar volmaakt gevormde oase van rust was tussen de pompeuze hotelburen. Het oudste deel van het gebouw, het deel dat haar grootvader had gekend, werd nu The Author's Lounge genoemd, volgens het boekje dat ze door zat te bladeren. Het stond aan de rivierkant, honderd meter bij haar vandaan, aan de andere kant van de prachtige, goed onderhouden tropische tuinen en het zwembad. De mooie, koloniale façade leek klein tussen de hoge omringende gebouwen, maar Julia kon zich die als houten hutten op palen in de rivier voorstellen, zoals Harry ze had gezien.

Toen ze haar koffie op had, begon Julia te geeuwen. Ze zocht in haar handtas naar het adres dat Elsie haar had gegeven en tuurde ernaar. Ze moest eerst wat slapen, zodat ze helder was voordat ze aan het laatste deel van haar reis naar het verleden begon.

Ze sliep veel langer dan ze van plan was geweest en werd om kwart voor vijf duf wakker. Ze ging met een glas koude witte wijn op haar balkon zitten en keek toe terwijl het avond werd in Bangkok. Beneden haar hingen brandende lampjes in de bomen op het terras aan de rivier. Er zaten al veel gasten op het terras te dineren en Julia besefte dat zij ook iets moest eten. Ze nam de lift naar de lobby, glimlachte verbaasd omdat de liftbediende haar naam al kende en liep naar de ontvangstbalie.

'Ja, mevrouw, kan ik u helpen?' vroeg een ander knap Thais meisje haar glimlachend.

'Ja.' Julia gaf haar het velletje papier. 'Ik vroeg me af of u een auto zou kunnen regelen om me naar dit adres te brengen.'

'Natuurlijk. Het is niet ver. Wilt u nu een auto?' vroeg het meisje.

'Nee, morgenochtend, alstublieft. Om elf uur.'

'Ik zal het voor u regelen, mevrouw. Kan ik u verder nog ergens mee helpen?'

'Nee, dank u,' zei Julia. Ze liep de lobby door en bleef even staan luisteren naar het strijkkwartet dat in een hoek Schubert speelde.

Ze werd naar een met kaarsen verlicht tafeltje aan de rand van het terras pal aan de rivier gebracht en bestelde nog een glas wijn en een groene curry. Ze keek naar de elegant geklede gasten, luisterde naar het zachte gepuf van bootjes op de rivier en voelde zich plotseling heel kalm.

Ook als ze er niet in slaagde haar grootmoeder te vinden of tot de ontdekking kwam dat ze dood was, zoals Elsie vermoedde, was Julia blij dat ze hierheen was gekomen. Dit was een bijzondere plek en in elk geval de perfecte locatie om de balans op te maken en rationeel over haar toekomst na te denken. Ze voelde zich in de watten gelegd door het vriendelijke personeel en de rustige sfeer van de plek waar haar eigen verhaal was begonnen.

Tot haar verbazing sliep Julia de hele nacht door en had ze voor één keer niet de pillen tegen de jetlag nodig die ze altijd bij zich had. Ze ontbeet met mango, papaja en rozenappel, weggespoeld met sterke koffie. Om vijf voor elf werd ze vanuit de lobby naar haar auto begeleid.

Haar chauffeur draaide zich om en glimlachte naar haar. 'Dit is priveadres, ja?' Hij wees naar het papiertje.

'Ik denk het wel.'

'Oké, mevrouw, wij gaan.'

Ze zat achter in de auto en wenste dat ze Lidia had kunnen bellen om de oude dame te waarschuwen dat haar kleindochter straks bij haar voor de deur zou staan. Zonder achternaam was dat echter niet mogelijk geweest. Elsie had de foto's altijd gewoon aan 'Lidia' geadresseerd.

'Weet je zeker dat dit een goed idee is?' had Elsie haar gevraagd toen Julia haar vanuit Parijs belde om te zeggen dat ze naar Thailand zou gaan om haar echte grootmoeder te zoeken. 'Nog meer van het verleden oprakelen, terwijl je naar de toekomst zou moeten kijken?'

Wellicht had Elsie gelijk, dacht Julia, of misschien moest ze terug naar haar wortels voor ze verder kon.

De auto reed door de straten van Bangkok en Julia zag dat de chauffeur verbaasd een wenkbrauw optrok toen ze haar raampje opende om de lucht en de sfeer op te snuiven. De overvolle trottoirs vol bewoners die hun huizen verlieten, de steegjes vol eettentjes die talloze klanten bedienden en de straten zelf, overvol met auto's, oude bussen en gemotoriseerde tuktuks, vormden een kakofonie van bedrijvigheid. Een krioelende ontmoeting tussen Oost en West en toch zo echt, zo opwindend en levendig.

'Wij bijna daar, mevrouw. Huis is aan rivier, ja?' vroeg de chauffeur.

'Ik heb geen idee, vrees ik. Ik ben hier nog nooit geweest.'

'Geen zorgen, mevrouw. Wij vinden het, oké?'

Julia knikte. 'Oké.'

Een paar minuten later verlieten ze de drukke straat en draaiden ze een mooie straat met woonhuizen in. Aan het eind van de doodlopende straat wees de chauffeur naar een poortje.

'Dit is juiste *soi* en dat is huis u zoekt,' zei hij.

'Dank u.' Julia wilde haar portier openen, maar de chauffeur stond al klaar en tikte tegen zijn met goud versierde witte pet toen ze uitstapte.

'U wilt ik wacht?' vroeg hij glimlachend.

'Ja, alstublieft. Ik weet niet hoelang het zal duren.'

'Geen zorgen, mevrouw, u blijf zo lang als nodig. Ik ben hier,' antwoordde hij glimlachend.

'Dank u.'

Julia ademde diep in en liep het pad op. Het huis was erg mooi, gebouwd in Thaise stijl, de wanden waren met hout betimmerd, er was een veranda helemaal rondom de benedenverdieping en het dak was in een V-vorm en krulde omhoog aan de randen.

Ze liep het trapje naar de veranda op. Ze zag geen bel, dus klopte ze op de voordeur, wachtte een paar minuten, klopte nog eens en toen nog eens. Net toen ze zich teleurgesteld wilde omdraaien, ging de deur open.

In de smalle kier verscheen een stel oude ogen waar een doordringende blik in lag.

'Kan ik u helpen?' vroeg de man met een zwaar Thais accent.

'Ja, ik ben op zoek naar Lidia.'

De ogen bestudeerden haar even en stonden plotseling vol angst.

'Wie bent u? Wat wilt u van haar?' vroeg hij op beschuldigende toon.

Julia verbaasde zich over die vragen, maar wilde haar ware identiteit niet verklappen voor ze had bepaald wie de man was.

'Ik kom uit Engeland... een vriendin van Lidia vroeg me haar een boodschap over te brengen. Is ze thuis?' vroeg Julia.

De man schudde zijn hoofd. 'Nee, zij weg. Dááág.'

Hij wilde de deur dichtdoen, maar Julia hield hem open.

'Zij komt terug?' vroeg Julia, onwillekeurig het pidginengels van de man overnemend.

De man haalde zijn schouders op. 'Misschien.'

'Is ze… maakt ze het goed?' Julia had willen vragen of ze nog in leven was, maar dat leek haar niet gepast.

'Zij maakt goed,' zei de man, en hij knikte. 'Nu u gaat weg, oké?'

'Als ze terugkomt, wilt u haar dan vertellen dat een vriendin van Harry haar wil spreken? Ik logeer in het Oriental Hotel en zal daar op haar wachten.' Julia sprak de woorden langzaam en duidelijk uit.

'Harry.' De man liet de naam over zijn tong rollen en knikte toen. 'Oké, ik vertel.'

De deur werd voor haar neus dichtgegooid en Julia liep terug naar de auto.

Ze bracht de middag door bij het zwembad, zich gespannen afvragend of de oude man haar wel had begrepen en de boodschap zou doorgeven. Maar ze wist in elk geval dat Lidia nog leefde. En voorlopig kon ze nu weinig meer doen dan afwachten en de tijd benutten om over haar leven na te denken.

En haar gevoelens voor Kit onder ogen te zien.

Julia wist dat het twijfelachtig was of haar huwelijk met Xavier te redden was geweest na wat ze over het ongeluk had gehoord, maar hier in de warmte van de tropische zon dwong ze zichzelf toe te geven dat haar gevoelens voor Kit ook een rol hadden gespeeld. En Kits liefde voor haar, zijn rustige kracht en volstrekte gebrek aan onzekerheid, behoeftigheid of jaloezie, hadden haar een veel helderder kijk gegeven op Xavier – en haar relatie met hem.

Kit was zonder twijfel op een ongelukkig moment in haar leven gekomen, toen al haar emoties gedempt waren. Maar juist het feit dat ze zo veel geluk bij hem had gevonden – terwijl ze nog zo intens verdrietig was om haar zoontje en zich schaamde omdat ze zo snel na het verlies van haar echtgenoot verderging – getuigde van de kracht van wat ze hadden gedeeld.

Ze wist dat het liefde was. Liefde in haar zuiverste en eenvoudigste vorm.

De afgelopen maanden had ze ook een van de meest cruciale lessen des levens geleerd: alles was afhankelijk van timing. Als ze Kit onder andere omstandigheden, op een ander moment had ontmoet waren ze nu misschien nog samen geweest.

Er was geen weg terug. Ze had zijn vertrouwen beschaamd. Kit voelde zich waarschijnlijk een afgedankt stuk speelgoed, weggegooid zodra er een betere, mooiere versie beschikbaar kwam. Ze wist dat zij dat gevoel zou hebben gehad als de rollen omgedraaid waren geweest. Ze had zelfs niet de moed of het fatsoen gehad om persoonlijk met hem te praten.

Nee… de schade was aangericht en zij moest verder. Mannen waren niet alles, en ze moest ophouden erop te vertrouwen dat ze haar gelukkig zouden maken.

Toen ze later die avond met een glas wijn op haar balkon zat, besloot Julia dat ze Olav zou bellen en zeggen dat hij zo veel optredens voor haar moest boeken als hij kon.

Ze keek naar het prachtige beeld van twinkelende lichtjes op het water en kon het niet laten te denken dat ze dit graag met Kit zou delen. Dat ze hem kon vertellen hoe prettig ze zich in dit verre land, in deze rustige en toch stimulerende omgeving voelde… hoezeer ze zich hier thuis voelde. Zoals haar grootvader voor haar.

God, wat miste ze Kit: het was alsof slechts een helft van haar hier was. Of ze nu wel of niet vrij was om van hem te houden, het deed ondraaglijk pijn, want het was weer iets heel moois dat ze het afgelopen jaar had weten kwijt te raken.

Ze dronk die avond iets te veel wijn en stond zich toe, voor het eerst sinds ze gedwongen was geweest hem op te geven, echt om Kit te huilen.

De daaropvolgende paar dagen vulde Julia de tijd waarin ze op een reactie van Lidia wachtte met het volgen van Harry's voetspoor, door boottochtjes over de rivier te maken om het koninklijk paleis en de smaragden boeddha te bezichtigen en van hun schoonheid te genieten. Ze dronk 's middags thee in The Author's Lounge en bestudeerde sepiakleurige foto's aan de muren van het hotel zoals het geweest moest zijn toen Harry en Lidia hier hun gedoemde verhouding hadden.

Ze informeerde geregeld bij de receptioniste of er berichten voor haar waren achtergelaten, maar dat was steeds niet het geval. Ze belde Olav om hem te zeggen dat ze klaar was om alles aan te nemen wat hij te bieden had en ze zat uren bij het zwembad om erover na te denken waar ze zou willen wonen.

Ze was nu natuurlijk dakloos, tenzij je het kleine huisje in Norfolk meetelde, maar dat deed ze niet. Behalve dat het volstrekt niet aan haar behoeften voldeed was het een te pijnlijke herinnering aan Kit.

Misschien was een nieuwe start in een anonieme hoofdstad de oplossing? Een steriel appartement dat niets voor haar zou betekenen, maar in elk geval een basis zou zijn om tussen de recitals naar terug te keren.

Londen… Parijs… New York?

Triest genoeg lag de wereld opnieuw aan haar voeten.

Toen ze op het terras de avondmaaltijd nuttigde, besloot Julia de volgende dag terug te gaan naar Lidia's huis om nog één keer te proberen met haar in contact te komen. Daarna zou ze Bangkok verlaten en haar leven opnieuw beginnen.

'Mevrouw Forrester.' De stem van de chef van het terras verraste haar.

'Ja?'

'Ik heb hier iemand die u graag zou willen spreken.'

Er verscheen een kleine gestalte. Ze was elegant gekleed in Thaise zijde en haar pikzwarte haren waren opgestoken in een wrong met aan de ene kant twee orchideeën er ingestoken.

Toen ze dichterbij kwam, had Julia het gevoel dat ze haar herkende, al duurde het even voor ze zich realiseerde dat het kwam doordat ze haar eigen gelaatstrekken bij de vrouw terugzag. Ze wist dat de vrouw ongeveer tachtig moest zijn, maar ze had nauwelijks rimpels in haar honingkleurige huid. Ze had reusachtige, amandelvormige, amberkleurige ogen en Julia kon zich gemakkelijk voorstellen hoe hartverscheurend mooi ze op haar zeventiende geweest moest zijn.

De vrouw drukte haar kleine handen tegen elkaar in de traditionele Thaise begroeting en boog haar hoofd. Toen keek ze glimlachend op.

'Ik ben Lidia.'

'Dank u dat u naar me toe bent gekomen.' Julia kon niets beters bedenken; ze keek als aan de grond genageld naar de vrouw die zo veel op haar leek. 'Gaat u alstublieft zitten,' voegde ze eraan toe, naar de lege stoel tegenover haar wijzend.

Lidia deed dat en keek Julia toen vol verwachting aan. 'U moet mij vertellen waarom u naar mijn huis kwam en mijn huisknecht de stuipen op het lijf joeg.'

Julia glimlachte inwendig om die beschrijving van de oude man die haar bij Lidia's deur had begroet. 'Neem me niet kwalijk. Het was niet mijn bedoeling hem bang te maken.'

Lidia's ogen twinkelden. 'Hij zei dat hij dacht dat hij een geest had gezien.'

Julia trok een wenkbrauw op. 'Echt waar? Waarom?'

'Hij dacht dat ik op straat was doodgegaan en als jong meisje bij hem kwam spoken. Ik begrijp nu waarom. U lijkt heel erg op mij. Ik denk dat hij in de war was – hoe kunt u een vriendin van Harry zijn, maar eruitzien zoals ik toen ik jong was?' zei ze. 'Ik wist niet of ik een jonge of een oude dame moest verwachten.'

'Ik wist niet goed wat ik moest zeggen. Lidia, weet u wie ik ben?' Julia voelde plotseling een vreemde golf van emotie toen ze de vraag stelde.

Lidia keek haar aan. 'Je bent te jong om mijn dochter Jasmine te zijn. Dus ik denk dat je misschien… mijn kleindochter bent?'

'Ja,' bevestigde Julia met tranen in haar ogen. 'Jasmine was mijn moeder.'

Het duurde een paar seconden voor Lidia weer kalm was en begon te praten. 'Het spijt me dat het zo lang duurde voor ik hierheen kwam, maar je zult wel begrijpen dat ik geschokt was toen ik Harry's naam hoorde. Er is al die jaren geen dag geweest dat ik niet aan hem heb gedacht. Leeft hij nog?' vroeg ze met hoop en angst in haar ogen.

'Nee, Lidia, hij is vele jaren geleden gestorven. Het spijt me.'

Lidia knikte en drukte haar handen tegen haar hart. 'Ik wist het hier,' zei ze, 'maar toch bleef ik hopen. Hoe is hij gestorven?'

Julia schudde haar hoofd. 'Ik weet het niet. Het gebeurde voor ik geboren werd. Maar Elsie, mijn grootmoeder – of beter gezegd, de vrouw van wie ik tot een paar maanden geleden dacht dat ze mijn grootmoeder was – zei dat hij aan een gebroken hart is overleden.'

Lidia stak haar hand in haar mandje, haalde er een zakdoek uit en snoot haar neus. 'Je moet me vergeven, een oude dame hoort niet te huilen in het openbaar. Al die jaren heb ik niets gehoord…'

'Maar Elsie stuurde u toch foto's van mijn moeder, nietwaar? Om u te laten zien dat ze gelukkig was en goed werd verzorgd in Engeland?'

Lidia knikte. 'Ja, dat was heel vriendelijk van haar. Maar, Julia,' – Lidia keek haar verbaasd aan – 'de foto's werden gestuurd door Jasmines kindermeisje, Elsie. Waarom noem je Elsie je grootmoeder?'

Julia realiseerde zich tot haar afgrijzen dat Lidia nooit had geweten dat haar dochter niet op Wharton Park was grootgebracht door Lord Harry Crawford, maar in het huisje van de tuinman en zijn vrouw.

'Lidia, het is een lang verhaal,' zei Julia, 'en een verhaal dat ik zelf nog maar pas heb gehoord.'

'Ik begrijp dat het tijd zal kosten om het uit te leggen,' suste Lidia haar. 'Vertel me nu over je moeder. Is ze net zo knap als jij? Is ze hier?' vroeg ze, haar ogen zo vol verwachting dat Julia haar tranen niet langer kon bedwingen.

'Nee...' Julia schudde haar hoofd, en realiseerde zich dat haar reis naar het verleden veel complexer en pijnlijker zou worden dan ze zichzelf had willen bekennen. 'O, hemeltje. Het spijt me zo, mijn moeder is twintig jaar geleden gestorven, toen ik elf was,' zei ze, en ze pakte instinctief Lidia's kleine hand.

Lidia hield Julia's hand stevig vast. Haar kleine lijf schokte van verdriet. Ze fluisterde iets in het Thais, zuchtte toen diep en herstelde zich. 'Ik denk,' fluisterde ze, 'dat dit niet het moment is om de vele dingen te horen die je me te vertellen hebt. We moeten er onder vier ogen over praten, want ik wil niet dat anderen getuige zijn van mijn pijn.'

'Ja,' stemde Julia met haar in. 'Het spijt me zo verschrikkelijk dat ik u slecht nieuws moest brengen. Misschien had ik beter niet kunnen komen.'

'O nee, Julia, dat mag je niet denken, en je moet je ook niet schuldig voelen omdat je me vertelt wat het lot ons beiden heeft aangedaan. Ik heb een dochter verloren, jij hebt een moeder verloren. Zo is het leven en de dood.' Lidia glimlachte naar haar. 'En je moet onthouden, Julia, dat de brenger van slecht nieuws ook het goede nieuws brengt. Want jij bent hier. En jij maakt deel uit van mij, zoals ik van jou. En we zitten hier samen, eindelijk herenigd, op dezelfde plaats waar ik je grootvader heb ontmoet en verliefd op hem werd. Daar schuilt schoonheid in, vind je niet?'

'Ja, dat klopt,' zei Julia zacht.

De chef van het terras kwam terug met een drankje voor Lidia.

'Kop khun ka, Thanadol. Mag ik je voorstellen aan mijn kleindochter Julia? Ze is de halve wereld over gevlogen om mij te zoeken.'

Thanadols wenkbrauwen bewogen nauwelijks. 'Het is een genoegen dat te weten,' zei hij glimlachend. 'Het verbaast me nauwelijks: u lijkt erg op elkaar. Roept u mij alstublieft als u verder nog iets nodig hebt.'

Toen hij weg was vroeg Julia: 'Waar kent u hem van?'

'O, ik heb hier jaren geleden samen met Thanadols vader gewerkt,' legde Lidia uit. 'Veel van de personeelsleden hebben familieleden die hier ooit hebben gewerkt. Dit hotel is bijna familie voor mij en de mensen hier waren er voor me toen ik ze nodig had.'

'Hoelang hebt u hier gewerkt?' vroeg Julia.

'Tien jaar, tot ik mijn man ontmoette,' antwoordde Lidia.

'Bent u getrouwd?' Om de een of andere reden was Julia verbaasd.

'Ja, en ook hem heb ik hier in het hotel ontmoet. We zijn veertig jaar samen geweest. Ik was bij hem toen hij twaalf jaar geleden zijn laatste adem uitblies.'

'Ik ben blij dat u opnieuw het geluk hebt gevonden, Lidia,' antwoordde Julia.

'Julia, het was geen liefde. Die was alleen voor Harry. Maar ik heb een goed leven met hem gehad. Mijn echtgenoot was een heel succesvol man met een groot bedrijf, dat ik hem heb helpen opbouwen. En ik hield van hem omdat hij van mij hield.'

'Hebt u kinderen?'

'Nee.' Lidia schudde triest haar hoofd. 'Ik ben bijna gestorven na de geboorte van je moeder. Daarna, geen baby's meer.'

'Het spijt me,' zei Julia.

'Misschien,' mijmerde Lidia, 'als ik niet zo ziek was geweest toen *Khun* Bill me kwam zoeken, had ik mijn Jasmine wel hier bij me gehouden. Maar,' verzuchtte ze, 'als je eenmaal een beslissing hebt genomen en er geen weg terug is, biedt alleen aanvaarding enige troost. Ik heb vele jaren geleden geleerd dat je het lot... of andere mensen, niet kunt veranderen.'

'Nee,' beaamde Julia met veel gevoel, 'ik begrijp het volkomen.'

Lidia keek over de rivier uit, even in haar eigen gedachten verzonken.

'Nu, beste Julia,' zei ze ten slotte, 'ik ben vanavond moe en ik geloof dat ik naar huis moet gaan. Hoelang blijf je in Bangkok?'

'Ik was van plan binnenkort te vertrekken, maar ik kan langer blijven nu u hier bent.'

'Kom dan alsjeblieft morgen bij mij lunchen. Nog één vraag: heb ik nog meer kleinkinderen?'

Het lag op het puntje van Julia's tong om te zeggen dat ze inderdaad nog een kleindochter had, maar zoals zoveel in Julia's leven was ook dat niet meer waar.

'Alleen ik,' antwoordde ze eenvoudig.

'En dat is genoeg,' antwoordde Lidia hartelijk, 'een waar godsgeschenk. Vertel me, mijn kleindochter, ben je zelf ook moeder, of werk je?'

Julia negeerde het eerste deel van de vraag en beantwoordde alleen het tweede: 'Ik ben pianiste.'

Lidia's ogen vulden zich meteen met tranen en toen glimlachte ze. 'O, Julia! Weet je dat ik je grootvader voor het eerst zag toen hij piano zat te spelen, daarbinnen in de oude Bamboo Bar?' Lidia wees naar The Author's Lounge. 'En ik geloof dat ik toen verliefd op hem werd. Hij kwam tot leven wanneer hij zat te spelen. Het is een bijzondere gave die je hebt geërfd. En nu,' zei ze terwijl ze opstond, 'moet ik naar huis.'

Julia stond ook op van haar stoel, niet zeker op welke manier ze afscheid moest nemen. Lidia maakte het haar gemakkelijk door haar hand vast te pakken en haar op beide wangen te kussen.

'Dank je wel dat je me bent komen zoeken,' mompelde ze. 'Tot ziens, mijn kleindochter. We praten morgen verder.'

Toen Lidia weg was bleef Julia nog een poosje naar de rivier zitten kijken. Wat later stond ze op en keek ze naar de hemel, en hoopte van ganser harte dat Harry daar ergens was en met vreugde had gekeken naar wat hier zojuist had plaatsgevonden.

58

De volgende dag nam Julia, gewapend met de foto's die ze had meegebracht, de hotellimousine naar Lidia's huis. Dit keer werd de deur geopend met een glimlach en een Thaise begroeting van Lidia's 'huisknecht'.

'Welkom, *Khun* Julia. *Khun* Lidia wacht op veranda. Ik breng u erheen.'

Julia volgde hem door de verduisterde kamers, die waren afgesloten tegen de krachtige zon, en naar een breed houten terras dat op palen doorliep tot boven de rivier. Het stond vol met grote bloempotten en Julia rook de zoete geur van jasmijn, die haar meteen herinnerde aan de tuinen op Wharton Park.

Een briesje vanaf de rivier zorgde ervoor dat het heerlijk koel bleef op de veranda en liet de koperen belletjes aan het dak zachtjes tinkelen.

Het huis stond aan een kleine inham bij een breed deel van de rivier. Er voeren nog steeds veel boten voorbij, maar dat was wat verder weg en hun gegons was een zacht, geruststellend achtergrondgeluid bij deze oase van rust.

Lidia kwam de hoek van de veranda om met een oude 'koeliehoed' op en een zinken gieter in haar hand. Haar gezicht klaarde op toen ze Julia zag.

'Julia.' Ze spreidde haar armen voor haar. 'Welkom in mijn huis. Ik ben heel blij dat je er bent.' Ze zette de gieter onder een kraan neer en wees naar een stoel bij een tafel die al voor de lunch was gedekt.

'Alsjeblieft, ga zitten en maak het je gemakkelijk. Kan ik je iets te drinken aanbieden?'

'Dat zou heerlijk zijn, dank u, Lidia.'

Lidia's ogen gingen naar de deur, waar haar huisknecht stond te wachten, en binnen enkele seconden had hij een glas water en een kokosnoot met een rietje voor haar neergezet.

'Ik heb ook bier of wijn als je dat liever hebt,' zei Lidia bezorgd.

Julia schudde haar hoofd. 'Dit is prima.' Ze nam een slokje van de zoete, kleverige drank en glimlachte. 'Het is een nieuwe smaak, maar ik vind het lekker.'

Julia werd zich ervan bewust hoe intens Lidia naar haar keek en ze begon te blozen.

'Neem me niet kwalijk dat ik zit te staren, Julia. Het is vreemd en fantastisch voor me om de schoonheid te zien die is voortgekomen uit Harry en mezelf, en mijn dochter en je vader. En dat hier in mijn huis.' Ze glimlachte breeduit. 'Ik ben blij met het resultaat, je bent een erg mooie vrouw. Je hebt de beste trekken van je Thaise afkomst geërfd en de Engelse lengte en verhoudingen. En natuurlijk een prachtige huid. O, Thaise vrouwen hebben er alles voor over om zo licht en Europees te lijken!'

'Ik wil juist bruin worden,' zei Julia.

Daar moest Lidia hartelijk om lachen. Het was een mooi geluid, zoiets als de belletjes die boven haar hoofd tinkelden in de bries. 'Ja, alle blanke mensen kunnen niet wachten tot hun huid bruin wordt. Het moet een grapje van God zijn. We willen allemaal wat we niet kunnen krijgen.' Lidia's uitdrukking werd serieus en ze boog iets naar Julia toe. 'En, Julia, wees niet bang om me te vertellen wat er met Jasmine gebeurde toen ze in Engeland aankwam. Ik heb het zelf al uitgedacht. Toen de maan gisteravond hoog aan de hemel stond, begreep ik het. *Khun* Bill en zijn vrouw Elsie hebben mijn baby geadopteerd, nietwaar?'

'Ja, Lidia, dat klopt,' beaamde Julia nerveus. 'Ze hadden destijds geen andere keus.'

'Wist Harry het?' vroeg ze. 'Wist hij dat zijn dochter zo dicht bij hem opgroeide?'

'Mijn grootmoeder, ik bedoel Elsie,' corrigeerde Julia zichzelf, 'vertelde me dat hij het pas een paar weken voor zijn dood ontdekte. Hij kwam Bill iets geven als aandenken en zag Jasmine toen voor het eerst. Toen wist hij het... want ze was uw evenbeeld.'

'Dus mijn Jasmine groeide niet op in Wharton Park als dochter van een Britse lord,' mijmerde Lidia. 'In plaats daarvan groeide ze op bij een tuinman en zijn vrouw.'

'Ja. Maar, Lidia,' zei Julia, wetend dat ze Lidia onmogelijk kon beschermen tegen de waarheid, 'Harry's vrouw Olivia kreeg zelf ook een baby.'

'Ik begrijp het.' Lidia's ogen werden donkerder. 'Je moet me geloven, Julia, als ik je vertel dat Harry zolang hij in Thailand was nooit heeft verteld dat hij getrouwd was. Als hij dat wel had gedaan, had ik nooit...' Ze schudde geërgerd haar hoofd. 'Het lijkt erop dat hij mij én zijn vrouw heeft bedrogen.'

'Ik begrijp hoe u zich moet voelen,' zei Julia, 'en ik weet niet waarom Harry het niet heeft verteld. Misschien was hij bang dat hij u zou verliezen als u het wist.'

'Daar had hij dan gelijk in.' Er stond boosheid in Lidia's amberkleurige ogen te lezen. 'Toen Bill me hier in Bangkok kwam opzoeken, Jasmine was net geboren, en hij het me vertelde, ging ik bijna weer dood door de shock. Maar door de jaren heen ben ik het beter gaan begrijpen.' Haar ogen werden milder. 'Ik ben gaan inzien dat het mogelijk is om van twee mensen tegelijk te houden.'

'Nee, Lidia,' corrigeerde Julia, 'zo was het niet. Elsie vertelde me dat het vanaf het begin een gearrangeerd huwelijk was. Harry had geen andere keus dan met Olivia te trouwen en een erfgenaam voort te brengen voor het geval hij niet terug zou keren uit de oorlog. Liefde werd niet belangrijk geacht. Olivia werd geschikt bevonden en hij moest zijn plicht doen. U was de vrouw van wie Harry hield en met wie hij samen wilde zijn.'

'En zijn vrouw? Hield ze van hem? Of ging ze ook alleen akkoord met de regeling?' vroeg Lidia.

'Elsie is veertig jaar haar kamermeisje geweest en ze zegt dat Olivia Harry aanbad.' Julia zuchtte. 'Voor haar was het ware liefde, wat het natuurlijk des te erger maakte... toen ze erachter kwam van u.'

'Kwam ze daar achter?' Lidia sloeg haar hand voor haar mond. 'Hoe?'

'Ze vond uw laatste brief aan Harry, met uw verlovingsring erin. En een paar dagen later verloor ze haar eigen baby. Volgens Elsie was ze de rest van haar leven heel verbitterd over wat Harry haar had aangedaan.'

'O, o! Wat heeft onze liefde veel pijn veroorzaakt!' Lidia schudde vertwijfeld haar hoofd. 'Ik heb medelijden met die arme vrouw. Heeft ze Harry verteld dat ze van mij op de hoogte was?'

'Nooit. Ze sloot gewoon haar hart voor hem en stelde haar plicht jegens het landgoed voorop. Elsie zei dat ze de rest van hun leven allebei een ellendige tijd hebben gehad,' voegde Julia eraan toe. 'Achteraf gezien zou het veel beter voor hen zijn geweest als Harry naar u teruggekomen was en van Olivia was gescheiden. Maar natuurlijk was Wharton Park er, dat er vreselijk aan toe was net na de oorlog. Harry had tientallen arbeiders op het landgoed, die voor hun levensonderhoud van hem afhankelijk waren. Ook al brak het zijn hart, volgens Elsie, hij moest in Engeland blijven. Hij had gewoon geen keus.'

Lidia knikte. 'Bill heeft me dat uitgelegd toen hij me had gevonden. Hij was erg aardig. Ik vond hem een goed mens. Hij heeft mijn leven gered.'

'Nou, ik was dol op hem,' zei Julia. 'Altijd als ik op Wharton Park was, bracht ik het grootste deel van de tijd in de kassen door om toe te kijken terwijl hij zijn bloemen verzorgde. Zowel mijn moeder als ik groeide op te midden van de geuren van het vaderland waarvan we nooit wisten dat het deel van ons uitmaakte.'

'Dat is een troost,' zei Lidia glimlachend, 'en ik had een bijzondere orchidee meegegeven met Jasmine, zodat Bill die voor haar kon opkweken. Ik had hem op een dag gezien op de bloemenmarkt hier in Bangkok, kort voor Jasmine werd geboren. Ik wist hoe bijzonder de orchidee was en kocht die voor haar. Ik vraag me af of ze in Engeland gebloeid heeft?'

'Echt waar?' Julia dacht terug aan Jasmines schilderijtje van de zeldzame orchidee dat ze haar vader had gegeven. 'Ja, ik geloof wel dat ze gebloeid heeft,' fluisterde ze.

'En je vader? Is die ook dood?' vroeg Lidia.

'Nee,' zei Julia, en ze glimlachte. 'Hij aanbad mijn moeder en ze waren erg gelukkig samen. Zo gelukkig dat hij nooit heeft geprobeerd haar te vervangen.'

'En weet hij van het erfgoed van zijn vrouw?'

'Ja, maar ook pas sinds kort, net als ik.'

'Ik zou de man van mijn dochter graag een keer ontmoeten,' zei Lidia. 'Dus jij was ook enig kind.'

'Nou, nee, ik... heb een zus, maar ik heb pas gehoord dat ze geadopteerd is,' legde Julia uit. 'Het blijkt dat mijn moeder dacht dat ze geen kinderen kon krijgen, dus adopteerden ze mijn zus Alicia als baby. Ze is drie jaar ouder dan ik en het was een verrassing toen ik kwam. Ik geloof niet dat mijn vader van plan was Alicia de waarheid te vertellen, maar toen Elsie hem het verhaal had verteld over hoe Jasmine op Wharton Park terecht was gekomen, vond hij dat hij het wel moest vertellen. Anders zou zij ook gedacht hebben dat ze uw en Harry's kleindochter was. Maar ze is nog steeds mijn zus,' zei Julia met klem.

'Natuurlijk.' Lidia was het met haar eens. 'Nu moesten we maar eens gaan lunchen, nietwaar?' Ze knikte naar haar huisknecht, die meteen naar binnen verdween.

'Dus je bent pianiste, Julia? Kan ik je ergens horen spelen?'

'Ja, dat kan. Ik heb over de hele wereld gespeeld. Ik heb veel geluk gehad,' zei Julia bescheiden. 'Ik werd op het Royal College of Music ontdekt door een impresario toen ik negentien was. Hij heeft me geholpen mijn carrière op te bouwen.'

'Julia, zulk geluk vind je niet als je geen talent hebt,' berispte Lidia haar. 'Je moet bijzonder goed zijn. En je bent nog zo jong. Waar ga je na je vertrek uit Bangkok heen? Ga je ergens spelen?'

'Nee,' antwoordde Julia toen Nong naar buiten kwam met een dienblad met twee kommen dampende soep. 'Het afgelopen jaar heeft een aantal... moeilijke veranderingen met zich meegebracht,' legde ze uit. 'Het zal nog een paar maanden duren voor ik weer ga spelen. En eerlijk gezegd heb ik letterlijk geen idee waar ik hierna heen moet. Daarom ben ik ook naar Bangkok gekomen, zodat ik de tijd had om na te denken.'

'Nou, je moet me alles vertellen, want ik kan aan je ogen zien dat je het moeilijk hebt. Maar laten we eerst genieten van Nongs *Tom Kha Gai*. Volgens mij is het de beste van heel Bangkok.'

Na de heerlijke romige kokos- en citroengrassoep met reepjes malse kip, bracht Nong een bord met mango en papaja naar buiten als dessert.

'Welnu, Julia, vertel me eens over je moeilijke jaar.'

'Nou...' Julia moest zich nog steeds pantseren om de woorden te kunnen uitspreken, 'ik heb twaalf maanden geleden mijn tweejarige zoontje Gabriel verloren door een auto-ongeluk. Ik dacht dat ik ook zijn vader, Xavier, had verloren, maar die liep een aantal weken geleden zomaar weer ons huis in Frankrijk binnen. Hij bestuurde de auto waarin ons zoontje was omgekomen en hij was na het ongeluk verdwenen. Hij zei dat hij me niet onder ogen durfde te komen.' Julia fronste haar voorhoofd. 'En nog maar een week geleden kwam ik erachter dat hij die dag dronken was en helemaal niet in de auto had mogen stappen. En dus,' zei ze, haar stem niet meer dan een fluistering, 'ging ik bij hem weg en kwam ik hierheen.'

Lidia's ogen werden groot van medeleven en ze pakte over de tafel heen Julia's hand vast. 'Dat is een vreselijke tragedie voor je. Ik weet beter dan wie ook dat je kind verliezen Gods ergste straf is.'

'Ja,' beaamde Julia, 'ik kan me niets ergers voorstellen.'

'Er is niets, ik weet het. Je hart,' zei Lidia en ze drukte haar hand tegen haar borst, 'is leeg.'

'Ja,' prevelde Julia, 'er is geen troost of verlichting van de pijn mogelijk.'

'Nee. Ik moet ook rouwen om het vertrek van mijn dochters geest van deze aarde. Ik heb het gevoel dat ik voor de tweede keer om haar rouw.' Lidia zuchtte. 'Maar voor jou is het nog moeilijker, jij moet je man de schuld geven van de dood van je zoontje.'

'Ik veracht hem, niet alleen om wat hij Gabriel heeft aangedaan, maar ook mij,' antwoordde Julia, niet in staat de boosheid uit haar stem te weren.

'Het is alleen maar natuurlijk dat je je zo voelt. Maar op een dag moet je hem vergeven wat hij heeft gedaan, voor je eigen bestwil, Julia. Ik heb geleerd dat het niet goed is om een dergelijke woede in je mee te blijven dragen. Die vreet je op en maakt je kapot.'

'Ik weet het, Lidia, maar in de praktijk is het vreselijk moeilijk.'

'Ja, dat is zo. We zijn allebei bedrogen door een man die we liefhadden en vertrouwden. Je echtgenoot lijkt me een zwak mens, maar ja, dat zijn veel mannen,' merkte Lidia op. 'Ik dacht eerst dat Harry dat ook was, maar nu zie ik in dat dit misschien niet waar is. Hij moet erg sterk zijn geweest om in Engeland te blijven en zijn plicht te doen.'

'Als het u enige troost biedt, ik geloof echt, naar aanleiding van wat Elsie me heeft verteld, dat die beslissing zijn hart heeft gebroken. U was werkelijk de liefde van zijn leven.'

'En hij de mijne,' antwoordde Lidia. 'Hield jij van je man?'

'Heel veel, en ik geloofde dat hij de liefde van mijn leven was, totdat...'

Lidia schoof verwachtingsvol naar voren op haar stoel en Julia voelde de kleur naar haar wangen opstijgen toen ze haar best deed het uit te leggen: 'Toen ik dacht dat ik weduwe was, was een andere man in Engeland heel aardig voor me. Hij zorgde voor me toen er niemand anders was. Met zijn hulp begon ik te herstellen en ging ik geloven dat er nog een toekomst voor me was. En voor ons.'

'Ik begrijp het.' Lidia luisterde aandachtig. 'En waar is hij nu?'

'In Norfolk. Ironisch genoeg is hij de nieuwe Lord Crawford,' bekende Julia. 'Hij woont op Wharton Park.'

Lidia staarde haar een paar minuten aan terwijl ze probeerde te bevatten wat Julia had gezegd. 'Maar dat wil zeggen dat...?'

Julia zag welke richting haar gedachten uit gingen en bracht ze een halt toe. 'Nee. We zijn geen naaste verwanten. Harry heeft geen andere kinderen meer gekregen nadat Olivia haar baby had verloren. Kit en ik zijn – denken we – achter-achterneef en -nicht.'

Er verscheen een uitdrukking van opluchting op Lidia's gezicht. 'Ik ben blij dat te horen, Julia. Ik kan aan je ogen zien dat je sterke gevoelens voor die man hebt. Hou je van hem?'

'Ik dacht dat wat ik voor hem voelde misschien kwam doordat hij er voor me was toen ik hem nodig had. Maar toen Xavier opdook en ik weer zijn vrouw werd, kon ik alleen maar aan Kit denken,' bekende ze, 'en dat is nog steeds zo.'

'Maar mijn beste Julia, waarom ga je dan niet naar hem terug?'

'Omdat... o, hemeltje.' Julia schudde haar haren van haar schouders. Ze had het plotseling onaangenaam warm. 'Het is allemaal te ingewikkeld. Ik heb Kit niet eens gesproken om hem uit te leggen dat Xavier terug was. Hij moest er via de media achter komen dat mijn man nog in leven was. Nee.' Ze schudde haar hoofd en liet zich verkoelen door het briesje in haar nek. 'Ik weet zeker dat hij me nooit meer terug zal willen. Ik heb hem te veel pijn gedaan.'

'Je bent je zeker wel bewust van de ironie,' zei Lidia langzaam. 'Je bent verliefd op Lord Crawford van Wharton Park, en je bent hier bij mij in Bangkok. Ik geloof dat we allebei veel tranen hebben gehuild om degenen die ver weg in Engeland zijn. Misschien,' zei ze hoofdschuddend, 'is het Wharton Park zelf dat vervloekt is. Het is als een hulpeloze baby, die constant gevoed en verzorgd moet worden. Het houdt geen rekening met degenen die hun leven ervoor op moeten offeren.'

Julia glimlachte om Lidia's beeldspraak. 'In feite zal het landgoed uiteindelijk verkocht moeten worden. Kit heeft geen geld om de leningen af te betalen en de restauratie zal honderdduizenden ponden kosten. De "hulpeloze baby" zal weldra een stel nieuwe en hopelijk rijkere ouders hebben.'

'Het is moeilijk om te bedenken dat ik mijn liefde ben kwijtgeraakt aan een huis,' zei Lidia met een grimas op haar gezicht, 'maar ik begrijp dat het meer is dan dat. Het is erfgoed, en het is triest dat daar een einde aan zal komen.'

'Ja, want hoeveel pijn het ook heeft veroorzaakt, Wharton Park is zo ontzettend mooi. O, Lidia, ik wou dat u het kon zien,' verzuchtte Julia.

'Ik ben er altijd dol op geweest, zelfs als klein meisje al, en ik beschouw de periode dat ik er met Kit heb gewoond als de gelukkigste weken van mijn leven.'

'Het zit in je bloed,' zei Lidia melancholiek. 'Als je een jongen was geweest, dan was het – als Harry's kleinkind – toch zeker van jou geweest?'

'Misschien. Mijn zus vertelde me dat ik er tegenwoordig met een DNA-test aanspraak op zou kunnen maken. Maar dat zou ik Kit nooit aandoen,' zei Julia resoluut, en ze vond dat het tijd was om van onderwerp te veranderen. 'Heb ik nog meer familie in Thailand?' vroeg ze.

'O ja!' Lidia klapte verheugd in haar handen. 'Een heleboel! Tantes en ooms, en zo veel neven en nichten dat ik ze niet eens kan tellen. Sommigen van mijn achternichten en -neven zijn heel succesvol,' voegde ze er vol trots aan toe. 'Ze hebben aan de universiteit gestudeerd en wonen in Japan en Amerika. Ook al stam ik af van een eenvoudige vissersfamilie, we waren altijd erg pienter,' zei ze glimlachend, 'vooral een van mijn broers. Hij won een beurs voor de Chulalongkorn Universiteit in Bangkok en werd een succesvol journalist en politiek activist. Mag ik nu de foto's van mijn Jasmine zien?'

'Natuurlijk.' Julia viste ze uit haar tas en ging dichter bij Julia zitten, zodat ze uitleg kon geven bij de foto's. 'Dit is mijn moeder toen ze vijf was, en dit is ze toen ze haar toelatingsexamen had gehaald voor het atheneum...'

'Zij was ook pienter!' zei Lidia glimlachend.

'Dat was ze zeker, en hier is ze net afgestudeerd aan de universiteit; hier staat ze samen met mijn vader op, en hier met Alicia, en met mij.'

Lidia tuurde naar de foto's, bestudeerde het gezicht van haar dochter in elke fase van haar korte leven. Ze keek op en vroeg: 'Hoe is ze gestorven, Julia?'

'Aan eierstokkanker. Dat schijnt heel moeilijk op te sporen te zijn. Tegen de tijd dat ze het ontdekten, was het al uitgezaaid en konden ze er niets meer aan doen.'

'Ik begrijp het. En Jasmine heeft altijd gedacht dat Elsie en Bill haar ouders waren?'

'Ja.'

Er glommen tranen in Lidia's ogen. 'Ik weet zeker dat ze van haar hielden.'

'Dat was zo, neemt u dat maar van mij aan.'

'Ook al kreeg ze niet wat ik dacht dat ze zou krijgen toen ik haar naar Engeland stuurde.'

'Nee, maar, Lidia, ooit was het heel erg belangrijk waar in de maatschappij je was geboren. Nu geloof ik niet dat het er nog veel toe doet. De oude regels zijn verdwenen. En in feite hadden mijn moeder en ik, doordat we niet werden belemmerd door ons erfgoed, de vrijheid om ons leven te leiden zoals we dat zelf wilden.'

Lidia knikte. 'Ik begrijp wat je zegt en ik ben het met je eens. Zelfs hier in Thailand worden de vrouwen nu sterker en onafhankelijker. En hoewel ik in een andere tijd ben geboren, trouwde ik met een man die me als zijn gelijke aanvaardde. We waren partners en dankzij ons bedrijf ben ik een erg rijke vrouw. Het is niet wat ik verwachtte toen ik jong was. Ik dacht dat ik gewoon zou trouwen en een gezin zou krijgen.'

'Gelooft u me, ik heb het afgelopen jaar geleerd elke dag te nemen zoals hij komt en het onverwachte te verwachten,' zei Julia.

'Dan weet je net als ik dat alles mogelijk is. En dat je altijd naar de toekomst moet kijken en erop moet vertrouwen dat god ons zal leiden, welke god dat dan ook mag zijn. Ik geloof dat we veel met elkaar gemeen hebben, vind je ook niet? We hebben allebei moeilijke levenslessen geleerd, maar die maken ons wijs en sterk. En nu, mijn lieve Julia,' zei Lidia, die een geeuw onderdrukte, 'moet ik gaan rusten. Je mag hier blijven zitten als je wilt of je mag morgen terugkomen. Dan kunnen we nog wat praten.'

Julia zag dat Lidia uitgeput was. 'Ik kom morgen wel terug.'

'En nog zo vaak als je kunt voordat je Bangkok verlaat. We hebben veel in te halen.' Lidia stond op, kuste Julia op beide wangen en pakte haar hand beet. 'Ik ben zo blij dat je me bent komen zoeken.'

'Ik ook,' antwoordde Julia en ze beantwoordde de kus. 'Denkt u dat Nong misschien een taxi voor me zou kunnen bellen?'

'Ik ben ervan overtuigd dat hij dat al heeft gedaan.'

'Morgen dezelfde tijd?' vroeg Julia.

'Ja.'

'Tot morgen, Lidia.' Julia wuifde nog even en liep toen, begeleid door Nong, het huis door en naar buiten, waar een taxi stond te wachten.

59

In de week daarna ging Julia elke dag bij Lidia op bezoek. Ze praatten urenlang en kwamen steeds meer over elkaars leven te weten. Julia hoorde hoe Lidia haar man had geholpen een kleine zijdeweverij uit te bouwen tot een miljoenenbedrijf dat over de hele wereld exporteerde. Lidia's ontwerpen en ongebruikelijke kleurenschema's waren hun tijd ver vooruit geweest en bleken erg populair in het Westen. Haar woningtextielstoffen sierden de prachtigste huizen overal op de wereld.

'Natuurlijk bood het bedrijf me dat wat ik het liefst wilde... de gelegenheid om te reizen,' voegde Lidia eraan toe. 'Ik heb het verkocht toen mijn man overleed en nu ben ik een heel rijke vrouw... maar ik moet zeggen dat ik de opwinding ervan wel mis.'

'Bent u ooit in Engeland geweest?' vroeg Julia.

'O ja, en ik logeer altijd in het Oriental in Knightsbridge. Ze geven me een leuke korting! Maar,' zei ze, onwillekeurig huiverend, 'ik hou niet van het Engelse weer. Harry noemde me een kasplantje en hij had gelijk: ik had daar niet kunnen wonen. Daarom kom ik altijd terug naar mijn eigen land. Dit land, dit kleine huis waar ik eerst met mijn echtgenoot woonde... dit is waar ik thuishoor.'

'Ik wou dat ik wist waar ik thuishoorde,' zei Julia weemoedig.

Lidia klopte op haar hand. 'Julia, *Ka,* je staat op een punt dat veel mensen bereiken; waar alle richtingwijzers die je vertellen welke kant je op moet zijn verdwenen.'

'Precies,' gaf Julia toe, en ze bedacht hoe zuiverend deze dagen waren geweest nadat ze had geleerd Lidia te vertrouwen en ze haar hart voor haar had opengesteld. De zachtmoedige, wijze woorden van de oude dame hadden haar getroost en opgebeurd. 'Ik zal Kit voor de rest van mijn leven missen, maar ik zie gewoon geen weg terug naar hem. Hij zou het gevoel hebben dat hij me nooit meer kon vertrouwen. Ik moet op de een of andere manier een nieuwe richtingwijzer zien te vinden en die volgen.'

'Maak je geen zorgen, Julia. Ik weet dat je die al in je hebt. Misschien heb je alleen wat hulp nodig om hem te kunnen zien,' zei Lidia glimlachend.

'Ik hoop maar dat u gelijk hebt,' antwoordde ze triest.

Julia wist dat er een einde moest komen aan haar tijd in Bangkok en dat ze moest beslissen waar ze daarna naartoe zou gaan, dus die avond boekte ze een vlucht naar Parijs voor de volgende dag. Olav was daar een paar dagen en ze wilde haar toekomst met hem bespreken. Ze maakte zich ook een beetje zorgen – omdat ze hier geen piano tot haar beschikking had – dat haar vingers stijf geworden waren, wat zonde zou zijn van de vooruitgang die ze de afgelopen maanden had geboekt. In Parijs kon ze een oefenruimte huren en de verloren tijd inhalen.

Omdat ze niet weer in haar eentje op het terras wilde dineren, bestelde Julia haar avondeten via roomservice en at ze op haar balkon. Ze keek naar het komen en gaan van boten op de rivier en ze genoot voor het laatst van het mooie uitzicht bij avond. Ze wist dat ze de rust zou missen die ze in Thailand voelde; de rust van de mensen en van de plek zelf. Maar zelfs Lidia, met alle ervaring van haar tachtig levensjaren, kon haar niet laten zien waar ze de volgende steek in haar eigen wandtapijt moest borduren. Dat was iets waar Julia zelf achter moest zien te komen.

Ze bracht haar laatste middag door aan het zwembad, waar de meeste bedienden haar inmiddels bij haar naam kenden. Ze had Lidia gebeld om te zeggen dat ze zou vertrekken en Lidia had erop gestaan naar het hotel te komen voor een afscheidsetentje. Ze zou er om zeven uur zijn en Julia moest om half tien naar het vliegveld vertrekken.

Om zes uur ging Julia douchen, daarna pakte ze de rest van haar spullen in en verliet haar kamer. Toen ze langs de Bamboo Bar naar het terras liep voor het etentje, begroette Thanadol haar met zijn gebruikelijke glimlach.

'Goedenavond, *Khun* Julia, hoe voelt u zich vanavond?'

'Verdrietig,' bekende ze terwijl ze hem over het terras volgde. 'Het is mijn laatste avond hier. Is mijn grootmoeder er al?'

'Nee, ze is er nog niet. Ze heeft gevraagd of u hier op haar wilt wachten.' Thanadol wees naar een tafel die al bezet was.

Toen ze dichterbij kwamen, herkende Julia de gestalte aan de tafel.

En haar hart begon te bonken in haar borst.

Hij voelde haar aanwezigheid en draaide zich om.

'Hallo, Julia.'

'Hallo, Kit.' Haar stem leek niet meer de hare.

Hij glimlachte en wees naar de stoel tegenover hem. 'Wil je niet gaan zitten?'

'Maar... wat ter wereld...?'

'Alsjeblieft, ga in hemelsnaam zitten, dan leg ik het je uit.'

Julia deed dat abrupt, omdat ze het gevoel had dat ze anders door haar benen zou zakken.

'Kijk eens aan.' Kit zette een glas rode wijn voor haar neer. 'Drink maar op. Ik wil niet dat je flauwvalt van de schrik.'

Julia nam een flinke slok wijn. 'Wat doe je hier?' wist ze uit te brengen.

'Ach, je weet hoe dat gaat: ik dacht in een opwelling, laat ik eens naar de andere kant van de wereld vliegen om Bangkok te bezoeken,' antwoordde hij met lachende ogen. 'Wat denk je nou zelf dat ik hier doe, Julia? Ik kom voor jou natuurlijk.'

'Hoe wist je dat ik hier was?'

'Ik hoef niet bepaald Interpol op de zaak te zetten als ik je wil vinden, Julia. Ik bedoel, je zus woont praktisch bij me om de hoek,' zei Kit grinnikend. 'Maar eerlijk gezegd was het Lidia die me heeft ingelicht over je verblijfplaats. Ze belde me op en stelde voor dat ik hiernaartoe kwam voor jij weer ergens anders heen vloog. En maar net op tijd, kennelijk. Ik hoop dat je er geen bezwaar tegen hebt.'

De luchtigheid waarmee Kit de situatie aanpakte, maakte haar meteen weer precies duidelijk hoe hij was. Julia glimlachte. 'Nee, natuurlijk niet.'

'Mag ik dan misschien nog een stap verdergaan en vragen of je ook blij bent me te zien?'

'Ja, dat ben ik.'

'Poeh!' Kit wreef theatraal over zijn voorhoofd. 'Lidia verzekerde me dat je blij zou zijn, maar ergens boven de Himalaya brak het koude zweet me ineens uit en vroeg ik me af of het niet gewoon de vreemde gril van een oude vrouw was, een soort herbeleving van haar fantasie. Wat natuurlijk nog steeds het geval kan zijn. Er zijn nogal wat overeenkomsten tussen haar vroegere en onze huidige situatie.'

Julia speelde met haar glas en bestudeerde het aandachtig. Haar hart klopte zo snel dat ze buiten adem leek te zijn. 'Ik weet het.'

'Niet echt iets voor mij om een vrouw die me in de steek heeft gelaten over de halve wereld te achtervolgen. Maar onder de omstandigheden besloot ik dat je de gok wel waard was.'

Julia hief haar hoofd op. 'Kit, ik wilde je niet in de steek laten, ik...'

Kit drukte teder een vinger tegen haar lippen. 'Ik plaag je maar, Julia, je hoeft er verder niets over te zeggen. Lidia heeft me in haar rol als goede fee alles uitgelegd. En toen zwaaide ze met haar toverstafje en lag er op Wharton Park een eersteklasticket naar Bangkok op de mat. Geen retourtje, moet ik erbij zeggen, dus als je wilt dat ik wegga, zul je me even wat moeten lenen.'

'O, Kit...' Julia's ogen vulden zich met tranen toen ze zich realiseerde dat Lidia tot het uiterste was gegaan om een nieuwe richtingwijzer voor haar neer te zetten. 'Sorry,' zei ze en ze veegde snel een traan van haar wang.

'Dat hoeft niet. Het was niet bepaald een beproeving, vooral niet in de eerste klas... maar bovenal omdat ik nou eenmaal van je hou.'

'Ik hou ook van jou,' fluisterde Julia.

Kit kwam dichterbij en bestudeerde haar gezicht. 'Vertel me nou niet dat dat werkelijk een steelse gesproken bekentenis was van het feit dat je misschien mijn gevoelens beantwoordt.'

'Ja, dat was het wel.' Julia glimlachte.

'Juist.' Het was Kits beurt om omlaag te kijken, omdat hij plotseling niet meer wist wat hij moest zeggen. 'Is het echt waar, Julia?' vroeg hij toen zacht.

'Ja, Kit, het is echt waar. Ik hou... verschrikkelijk veel van jou en elke dag sinds ik je voor het laatst zag heb ik me ellendig gevoeld.'

'Dus je ouwe Thaise omaatje is niet het gekke oude mens dat ik dacht dat ze was,' antwoordde hij vol ontzag.

'Nee, dat is ze niet. Ik kan je verzekeren dat ze ze nog alle vijf heel goed op een rijtje heeft.'

'Anders dan ik,' bekende Kit, 'die net als een idioot de wereld over is gevlogen, zonder te weten wat voor reactie ik kon verwachten. Tot nu toe,' voegde hij er zacht aan toe. Hij pakte haar hand vast en Julia liet hem gewillig begaan. 'Ik heb een hekel aan clichés, maar mijn god, wat zie je er vanavond geweldig uit, liefste,' fluisterde hij. 'En ik geloof niet dat ik ooit van mijn leven zo blij ben geweest om iemand te zien.'

Hij kuste haar vol op de mond en Julia reageerde met dezelfde hartstocht.

'Nu ik je toch hier bij me heb, en voor het geval je weer mocht verdwijnen, dacht ik dat ik het maar het beste helemaal af kon handelen en je vragen of je misschien met me wilt trouwen.' Kit gebaarde naar hun omgeving. 'Gezien de voorgeschiedenis kan ik me geen mooiere plek voorstellen om je te vragen.'

'O, Kit, ik zou dolgraag ja zeggen,' zei Julia, grinnikend om hoe belachelijk dit zou gaan klinken, 'dat wil zeggen, zodra ik gescheiden ben!'

'Ah, dat staat niet echt in het script, is het wel? Maar ach, niets is volmaakt.' Hij glimlachte en wreef zijn neus tegen de hare.

Hun vingers omstrengelden elkaar.

'O, ik heb trouwens een cadeautje voor je gekocht.'

'Echt waar?' zei Julia.

'Ja.'

Kit stak zijn hand onder zijn stoel, haalde een vreemd uitziende zwarte plant tevoorschijn en zette die voor haar neer. 'Daar. Die is voor jou.'

Julia bestudeerde de inktzwarte bloemblaadjes vol verbazing. 'Ik dacht niet dat er zwarte orchideeën te krijgen waren?'

'Dat is ook niet zo. God is daar nooit aan toegekomen, dus heeft Kit Hem een handje geholpen. Maak je geen zorgen, schat, je hoeft er alleen maar water overheen te gieten. Dan krijgt hij weer de prachtige roze kleur die hij had voor ik hem ging verven.' Hij wees naar de kleine papierrol die aan de zijkant in de pot stak. 'Die fabel zal het uitleggen. Alles bij elkaar genomen vond ik het nogal toepasselijk.'

Julia wilde de papierrol pakken, maar Kit weerhield haar daarvan. 'Lees het straks maar, mijn eigen kasplantje, en haal je als je dat gedaan hebt alsjeblieft niets in het hoofd. Denk erom dat dit het nieuwe millennium is en dat de regels wat het gedrag van mannen en vrouwen betreft helemaal veranderd zijn. Eén uitgezonderd,' voegde hij er even later aan toe.

'En dat is?'

Kit keek haar in de ogen en antwoordde simpelweg: 'Liefde.'

60

WHARTON PARK
Januari

Ondanks uren van overleg aan de keukentafel, en weken zweten over stapels papieren vol cijfertjes, besloot Kit uiteindelijk dat Wharton Park verkocht moest worden.

'Het gaat ons met de beste wil van de wereld niet lukken, lieverd,' zei Kit toen ze in de bibliotheek hun verdriet verdronken met een fles wijn. 'Ik weet dat het je hart zal breken, maar ik zie echt geen andere oplossing. Zelfs met een subsidie van Monumentenzorg hebben we nog niet genoeg geld om te doen wat er moet gebeuren. Het is een druppel op een gloeiende plaat.'

'Ik weet het,' antwoordde Julia verdrietig. 'Als Xavier nou niet uit de dood was opgestaan en de helft eiste van alles wat ik heb verdiend, hadden we het misschien net gered.' Ze huiverde en kroop wat dichter bij het vuur. Het was ijskoud in huis omdat de verwarmingsketel het had begeven, alweer.

Kit streelde haar haren. 'Julia, zelfs als je het geld wel zou hebben, ik ben nog steeds een beetje een neanderthaler en ik zou het heel moeilijk vinden als mijn toekomstige echtgenote al het geld zou inbrengen dat Wharton Park nodig heeft. We moeten ook om het huis denken en het uit liefde overdragen aan iemand die wel de middelen heeft om alles in orde te maken.'

'Ik weet het, maar dat maakt het niet gemakkelijker om het op te geven. Wharton Park is niet zomaar een huis. Het is waar we elkaar hebben ontmoet. En het zit in mijn bloed. Als ik ook maar iets kon doen om het te redden, dan zou ik dat doen.' Julia sloeg met haar vuist op de schoorsteenmantel. 'Die verdraaide Xavier! Die ene keer in mijn leven dat ik al het geld nodig heb dat ik nooit heb uitgegeven! Het is niet te geloven dat hij zo'n...'

'Je hoeft het niet te zeggen,' reageerde Kit meelevend. 'Maar goed, ik ga morgen met de makelaar praten en het weer te koop zetten. Het spijt me, Julia, maar we hebben echt geen keus.'

Tien dagen later belde de makelaar dat een buitenlandse koper een bod had uitgebracht om het hele landgoed te kopen voor de vraagprijs. Als ze het bod accepteerden, zou de koper onmiddellijk naar Engeland komen om de papieren te ondertekenen.

Ze wisten allebei dat het een bod was dat ze niet konden weigeren.

Julia stookte het vuur in de bibliotheek op en schikte een paar sneeuwklokjes op de tafel. Het was een schamel en onwillig gebaar tegenover de koper, die binnen een half uur zou aankomen.

'Waarschijnlijk een of andere afschuwelijke Russische oligarch met zijn platinablonde minnares,' merkte Julia op terwijl ze een paar koffiekopjes hard op een dienblad zette.

Kit wist dat haar humeurigheid een masker vormde voor haar bedroefdheid. Het verlies van Wharton Park zou voor Julia een veel zwaardere klap zijn dan voor hem.

Om half twaalf ging de bel en Kit deed open. Er stond een chauffeur in uniform voor.

'Mevrouw is hier,' verkondigde hij, naar een limousine wijzend die voor het huis geparkeerd stond. 'Ze vraagt zich af of u haar naar binnen zou willen begeleiden?'

'Natuurlijk.' Kit keek naar Julia en trok zijn wenkbrauwen op toen de chauffeur de trap weer af liep naar de auto.

'Jezus!' riep Julia uit. 'Wie denkt "mevrouw" wel dat ze is? De koningin?'

'Kom op, lieveling, laten we op onze tanden bijten en het afhandelen, oké?' Kit kneep in haar hand en leidde haar de trap af naar de auto.

Ze bleven wat onbehaaglijk naast elkaar bij de auto staan wachten terwijl de chauffeur het achterportier opendeed en de passagier achter de getinte ramen zichtbaar werd.

Julia moest nog een keer kijken en gilde het toen uit van blijdschap.

'Lidia! Wat doet u in vredesnaam hier?'

'Verrassing!' Lidia stapte uit en omhelsde haar kleindochter hartelijk. 'O, het is geweldig om zo oud en rijk te zijn en beide te mogen gebruiken om mensen voor de gek te houden!' Haar tinkelende lach vulde de lucht van Wharton Park.

Toen draaide ze zich, Julia nog steeds vasthoudend, om en keek ze voor het eerst naar het huis.

'Dus dit is Wharton Park. Ik heb het me vele keren in mijn leven proberen voor te stellen, het is nog veel mooier dan ik had gedacht.' Ze wendde zich met een twinkeling in haar ogen tot Julia. 'Geen wonder dat het over mij heeft gezegevierd! En willen jullie me nu,' zei ze terwijl ze haar vrije arm door die van Kit haakte, 'naar binnen brengen en me rondleiden? Dan zal ik daarna alles uitleggen.'

Toen Lidia een rondleiding door het grootste deel van het huis had gehad en verklaarde dat ze te moe was om nog verder te kijken, keerden ze terug naar de bibliotheek en liet Lidia haar chauffeur een fles champagne uit de limousine halen.

'Ik wil graag een toost uitbrengen op het huis dat ons aller leven heeft beïnvloed: op Wharton Park.'

Julia en Kit tikten met hun glas tegen het hare. 'Op Wharton Park,' zeiden ze haar na.

'En nu,' zei Lidia terwijl ze ging zitten. 'Wil ik mijn plan aan jullie uitleggen. Zoals ik je in Bangkok al vertelde, Julia, ben ik sinds de dood van mijn man een rijke vrouw. En met rijk bedoel ik erg rijk,' zei ze nadrukkelijk. 'Natuurlijk dacht ik voor ik jou ontmoette, Julia, dat ik mijn geld zou verdelen onder mijn familieleden en de goede doelen die ik steun. Maar toen had ik plotseling een directe erfgenaam, dus heb ik mijn testament veranderd toen jij uit Bangkok vertrokken was. Ik laat het merendeel van mijn geld aan jou na.'

'Oma, dat is ontzettend lief, maar...'

'Stil, Julia, laat me even uitpraten,' zei Lidia bestraffend. 'En toen we elkaar vorige week aan de telefoon spraken, vertelde je me dat Wharton Park te koop stond, omdat jullie niet genoeg geld hebben om de schulden af te betalen of het huis op te laten knappen. Dus... besloot ik dat ik het zou kopen. Het wordt mijn huis.' Lidia sloeg verrukt haar handen in elkaar.

'Wilt u hier gaan wonen?' vroeg Kit verbaasd.

'Nee, Kit. Julia weet dat ik een hekel heb aan kou. Ik zal jullie huisbaas zijn. Jullie zullen hier wonen en ik vertrouw erop dat jullie met het geld dat ik voor Wharton Park betaal de schulden afbetalen en namens mij toezicht op de restauratie houden. En dat doen jullie dan natuurlijk ook voor jullie zelf en toekomstige generaties van onze familie,' voegde ze er zacht aan toe. 'Na mijn dood, Julia, word jij eigenaar van Wharton Park.'

Het bleef even stil, omdat Kit en Julia tijd nodig hadden om te bevatten wat Lidia voorstelde.

'Lieve hemel! Dat is ontzettend gul van u, Lidia,' antwoordde Kit ten slotte, zich realiserend dat Julia te overdonderd was om iets te zeggen.

'Nou, ik vind het een goede grap,' zei Lidia, en haar amberkleurige ogen sprankelden, 'dat het arme Thaise meisje dat al die jaren geleden in de steek werd gelaten door de eigenaar van dit huis, het bijna vijfenzestig jaar later koopt voor haar kleindochter. Vinden jullie dat ook niet?'

Julia knikte, nog steeds stomverbaasd.

'Het is allemaal helemaal perfect,' zei Lidia, tevreden glimlachend. 'Wanneer Julia met jou trouwt, Kit, zal mijn kleindochter eindelijk Lady Crawford van Wharton Park zijn. En dan zal de reis die Harry en ik al die jaren geleden begonnen, eindelijk zijn voltooid. Vertel me alsjeblieft wat je van mijn idee vindt.' Ze keek Julia enigszins gespannen aan.

Julia kon eindelijk weer praten. 'Lidia, weet u zeker dat dit is wat u wilt?'

'Julia, *Ka,* ik ben nog nooit in mijn leven ergens zo zeker van geweest. Kit, voel jij je prettig bij mijn plan?' vroeg ze.

'Lidia, we weten allemaal dat het landgoed eigenlijk van Julia zou moeten zijn.' Kit draaide zich naar Julia om en pakte haar hand. 'En ik zal met alle plezier hier blijven en alles doen wat ik kan om Wharton Park in zijn vroegere glorie te herstellen. Ik hou ook van het huis en het landgoed. En ik weet hoeveel jij ervan houdt, lieveling,' voegde hij eraan toe, met een geruststellende blik naar Julia. 'Het is werkelijk een fantastisch aanbod, Lidia.'

'Het enige wat ik vraag is dat ik zo nu en dan hier welkom ben als gast en kennis mag maken met je Engelse familie. Je vader, Julia, en natuurlijk Elsie, die mijn dochter met zo veel liefde heeft grootgebracht.'

'Natuurlijk mag dat,' zei Julia, die eindelijk haar stem teruggevonden had, 'wanneer u maar wilt. Ik heb Elsie alles over u verteld en ze zou het fantastisch vinden kennis met u te maken.'

‘Nou,’ zei Lidia, ‘dan valt er niet veel meer over te zeggen. Zeg dat je ermee akkoord gaat, Kit, dan kan ik alle papieren tekenen voor ik volgende week terugkeer naar Thailand.’

‘Natuurlijk ga ik ermee akkoord,’ antwoordde Kit. ‘Het is een fantastisch aanbod.’

‘En jij, Julia?’ vroeg Lidia zacht.

‘Ik ben zo dol op dit huis, Lidia, dat het heel moeilijk voor me zou zijn om nee te zeggen.’ Julia’s stem klonk verstikt door de emotie. ‘Ik kan gewoon niet geloven dat we hier kunnen blijven. Dank u, dank u heel hartelijk.’ Julia stond op en omhelsde Lidia.

‘Dat alles in ruil voor één gunst, Julia,’ voegde Lidia eraan toe, en ze nam Julia’s handen in de hare. ‘Ik wil graag terug naar de salon, zodat ik naar je kan luisteren terwijl jij op de prachtige vleugel van mijn Harry iets voor me speelt.’

Ze stapten gedrieën de salon binnen en Julia nam aan de piano plaats. Kit zag dat Lidia’s ogen zich vulden met tranen toen de eerste noten van Chopins Etudes moeiteloos onder haar kleindochters begaafde vingers tevoorschijn kwamen.

Hij besefte dat de cirkel rond was: met ieder hun eigen verhaal in deze geschiedenis die generaties overspande, waren ze nu allemaal herenigd op Wharton Park, dat zelf zo’n belangrijke rol had gespeeld in het wandkleed dat zij en anderen hadden geborduurd.

Het enige wat hun nu nog te doen stond, dacht Kit, was een nieuwe cirkel beginnen.

Hij keek op Julia neer en wist dat zij dat samen zouden doen.

EPILOOG

WHARTON PARK

December, elf maanden later

Het is kerstavond. Ik sta voor het raam van de slaapkamer die ik deel met Kit over het park uit te kijken. Het ziet er buiten natuurlijk niet hetzelfde uit als in hartje zomer, maar toch heeft het nu de zon opkomt en de rijp op het kale winterse landschap doet glanzen, zijn eigen bijzondere schoonheid.

Ik wend me van het raam af en stap weer de warme kamer in. Mijn voeten zakken weg in de pas gelegde vloerbedekking. Ik bewonder het behang, dat handgeschilderd is naar het voorbeeld van het originele behang, en geniet van de vage geur van verse verf.

Het afgelopen jaar heeft Kit in zijn eentje toezicht gehouden op deze transformatie. Mij komt geen enkele eer toe, want ik had het druk met andere projecten. Wharton Park ziet eruit als voorheen en toch is alles binnen en buiten op weg naar restauratie, om nog eens minstens zeventig jaar bescherming te bieden aan Crawfords, die hun leven binnen de muren ervan zullen leiden. Weldra is het Kits beurt om zijn eigen droom na te jagen, nog altijd veilig binnen de muren van Wharton Park, maar gebruikmakend van zijn talent en ervaring om kinderen buiten die muren te helpen.

Ik ben nu de vrouw des huizes, Lady Crawford. Op de dag van mijn huwelijk met Kit droeg ik het halssnoer en de oorbellen die Olivia en generaties andere Crawford-bruiden voor mij hebben gedragen. Ze zijn nu van mij, om door te geven aan de bruid van mijn zoon wanneer hij trouwt.

Net als bij Olivia zal Wharton Park altijd een grote rol spelen in mijn leven. Maar ik heb, door verhalen uit het verleden en mijn eigen ervaringen, geleerd dat alles in balans moet zijn. Ik zal het geschenk dat ik heb gekregen gebruiken en waarderen om mijn gezin en mijn talent te koesteren en te beschermen, maar ze er nooit door laten kapotmaken.

Gewaarschuwd door een heel zacht geluidje laat ik Kit slapend achter en loop ik stilletjes door de badkamer naar de aangrenzende kleine kamer. Dit was ooit Harry Crawfords kleedkamer, maar wij hebben er een kinderkamer van gemaakt. Ik kijk in de wieg en zie dat de verantwoordelijke voor het geluid nog in diepe rust is, zijn duim stevig in zijn kleine mondje.

Iedereen zegt dat hij op mij lijkt, maar ik weet dat het niet zo is. Hij lijkt op zichzelf.

'Vandaag, Harry,' fluister ik hem toe, 'is een bijzondere dag voor je.'

Hij ligt onschuldig te slapen, zich er niet van bewust dat zijn familieleden – van wie sommigen van de andere kant van de wereld hierheen zijn gereisd – zich straks zullen verzamelen om getuige te zijn van zijn eerste overgangsrite als hij wordt gedoopt in het kleine kerkje op het landgoed. Op een dag zal ook zijn laatste overgangsrite daar plaatsvinden en zal hij worden bijgezet in het familiegraf van de Crawfords en voor eeuwig met zijn voorouders worden herenigd. Maar hij is nog maar net aan het wandtapijt van zijn leven begonnen en ik kan alleen maar hopen dat het uit veel meer steken zal bestaan dan dat van zijn halfbroertje.

Hij heeft geen besef van de link die hij vormt tussen verleden en toekomst. Of van de verantwoordelijkheid die zijn bevoorrechte start in het leven met zich mee zal brengen. Ik heb hem bezworen dat het hem er nooit van zal weerhouden het leven te leiden dat hij verkiest. Of dat leven door te brengen met de vrouw van wie hij houdt.

Ik neem mijn zes weken jonge zoontje in mijn armen en geniet van dit moment samen met hem. Hierna zal ik weinig tijd hebben om van hem te genieten, want ik heb veel te doen vandaag. Het huis is vol gasten, die hier zijn om Kerstmis met ons op Wharton Park door te brengen. De boom komt uit het bos op het landgoed en staat in de vestibule, versierd met twinkelende lampjes en dezelfde kerstversieringen die al eeuwen worden gebruikt.

Ik druk een kus op zijn zoet geurende voorhoofdje, sla mijn ogen op en vraag God hem te beschermen, omdat ik maar al te goed weet dat mijn macht als moeder daarin slechts beperkt is, en ik weet dat ik dat moet accepteren.

Door de pijn en de vreugde van de reis die ik de afgelopen twee jaar heb ondernomen, heb ik de belangrijkste les geleerd die het leven te bieden heeft, en daar ben ik blij om.

Dit moment is alles wat we hebben.

DANK AAN

Mari Evans en het hele team van Penguin, die het boek hebben aangekocht. Jonathan Lloyd, mijn agent, die door dik en erg dun in me is blijven geloven. De 'Heksenkring' – Adriana Hunter, voor de 'oui'-publiciteit en de komma's, Susan Moss, Rosalind Hudson, Helene Rampton, Tracy Blackwell en Jenny Dufton, wier overvloedige steun me door moeilijke tijden heeft geholpen.

In Thailand: het fantastische personeel van het Oriental Hotel, met name *Khun* Ankhana, die zo genereus haar herinneringen aan het leven in Bangkok in 1945 met me deelde, Kitima, Thanadol, Lidia, Jack, Laor en Jeab.

In Frankrijk: Tony en Fiona Bourne voor de gin en het kampvuur, en Agnes Sorocki voor de hulp met mijn slechte Frans en liften naar het vliegveld. En de verbazingwekkende Kathleen Mackenzie, mijn goede fee, die altijd komt wanneer ik haar roep en die de meest bijzondere persoon is die ik ken.

In Engeland: de fantastische Jacquelyn Heslop en Sue Grix, en Pat Pitt, mijn typiste. Jonathan Walpole, wiens huis mede de inspiratie vormde voor Wharton Park. Wijlen Jack Farrow, sergeant in het 5e Royal Norfolks, wiens ontroerende en beschrijvende dagboek over het leven als krijgsgevangene in de Changi-gevangenis me hielp een accuraat beeld te schetsen van het lijden waaraan onze dappere jongens waren blootgesteld.

Mijn moeder Janet, mijn zus Georgia en mijn stiefdochter Olivia, die me door de jaren heen allemaal hebben aangemoedigd om door te gaan. Stephen, mijn echtgenoot, die me zo veel over het leven heeft geleerd; zonder zijn liefde en steun had ik dit boek niet kunnen schrijven. En mijn kinderen: Harry, die me met grote eh… charme hielp aanpassingen in te tikken; Isabella, wier levenslust me altijd weet op te monteren; Leonora, mijn gevoelige, artistieke 'mini-ik'; en Kit, mijn door chocola en Stoke City geobsedeerde 'baby'. Ze zijn mijn nietszeggende blikken gewend wanneer ze me bij mijn werk onderbreken om me iets te vragen en ik ben vreselijk trots op hen allemaal.

En tot slot, wijlen mijn vader, wiens reislust en oprechte belangstelling voor de wereld en de mensen die erop leven, ik dankbaar heb geërfd.

LEES OOK *DE ZEVEN ZUSSEN*, DE SERIE WAAR IEDEREEN NAAR UITKIJKT!

'Leest als een trein.' – ***Libelle***

Na de plotselinge dood van hun vader komen Maia en haar zussen bij elkaar in hun ouderlijk huis, een prachtig landhuis aan het Meer van Genève. De zussen werden als baby door Pa Salt geadopteerd en krijgen na zijn dood allemaal een brief met een mysterieuze verwijzing naar hun afkomst.

Maia's verleden brengt haar naar Rio de Janeiro. Daar aangekomen probeert ze met de weinige aanwijzingen die ze heeft haar achtergrond te ontrafelen. Het voert haar tachtig jaar terug in de tijd, naar de bouw van het wereldberoemde Christus de Verlosser-beeld én de roerige jaren twintig in Parijs. Slaagt zij erin haar ware identiteit te achterhalen?

De zeven zussen is het eerste deel uit een zevendelige serie over liefde, verlies en de zoektocht naar wie je werkelijk bent.

**EEN BOEK WAARVAN JE HOOPT
DAT ER NOOIT EEN EINDE AAN KOMT**

'Een zoektocht naar liefde en identiteit vol exotische locaties, glamour en mystiek. Heerlijk!' – ***Margriet***

Ally's zeilvakantie is bijna ten einde als ze bericht krijgt over de plotselinge dood van haar adoptievader. Zo snel ze kan vliegt ze naar huis om samen met haar zussen afscheid te nemen van Pa Salt. Voor ieder van hen is er een brief met een mysterieuze verwijzing naar hun afkomst.

Na een traumatische ervaring op zee besluit Ally haar zeilcarrière de rug toe te keren en haar vaders aanwijzing te volgen. Het brengt haar naar Noorwegen, naar een verleden waarin muziek de hoofdrol speelt. Hoe meer Ally te weten komt, hoe meer vragen er ontstaan. Wat probeert haar vader haar duidelijk te maken?

Storm, het tweede deel in *De zeven zussen*-serie,
is nu overal verkrijgbaar!

LUCINDA RILEY LEZEN IS ALTIJD GENIETEN!

Star D'Aplièse staat op een keerpunt in haar leven. Na de dood van haar vader heeft ze de opdracht gekregen op zoek te gaan naar haar afkomst. Een zoektocht die ze alleen moet aangaan, zonder haar zusje CeCe, met wie ze alles deelt. Als ze met lichte tegenzin toch naar Londen vertrekt, gaat er een wereld voor haar open.

Daar ontdekt Star het bestaan van Flora MacNichol, een onafhankelijke vrouw die honderd jaar geleden leefde en die na haar jeugd in het afgelegen Lake District naar het bruisende Londen vertrok. Flora ontdekte nieuwe idealen en tradities in de Engelse *high society* en vond de ruimte om haar identiteit te ontplooien. Zal Star in Londen eenzelfde transformatie doormaken en eindelijk uit de schaduw van haar zusje kunnen stappen?

Schaduw, het derde deel in *De zeven zussen*-serie,
is nu overal verkrijgbaar!

LEES OOK DE BETOVERENDE ROMAN *DE NACHTROOS*

Vlak voor het uitbreken van de Eerste Wereldoorlog vertrekt de Indiase Anahita naar Engeland. Daar maakt ze kennis met Donald Astbury, erfgenaam van het prachtige, afgelegen landgoed Astbury. Een eeuw later ontmoet actrice Rebecca Bradley op het inmiddels vervallen landgoed Anahita's achterkleinzoon Ari Malik, die naar Astbury is gekomen op zoek naar zijn familiegeschiedenis. Samen ontrafelen ze de duistere geheimen rond Astbury Hall en komen steeds dichter bij de waarheid die decennialang verborgen bleef.

***De nachtroos* is nu overal verkrijgbaar**